한국문학대표작선집 28
빈상설 외

이해조

문학사상사

이해조와 그의 작품 세계

이용남(전 명지대 교수)

개화와 근대화, 애국계몽기 신소설의 화두

20세기 초 한국 서사문학은 발전적 전환을 모색한다. 소위 애국계몽기라고 지칭하는 이 시대는 사회 전반이 새로운 문화적 전환을 시도하기 시작하는 시대적 특징을 지닌다. 음악을 비롯하여 문화 전반에 걸쳐 일어난 이러한 전환은 일제 강점기라는 특수한 역사적 · 정치적 상황과 맞물려 근대화의 물결로 이어진다.

이 시대의 화두인 '근대화'는 소위 '자아 각성'이라는 반성적 자각과 '서구화'라는 지향적 욕구로 집약될 수 있다. 그래서 국권 상실을 만회할 실지 회복을 위해 사실상 준비론적 각성을 도모하게 된다. 그러기 위해서 당대의 선진국이었던 서구 사회를 배움으로써 문화적 · 물질적 발전을 준비하여야 한다는 각성이 사회 전반에 걸쳐 광범위하게 전개되었다.

말하자면 이 시대에 나타난 창가를 비롯한 운문의 세계와 신소설과 역사전기류 소설을 비롯한 서사문학의 세계에서는 구시대 문학이 지니고 있었던 양식상의 문제는 물론이고, 그 주제 의식들이 크게 변화하기 시작하였다. 이러한 발전적 변화는 당대인들의 의식 변화라고 말을 해도 지나침이 없다. 이러한 변화는 문학, 음악, 연극 등 문화 전반에서 찾아볼 수 있는 변화였으며 정치·사회 전반에 걸친 변화였던 것이다. 그래서 '개화'는 '근대화'와 맞물려 그 시대 지식인들의 논의 대상이 되었다.

　문학사적인 측면에서 볼 때, 이해조의 소설 역시 당시의 문화적 배경 및 사회적 환경 등과 밀접한 관계를 지니고 있음은 이미 많은 연구 결과에 의해서 증명된 사실이기도 하다. 애국계몽기 개화기 문학의 대표적 양식인 신소설을 '한국 근대화 과정의 한 반영'으로 보는 견해는 이러한 점에서 그 설득력을 획득할 수 있다.

유학파 이인직과 전통파 이해조, 두가지 색의 신소설 작가

　이 시대에 활동을 한 대표적 작가로 우리는 곧잘 이인직과 이해조를 꼽는데, 이 두 작가의 문학적 태도는 확연히 구분된다. 이인직은 신문 기자 출신으로 정치·사회에 광범위한 영향력을 가지고 정치·사회에도 깊이 참여하면서 일본 유학을 통해 보다 적극적으로 새로운 문물을 받아들였던 작가로, 한편으로는 정치적 막후 인물로 을사보호조약 체결에 커다란 역할을 자임하면서 비록 완전치는 못했지만 일본의 정치소설을 한국에서 시도하려 했던 작가이다. 이에 비해 이해조는 조선왕조의 후예로 전통적 선비의 틀을 벗어나지 못한, 그러나 시대의 흐름에 동조한 순수 문사였다. 이 두 사람에 대한 논의는 1930년대 와서 임화의 언급에서 비롯되었으며, 후학들은 그의 견해를 답습하고 있다. 그러나 순수문학적인 측면에서 말한다면 이 두 사람의 비중을 가늠하기란 좀 어려운 게 아닌가 하는 게 필자의 견해이다.

이해조 문학 해석의 네 가지 관점

이해조의 문학 활동은 다음과 같은 네 가지 측면에서 고찰될 수 있다.

첫째는 신소설 작가로서 이해조의 문학적 성과에 대한 연구이다. 그것은 40여 편에 달하는 그의 작품들이 대부분 자신이 체험한 개화기를 배경으로 하고 있기 때문에 당시의 사회적 현실이 그의 작품 세계에서 어떻게 부각되어 있는가에 대한 관심과 특수한 시대적 상황을 어떠한 갈등의 양상으로 형상화하고 있는가에 대한 관심으로 집약될 수 있다. 이 책에 실린 다섯 편의 작품에 이러한 관점으로 접근할 것이다.

둘째는 〈자유종〉, 〈윤리학〉, 〈학계의 건망증〉, 〈화의 혈〉, 〈탄금대〉 그리고 신문광고 등에서 단편적으로 표명된 이해조의 문학, 특히 그의 소설관과 국어국문에 관한 관심에 대해서 비평사적 연구가 필요할 것이다.

셋째는 〈화성돈전〉, 〈철세계〉 등 번역 작품에 대한 관심이다.

넷째는 〈춘향가〉, 〈심청가〉 등의 판소리를 〈옥중화〉, 〈연의 각〉 등으로 산정한 점과 〈정선 조선가곡〉에 대한 관심이다.

빈상설鬢上雪—전통과 근대의 갈등 구조

임화는 이 작품을 "〈자유종〉의 정론성, 〈구마검〉의 계몽성과 더불어 이해조의 절충성을 대표하는 소설"이라고 평했다. 이러한 평은 이 작품의 주제적 성격을 단적으로 표현한 말로 그의 절충성이란 "불철저한 종합성"을 지칭한 것으로 "각개의 경향이 충분히 개성을 발휘한 채 종합되지 않고 소박하게 편의한 대로 수습되어 있음"(《개설 조선신문학사》)을 지적한 말이다. 한편 전광용 교수는 이 작품을 "처첩 간의 갈등에 혼인제도의 계급성을 지양한 평민의식을 고취하고 아울러 신학문을 강조한 작품"(《한국소설발달사(하)》)으로 풀이했다.

기존의 평가를 종합 정리하면 "가족 소설적 구조를 지닌 흥미 중심의 작품이라는 점과 처첩 간의 대립 갈등 구조를 가진 소설"이라는 점으로 집약될 수 있다.

결국 이 작품은 애국계몽기에 몰락해 가는 한 북촌 대가집의 이야기로, 축첩으로 인한 가정비극을 다룬 소설로 볼 수 있다.

작중인물을 중심으로 이 작품의 구조를 살펴보면, 선인과 악인의 대립 갈등 구조이며 개화인과 미개화인의 대립 갈등 구조라고 할 수 있다. 따라서 이 작품은 전통적 윤리관과 근대적 각성이 첨예하게 대립하여 갈등을 일으키면서 사건이 진행되는 것이 그 특징이라고 하겠다.

전통적 윤리관은 유교의 기본이념이라고 할 수 있는 수신제가 치국평천하라는 윤리관과 효와 충의 사상을 강조하는 데서, 그리고 계급 타파를 주장하면서도 주종의 인간관계가 지속되고 있다는 점에서, 그리고 여성의 전통적 인종의 미덕이 강조되고 있다는 점에서 찾아볼 수 있다.

한편 근대적 각성은 근대적 결혼관과 해외 유학 모티브에서 찾아볼 수 있다. 전통적 결혼제도에 대한 신랄한 비판과 남녀 간의 자유의사 존중을 주장하고 있다. 그리고 해외유학을 통해 선진국 문화를 받아들여 보다 빠른 개화를 꾀해야 한다고 주장하고 있다. 당대의 해외 유학 대상지로 일본과 서양을 흔히 꼽는데 이 작품에서는 중국 상해가 그 대상지로 설정되어 있다. 그런데 이 작품에서 다루어진 해외 유학 모티브는 외국 문물을 배워 오기 위한 것이 아니라 현실 도피를 위한 것이라는 점이 특기할 만하다. 아울러 이 작품의 제재로 다루고 있는 축첩 제도에 대한 비판의식도 근대적 비판의식의 발로라고 할 수 있다.

구마검驅魔劍—무속적 세계와 합리적 세계의 갈등 구조

그간 이 작품에 대한 괄목한 연구는 비교문학적 연구이다. 다시 말해서 이 소설은 만청유신운동의 한 조류인 반미신운동의 대표작인 장자의 《소미추》(1905)의 번역 작품이라는 견해(이재선, 성현자)이다.

이재선 교수는 이 작품의 후반 처리가 다분히 중국의 공안소설적 성격을 띠고 있음을 지적, 무당과 풍수의 사회적 배척과 추방, 그리고 과학적 사고의 법률적 보호란 관점에 초점을 집중시켜 근대적인 세계관의 합리성을 제시하려는 것이라고 했다. 성현자 교수의 경우, 이 작품은 원천 작품인 《소미추》의 단순한 번역 작품이 아니며, 두 작품 사이에는 역사적 관련성이 있을 뿐만 아니라 주제, 표제, 인물, 이미지, 일반적 세계관에 있어서 그 유사성이 나타나고 있음을 지적하고, 그 여섯 가지를 예거했다.

〈구마검〉은 1908년 12월 대한대림에서 발행된 이래 박문서관과 이문당에서 발행된 작품이다. 이 작품은 신소설 작품 가운데 미신 타파의 주제 의식이 가장 강렬하게 부각된 작품으로서, 계몽적 성향이 강한 작품이다. 이런 유형의 작품은 개화기의 시대 상황을 특이한 갈등 양상으로 표현하고 있는, 당대의 새로운 사상의 등장 및 풍속의 변화와 더불어 창출된 작품 유형으로, 과학적이고 합리적인 세계관이 강렬하게 부각됨으로써 작가의 사회 계몽 의식이 가장 잘 드러난 작품이다.

그래서 이 작품은 다음과 같이 요약할 수 있다.

첫째, 〈구마검〉은 주술적 세계관과 과학적·합리적 세계관의 갈등 구조로 이루어진 작품이다. 이 작품에서 이 양자의 변증법적 대립은 첨예화되어 결국은 과학적·합리적 세계관이 승리한다.

둘째, 이 작품의 인물 설정은 '개화인/미개화인', '선인/악인', '과학적 합리적 사고를 가진 자/주술적 사고방식을 가진 자' 등의 대립관계로 되어 있다. 이 작품에 나오는 무당과 지관은 주술적 사고의 대행자로서, 영매자의 역할보다는 혹세무민하는 재산 탕취의 악한들이다. 그리고 이들을 믿고 따르다 패가망신하는 함진해 부부는 개화되지 않은 우매한 사람들로 인습(최씨 부인)과 무지(함진해)가 그 원인이 된다.

셋째, 주술적 세계에 빠지는 동기와 주술적 세계에서 빠져나오는 동기는 매우 우연하다. 아들의 병으로 인해서 미신이라는 우연론적 세계관에 함몰되었다가 문중회의의 결정에 의해서 그 세계로부터 벗어난다. 아들의 병은 함진해의 첫째 부인과 둘째 부인의 귀신 탓으로 여타의 작품과 마찬가지로 여귀원혼女鬼寃魂의 모티프가 나타난다.

넷째, 범인에 대한 보복은 재판이라는 근대적 방식으로 행해지며 민주주의 방식에 의한 문중회의 장면이 나온다. 재판과 회의 방식은 합리적 체계에 대한 또 다른 지향적 욕구이다.

다섯째, 〈구마검〉은 주제, 표제, 인물, 이미지, 일반적 세계관, 역사적 관련성 등에 있어서 만청소설 《소미추》와 유사성이 있기 때문에 신소설 작품 가운데 중국적인 영향 관계를 규명하기 위한 비교문학적 연구 성과를 기대할 만하다.

자유종自由鐘―토론체 형식에 담아낸 개화사상

〈자유종〉(광학서포, 1910)은 작가의 초기 작품으로서, 다른 작품에 비해서 비교적 길이가 짧다.그러나 이 작품은 그의 어느 다른 작품보다 당시의 사회상과 작가의 개화·계몽 의식을 가장 뚜렷이 보여준다. 이 작품의 첫 면에는 〈자유종〉이라는 작품의 제목과 함께 '토론소설'이라는 표제가 붙어 있다.

이 작품의 배경은 1908년 음력 1월 16일 대보름 다음 날 이매경 부인의 집으로 설정되어 있다. 매경 부인의 생일잔치를 계기로 모인 설헌, 금은, 국란 부인 등 네 사람의 신여성이 시국 문제와 국가의 장래를 토론하는 내용이 이 작품을 구성하고 있다. 개명된 독립국가의 의젓한 국민으로서, 자유를 찾고 권리를 행사할 수 있는 새 날을 희구하는 염원이 이 작품의 주된 내용이라고 할 수 있다.

이 작품은 네 토론자의 대화로 구성되어 있는 토론체 소설 형식의 정치소설이다. 이 작품에서 토론되는 내용은 구체적으로 근대적 학문의 필요성, 여성 교육의 중요성, 자녀 교육론, 적서 차별 폐지, 종교·교육제도 재검토, 반상 문제, 지방색 타파, 자주 독립 사상 등으로 정리될 수 있다.

이해조는 이 작품의 첫머리에서 '자유'의 개념을 여성 해방과 관련지어 역설하고 있다. 남성 중심 사회에서 예속적이며 억압적인 삶을 살아온 여성들이 그 질곡을 극복하고 자유를 찾고자 하는 의지는 남녀평등을 요구하는 양상으로 나타난다. 이러한 여성의 의지는 정치, 경제, 교육 등 각 분야에서 여성의 평등한 권리를 보장받으려는 민권운동의 일환으로 구현된다. 근대 지향 의식은 민주주의, 평등사상, 허례허식 타파, 여성교육론 등으로 나타나며, 아울러 개혁에 따른 역기능에 대해서도 주의를 환기시키고 있다. 마지막 부분에 나오는 네 부인의 꿈 장면은 미래지향적인 소망의 우화화라고 볼 수 있다. 이 작품의 장르 문제에 대한 논의는 앞으로 계속되어야 할 과제이다.

화花의 혈血―동학과 민중 의식

이 작품은 1911년 4월 6일부터 6월 21일까지 《매일신보》(1635호~1700호)에 연재된 작품이다. 이 작품은 신문 연재가 끝난 다음해인 1912년 6월 30일 보급서관에서 192쪽으로, 1918년 3월 13일 오거서창에서 100쪽으로 발간되었으며, 장회소설의 형식을 취하고 있다.

이 작품 첫머리에 있는 '서언'과 말미의 '기자 왈'에서 그 유명한 이해조의 소설관이 표명되는데, 이는 애국계몽기 한국 신소설에 표명된 소설관에 대한 최초의 발언이라고 할 수 있다.

'서언'의 내용을 정리해 보면 첫째 소설 소재의 다양성에 대한 언급, 둘째 과거의 형질 없는 사실보다 현실적 사실에서의 취재 주장, 셋째 사실적인 표현에 대한 의도 표명 등으로 요약할 수 있다.

또한 '기자 왈'의 내용은 소설의 목적이 풍속을 교정하고 사회를 개혁할 교훈성에 있다는 것, 그리고 소설의 재미에 대한 중요성 역설 등이다. 여기서 말하는 '재미'는 소위 흥미성을 뜻하는 것으로, 계몽성에서 시작된 정치소설 형식의 초창기 신소설 양식이 그 정치성의 결여와 함께 절충주의를 잠시 지향하다가 본격적으로 흥미성만을 추구하면서 신소설의 통속화를 가속시킨 바 있다. 이러한 견해는 매우 단편적이지만 이해조가 지니고 있는 소설에 대한 견해이며, 당시에 신소설 작가들이 가지고 있었던 소설관의 일단이라는 점에서 문학사상 연구에 중요한 자료적 가치를 지닌다.

이 작품에 나타난 동학의 봉기와 양반 관료들의 부패에 대한 서민의 저항 의식은 시대적·사회적 갈등의 한 양상으로 나타나 있다. 동학의 봉기를 보는 작가의 시각은 미처 정립되지 못한 상태에서 어설픈 점이 엿보이는데, 그것은 동학에 대한 긍정적인 시각과 부정적인 시각이 혼재한 점에서 찾아볼 수 있다. 긍정적인 시각은 동학운동을 무능한 탐관오리에 저항하는 민중 봉기로 보는 견해이고, 부정적인 시각은 동학당을 불평분자, 유언비어 유포자로, 나아가 도적 떼가 합세한 오합지졸로 보는 견해이다. 그리고 이 작품은 양반관료의 횡포와 여인의 정절 상실—자살—복수 등의 갈등 구조가 내재되어 있어 보다 첨예한 갈등 구조를 만들지 못했을 뿐만 아니라, 고소설 〈춘향전〉의 모티프가 개재됨으로써 주제 의식의 산만함을 가져오는 결정적 결함을 지니게 된다. 그러나 신소설에서 동학을 제재로 다룬 최초이며 유일한 작품이기도 하다.

화세계花世界―전통적 한국 여인의 미덕

이 작품은 1911년 동양서원東洋書院에서 간행된 작품이다. 전통적 여성관에 의해 여인의 절개와 일편단심을 강조한 소설이다. 결혼 및 개가改嫁의 자유를 인정하려던 당시의 개화사상에 반해 전통적인 한국 여인의 미덕을 다룬 작품이다.

신소설에서 흔한 폭력과 범죄가 나오고 결말 구조가 으레 복수와 법의 심판, 즉 재판 과정이 나오는 모티프는 이해조의 소설에서도 예외는 아니다. 복수는 전근대적이고 개인적이며 합법적이 아닌 방법인데 반해서 재판은 근대적이고 사회적이며 합법적인 방법이다. 복수와 재판을 다룬 작품은 공안류 소설을 포함한 신소설 작품 가운데 상당히 있다. 이해조의 작품 가운데에도 〈화세계〉, 〈구의산〉, 〈봉선화〉 등 많은 작품이 이러한 계열의 작품이다.

차 례

일러두기

1. 맞춤법과 띄어쓰기는 현대어 표기법에 준해 고쳐놓았으나, 방언의 경우 작가의 뜻을 살려 원본 그대로 두었다.
2. 의미를 알기 어려운 단어의 경우 찾아보기를 통해 독자의 이해를 편리하도록 했다.

빈 상설 鬢上雪

빈상설鬢上雪

"군밤 사오, 군밤 사오, 설설 끓는 군밤이오. 물으니 덥소. 군밤이오."

서양 목체를 한 허리 뚝 꺾어 만든 밤 집게를 땅에다 툭 던지고 오동빛 같은 검댕 묻은 손으로 머리를 득득 긁으며,

"이런 기가 막힐 일도 있나? 해는 거진 넘어가는데 군밤은 그대로 있으니, 돈이 있어야 쌀을 팔아다가 우리 댁 아씨 저녁 진지를 지어드리지."

주머니를 부시럭부시럭 끄르고 동전 여남은 푼을 내어들고 눈먼 고양이 닭의 알 어르듯 하는데, 울는꼿스로 양복을 말쑥하게 지어 입고 다까뽀시에 불란서 제조 살죽경을 쓰고 흰떡가래만 한 여송연을 반도 채 타지 못한 것을 희떱게 휙 내버리고 종려단장棕櫚短杖을 오강 사공 노질하듯 휘휘 내두르며 강가 앞에 와 딱 서더니,

"이애, 군밤 사자."

군밤 장수가 깜짝 놀라며 얼풋 일어나 두 손길을 마주 잡고 허리를 굽실하며,

"소인 문안드립니다. 서방님께서 댁으로 행차하시면 소인이 군밤을 갖다드리겠습니다."

양복 입은 자가 두 눈을 딱 걷어붙이며 구두 신은 발길로 밤 벌여놓은 좌판을 들입다 차더니,

"이놈, 괘씸한 놈, 네가 언젯적 군밤이냐? 내 돈은 똥이 묻어 못 팔겠느냐? 네가 이 밤을 팔아? 이놈 잘 팔아보아라."

하며 밤을 모판째 개천에다 처박아 버리고 단장으로 휘휘 젓더니 다시 돌아서서 수죄를 하는데, 좌수의 죄에 원까지 하등을 맞듯 군밤 장수 죄에 군밤 장수의 상전이 들추겨난다.

"이놈, 그때의 버릇을 어디서 배웠느냐? 네 상전이 나를 보거든 그리하라고 가르쳤더냐? 네 상전은 넉넉히 가르치기도 하리라마는 이놈 네가 생심 그리하고 무사할까?"

군밤 장사가 고개를 숙이고 허리를 굽실굽실하며,

"네, 소인이 죽을 때라 잘못하였습니다. 죽여주십시오. 소인의 죄에 소인이나 죽이시지 상전댁에야 천부당만부당하신 분부를 하십니다."

그 대답은 다시 하지도 아니하고 모주 먹은 도야지 벼르듯 하며 가니 군밤 장사가 어이가 없어 덤덤히 섰다가 그 사람이 멀찍이 간 것을 보더니 주먹으로 땅을 치고 혼자 사설을 한다.

"에구, 하나님 맙소사, 보는 데가 있고 위아래 사람 된 법이 있으니까 꿀 먹은 벙어리처럼 지내지마는 남의 못할 노릇을 너무 말으시지. 이 일을 어찌하나? 에구 하나님 맙시사."

하며 깨어진 좌판 조각을 주섬주섬 집어 둘러메더니, 손에 가졌던 돈으로 팥죽을 한 그릇 사서 들고 게딱지만 한 쓰러져가는 오막살이 초가집으로 들어가며,

"여보 복단 어머니 거기 있소?"

방문이 툭 열리며,

"그게 누구요? 장 서방이오? 그것은 무엇이오?"

하고 다 떨어진 반물 치마에 행주치마를 가뜬하게 두른 여인 하나가 쏙 나오더니,

"여보, 그것은 왜 또 사왔소? 쌀을 팔아오지. 아씨께서 아직 진지도 못 잡수셨는데 딱도 하오."

(장) "나는 쌀을 팔아 오고 싶은 생각이 더 있지만 억지로 어찌할 수 있소."

(복) "왜 밤을 못다 팔았소? 돈이 모자라거든 반 되라도 쌀을 팔아왔으면 우리는 못 먹어도 진지 한 그릇이나 잦혀 드리지. 에그, 어떻게 하나, 여보 그 죽은 저기 두었다가 장 서방이나 자시고 돈이 얼마나 있는지 어서 나가 많고 적고 돈대로 팔아오오."

(장) "답답한 말도 하오. 돈이 있고 보면 임자의 말을 기다리고 있겠소?"

(복) "그러면 밤은 하나도 남지 아니하였는데 돈은 다 무엇을 했소? 술을 자셨나 보구려. 여보, 술이 다 무엇이오? 술 먹고 흥청거릴 사람이 다 따로 있지, 우리 처지에 무슨 경황에 술을 자신단 말이오? 상전 부모라니 상전이 굶어 앉으셨는데 마음에 황송하지도 않소? 아씨 가슴을 시원하게 해드릴 수는 없지만 어느 시절이든지 좋은 일이 생기도록 우리가 정성껏 공궤를 아니하면 가뜩이나 설움이 산같이 쌓이신 터에 어디다가 마음을 붙이신단 말이오?"

사정 모르는 책망을 한바탕 들으니 상전을 위하여 물불이라도 들어가라면 서슴지 아니할 복단 아비가 열이 벌컥 나서 서방님께 당한 분풀이까지 한데 엎드려서 만만한 계집한테 실컷 하려 든다.

(장) "누가 술을 먹어? 술 먹는 것 임자 눈깔로 보았소? 아무리 여편네기로 소갈머리 없이 말도 하지. 내가 언제 술을 먹어? 가뜩이나 속에 불덩어리가 부썩부썩 치밀어 올라오는데, 제미붙을, 오늘 너 하나 죽이고 나 죽으면 그만이로구나, 이런 때 칼이라도 있으면 내 배를 찌르고 창자를 내어 보였으면. 술 먹었나 아니 먹었나 시원히 좀 알게."

(복) "아따, 이러면 몇이나 죽는 줄 아는군. 불은 왜 치밀어. 볼기짝에

화덕 불을 놓았남? 그러면 돈은 다 무엇을 했소?"

(장) "글쎄 돈이 어서 난 돈이야? 서방님이 오시더니 밤을 팔라고 하시기에 가만히 생각한즉 그 양반이 길가에서 군밤 잡수실 터인가? 잡수시고 싶으면 놈이만 내어보내시면 몇 관 어치는 못 사들일라구, 손수 오셨을 리가 있나? 벌써 트집을 잡으려고 그리하시는 것이길래, 그래 내가 여쭙기를 댁으로 행차하시면 갖다드리마 하였더니 에구, 나는 처음 보았소, '그 따위 버르장이를 네 상전이 시키더냐? 넉넉히 시키기도 하리라. 시킨다고 네 놈이야 그러하지 못하리' 하시며 부처님 같으신 아씨를 빗대놓고 건넛산 꾸짖기로 불호령을 하시더니 군밤을 송두리째 개천에다 쏟아 버리시니, 아따, 법만 없으면 불공설화不恭說話가 곧 나오겠지만 아씨 한 분을 뵈러 꿀떡꿀떡 참고 온 나를 왜 비위를 건드려."

(복) "에그 너무 말으시지. 우리 생애로 군밤 장사를 하더래도 그동안 부려 잡수신 공으로 하여도 밑천이 부족하면 얼마간 대어주셔도 없는 일이 아닐 터인데, 번연히 그 밤을 팔아 돈냥을 벌면 당신 마누라님 조석朝夕을 해드리는 줄을 짐작하시면서 그리시더란 말이오. 세상에 우리 아씨 불쌍도 하시지 수백 리 밖에서 그 댁 가중家中에를 누구를 바라고 들어 오셨길래 이렇게 구박을 하시누. 못 보시는 데는 왼갖 짓을 다 하다가도 눈앞에서만 알랑알랑하는 평양 안어사만 제일로 알으시고 북촌 바닥에 몇 채 아니 되는 고래 등 같은 기와집을 까치 둥우리를 솔갱이가 빼앗듯 하여 주시고 정작 소중히 자별하신 우리 아씨는 이 아우라진 셋집 구석으로 내쫓으시고 오히려 부족하여 비부쟁이가 군밤을 팔아 진지 해드리는 것까지 훼방을 놓으시더란 말이오? 우리 댁 마님이 아씨를 장중보옥掌中寶玉같이 어떻게 귀히 기르셨다고 이 모양으로 박대를 하시누. 아무려나 이 댁에서도 선대감 내외분만 그저 계시면 이런 변이 낳겠소?"

18

(장) "누가 아니라나, 이 댁 대감 당년 같으면 평양 안어사가 발그림 자나 하여보았을 터이오?"

(복) "에그, 우리 댁 영감께서 상소나 아니 하였으면 제주로 정배나 아니 가셨을걸. 아씨 설운 사정이나 낱낱이 여쭈시게 수로로 천리, 육 도로 천리 밖에 가시니 아씨 이 고생 하시는 것 꿈속같이 모르고 계시 겠지."

(장) "여보, 영감 계실 때인들 아씨께서 고생을 적게 하셨소마는 편지 왕래에도 그대 말씀은 아니 하셨나 봅다. 편지 심부름을 내가 일상 했지만, 보시는 소리를 듣든지 영감의 눈치를 뵈어도 그대 저대 아무 사색 아니 계십다."

(복) "그렇고 말고, 우리 아씨같이 꼭하신 성품이 또 어디 있나? 에그, 무엇인지 시장하신데 죽이나 갖다드립시다."

하며 왼 손길을 행주치마 속에다 쏙 집어넣어 한편 자락을 접첨하여 죽 그릇을 받쳐 들고 중문 안으로 들어간다.

장안만호長安萬戶 굴뚝마다 저녁연기가 아니 나는 집이 없어 사산 밑 나무 허리에 푸른 띠를 띤 듯한데, 집집마다 사람의 소리가 화락和樂한 기상이 가득가득 하거늘, 홀로 화개동 마루터기 서향 대문 낸 말같이 작 은 이 집은 착박하기가 둘째가라면 설워할 만하건만, 어찌 그리 휑뎅그 렁하며, 춥도 덥도 아니한 가을철에 어이 그리 쓸쓸스러운지 적적한 빈 마루에 들락날락하느니 새끼 달린 제비 그림자뿐이요, 불고 쓴 듯한 부 엌에 즉즉거리느니 귀뚜라미 소리뿐인데, 그 집 안방에 꽃같이 젊은 부 인이 옥 같은 흰 손길로 턱을 괴고 뒤뜰로 난 동창 문을 향하고 앉아 서 투른 담배를 한 모금 빨고 열 번씩 침을 뱉으며 산천초목山川草木이 스러 질 듯이 긴 한숨을 쉬고 진주 같은 눈물이 이따금 뚝뚝 떨어지니, 이 부 인은 신세를 생각하고 원통할 뿐더러 엎친 데 덮친다고 천리절도千里絕島

밖에 가신 부모와 동기의 소식이 돈절하여 생전에 다시 못 뵈올 듯한 근심과, 사랑하시던 시부모의 향화를 자기 손으로 받들지 못하여 며느리 도리를 다하지 못하니, 천지간에 한 죄인이 되거니 싶은 한탄이 한데 모여 설움이 뼈에 사무치고 창자가 녹는 듯하여 그리하는 것이라. 복단 어미가 상을 앞에다 갖다 놓으며 백 가지로 위로를 하여 죽을 권한다.

(복) "아씨, 어서 잡수십시오, 시장하신데."

(부) "……."

(복) "어서 잡수셔요. 가뜩이나 맛없는 것이 다 불어터집니다."

(부) "나는 먹고 싶지 아니하니 자네나 배고픈데 먹게."

하며 눈물만 잦추어 떨어지니, 복단 어미가 가슴이 답답하여 아무쪼록 먹도록 하느라고 벽에 걸린 수건을 내려 눈물을 씻어드리며,

(복) "너무 설워 마십시오. 차차 좋은 때가 있지, 고생인들 일상 하시겠습니까? 차차 서방님도 뉘우치시는 생각이 나시면 긇고 옳은 것을 분간하실 날이 있을 것이요, 적소에 가신 우리 댁 영감께서도 오래지 아니하여 풀려 오셔서 내직 벼슬이나 하시면 좀 좋겠습니까? 이런 일 옛일 삼고 웃음으로 연락할걸요. 어서 고만 진정하십시오. 쇤네가 누구를 바라고 삽니까? 아씨께서 일향 이러시면 쇤네버텀 아편이나 먹고 죽겠습니다. 죽어도 설운 것은 없지만 한 가지 눈 못 감을 것은 귀뚜라미만 한 복단이란 년이올시다. 그년을 부려 잡수시든지 놀리시든지 아씨께서 하실 일이지, 얼토당토아니한 평양 안어사가 무슨 까닭으로 달달 볶아 자시는지, 시시때때로 그년 매 맞고 꼬집히고 우는 양을 보면 진작 뒈지거나 하였으면 좋겠어요."

하며 상전의 우는 것을 만류하느라고 하더니, 제가 차포오졸은 더 보태어 흑흑 느껴가며 운다. 원래 설워 우는 때 곁에 누가 와 만류를 하면

그치려던 울음도 복받쳐 더 나오는 법이라. 이 부인이 처음에 복단 어미가 눈물을 씻겨가며 만류하는 서슬에 멈추었던 눈물이 다시 시작하다가 복단 어미가 사설을 하여가며 울어대는 바람에 울음 문이 탁 막히며, 시집 흉구덕이 더 나올까 봐 염려가 되어 턱 괴었던 손길로 죽 그릇을 앞으로 다가놓으며,

(부) "내가 이것을 먹을 것이니 울지 말게. 자네가 변하였나? 그게 무슨 소린가! 복단이가 평양집 드난하는 것인가, 서방님 드난하는 것이지. 내가 아무리 이 고생을 한대도 죽기 전에는 서씨댁 사람인즉, 복단이가 나를 따라온 터에 서방님 드난 아니 하겠나? 에그, 요란스러워, 그만두게."

(복) "왜요? 복단이가 아씨 교전비지, 평양집 교전비오니까? 서방님께서야 뼈가 빠지도록 부려 잡수신대도 아씨가 계신데 제가 무슨 군말을 하겠습니까마는, 정작 아씨는 이 모양으로 고생을 하시게 하고, 그년은 평양 안어사 줄 까닭이 있습니까? 에고 그년, 오늘밤이라도 급살이나 맞아 죽었으면. 이 다음에 그년 나오거든 옷을 벗기고 보십시오. 푸릇푸릇하게 멍들지 아니한 데가 없습니다. 툭하면 꼬집어서요."

(부) "제가 잘못했기에 그렇지, 잘해도 그렇겠나? 자식 역성을 하면 못쓴다네."

(복) "쇤네도 장 저더러 이른답니다. 고분고분히 말 잘 들으라고."

한참 이 모양으로 종, 상전이 이야기를 할 때에 금분이가 복단이를 찾으러 나왔다가 창밖에서 엿듣고, 말끝이 날 만하니까 다시 문간으로 자취 없이 나가더니 행랑문 앞에 가 인기척을 하고 방문을 열며,

(금) "복단 아버지 계시오? 복단이 여기 왔습니까? 아씨께서 부르시는데."

복단 아비가 굶고 드러누워 열이 나는 판에,

(장) "아씨가 누구야? 복단이 여기 없네. 아씨, 아씨? 아씨가 누구란 말인구!"

(금) "에그, 우리 댁 평양 아씨 말이오."

(장) "응, 밑도 끝도 없이 아씨라고 하니까 누가 알았나? 평양 안어사 말인가? 왜 복단이를 데리고 계시며 어디로 찾으러 보내야?"

금분이가 속종에 치부를 단단히 하여두고 문을 툭 닫더니 안방으로 들어간다. 안방 문을 사르르 열더니 두 손으로 마루를 짚고 아래턱을 문지방에다 대고 반쯤 엎디어 들여다보며 없는 정이 있는 듯이 눈웃음을 살살 하며,

(금) "아씨, 무엇을 하십쇼? 쇤네 왔습니다. 에그, 진지 잡수시네. 복단네 아주머니도 거기 계시구려."

(부) "금분이냐? 너 어째 왔느냐?"

(금) "쇤네가 아씨를 뵈옵고 싶어서 왔습니다."

하며 복단 어미를 건너다보고,

"복단이 여기 왔소? 불러오라고 하시는데."

복단 어미가 금분이를 보니 평양집 본 듯이 미운 생각이 버럭 나서,

(복) "여보게, 복단이커녕 아무것도 아니 왔네. 오지도 아니했지마는 왔기로 누가 뜯어먹나?"

(금) "누가 뜯어먹는다고 했소? 불러 오라시니까 물어보았지. 복단 어머니는 공연히 남을 볼 적마다 들큰들큰하네."

(복) "세 많은 자네를 누가 감히 들큰대? 자네 앞에는 내 자식 가지고도 말을 못하겠네 그려."

(금) "누가 당신더러 말을 말랬소? 나를 가지고 트집가락을 하니까 말이지. 세는 무슨 세가 많소, 한 반하에서?"

(복) "트집가락이 얻다 쓰는 문자야! 내가 나이로 하여도 자네 어머니

22

뺄이 지는데.”

(금) “어머니 말고 할머니뺄이 되기로 까닭 없이 트집을 잡아도 쉰네 쉰네 하리까?”

(복) “오, 열흘 붉은 꽃이 없고 십 년 가는 세도가 없어! 세 좋아 인심을 얻지.”

한참 이 모양으로 다투는데 부인이 시속 편협하고 귀둥대둥하는 사람 같으면 시앗의 종년이 와서 자기 앞에 와 그 모양으로 하면 그년의 머리채라도 휘어잡고, ‘이년, 네 상전 년이 내 앞에 가 나와 같이 있는 종 어멈을 해내라고 시키더냐? 갖은 요약을 다 부려 남편 뺏고 집, 세간, 종까지 빼앗고 무엇이 부족하여 한편 구석에 쫓겨 와 있는 데까지 네년을 보내어 포달을 피게 하더냐 마더냐?’ 하고 금분이 이 뺨 저 뺨을 쥐어박아 시앗의 분풀이를 하려 들련마는, 본래 가정의 학문이 상없지 않고 천성이 유순하여 범절이 덕기德氣가 더럭더럭한 부인이라, 설왕설래說往說來를 하다가 점점 뒤 거친 말이 나올까 염려를 하여 일아개장에 미국 대통령이 구화 담판하듯 평화하도록만 말을 한다.

(부) “이게 무슨 말들이야? 한 댁 문하에 있으면서 누가 세가 있고 누가 세가 없고? 어, 나 많은 사람이나 나 적은 것이나 똑같군, 똑같애. 웃음의 소리로 송사를 간다더니 옛말이 하나 틀릴까! 이애 금분아, 그만두어라, 복단 어미가 망령이 났나 보다. 젊은이 망령은 몽둥이로 고친다더니, 자네가 젊었다고 할 수는 없지만 망령 나게 늙기야 했나? 어멈, 여보게 참게.”

복단 어미가 아씨 말에 어려워하던 말을 뚝 그치고 가슴만 벌떡벌떡하며 있는데, 금분이는 한 가락 더 퍼붓는다.

(금) “여보, 노인네가 그리를 말으시오. 남의 마음 쓰는 것을 모르고 무정지책無情之責을 말으시오. 복단이가 걱정을 듣든지 매를 맞든지 내

동생이나 다름없이 여기고 아무쪼록 덜 듣고 덜 맞도록 싸고돌며 아씨께 여쭐 뿐더러, 오늘만 해도 요강 더디 닦았다고 대수롭지 않게 걱정 두어 마디에 대강이 한 번 쥐어박으셨는데, 밥 시작할 때에 나간 아이가 그 밥을 다 먹도록 아니 들어오니 누구는 걱정하시지 아니하시겠소? 내게는 지다위를 아무리 해도 소용없소.”

하며 부인을 핼기죽이 돌아다보며,

“아씨, 쇤네 말이 옳지 않습니까? 쇤네 들어갑니다.”

하더니 행주치마 자락을 훔쳐 싸잡고 문간으로 나가며 주둥이를 비죽비죽 두어 번 하며,

“흥, 얼마나 기승을 부리나 보자. 제까짓 년커녕 제 상전도 알 배때기 없는데, 밑구멍이 다 웃는군!”

하며 눈깔을 깜작깜작하고 갖은 꾀를 다 생각을 하면서 붉은 고개 모퉁이를 넘어오는데, 발에 무엇이 툭 걸쳐서 엎드러지며,

“에그머니, 척척해라! 이것이 무엇이야? 물큰하는 게 사람 죽은 송장 같애. 불이 있어야 좀 보기나 하지. 빌어나 먹을 마누라하고 말씸음 하느라고 어둡는 줄도 몰랐지!”

하며 옷소매를 툭툭 털며 일어나서 검다 쓰다 말이 없이 부리나케 돌아가더니, 소안동 서 판서 집으로 쏙 들어가 바로 안방 문을 향하여 들어가다가, 다시 무슨 생각을 하였는지 돌아서며 행랑방으로 들어가 젖은 옷을 홀딱 벗어 횃대에다 턱 걸치고, 마른 옷을 내려 입고 들창 옆에 걸린 사발등을 벗기더니 불을 켜들고 다시 대문 밖으로 나선다. 좀체 계집 같으면 캄캄 칠야, 으슥한 골목에서 그 광경을 보았으면 어진혼이 거진 빠져 그곳에 주저앉아 버렸을 것이요, 그렇지 않더라도 집에를 왔으면 가슴이 그저 벌떡거려 다시 가볼 생의生意도 못하련마는, 워낙 담이 동의 덩어리 같아서 벼락이 내린대도 눈도 아니 깜짝거릴 금분이라.

제 서방이 옆에 행랑에서 지껄이건만 같이 가자 말 한마디 없이 저 혼자 엎드러지던 곳을 찾아가 등 든 손을 번쩍 들고 고개를 수긋하며 휘휘 둘러보더니,

"에그, 저것이 무엇이야, 참말로 송장일세! 내가 저기 걸려 넘어졌군. 자세 좀 보아야."

금분이가 송장 앞으로 바싹 가서 이리 뒤척 저리 뒤척 하다가 깜짝 소스라치게 놀라며,

"이런 년 보게, 이년이 웬 곡절인가! 정녕 저 우물에 빠져 죽은 모양인데, 어째 여기 나와 있나? 옳지, 물에 빠진 사람이 죽을 때는 기어 나와 죽는다더니 그 말이로군."

배때기를 발길로 지근지근 눌러보더니,

"이것 보아, 아가리로 물을 한없이 쏟네, 그렇지만 쓸데없는걸! 어느 때 이 지경을 했는지 벌써 사지가 모두 뻣뻣하고 발딱거리는 숨기운도 없으니 할 수 있나?"

하며 어느 틈에서 고런 얄은꾀는 쏙 나오는지 담 밑에 있는 헌 짚신 짝을 얼른 집어서 우물 발치에 있는 개천 흙을 묻혀다가 송장의 눈, 코가 보이지 않도록 들문지르고 돌아오며 혼잣말이라,

'흥, 남 잡이 제 잡이라더니, 그 말이 똑 옳군! 나를 못 먹겠다고 으르렁거리더니 제 딸이 먼저 뒈졌군. 그까짓 년 열 뒈져도 사람이 동날 것은 아니지만, 이런 말이 나고 보면 우리 아씨 흠구덕이 나겠지! 딴은 그년이 무쇠라도 녹일 터이야. 매도 한두 번을 맞아야지, 오늘만 하니 그렇게 할 것 무엇 있나? 요강을 닦으라고는 열 번 스무 번 잔심부름을 시켜놓으니 저절로 좀 늦게 닦았는데, 느물느물하기가 어디 양반 부인 같으니, 양반이 부리던 종 작은아씨니까 거만해서 그러니 하며 능구리 감아놓은 듯이 두드려주니, 내라도 그 지경이면 죽을 생각밖에 아니 날

터이야. 에그, 아무렇든지 우리 아씨야말로 평양서 뭇 서방질할 때보다 아망위 되었지.'

하고 마음이 열두 번씩 변사를 하며 저의 댁으로 들어간다.

'사람이 착하면 복을 받고 악하면 앙화를 받는다는데, 말이야 바로 하지, 화개동 아씨같이 착하고 무던하신 이야 또 어데 있나? 제기, 우리가 그 구박을 당했을 말이면 승문고라도 치고 남산에 봉화라도 들었을 터이야. 남편 망신되고 아니 되는 걸 알 비렁뱅이 있나? 그 거조만 하고 보면 평양집이 아무리 구미호같이 서방님을 호리더라도 동풍에 문다래 떨어지듯 할걸! 그 아씨는 못 하시나 아마 내가 이 길로 지소에 가서 순검을 데려다 복단이 송장을 뵈이고 전후 사설을 다 할까 보다, 평양집 경치고 쫓겨나가는 걸 좀 보게. 어허, 쫓겨만 나가? 지금 세월에 대살은 없지만 전중이는 될걸.'

이렇게도 마음을 먹고,

'아니 그리할 수도 없어, 내가 고자질만 하면 평양집을 법소에서 잡아 들여 한 칼 한 매에 죽일 리는 없고 필경 한바탕 문초를 받을 것이니, 문초만 받고 보면 전후 심부름을 다 내가 했는데 내 말이 비두에 오를걸! 아까도 평양집 비위를 맞추어주느라고 낮잠 자지도 아니한 복단이 년을 개와장 수세미를 끼고 코가 비뚤어지도록 자더라고 거짓말을 했지. 그 말인들 아니 날라고? 에라, 잘했든지 못했든지 가던 길로 냅다 서자. 화개동 아씨 친정아버지 이 승지 영감은 착하지를 않아서 귀양다리가 되었나? 남의 청 아니 듣고 재물 모르기로 유명한 양반으로 충신을 가까이하여 정사를 바르게 하고 간신을 물리쳐 법강法綱을 세우려고 옳고 반듯한 상소를 하다가 그 지경이 되었다는데, 지금 세상에는 다 쓸데없어, 못된 짓 하는 사람이 다 잘된다더라.'

이렇게도 마음을 먹어서 이리 할까 저리 할까 생각을 해보고 또 해보며 안으로 들어가니, 이때 마침 평양집이 서 서방더러 가을살이니 나들 잇벌이니 하며 의복을 해달라고 졸라서 발기를 한참 잡는 판이라. 금분 이가 가만히 서서 들으니,

(평) "연두 대문관사, 분홍 숙고사, 무문관사 각 두 통씩만 적구려, 저 고리 해 입게."

(서) "저고리는 장안 반만 하게 해 입나? 그 여러 통이 다 들게?"

(평) "한 벌 가지고 입소?"

(서) "또 무엇?"

(평) "갑삼팔 스무 필은 해야 하겠소."

(서) "그것은?"

(평) "벌통 모양으로 거죽에만 두르고 사오? 아랫도리로 도는 허드레 옷 지어 입지 무엇을 해?"

(서) "또?"

(평) "남수인 두 통, 그 빛으로 숙접영 두 통하고, 백수인 네 통, 무문 숙수 두 통만 적우."

(서) "이것은 드팀전을 벌이려나? 이렇게 사들이자게."

(평) "달이면 달마다 옷을 해주고 날이면 날마다 옷을 해주오? 평생 내가 무엇 좀 해 입겠다면 덜 곪은 부스럼에 아니 나는 고름 짜듯 하지, 아깝거든 고만두구려! 초마라도 벗고 입을 만하여야 하겠고, 금분이도 옷이라고 집구석에서 입는 것밖에 어디 있어? 기왓장만 치어다보고 있 는 것을 모르는 체한단 말이오? 하인도 너무 주제가 사나우면 상전의 모양까지 흉합다."

(서) "누가 아니 해준다나? 공연히 저러지."

붓을 툭 놓으며 당지 두루마리를 쭉 찢어 들고 염낭에서 도장 꺼내더 니, 연월 밑에다 꾹 찍어주며,

"자, 그대로 다 적었어. 내일 놈이란 놈더러 이것을 동의전 뒷방 백의관 갖다주고 상품으로 들여오라고 일러, 응!"

하더니 사랑으로 나간다.

금분이가 마음을 엎치락뒤치락 두 가지로 먹고서 듣다가 제 옷감 끊어준다는 말에 회가 바싹 동하여 평양집 위하는 생각이 불현듯이 나서 혼잣말로,

'그믐달 보자고 초저녁부터 나설까? 동방삭이 밤 깎아먹듯 잘게 떼어먹는 것이 수지.'

하고 서방님 나오는 것을 언뜻 보더니 부엌문 뒤에 가 쥐 죽은 듯이 숨어 섰다가 사랑 문소리 나는 것을 듣고서야 그제야 안방으로 냉큼 들어가며 아무 소리도 못 들은 체하고,

(금) "아씨 혼자 계셔요? 차집 마누라는 어데 갔습니까?"

(평) "너 왜 인제 왔느냐, 몇 차례를 불렀는데. 차집은 제 집에 잠깐 다녀오겠다고 갔단다."

(금) "아씨 무엇이 무엇인지 큰일났습니다. 저 일을 어떻게 하면 좋아요?"

(평) "일이 무슨 일이냐? 아닌 밤중에 무슨 소리를 듣고 또 호들갑을 부리니? 복단이는 찾아오라니까 아니 찾아오고, 어디 가서 세 나절은 있다가 이제 와서 그게 무슨 소리야?"

(금) "복단이 때문에 이때까지 있었지, 다른 때문에 더디 왔습니까?"

(평) "왜, 고년이 제 어미에게 있어 아니 오겠다더냐? 제 상전이라는 것이 붙들고 아니 보내더냐? 고년이 화개동 있기는 있지? 오냐, 걱정 말아라. 내일이면 뜰뜰 굴러오게 할 것이니."

(금) "그년이 화개동만 있으면 무엇이 걱정이야요? 그년이 아까 그 길로 우물에 가 빠져 죽었어요. 저 노릇을 어쩌면 좋습니까?"

안차기로 유명하여 좀체 일에 눈도 깜작하지 아니하던 평양집도 사

람이 죽었다는 데는 겁이 나던지 얼굴이 빨개지며,

(평) "그년이 죽다니, 죽은 것을 네 눈으로 보았니?"

(금) "쇤네가 화개동을 갔었지요. 그년이 거기 없길래 도로 내려오는데, 무엇이 불러댔던지 큰 길일랑 내어놓고 붉은 고갯길로 들어서 오는데, 댁으로 오려면 고개를 막 내려서며 바로 꼬부라진 길로 나올 터인데, 침침하고 불 하나 없이 편한 데만 바라보고 두어 걸음을 나가니까 그년 죽은 송장이 거기 있어요. 에그 끔찍시러워라."

(평) "등불도 없이 왔다며 그년 죽은 송장인지 어찌 알아? 그년이 무엇이 못마땅해 죽는단 말이냐?"

(금) "에그요, 쇤네가 혼이 떠서 행랑으로 왔다가 그년의 키와 어지간하여 하도 궁금해서 다시 등불을 가지고 가보고 오는 길이야요."

(평) "그러면 어떻게 했으면 좋겠니? 무얼, 제가 저 빠져 죽은 걸 누구에게 지다위할까? 좀 쥐어박혔다고 죽어서야 종 부려먹을 사람이 없게? 내버려두렴."

금분이가 혀를 휘휘 내두르며,

"저런 말씀 보아! 제야 잘했든지 못했든지 인명이 지중한데 그 일이 발각만 되면 어째 일이 없습니까?"

하더니 평양집 앞으로 바싹 가서 귀에다 입을 대고 무에라 무에라 하고 두어 마디를 하니까, 평양집이 펄썩 주저앉으며 맛있게 빨던 담뱃대를 슬며시 놓고,

(평) "이애 금분아, 네 말이 옳구나! 이 노릇을 어찌하나? 다 된 죽에 코가 처지겠지."

(금) "아씨 당하신 일이 쇤네가 당한 것이나 일반이지, 상하는 다를지언정 정리야 어데 갑니까? 어찌 애가 더럭 쓰이는지 별생각을 다 해보았어요."

(평) “그래, 어떻게 하면 무사하겠느냐? 이애 금분아, 별수 없다. 우리 친정도 먹고 살 만치는 지내니 이 밤중으로 도망이나 할까 보구나.”

(금) “에그, 아씨도 망령이셔라. 도망이 다 무엇이야요? 아씨께서 아니 계시면 쇤네는 누구를 바라고 살라구요? 별 말씀 말으시고 제 말대로 하시면 해가 복이 되는지 아십니까?”

하며 말소리를 입에다 넣고 쥐도 못 듣게 한참을 소곤소곤하는데 평양집이 고개를 연해 끄덕끄덕하더니,

(평) “이애, 이 다음 일은 잘되든지 못되든지 나는 너 하라는 대로 아무쪼록 다 할 것이니, 너는 내 일 잘 되도록만 하여보렴.”

(금) “그런 말씀은 하시나 마나 쇤네가 아씨 일에 범연하겠습니까? 어디까지든지 눈깔에 흙 들어가기 전에야 아씨 떨어져 일시도 못 살겠습니다. 서울서 살으시면 쇤네도 서울서 뫼시고 있고, 시골 친정댁으로 내려가시면 쇤네도 시골 가 뫼시고 있을 터인데요.”

하더니 팔짱 질렀던 두 손을 쏙 빼어 방바닥을 콱 짚고 엉거주춤 일어나다가 도로 상큼 앉으며 두 주먹으로 턱을 괴고,

(금) “에그 아씨, 급한 바람에 그대로 나갈 뻔했지. 어서 줍시오, 얼른 치워버리게요. 밤이 들었으니까 그 으슥한 데 누가 지날 리는 없지만, 그래도 알 수 있습니까? 뉘 눈에나 뜨이면 탈이지, 아씨, 어서!”

(평) “오냐, 나는 새도 꿈적거려야 하지.”

하며 문갑 위에 얹힌 조그마한 철궤를 열고 한참을 되작되작하더니 무엇 한 뭉치를 휴지에다 대강 싸서 금분이를 주며,

(평) “어따, 세어볼 것 없다. 어서 가지고 나가보아라. 만일 적다거든 내게 와 물어볼 것 없이 저 달라는 대로 얼마든지 더 주마고 하지, 푸성귀 흥정하듯 조르고 있지 말아라.”

(금) “네······. 아씨께서는 어서 주무십시오, 걱정 말으시고.”

하고 발딱 일어서며 중문 밖으로 나오는 체하고 문소리만 삐거걱 내면서 자취 없이 섰다가, 제 방으로 들어가 허리춤에서 평양집 주던 것을 집어내어 절반은 뚝 떼어서 농문을 가만히 열더니 옷 갈피 속에다 쏙 집어넣고, 나머지를 다시 싸서 허리춤 속에다 넣고서야 아랫목에서 자는 제 서방을 깨운다.

"여보 유 서방, 이불 덮고 불 끄고 자오. 나는 아낙에 들어가 자겠소."

한마디를 하더니 제 서방이 알아들었는지 못 알아들었는지 상관도 아니하고 대문을 열고 나간다.

본디 금분이 서방 유거복이는, 제 어미가 거복이 세 살 적부터 서 판서 집 안잠을 자서, 서 판서 아들 정길이와 같이 걸음발탄 이후로 부자지를 맞주무르며 자라났는데, 제 몸은 비록 천하나 소견은 정길이 열 주어 바꾸지 아니할 만하더라.

서 판서 내외가 작고하기 전에 금분이를 사서 거복이와 혼인을 시켰는데, 정길이가 초립동이 때부터 난봉을 부리면 거복이가 한사하고 만류하는 까닭으로 하인 일가 모르거니와 어려워도 하고, 자랄 때 지내던 인정 없이 미워도 하더니, 평양집을 처음으로 친하여 글 한 자 아니 읽고 부모 모르게 밤을 낮 삼아 미쳐 다니는 것을 거복이가 민망히 여겨,

(거) "서방님, 대감께서 공부하시라고 걱정을 가끔 하시는데 공부는 힘을 아니 쓰시고 왜 이러십니까? 지금 세상은 전과 달라 아무리 양반이 좋으셔도 공부 없으면 속절없습니다. 상놈들도 부지런히 공부를 해서 상등 인물이 모두 되는데, 더구나 서방님께서야 공부만 잘하시면 아무리 개화판이라도 누가 우누를 사람이 있겠습니까? 평양집 부용이가 천하에 가까이 못 할 것이올시다. 소인의 육촌이 평양 대궐 역사 때 패장으로 내려가 있어서 부용이 내력을 역력히 알고 이야기를 하는데, 제 어미 개화 적부터 부자 놈 삿갓도 많이 쓰이고, 관찰사 등내마다 호려

백성의 피도 적지 아니하게 긁은 계집이라고 하와요. 서방님이 어째 지난 길에 눈정으로 한 번 가까이 하셨지만 장구히 상관하실 것은 없습니다. 오늘부터라도 곧 거절하시고 공부에 힘을 쓰십시오."

정길이가 그 부친에게 눌리어 이런 일이 소문이 날까 조심을 하는 터에 거복이 말은 들으니 비위에 거슬리기는 하나, 말인즉 그르지 아니하여 무어라고 책망할 수가 없으되, 요조숙녀로 여기는 평양집 흉보는 것은 모두 자기 정을 떼려고 주작부언做作浮言이거니 싶고, 또는 제 놈이 감히 나 좋아하는 노릇을 훼방을 짓나 싶어 괘씸한 생각이 나지만, 내색은 못하고 속치부만 단단히 하여 어름어름 대답을 하고 지내더니, 그 부모가 작고한 후로는 서발막대 거칠 데 없이 활개질을 마음대로 치는데 일변 평양집 치가를 한다, 이씨 부인 소박을 한다, 평양집을 안동 큰집으로 데려온다, 이씨 부인을 화개동 오막살이로 내쫓는다, 북촌 대가로 살던 집안을 뒤죽박죽을 만드는데, 누가 한마디 간해 볼 수도 없고 한 가지 금해 볼 수도 없더라.

평양집은 간특하고 요악한 꾀가 층생첩출層生疊出하는 중, 거복이가 제 흉보던 말을 손살피같이 수소문하여 듣고 복보수할 마음을 잔뜩 두었다가, 큰집으로 들어온 후로, 말 타면 경마 들릴 생각이 난다고 집안에 있는 종이란 종은 모조리 제 차지를 하는데, 심지어 이씨 부인이 데리고 온 교전비 복단이까지 빼앗고, 그중 금분이는 제 서방의 혐의로 뼈가 빠지도록 부려먹고 삼시로 달달 볶을 작정이더니, 약고 눈치 빠른 금분이가 벌써 알아채고 이씨 부인의 없는 흉도 지어내어 평양집 비위를 어찌 잘 맞추었던지, 평양집이 거복이라면 대수로이 아니 알아도 금분이에게는 깜짝 반해서 아무리 은근한 말이라도 못할 말이 없는 까닭으로 복단이 찾으려도 특히 금분이를 보낸 것이요, 금분이는 제 서방이 정작 상전 몰라본다고 바른 말을 가끔 하는 때문에 평양집의 은근한 심부름을 하려면 제 서방을 감쪽같이 속이고 하던 터이라. 그런고로 그날 밤에도 정성이 뻗쳐 편히 자라 이른 것이 아니라 평양집도 거복이 알라 당부가 적지 않고 제 소견에도 행여나 제 서방이 잠이 살오 들어 눈치를 챌까 염려가 나서 시험조로 두어 마디 문안침을 놓아보고, 그 길로 가운데 똥골로 들어가더라.

그날 밤에 평양집은 금분이를 보내고 회보 오기를 고대하느라고 잠을 자지 못하고 연해 미닫이를 열고 내다보는데, 머리맡에 걸린 종이 새로 석 점을 땅땅 치고 사람의 소리는 적적한데, 별안간에 마루 밑에서 자던 삽사리가 컹컹 짖더니 자취 소리가 자박자박 나며 안마당으로 들어온다. 평양집이 반색을 하여 반기며,

(평) "에헴, 이 개, 이 개, 짖지 마라. 거기 누가 왔니?"

(금) "녜, 쇤네올시다. 그저 아니 주무십시오?"

(평) "이애, 어서 들어오너라. 이야기 좀 듣자."

(금) "녜, 이야기합지요. 에그, 숨차……. 똥골로 가니까 돌이가 제 집에 없어요."

(평) "그래, 어떻게 했니?"

(금) "돌이 어미더러 물어본즉, 재동 민 판서 댁 하인청에 가 논다고 그 길로 민 판서 댁으로 가서 불러 데리고 갔다 왔지요."

(평) "누가 보지나 아니하였을까?"

(금) "보기는 누가 보아요, 이 밤중에. 그런 걱정은 조금도 마옵시오."

(평) "오냐, 곤한데 나가 자거라. 날만 밝거든 너 하라는 대로 해볼 것이니 일만 잘 되고 보면 네인들 내 종 노릇만 일상 하라겠니? 나도 생각이 다 있지."

금분이가 고갯짓을 쌀랑쌀랑하며 싱긋 웃고,

(금) "쇤네가 저 잘되자고 이 애를 쓰겠습니까? 아씨를 위해서 무서운

줄도 모르고 이 밤중에 돌아다녔지, 언제는 그러지 않기로 아씨 상덕을 적게 입었습니까? 미련하고 곰 같은 제 서방 놈이 죽을죄를 여러 번 지었건만 아씨께서 쇤네를 보셔서 이때껏 살려두신 것도 큰 덕이지, 아닙니까? 이 다음이라도 거복이가 또 죄를 짓든지 하게 되면 그때 가서는 쇤네는 그놈하고 같이 살지 아니하겠습니다.”

평양집이 사람 같으면 금분이 그 말을 들으면, “이애, 그게 무슨 소견 없는 소리란 말이냐? 서방이 잘못하면 그러지 말라고 간하는 것은 옳거니와, 오륜에 으뜸 되는 서방을 헌신짝 벗어버리듯 한단 말이냐? 다시 그런 철모르는 말 하지 마라”고 준절히 꾸짖기도 할 터이지만, 거복이를 깨물어 먹고 싶어도 금분이 낮을 보아 참고 지내던 평양집이라, 금분이가 제 서방 나무라는 것을 듣고 얼마쯤 다행히 여겨,

(평) “네가 말을 하니 말이지, 나도 장 마음에 맞지 아니하더라. 네게야 무엇 잘못한 게 있겠느냐마는, 제가 계집을 남과 같이 호강은 못 시키지만 팔자가 사나워 종노릇을 하는 터에 계집의 할 것을 대신도 해주고 계집의 이르는 말도 고분고분 들어 불쌍히 알고 위해 주는 일이 없지 아니한데, 가만히 눈여겨보니까 나무공이 등 맞춘 것 같이 어근버근 하는 것이, 젊은 네 전정을 생각하니까 딱하기가 가이없더라. 그렇지만 할 수 있니? 참고 더 지내보다가 어떻게 하든지……..”

(금) “쇤네도 그놈을 벌써부터 버리고 싶어도 상전이 얻어 맡기신 것을 제 마음대로 할 수 없고, 또 아무리 저희 같은 년이기로 청실홍실 늘인 서방을 쉽게 버릴 수가 없어 꿀떡꿀떡 참고 있습니다.”

(평) “그 말 말어라. 각 댁 하님이 담 안에도 서방이 하나요, 담 밖에도 서방이 하나란다. 내가 너를 시키는 것은 아니지만 버리면 버리지 상전이 알은체할 리가 있니?”

이 모양으로 종, 상전이 수작을 하다가 금분이는 제 방으로 나아가고

34

평양집이 홀로 누워서 밤이 새도록 잠을 아니 자고 이리 뒤척 저리 뒤척 눈을 깜작깜작하니, 복단이 죽은 것이 끔찍스럽고 측은하여 그리하는 것도 아니요, 송장 처치한 것이 남의 눈에 들킬까 봐 의심이 들고 겁이 나서 그리하는 것도 아니라, 칼날같이 독한 마음이 화개동 마루터기로만 오락가락하는 것이라.

창 빛이 겨우 사람 알아볼 만한데 누가 문을 바시시 열고 들어오니 평양집이 잠은 아니 자되 눈은 감고 있다가 깜짝 놀라서 눈을 번쩍 뜨며,

"거기 들어오는 게 누구냐? 금분이냐?"

들어오던 사람이 무료해서 서슴는 대답으로,

"한미올시다."

평양집이 성이 통통히 나서 홱 돌아누우며 혀를 툭툭 차고 한참을 검다 쓰다 아니 하고 있더니 새삼스럽게 책망이 나온다.

(평) "여보게, 자네도 나이 지긋한 사람이 지각도 없네. 복단이 년도 달아나고 나 혼자 자는 줄 번연히 알고 잠깐 갔다 온다더니 이게 잠깐인가? 두 번쯤 잠깐이면 과세過歲하고 올 뻔하지 않았나?"

(차집) "에그, 황송해라. 왜 혼자 주무셨습니까? 엊저녁에 오기는 곧 왔더랍니다. 온다고 여쭙고 아니 올 리가 있습니까?"

(평) "정말 왔어? 왔으면 무슨 급한 일이 있어 또 도로 갔던가?"

(차) "중문간에서 금분이를 만났지요. 그런데 금분이 말이, 서방님이 들어오셔 주무신다고 들어가지 말라고 이르기에 아씨께 여쭙지 못하고 도로 가 자고 왔습지요. 몹쓸 것, 늙은 사람을 왜 그렇게 속였을까? 금분이더러 물어보고 오겠습니다."

하며 벌떡 일어서 나가려 하니, 평양집이 금분이가 일렀다는 말을 듣더니 장마 하늘에 서풍이 불어 비구름이 경각에 걷듯, 그 째푸렸던 눈살이 살짝 풀리며 임시처변臨時處變이어서 그렇게 등대를 하였던지,

(평) "옳지, 오기는 왔다 갔군, 나는 자네가 아니 왔던 줄 알고 그리했더니. 그래, 금분이가 서방님께서 안에서 주무신다고 하던가? 우스워라, 서방님이 안에만 들어오시면 주무시나? 도감 포수 계집 오줌 짐작하듯 한다더니, 그년 말마따나 서방님께서 들어오시기는 하셨다 나가셨지. 노여워하지 말게, 내가 복단이란 년 도망질한 데 분이 났던 차에 너무 과히 말을 했네."

(차) "별 말씀을 하시지요. 노하는 것이 무엇이어요? 허구한 날 살려면 걱정 듣기도 예사지요. 아무러면 탓 있습니까마는, 복단이 일이야말로 이상치 아니합니까? 제 어미게나 보내보시지요. 거기밖에 갈 데가 있습니까?"

(평) "이때까지 있겠나? 벌써 보내보았지."

(차) "그래, 거기도 없더랍니까?"

(평) "누가 아나? 아니 왔다고 생작이를 떼더라니까. 그러면 어데 갔겠나? 거기 있지. 자네 나가서 서방님 좀 여쭙게, 들어오시라구."

(차) "네, 여쭙지요. 아직 기침을 하셨을라구요?"

하며 사랑 안문 앞에 가서 목소리를 나직이 하여,

"서방님, 아낙에서 여쭈십니다."

한마디에 정길이가 잠도 채 아니 깨인 목소리로,

"어, 할멈인가? 들어가지. 어서 들어가게."

하더니, 저의 어머니 생시에 두 번 세 번씩 불러도 볼일이 있느니 손님이 왔느니 하며 열에 한 번을 선뜻 들어가 본 적이 없던 서방님이 평양집 분부라면 뜰뜰 구는 터이라, 차집 마누라가 미처 안마당에도 못다 와서 서방님은 벌써 안마루 위에 올라섰다. 전 같으면 평양집이 미닫이를 마주 열고 선웃음을 치며 부리나케 와서,

"들어갑시다. 무엇이 잡수시고 싶소?"

하여가며 방으로 맞아 들어갈 터인데, 서방님의 신발 소리를 듣더니 아랫목 벽을 안고 누워 방에를 들어오거니 곁에 와 앉거니 도무지 모르는 체하니, 정길이가 처음에는 속이려고 부러 저러거니 하다가, 그 다음에는 잠이 들었나 의심을 하다가, 나중에는 갑갑하고 민망한 생각이 나서 바른손으로 평양집의 이마를 슬며시 짚으며,

(서) "왜, 어디가 편치 않은가? 편치 않을 것 같으면 증세를 바로 말하면 약을 어서 지어 오게, 왜 대답이 없어?"

(평) "……."

정길의 가슴이 죄지은 놈 두근대듯 하여, 평양집 어깨를 흔들흔들하며 썰썰 비는 수작을 한다.

(서) "이건 별안간에 생불이 되려나? 감중련하고 말을 아니 하게. 여보게, 내가 무슨 야속한 일을 하던가?"

(평) "……."

(서) "그러면 누가 자네더러 욕설을 하던가?"

평양집이 그 대답은 아니 하고 주먹으로 벽을 땅 치고 한숨을 휘 쉬더니, 눈물만 베개 위에 똑똑 떨어지니 정길의 속이 더구나 타서 백 가지로 위로도 하고 달래기도 하여가며, 평양집 말 한마디만 시원하게 들으면 춤이라도 곧 출 듯이 성화를 하는데, 평양집이 고대로 누운 채 얼굴도 까딱하지 않고 발악을 한다.

(평) "여보, 이 양반아, 들어오신 김에 날 죽이고 나가시오. 하루가 열흘 맞잡이 같소. 서씨 댁 집안이라면 잇살마다 신물이 나고 송곳니가 방석이 되오. 애구, 내 눈깔이 빠졌지, 허구많은 홀아비 놈들이 그득한데 사부 댁 아씨 시앗 노릇을 무얼 못 만나 하러 왔누? 종년 비부쟁이에게까지 업수임을 보고 이 인생이 살아 쓸 데가 무엇이야?"

정길이란 위인은 전생에 무엇으로 생긴 자인지 집안에 양반이나 하

인이나 바른말이라면 비상 국으로 알고, 앞에서 알랑알랑하여 제 비위만 발라 맞춰주면 정신이 없이 엎드러져 하나만 알고 둘도 모르는 까닭으로 평양집 말이라면 팥으로 메주를 쏜대도 곧이듣고, 이씨 부인 말이라면 한 손에 소금을 들고 덤비는 터이라, 평양집 푸념하는 것을 뜻도 자세히 알지 못하고 덩달아 불호령이 나온다.

"오, 이년들, 한 매에 죽일 년들! 일이 없으니까 화개동으로 싸다니며 된 말 아니 된 말 씩둑꺽둑! 이년들, 당장 죽어보아라. 차집 마누라, 이리 오게. 자네부터 바른대로 말을 하게, 이것이 웬일인가? 삼월이 불러라, 금분이 불러라, 복단이 년은 그저 아니 들어왔느냐?"

한참 이 모양으로 야단을 치는데 평양집이 벌떡 일어앉으며,

(평) "여보, 천하에 말으시오, 애꿎은 삼월이니 금분이니. 복단이는 제 부모 제 상전 아씨가 데려간 복단이가 그림자가 또 있을까? 양반 부인의 말은 서슬이 다칠세라 하며 만만한 저년들은 무슨 죄가 있길래 죽이리 살리리 하시오? 보기 싫소, 어서 화개동으로 나가서 판관사령 노릇이나 합시오……."

꼭두식전에 자리 조반이나 차려놓고 부르란 줄 알고 먹으라는 것만이 여김이 아니라, 평양집의 마음 쓰는 것이 아기자기스럽게 어여뻐 부리나케 들어온 정길이가, 조반은커녕 뚫어진 벙거지에 우박 맞듯, 좁은 수도에 물 퍼붓듯, 한참 이 모양으로 폭백을 당하며 화개동 편으로 눈을 흘겨보고 씩씩거리고 앉았더니, 평양집더러는 감히 다시 말 한마디 물어보지도 못하고 마루로 뛰어나가더니 북벌하러 가는 군정 모으듯 부산을 친다.

"금분아, 거복이 불러라. 놈이란 놈은 어데 갔느냐? 도끼를 가져오너라, 절구공이를 찾아오너라. 이놈들, 나하고 같이 화개동으로 가자. 당장 기둥뿌리를 쓸어버려야지 참기도 많이 참았다."

집안 사람이 웬 영문인지 알도 못하고 옹기종기 모여 와서, 마루 앞으로 핀잔 잘 주는 평양집이 무서워서 못 오고, 영송문 밖에 급장이 대강이 끼웃대듯 부엌 모퉁이에 가 몰려서서 듣는데, 서방님이 부르는 통에 같이 섰던 거복이와 놈이가 차례로 들어가 무슨 죄들이나 지은 것같이 뜰아래 가 우뚝우뚝 섰는데, 평양집이 이를 악물고서 서방의 허리띠를 훔켜잡고 아랫목으로 내리 끌었다 윗목으로 치끌었다 하며 야단을 치다가 지게문을 탁 열어붙이며,

"이놈들, 무엇하려고 거기 섰느냐! 썩 나아가지 못하느냐? 무슨 구경난 줄 아느냐, 저년들이 저기 울립하였게."

방구석을 여기저기 헤매더니, 장 밑에 있는 방망이짝을 집어 들고 푸닥거리하는 무당 년 대감놀이하듯 휘휘 팔매 치며,

"이년들, 얻어터지려거든 거기 섰거라."

하며 문간을 연해 힐긋힐긋 곁눈으로 내다본다. 이때 집안 식구라고 방구석에는 하나도 못 있고, 모두 뒤뜰, 앞뜰에 구석구석 서서 어찐 영문인지 모르고 눈들이 휘둥그런데, 무슨 일이든지 남보다 먼저 뛰어나오던 금분이는 그림자도 없더니, 얼마 만에 중문간으로 들어오며 한 손에 조그마한 짚신 한 켤레를 들고 두 눈을 이리 씻고 저리 씻으며 홀짝홀짝 울다가 안방 앞 툇마루 아래 가 오도카니 섰는데, 평양집이 내다보더니 서 서방의 허리띠를 놓고 금분에게로 구실을 붙인다.

(평) "이년, 너는 어떻게 생긴 년인데 집안에서 큰소리가 나게 되면 궁금해도 나와볼 터인데 한나절까지 가랑이를 벌리고 자빠져 자다가 인제야 아실랑아실랑 나오느냐? 내가 저년부터 한 매에 죽이겠다. 이년, 이리 오너라."

(금) "에그, 쇤네가 무슨 죄가 있습니까? 쇤네는 복단이* 찾으러 갔다

*원문에는 '금분이'로 되어 있다.

온 죄밖에 없어요. 이렇게 걱정이 나실 줄을 알았으면 복단이는 못 찾아보아도 아니 갔다 올 것을 그리했지요."

(평) "이년, 그러면 복단이 년을 불러왔느냐?"

(금) "부르기커녕 복단이는 보지 못하고요, 기가 막히어 말씀할 수 없습니다."

하며 치맛자락으로 눈을 가리고 끌끌 느껴 우니,

(평) "저런 빌어먹을 년 보게. 말은 아니 하고 제 어미가 거꾸러졌나, 울기만 하네."

금분이가 우는 목소리로,

(금) "쇤네가 엊저녁에 화개동을 댕겨와서 생각하니까 큰댁 아씨께 꾸지람 듣기야 예사지요마는, 복단 어미, 아비에게 웃청까지 욕을 잡수신 것이 분할 뿐더러, 제 딸 좀 찾기로 그다지 야단할 까닭이 없을 터인데, 암만 해도 의심이 나서 오늘 첫새벽에 또 갔더니 복단이가 거기 있기는 한데, 할 수 없이 그대로 왔습니다."

(평) "또 욕을 먹고 쫓겨온 것이로구나! 번연히 알며 무엇 하러 너더러 또 가라더냐? 복단이 말고 나를 빼 가더래도 상관 말지, 나같이 천한 년이 성명이나 있다더냐? 짚신은 뉘 것을 들고 댕겨?"

금분이가 손에 들었던 짚신을 마루 끝에다 툭 놓으며,

(금) "이것이 복단이 년의 신이 아닙니까? 쇤네와 한꺼번에 사 신은 것인데."

(평) "복단이는 보지도 못했다며 신은 어서 가지고 왔단 말이냐?"

(금) "그리 했습니까, 쇤네가 일찌거니 일어나 가는 길로 화개동 댁을 넘어가서 아낙에는 중문이 걸려 못 들어가고 행랑으로 들어갔다가 살펴보니까 이 신이 방문 앞에 놓였는데 눈에 익길래 자세 본즉 복단이 신이야요. 그래 방문을 잡아당기며 복단이를 부르니까 문고리가 안으

40

로 걸려 열리지를 아니하고, 아무 대답도 없더니, 안문 소리가 툭 나며 그제야 바깥문을 열어요."

(평) "그년의 방문을 들이부수구라도 보지. 복단이 년이 그 방에 있던 것이로구나. 그래, 그년을 무슨 짓을 하든지 붙들어 오지를 못하고 왜 너 혼자 와서 찔끔찔끔 우느냐?"

(금) "보기만 하면 세상없어도 데리고 오겠습지요마는, 그 내숭스러운 것들이 제 자식을 얻다 감추었는지 싹도 없이 볼 수가 없어요. 쇤네가 복단이 신을 보이며 신은 여기 있는데 복단이는 어데 갔느냐고 물어보았더니, 아따 그것의 어미, 아비가 '복단이 온 것 보았느냐, 보았거든 찾아놓으라'고 대들어 욕설을 하더니, 아낙에서 아씨께서 걱정을 천동같이 하시며, '복단이는 내 종인데 찾는 사람이 또 누가 있느냐, 그년이 어제 저녁부터 내 집에 와서 웬 트집이란 말이냐, 복단이를 얻다 두고서, 빼앗긴 것도 원통하고 분한 마음이 잠시 한때 풀리지 아니한 내게 와서 지다위를 한다더냐?' 하시며 길길이 뛰시는데 바로 쇤네가 죄를 지었으면 불러오래서 앞에 세우시고, 사리대로 꾸중을 하시다가 어디가 시큰하도록 때려주신대도 감히 한가하겠습니까마는, 그리하시지는 않고 건넛산 꾸짖기로 쇤네 죄에 상전의 말씀을 하시니까 쇤네는 그 일이 원통하옵니다."

세상에 거짓말을 잘하는 것들이 백판 터무니없는 일을 지어내는 것이 아니라, 바늘 끝 같은 것을 보면 홍두깨처럼 늘이는 법이라. 어제 복단 아비에게 핀잔을 당하던 일과 복단 어미와 다투던 일을 얼마쯤 보태어 평양집 분을 돋우어놓고 그 다음에 복단이 일을 넘겨씌워 제 분풀이도 실컷 하고, 평양집 근심도 없도록 비상한 꾀를 내어, 평양집더러 식전에 이 야단을 내어 서방님 이하 집안 사람이 다 모이게 하고, 저는 붉은 고개 우물 두덩에 있던 복단이 짚신을 집어 들고 화개동 집 행랑 섬

돌에다 살며시 놓고, 생작이로 복단이를 부르다가 좋지 아니한 말이 나도록 들큰대어 복단 어미와 이렇거니 저렇거니 입에 못 담을 악담을 드러내어 놓으니, 아무리 참을성 있고 참한 이씨 부인이기로 금분의 계교는 모르고 상전이 되어 몇 마디 꾸짖지 아니하리오. 금분이가 좋다꾸나 하고 동네방네를 떠들어 복단이를 숨기고 아니 내어놓는 줄로 여기도록 신짝을 들고 한길로 외며 내려와 집안에 야단이 나는 것을 보고 때맞춰 들어온 것이라.

(평) "너더러 누가 식전 꼭대기에 또 가라더냐? 엊저녁에 먹은 욕이 시틋하지도 아니하던가 보구나. 번연히 복단이 년을 돌린 줄 알며 무엇 하러 펄떡펄떡 가? 네가 백날이면 찾아올 터이냐? 양반 아씨가 겁도 아니 나던 것이로구나. 이년, 보기 싫다, 나가거라. 그리해도 아니 나가고 무엇을 잘 하고 왔노라고 거기 오도카니 섰느냐? 썩 나가지 못하느냐?"

소리를 귀청이 뚝 떨어지도록 지르더니 부엌 모퉁이를 내려다보며,

"너희들도 거기 있지 말고 모두 나아가거라. 이곳을 배오개나 선혜청으로 아느냐, 장꾼 모이듯 하였게?"

한바탕 악을 바락바락 지르니 남녀노소 물론하고 하나도 있지 못하고 차례로 행랑으로 물러나가고, 다만 정길이와 평양집과 단둘뿐이라. 평양집이 방으로 들어가더니 방문을 틱틱 닫고 담뱃대를 툭툭 털어 담배 한 대를 담아 성냥을 드윽 그어 피워 물더니,

"서방님, 내 말씀 들으시오. 이 집안이 어떻게 되려고 이 모양이오? 잘 되려고 이렇소, 못 되려고 이렇소? 말 좀 하시오. 분한 대로 하게 되면 당장에 일이 곧 나겠소마는, 아랫것들이 부끄러워 참고 참았더니 인제 조용하니까 말이오."

정길이가 평양집의 잡도리하는 것을 보고 겁이 덜컥 나서 수각이 황망하다가, 목소리를 나직나직이 의논 삼아 묻는 모양을 보더니, 세상

걱정이 다 없어진 듯하여 입이 떡 벌어져 아랫목에 가 앉으며,

(서) "이건 우리 집에를 어저께 처음으로 들어왔나, 번연히 알며 이리할 것 무엇 있나? 자초지종自初至終을 자세히는 모르지만 대강 들어도 짐작은 하겠구먼그려. 그에서 더한 일이기로 내가 할 탓이지 무슨 걱정인고? 이야기나 하라니 갑갑한데."

(평) "에구, 저 양반 불 늘어진 줄은 알았지만 처음 보았소, 처음 보았어! 나 같은 무지막지하고 천한 년은 다시 말할 것 없지만, 어디 아씨 한 분이야 처지가 부인이요, 지체가 당당 사부신데, 나 같은 년도 아니할 일을 한단 말이오? 내가 이런 말을 하면 시앗의 말이니까 강샘으로 하는 말인 줄로 서방님부터 알으시겠으나, 나는 조금이라도 간격을 두고 말을 하면 아청 하늘에 벼락을 맞겠소."

(서) "그래, 복단이 년을 화개동서 감추어두고 아니 내어놓나? 가만히 있게, 염려 말고."

(평) "흰소리 좀 작작하시오. 그러니까 남과 같은 돈을 가지고 군밤도 못 사 자셨구먼. 아니 팔면 코 떼고 그저 나오지, 남의 가개는 왜 부수고 가만히 들어앉았는 내 밑구멍까지 들썩들썩하게 욕을 먹여?"

(서) "그래, 복단 아비 놈이 무엇이라고 욕을 하더란 말인가?"

(평) "여간 그놈만 욕을 했으면 약과게? 금분이가 엊저녁에 복단이 왔나 물어보러 갔다가, 그 집안 식구대로 무더기 욕을 퍼붓는 서슬에 똥줄이 나서 쫓겨왔는데. 에그, 양반은 상소리를 아니 한다더니 근래는 양반도 개화를 해서 그러한지, 사복개천은 조촐한 모양이야! 에그, 남부끄러워."

하며 정길이 부화를 있는 대로 끌어올린다.

(평) "마누라님이 불시에 그렇게 보고 싶습더니까? 보고 싶어 갔으면 조용히나 댕겨오거나, 가게 구석으로 무엇 하러 어실렁 들어가 군것질

을 하려 들었소? 그것 이상치 않은가?"

(서) "이런, 남의 속종도 모르고 나무라기부텀 하네. 그래, 내가 군밤이 먹고 싶으면 안동 바닥에 밤 가게가 없어 화개동 꼭대기에를 일부러 올라갔을까?"

(평) "속종이 무슨 속종이란 말이오? 삼사월에 파종 속종 이야기 좀 들읍시다그려."

(서) "그놈이 밤 장사인지 막걸린지 하면 아가리나 닥치고 하거나 고약하게 말을 내어놓아 내 낯을 적지않이 깎이게 하니까 일부러 가서 훼방을 놓을 터인데, 무에라고 트집을 잡아야 하겠기에 밤을 사자고 시작을 해가지고 죽젓광이질을 해버렸지. 왜 못할 일 했나? 심술 두었다 좀 먹이겠군."

(평) "고약한 말은 무슨 말인고? 쭉 해야 서방님이 내게 빠져서 부인 아씨를 소박했다고밖에 더했을라구? 에구, 밉살껏 해라. 자기가 얼마나 칠칠하면 소박데기가 되었을라구. 남의 탓할 것도 없지. 그런데 그놈이 오뉴월 더부살이 환자 걱정하듯 제가 상관없이 무엇이길래 말을 하더란 말이오?"

(서) "바로 그렇게나 말을 내어 놓았으면 오히려 관계치 않게? 제 상전의 양식을 우리가 대어주지 아니하여 굶어죽을 지경인데, 군밤 장사를 해서 호구한다고 말을 내어놓은 모양이니, 내 귀로 바로 듣지는 못했지만 그런 창피한 일이야 어데 있나?"

(평) "왜 굶어, 왜 굶어? 옆구리에다 독을 차고 먹던가 보구려, 그 양식을 다 먹고도 굶게? 우리 집에서는 자라고 못 자라는 것을 상관 아니 하고, 있으면 먹고 없으면 못 먹을 작정으로 셈도 쳐 본 적이 없지만, 화개동은 다달이 식구 수대로 서 홉 요를 적은 듯이 보내는데 복단 어미, 아비야 늙은 것들이 무엇을 세차게 먹겠소? 그렇기에 그것들의 요는 대궁

44

도 먹고 물찌기도 걷어 먹으라고 둘에 어울려 한 사람의 요를 주었소. 아무더러 물어보기로 부족하다고 한단 말이오? 나도 다 들었소. 그 쌀이 밥솥에보다 장사아치 광주리 속으로 더 많이 들어갔답디다."

정길이가 정신이 빠지지 아니한 자 같으면 평양집 맡기어 이씨 부인 양식을 대어주라고 할 리도 없을 뿐더러, 단 세 식구 사는 집안에 식구대로 양식을 주었다 하며, 그 말끝에 복단의 부모는 둘에 어울러 하나 요를 주었다 하니 세 식구에 둘의 요만 준 것이 분명하거늘, 정길의 흐린 소견에는 식구대로 주었다는 것만 열 되들이 정말로만 알고 이씨 부인이 세간 살림을 헤피 하는 줄만 여겨,

(서) "진작 저의 친정으로 쫓아버릴 것을 그리해도 차마 못 하고, 두고두고 보라니까 점점 갈수록 해괴망측하지. 지금은 이 승지인지 누구인지 되지 아니한 상소질을 하다가 제주로 귀양을 가는데 솔가하여 같이 갔다 하니, 제 친정이나 있어야 보내보지. 약이나 먹여 죽여버리는 수밖에 없지."

(평) "그것이 무슨 말씀이오? 생사람도 죽이오? 남도 아니요 내 가속을? 저런 소리를 하니까 나까지 욕을 먹지. 여보, 죽이지도 말고 쇤네를 개올리지나 말으시오. 일이 남부끄럽지 아니하오? 복단이 년으로 말하면 아무리 자기가 데리고 온 교전비기로, 한번 서씨 댁에 들어온 이후는 서씨댁 종인데 잘했든지 못했든지, 남편이 한번 정해 놓은 것을 사리대로 남편에게 말을 해서 도로 데려가는 것이 부인의 떳떳한 행세여늘, 그것의 어미, 아비를 부동하여 데려다 감추고, 도적이 매 든다는 일체로 애꿎은 금분이에게다 대고 욕급의 말을 한단 말이오? 그년이 어데 갔겠소? 행랑 문 앞에 놓인 짚신까지 금분이 눈에 들키고 아무리 없다면 되겠소? 찾든지 말든지 내 알 바는 아니오. 이 없으면 잇몸으로 살지, 언제라고 복단이 데리고 살았을라구. 그렇지만 일이 분하지, 종

도 빼앗기며 욕만 실컷 먹은 것이, 양반 부인이야 생심 말이나 해보겠소마는 복단 어미, 아비는 돌구멍 안에 붙여두지 못하겠소. 그 연놈이 나고 맞붙이라도 내 종년을 보고서 그렇게 할 수가 있겠소? 에구, 분해라. 삼신도 눈깔이 멀었지, 이왕 나를 점지하거든 허구많은 양반의 밑구멍을 다 버리고 하필 상놈의 집에다 태어나게 했던가! 상년으로 태어났거든 상놈과 내외가 되어 살게 팔자가 못 되고, 양반아씨의 시앗이 되어 종놈, 종년에게까지 이 망신을 당하였나! 죽어도 마땅하지."

평양집이 손을 접어 턱을 괴이고 뒷창문을 물끄러미 바라보며 눈물을 뚝뚝 떨어뜨린다.

정길이가 한참을 얼빠진 사람처럼 앉아 보더니, 복단이 일이 분하기도 하고, 평양집 우는 것이 가엾기도 하여 이씨 부인 미운 생각이 한층 더 나서,

(서) "여보게, 울 것 무엇 있나? 저희들이 아무 짓을 하면 쓸데 있나! 내가 야속하게 구는 일이 있거든 탄하게. 화개동 식구라고는 내 생전에 대면을 아니 할 터이요, 또 시량이라고는 나무 한 가지 대어주지 아니할 터일세. 복단이 년은 어디로 돌렸노? 전 같으면 그년의 아비 놈을 형한양사로 보내어 학의 춤을 취었으면 절로 설설 기어 들어오련마는, 세상이 말세가 되어 양반이 욕을 보아도 설치할 수가 있어야지. 더구나 개화 장정에는 세전비로 부리는 법을 금한다니까 법소로 차릴 수도 없고, 하인 성청법도 없어졌으니 사다듬이나 할 수가 있나?"

평양집이 아무 대답도 없다가 머리맡 문갑 위에 척척 접어 얹었던 손수건을 집어 서너 방울쯤 나온 눈물을 몇 동이나 쏟은 듯이 한참을 이리저리 씻고 한숨 한 번을 쉰다.

"휘! 에그, 하나님 맙시사."

하며 돌아앉더니 먹던 담배를 툭툭 털고 새로 한 대를 꾹 담아 털어

놓은 담뱃불을 슬며시 눌러 두어 모금쯤 빨더니, 손에 들었던 수건으로 물부리를 쓱쓱 씻어 둘러 잡고 정길의 턱 밑으로 내어밀며,

"엇소, 담배나 한 대 잡수시오. 쓸데없는 말 고만두시고."

자던 입으로 텁텁하건만 양치질도 할 겨를 없이 불려 들어온 정길이가 정히 담배 생각이 나던 차에, 평양집 주는 그 담배는 정도 한이 없이 깊고 맛도 세상에 제일이라, 어떻게 기쁘고 감사하던지 도리어 미안한 생각까지 나서 그 담배가 다 타도록 복단이 사건을 어찌하자 말을 다시 하지 못하고, 평양집 분부를 기다리는데, 평양집은 벌써 금분이와 공론한 일인즉, 다시 궁리할 것도 없이 배포가 다 있는 터이라, 나무에서 똑 딴 듯한 얼굴을 도렷하게 들더니 천착하게 깔깔 웃지도 않고 눈살만 잠깐 펴고 상끗 웃으며,

(평) "하도 어이가 없어 웃음이 나오네. 사람도 약을 먹여 죽이오? 더구나 오륜五倫에 으뜸 되는 육례六禮 갖춘 가속을 죽여? 여보, 끔찍스럽소! 내가 분한 김에 말마디나 함부로 했소마는, 아무리 잘못해도 그 양반은 부인이요, 잘해도 나는 천첩인데, 나는 한 집에 여전히 살며 그 양반은 약을 먹여 죽인다든지 시량을 아니 대어주어 굶는다든지 하게 되면, 서방님 모양은 좋을 것이 무엇이오? 그럴 것 없이 복단이 한 년이 무엇이 그리 대단하오? 고만 내버려두고 찾지도 말고 나는 우리 고향으로 내려가 친정 부모와 같이 살겠으니 화개동 아씨를 모셔다가 화평하게 잘 사시오. 그리고 보면 복단이를 아니 찾아도 절로 들어올 것이요, 집안에도 아무 시비도 없을 것이니."

하여 얼굴을 폭 수그리고 눈물이나 나오는 듯이 수건 자락으로 연해 씻는다.

(서) "여보게 평양집, 내 말 듣게. 우리가 육례만 아니 갖추었다 뿐이지 하해같이 깊게 든 정으로 말하게 되면 바로 둘 중에 하나가 죽어 없

어 이별을 하기 전에야 가는 사람은 누구요, 보내는 사람은 누구란 말인가? 이가의 딸 제가 아무리 나고 육례를 갖추었다 하더래도 집안이 망할 짓만 해도 그대로 둘까? 내가 글은 많이 못 읽었지만 소학에도 공맹자 말씀이, 투기가 있으면 칠거지악七去之惡에 들었다 하셨는데, 이왕 지낸 일은 말하지 말구라도 이번에 복단의 사건으로 보면 투기하는 버르장이가 아니라 할 수 있나? 어떻든지 잘잘못간에 이가의 딸은 다시 대면을 아니 할 터이니까."

(평) "아서시오, 그리하시고 보면 못된 바람은 시구문으로만 분다고, 자기 잘못한 말은 아니 하고 아무 죄 없는 내게로만 악담이 돌아올 터이니. 여보, 악담도 지긋지긋하오."

하며 무슨 말을 조용조용 하니까 정길이는 귀를 평양집 입 근처로 기울이고 눈만 감았다 떴다 한참을 하더니,

(서) "응, 그렇지! 옳아, 그렇고말고. 아무 염려 말게, 어려울 것 없지."

이 모양으로 평양집 말하는 대로 대답을 연해 하다가 평양집이 물러앉으니까 행랑으로 내대고 금분이를 부르더니 세숫물을 어서 떠오라고 재촉을 한다.

전 같으면 세수를 하려면 시집가는 신부의 첫 단장 하듯 거울을 앞뒤에다 놓고 이리저리 보며 찍고도 바르고 화로수도 뿜어 한나절 해나 보낼 터인데, 무엇이 그리 급하던지 검둥개 미역 감듯 코만 겨우 훔척훔척 씻고 갈라붙인 머리를 빗질도 아니 하고 손으로 두어 번 쓰다듬더니, 양복을 허둥지둥 입고 대문 밖으로 나가며,

"놈이 어디 갔느냐? 우산 들고 부지런히 따라오너라."

한마디를 하고서 별궁 모퉁이로 내려가더니, 대안동 네거리로 사동 병문을 지나 아래 청석골로 들어가서 남향 평대문 집 앞에 가 주춤 서더니,

"이리 오너라, 이리 오너라."

두어 마디를 부르니까 안으로서 여인의 소리로 대답을 하는데,

(여) "거기 누가 오셨나 여쭈어보아라."

(서) "소안동 계신 서 판서 댁 서방님 오셨다고 여쭈어라."

정길이 말이 뚝 떨어지자 그 여인이 깔깔 웃으며,

(여) "에그, 나는 누구라고, 사위님이오? 어서 들어오시오. 오늘은 식전에 무슨 바람이 불었나? 어서 들어오시오."

그 말을 듣더니 정길이는 안으로 서슴지 아니하고 들어가고, 놈이는 중문 문지방에 가 우산을 거꾸로 짚고 우두커니 걸어앉았더라.

그 집 주인은 장안에 유명한 화순집이니, 젊어서 인물도 밉지 않고 외입도 많이 하였는데, 늙을 고비가 되니까 뚜쟁이로 나서서 남의 집 젊은 자식을 거덜내기와 유부녀 유인하기로 생애를 삼는데, 정길이가 평양집을 만나기도 화순집이 중매한 것이라. 평양집과 창자를 맞추어 화순집이 평양집 덕도 많이 보고, 평양집이 화순집 꾀도 적지않이 들어 정길의 집안일을 정길이는 다 몰라도 화순집은 역력히 알고 있는 터이라.

화순집의 밤낮 경륜하는 불같은 욕심이 만호장안萬戶長安을 다 내어 놓고 한갓 정길의 집에 있으니, 이 욕심은 누거만냥 되는 정길이 재물을 나꿔 먹자는 것도 아니요, 고래 등 같은 정길의 집을 빼앗아 들자는 것도 아니라. 정길이 보기에는 천하박색 같고 평양집 알기에는 원수 같은 이씨 부인을 꼴딱 집어삼키고 싶어서, 화순집이 소안동, 화개동으로 북 나들듯 하며 평양집을 부추기기도 하고 이씨 부인 눈치도 많이 보기도 하였는데, 그날 정길이가 찾아온 것이 평양집 꾀를 듣고 온 것 같으나 실상은 화순집 지휘에서 나온 것이라.

화순집이 생시치미를 뚝 떼이고,

(화) "어디를 일찌거니 가셨다 오시는 길이오? 나 같은 버커리 장모를

일부러 찾아올 이치는 없는데…….”

(서) “일껏 장모 문안을 오니까 너무 야속하구려. 어서 가라는 축객하는 말이오? 주인이 냉대하는데 손은 있을 것 있소?”

하며 일어나는 체하니까, 화순집이 와락 달려들어 양복자락을 턱 붙잡으며 웃더니,

“이런 변 보아! 늙은 장모가 망령으로 실없는 말마디나 했기로 가는 것이 다 무엇이오?”

정길이가 다시 앉으며,

(서) “무엇인지 우리 집은 큰일 났소. 장모는 대강 아는 터이니까 말이지, 의논 좀 하자고 내가 왔소.”

(화) “에그, 도섭시러워라! 큰일이 무슨 일이란 말이오? 큰일 나면 품팔아 먹지.”

(서) “남은 진정으로 말을 하는데 농담으로 대답 마오.”

(화) “어서 말씀을 하시구려. 누가 진정이 아니라 하오?”

(서) “내 말이 다른 말이 아니오. 소위 내 아낙이라는 자 말이오. 점점 두고 볼수록 집안 결딴날 짓만 하고 꿈에도 보기 싫은데, 본가로 쫓자 하니 다 결딴나 아무도 없고, 약이나 먹여 죽이자니 평양집이 한사하고 못하게 하니, 이 노릇을 어쩌면 옳단 말이오. 나는 그 의논 좀 하자고 왔소. 장모는 격난을 많이 한 이니 내 속 좀 시원하게 하여주시겠소?”

(화) “내가 무엇을 안다고 말씀이오? 에그, 평양집은 얌전도 하고 인정도 많지! 어느 시앗 싸움이라니 칼부림을 시아리지 아니하고 죽여 없애도록 상쾌히 알 터인데, 그렇게 고맙게 마음을 쓰지! 세상에 그런 사람은 다시없을걸. 그 시앗 되는 부인이 그 공을 아실까? 알고만 보면 참말이지 머리를 베어 신을 삼아도 넉넉하지.”

(서) “그 공 아는 것도 고만두고, 망할 짓이나 작작 하였으면 춤이라

도 추겠소. 무슨 걱정이오? 글쎄 저것을 어떻게 처치했으면 옳단 말이오? 가르쳐주시오."

(화) "내 소견에는 앞뒷일이 다 좋을 도리 한 가지가 있소마는, 우리가 아무리 정리가 두텁기로 남의 잔치에 감 놓으라 배 놓으라 할 것 있소?"

(서) "그게 무슨 소리요? 내 일을 남의 일 보듯 하시려오? 이 일에 당해서는 잘 조처하든지 못 조처하든지 장모만 믿고 아주 위임을 하는 것이니 별말 말으시오."

(화) "이런 때 보게, 모처럼 오셔서 우거지 같은 때만 쓰시구려. 할 수 없소. 이처럼 하시는데 내가 괴롭다고 아니 보아드릴 수 있소? 그렇지만 잘잘못간 나를 쓸어맡긴 이후는 다시 이론 아니 한다고 다짐을 하셔야 하겠소. 공연히 죽도록 애를 쓰고도 나중에 이러니저러니 시비 듣게?"

(서) "시비를 누가 한단 말이오, 내가 좋아 하는 일을? 걱정 말으시오. 군말을 하면 변성變姓을 하겠소."

그리하자 대문 밖에서 '이리 오너라' 소리가 나니까 화순집이 여겨 듣더니, 정길이 대답은 중동을 무이고 황망히 일어나 나가며,

"사위님 미안하지만 혼자 좀 앉아 계시오. 누가 왔는지 나가보고 들어오겠소."

하며 문간으로 마주 나가며 손짓을 설레설레하니 밖에 와 찾던 사람이 쏜살같이 안으로 들어오려다 무르청하여 서며 화순집을 보고,

"날세. 기운 평안하시오? 안손님이 오셨소? 왜 들어가지 못하게 하고 밖으로 배송을 내려 드오?"

화순집이 그 사람의 손길을 턱 잡더니,

"에그 영감도, 내가 영감을 배송 낼 리가 있습니까? 정말 시스런 안손님이 있으니까 그리했지."

하며 그 사람과 입을 모으고 한참을 소곤소곤하더니,

(화) "태평히 가십시오. 이따 뵙겠소."

(손) "네, 이따 뵙시다."

하더니 그 사람은 큰길로 나서 뒤도 아니 돌아보고 휘죽휘죽 가는데, 화순집은 대문간까지 나아가 문틈으로 그 사람이 아니 보이도록 서서 보며 혼잣말이라.

'오냐, 걱정 말아라. 네 소원 성취가 인제야 되겠다. 그렇지만 이 애를 쓰고 이 일을 하는 것인데, 내 소청所請대로 하여주어야 할걸.'

하고 큰 공을 이룬 듯이 양양자득揚揚自得하여 안으로 들어간다.

이때 놈이는 문지방에 오래 걸어앉아 편치도 못할 뿐더러 본래 궐련 먹기로는 용구뚜리라고 별명을 듣는 아이라, 저의 서방님이 나오면 들킬까 하여 빈 행랑방 속에 들어가 문을 닫고 궐련 한 개를 막 피워 물고 앉았다가 화순집 수작하는 말을 낱낱이 다 듣고 어린 소견에도 분한 생각이 나서, 저의 서방님 나오기는 기다리지도 아니하고 행랑에서 뚝 뛰어나오며 그 길로 저의 댁으로 올라가 금분이 방 앞에서 주저주저하다가 방문을 툭툭 두드리며,

(놈) "아저씨, 어디 가셨소?"

(거) "오, 놈이냐? 왜 아니 들어오느냐? 서방님 오셨니?"

하며 거복이가 문을 여니까 놈이가 방 안을 먼저 들여다보더니 얼른 들어가며,

(놈) "아주머니, 어데 가셨소?"

(거) "아주머닌지 두루주머닌지 언제 방구석에 붙어 있는 것 보았니? 세상을 만난 듯이 밤낮 돌아댕긴단다. 이 식전에 서방님께서는 어데 갔다 오셨니?"

(놈) "언제 오셨소? 내가 먼저 왔지, 나는 별 출입이나 하시는 줄 알았더니 기끈 가신 데가 청석골 뚜쟁이 집이라오. 그런데 그 경칠 년이 우

52

리 댁을 이 지경이 되게 망해 놓고 무에 나빠서 화개동 아씨까지 팔아먹으려나 봅디다."

(거) "에끼 미친 놈, 그게 무슨 소리냐? 화개동 아씨를 팔아먹다니, 아무리 법이 없는 세상이기로 사부 댁 부인 아씨를 팔아먹어, 제 년이 어데 가 죽자고? 네가 잘못 들었다. 필경 평양집을 군것질이나 시키려나 보다."

(놈) "저런 말씀 보아, 나도 처음에는 그리 여겼더니 행랑방 속에서 숨도 크게 못 쉬고 있으니까 찾아온 놈과 화순집이 내가 곁에서 듣는 줄은 모르고 별 이야기를 모두 하는데, 그 아씨가 인물이 일색이니, 세간 살림을 잘하리니, 내가 죽을힘을 들여 네 소원이 되겠느니 하고, 망측망측한 말이 많은데, 그놈더러 오정 때 또 오라고 맞춥디다. 그 아랫집이 아저씨 누이님 집이 아니오? 그 집 뒷담이 바로 화순집 안방 모퉁이니, 아저씨께서 오정 칠 때 그놈 올 만하거든 좀 가서 자세히 들어보시구려. 나는 서방님이 오래지 아니하여 나오시겠으니 횡 하게 가야 하겠소."

하며, 달음질을 하여 내려가 화순집 문간에 가 천연하게 기다린다. 이때 화순집이 안방으로 들어가며 정길이를 건너다보고,

(화) "실례했습니다. 용서하시오. 에그, 망측해라. 사위더러 용서가 다 무엇이야? 사위는 반자라는데."

(서) "글쎄지요. 실례가 다 무엇이오? 그런 말씀은 두 번도 말고 아까 부탁하던 일이나 잊지 마으시오."

(화) "별 염려를 다 하시지, 한 번 말하면 고만이지 또 말할 것이 무엇이오? 일언이 중천금인데."

정길이가 화순집에게 지재지삼至再至三 부탁을 한 후, 놈이를 데리고 나가니까 화순집이 고기를 산다, 국수를 산다, 주안을 떡 벌어지게 차

려놓고 오정 되기만 고대한다.

오정 때 올 손님은 별 사람이 아니라 곧 식전에 문간에서 이야기하고 가던 수전동 있는 황은률이라 하는 자이니, 저의 시골집이 황해도 안악인데, 도내의 몇째 아니 가는 부자의 자식으로 서울을 올라와 돈의 조화로 은률 군수 차함을 얻어 한 후 흔한 정삼품에 옥관자까지 붙인 자이라. 의복, 음식을 궁사극치窮奢極侈하여 못 입어본 옷이 없고 못 먹어본 요리가 없으나, 한 가지 소원을 이루지 못하여 주야 경륜하는 것은 인물이 일색 되는 계집을 만나고자 함이라.

화순집이 그 소문을 듣고 황가의 재물에 회가 동하여 외양이 얌전한 계집이라고는 아니 데려다 보인 것이 없으되, 모두 퇴박을 맞고 세궁역진勢窮力盡하여 다시는 구하여 볼 생의도 못하더니, 평양집을 인연하여 정길의 집을 다니다가 이씨 부인을 본즉 달덩이 같은 얼굴이 눈이 부시게 희고 앞뒤 맵도리가 한구석 미운 데가 없어 제가 열인은 많이 하였어도 그런 인물은 처음 보는 터이라. 그날부터 황은률이 생각이 나지마는 재상가 댁 부인이요, 남편이 두렷이 있는 터에 어찌 생의나 하여볼 수가 있으리오.

황가가 화순집에게 이씨 부인 성식聲息을 듣고 허화가 동하여 밤낮 화순집을 조르되, 하늘의 별은 딸지언정 그 일 되기는 바랄 수 없어 다만 저 혼자 노심초사할 뿐이라. 화순집이 지각이 있는 년 같으면 이씨 부인을 보았더라도 흉한 뜻을 두어볼 리도 없고, 황가가 비리의 말을 하더라도 쾌쾌히 떼어 무안 줄 터이지만, 원래 재물에 눈이 뒤집힌 것이 염치를 불고하고 아니 날 생각이 없어 날마다 평양집을 꾀이니, 평양집이라는 것은 화순집보다 차포오졸이나 더 간악한 위인이라. 구학문으로 말하면 오장육부에 정신보가 빠졌다 할 만하고, 신학문으로 말하면 뇌에 피가 말라 신경이 희미하다 할 만한 정길이를 꼬리 아홉

54

가진 여우 같은 평양집이 어떻게 홀리고 꾀었던지, 이씨 부인을 원수같이 미워하다 못하여 인왕산 호랑이가 하룻밤 내로 대강이째 깨물어가도 시원할 모양이요, 환도 총 가진 강도 놈들이 들어와 집 안 세간을 다 가져갈지라도 흔적도 없이 들쳐 업어가게 되면 상쾌할 만치 생각이 들도록 만든 것이라.

황가는 이씨 부인만 만나게 하여주면 제 재산을 아까울 것 없이 다라도 내어주마 다짐을 하고, 평양집은 이씨 부인을 그림자도 없게 구처區處하여 주면 서씨집 세간을 돌앙이라도 빼어 주겠다고 간청을 하니, 어중간 화순집은 이씨 부인 하나로 해서 생수가 날 편이라, 욕심나는 대로 하면 범강장달이 같은 삯군 몇 놈만 사 데리고 이씨 부인의 사지를 꼭꼭 동여다가 황가를 주고 싶지마는, 정길이가 모가지 질룩한 사람이 되고서야 밉지 않아 세상없기로 제 장인 이 승지를 보든지, 제 친구가 부끄럽든지 외양치레를 하기로 가만히 있을 리가 만무하여 수 나는 것은 둘째요, 독 틈에 탕관으로 부대낄 사람은 저밖에 없을 것 같은 조심이 나서, 선뜻 거사를 못하고 평양집과 무한히 공론을 하여, 복단이 일을 되술래잡아 정길이 정이 더구나 뚝 떨어지게 하여 약을 먹여 죽이리, 친정으로 쫓으리 할 그 승시에 평양집이 화순집을 천거하기를, 아무리 잘못한 일이 있기로 사람을 어찌 죽인단 말이오, 친정으로 보내시는 것이 제일 좋은데 지금은 이 승지 집이 귀양을 가고 아무도 없으니, 아주 멀찍한 시골 구석에 집 하나를 장만하고 한 입 먹고 지낼 만하게 전답간 조금 끊어 주어 서로 앞뒤 동을 뚝 끊어 내버려두었다가, 아무 때든지 이 승지가 풀려 오거든 그 집으로 보내버렸으면 다시는 이러니 저러니 하는 말과 일을 서방님 눈에 보지도 않고 귀에 듣지도 않으실 터이지만, 그 일도 가감지인可堪之人에게 위탁을 해야지, 복단 어미, 아비 연놈은 같이 가 있겠다든지 종종 왕래를 한다든지 일절 엄금을 해야

지, 그렇지 않으면 예 말 제 가고 제 말 예 와서 소경 잠드나마나 서방
님 속상하시기는 일반 되실 터이오. 그 일 맡길 만한 사람은 이 세상에
화순집만 한 이가 없으니, 이 길로 화순집을 가서 보고 꿀을 담아 부은
까닭으로 정길이가 그 식전에 청석골을 갔던 것이요, 화순집은 정길이
가 그 모양으로 부탁만 하면 서발막대 거칠 게 없이 일을 해볼 작정으
로 평양집 글을 가르친 것이라.

　그날 거복이가 놈이 말을 들은 후 숙마 바닥 메투리에 단단히 들메를
하고, 오포 소리 나기만 기다리다가 남산 한 허리에서 연기가 물씬 올
라오며 북악산이 덜꺽 울리게 땅 하는 소리가 굉장히 크게 나는 것을
듣더니,

　'옳지, 인제 오포 놓았군! 저 오포는 일본 오정이니까 우리나라 오정
은 반시나 더 있어야 되겠지만 그때까지 기다릴 것 무엇 있나?'

　하며 청석골로 내려가 누이 집 부엌 뒤로 자취 없이 돌아가 담에다
귀를 대이고 섰는데, 이때 벌써 황가가 와서 술상을 앞에다 놓고, 화순
집이 술을 권해 가며 저도 반취나 되어 이 부인의 인물 자랑으로부터,
정길이를 속여 오늘밤 일이 소원성취가 되겠다고 경신년 글강 외듯 연
해 되풀이로 하며 한턱을 해라, 두턱을 해라, 명월관으로 가자, 수월루
로 가자 하며 제 공치사도 하고 황가를 또 조르기도 하는 양을 듣고, 거
복이가 열이 상투 끝까지 나서 우직한 성품에 장작가지라도 들고 그 담
을 뛰어넘어 가 그 연놈의 대강이를 맞매어 놓고 뺨따귀에서 누린내가
나도록 늘씬하게 때려주려다가, 무슨 생각을 했던지 맹세 한 번을 떼어
붙이며 나온다.

　'에, 경치고 배암 잡을! 고만 내버려두어라. 저 연놈이 무슨 죄 있느
냐? 우리 댁 서방님인지 남방님인지 그 화상이 다 자취지. 분 나는 대
로 하면 이 장작가지를 가지고 그 화상을 대매에 상향을 부르게 하겠다

마는, 선대감 생각을 하든지 상하지분上下之分을 보는 터이라 참고 지내려니까 내종병이 되겠다.'

하며 소안동으로 올라가는데 별궁 모퉁이를 채 못 지나서 누가 뒤에서 부른다.

"여보게 유 서방, 어데 갔다 오나? 거기 좀 섰게."

거복이가 우뚝 서며 휙 돌아다보더니,

(거) "에구 복단이네 아저씨요? 어디 가시는 길이오? 아주머니께서도 관계치 않으십니까?"

(복) "허허, 자네 참 만났네."

(거) "왜 그리하시오? 헐 말씀이 계시오? 나도 아저씨를 좀 뵈오려고 했더니. 우리 방으로 가십시다."

(복) "급한 일이 있는데 언제 게를 가고 있나? 아무 데서나 할 말 있거든 잠깐 하게나."

(거) "무슨 일이 그리 급하시단 말이오? 복단이 찾아다니시느라고 그리하시오?"

(복) "그까짓 년이야 어데 가 뒈졌든지 아무리 내 자식이지만 상전 배반하는 년 찾아 무엇 하겠나? 정말 급한 사정이 있어 돌아다니는 판일세. 자네는 다 아는 터이니까 말이지, 우리 댁 지내시는 것이 오죽한가? 아씨께서 굶으시기를 부잣집 밥 먹듯 하시는데, 제주서 영감 자제가 올라오셨으니 당장 저녁진지는 지어드려야 하겠기에 일숫돈이라도 열대엿 냥 얻어 보자고 나선 길일세마는, 그것인들 어디 쉬운가?"

(거) "무엇이오? 이 승지 영감 자제가 올라오셨어요? 마침 잘 오셨군. 여보, 밥 굶는 것보다 존장 칠 일이 당장 날 것은 알지도 못하시고 여간 그까짓 것을 걱정을 하고 댕기셔요? 아무려나 그 양반이 고대에 신통하게 올라오셨소. 그 누이님 아씨를 생전 얼굴도 마지막 보시고 돌아가

신 후에 몸 감장이라도 잘 해서 드리게, 아저씨 아무 데도 가실 것 없이 이것이나 어서 가지고 가셔서 그 양반 진지나 지어드리시오."

하며 주머니에서 지폐 한 장을 집어내어 복단 아비를 주니, 복단 아비가 반색을 하여 받아들고 생각을 하니, 당장 급한 불을 끄겠으니까 긴간은 하나 거복이 말이 이상스럽고 의심이 나서,

(복) "자네가 졸지에 어찐 돈이 있던가? 너모난 이것 한 장이 만 원을 맞잡이로 쓰겠네마는, 자네 하던 말이 어두운 밤에 홍두깨 내밀기 같아 무슨 곡절인지 알 수가 없네그려."

(거) "아씨 참 불쌍하시지! 그 고생을 하시다가 좋은 일은 못 보시고 필경 몹쓸 욕을 당하시게 되었으니."

(복) "우리 댁 아씨께서 고생하시는 일이야 입 가진 사람 쳐놓고 누가 불쌍타고 아니 하겠나? 엎친 데 덮친다고 또 무슨 일이 났나 보구먼. 어서 속이나 시원하게 이야기 좀 듣세."

(거) "이야기요? 이야기만 듣고 보시면 아저씨 성미는 나도 알지만 사람깨나 착실히 죽여낼걸. 이야기는 차차 하지요마는, 이 승지 댁 서방님이야말로 하늘이 지시하여 올라오셨소. 그 서방님도 뵈올 겸 이야기도 할 겸 나도 넘어갈 터이니 아저씨 먼저 어서 가시오."

복단 아비는 아무 물색도 모르고 부리나케 집으로 와서 쌀도 팔고 나무도 사다가 저녁을 재촉하여 짓는데, 그 밥이 채 못 되어 거복이가 뒤미처 오더니 복단이 아비와 무엇이라고 한참을 수군대다가 부엌에 있는 복단 어미를 불러낸다.

거복이는 평양집에서 드난을 하고 있은즉 화개동 집과 적국이 될 듯하나, 당초부터 저의 서방님 하는 일을 온당치 아니하다고 간하다가 격정도 일상 듣고, 평양집 하는 일을 복단 어미에게 통기도 많이 하여주는 까닭으로, 이씨 부인도 거복이라면 믿고, 복단의 부모도 거복이라면

고맙게 여기는 터이라, 복단 어미가 거복이 말을 듣더니,

"에그, 저 일을 어떻게 하나? 불쌍하신 우리 아씨가 이 욕을 당하실 줄 누가 알아! 여보, 우리만 이 걱정하고 있으면 쓸데 있소? 아씨께 들어가 이런 말씀이나 여쭈어드려야 진작 약이라도 잡수시고 돌아가시든지, 어데 몸을 피하여 당장 욕을 면하시든지 하시게."

하며 안방으로 들어가 윗목에 가 우두커니 섰다가, 남매 겸상하여 먹던 밥상이 난 후에, 천연히 상을 치우고 무슨 말을 할 듯 할 듯하며 아니 하니, 이씨 부인이 복단 어미 하는 양을 보고 안동집에서 무슨 일이 또 났거니 싶어,

"여보게 복단 어미, 할 말 있나? 길러내던 서방님이 저리도 시스런가, 앉도 못하고 주저주저하게?"

복단 어미가 말을 한마디도 하기 전에 울음부터 나와서 목이 턱턱 메는 소리로 대답을 한다.

"아씨, 이 이, 저 일을, 으으으, 어떻게 하나요? 으으으, 아니 여쭙기도 딱한 일이, 으으으, 차마 입으로 여쭐 수가 있나, 아아아!"

산전수전을 다 겪다 못하여 가슴이 숯등걸이 된 이씨 부인이 복단 어미 하는 양을 보고,

"여보게, 이 사람 미쳤나? 울기는 왜 이리 울어, 말도 채 하지 아니하고, 도대체 무슨 일이란 말인가? 구박을 받으면 이에서 더하고 고생을 한들 이에서 더 할라고? 시들해라, 울지 말게."

복단 어미가 아씨를 부르며 울음 반 말 반으로 두서도 없이 거복이 하던 이야기를 전하니, 부인은 아무 말도 못하고 벙벙히 앉아 사지를 사시나무 떨 듯하고, 이 승지의 아들 승학이는 저의 매부가 인사불성인 줄은 벌써부터 알았지만, 매씨를 보러 오든지 서사왕복書辭往復간이든지, 그대 저대 말은 도무지 없으므로 매가집 가도가 이 지경된 것은 모

르고 지냈더니, 복단 어미 하는 양을 물끄러미 보다가 천연히 일어나 밖으로 나가더라.

시체 젊은 아이들 같으면 당장 소안동으로 내려가 연상약한 매부 헤아릴 것 없이 멱살을 추켜잡고 이 뺨 저 뺨 치며 그 매씨 박대한 수죄를 하여가며 거복이 전하더란 말로 야단벽력을 내어, 정길이가 다시 갓을 못 쓰고 나서게 할 터이지마는, 원래 부형자제父兄子弟로 의사도 넉넉하고 용서성도 적지 아니한 승학이라 얼마쯤 속으로 궁리를 하여본다.

'우리 매부란 자가 언제나 지각이 나노? 분나는 대로 하면 그 자식 알아볼 것 있나? 이 길로 야단을 치고 우리 누이님은 모시고 갔으면 고만이겠지마는, 그리고 보면 우리 누이님 신세는 그나마 여지가 없이 될 터이요, 그대로 있자 하니 당장 화색이 박두할 모양이지. 오, 거복인가 두껍인가 그자를 불러 자세히 물어보고 조처할 도리가 있지.'

하며 거복이를 부르더니 전후 사실을 차례차례 묻더니 픽 웃으며,

"나는 너희들이 하도 야단을 부리기에 참 큰일이나 나는 줄 알았구나! 이 지경에 체면 볼 것 무엇 있니? 아무 일이 나든지 아씨가 이 고생이나 어서 면했으면 내 발길이 잘 돌아서겠다."

의견 차고 사리 아는 거복이는 이 말을 듣더니 선뜻 물러가며,

"네, 지당합니다. 소인은 이 댁을 하직하고 서방님이나 모시고 제주 구경이나 가겠습니다."

하며 안동으로 내려가는데, 천진으로 변통성 없는 복단 아비는 서방님만 치어다보고 무슨 좋은 의논이나 나올 줄 바랐더니, 넋이 풀리고 기가 막혀 야속한 마음이 생긴다.

"여보 복단 어머니, 나갑시다. 믿고 바랄 곳이 어데요? 다 쓸데없소, 어서 나와요. 동기간 되시는 서방님 말씀도 저러하신데, 우리가 애쓰고 걱정할 것이 무엇이란 말이오?"

복단 어미는 들은 체도 아니 하고 아씨 앞에 가 그대로 앉아 울기만 한다.

승학이가 복단 아비 나가는 것을 보더니 문을 탁 닫고 방으로 들어와 아랫목에 가 턱 앉으며,

"누이님, 걱정 말으시오. 복단 어미도 염려 말게. 내 말대로만 하고 보면 아무 근심할 것 없지."

이씨 부인은 거복이와 수작하던 말을 듣고 동생이라고 할 것 없이 분하고 괘씸하여 못 들은 체하고 있는데, 복단 어미는 상전 위하는 마음에 걱정 말라는 말이 귀가 번쩍 띄어,

(복) "아씨, 양반의 일은 하늘과 같답니다. 눈이 올지, 비가 올지 알 수가 있습니까? 서방님께 어떻게 하면 걱정이 없겠나 여쭈어보시지요."

(부인) "…………."

(승) "자네 나가서 대문을 단단히 닫아걸고 아범더러 떠들지 말라 이르고 들어오게. 누이님, 아버지 뵈옵고 싶지 않소? 아버지는 누님을 보고 싶어 하시는데."

효성이 남과 달라 어느 날 어느 때에 부친 생각을 아니할 때 없던 부인이 그 말을 듣더니 고대 야속하던 일은 칼로 물 벤 모양으로 흔적도 없어지고 반가운 마음이 나서,

(부) "내가 아무리 아버지를 뵈옵고 싶으나 어떻게 뵈올 수가 있니? 제주가 우리 조선 끝닿은 곳이라는데 날아가니, 뛰어가니? 누가 나를 보내줄 터이냐? 천은이나 입어 아버지께서 풀려나 올라오셨으면 뵈올는지?"

(승) "어느 때 그렇기를 바라고 있을 수가 있소? 거복이 말은 종할 수 없지만, 아니 땐 굴뚝에 연기 나는 법이 없습니다. 매부라는 양반이 하도 지각이 없으니까 그런 변이 없으리라 할 수도 없고, 그러나 저러나

누이님 고생이 점점 더하실 모양이오. 또 연만年滿하신 아버지 얼굴을 생전에 한 번 뵈어야 아니하오? 누이님 옷을 벗어 나를 주시고, 내 옷을 누이님이 입으시고서 이 밤으로 쥐도 괴도 모르게 나 타고 온 인마에 제주로 내려가 아버지나 뫼시고 계시면, 나는 예서 누이님 노릇을 하다 형편을 보아가며 좋을 도리로 조처할 것이니"

하며 옷을 훌훌 벗으니,

(부) "망측스러운 말도 한다. 에라, 가만히 있거라, 듣기 싫다. 내야 열 번 죽어도 소중이 무엇이 있길래 우리 집 십여 대 종손 되는 네가 쓸데없는 나 때문에 위태한 땅에 가 빠진단 말이냐? 또 그나 그뿐이냐? 우리 집 일이 아버지께서 소인의 참소로 절해고도絶海孤島에 가 풍상을 겪으시는데 슬하에 있는 네가 아무쪼록 곁을 떠나지 말고 봉양도 하며, 금 같은 시간을 허송치 말고 공부를 하여야 위로 황상폐하의 총명을 도와 아래로 노예를 못 면한 인민을 구원하고, 그 다음에는 우리 집안 설치도 할 터인데, 그런 지각없는 말은 두 번도 말아라. 나야 죽든지 살든지 모두 팔자에 매인 일이니까 구차로이 면하면 무엇 하겠니?"

(승) "누이님은 하나만 알고 둘도 모르시는구려. 사람이 세상에 나서 무엇이 그중 무거우냐하면, 첫째는 부모요 그 다음은 동기인 고로, 인군 섬겨 충신이 되려면 부모에게 효도함으로 근본을 삼고, 인민을 건져 사업을 이루려면 동기에게 우애함으로 비롯하나니, 더구나 우리 동기로 말하면 다른 남매 없이 단둘이 자라나서 우애가 남다른데, 누이님의 박두한 화색을 모르는 체하면 윤기倫紀가 끊어져 금수에 지남이 멀지 아니하니 사람이라 할 것이 무엇이오? 만일 내 계책대로 아니 하시면 당장 누이님 앞에서 죽어 내 마음을 보시게 하겠소."

하고 고름에 찼던 장도를 빼어 들고 자기 목을 자기가 찌르려 하니, 이씨 부인이 와락 달려들어 칼 든 손을 훔켜잡으며,

62

"이게 웬일이냐! 너 하자는 대로 다 할 것이니 고만두어라. 어서 네 옷을 이리 벗어다고, 내가 입으마. 어따, 내 옷은 네가 입어라."

승학이가 그 매씨의 의복을 입고 머리를 내려 쪽을 찌더니, 그 매씨는 관망을 시키어 자기 데리고 온 하인을 불러 단속을 단단히 하여 시각을 지체하지 못하게 하니, 이씨 부인이 승학의 손을 잡고 하염없이 눈물을 내며,

(부) "내가 네 고집을 못 이겨 가기는 한다마는, 네 성미를 깊이 아는 바이어니와 너무 과격한 데가 많아 마음이 놓이지 아니한다. 십분 조심하여 용용하도록 처사를 하지, 행여 혈기를 못 이겨 본색을 탄로하면 나의 곤욕을 도면케 하는 일이 아니라 도리어 큰 실체를 얻어주는 것이니라."

(승) "예, 염려 말으시고 어서 떠나십시오. 노자는 내 행장에 넉넉히 들었으니 기차를 타시든지, 윤선을 타시든지 행여 중등이나 하등은 타지 말으시고 아무쪼록 상등을 타시며, 저놈이 여러 번 왕래를 하여 어서 차 타고, 어서 배 타는 것을 익숙히 아는 터이니, 매사를 저놈더러 물어 하십시오."

자기 하인을 돌아다보며,

"이애 또복아, 정신 차려 잘 모시고 가거라. 어차간에라도 무심히 아씨라고 부르지 말고 영락없이 서방님이라 여쭈어라. 한밧치 정거장에 가거든 부담에 있는 내 옷 한 벌 내어 네 누이 입혀 데리고 가며 아씨 심부름을 하게 하여라."

또복이는 이 승지 집 상노 놈인데, 제 어미는 이 승지 내행을 따라 제주로 가 있고 이번 행보에 제 누이를 마저 데리고 가려던 터이라, 또복이가 '네, 네' 대답을 하고 이씨 부인을 모시고 나오더라. 복단 어미는 아씨 이별하는 것은 기가 막히지만 급한 욕을 면하려면 그 밖에 다시

도리가 없거니 싶어, 다만 문 옆에 비켜서서 두 눈이 퉁퉁 붓도록 우는데, 복단 아비는 분김에 나와 행랑방에서 꿀떡꿀떡하고 앉았다가, 이 승지 댁 서방님이 떠난다는 말을 듣고 대문 밖으로 뛰어나오며, 또복이 붙든 나귀 고삐를 잡아당기며 앞을 턱 막아서서,

"서방님, 소인을 이 자리에서 죽이고 행차하십시오. 이 댁에 불이라도 싸놓고, 아씨를 비상이나 아편이라도 잡수시게 하고 가실지언정 그대로는 못 가셔요."

한참 이 모양으로 힐난하면서도 이씨 부인인 줄 분간을 못하니, 이는 비단 복단 아비뿐 아니라 곁에서 보던 복단 어미도 얼풋 알아보지 못할 지경이라.

본래 부인과 승학이가 쌍둥이 남매로, 얼굴이 옷짝 갈라놓은 듯하여 복색으로 분간을 하였지 얼굴만 보고는 부모라도 몰라보던 터이라, 부인은 복단 아비 하는 양을 보고 눈에 눈물이 샘솟듯 하여 바로 보지를 못하고 고개를 돌려 외면을 하고 있고, 또복이는 웃음이 나오는 것을 억지로 참고 복단 아비를 떼밀며,

"이것 보시오, 떨어지시겠소. 술이 취하셨소, 서방님 앞에 와 횡설수설하게? 법이 없어졌소?"

복단 아비가 화풀이할 데가 없던 차에 또복이에게 구실을 붙인다.

"이 녀석, 잡아먹자 하여도 장이 아까워 못 잡아먹을 녀석! 법, 법? 법을 매우 잘 아는고나. 네 아비 연갑年甲 되는 사람더러 횡설수설이라는 것도 법이냐? 이놈, 그런 법 어서 보았니? 요런 놈은 정말 법을 좀 알려주어야 하겠다."

하며 나귀 고삐를 드러내놓고 또복이 멱살을 잡으려 하니, 또복이는 열칠팔 세 되는 아이로되, 효용하기로 유명한 놈이라, 복단 아비를 붙잡도 못하게 뿌리치고 나귀를 채쳐 몰아가니, 복단 아비가 하릴없이 그

대로 주저앉아 상전의 잘못하는 일을 모두 몰아다가 또복이 놈에게 향하여 수죄를 하는데,

"이놈 또복아, 네가 어떻게 죽을 터이냐? 저 모양으로 가면 하늘이 무심하실까! 사람이 오륜이 없으면 금수나 일반이거든, 상놈이 양반들 하는 일은 잘하는지 못하는지 모르겠다마는, 이놈 너까지 그 모양이냐?"

하며, 삼청동 뒷산이 덜꺽덜꺽 울리도록 대성통곡을 하는데, 그러자 금분이가 살랑살랑 오다가 복단 아비 우는 양을 보고, 복단이 죽은 일이 탄로가 되었나 싶어 겁이 나서 가슴에서 두방망이질을 하지만, 도로 가자니 더구나 수상히 알 듯하여 머리악을 쓰고 앞으로 가며,

"에그머니! 나는 누구라고? 복단 아버지가 그렇게 우시네. 약주가 취하셨소?"

복단 아비가 들은 체도 아니 하니까 다시 한마디 더 물어보지도 못하고 그 길로 안으로 들어가며,

"아씨, 무엇 하십시오? 쇤네 금분이올시다. 대답도 아니 하시네."

하며 영창을 바시시 여니, 승학이가 이왕 금분이 성식性息과 복단이 사실을 복단 어미에게 익숙히 들은 터이라, 천연스럽게 대답을 한다.

(승) "오냐, 너 왔니? 벌써 저녁진지를 다 해치웠니?"

(금) "벌써 진지를 다 잡수셨습니다. 인제는 아씨께서든지 쇤네든지 다 시골뜨기가 되겠지요?"

(승) "그게 무슨 소리냐? 닫다 말고 시골뜨기는 어찌하여 된다고 하니?"

(금) "세월도 하도 수선스럽고, 서울 사실 재미가 없다고 두 댁에서 모두 경상도 대구 일가 댁 수풀로 이사를 하시는데, 위선 아씨께서 먼저 떠나시게 한다 하시는데, 첫차를 타시게 하려고 오늘밤 새벽 두 시에 떠나게 하신다고 하셔요."

승학이가 벌써 눈치를 짐작하고 궁통한 속으로 궁리를 하여보고,

(승) "에그, 너무나 잘되었다. 넉넉지 못한 살림에 물까지 사먹고 서울서 사느니, 시골로 내려가서 뒷동산에 나무나 많이 긁어다 쌓고, 방이나 훈훈하게 과동이나 하고서 봄이 되거든 채마밭에 파, 고초 포기를 심어놓고 마음대로 뽑아다 먹었으면 좀 좋겠니?"

(금) "아씨도 망령이시어라. 시골이 무엇이 좋아요? 쇤네는 쌍년이라 제 발로 활활 싸댕기니까 구경도 못할 것 없이 하다가, 산골 구석에 가 있으려면 갑갑하지 않겠습니까?"

(승) "갑갑하기는 무엇을 갑갑해? 나는 해롭지 아니하다마는, 그러나 시골 가서야 늙은 하인만 데리고 견딜 수 있겠니? 복단이 년은 내게로 보내주어야 물 방구리라도 질어 먹겠다."

금분이가 전에 이씨 부인에게 하던 버르장이로 서슴지 아니하고 풍당풍당 대답을 한다.

"저 말씀 보시게. 복단이는 번연히 댁에 왔을 터인데 어디로 보내시고 그리실까? 속이려면 평양 아씨나 속이시지 쇤네까지 속이실 것 무엇 있습니까? 쇤네가 들으면 들었나 보다, 보면 보았나 보다 하지, 두 댁 사이에 말전주할라구 의심을 하십니까?"

승학이가 금분이 지껄이는 양을 보고 속종으로,

'오 이년, 네가 평양집과 한 바리에 매일 년이다. 당초에 여기는 오지도 않았다는 복단이를 터무니없이 떼를 쓰려 들어? 내 종적이 탄로될까 봐 참고 참겠더니. 네 이년, 말 버르장이가 그대로 두지 못할 년이다. 내 손에 걸린 김에 우리 누이님 분풀이를 위선 좀 하겠다.'

하고 금분이 머리채를 휘어잡고 수죄를 하는데, 목소리를 크게 하자니 아니 되겠고 억지로 참아서 나직나직한 말로,

"이년, 내가 벼르고 별렀더니라. 복단이가 번연히 왔어? 이년, 어디로 보내고 속여? 이년, 복단이는 잡아먹었든지 죽여 없앴든지 어떻게

하였든지 하고서, 어제부터 넘나들며 못할 소리 없이 오늘 식전에도 난데없는 짚신짝을 들고 포악을 그만치 부렸으면 고만이지, 무엇이 나빠 이 밤에 또 와서 생판으로 수작이냐?"

복단이 여기 있거든 찾아놓으라고 당조짐을 하며 억센 사나이 손으로 어떻게 휘둘러놓았던지, 좀처럼 쥐어박아서는 눈도 아니 깜짝거리고 할 말 대답은 다 하던 금분이가 꿀꺽 소리도 못하고 한구석에 쓰러박혔는데, 복단 어미는 옆에서 구경을 하다가 시원하기는 한량이 없지만 행여나 본색이 노출될까 봐 서방님이 움켜잡은 금분이 머리채를 빼어놓으며,

"아씨, 아씨, 참으십시오. 그게 무슨 철을 압니까? 키만 엄부렁하지. 복단이 년이야 이 댁에 없으면 저 댁에 있고, 저 댁에 없으면 어디로 갔겠습니까? 저도 한 반하班下에 있다가 어디로 갔는지 없으니까 애가 쓰여서 찾는다는 것이 그렇게 말이 나왔습니다그려. 아씨, 그만 용서합시오. 저도 그만하면 정다스림이 되었습니다. 다시야 또 그럴 가망이 있겠습니까?"

승학이 작정에는 그년의 뼈다귀 하나를 뚝 분질러놓으려다가 그 매씨 떠날 때 부탁하던 말을 문뜩 생각하고 금분이 머리채를 슬며시 놓으며 훨쩍 농쳐 수작을 한다.

"애 매욱한 것아, 번연히 여기 없는 복단이를 바득바득 왔다고 말하니, 아무나 분이 아니 나겠니? 나도 홧김에 과격히 했나 보다, 그만두어라."

전 같으면 금분이가 말대답도 헤아릴 것 없이 하였을 것이요, 부인을 떼밀고라도 달아났을 터이나, 그러고 보면 행여나 부인의 분돋움이 되어 십 년 공부가 나무아미타불이 될까 염려를 하여, 꿩에 채인 까투리 모양으로 눈깔만 깜작깜작하고 있다가 아니 나오는 웃음을 억지로 웃

으며,

"쇤네가 죽을 혼이 들었습니다. 저 잘못하고 죽이시기로 어데 가 한 가를 하겠습니까? 바로 말씀이지 복단이가 어제 아침나절에 나간 것이 다시 종적도 없으니까 한 댁에 있으며 쇤네 깐에는 걱정이 되어서 여쭙는 것이 소견 없이 말이 나왔습니다. 그런데 아씨는 쇤네더러 뫼시고 가라세요. 복단 어미·아비는 세간도 영거하여 보내고, 이 집을 팔든지 세를 들리든지 양단간에 하고 차차 내려가게 하라고 하셔요. 여보 복단 어머니, 자세 들었소?"

복단 어미가 무엇이라고 대답을 하려는데 승학이가 눈을 두어 번 꿈 적꿈적하니 나오던 말을 도로 삼키고 잠자코 있더라.

(금) "아씨, 어서 옷이나 갈아입으십시오. 쇤네도 이 모양으로 휘지하고 교군 뒤에 따라갈 수가 있습니까? 제 꼴커녕 타고 가시는 아씨 모양도 보아야지."

하며 분분히 나간 후에, 승학이는 복단 어미 내외를 은근히 단속하여 조금도 눈치 보이지 말고 절에 간 색시 중 하자는 대로, 가라든지 있으라든지 금분이 이르는 말대로 수긋하고 들으라 하고 의장을 열더니, 자기 매씨의 신행 때 장만한 비단 옷가지를 내어 입고, 홍문연 잔치의 번쾌 머리 모양으로 위로만 올라가려는 머리에 왜밀을 처덕처덕 덧발라 분세수를 다시 하였더라.

그러노라니 지체한 줄 모르고 한없이 가는 것은 시간이라, 이웃집 종소리가 두 번을 땅땅 치니, 장안만호에 등불을 툭툭 끄고 서산에 잠긴 달이 반만 남았는데, 문 밖에서 사람의 소리가 두런두런 나며, 교군 한 채를 안마당에다 바싹 들여다 놓더니 뒤미처 금분이가 쪼르르 들어오며,

(금) "아씨, 어서 탑시오, 시간이 늦어갑니다."

(승) "오, 벌써 떠나게 되었니?"

하며 긴 치맛자락을 왼손으로 휩싸들고 선뜻 나오며 복단 어미를 부른다.

"어멈, 잘 있게. 자네도 얼마 아니 있다 내려오게 된다니, 조금도 섭섭히 알지 말고, 변변치 않은 세간이나마 하나 빠뜨리지 말고, 상하지 아니하도록 잘 간수하여 가지고 오게."

이처럼 진정에서 우러나오는 듯이 당부를 하니, 그 천진의 복단 어미도 그만 의사는 있어서, 가장 아씨 떨어지기 원통이나 한 듯이 한편에가 돌아서 훌쩍훌쩍 우는 흉내를 하다가 눈이 여려 눈물이 잘 나오는 마누라가 진정으로 아씨 생각이 나서 느껴 가며 참말 울음을 우니, 제 아무리 여우같이 눈치 빠른 금분이기로 부인의 진가眞假를 알아보리오. 동양으로 말하면 삼국 시절 적벽강 싸움에 연환계나 이룬 듯이, 서양으로 말하면 옛적 애급 도성에 금자탑이나 쌓아놓은 듯이, 제 성공을 하였거니 여겨 교군 채를 잡고 얼마쯤을 가는데, 경부철도를 타고 대구로 간다며 동소문으로 나아가려던지 배오개로 내려서더니, 바로 통안 병문으로 들어선다.

승학이가 동인지 남인지 모르는 체하고,

(승) "이애 금분이, 거기 있니? 여기가 어디냐? 장안도 넓기도 넓다. 한동안을 왔는데 그래도 남대문을 못다 왔나 보구나."

(금) "인제 남대문이 멀지 아니합니다. 그래도 빨리 모셨으니까 그렇지, 노량으로 모셨으면 밝기 전에는 못 나갈 걸이오."

이 모양으로 양반은 알고도 속는 체하고, 종년은 속이려다가 제가 속으며 박석고개 밑에를 거진 다 왔는데, 그날은 무넘이 다락원 이상에 새벽 나무바리도 아니 들어오던지 캄캄한 칠야에 인적이 뚝 끊겼는데, 궁장 밑으로 장정 오륙 인이 썩 나서며,

"이놈, 교군 거기 놓아라."

교군꾼이 깜짝 놀라며 주춤주춤하니까 한 놈이 달려들더니 교군꾼 따귀를 보기 좋게 한 번 붙이더니,

"이놈, 교군을 놓으라면 놓을 것이지, 지체가 무슨 지체야?"

교군꾼이 교군을 털썩 내려놓으며,

"저희들은 아무 죄도 없습니다, 삯 받고 교군 모신 일밖에."

금분이가 교군꾼을 막아서며,

"이게 웬일이야, 뉘댁 행차인 줄 알으시고 이리하십니까? 안동 서 판서 댁 내행이신데, 바쁘신 길에 어서 가야 할 터인데, 여보 교군꾼, 어서 모시오."

그놈이 금분이를 밀어 동댕이를 치고,

"이년, 서 판서 댁? 서 판서 댁은 고만두고 서 의정 댁이라도 쓸데없다."

하며 저희끼리 교군을 한 채씩 들고 풍우같이 몰아가더니, 어떠한 평대문 집으로 쑥 들어가 안마루 귀틀에다 교군 채를 걸쳐놓고 제가끔 헤어져 나가니까, 안방으로서 근 오십 된 여인이 빙글빙글 웃으며 나오더니, 교군 앞장을 번쩍 떠들고 언제 보았던지 정답게 인사를 한다.

"에그, 오시기에 여복 고생을 하셨을라구. 어서 이리로 나오시오. 얼풋 보아도 예쁘기도 하고 엄전도 하지! 어서 저리로 들어가십시다."

승학이는 가장 놀랍고 무서운 체하여 점점 교군 속으로 움츠러지며 그 여인의 대답은 아니 하고,

"이게 웬일이야, 길가는 사람을 팔면부지 모르는 집에다 데려다 놓고? 우리 금분이는 어디로 갔나? 금분아, 금분아!"

벌써 못 가도 종묘 앞은 지났을 금분이가 어데 있어 대답을 하리오. 그 여인이 깔깔 웃으며,

"금분이가 뒤떨어져 아직 아니 왔소? 인제 올 터이니 걱정 말고 들어가십시다."

하며 손목을 붙잡고 재촉을 하니 마지못하여 끌려가는 모양으로 여인을 따라 들어가서, 앉혀주는 대로 아무 데나 앉아서 곁눈으로 살펴보니, 분통 같이 도배를 하고 세간집물을 위치를 차려 구석이 비지 않게 늘어놓았는데, 조금 있더니 계집 하인이 소담하게 차린 장국 한 상을 갖다 놓으니까 그 여인이 앞에 와 앉으며,

(여) "여보, 이것 좀 마시오. 여편네끼리 무엇이 시스럽소?"

(승) "……."

여인이 벌떡 일어서며,

"당치 않은 사람이 권하니까 아니 자시는군! 그러면 권할 만한 양반을 청하지."

하고 나가더니 거미구에 어떠한 자가 들어오는데, 외양이 반듯하고 서는 머리 아니 깎은 자가 없는 이 세월에 저 홀로 수구당守舊黨이 되려던지, 공단 결 같은 망건에 떡국 점 같은 옥관자를 붙이고, 인모소탕에 금패풍잠이 불그레하게 비치어 아래위에 주사니 것으로 감았는데, 애급 궐련을 손샅에다 비스듬히 끼고, 말도 채 하기 전에 너털웃음을 내어놓는다.

"허허허, 이 지경에 이럴 것 무엇 있소? 이것이 다 전생 팔자이온다. 허허허, 연분이라는 것이 이상한 것이렷다. 이게 억지로 될 노릇인가, 아무리 마음에 간절하기로? 허허허, 어서 맛없는 것이나마 장국을 조금 마시오. 아니 마시고 보면 비인정非人情이지."

초상상제初喪喪制라도 이 지경을 당하면 웃음이 절로 나올 터이라, 승학이가 참고 참다가 웃음이 복받쳐 나오니, 아무도 보지 아니하는 데 같으면 손가락이라도 깨물고 진정을 하겠지만, 마주 물끄럼 말끄러미 보는데 그리할 수도 없고 부지중에 주사를 찍은 듯한 입술이 열리며 빙긋 웃었더라. 그자가 승학이 웃는 것을 보더니, 쪼그렸던 무릎을 훨쩍

펴고 곁으로 점점 다가앉으며 평생수단을 다 부려 수작을 하는데,

"우리가 이 모양으로 서로 만나서라도 아들딸 낳고 재미있게 참깨가 기냐 짜르냐 하고 살게 되면 고만이지, 개화 세상에 더 볼 것 무엇 있소? 여보, 무정세월이 약류파로 한세상 지나가면 또다시 못 오는데, 무정한 남편을 만나 일평생을 설움으로 보내는 사람은 천치 중 상천치외다. 자, 그러지 말고 내 청으로 입에 대었다라도 떼시오."

하며 젓가락을 집어 손에다 잡혀주니 경솔히 웃음을 웃어 실수한 이상에 새삼스럽게 빼물다가는 괴이쩍게 알 터이니, 차라리 저놈의 마음이나 푸근하게 하여가며 성화를 바치리라 하고 수삽한 말소리로,

"먹기가 그리 급한가요?"

승학이가 권에 못 이겨 먹는 것처럼 시장한 김에 한 절반 먹고서 한숨 한 번을 길게 쉰다. "에그, 이 지경에 알아도 쓸데는 없지만 이것이 웬일이오? 속이나 시원하게 알기나 합시다."

그 열없는 놈이 일색미인을 참말로나 얻어다 놓은 듯이 정신이 보째 빠져서 행동거지가 구석이 비고 동이 닿지 아니하건만, 의심은 반점 없고 목이 말라 덤벙이다가 말 몇 마디 하는 양을 듣더니, 어떻게 좋던지 허둥지둥 수작을 하노라고 두서가 도무지 없더라.

"나더러 물어볼 것 없이 이 편 이야기부터 하구려. 내 성은 황가요, 황창련이, 황은률이라면 모를 사람 별로 없소. 양반도 시골서는 나보다 나은 놈 별로 없는걸. 우리 마누라는 인물도 볼 것 없고 천치나 일반이오, 이 편이 별 수 없이 큰마누라나 다름없이 살림을 주장할 터이지. 시골이 싫으면 서울 배치라도 마음대로 하겠소. 돈이 없어서?"

(승) "남이 부끄러워 어떻게 하나?"

(황) "관계치 않소. 남부끄러울 것이 무엇 있소? 흔적도 없이 꼭 들어앉아 살면 누가 알기나 할 터이오?"

하며 승학의 손목을 잡으려드니 몰풍스럽게 획 뿌리고 얼굴빛이 변하여지며,

(승) "나를 노류장화路柳墻花로 알고 데려왔습더니까? 아무리 팔자가 기구하여 이 모양이 되었을지언정 강포로는 욕을 아니 보겠소. 이렇게 급조히 굴지 말으시고 내 말을 들으시오. 내가 당신 하자는 대로 다 할 것이니 당신도 나의 소원하는 바를 들어주어야지, 그렇지 않으면 이 자리에서 모진 목숨이 끊어지기 전에는 허신許身을 못하겠소."

(황) "걱정 마오, 우리가 백년가약百年佳約을 맺는 이상에 세상없이 어려운 청이기로 못 듣겠소? 무슨 일이오? 말이나 들어봅시다."

(승) "나를 이 모양으로 데려왔을 때에는 내가 누구인지 짐작하시겠소그려. 내가 남편을 못 만나 고초를 겪은 일을 생각할수록 서씨 집이라면 이가 갈리지만, 시부모 생시에 나를 편벽되이 사랑하시던 일은 어느 때든지 잊힐 날이 없는데, 내일 모레가 우리 시어머니 첫 기일인즉 목욕재계를 하고 같이 참사參祀는 못하나마 그동안을 못 참아서 타문 사람이 되고 보면 천리에 용납지 아니할 뿐더러, 인정에도 박절하여 저 잘되자는 길이 자취마다 피가 괴일 것이니, 조급히 구시지 말고 수일 말미만 주어 변변치 않은 사람의 원하는 뜻을 빼앗지 아니하시면, 그 후에는 손목을 이끌고 정구지역井臼之役을 할지라도 어디까지든지 사양치 아니하리다."

황가가 욕심이 불같이 일어나 잠시도 견디기 어렵지만 그 언론과 사색을 듣고 보더니 제 소견에도,

'계집은 본래 천성이 편협한데, 한번 먹은 마음을 압제하여 내 욕심만 채우려다는 순종치 아니하기가 십상팔구가 될 것이라. 이왕 며칠을 참았을라구, 내일 모레가 젯날이라니 그동안이야 못 견뎌보랴.'

하고 큰 선심이나 쓰는 듯이 부인의 칭찬도 하고 제 공치사도 한다.

"허허, 그렇지! 마음도 외양과 같이 얌전하구려. 시속 못된 것들 같으면 서가의 집에 불이라도 싸놓으러 들 터인데 저렇게 속을 쓸 이가 또 어데 있어? 그만 사정은 알 만한 내가 그 청 못 듣겠소? 염려할 것 없이 마음 턱 놓고 편히 누워 자시오. 그래도 잠동무할 사람은 있어야 할 터인데."

하더니, 안방으로 건너 대고,

"주인아주머니, 주무시오? 이리 좀 오시오."

안방에서는 잠도 아니 자고 등대를 하였던지, 그 말이 뚝 떨어지자,

(주인) "두 양주 분이 재미있게 주무시지도 않고 왜 부르시오? 잔치나 한 상 주시려오? 하하."

(황) "아무렴, 잔칫상을 드리다마다. 그 말씀이야 다시 하시면 군말 되지. 미리 허리띠 끈이나 끌러놓으시구요, 사랑에 불이나 켜놓고 내 자리 좀 내어 보내주시오."

(주) "에그, 도섭시러워라. 자리는 왜 내어가라오? 영감이 나아가 주무시려오?"

(황) "오늘 내일은 불가불 내가 안에서 못 잘 일이 있소. 모녀 분에 누구시든지 우리 아씨하고 잠동무 좀 잘 하여주시오."

(주) "젊으신네가 나같이 늙은이야 좋아하나? 우리 아기더러나 함께 와 자라지. 이애 옥희야, 이 영감 나가시거든 네나 이리 건너와서 저 댁하고 같이 자거라. 본래 사귄 친구 있니?"

황가는 사랑으로 나아가고 열칠팔 세 된 처녀 하나가 들어온다.

문견 없는 집에서 자라난 처녀건만 비루한 태도는 조금도 없고, 연꽃이 웃는 듯한 얼굴을 도렷하게 들고 검은 구름 같은 머리를 발꿈치에 치렁치렁하게 땋아 늘였는데, 일색 구하던 황가의 눈은 티눈만도 못하던지 이 같은 인물은 몰라보고, 체면이나 도리에 천부당만부당한 이씨

부인에게 흉한 뜻을 두었더라.

젊은 남자의 호탕한 마음에 아무도 없는 곳에서 일색 미인을 단둘이 만났으니 꽃 본 나비 같이 흥치가 절로 나련마는, 한갓 황가를 속이고 도주할 궁리가 골똘한 승학이라 거들떠보지도 않고 덤덤히 앉았다가 다시 생각을 하니,

'내가 도망하기는 어려울 것이 없으되, 도망 곧 하고 보면 내가 왔던 줄을 알 사람이 없고, 우리 누이님에게 누추한 말이 돌아갈 것이요, 아니 도망하고 그대로 있자 하니 당장에 탄로가 될 것이니 굽도 젖도 못하고 이 일을 어찌할꼬!'

하며 언뜻 건너다보니, 문을 펄쩍 여닫는 바람에 초가 한편이 툭 터지며 촛농이 용틀임으로 내려 흘러 불이 침침한 그 옆에 옥희가 천연스럽게 앉았는데 색심이 동하는 것이 아니라 자기가 왔던 흔적을 알도록 할까 하고, 한 가지 계책이 나서 옥희를 향하여 수작을 붙인다.

(승) "에그, 그 색시 얌전도 하게 났다. 내가 아무리 어른이기로 남의 집 처녀더러 해라 할 수 있나? 올에 몇 살이오? 아마 열다섯은 넘었지?"

(옥) "열아홉이야요."

(승) "나보다 삼 년 아래군. 바깥 어르신네는 어데 가셨소?"

(옥) "우리 고향에 다니러 가셨어요."

(승) "고향이 어데요? 서울도 일가가 여러 댁이오?"

(옥) "고향은 화순인데 우리 이모 되시는 어른이 청석골 계셔서 그 연줄로 이사를 서울로 올라왔어요."

승학이가 고개를 끄덕끄덕하며,

"응, 응, 청석골 계신 이 택호가 화순집이 아니시오? 그 마누라님은 나도 두어 번 뵈었지. 어쩐지 색시 어머니 되시는 마누라님 얼굴이 방불하더라, 오래지 아니하여 동이 트겠소. 누워들 잡시다."

하고 자리를 나란히 펴고 누워, 하나는 지남철 모양으로 앞으로 잡아당기는 마음이 나고, 하나는 기관차 모양으로 뒤로 물러가는 생각이 나는데,

'저 처녀의 행동, 언사가 점잖은 집 규수나 다름이 없는걸! 인물도 출중하기도 하다. 내 왔던 표를 내고 가자면 끝끝내 계집인 체하여서는 아니 될 터이요, 내 행세로 말하면 남의 집 처녀를 승야 겁간하는 것이 법률상 죄인을 면치 못하겠으나 권도라는 권자가 이런 때에 쓰자는 것이지.'

하고 옥희 앞으로 조촘조촘 다가오는 것은 승학이요,

'외양은 하 흉치 아니 하구먼 하는 양을 본즉 망측도 하지. 사람스러운 터이면 이 지경이 되어 무슨 경황에 웃음이 나오고 말이 나올꼬? 기둥에 대강이라도 부딪혀 죽을 것이요, 죽지를 못하게 되면 혀를 깨물고 남의 남자와 수작을 아니 할 터인데, 천격스럽기도 하지. 양반의 부인이라고 무지막지한 계집이나 나을 것 없구나.'

하고 윗목 편으로 점점 돌아눕는 것은 옥희더라.

사람이 재미있는 일이 있어 잠심을 하게 되면 며칠 밤을 새워가면서도 졸음이 아니 오지만, 이날 밤에 옥희는 묻는 말 대꾸도 하기 싫고 가까이 있기도 실쭉하여, 아무 재미없이 누웠다가 어느 결에 잠이 깊이 들었는데 가슴이 답답하여 놀라 깨니, 난데없는 남자 하나가 곁에 누웠는지라, 일신이 벌벌 떨리며 간이 슬듯이 겁이 나서 소리를 지르자 하니 목구멍에서 나오지도 아니하거니와, 제일 남이 부끄럽고 한갓 죽고 싶은 마음뿐이라, 두 눈에서 눈물이 샘솟듯 하며 일어앉더니, 열이면 아홉은, '이게 웬 놈이 남의 집을 밤중에 들어왔어?' 하며 호들갑스럽게 문을 열어젖뜨리고 뛰어나갈 터인데, 옥희는 천생 팔자를 그렇게 타고났던지 사람이 진중하여 그렇던지 나직한 말소리로,

"보아하니 점잖은 양반이 예 아닌 행실로 남의 집 규중에를 무단히 들어오셨소. 어서 나아가시오."

승학이가 옥 같은 손목을 덥석 쥐며 껄껄 웃더니,

"억지로 데려올 제는 언제요, 또 나가라기는 무슨 곡절이야?"

새벽 뒤 잘 보는 옥희 어머니가 뒷간에 가노라고 건넌방 앞으로 지나다가 문에다 입을 대고,

"아가, 벌써 깼고나? 무슨 이야기를 그렇게 하니?"

옥희가 그 모친의 목소리를 듣더니 흑흑 느껴 울며,

(옥) "……."

(옥희 어머니) "고대 지껄이더니 누가 저렇게 울까? 이상시러워라."

하며 문을 와락 열고 들여다보더니,

(옥희 어머니) "이애, 네가 자다 말고 첫새벽에 일어앉아 우는 곡절이 웬 곡절이냐? 심상하지 않은 곡절이로구나."

(옥) "……."

(옥희 어머니) "저것이 벙어리 차첩을 맡았나, 말도 아니 하고 속만 태우게? 여보 손님 아씨, 잠들으셨소? 우리 딸이 어째 저러오?"

(승) "……."

옥희 어머니가 궁금증이 지나 화가 나서 소리를 버럭 질러 그 딸을 부른다.

"옥희야, 옥희야, 저것이 별안간에 뒈질 혼이 들었나? 어미 말을 대답도 아니 하게."

그제야 옥희가 저의 어머니 앞에 가 푹 엎디며,

(옥) "어머니, 나는 죽겠소. 이 지경에 살아 무엇을 하오?"

(옥희 어머니) "이 일이 자다 꿈결인가? 별안간에 알 수 없는 일일세. 이애, 죽어도 말이나 시원하게 하고 죽어라."

승학이가 그제야 부시시 일어나서 옥희 어머니에게 절 한 번을 넙신하며,

"장모, 건너오셨소?"

옥희 어머니가 어이가 없어 덤덤히 있다가,

(옥희 어머니) "에그 망측해라, 저이가 누구길래 나더러 장모라고 할까?"

(승) "장모도 망령이오. 사위가 누구인지도 모르고 데려왔단 말이오?"

옥희 어머니가 말하는 승학이도 건너다보고 엎디어 우는 옥희도 내려다보다가

옥희 등을 어루만지며 마주 울음이 나온다.

"내가 남의 말 잘 듣다가 외성 박씨집 가문을 흐려놓았구나. 너의 아버지 유다른 성미에 이 일을 알고만 보면 너하고 나하고는……. 이런 때는 동생이 아니라 큰 업원이로구나. 장안 계집을 깡그리 노구질을 하다 못해서 조카딸까지 팔아먹는 것이로구나. 사랑에서 자는 황가부터 그대로 두지 못하겠다. 경무청에다 정문하여 청바지를 입혀야지. 그놈이 억하심정으로 사내놈을 여복을 시켜 데리고 와서 계집 얻어온다고 방을 빌려라, 장국을 해달라 하더니, 저는 슬쩍 나가 자고 우리 딸을 이 지경이 되게 하여! 그놈이 속았나, 내가 속았나? 까닭을 알 수가 없네."

계집이 악이 나니까 눈에 헤아릴 것 없이 함부로 말이 나온다.

"이놈아, 너는 뉘 집 자식인데 뒈질 줄 모르고 변복을 하고 다니며 남의 집 내정돌입內庭突入을 하느냐?"

승학이가 자기 매씨 보러 왔던 일로부터, 거복이 말을 듣고 계책을 내어 의복을 바꾸어 입고 오던 일을 낱낱이 말하니, 옥희는 어찌 그렇게 지각이 났던지 격난을 많이 한 저의 어머니도 생각지 못하고, 의사가 넉넉한 승학이도 궁리를 못한 말을 한다.

(옥) "어머니, 요란시럽소. 떠들고 보면 더구나 남만 부끄럽소. 지어

둔 아버지의 의복 일습과 관망까지 갖다가 저 양반을 드리시오. 저 양반의 말씀을 들으니 우리 죄도 아니요, 저 양반 죄도 아니오. 첫째는 서판서 아들의 죄, 둘째는 평양집과 청석골 아주머니 죄지, 황은률은 오히려 몇째 가는 죄올시다. 이 일을 발각하게 되면 다른 사람이야 누가 알 바 있습니까마는, 제일 아주머니께서 어느 지경에 이를지 모르겠소. 그리지 않아도 아주머니가 행세 잘못하여 수치 된다고 어머니까지 미워하시던 아버지 성품에, 집안에 불이라도 싸놓으시고 몇 사람 살육이 날 것이니, 어머니, 내 말대로 저 양반 몸을 이 길로 피하시게 하고, 황은률더러는 나 잠든 동안에 이 부인이 도주하였다고 하십니다."

옥희가 승학이 얼굴을 다시 치어다보고, 두 눈에 눈물이 핑 돌며 저의 어머니를 따라 밖으로 나가더니 모녀가 무엇이라고 공론을 했던지, 옥희 어머니가 다시 들어와서 자기 딸의 전정도 부탁하고 어서 몸을 피하라고 당부도 하더라. 승학이가 그 길로 나서서 이 골목 저 골목 휘휘 돌아가니 느릿골 병문이 썩 나서는데, 해가 벌써 올라오려는지 낙산 중허리가 홍공단 포장을 두른 듯하게 황홀히 붉어지며, 성 위에 자던 까치는 하나둘씩 날아가며 '깟깟깟' 지저귀고, 전차 기관실 연통에서 시꺼먼 연기가 치밀어 올라오며 핑핑 돌아 흰 구름 덩이가 되어간다. 그 모양으로 창황히 가는 승학이가 무슨 흥치가 그리 나던지 가다 말고 길가에 우두커니 서서 새벽 경치를 구경하는데, 대강이 헙수룩한 놈이 소반 한가운데 소금 한 접시를 놓아 들고 나오며 귀청이 뚝 떨어지게,

"모주 잡수, 설설 끓소, 맛 좋고 값이 싼 것이오."

소리를 두어 번 지르다가 승학이를 힐끗 보더니 와락 앞으로 대들며,

"이 양반, 모주 값 내오. 문둥이 자지 떼어먹듯 한 번 뚝 떼어먹고 다시 이렇다 저렇다 말이 없단 말이오?"

승학이가 어이가 없어 대답도 아니 하고 있다가, 그놈이 옷자락을 잡

아당기며 어서 술값 내라는 통에 분이 잔뜩 나서, 이르거니 대답거니 설왕설래가 되니 구경 좋아하기로 유명하기는 서울 사람이라, 오는 사람 가는 사람이 겹겹이 돌아섰는데, 그중에 모주 먹으러 다니는 자들은 모주 사발이나 두둑하게 얻어먹을까 하고, 울력성당으로 모주 장수 편을 들어 승학이를 발돋움에다 넣으려 든다. 얼굴을 보든지 행동을 보든지 승학이를 모주꾼으로 볼 리는 만무할 터인데, 내려가렸던 머리를 빗질도 할 겨를 없이 대강 끌어올리고, 맞지 않는 관망을 쓰고, 이십 전 소년의 체수에다 굴안만 한 늙은이의 의복을 입어 놓았으니 아래위가 메가 뚝뚝 들어 하릴없는 모주 타령꾼의 체격이라. 모주 장수가 어떠한 놈에게 술값을 잃고, 어느 때든지 한번 만나면 껍질이라도 벗기리라 벼르고 있던 차에, 승학이를 횡보고 시비를 시작하였는데, 예사로 말을 한 것 같으면 잘못 알고 그리하였노라고 사과나 할 터이로되, 무식한 놈이 첫대 우악하게 걸어놓고 어찌할 수가 없어 번연히 그 사람이 아닌 줄 알면서도 내친걸음에 구실을 붙는 것이더라.

여러 놈들이 받고 차기로 시비를 하는데 그중 한 자가 두부 주머니 같은 생베 두건을 우구려 쓰고 썩 대들며,

"보아하니 젊은 친구가 행세를 아주 잘못하누! 이 양반, 어데 사는데 무엇 하러 댕기시오?"

의사스럽게 임시처변 잘하는 승학이가 얼풋 생각하기를,

'거짓말로 사람 속이는 것이 군자의 할 바 아니나, 내 몸에 침노하는 액회厄會를 면하려면 변통이 없고는 도저히 되지 못하리라.'

하고 서슴지 아니하고,

"예, 나는 충청도 내포 사는 사람인데, 여간 지가서地家書 권이나 보았더니 아는 것은 별로 없으나 동협 사는 친구가 친상을 당하고, 큰 화패나 없을 산지 한 곳을 구해 달라고 지재지삼 간청하기에 괄시할 수 없어

한두 군데 보아두었던 곳이 있길래 일러주자고 찾아가는 길이오."

그 자가 지관이라는 말에 귀가 솔깃하여 대지라는 것이 참말 있어 한 자리 얻어 쓰면 생수나 날 줄로 여기고, 승학이에게 고맙게 보여 손 한 번 빌어볼 작정으로 별안간에 선심이 나온다.

"여보게 김 서방, 그만두게. 저 양반이 우리 모양으로 술 자시러 댕길 듯하지도 아니한데 아마 자네가 잘못 보았나 베. 그렇지만 자네더러 술값 잃으라 할 수 있나? 술값이 얼마나 되나? 많고 적고 내가 물어주지. 저 양반은 갈 길이 총총하다는데 어서 놓아 보내게. 이 양반, 걱정 말고 어서 가시오."

승학이가 뭇놈에게 부대끼다가 가라는 소리에 어찌 시원하던지 뒤도 아니 돌아보고 가는데, 어떤 자가 두 주먹을 쥐고 쫓아오며,

"앞에 가시는 양반, 거기 좀 계시오. 긴히 할 말씀 있소."

하는 소리에 돌아다보니 술값 물어주던 상인이라.

(상) "그렇게 바삐 오십니까? 내 집으로 가 담배나 한 대 피우고 가시 지요."

(승) "천만의 말씀이오. 내가 먹은 술값은 아니지만, 그처럼 돈을 내어 물어주시기까지 하여 욕을 면케 하셨는걸, 신세진 인사 한마디 못하고 오며 생각을 하여도 대단히 미안하더니, 또 이처럼 하시니 너무 감사하구려."

(상) "별 말씀을 다 하시지요. 그까짓 것이 감사가 다 무엇이요. 보아하니 점잖은 양반이 욕보시는 일이 하도 딱해서 돈냥 물어준 것이 그리 끔찍할 것 있나요? 내 집이 과히 멀지 아니하니 잠깐 같이 가십시다."

승학이가 그 자의 가자는 눈치를 대강 짐작하고 속마음으로 홀로 웃으며 권에 못 이겨 따라가는데, 순랏골로 들어서 관상감재로 넘더니 바로 재동 네거리에서 북악산을 바라고 한없이 올라가다 가운데 똥골 오

막살이집으로 들어가더니, 선반에 얹힌 왕골기직 한 잎을 부리나케 내려 먼지를 툭툭 털어 아랫목에 깔면서,

"누추하나마 좀 앉으십시오."

하고 부엌으로 내려가더니,

"여보, 무엇하오? 조반 한 상 차리오, 손님 오셨소."

부엌에는 그 자의 어미가 있는지 계집이 있는지 말만 듣고는 알 수 없게 대답이 나온다.

"날마다 술타령만 하고 댕기더니 누구를 끌고 와 호기스럽게 밥을 차려 오라고 할까! 딱도 하다, 초상상제가……."

그 자가 손짓을 홰홰 하며,

"떠들지 말고 가만히 있소, 지랄하지 말고. 저 손님이 용한 지관 양반인데, 자식 기르고 부자가 될 자리나 한 곳 얻어 어머니 장사를 지내려고 데리고 왔소."

"에그나, 작히 좋겠소! 나는 누구를 데리고 왔다고."

서방 놈은 밥상을 갖다 놓고 곁에 앉아서 제 사정 이야기를 하고, 계집년은 뒷문 틈으로 들여다보고 서서 엿듣는데,

(상) "이런 말씀 하기는 미안합니다마는, 좋은 포부를 가지셨다니 병신자식이라도 하나 기를 산지 한 곳 일러주시면 망모의 영장을 지내겠습니다."

(승) "상주가 당고한 지가 얼마나 되었길래 아직 안장을 못하였소?"

(상) "당고한 지도 오래지 않습니다마는, 본래 선산 발치도 없고, 수구문 밖에다 되지 아니하게 초빙하였더니, 그나마 시비가 있어 오늘 새벽에 나아가 빙소를 옮기고 오던 길에 천만의외에 당신을 뵈왔습니다."

(승) "내가 무엇을 알오? 대지는 적선을 많이 하여 죄 아니 지은 사람이면 지관 아니라도 절로 얻고, 그렇지 못하면 아무리 무학이, 도선이

82

를 데리고 댕겨도 쓸데없습니다. 아까 내게 하시던 것을 보아도 선심이 대단하시던걸."

(상) "제가 적선한 것은 별로 없으나 죄는 아니 지었어도 자식을 낳으면 죽어 길러보지를 못할 제는, 부친 산소를 아주 망지에다 모신 것이야요."

그리하자 문밖에서 계집이 혀를 툭툭 차며,

"무슨 말을 바로 하지, 복단이 송장을 몰래 파묻어 준 것은 죄 아니 될까? 복단의 원혼이 우리 개똥이도 잡아갔지, 무얼! 금분이 년을 뜯어먹어도 시원치 않아, 우리 못할 노릇하는 것을 생각하면, 그래도 그년에게 미쳐서 죽을 짓이라도 하라면 하지."

하며 투기 많은 계집이 제 서방이 금분이와 좋아지내는 것을 일상 미워하던 터에, 좋은 산지나 얻어서 자식을 길러볼까 믿었다가 죄지은 사람은 아니 된다는 말에 강열이 바싹 나서 숨기고 쉬쉬하던 말을 바로 내어 쏜 것이라. 복단이 파묻었다는 소리에 승학이 귀가 번쩍 띄어 혼잣말이라.

'옳지, 금분이년이 제 상전과 같이 복단이를 죽여 없애고 우리 누이님에게 허물을 뒤집어씌우려고 찾는 체하였구나. 백 번 죽어도 죄가 남을 년들도 있지.

우리 누이님을 속여 황가 놈에게로 보내려던 분풀이를 하고 싶어도 누이님 수치가 될 터이니까 못하겠더니, 원수는 외나무다리에서 만난다고 이놈의 집에를 내가 오기도 희한한 일이지. 저놈이 뫼를 잘 쓰면 자식 기를 줄로 믿는 것을 보니까 무식하고 미련하기는 짝이 없는데, 계집은 셈이 바르고 소견이 없으니 내가 나서지 아니하여도 저놈만 앞세우면 원수를 넉넉히 갚겠다.'

하고 시치미 뚝 떼고 그놈의 비위가 당기도록 수작을 하여 진담 토설을 나꾸어낸다.

"여간 죄를 좀 지어도 관계치 않소. 번연히 죄를 지은 줄 알고도 회개를 못하여야 앙화를 받지. 기왕 깨달은 이상에 가령 남에게 적악을 했으면 신원을 해준다든지, 내가 범법을 했으면 자현을 한다든지 하게 되면 이왕 죄짓지 않은 것보다 오히려 한층 더 나을 것이오. 그때 가서는 천하명당도 얻기 어렵지 아니하고 자손도 앞에 그득하리라."

상인이 고개를 수굿하고 있다가,

(상) "참 양반의 말씀이올시다. 보시다 모르겠습니까? 저는 상놈이라 무식한 탓으로 죄를 아니 짓자 하면서도 부지중에 범한 일이 났나 보이다."

(승) "모르고 범한 것은 큰 죄 될 것은 없소. 이왕 그런 일이 있거든 은휘하지 말고 말을 바로 하시오. 들어보아 큰 관계나 없을 것 같으면 아무리 정성이 간절하더라도 산지를 못 얻어 쓸 것이니, 나부터 구산하여 볼 생의도 아니 할 터요. 과히 실범이 없고 보면 좋은 방침을 일러줄 것이니 걱정 말고 이야기나 하오."

(상) "기왕 말이 난 터에 조금인들 기망하겠습니까? 자초지종을 들어 보십시오."

하고 서 판서 집 내력으로, 정길이 못생긴 행실로, 평양집 요악한 것과, 이씨 부인 무던한 일을 한바탕 내어놓는데 승학이가 껄껄 웃으며,

(승) "남의 집 가정 일은 장황히 말할 것 없소. 복단인지 흉단인지 어떻게 죽은 송장을 뉘 말을 듣고 무슨 곡절로 묻어주었는지, 댁한테 관계된 일이나 이야기를 하시오. 알 수는 없소만 내 소견에는 송장을 묻어주었으면 적선이라 할 만할걸."

(상) "웬걸이오, 제 생각에도 잘한 일이라고 할 수 없어요. 그 댁 하님에 금분이라고 있지요."

(승) "그래?"

(상) "금분이가 저하고 가까이 지내는데, 하루는 자정이나 칠 때에 와서 지폐 십 원을 주며 송장 하나를 치워달라고 하여요."

(승) "송장은 뉘 송장?"

(상) "그 송장이 아까 말하던 복단이 송장이올시다그려."

(승) "금분이가 복단의 어미오, 형이오?"

(상) "형이나 어미 같으면 자식이나 아우의 신체 묻어주기가 의례히 할 일이지만, 그 사이에 충절이 많이 있지요."

평양집이 복단이 빼앗던 일로, 복단이가 매에 못 견디어 홍현 우물에 빠져 죽던 까닭과, 금분이가 제게로 와서 애걸을 하여 맹현 뒷산골에 파묻어 흔적을 감추어, 복단 어미·아비도 이때껏 제 딸 죽은 줄을 모르고 지낸다는 사실을 한마디도 빼지 아니하고, 사법관이 신문한 것보다 더 자세히 자복을 한다. 승학이가 그자의 욕망을 채워줄 듯이 이치에 근사하도록 말을 하여, 복단이 죽은 전후 정절을 다 들은 후에, 가장 그자를 깊이 아끼는 모양으로 입맛을 두어 번 쩍쩍 다시고,

(승) "허, 그것 아니되었소, 적악 중 큰 적악을 했구려. 옛날이야기 하나 할 것이니 들어보려오? 전에 도적놈 하나가 이웃 과붓집으로 도적질을 하러 들어갔더니, 방에서 인기가 나면서 잠이 아니 든 모양이라, 마루 밑에 가 가만히 엎디었는데 저와 친한 놈 하나가 담을 넘어오더니, 과부의 방으로 들어가 욕을 보이려다 저사하고 순종치 아니하니까, 칼로 과부를 찔러 죽이고 나가는 모양을 보고, 도적질도 못하고 제 집으로 왔더니, 그 살옥이 일어나 사랑에서 자던 시아비에게로 지목이 가서 옥중에 갇혀 발명도 못하고 속절없이 대살을 당할 지경인데, 도적질하러 갔던 사람이 곰곰 생각을 하니 '아무리 죽을 혼이 들어 도적에 마음은 두었을지언정 무죄한 사람이 누명을 쓰고 죽게 됨을 분하고 불쌍한 마음이 나서 차라리 적률은 당할지언정 그 일을 신설하여 주리라,

친구가 비록 정의는 두터우나 범죄를 한 이상에 어찌 사정을 인하여 남의 원한을 머금게 하리오' 하고 그 길로 관문을 두드리고 고발을 하였더니, 원범을 잡아 정죄를 한 후 그 사람은 적률은 고사하고 말 바로 한 공으로 중상을 받을 뿐 아니라, 그 후로는 무론 어떤 일이든지 경륜만 하면 꿈에 그 과부의 혼이 와서 잘될 길로 인도하여 부귀를 쌍전하였다는 말이 있습니다.”

(상) “저는 도적질은 아니 했습니다마는 일 경위인즉 저 당한 것과 어지간한 걸이오. 복단이는 그 과부로 치고, 평양집은 담 넘어오던 놈이나 마찬가지요, 복단 어미·아비는 그 시아비 모양으로 영문 모르고 있다 부대낍니다그려.”

(승) “어, 상주 참, 이야기 들을 줄 아시오. 상주도 그 모양으로 복단이 신설만 하여주면 법사에서도 상을 주면 주었지 논죄할 리는 만무하고, 또 복단이 혼이 있고 보면 결초보은이라도 할 것이니, 정승, 판서가 대대로 날 산지기로 못 얻어 쓰겠소?”

(상) “예, 산지는 얻든지 못 얻든지 이 길로 소송지나 너덧 장 사 가지고 대서소로 가겠습니다.”

(승) “흥, 인제 잘 생각하였소. 내 신명身命에 관계되는 일에 아무리 정답기로 되지 않은 부탁을 신청하여 바른말 한마디 못하고 그른 사람이 될 수 있소? 나도 갈 길이 총총해서 더 지체를 할 수 없으니 같이 일어섭시다. 한번 댁을 알았으니까 종종 들르지요.”

(상) “부디 또 오십시오.”

하고 주객이 같이 나서서 하나는 재판소로 가고, 하나는 남문 밖으로 가더라.

세상에 시원하고 상쾌한 일이 무엇이냐 하면, 지리하게 앓던 이 빠진 것이라 하겠지만, 그에서 한층 더 시원 상쾌한 일은 믿고 잡아먹고 싶던 시앗 없어진 것이라. 이는 천착하고 요악하고 간특한 계집들의 말이지, 유덕하고 유순하고 정대한 부인의 말이라 하리오.

평양집 부용이를 그때 곁에서 보던 사람은 고사하고 이후 몇백 년이라도 이 소설만 보면 누가 유덕한지 천착한지, 유순한지 요악한지, 정대한지 간특한지 거울 같이 분변할지라. 그러면 평양집 창자에 시원 상쾌한 생각이 그득할 줄은 두 번 말할 것 없도다.

평양집이 그날 이씨 부인을 속여 보내고 중간에 다른 층절이나 있을까 궁금증이 나서 볼기짝을 좀이 쑤시는 듯이 자리를 붙이지 못하고 성화를 하던 끝에, 금분이가 황감급제에 방꾼 모양으로 숨이 턱에 닿게 뛰어 들어오더니 손뼉을 탁탁 치고 간간이 웃으며,

(금) "아씨, 아씨!"

(평) "너는 무슨 좋은 일이나 있길래 저 모양으로 좋아하니?"

(금) "좋은 일이오? 쇤네 좋은 일인가요, 아씨 좋으신 일이지? 에그, 상전부모라니, 아씨 좋으신 일이 즉 쇤네 좋은 일이지! 아씨 아니 그러합니까? 하하."

(평) "왜, 서방님께서 좋은 벼슬이나 하셨다디?"

(금) "양반이 벼슬하시기가 예삿일이지, 이 일은 아씨께 당해서는 서방님이 각부 대신 하신 것보다 더 좋으시지."

(평) "예이 미친 것, 무슨 일이 그보다 더 좋단 말이냐? 사풍 그만 부리고 이야기나 하여라."

(금) "아씨, 아씨 생각에는 화개동 아씨가 황은률과 아들딸 낳고 잘 살았으면 좋으시겠습니까?"

(평) "내 눈의 가시 아니 된 후에야 잘살든지 급살을 맞든지 뉘 알 배때기더냐? 왜 군말 없이 배합이 되었다디? 아무려나 악착 부리는 것보

다 좋지."

(금) "황은률은 닭 쫓던 개 지붕 치어다보기가 되었답니다."

(평) "그게 어떻게 된 곡절이냐? 그것이 악이 복받쳐 죽었니?"

(금) "에그, 아씨도 딱해라, 죽었으면 정말 큰일이 났게? 죽지도 아니하고 순종도 아니 하고, 우리 일만 절묘하게 되었답니다."

(평) "어떻게 절묘하단 말이냐? 얼른 말 좀 해라, 갑갑하다."

(금) "쉰네는 그 아씨가 악착부리고 순종치 아니하여도 걱정이요, 황은률하고 정답게 산대도 걱정이더니, 일이 잘되노라고 그 밤에 황은률을 속이고 도망을 했어요."

(평) "이애, 그게 무엇이 그리 좋으냐? 정작 탈거리가 났고나. 바로 죽었으면 다시 말 내어놓을 사람도 없겠고, 황은률의 말을 순종하였으면 부끄러워도 말을 내어놓지 못할 터인데, 만일 도망 곧 했으면 서방을 달고 가기 전에 가만히 있겠니? 필경 저의 친정으로 가서 고생을 했느니 박대를 하더니, 못할 사정없이 다 지껄이면 그러지 아니해도 우리 서방님을 못 먹겠다고 으르렁거리던 저의 아버지 오죽 야단법석을 치겠니?"

(금) "친정이 어디길래 그렇게 가요? 귀양 간 제주로 모두 갔다는데, 아니 갔기로 꼭 들어앉았던 여편네가 어디가 어디인 줄 알고 찾아가요? 밤낮 나댕기던 쉰네도 충청도를 못 찾아가겠습니다."

(평) "네 말이 그럴 듯한데, 그게 어디로 갔단 말이냐?"

(금) "어디로 가기는 어디로 가요? 다 까닭이란 까자가 있지요. 일이 절묘하다는 것이 다른 말이오니까, 그 말이지. 쉰네가 벌써부터 이상스러운 눈치는 짐작했어요. 낯모르는 하인이 가끔 드나들고, 시골 혼자 가라면 아무라도 낙심천만하여 아니 가겠다고 방색이라도 하여 볼 터인데, 그 소리를 듣더니 입이 귀밑까지 찢어지며 호기가 만발하여 날뛰

는 서슬에 쇤네가 입바른 말마디나 하다가 그 우악한 주먹에 얻어터지기까지 했답니다. 인제 말씀이지, 그 구석에서 수륙을 다 놀았으면 누가 알겠습니까? 정녕 그 전부터 볼맞은 놈이 있다가 시골로 가라니까 달고 내려가 발장구 치고 잘 살아볼 작정으로 하였다가, 눈도 코도 서투른 황은률이 차고 들어서니 되겠습니까? 에그, 수단도 좋아! 어쩌면 그렇게 감쪽같이 발라넘기고 도망하였는지. 아마 간부 놈이 뒤를 따라왔던 것이야요. 만일 혼자 나섰을 말이면 몇 걸음 안 나아가서 발길에 툭툭 채는 홀아비에게 붙들려서 내외국 신문에 뒤떠들었을 터인데 괴괴하고 아무 말 없을 때에는 가히 알 일이 아닙니까?"

(평) "이애, 그것 시원하고 상쾌하게 되었다. 도척의 개 범 물어간 것만이나 하구나. 인제는 제가 입이 두리광주리라도 아무 말도 못 하겠지."

(금) "그 아씨도 염치가 있지, 말을 무슨 말을 해요. 말하는 입에 똥이나 칠하지. 에그, 아씨는 지금도 아씨야? 이 댁을 배반하고 발길 한 번 내놓은 후에야 대접할 까닭 있습니까? 그 집네라고 해도 넉넉한데, 그 집네 좀 보았으면! 인제도 아니꼽게 머리채 잡고 때려주겠나 물어보게."

(평) "복단 어미·아비도 제 상전 도망한 줄 아나 보디? 그것들 아갱이를 벙끗도 못 하게 하여놓아야 할 터인데."

(금) "알기는 제가 어서 들어 알아요? 물색도 모르고 제 상전 위한답시고 계집년은 심술, 사내놈은 우악 부리는 꼴 보기 싫어 그것들 꿈쩍을 못 하게 짓찧어 놓았으면 하루를 살아도 가슴이 시원하겠습니다."

(평) "어렵지 않지! 네 이 길로 가서 그것들 내외를 불러오너라. 서방님더러 좌기령을 놓고 복단이 찾아 바치기 전에는 돌구멍 안에 있지 못하리라고 천동 같이 을러놓았으면 꼬리를 삽에다 끼고 삯도 없이 갈 터이다."

(금) "그러면 지금 불러와요?"

하고 쪼로로 나가는데, 어떠한 갓두루마기에 미투리 신은 사람이 문밖에 섰다가 금분이를 보더니 반가이 인사를 한다.

"그동안 잘 있던가? 오래간만에 보네그려."

금분이가 자세자세 훑어보며,

(금) "누구셔요? 얼른 생각이 아니 납니다."

(갓두루마기) "허허, 그렇지! 얼른 알아보기 어렵지. 나는 평양 사네. 자네 댁 아씨 안녕히 계신가?"

금분이 소견에 평양 산다며 아씨 묻는 양을 보고 지레 짐작으로 서슴지 아니하고 대답을 하는데, 알량스러운 가짓말이 입에 등대를 하였던지,

(금) "예, 인제 어렴풋이 생각이 납니다. 아씨 친정에서 오시지 아니하셨습니까? 눈깔이 무디어서 한두 번 뵈옵고는 모른답니다. 아씨 계십니다. 들어가 여쭙지요. 그런데 저 양반들은 누구십니까?"

(갓두루마기) "응, 그 양반들도 아씨 친정으로 일가 되시는 터이시지. 여쭙고 말고 할 것 없이 안손님이나 오신 이 없거든 들어가세. 우리가 모두 자네 댁 아씨를 길러냈는걸, 무엇이 시스러워서."

하며 앞서거니 뒤서거니 금분이를 따라 안으로 들어가는데, 금분이는 반갑고 큰 손님이나 온 줄 알고 안마당에서부터 아씨를 부른다.

"아씨, 아씨!"

하는 소리를 평양집이 듣고서 또 무슨 반가운 소식이나 들을 줄로 여기고 마루로 마주나오며,

"오냐, 금분이냐? 복단 어미 부르러 간다더니 왜 도로 왔니?"

하며 마당을 내려다보더니, 휙 돌아서며 방으로 들어가며,

(평) "에그, 저게 누구들이야? 웬 사람들을 데리고 오니?"

(금) "아씨도 쇤네 모양이실세. 쇤네는 몰라 뵈옵기가 쉽지만 아씨께서야 길러내시던 친정 일가 양반도 몰라보시나?"

한참 이 모양으로 종과 상전이 수작을 하는데 그 사람들이 평양집 앞으로 썩 들어서며,

"경무청에서 잠깐 물어볼 일 있다고 부르시니 갑시다."

금분이를 돌아다보며,

"자네도 잡혔네. 같이 가세."

죄는 있든 없든 좀체 사람은 이 지경을 당하면 두 눈이 둥그레지고 가슴이 우둔우둔해지며 땅에 가 그대로 털썩 주저앉아 말 한마디 못 하련마는, 벼락을 쳐도 눈도 깜작거리지 아니할 위인들이라, 가장 제 앞이 철장같이 곧은 체하고,

(평) "금분아, 가자. 겁날 것 무엇 있니? 필경 아기씨인지 귀기씨인지 그 인물이 제 행실은 생각지 못하고 요망스럽게 정장을 했나 보다."

(금) "양반의 댁 정실부인으로 발길을 이리저리 함부로 내어놓고, 남이 부끄러운들 정장이 다 무엇이야? 걱정 맙시오, 쇤네가 전후 내력을 자세히 말하겠습니다. 말 탄 관원이기로 아씨나 쇤네 그르다 할라구요? 에그, 서방님께서는 왜 아니 올라오셔요? 이런 일을 까맣게 모르고 계시겠지."

(평) "글쎄 말이다, 여주가 한 만 리나 되나 보다. 서방님만 계시면 년이든지 놈이든지, 살육 낱이나 착실히 날걸."

그자들이 서서 듣다가 소리를 버럭 질러,

"여보게, 파사가 오래지 아니하여 되겠네. 누가 자네 댁 집안 살림 이야기 들으러 왔나? 어서 나서게."

하며 금분이 손목을 잡아 나꿔채는 서슬에 금분이가 공방울같이 굴러 내려가니,

평양집이 발을 동동 구르며,

"에그, 사람 상하겠네. 차집, 자네 나아가서 교군꾼 얼른 불러오게."

사람마다 말하기를 착한 자는 극락세계로 가고 악한 자는 지옥으로 간다 하니, 극락세계가 하늘 위에 있고 지옥이 땅속에 있는 것이 아니라, 착한 사람은 초년고생을 겪다가 늦게 복을 누려 가없이 즐기는 것을 극락세계라 할 만하고, 악한 사람은 당장에 엄적은 될지언정 종내 감옥서에나 경무청에 들어가 고초 겪는 것을 지옥이라 할 만한지라. 그날 평양집은 교군을 타고 금분이는 앞을 세워 경무청으로 몰아가더니 원고를 불러들이는데, 평양집과 금분의 생각에는 정녕히 이씨 부인이 들어와 원정을 손에 들고 변변치 않은 말솜씨로 공소를 할 줄로 여기고, 표범 같은 저희들 말 수단으로 조목조목 넘겨씌우려고 잔뜩 준비를 했더니, 급기 들어오는 양을 본즉 꿈에도 뜻 아니 하였던 가깝고 친하고 믿고 지내던 자이라, 한편으로 괘씸하기도 하고 한편으로 마음도 놓이니, 괘씸하기는 저놈이 더운 것 찬 것을 아니 갖다 먹은 것이 없고 돈 관돈백을 아끼지 않고 주었는데, 어디 갔던지 내 일을 발명은 못 해 주나마, 배은망덕을 하고 나를 걸어 정장을 했고나! 똥 누고 간 우물도 다시 먹을 날이 있나니라. 이놈, 이놈, 벼르는 일이요, 마음 놓이는 일은, 오냐 어찌된 일인지는 모르겠다마는, 설마 저도 사람이지 지내던 정리를 생각하기로 내게 해로울 말이야 얼마쯤 싸고돌겠지. 까닭인즉 아마 복단이 사건인 듯싶은데, 그것의 어미·아비 아닌 바에 피나게 떠들기는 만무하리라 하였더니, 돌이가 들어서는 길로 금분이가 돈 십 원 가지고 오던 말로, 복단이 송장이 우물가에 있던 형상으로, 그 밤에 흔적 없이 묻던 사실을 대통에 물 쏟듯 확확 내어놓으니, 평양집과 금분이 얼굴이 사생중에 들어 있는데, 피고 말하라고 서리 같은 호령에 초주검이 다 되어 벌벌 떠는 목소리로 다만 살려줍시사 말뿐이더라.

소위 정길이는 사람이라 할 것 없이 나무로 갈려 만든 제웅이라고 했으면 똑 알맞을 위인으로 이씨 부인의 거취는 잊어버리다시피 잘 가 있거니 못 가 있거니, 당장 곁에 없는 것만 시원하게 여기고 평양집 입자는 것과 먹자는 것을 여율령시행하느라고 빚을 내어 쓰다 못하여 여주 있는 오려 논 십여 석락을 팔아다 놓고, 흔전흔전히 써볼 작정으로 헐 가 흥정을 하였는데, 돈 치를 한정을 못 견디어 위선 좀 찾아오려고 내 려갔다가 자연 여러 날이 되었는데, 사람 같고 보면 밤이 낮 같아 한번 팔면 다시 장만하기 어려운 전장을 팔아가지고 집안에 아니 쓰지 못할 일에나 대강 좀 쓰고, 나머지로는 점잖게 말하면 교육의 기본금을 삼아 간접으로 이익을 취하든지, 공업이나 상업을 하여 직접으로 이익을 구 할 터이요, 그렇지 못하고 천착하게 말하면 은행소에 임치하여 변이라 도 늘일 것이오, 전답 마지기를 다시 사서 부모가 물려준 재산을 아주 없애지 아니하자고 생각할 터이거늘, 위선 성중에 들어서며 진고개로 올라가 반지를 산다, 시계를 산다, 유성기, 자명악, 궐련, 과자 등속 눈 에 보기 좋고 귀에 듣기 좋은 것을 짐이 터지게 사서 앞세우고, 평양집 반기는 양, 좋아하는 양, 간간히 웃는 양, 차례차례 묻는 양을 보려고 인력거를 재촉하여 저의 집 대문 밖에서부터 가래침을 곤두올리며 들 어가는데, 전 같으면 평양집이 버선 발바닥으로 뛰어나오며, 손목을 들 이끌고 별 재롱이 다 많을 터인데, 온 집안이 떼도망을 하였는지 천귀 잠잠 만귀잠잠하여 어리친 개새끼도 내다보지 않으니 정길의 두 눈이 둥그레지며 의심이 더럭 나서 안방 문을 열고 평양집을 찾다가, 행랑으 로 내어 대고 금분이를 부르나 대답이 도무지 없더라.

　본래 이 집에 남녀 하인이 들썩들썩하더니, 서 판서 돌아간 후로 흘 림흘림 나아가고, 여간 몇몇간 있던 것들도 금분이 세도 바람에 잘잘못 간 상전의 눈 밖에 나서 견디기 어렵던 차에, 복단이 죽은 일을 아무리 쉬쉬하지만 어섯눈치는 다 짐작하고, 이 집안에 있다는 복단이 모양을 면치 못하겠다 싶어 하나둘씩 도망을 하고, 나이 많고 갈 바가 없는 차집 마누라 하나가 핀잔을 당하나 칭찬을 들으나 하릴없이 붙어 있는데, 그때 마침 밥을 가지고 평양집 공궤하노라고 경무청을 간 동안이라, 갈 때에 안방 문을 단단히 잠그고 갔건마는, 그 집 일을 역력히 아는 도적놈이 자물쇠를 낱낱이 비틀고 들어가서 사랑세간 안세간을 분탕하여 간 그 끝이라, 정길이가 사면을 둘러보다가 기가 막혀 우두커니 앉아 생각을 한다.

'이것이 웬 까닭인고? 평양집이 나를 배반하고 돌았단 말인가? 세상 년들이 거반 믿을 수 없지만 설마 평양집이 마음이 변하기 전에야 그럴 리는 없을 터인데, 그럴지라도 내가 혈수할수없을 지경이면 제가 가기 전에 내가 파의를 했을 것이나, 이번에 내가 여주 내려가는 일도 알고 떠날 때 부탁하던 말도 있는데, 산천초목이 다 변하기로 우리 평양집 마음이야 변할라구. 갔으면 저 혼자나 갔겠지, 금분이와 차집까지 데리고 갈 리는 만무하지. 대관절 화순집은 이 일을 모를 리가 없으니 좀 청하여다 물어보겠다.'

하고 상노 놈을 부른다.

"이애 놈아, 저 짐을 이리 받아 놓고 한달음에 청석골 가서 화순마마께 아무리 바쁘셔도 얼른 오시라고 여쭈어라."

놈이 대답을 하고 나아간 후에 정길이는 사랑으로 나아갈 마음도 없고 안방으로 들어갈 재미도 없어 마루 끝에 걸어앉았던 채로 그대로 꼼작도 아니하고 화순집 오기만 기다리더라.

화순집은 웬 곡절인지 모르고 있다가 놈이에게 이야기를 듣더니, 평양집 거취는 자세 알아볼 겨를 없이 위선 정길의 남저지 재물을 한 푼 유루 없이 통으로 집어 먹고 싶은 욕심이 치밀어서 두 다리에 비파 소리가 나도록 달려와 중문간을 썩 들어서며 장옷을 훌떡 벗어 한편 어깨에다 둘러메고,

"이것이 웬 변이오니까! 세상에 몹쓸 것도 많지."

이 모양으로 말허두를 내어 놓더니 입에 침이 없이 칭찬하던 평양집을 천인갱참에다 쓸어 박아, 정길이 정이 대번에 뚝 떨어지게 수작을 한다.

(화) "여보 서방님, 그동안에 평양집을 박대하신 일이 있습더니까?"

(정) "그런 일은 도무지 없는데, 아무리 생각하여도 알 수가 없소."

(화) "암, 그렇지, 서방님 성미는 내가 번연히 아는 터에 박대하실 리가 만무하지. 또 남편이 여간 박대를 좀 했기로 도망하려서야 세상에 계집 데리고 살 사람이 없게요! 그래, 세간과 의복은 다 두고 갔나요?"

하며 안방 건넌방을 두루두루 들여다보더니, 입을 딱 벌리고 혀만 휘휘 내두르며 섰다가,

(화) "저런 몹쓸 것 보게, 서씨 댁 돌앙이를 쏙 빼갔네. 아무려나 저 잘못 생각했지. 어데 가서 그런 남편 만나볼라구? 남의 속 쓰는 것을 모르고 함부루 발길 내어놓는 것들은 아무 때라도 논두렁 베느니라. 시장도 하시겠구려, 일껏 집이라고 와 보시니 이 모양이 되어 누구더러 숭늉 한 그릇 달라 할 데가 없으니. 에그, 가엾어라. 이애 놈아, 저 짐 지어 가지고 따라오너라. 서방님을 내가 뫼시고 가서 진지나 지어드리겠다. 서방님, 너무 낙심하시지 말고 우리 집으로나 가십시다. 빈 집에 혼자 계시면 무엇 하시오? 마음만 상하시는데 어서 일어나시오, 어서."

정길이가 저의 부모 초상을 새로 만난 듯이 한숨을 치 쉬고 내리쉬며 검다 쓰다 말 한마디 아니 하고 화순집을 따라가더라.

아니 되는 놈은 자빠져도 코가 깨어진다고, 정길이 일이 점점 억척이 되느라고 차집 마누라가 일껏 밥 가지고 갔다가, 그중에 밥을 늦게 해 왔으니 반찬이 없으니 하는 갖은 포달을 평양집에게 당하고, 원통하고 분한 마음이 문득 나서 혼잣말로,

'에그, 밉살껏 해라. 내 육신 놀리고 어데 가면 두 때 밥 못 얻어먹을라구? 못들을 말, 들을 말 다 듣고 오늘까지 참은 것은, 아무 데나 한곳에 엎드려 있다 오늘 죽든지 내일 죽든지 종질을 해도 한집 종질이나 하겠더니 갈수록 못 견디겠다.'

하고 그 길로 다른 집으로 가서 발길을 뚝 끊으니 평양집 소식을 누가 있어 정길이에게 전하여 주리오.

정길이 제 마음에도 얼마쯤 의심이 나던 차에 화순집이 어떻게 삶아 놓았던지 놈이까지 데리고 화순집에 와 눌러 있으니, 그러므로 평양집이 삯꾼을 몇 차례 보내어도 거취를 통치 못하고 복단 어미·아비가 제 자식 죽었다는 말을 듣고 눈이 뒤집혀서 경무청으로 재판소로 돌아다니며 원수 갚아달라고 발괄을 하며 안동 병문이 닳도록 드나들어, 상전 서방님을 만나 보면 넋풀이를 실컷 하려 하나, 된장 항아리에 풋고추 박히듯 한 정길이를 어데 가 만나보리오.

정길이가 만장 같은 저의 집은 을씨년스러워 꿈에도 가기 싫고 화순집 건넌방에 게 발 물어 던진 듯이 누웠으니, 평양집 하던 말과 일이 자초지종으로 역력히 생각이 나서 두 눈이 반반해지며 잠이 오지를 아니하는데, 화순집이 건너오더니 정길이 가슴이 시원해지며 세상 근심이 봄눈 슬듯 한다.

(화) "왜 밤이 새로 두세 시가 되도록 아니 주무시오? 그까짓 의리부동한 년을 못 잊어 그리하시오? 사내대장부가 마음이 졸직하기도 하시오. 이천만 동포에 계집이 부용이 하나뿐으로 아시구려. 그년을 내가 중매해 드린 까닭에 마음에 미안하고 부끄러워 서방님 대할 낯이 없소. 내가 낳은 자식이라도 속을 모르는데 외양이 하 흉치 아니하니까, 겉볼 안이라고 속이 그다지 고약할 줄이야 누가 알아? 그러기에 여러 놈의 콧김 쏘인 것은 한 몇 덩이로 제 티를 합니다. 젊으나 젊은 양반이 혼자

96

사시겠소? 헌 고리도 짝이 있다는데, 에그, 서방님은 처복도 없어! 정실부인은 그렇고 별실아씨는 저러니, 팔자도 드세기도 해라. 초부득삼이라니 세 번 만에야 설마 찰떡근원을 못 만나리까? 참하게 잘 기른 여염집 색시에게 양별실 장가나 들어보시오."

(정) "무던한 처녀가 마침 어데 있으라는 데도 없고, 팔자 사나운 놈이 계집은 또 얻어 무엇을 하겠소?"

(화) "망측스러워라. 아무리 홧김에 하시는 말이지만 인물이 못났소, 재산이 없소? 이팔청춘에 홀아비로 늙을 일이 무엇이오?"

(정) "그는 그렇소마는……."

(화) "내가 중매를 또 하기는 무안스러우나 일이 하도 분해서 기를 쓰고 좋은 데 중매를 해서 금슬이 남 부럽지 아니케 잘 사시는 양을 좀 보겠소. 팔문장안 억만 가구에 설마 처녀 없을라구? 구하지 않아서 없지. 나 알기에 위선 훌륭한 색시가 있는데요, 나이도 알맞고 키도 다 자라고 마음도 무던한걸! 수족은 조그마하여 보기 싫지 않고 눈매라든지 이모습이라든지, 떡으로 빚기로 그렇게 마음대로 할 수 있나! 평양집 열 주어 아니 바꾸지. 말이 났으니 말이지, 자세자세 뜯어보면 평양집 인물이 한 곳 된 데 있는 줄 아시오? 곱패 눈은 살기가 다락다락하고, 매부리코에 눈썹은 마주 붙고, 뾰족한 주둥이에 살빛은 왜 그리 파르족족한지. 그래도 돌구 돌아서 옷 매암돌이와 몸가축을 할 만치 하니까 갖은 흉이 다 묻히고 번지구러했지, 실상 볼 것 있다구?"

정길이가 얼빠진 자 모양으로 화순집 호들갑 부리는 것을 듣더니, 평양집 생각은 천리만리 밖으로 왼발 굴러 쑤엑하게 되고 목구멍에 침이 마르게 화순집을 조르더라.

화순집 계교가 잘되려고 그리했던지 정길이 재산을 채찍질을 하느라고 그리했던지, 나이 늙도 젊도 않아 한참 세간 자미를 알고 살 만한 사람 하나가 졸지에 병이 들어 처자를 다 못 보고 객사를 하였으니, 이 사람은 누구인고 하니, 평양 외성서 살던 박 초시라. 서울로 반이한 지 수년 만에 고향이라고 다니러 갔다가 이 지경이 되었으니, 궂은일에는 일가만 한 이가 없다고 강근지족이 있으면 초종을 치르어주련마는, 가까운 친척은 별로 없고 다만 그 마누라가 오백오십 리 밖 서울서 그 기별을 듣고 출가 전 딸에게 집안을 맡기고 주야배도하여 내려갔다는 소식을 화순집이 듣더니, 남은 초상이 나서 울며 불며 할 터인데 무엇이 그다지 좋던지 무릎을 탁 치며,

'옳지, 내 일이 인제야 되었다. 에이, 내 평생 노루 꼬리만 한 외성 양반 아니꼬와, 우리 형님같이 고지식하고 변통성 없는 사람이 어데 또 있어? 그 고생을 하면서도 내 말을 아니 듣더니 이번에 영장 지내고 오려면 불가불 여러 날 지체가 될 것이니, 그 안에 우리 조카딸 혼인이나 지내야 하겠다. 제야 어린것이 무엇을 알고 말 아니 들을라구? 정 무엇하면 억지공사는 못 해볼까! 쏟아놓고 말이지, 내 말 곧 듣게 되면 잘되어 가지 우리 형님 주변에 십만 날 쌍지팽이를 짚고 댕기며 골라도 서 서방 같은 양반 좋고 형세 넉넉한 사위는 못 얻어볼걸.'

하고 정길이더러,

(화) "서방님, 내 사위 노릇이나 해보시려오?"

(정) "불 없는 화로는 있다 합디다마는, 딸 없는 사위도 있소? 농담 그만두시고 아까 말하던 그 색시에게 어서 통혼이나 잘해주오. 술 석 잔을 얻어 자시려거든."

(화) "에그, 우스워라. 술 석 잔을 먹을지 빰 세 번을 맞을지 지내보아야 알지, 미리 장담을 할 수 있소? 샌님은 종만 업수히 여긴다고, 내가 딸이 있는지 없는지 어찌 아시고 그렇게 말씀을 하십니까? 내 속으로 나온 것만 딸인가요? 조카딸도 딸이지."

하더니 박 초시가 무남독녀 외딸을 두고 사위 재목을 고르고 고르던 이야기를 입이 딱 벌어지게 늘어놓은 후에, 무엇이 그다지 비밀하고 은근하던지, 한나절을 수군수군하고서 그 길로 분주하게 동촌으로 내려가더라.

동소문 밖으로 나서 서발막대 거칠 것 없이 넓고 넓은 길은 함경도 원산으로 통한 북관 대로라. 오는 말 가는 소가 빌 틈이 없이 연락부절하여 '이랴 워디여' 소리가 귀가 듣그러운데, 그 길로 내려가다 첫째로 크고 즐비한 주막은 무넘이 주막이라. 그 주막에 건달도 많고 장난꾼도 많아 수상한 계집이 지나다가 열이면 아홉은 붙들려 욕을 보는 곳이라. 해가 한나절가량이나 되어 나무꾼들이 고자 등걸을 한 짐씩 뽑아 지고 들어오며, 저희끼리 입을 모으더니, 동리 젊은 사람이라고는 하나 빠지지 않고 깡그리 달음질하여 화계사 윗모퉁이 산켜드럭에 장사 지내는 사람 모여 서듯 겹겹이 돌아서서, 키 작은 자는 발돋움을 하여가며 들여다보고, 기운찬 자는 잡아 헤치고 들어가며 제가끔 한마디씩 뒤떠들더니,

난데없는 처녀 하나를 데리고 내려오는데, 달덩이 같은 인물에 나이 꽃으로 치면 한참 봉오리 진 모양이나, 그 좋은 인물과 나이에 배안엣 병신인지, 중년 병신인지, 병신도 한 가지 병신이 아니라 이 병신 저 병신 구색을 한 병신인데, 한 눈 멀고 한 다리 절고, 한 팔 못 쓰고, 귀먹고 벙어리까지 겸하였는데 욕을 해도 못 들은 체 묻는 말도 대답이 없으니,

"이애, 불쌍하다! 뉘 집 딸인지 인물은 하 흉치 아니한데 불쌍하게 되었다. 데리고 들어가 밥이나 좀 먹여라."

하여 상스럽지 아니케 말하는 자도 있고,

"병신된 것도 전생 죄악으로 하나님이 벌주시는 것이란다. 그러기에 병신을 사랑하면 그 죄가 그 사람에게 앉히는 법이야. 그까짓 것은 공

연히 뒤끌고 동리로 와서 밥이 다 무엇이냐? 진작 내쫓아라."

하여 무지막지하게 말하는 자도 있어, 이 사람의 말이 옳다거니 저 사람의 말이 옳다거니, 그 여러 사람이 제가끔 한마디씩 한참 떠드는 판에, 홍안백발紅顔白髮 풍신 좋은 영감 하나가 지나다 보고 지팡막대를 휘저으며,

"이 사람들, 저리 가게. 불쌍한 병신 아이를 왜 그리 시달리나?"

하며 자기의 딸이나 그 지경이 된 듯이 측은히 여기는 빛이 얼굴에 가득하여 지나가는 인력거를 부르더니, 그 처녀를 태워 데리고 산 밑 마을 정결한 초막집으로 들어가더라.

옥희가 저의 모친 떠나간 후로 설운 중 외로운 마음이 얻다 의지할 데 없어 눈물로 세월을 보내는데, 저의 이모가 예 없이 날마다 와서 귓등에 넘어가지도 아니하는 말을 씩둑꺽둑 하다가 옥희에게 핀잔을 당하고 가더니, 그날 밤 삼 경이 채 못 되어 소년 남자가 옥희 홀로 자는 방에를 호기 있게 뛰어 들어와 제잡담하고 욕을 보이려 드는데, 옥희가 불의지변을 만나 사정을 하여도 쓸 곳이 없고 발악을 하여도 효험이 없을지라, 승학이 도망질시키던 신통한 꾀로 정길이를 어떻게 속여 넘겼던지 탐탁히 믿고 눈이 멀거니 앉았는데, 옥희는 살며시 대문 밖에를 나아가 행주치마를 벗어 머리에 쓰고, 발길 나아가는 대로 함부로 허방지방 지향 없이 멀리 가는 것만 상책으로 알고 간다는 것이 동소문으로 나서 훤한 길로 날이 새도록 갔는데, 장정 남자 같으면 그 시간에 사오십 리라도 넉넉히 갔을 터이지마는, 연약한 규중 여자로 문밖 일 마장을 걸어 보지 못한 터에 겨우 십 리 남짓이 가서 발이 통통 부릍고 다리가 떨어지는 것 같아 촌보를 더 못 가겠는데, 행인은 점점 많아지고 행색이 탄로되면 또 욕을 면치 못할까 겁이 나서, 산을 찾아 기다시피 더듬어 올라가 바위 밑에 가 숨었다가 나무꾼을 만나 끄들려 주막까지 오

며 곤경을 겪는데, 한 눈이 먼 체 한 팔 한 다리가 병신인 체, 귀까지 먹고 말까지 못하는 모양을 하여 당장 급한 화를 면하다가, 뜻밖에 적선 좋아하는 활불 노인을 만나 같이 간 것이라. 이 노인이 행년 칠십에 무엇으로 종사하였느냐 하면, 배고픈 사람 밥 주기, 헐벗은 사람 옷 주기라. 이생 양주가 저생 동생이라는 속담과 같이 그 집 마누라도 영감의 뜻과 일리 흡사도 틀림이 없어, 옥희를 어떻게 불쌍히 여기는지 자기 속으로 낳은 딸이 그 지경이 되었더라도 더할 수 없이 굴더라.

옥희가 당장 화색을 면하노라고 병신 행세를 하였더니 두 늙은이 신세를 생각하여도 끝끝내 속일 수 없고, 짐작건대 그 집에 젊은 남자가 없어 조금도 번화치 아니할 뿐더러, 귀먹고 말 못하는 양으로 있으면 자기의 사정을 통할 도리가 없어 모친의 소식을 속절없이 듣지 못하고 한갓 그곳서 죽을 따름이라. 이삼 일을 두고 생각하다 못하여 주인마누라더러 자초지종을 조용히 이야기를 하고 두 줄기 눈물이 샘솟듯 하니, 주인은 본래 남녀간 자식이 없고 비둘기같이 단 둘이 사는데, 옥희의 정경도 참혹하거니와 병신 아이나마 집 안에 데려다 같이 있는 것만 대견하고 든든히 여기더니, 떨어진 꽃이 다시 피고 티 앉은 거울이 도로 맑듯, 그 여러 가지 병신 모양이 별안간에 변하여 완전한 아이가 되었으니, 희한하기도 다시없고 또 제 사정을 들으니 측은하기도 짝이 없는데, 저의 부친은 벌써 세상을 버렸다니 아무리 슬퍼해도 하릴없거니와, 저의 모친은 혈혈단신이 반 천 리 밖 객지에서 초종범절을 어찌 치렀으며, 또 자기 집이라고 올라왔다가 남의 아들 열보다 더 믿고 귀애하는 딸이 흔적도 없이 어디로 간 것을 보게 되면, 당장 그 자리에서 자수를 하여 죽을 형편이 가련하고 민망하여 주인영감이 마누라와 의논을 하고서,

(영) "아가, 울지 마라. 내가 지금 떠나 너의 어머니 계신 곳에를 내려가 위선 너의 부친 장사 잘 지내신 소식도 듣고, 그 다음에 너 환란 겪

은 것도 말씀하여, 서울서 지체하실 것 없이 우리 집으로 바로 모시고 올 것이니 너무 설워하지 말고 편지나 한 장을 자세 써서 다고. 여보 마누라, 벼룻집 이리 갖다 주오."

옥희가 그 말을 듣고 감사한 마음이 뼈에 사무치게 나서 울던 울음을 뚝 그치고 공순한 말소리로,

(옥) "죽을 지경에 이른 목숨을 구하여 주신 은혜도 태산 같은데, 또 이처럼 쇠경에 이르신 근력으로 몸소 평양을 가신다 하시니 더욱 감사함이 한이 없습니다."

(영) "오냐, 별말 그만두고 편지나 어서 써라. 우리 집에는 늙은이만 있어 일상 절간같이 종용한 집안이다. 아무 염려하지 말고 그동안 편히 있거라, 철로가 있으니 며칠 지체되겠니?"

하고 죽장망혜로 그 길로 떠나가더라.

부귀빈천이 수레바퀴 돌듯 하여 음지도 양지될 때가 있다고, 이 세상에 사람의 일은 십 년이 멀다 하고 번복이 되어 아당한 행실과 간특한 꾀로 유지한 자를 모함하고 부귀가 흔천하던 소인의 권세도 일조에 문전이 냉락하여 거마車馬가 끊어질 날이 있고, 정대한 사업과 공직한 언론을 주장하다가 여러 입의 참소를 만나 애매한 죄명을 입고 무한한 형벌과 온갖 고초를 겪다가도, 만인이 추앙하여 꽃다운 이름이 일국에 진동함은 하늘과 땅 생긴 이후에 바뀌지 아니하는 소소히 정한 이치라.

장안 각 사회에 나라 사랑하는 뜻이 있다는 사람이라고는 하나도 집에 들어 있지 아니하고, 마차를 탄다, 인력거를 탄다, 전차에도 오르고, 걷기도 하여, 남대문 골통이 빡빡하게 나아가더니, 선풍도골仙風道骨 같은 당당 명사 한 양반을 맞아들여 오는데, 거리거리에 관광자가 기꺼하례치 아니하는 사람이 없고, 각처 신문마다 환영하는 축사를 대서특서大書特書하였더라.

원래 이 승지가 일찍이 문명 각국에 많이 유람하여 세계 형편을 요연히 아는 고로, 부패한 정부를 공박하여 유신의 사업을 성취코자 하다가 소인의 시기를 인하여 제주 위리안치로 일곱 해를 있더니, 천은을 다시 입어 생환고토하였으니 기꺼운 마음이 한량이 없으련만, 치하하러 온 손을 보면 좋은 낯빛을 강작하여 수문수답을 하나, 내당에 들어와 부인을 대하면 슬픈 기색이 서로 있어, 이 승지는 한숨뿐이요, 부인은 눈물뿐이라.

　(이) "죽지 아니한 우리는 그 고생을 하다가도 이렇게 서울로 왔소마는, 죽은 서집은 다시 살아오는 수가 없소그려."

　(부) "서가라면 진저리나오. 우리 난옥이는 영감께서 짐짓 죽게 하셨다 하여도 과한 말이라 책망하실 말씀 없습니다."

　(영) "세상에 자식을 짐짓 죽게 할 사람이 어데 있단 말이오? 인도에 가깝지 아니한 말을 그만두오."

　(부) "개화 개화하며, 개화한 나라에서는 색시, 신랑이 서로 보아 마음에 맞아야 혼인을 하므로, 서로 나무랄 것도 없고 다시 박대도 못하니 그 법이 해롭지 아니한데, 우리나라에서는 자식의 백년대계를 정하면서 다만 문벌이니 형세이니 하여 신랑, 신부의 성미는 서로 합하고 아니 합함은 도무지 생각지 않고, 구구한 옛 규모만 지키다가 왕왕 내소박이나 외소박을 하는 악한 풍속이 있다고 뉘 입으로 말씀을 하셨길래? 우리 난옥이는 신랑의 자격이 어떠한지 자세 알지도 못하고, 덮어 놓고 서 판서의 아들이라 하니까 두 말씀 아니 하시고 혼인을 하여, 그 불쌍한 것이 박대를 받다 못하여 필경 몹쓸 죽음까지 하였으니 자취가 아니고 무엇이란 말씀이오?"

　(영) "그 일은 미상불 부인에게 책망 들어 싸오마는, 또 나는 아무리 외국법대로 혼인을 하고 싶지마는, 지금 우리나라 정도에 나만 미친 놈

되지 누가 응낙을 하겠소?"

하며 내외가 묵묵히 마주 앉아 담배만 풀썩풀썩 빨다가,

(부) "거복이를 불러 자초 사실을 다시 물어나 보십시다."

(영) "그놈더러 물어보아야 별말 있겠소? 그 소리가 그 소리지."

하고 거복이를 불러 안마당에다 세우고,

(영) "네가 너의 댁 안어서의 비부라면서 어찌하여 댁 작은아씨를 뫼시고 제주로 가려 하였어? 말 한마디 빼지 말고 차례차례 자세히 하여라."

(거) "네, 황송합니다마는, 이처럼 하문하시는데 일호나 기망하겠습니까? 소인의 댁은 안어서인지 평양집인지 그 하나로 해서 결딴났습니다. 소인의 댁만 결딴났습니까? 댁 작은아씨께서도 말씀 못할 지경이 되셨지요."

하며 평양집과 제 계집 금분이가 한데 배합이 되어 갖은 모함하던 말과, 정길이가 평양집에게 혹하여 온갖 학대를 하던 말을 무당 년 넋풀이 하듯 하는데, 자애 많은 부인은 흑흑 느껴가며 울고, 이 승지도 그 대범하고 정대한 터이건마는 두 눈가에 눈물이 핑 돌며,

(영) "이놈아, 듣기 싫은 그따위 말 고만두고, 댁 작은아씨가 부산서 무슨 배를 타고 어디서 어디까지 가서 어떻게 되었다는 그 사실을 자세 말하라니까."

(거) "네, 여쭙겠습니다. 그때 타시기는 팔조호라는 배를 부산서 타시고 떠나셨는데, 그 전날이 바로 그 배 새로 짓던 기념식이라고 부산항에서 기념식을 굉장히 했습니다. 그런데 그 배 선장 스크랭쓰라 하는 자가 어떻게 술을 먹었던지 밤새도록 세상모르고 늘어졌다가, 그 이튿날 시간이 되니까 배가 떠나는데 스크랭쓰가 술에 휘져 정신이 혼몽하던지, 일상 다니던 뱃길을 잘못 들어 기관통에서 연기가 펄썩펄썩 나며 배가 살보다 더 빠르게 가다가, 별안간에 천지가 무너지는 것 같이 큰

소리가 나며, 배가 물속에 있는 바위 끝에 가 부딪치더니 그 육중히 큰 배가 편편 조각이 났습니다."

(부) "그래, 그 배에 올랐던 사람은 다 죽었겠고나?"

(거) "무변대해 한없이 깊은 물에서 배가 그 지경이 되었으니 살 사람이 누가 있습니까? 그래도 아씨께서는 또복이 누이를 데리시고 상등에 계셨으니까 어떻게 되셨는지 도무지 알 수 없습니다마는, 하등에 있던 사람은 몰사를 당했는데 소인과 같이 하등에 있던 또복이란 놈도 그만 죽었습니다."

이 승지가 가만히 앉아 듣다가 두 가지로 의심이 나는데, 첫째는 자기 딸이 남복을 하고 도주하다시피 떠났다는데, 저놈이 평양집의 비부로 어찌 알고 따라갔으며, 둘째는 배 파선할 때에 사람이 몰사를 당하여 하등에 같이 있던 또복이까지 죽었다며 저는 어찌 살아왔노? 필경 충절이 있거니 하여 기침 한 번을 대청 들보가 뜨르르 울리게 하더니,

"이놈, 바른대로 말을 하면 모르거니와 일호라도 기망을 하였다가는 당장 죽고 남지 못하렷다! 네가 댁 작은아씨 떠나가는 것을 어찌 알았고, 또 대강 짐작으로 알았기로 무슨 정성에 모시고 갔으며, 화륜선이 깨어져 탔던 사람이 몰사했다 하등에 탄 너는 무슨 수로 죽지 않았어? 다른 사람은 고사하고 위선 너부터 법을 알려야 하겠다."

하며 천동같이 으르니 충직한 거복이가 겁날 것은 없으나 가슴이 답답하여 아무 대답도 못하고 있다가, 이 승지의 목소리 그친 후에 공순하게 다시 이야기를 한다.

(거) "소인이 장하에 죽사와도 바로 말씀 여쭙지 일호나 기망하겠습니까? 당초에 화순집이라고 하는 계집 하나가 댁에 긴하게 댕기는데, 그년은 뚜쟁이로 생애 하는 괴이한 것이올시다. 그년의 흉계와 평양집 간특으로 소인의 댁 서방님을 어떻게 속여 넘겼던지, 서방님께서 대체

도리를 다 잊어버리시고, 아씨께 대하여 망측한 거조를 행하려 드는 것을 소인이 엿듣고 미련한 소견에도 분하고 절통해서, 그길로 복단 아비더러 이르자, 교대에 영감 자제 서방님께서 오셨다가 아씨를 행차하시게 주선하신 일인데, 소인더러 누가 분부하신 바는 아니오나, 머나먼 길을 그렇게 행차하시는 일이 하정에 민망하와서 아무더라도 온다 간다 말없이 떠나, 아씨 행차를 모시고 가옵다가 그 변이 났습니다. 소인도 또복이와 함께 죽었을 터이나, 본래 뚝섬 생장으로 강가에서 헤엄하기를 배워 여간 나룻물은 무난히 헤어 다니는 고로, 배가 부서지며 바다에서 죽을힘을 다하여 근처에 있는 배로 헤어 올라 잔명이 살아나서 소문을 들은즉, 그 배에 올랐던 사람 수백 명 중에 삼사 명이 겨우 살고, 선장 이하가 다 물귀신이 되었다 하기로, 살아난 사람 중에 아씨께서 계신가 하고 이 사람 저 사람더러 모두 물어보아도 알 길이 도무지 없사온 중, 그날 가고 온 배가 하나 둘 아니 오니 배표 살 돈도 없거니와 돈이 있기로 어디로 간 배를 지목하고 쫓아가 볼 수 있습니까. 오도 가도 못 하옵던 차에, 영감 자제 서방님께서 영감 풀리신 문적을 가지시고 내려오시더니, 소인의 말씀을 들으시고 편지를 써서 소인을 주시며, 제주 배소로 건너가 모시고 올라가라 분부하시고, 서방님께서는 그날 지나던 배 이름을 낱낱이 적어 가지시고 각처로 찾아가 보신다고 떠나가셨어요. 소인은 그 외에는 아뢰올 말씀이 다시없습니다."

이 승지가 거복이 중정을 떠보려고 호통을 하다가, 거복이 정성이 기특하여 훨쩍 늘치며,

"너도 고생을 막심히 했다. 나아가 편히 자거라."

이 승지가 부산을 막 당도했을 때에, 벌써 마중 온 사람이 적지 아니 있었는데, 그중에 다정한 모양을 보이려고 정길의 집 일을 소소히 고해 바친 자들이 있었는지라, 은근히 심복지인心腹之人을 시켜 정길이 간 곳

도 탐지하고 화순집 행동도 살피되, 정길이와 화순집이 둘이 다 간 곳이 없으니, 정길이는 옥희에게 속아 넘어간 이후로 닭 쫓던 개 모양이 되어 마음 붙일 곳도 없고, 남이 부끄럽기도 하여, 구경이나 실컷 하고 돌아다닐 작정으로 여간 남저지 돈을 톡톡 털어 가지고 상해로 건너갔고, 화순집은 정길의 재물을 꿀단지로 두고두고 빨아먹더니, 정길이가 상해 간 일을 알고 낙심천만하던 중, 이 승지가 정배를 풀렸다는 말을 듣고 제 죄를 제가 생각하여도 겁이 절로 나서, 제 시골로 철가도주를 하였더라.

악독한 사람이 벌도 악독하게 받음은 천지간의 보복지리라. 평양집과 금분이의 추착된 일은 불과 송장 감춘 죄라 태 몇십 도면 방석이 되었을 터인데, 복단의 부모가 법정에서 두 년의 자초 행실을 역력히 고해 놓으니, 모함 죄, 투기 죄가 설상가상이 되어 졸연히 놓이지 못하게 되었는데, 그중에 밥 한 술 갖다 주는 사람은 없고 하릴없이 죽을 지경이라. 그 지경에도 제 행실을 버리지 못하여 압뢰 놈들에게 갖은 아양을 다 부려 식은 밥덩이를 얻어먹고 잔명을 보전하여 가더니, 그렁저렁 여러 달이 되매 연놈들이 정의가 두터워져서 그 일이 타첩이 되어, 옥문 밖에를 나온대도 그놈 떨어져서는 못 살 지경쯤 되었는데, 이 승지는 복단이 어미, 아비가 날마다 와서 이야기하는 것을 듣기로, 평양집 사정을 빤히 아나, 점잖은 체통에 매 한 개를 더 치라고 당부는 아니 할지언정, 구태여 어서 나오도록 주선할 뜻은 없어 듣고도 못 들은 체하더라.

속담에 열 손가락을 깨물어 아니 아픈 손가락이 없다고, 슬하에 자녀가 가득하더라도 하나가 병이 들거나 참척이 있으면 애가 쓰이느니 슬프니 할 터인데, 다만 남매를 두었다가 하나는 생사존망生死存亡이 아득하고 하나는 향한 처소가 불분명하니, 자나 깨나 무슨 경황이 있으리오. 그중에 세상일이 십상팔구十常八九는 뜻에 맞지 아니하여, 붉은 티끌에 자취를 물들일 마음이 돈연히 없어, 동소문 밖 무넘이 안마을 자기 묘막으로 솔가하여 내려가 있으니 더구나 심회가 적적하여 날마다 앞집 이 동지를 불러다 바둑 두기로 소일하는데, 이 동지의 본이 이 승지와 같이 한산이라, 이 승지가 종씨 종씨하며 대접을 극진히 하니, 이 동지의 마누라도 자연 이 승지 집에를 한 집안 같이 다니더라.

여편네가 서로 만나면 사정 이야기는 의례히 하는 것이라. 이 승지 부인이 이 동지 마누라를 한 번 만나 두 번 만나더니, 생소한 마음이 없어지며 피차 사정을 묻기도 하고 대답도 한다.

(부인) "연기가 우리보다도 여러 해 손위가 되는 듯싶은데 자녀간 몇이나 두었소?"

(마누라) "팔자가 기구하여 눈먼 자식 하나도 못 두었답니다. 댁에는 남매 분을 두셨다는데 서울 계십니까?"

부인이 한숨을 쉬며 그 딸이 시집을 뉘 집으로 가 어떻게 고생하였다는 사실을 내색도 아니 하고, 제주로 근친 오다가 파선당한 말과, 그 아들이 찾아갔다는 소문만 듣고 종적을 아직 듣지 못한 말을 하며 눈물이 비 오듯 하니, 이 동지 마누라는 거지가 도승지 불쌍하다 한다고, 부인의 정경이 불쌍하여 마주 눈물을 흘리며 좋은 말로 위로하기를,

"설마 어떠하오리까! 댁 같이 인자하신 터에 하나님이 그 자손을 보호하시지 아니하실 리가 있습니까? 오래지 아니하여 반가운 기별을 들으실 터이니 너무 걱정 말고 계십시오. 제 집에 있는 옥희 일로 두고 보아도 명만 길면 사는 것이야요."

하고 옥희의 소경력 이야기를 하니, 부인이 듣다가 묵묵히 앉아 속종으로 생각을 한다.

'남자가 여복하는 일이 또 있기도 한가? 우리 승학이가 제 누이 의복

을 바꾸어 입고 어디로 갔던지, 저를 보지 못했으니까 자세히 알 수는 없지마는, 옥희의 집에 갔던 남자나 아닌가 싶은 의아증이 나서 이 동지 마누라에게 옥희 한 번 보기를 청하더라.

이 동지 마누라가 집으로 돌아와 그 말을 전하니, 옥희 모녀가 그러지 않아도 이 승지가 제주로 귀양 갔던 양반이라니까 승학이 부친인 듯 짐작이 나되, 누구를 향하여 물어볼 수는 없고 궁금하기가 비할 데 없다가, 일변 반가운 중 태산 같은 걱정이 그 말 듣기 전보다 한층 더하니 이는 승학이가 당초에 약조하기를, 부친이 해배하여 회환하는 날이면 즉시 고하고 성례를 하겠다더니, 지금은 이 승지의 해배는 되었으나 승학의 돌아올 기약이 망연함이러라.

그 후로 이 승지 부인이 옥희의 거조가 단정함을 보고 종종 청하여 들어오기도 하며, 자기가 몸소 나아가기도 하여 정의가 날로 친밀하여 피차에 은휘할 말이 없이 설파하니, 부인이 더욱 옥희를 귀히 여기고 사랑하며 아들의 소식 듣기를 옥희를 위하여 더 간절하더라.

적막한 산중에 길을 잃고 방황하는 것이 무진히 처량하다 할 만하나, 오히려 무변대해에 좁쌀 같은 한낱 몸이 향할 바를 모름만 같지 못할러라. 쪽을 풀어 들인 듯한 물이 안력이 모자라는데, 물이 하늘도 같고 하늘이 물도 같아, 이따금 산마루보다 높은 파도가 천병만마가 뒤끓어 들어오듯 할 때마다, 전신은 조리질을 하고 난데없는 채색이 영롱한 삼층 누각이 구름 밖에 솟았다가 경각 동안에 흔적도 없어져 두 눈이 현황난측하니, 장정 남자들도 멀미가 나느니 구역이 나느니 하여 이 구석 저 구석 쓰러져 정신을 차리지 못하는데, 생전에 물이라고는 발등에 차는 실개천도 못 건너보던 부인이, 가없는 만경창파에서 데리고 가던 하인이 셋에서 둘은 죽었는지 살았는지 간 곳이 없고 다만 하나가 남았는데, 그나마 남자 하인 같으면 어디로든지 앞을 세우고 가기가 든든이나 하련마는, 남아 있다는 것이 역시 동서불변東西不辨하는 계집 하인이라. 어디로 가는 배인지도 모르고 황겁결에 올라 종, 상전이 서로 붙잡고 울기만 하다가, 배가 요동하는 바람에 입으로 열물을 토하고 정신없이 둘이 엎드렸다가, 누가 발길로 옆구리를 툭툭 차며 어서 내리라 재촉하는 소리에 간신히 눈을 떠 보니, 그 많이 있던 배 안의 사람이 하나도 없이 어디로 갔더라.

이씨 부인과 또복이 누이가 얼떨결에 일어나 쓰러지며 엎드러지며 육지로 내려오니, 타국 사람, 우리나라 사람이 발을 밀어 디딜 틈이 없이 짐짝을 산더미 같이 쌓아놓은 곳마다 메밀 섬에 참새 떼 덤비듯 하였으니, 아무리 남복을 하였으나 잠시도 지체하기가 중난해서 인가 없는 산모롱이를 찾아가니, 기력이 쇠진하여 한 걸음도 더 갈 수가 없는지라 그대로 땅에 가 주저앉아,

(부) "이애 영매야, 여기가 어디냐? 우리나라인지 타국인지 모르겠구나."

(영) "글쎄올시다. 예가 어느 지방일까요? 저기 우리나라 초가집이 경성드뭇한 것을 보니까 우리나라 같기도 하고, 타국 사람이 들끓는 것을 보니까 타국 같기도 합니다."

(부) "에그, 타국이면 무엇을 하고 우리나라면 무엇을 하니? 생면강산生面江山에서 동서를 모르니……."

하며 설움이 복받쳐서 울음이 나오는 것을 남이 들을까 겁이 나서 억지로 참고 바닷물을 물끄러미 내려다보고 앉아 신세타령을 한다.

"내 팔자 같은 사람이 이 세상에 또 어데 있을까? 팔자가 이 지경이 되려거든 세상 밖에 생겨나지를 말거나, 오장이 숯등걸이 다 되면서도 모진 목숨이 죽지도 아니하고 살아 있기는, 메뚜기도 한철이 있다고 즐거운 낙은 못 보나마 근심이나 없이 하루라도 살 날이 있을 줄 알았더니, 갈수록 태산이라고 살수록 이 고생이 있나? 우리 어머니, 아버지께

서는 내가 이 지경에 이른 것은 전연히 모르시고, 이것이 몸이나 편히 있나, 시집에서 무슨 흉잡힐 일이나 아니 했나, 쓸데없는 이 자식을 어느 날 어느 때에 생각을 아니 하실라구.

인편 있을 때마다 편지로 경계하신 말씀, 여자 유행이 원부모형제니라. 내가 이렇게 먼 곳에 있다고 보고 싶어 설워 말지어다. 타인이 보면 모르고 시집살이가 고생이 되어 원망을 한다 비방 하느니라. 연소한 남편이 잘못하는 거조가 있더라도 화한 낯과 부드러운 말로 종용히 간할지언정 노한 기색으로 불평히 말하지 말지어다. 남편은 소천이라 하늘과 일반이니, 비를 내리다가도 날을 개게도 하는 능력이 있나니, 자연 선악간 구별이 되어 후회하는 날이 있나니 범사를 참고 기다릴지어다' 하신 말씀을 명심불망하고 백 가지 천 가지를 참기로만 종사를 했건마는 내가 내 일을 모르고 잘못한 처사가 있던가? 좋은 날 돌아오기는 고사하고 인제는 막마침이 되었으니, 더 바라고 기다릴 것도 없고 어서 죽어 모르는 것이 상책이지."

하며 눈물이 비 오듯 하니, 영매도 배에 있을 때에는 당장 제 목숨 살아날 욕심으로 이 절 저 절 생각할 겨를 없이 지내다가, 육지에 나아와 앉으니 그제야 숨이 휘 나가며, 제 오라비 또복이 죽은 것이 원통하고 불쌍하여 땅을 두드리고 대성통곡을 하려다가, 저마저 그러고 보면 저의 아씨의 울음이 더욱 끝이 없을 듯하여 나오는 울음을 억지로 참고 아씨를 위로한다.

"아씨, 우지 말으십시오. 누가 지나다 봅니다. 돌아가시기는 왜 돌아가세요? 그 고생을 다 하시다가 영감마님도 다시 못 뵈옵고 돌아가세요? 초년고생은 만년 복이랍니다. 참고 참아 지내가면 설마 좋은 날이 있지 없을라구요? 울지 말으십시오."

이씨 부인의 귀에 영매 하는 말은 한마디도 아니 들어오고 다만 죽고 싶은 마음뿐이라.

"영매야, 내 걱정은 조금도 말고, 네나 아무쪼록 구명도생救命圖生을 하여, 어느 때든지 영감마님과 실내마님을 뵈옵거든 나 죽은 말이나 여쭈어 허구한 날 애쓰시고 기다리시지 아니하시게 하여 다고."

하고 영매를 돌아보고 다시 부탁을 유언 삼아 하더니, 벌떡 일어나며 언덕 밑으로 내려가, 두루마기 앞자락으로 얼굴을 가리고 바닷물을 향하여 뛰어 들어가는데, 영매가 쫓아 내려가 허리를 얼싸안고,

"에구머니, 이것이 웬일이세요? 돌아가셔도 쇤네 말씀 한 마디만 들으시오. 아씨 아씨, 쇤네 말씀 좀 들으셔요."

이씨 부인은 한결같이 물로 들어가려거니, 영매는 죽을힘을 다하여 못 들어가게 하려거니 한참 이 모양으로 힐난을 하는데, 별안간에 바다 한가운데가 금사를 뿌린 듯, 홍공단을 펴놓은 듯 물결이 수멀수멀 끓는 것 같더니, 도래멍석 같은 보름달이 두렷이 솟아 올라오니, 원천의 삽살개는 산 그림자를 보고 짖고, 고목에 깃들인 새는 꿈을 놀라 우는데, 밤이라 할 것 없이 어찌 명랑히 밝던지 길바닥에 개미가 기어가는 것도 알아볼 만하더라.

영매가 저의 아씨를 붙들고 애를 쓰다가 사람의 자취 소리를 듣고 휙 돌아보더니,

"에그 아씨, 저기 누가 옵니다, 아씨."

부인은 영매가 자기를 죽지 못하게 하느라고 속이는 것으로 여기고 일향 물로 들어가려 하는데, 그 자취 소리가 점점 가까이 오며 인기가 나니, 부인이 그제야 영매 곁으로 얼풋 가서 가만히 앉았더라. 그 사람 이 앞으로 부썩 들어오더니,

(그 사람) "이 밤중에 웬 양반들이 이러시오?"

(부인) "……."

(영) "……."

(그 사람) "여보, 누구신지 모르겠소마는, 친구가 묻는 말을 대답도 아니 하는 경계가 어디 있소? 이 양반, 어데 계신 양반들이오?"

(부) "……."

(영) "예, 충청도 공주 사오."

(그 사람) "뉘댁이시오?"

(영) "김 서방이오."

(그 사람) "이 양반은 어데 계신지, 뉘댁이라 하시오?"

(영) "예, 그 양반도 나하고 한 고향 사는 이 서방이시오."

(그 사람) "댁이 전어통이란 말이오? 이 양반더러 물었는데 댁이 왜 대답을 하시오? 이 양반은 벙어리 차접을 맡았나?"

하며 부인 앞에 탁 앉으며 시비를 단단히 차리려더니 깜짝 놀라며,

"이게 누구십니까? 밤이 되어서 자세 몰라 뵈옵고 말씨를 함부루 했습니다. 용서하십시오."

부인이 어찐 영문인지 알지를 못하고, 다만 겁이 나서 가슴이 두근두군하고 사지가 사시나무 떨리듯 하건마는 억지로 참고 대답을 하려도 목구멍에서 소리가 나오지 아니하여 묵묵히 있는데, 그 사람은 제가 버릇 없이 말한 것을 감정이 나서 그러는 줄 여겼던지 손이 발이 되도록 빌며 이씨 부인 대답하기만 바란다.

"제가 미거하여 어훈을 잘못했습니다. 몰라 뵈옵기에 그리했지, 이 서방님인 줄 알고서야 그리할 가망이 있습니까?"

영매가 핀잔을 당하고 멀슥히 곁에서 듣다가, 그자의 지성으로 하는 말이 의심이 나서,

(영) "여보, 댁에서 언제 저 양반을 뵈었습더니까?"

(그 사람) "뵈옵기만 해요? 저거 번에 우리 집에까지 오셔서 보았는 걸

빈상설鬢上雪 .. 113

이오."

(영) "댁이 어디길래 저 양반이 가셨더란 말이오? 어두운 밤이니까 횡보셨나 보오."

(그 사람) "당치도 않은 말을 하시오. 친좁은 지는 오래지 못해도 횡뵈올 터는 아니오."

하며, 이씨 부인은 대답도 아니 하는데, 저 혼자 이야기를 늘어놓는다.

"그때 강원도 어느 친구의 집으로 가시는 길이라 하시더니, 그동안에 다녀오셨습니까? 아마 복단이 송장 찾은 소문을 못 들으셨지요? 지금 평양집과 금분이가 감옥소 구석에서 톡톡히 고생을 합니다. 만일 서방님이 훈수를 아니 하셨더면, 이때까지 제가 아무 말도 아니하고 있었을 터이니, 복단이 어미·아비가 복단이 죽은 줄을 싹이나 알았겠습니까? 인제는 복단이 혼이 춤추게 되었지요. 제 주인이 예서 얼마 되지 아니하니 잠깐 들어가십시다. 밤이 들어가는데 물가에서 말씀할 것 없이."

이씨 부인이 그 사람의 말을 듣고 다시 살펴보아도 짐작이 나서지 아니하는데, 평양집이니 금분이니 하는 양을 보면 자기를 짐작하는 듯도 하고, 서방님이니 제 집에를 갔더니 하는 말을 들으면 정녕히 모르는 것 같아 의심이 변하여 궁금증이 나는 중, 복단이 죽었다는 말에 가슴이 덜컥 내려앉으며 측은한 마음이 나서 묵묵히 앉아 혼잣말로,

'불쌍해라, 복단이가 간 곳이 없다고 법석을 하더니 필경 죽었구먼! 제 어미, 아비가 오죽 원통해할라구. 상전의 팔자가 사나운 탓으로 그 년까지 비명에 죽었나 보다……. 그러나 나는 저 사람을 모르겠는데 저 사람은 나를 어찌 아노? 분명히 내가 누구인지 아는 것 같으면 서방님 칭호가 당치 아니하고……. 옳지, 인제야 짐작을 하겠다.'

하고 영매를 슬며시 보고 눈짓을 두어 번 하니, 영매도 어찐 곡절을 모르고 궁금하던 차 아씨의 눈짓을 선뜻 알아채고 그자를 돌아보며,

114

(영) "나도 평양집 소문은 대강 들었소만, 무슨 죄에 감옥소를 들어갔소?"

(그 사람) "흥, 평양집 일은 저 어른도 이왕 내게 들으셔 약간 아시는 터이니까 말이지. 그년의 죄는 감옥소도 아깝지요. 북촌 대가로 유명하던 서 판서 집을 기동뿌리도 아니 남게 망해 놓고, 그 정실부인 이 승지의 딸님을 갖은 모함을 다하여 그 남편에게 이간을 붙이다 못하여 필경 그 부인도 그 교전비 복단이 죽이듯 죽였는지 싹도 없이 어디로 보내고, 저 혼자 호강하려다가 지금 호강을 썩 잘합니다, 옥구멍에서."

(영) "그래, 복단이를 평양집이 죽였단 말이오? 법관 아닌 바에 사람이 사람도 죽이오? 아마 댁에서 남의 말을 과격히 하시나 보오."

(그 사람) "댁 말씀도 괴이치 않소? 저 어른께 여쭈어보오, 내가 거짓말인가? 복단이 송장을 내 손으로 처치하였다가 내 입으로 고발을 했소. 이것 봅시오, 이 서방님, 평양집이 그 지경 되니까 장안 사람이 듣는 이마다 상쾌하다는데, 제일 이씨 부인이 있었더면 더 상쾌히 여길걸! 그 부인 아버지 되시는 이 승지 영감께서 정배를 풀려 올라오셨는데, 그렁성하느라니 세상에 낙이 없어 동문 밖 묘하 어느 동리라든가 그 동리로 내려가셨다 합디다."

부인이 그 부친의 해배하여 올라왔다는 소식을 듣더니, 물에 빠져 죽으려던 마음은 어디로 가고 아무쪼록 살아 어서 부모의 얼굴을 뵈옵고 싶은 생각이 간절하여, 자기는 본색이 탄로될까 염려하여, 다만 영매를 시켜 그곳 지명도 묻고, 느릿골서 자기 동생 만나던 일도 자세자세 물어 역력히 알고서야 그제서야 그 사람을 따라 주인집으로 가더라.

원래 돌이가 각집 별배로 월급 푼을 얻어먹고 지내더니, 개화된 이후로 전배·후배를 늘여 세우고 다니던 재상들도 구종 하나 데리기도 하고 아니 데리기도 하여 생애 길이 뚝 끊어지니, 막벌이하기로 나섰는

데, 서울서는 동무가 부끄럽고 차라리 낯모르는 곳에 가 품팔이를 할
작정으로 인천 항구에 와 있던 터이라.

승학이가 여복을 했을 때에 밤낮 보던 금분이도 이씨 부인으로 속았
거든, 하물며 한두 번 본 돌이가 남복한 부인을 승학이로 속지 아니하
리오. 부인인 줄은 꿈에도 알지 못하고, 산지 한 자리 얻어 제 어미 영
장할 어리석은 정성이 그저 간절하여, 여간 벌이한 돈을 아까운 줄 모
르고 이씨 부인의 치행을 하여 서울로 올라가라고 축현 정거장에서 차
떠나기를 기다리는데, 어떠한 표표한 소년 하나가 분주히 오는 것을 보
더니, 돌이는 두 눈이 둥그레지며 우두커니 섰고, 이씨 부인과 영매는
깜짝 놀라 마주 나간다.

그 소년이 한걸음에 부인 앞에 와 절 한 번을 하더니 서로 붙잡고 목
이 메어 우는 양을 물끄러미 보다가 속마음으로,

'내가 꿈을 꾸나, 정신이 흐린가, 눈이 어두운가? 얼굴 같은 사람이
더러 있다기로 저렇게 한데서 쩌귀어낸 듯 할 수 있나? 저 양반이 나의
산지 구하는 정성을 시험하려고 둔갑법을 하여 없던 사람이 있기도 하
고 한 사람이 둘도 되어 보이나 서로 붙잡고 울기는 무슨 곡절인고? 아
무려나 하는 거둥이나 가만히 보겠다.'

하고 곁에서 구경만 하고 섰는데, 그 사람이 울음을 뚝 그치고 풍상
겪던 이야기를 듣던 사람이 눈물이 절로 나오게 한참 하다가 돌이를 힐
끗 건너다보더니 말끝을 무지르고 정답게 인사를 한다.

"대단히 무신한 사람으로 여겼을걸."

돌이가 그 말 몇 마디를 듣고서 인사 대답할 겨를 없이 눈이 이리저
리 씻으며 질문 먼저 한번 한다.

"불안한 말씀이나 위선 여쭈어볼 말씀이 있습니다."

하고 부인을 가리키며,

"당신도 저 양반 같으시고 저 양반도 당신 같으시니 누가 제 집으로 오셨던 어른인지 알 수가 없습니다."

돌이가 바닷가에서 이씨 부인을 만나던 말을 낱낱이 하니 승학이 생각에,

'장종비적하여 성명을 감추는 것은 본래 온당치 못하나 급한 사기에 잠시 권도를 쓰지 아니 할 수 없어 마지못하여 행한 일이거니와 끝끝내 바로 말을 아니 하면 군자의 행사가 아니요, 또 저 사람의 신세로 우리 누이님이 물에 빠져 돌아가시기를 면하셨고 나 역시 저 사람의 힘으로 욕도 면한 일이 있는데, 어찌 진정을 말하지 아니하리오.'

하고, 돌이더러 자기 남매의 자초 변복하여 피화하던 말로 부산서 파선한 소문을 듣고 찾아오는 날까지 한마디 은휘치 아니하고 모두 이른 후에 차 떠날 시간이 되니까 돌이까지 데리고 서울로 올라오니 이는 힘 자라는 대로 돌이 신세를 갚아 천역 아니 하고도 먹고 지내도록 하여줄 작정이더라.

승학이가 내행 교군에 그 매씨를 모시고 자기 부친 계신 무넘이로 내려가는데 박석고개를 당도하니 감구지회가 절로 난다.

'저기 저 나무 밑이 내가 붙잡혀 가던 곳이었다. 옥희가 그동안 시집을 갔나? 그대로 있나? 일시 지낼 길에 약조한 일을 믿잘 것은 없지마는 제가 내게 향하여 하는 거동이 진정은 진정이던걸. 만일 그때 약조를 굳게 지켜 우리 부친 해배하신 소문을 듣고 나 오기를 눈이 감도록 기다리면, 모르는 체하고 이 앞으로 지나가기가 인정이 아니지.'

하고 교군을 내려놓고 쉬게 하는 동안에 옥희의 집을 찾아가니, 이는 색계에 침혹하여 연연불망함이 아니라, 대장부 신의를 아녀자에게 잃지 아니하자는 작정이더라.

밤중 창황분주 중에 얼풋 갔던 집이언마는, 매사에 범연히 지내지 않

는 승학이라, 서슴지 아니하고 곧은길로 옥희의 집을 찾아가니, 그 집을 헐어내고 삼사층 양옥을 새로 건축하느라고 청국 석수, 일본 목수들이 들썩들썩할 뿐이니, 말 한마디 물어볼 데도 없고 갈 길도 총총하여 입맛을 두어 번 다시고 도로 오는데, 마당 앞 고목가지에서 깟깟 짖는 까치 소리가 귀한 손 옴을 반기는 것 같아 심회가 자연 불평하더라.

이때 이 승지 부인은 아들 남매의 소식을 막연히 듣지 못하여, 날이 밝으나 저무나 슬픈 눈물이 마를 때가 없는 중, 옥희의 정경을 생각하면 더욱 근심이 되어 이 승지를 대하여,

(부) "영감, 우리 아이 남매가 일정 모두 불행했나 보오. 살아 있고서야 우체로라도 편지 한 자 아니 부칠 리가 있소? 우리 두 늙은이는 전생 죄든지 차생 죄든지 내 속으로 난 자식의 일이니까 면할 수 없는 근심이어니와, 남의 자식 옥희의 일이 실로 딱하지 아니하오? 일시 언약을 금석 같이 믿고 과부 외딸로 타문에 시집을 아니 가니 그런 남의 못할 노릇이 또 어데 있단 말이오."

(이) "설마 조만간 소식이 있지 없으리까. 좀 기다려봅시다. 난옥이는 설혹 파선했을 때에 죽었다 하기로 승학이조차 죽었을 리가 있소? 필경 제 누이 종적을 탐지하기에 골몰하여 편지 부칠 겨를도 없이 다니는 것이온다. 그러나 옥희는 참 절등한 규수 자격이던걸. 지금 세상에 소위 사부의 집 규수도 행동 범절이 하나 취할 것 없을 뿐더러 주단 왕래한 혼인도 일쑤 배약을 하는데, 옥희야 처지로 말하든지 사세로 보든지, 구차히 지날결의 두어 마디 언약을 지키지 아니하기로 누가 시비하겠소마는, 이팔 당혼한 터에 고초를 달게 여기고 절개를 굳게 지키니, 우리 승학이 혼인은 다른 구할 것 없이 어찌 기특지 아니하오? 또 제 범절이 외모와 같아 단정 온순하여 한 곳 나무랄 데가 없으니, 아이 들어오는 대로 곧 성례를 시키겠소. 이전 풍속 말이지, 지금이야 지체니

문벌이나 다 쓸데 있소? 규수 하나가 제일이지."

내외 서로 의논을 정하고 옥희를 더욱 애중히 여기며 승학이 소식을 고대하더니, 하루는 복단 어미가 부리나케 들어오며,

"마님 마님, 아씨께서 오십니다!"

하는 소리에 부인이 깜짝 놀라 마주 나오며,

"무엇이야? 누가 와?"

그 말이 채 그치기 전에 교군 한 채가 들어오며 남복한 소년이 교군에게 나오더니,

"어머니!"

소리를 겨우 한마디 부르고 부인 앞에 와 폭 엎드려 대성통곡을 하니, 부인이 처음에는 정신이 현황하여 아무 말도 못하다가 어머니 부르는 말을 듣고서야,

"오냐, 네가 난옥이냐? 어디 좀 보자. 네가 죽어 혼이 왔니? 내가 자다 꿈을 꾸니?"

하며 모녀 서로 붙잡고 초상난 집 모양으로 몸부림을 해가며 우는데, 승학이는 사랑으로 바로 들어가 그 부친을 모시고 들어와서, 일변 그 모친께 위로도 하고 일변 그 매씨를 만류도 하더라. 사람의 눈물은 설워서만 나는 것이 아니라, 너무 반가운 일을 보아도 눈물이 절로 나오는 것이라. 그날 이 승지 집 상하 식구가 너나 할 것 없이 그리던 말 반가운 말을 다만 한마디씩이라도 다하며 우는데, 두렷이 나서지도 못하고 시원하게 묻지도 못하고 골방 구석으로 점점 들어가 나오는 눈물을 억지로 참는 사람은 하루를 삼추같이 승학이 기다리던 옥희더라. 이 승지가 그 아들더러 옥희가 이 동지 집에 와 있는 사실을 이르고, 불복일로 성례를 시키는데, 원근 동리 남녀노소를 물론하고 신기하니 희한하니 하며 구경꾼이 구름 같이 모여 섰는 틈으로 거복이가 우체로 온 편

지 한 장을 들고 들어온다. 이 승지가 편지를 받아 피봉을 먼저 보니,

　'대한 황성 북서 송현 이승지 댁 입납,

　상해 동아학교 일년급 생도 서정길 상'

　이라 하였거늘 급급히 떼어 두 번 세 번을 보며 희색이 만면하여,

　"마님 여쭈어라, 작은아씨 불러라."

　하더니 그 편지를 차례로 돌려 보이니까, 평생에 수심이 첩첩하여 주야장천晝夜長川 한숨으로 세월을 보내며 좋은 일이나 우스운 일이나 눈썹을 펴지 아니하던 서집의 얼굴이 구름에 잠겼던 가을달이 벽공에 솟음같이 반가운 빛을 띠었더라.

(끝)

구마검 驅魔劒

구마검驅魔劍

열재 저悅齋 著

대안동 네거리에서 남산을 바라보고 한참 내려가면 베전 병문 큰길이라. 좌우에 저자 하는 사람들이 조석朝夕으로 물을 뿌리고 비질을 하여 인절미를 굴려도 검불 하나 아니 묻을 것 같으나, 그 많은 사람, 그 많은 마소가 밟고 오고 밟고 가면 몇 시 아니 되어 길바닥이 도로 지저분하여져서 바람이 기척만 있어도 행인이 눈을 뜰 수가 없는데, 바람도 여러 가지라. 삼사월 길고 긴 날 꽃 재촉하는 동풍도 있고, 오뉴월 삼복 중에 비 장만하는 남풍도 있고, 팔월 생량할 때 서리 오려는 동북풍과 시월 동짓달에 눈 몰아오는 북새도 있으니, 이 여러 가지 바람은 절기를 따라 의례히 불고, 의례히 그치는 고로, 사람들이 부는 것을 보아도 놀라지 아니하고 그치는 것을 보아도 희한히 여길 것이 없지마는, 이날 베전 병문에서 불던 바람은 동풍도 아니요, 남풍도 아니요, 서풍, 북풍이 모두 아니요, 어디로조차 오는 방면이 없이 길바닥 한가운데에서 먼지가 솔솔솔 일어나더니, 뱅뱅뱅 돌아가며 점점 언저리가 커져 도래멍석만 하여 정신 차려 볼 수가 없이 팽팽 돌며, 자리를 뚝 떨어지며 어떠한 사람 하나를 겹겹이 싸고 돌아가니, 갓 귀영자가 쑥 빠지며 머리에 썼던 제모립이 정월 대보름날 귀머리장군 연 떠나가듯 삼 마장은 가서 떨어진다.

그 사람이 두 손으로 눈을 썩썩 비비고 입속에 들어간 먼지를 테테 뱉으며,

"에, 바람도 몹시 분다. 정신을 차릴 수가 없지. 내 갓은 어디로 날려 갔을까? 어, 저기 가 있네."

하더니, 한 손으로 탕건을 상투째 아울러 껴붙들고 분주히 쫓아가 갓을 집어 들더니, 조끼에서 저사수건을 내어 툭툭 털어 쓰고 가는데, 그때 마침 장옷 쓴 계집 하나가 그 광경을 목도하고 그 사람의 얼굴을 넌짓 보더니 장옷 앞자락으로 제 얼굴을 얼풋 가리고 장행랑 뒷골로 들어가더라.

중부 다방골은 장안 한복판에 있어 자래로 부자 많이 살기로 유명한 곳이라. 집집마다 바깥 대문은 개구멍만 하여 남산골 딸깍샌님의 집 같아도 중대문 안을 썩 들어서면 고루거각高樓巨閣에 분벽사창粉壁紗窓이 조요하니, 이는 북촌 세력 있는 토호 재상에게 재물을 빼앗길까 엄살 겸 흉 부리는 계교러라.

그중에 함진해라 하는 집은 형세가 남의 밑에 아니 들어, 남노비에 기구 있게 지내는 터인데, 한갓 자손복이 없어 낳기는 펄쩍해도 기르기는 하나도 못 하다가, 그 부인 최씨가 삼취로 들어와 아들 하나를 낳아 놓고 몸이 큰 체하여 집안에 죽젓갱이질을 할 대로 하며, 그 남편까지도 손톱 반머리만치 두려워하지 아니하고, 마음에 있는 일이면 옳고 그르고 눈을 기어가면서라도, 직성이 해토머리에 얼음 풀어지듯 하게 하여 보고야 말더라.

최씨의 친정은 노돌이라. 그 동리 풍속이 재래로 제일 숭상하는 것은, 존대하여 말하자면 만신이요, 마구 말하자면 무당이라 하는, 남의 집 망해 주며, 날불한당질 하는 것들을 남자들은 누이님, 아주머니, 여

인들은 형님, 어머니 하여 가며 개화 전 시대에 칙사 대접하듯 하여, 봄, 가을이면 의례히 찰떡 치고 메떡 치고 쇠머리, 북어쾌를 월수, 일수 얻어서라도 기어이 장만하여 철무리 큰굿을 하여야 세상일이 다 잘될 줄 아는 동리니, 최씨가 어려서부터 보고 듣고 자란 것이 그뿐이러니, 시집을 와서도 그 버릇을 버리지 못하고 어디가 뜨끔만 하면 무꾸리 질이요, 남편이 이틀만 아니 들어와 자도 살풀이하기라. 어디 새로 난 무당이 있다든지, 신통한 점쟁이가 있다면 남편 모르게 가도 보고 청해다도 보아, 노구메를 올리라든가 기도를 하라든가, 무당의 입이나 점쟁이 입에서 뚝 떨어지기가 무섭게 거행을 하니, 이는 최씨 부인이 무당이나 점쟁이를 위하여 그리하는 바가 아니라, 자기 생각에는 사람의 일동일정으로 죽고 사는 일까지라도 귀신의 농락으로만, 물 부어 샐 틈 없이 꼭 믿고 정신을 못 차려 그러는 것이러라.

장사 나자 용마가 난다고, 함진해 집에 능청스럽게 거짓말 잘하고 염치없이 도둑질 잘하는 안잠자는 노파 하나가 있어, 저의 마님의 눈치를 보아 비위를 슬슬 맞춰가며 전후 심부름은 도맡아 하는데, 천행으로 최씨 부인이 태기가 있어 아들 하나를 낳으니 노파가 신이 열 길이나 나서,

(노) "마님, 마님의 정성이 지극하시더니 칠성님이 돌보셔 삼신 행차가 계시게 하셨습니다. 에그, 아기가 범연한가? 떡두꺼비 같은 귀동자니, 오냐, 무쇠 목숨에 돌끈 달아 수명 장수하여라."

그 아이가 거적자리에 떨어진 이후로 무슨 귀신이 그리 많이 덤비던지 삼 일 안부터 빌고 위하는 것이 모두 귀신이라. 겨우 돌 지나 걸음발 타는 아이가 돈은 제 몸뚱이보다 몇십 갑절이 더 들었더라.

그런데 그 아이에게 펄쩍 잘 덤비는 여귀 둘이 있으니, 최씨 마음에 죽지 아니하였고 살아 있어, 그 지경이면 다갱이에서부터 발목까지 아드등 깨물어 먹고라도 싶지마는, 죽어 귀신이 된 까닭으로 미운 마음은

어디로 가고 무서운 생각이 더럭 나며, 무서운 생각이 너무 나서 위하고 달래는 일이 생겨 행담과 고리짝에다 치마저고리를 담아서 둔 방축머리에 줄남생이 같이 위해 앉혔으니, 그 귀신은 도깨비도 아니요 두억시니도 아니요, 못다 먹고 못다 쓰고 함씨 집에 인연이 미진하여 원통히 세상 버린 초취부인 이씨와 재취부인 박씨라. 사람이 죽어 귀신이 되어 산 사람에게 침노한다는 말이 본래 요사스러운 무녀의 입에서 지어낸 말이라. 적이나 현철한 부인이야 침혹할 리가 있으리오마는, 최씨는 지각이 어떻게 없던지 노파와 무녀의 꾸며내는 말을 열 되들이 정말로만 알고 그 아들이 돌림감기만 들어도 이씨 여귀, 설사 한 번만 해도 박씨 여귀, 피륙과 전곡을 아까운 줄 모르고 무당, 점쟁이 집으로 물 퍼붓듯 보내다가 고삐가 길면 디딘다더니 함진해가 대강 짐작을 하고 최씨더러 훈계를 하는데, 본래 함진해의 위인은 무능하지마는 선부형 문견으로 그같이 요사한 일이 별로 없던 가정이라.

(함) "여보, 무당, 판수라 하는 것은 다 쓸데없는 것이외다. 저희들이 무엇을 알며, 귀신이라 하는 것이 더구나 허무치 아니하오? 누가 눈으로 보았소? 설혹 귀신이 있기로 나의 전 마누라가 둘이 다 생시에 심덕이 극히 착하던 사람인데 죽어졌기로 무슨 침탈을 하겠소? 다시는 이씨니 박씨니 하는 부당한 말을 곧이듣지 마오."

(최) "죽은 마누라를 저렇게 위하시려면 똥구멍이라도 불어서 아무쪼록 살려 데리고 해로하시지, 남을 왜 데려다 성가시게 하시오? 누가 이씨, 박씨의 귀신이 무던하지 아니하다오? 무던한 것이 탈이지. 귀신은 귀하답시고 한번 만져만 보아도 산 사람의 병이 된다오. 인저는 아무가 앓든지 죽든지 나는 도무지 상관치 말리다. 걱정 마시오."

이 모양으로 몰지각하게 폭백하니 함진해가 어이없어 좋은 말로 타이르고 사랑으로 나간 후에, 최씨가 전취 부인들이 살아 곁에 있는 듯

이 강짜가 나서,

(최) "할멈, 영감 말씀 좀 들어보게. 아무리 사내 양반이기로 생각이 어쩌면 그렇게 들어가나?"

(노) "영감께서 신귀가 그렇게 어두우시답니다. 딱도 하시지, 돌아가신 마님 역성을 그렇게 하실 것 무엇 있나? 마님, 영감께서 돌아가신 두 마님과 금실이 아주 찰떡근원이시더랍니다. 아무리 그러셨기로 누가 그 마님들을 《옥추경》이나 읽어 무쇠 두멍에 가두었나? 떠받들어 위하시기밖에 더 어떻게 하시라고?"

(최) "여보게, 염려 말게. 저년들 무서워 천금같이 귀한 자식을 기르며 두고두고 그 성화를 받을까? 내일 모레 영감께서 송산 산소에 다니러 가시면 산역을 시키느라고 여러 날 되신다네. 세차게 경 잘하는 장님 대여섯 불러오게. 자네 말마따나 《옥추경》을 지독하게 읽어 움도 싹도 없게 가두어버리겠네."

(노) "에그, 너무나 잘 생각하셨습니다. 조금 박절하지만, 두고두고 성가시럽게 구는데, 시원하게 처치하여 버리시지. 아무리 귀신이기로 심사를 바로 가지지 아니하고 살아 계신 양반에게 말만 이르니 박절할 것도 없습니다."

(최) "장안에 어데 있는 장님이 그중 용한구? 이 근처 돌팔이장님들은 쓸데없어."

(노) "아무렴, 그렇고말고요. 돌팔이장님은 무엇에 쓰게요? 제까짓 것들이 그 귀신을 가두기커녕 범접이나 해보겠습니까, 덧들이기나 하지. 장님은 복차다리 사는 정 장님이 아주 제일이라고들 하여요."

(최) "그러면 그 장님을 불러다 일을 하여보세."

약속을 단단히 하고 손가락을 꼽아 기다리다가, 그 남편이 길을 떠난 후 경을 며칠을 읽었던지, 이씨 여귀, 박씨 여귀 잡아 가두는 양을 눈으로 현연히 보는 듯이 최씨 마음에 시원 상쾌하여, 누워 자는 그 아들의 등을 뚝뚝 두드리며, 말도 못 하는 아이더러 알아들을 듯이 이야기를 한다.

"만득아, 시원하지? 만득아, 상쾌하지? 너의 전어머니 귀신들을 다 가두어버려서 다시 못 오게 하였다. 응응, 어머니는 그까짓 것들이 네게 무슨 어머니, 죽은 고혼이라도 어머니 소리를 들어보려면 그까지로 행세를 했을까? 만득아, 그렇지, 응응. 인제는 앓지 말고 잘 자라서 어미의 애쓴 본의 있게 하여라, 응응. 에그, 그것이야 엄전하게 잘도 자지."

하며 입을 뺨에다 대고 쪽쪽거리는데, 안잠 마누라는 곁에 앉아 최씨의 말하는 대로 어릿광대같이,

"그렇고 말고, 마님 말씀이 꼭 옳으시지. 어머니 노릇을 하려면 그까지로 행실을 했겠습니까?"

만득이 볼기짝을 저도 뚜덕뚜덕하며,

"아가, 어머니 말씀을 다 들었니? 이 다음에 어머니께 효성시러운 자손 되고 할멈도 늙게 호강시켜다고."

가장 만득의 나이 장성하여 말을 아니 듣는 듯이 최씨가 꾸지람을 옳게 한다.

"오, 이놈. 어미의 애쓴 본의 없이 뜻을 거스르든지 할멈의 길러준 공 모르고 잘살게 아니 하여주어 보아라. 내 솜씨에 못 배길라."

이 모양으로 주거니 받거니 지각 반점 없이 지껄여가며, 대원수가 되어 십만 대병을 거느리고 적국을 한 북소리에 쳐 없앤 후 개선가나 부른 듯이, 날마다 둘이 모여 앉으면 그 노래 부르기로 세월을 보내더라.

연때가 맞노라고, 하루 빤한 날 없이 잔병치레로 유명한 만득이가 경 읽은 이후로는 안질 한 번 안 앓고 잘 자라니, 최씨 마음에 정 장님은 천신만 싶어 만득이의 먹고 입는 일동일정을 모두 그 지휘하는 대로,

남의 집 음식도 아니 먹이고, 색다른 천 끝도 아니 입혀, 본래 구기가 한 바리에 실을 짝이 없던 터에 얼마쯤 가입을 하였는데 그 명목이 썩 많으니,

　　세간 놓는 데 손보기
　　음식 보면 고시레 하기
　　새 그릇 사면 쑥으로 뜨기
　　쥐구멍을 막아도 토왕 보기
　　닭을 잡아도 터주에 빌기
　　까마귀만 울어도 살풀이하기
　　족제비만 나와도 고사 지내기

이와 같이 제반악증을 다 부리는데, 정안수 그릇은 장독대에 떠날 때가 없고, 공양미 쌀박은 어느 산에 아니 가는 곳이 없으며, 심지어 대소가 사이에 상변이 있으면 백 일씩 통치 아니하기는 예사로 하더라.

우리나라에 의학이 발달 못 되어 비명에 죽는 병이 여러 가지로되, 제일 무서운 병은 천연두라. 사람마다 의례히 면하지 못하고 한 번씩은 겪어, 고운 얼굴이 찍어 매기도 하며 눈이나 귀에 병신도 되고 종신지질 해소도 얻을 뿐더러 열에 다섯은 살지를 못하는 고로, 속담에 '역질 아니한 자식은 자식으로 믿지 말라'는 말까지 있으니 위험함이 다시 비할 데 없더니, 서양 의학사가 발명한 우두법을 배워온 후로 천연두를 예방하여 인력으로 능히 위태함을 모면하게 되었건마는, 누가 만득이도 우두를 넣어주라 권하는 자 있으면 최씨는 열, 스무 길 뛰며 손을 홰홰 내어젓고,

"우리 집에 와서 그대 말 하지도 마오. 우두라 하는 것이 다 무엇인

가? 그까짓 것으로 호구별성을 못 오시게 하겠군. 우두 한 아이들이 역
질을 하면 별성 박대한 벌역으로 더구나 중하게 한답디다. 나는 아무
때든지 마마께서 우리 만득에게 전좌하시면 손발 정히 씻고 정성을 지
극하게 들이어서, 열사흘이 되거든 장안에 한골 나가는 만신을 청하고,
입담 좋은 마부나 불러 삼현육각에 배송 한 번을 쩍지게 내어볼 터이
오. 우리가 형세가 없소? 기구가 모자라오?"

 하며 사람마다 올까 봐 겁이 나고 피해 가는 역질을 어서 오기를 눈
이 감도록 고대하더니, 함씨의 집안이 결딴이 나려는지 최씨의 소원이
성취가 되려는지 별안간에 만득의 전신이 부집 달듯하며 정신을 모르
고 앓는데, 뽀얀 물 한 술 아니 먹고 늘어졌으니 외눈의 부처같이 그 아
들을 애지중지하는 함진해가 오죽하리오. 김 주부를 청하여라, 오 별제
를 불러라 하여 맥도 보이고 화제도 내어, 연방 약을 지어다 어서 달여
먹이라 당부를 하니, 함진해 듣고 보는 데는 상하노소 물론하고 분주히
약을 쉴 새 없이 달이는 체하다가, 함진해만 사랑으로 나가면 그 약은
간다 보아라 하고 귀신 노래만 부르는데, 그렁저렁 삼 일이 지나더니,
녹두 같은 천연두가 자두지족에 빈틈없이 발반이 되었는데, 붉은 반은
조금도 없고 배꽃 이겨 붙인 듯하더니, 팔구 일이 되면서 먹장 갈아 끼
얹은 듯이 흑함이 되며 숨결이 턱에 닿았더라. 역질이라는 병은 다른
병과 달라 증세를 보아가며 약 한 첩에 죽을 것이 사는 수도 있고 중한
것이 경해도 질 터이거늘, 최씨는 약은 비상 국만치 여기고 밤낮 들고
돌아다니는 것이 동의 정안수뿐이니, 이는 자식을 아편이나 양쟁물을
타 먹이지 아니하였다 뿐이지, 그 죽도록 한 일은 조금도 다를 것이 없
어, 불쌍한 만득이가 지각없는 어미를 만나 필경 세상을 버렸더라. 아
무라도 자식 죽어 설워 아니 할 이는 없으려니와 최씨는 설움이 나도
썩 수선스럽게 배포를 차리는데,

"그것이 그 모양으로 덧없이 죽을 줄이야 어찌 알아…….

인간은 몰라도 무슨 부정이 들었던 것이지…….

허구한 날 눈에 밟혀 어찌 사나…….

한이나 없게 큰 굿을 해보았다면 좋을걸. 영감이 하도 고집을 하니까 마음에 있는 노릇을 해볼 수나 있어야지…….

제가 좋은 곳으로나 가게 용산 나아가서 지노귀새남이나 하여주어야…….'

그 다음에는 목을 놓아 울어내는데 노파는 덩달아 울며,

(노) "마님, 그만 그치십시오. 암만 우시면 한번 길이 달라졌는데 다시 살아 옵니까? 마님 말과 같이 새남이나 하여 저승길이나 열어주시지. 그렇지만 마마에 간 아이는 진배송을 내어야 이 다음에 낳는 자손도 길하답니다."

(최) "자네 말이 옳은 말일세. 나도 번연히 알면서 미처 생각지 못했네 그려. 여보게, 우리 단골더러 진배송을 한번 좀 잘 내달라고 불러주게. 영감도 생각이 계시겠지. 고집 세우다 일을 저질러놓고 또 무엇이라 하시겠나? 내가 죽더라도 하고 말 터이니 그 염려는 말고 어서 가보게."

노파가 살판이나 만난 듯이 경둥경둥 뛰어 대묘골 모퉁이로 감돌아들더니 조그마한 평대문 집으로 서슴지 아니하고 들어가며,

"만신 계십니까? 만신 계셔요?"

안방문이 펄떡 열리며 얼굴에 아양이 다락다락 하는 여인이 끼웃이 내어다보며,

"이게 누구시오? 어서 오시오."

하며 손목을 다정히 끌고 방으로 들어가더니,

(만신) "그 댁 아기가 구태나 멀리 갔다구려. 나는 벌써부터 그럴 줄 알면서도 박절히 바로 말을 못했소. 그래, 어찌해 오셨소? 자리걷이를

하신다고 나를 불러오라십더니까?"

(노) "자리걷이가 아니라 진배송을 내신다고 제구를 다 차려 가지고 내일로 오시라고 하십디다."

하며 앞뒤를 끼웃끼웃 둘러보며,

(노) "누구 들을 사람이나 없소?"

(만) "아무도 없소. 걱정 말고 세상없는 말이라도 다 하시오."

(노) "만신……. 지금 세상에 상전의 빨래를 해도 발뒤꿈치가 희다 하는데, 이런 판에 좀 먹지 못하고 어느 때 먹소? 나 하라는 대로만 다 하고 보면 전천이나 잘 떼어먹을 터이오."

(만) "아무렴, 먹는 것은 어디로 갔든지 마누라님 지휘를 내가 아니 들으며, 또 돈이 생기기로 내가 마누라님을 모르는 체하겠소? 그대 말은 하나마나, 무슨 일이오, 이야기나 하시구려."

노파가 앞으로 다가앉으며, 만득이 병중에 하던 말과 찾던 것을 낱낱이 형용하여 이르고 무어라 무어라 한동안 지껄이더니,

"꼭 되지 아니했소? 그렇게만 하고 보면 세상없는 사람도 깜짝 반하지."

(만) "아니 될 말이오. 그 모양으로 어설프게 해서 큰돈을 먹어보겠소? 별말 말고 내 말대로 합시다."

(노) "아무렇게 하든지 일만 잘하구려."

(만) "내야 사흘이 멀다 하고 그 댁에를 북 드나들듯 하였으니 세상없이 영절시러운 말을 하기로 누가 믿겠소? 마누라님도 아마 아실걸. 저 국수당 아래 있는 김씨 만신이 배송 잘 내기로 소문나지 아니했소? 지금으로 내가 그 만신을 가보고 전후 부탁을 단단히 할 것이니 마누라님은 댁으로 가서 마님을 뵈옵고 곧이들으시도록 꾸며대구려."

(노) "옳소. 그것 참 되었소. 그 만신 소문을 우리 댁 마님도 들으시고, 그러지 아니해도 일상 한번 불러보시든지 가보신다고 하시면서도,

혹 단골이 노여워하면 어찌하리 하시고 계신 터인데, 당신이 천거하더라고 여쭙기만 하면 얼마쯤 좋아하실 것이오. 마님께서 기다리실 터이니까 나는 어서 가야 하겠소. 김 만신 집에를 즉시 가보시오."

하고 두어 걸음 나아가다가 다시 돌아서며,

(노) "김씨 만신이 좋기는 하오마는 나와는 생소하니 다 알아서 부탁하여 주시오."

(만) "그만만 해도 다 알아듣소. 염려 말고 어서 가시오."

이 모양으로 별순검 변 쓰듯 끝만 따 수작을 하고, 노파의 마음이 든든하여 집으로 돌아오더니 최씨를 보고 언구력을 피우는데,

(노) "마님, 다녀왔습니다. 아마 대단히 기다리셨을 걸이오. 얼른 다녀온다는 것이 그렇게 되었습니다."

(최) "늙은 사람 행보가 자연 그렇지. 그에서 더 속히 올 수 있나? 그래, 단골더러 내일 오라고 일렀나?"

(노) "단골이 오는 것이 다 무엇입시오? 제가 앓아서 거진 죽게 되었던데요."

(최) "그리면 어떻게 한단 말인가?"

(노) "마님, 일상 말씀하시던 국수당 만신이 하도 소문이 났기에 지금 가서 내일로 일을 맞추고 왔습니다."

(최) "국수당 만신이라니, 금방울 말인가?"

(노) "네네, 금방울이올시다."

금방울의 별호 해제를 들으면 요절 아니 할 사람이 없으니, 얼굴이 누르퉁퉁하여 금빛 같다고 금이라 한 것도 아니요, 키가 작아 떼굴떼굴 굴러다니는 것이 방울 같다고 방울이라 한 것도 아니라. 그 무당의 입에서 떨어지는 말이 길흉간 쇳소리가 나게 맞는다고 소리 나는 쇠로 별호를 지을 터인데, 쇠에 소리 나는 것이 허구많지마는 종로 인경이라

하자니 너무 투미하고, 징이나 꽹과리라 하자니 너무 상스러워, 아담하고 어여쁜 방울이라 하였는데, 방울 중에도 납방울, 시우쇠방울, 은방울 여러 가지 방울이 있으되, 썩 상등으로 대접하느라고 금방울이라 하였으니, 금이라는 것은 쇠 중에 일등 될 뿐 아니라 그 무당의 성이 김가니, 김은 즉 금이라고 이 뜻 저 뜻 모두 취하여 금방울이라 하였더라.

금방울의 소문이 어떻게 났던지 남북촌 굵직굵직한 집에서 단골 아니 정한 집이 없어, 한 달 삼십 일, 하루 열두 시, 어느 날 어느 때에 두 군데, 세 군데 의례히 부르러 와, 몸뚱이가 종잇장 같으면 이리저리 찢어지고 말았을 터이러라. 원래 무당이라 하는 것은 보기 좋게 춤이나 추고 목청 좋게 소리나 잘하고 수다스럽게 지껄이기나 잘하면 명예를 절로 얻어 예 간다 제 간다 하는 법인데, 금방울이는 한때 해먹고 살라고 하느님이 점지해 내셨던지 그 여러 가지에 한 가지 남의 밑에 아니 들 뿐더러 남의 눈치 잘 채우고, 남의 말 넘겨짚기 잘하고, 아양, 능청 온갖 재주를 구비하였는데, 함진해 마누라의 무당 좋아한다는 소문을 듣고 어떻게 하면 한번 어울려들어 그 집 세간을 훌쭉하도록 빨아먹을 꼬 하고 아라사 피득 황제가 동양 제국을 경영하듯 하던 차에, 함진해 집에서 부른다는 말을 듣고 다른 볼일을 다 제쳐놓고 다방골로 내려와 함씨 집 안방으로 들어오며 첫대 앙큼스러운 거짓말 한 번을 내어놓는데, 최씨는 아들 참척을 보고 설우니 원통하니 하는 중에도 금방울의 말이 어떻게 재미가 있는지 오줌을 잘곰잘곰 쌀 지경이라.

(금방울) "세상에, 이상한 일도 있어라. 예 없던 신그릇에서 방울이 딸딸 울며, 두 어깨에 짐이 잔뜩 실리더니, 제 집에 뫼신 호구 아기씨께서 인도를 하시기에 꿈결인지 잠결인지 한곳에를 가 보았더니 집 모양이 든지 방안 세간 놓은 것까지 영락없이 댁일세. 신통도 해라."

최씨는 미처 대답도 하기 전에 노파가 한 번 더 초를 쳐서 찰떡 반죽

하듯 한다.

(노) "꿈도 영검하셔라. 만신이 댁과는 적지 아니한 연분이시구려. 마님께서는 그런 현몽하신 바는 없으셔도 일상 마음이 절로 키어서 만신을 보시고 싶다 하셨다오."

(최) "만신의 나이 손아래일 듯하니 처음 보아도 서어하지 않도록 하게 하겠네. 지금 할멈도 말했지마는 어찌해 그런지 일상 만신이 보고 싶더니 좋은 일에 청해 오지 못하고. 에구에구…… 팔자 사나워 열 소경의 한 막대 같은 자식을 죽이어 궂은일에 청하였네그려. 에구에구…… 그 끔찍시러운 일을 보고 모진 목숨이 살아 있기는 그 자식의 저승길도 맑혀주려니와 더러운 욕심이 무슨 낙을 다시 볼까 하지, 에구에구……."

하더니, 노파를 부른다.

(최) "할멈, 어서 배송 제구를 차려놓고 사랑에 나아가 영감께 내 말로 여쭙게."

(노) "제구는 어제 다 장만한 것을 또다시 차릴 것이 있습니까마는 영감께 무엇이라고 여쭈랍시오? 걱정이나 듣게요."

(최) "걱정은 무슨 걱정을 하신단 말인가? 내 말대로 이렇게 여쭙게. 역질에 죽은 아이를 진배송을 아니 내어주면 원귀가 되어 다시 환토를 못할 뿐더러 이 다음에 낳는 아기께도 길하지 못한 일이 생긴다니, 그것이 참말이나 거짓말이나 알고서야 그대로 있을 수 없습니다. 자세자세 여쭈되, 처음에 걱정 좀 하신다고 머쓱히 돌아서지 말고 알아들으시도록 말씀을 하게. 그래서 정 아니 들으신 대도 나는 그래도 시작하겠네."

노파가 사랑으로 나아가 한나절을 서서 핀잔을 먹어가며 어떻게 중언부언重言復言하였던지 함진해가 슬며시 못 이기는 체하고 드러누우니, 이는 노파의 말솜씨가 소진장의 같아 속아 넘어간 것도 아니요, 이치가 그러한 듯하여 어기지 못하리라 한 것도 아니라. 어리석은 생각에 자기 마누라 뜻을 너무 거스르다가 감정이 더럭 나면 집안에 화기를 잃을 지경이라 하여, 혼잣말로,

'계집이라는 것은 편성이라, 옳고 그르고 너무 억제하게 되면 저 잘 못하는 것은 모르고 야속한 생각만 날 터이요, 또 요사이 몹쓸 경상을 보고 울며불며 하는 터이요, 나 역시 아무 경황없어 세상사가 귀찮다.'

하고 할멈의 말을 잠잠히 듣다가,

"아무 짓이든지 하고 싶은 대로 하라게그려. 말리지 아니하네."

노파가 그 말 한마디를 듣더니 엉덩이춤이 절로 나서 열 걸음을 한걸음에 뛰어 들어오며,

"마님, 인제는 걱정 마옵시오. 영감께서 허락을 하셨습니다. 만신, 마음 턱 놓고 징, 장구 울려가며 진배송이나마 산배송 다름없이 마님 속이 시원하시게 잘 지내주오."

금방울이 신옷을 내어 입고 장단을 맞추어 춤 한바탕을 늘어지게 추다가, 매암 한 번을 뺑뺑 돌며, 왼손에 들었던 방울을 쩔레쩔레 흔들더니 숨 한 번을 오려 논의 새 쫓듯 위이 쉬고서 공수를 주되, 호구별성이 금방 온 듯이 최씨를 불러 세우고 수죄를 하는데, 세상 부정 모두 몰아다 함진해 집에다 퍼부은 듯이 주워섬긴다.

"어허, 괘씸하다! 최씨 계주야, 네 죄를 네 모를까? 별성행차를 몰라 보고 물로 들어 수살 부정, 불로 들어 화살 부정, 거리거리 성화 부정, 아침저녁 주왕 부정, 사람 죽어 상문 부정, 그릇 깨져 악살 부정, 쇠털 같이 숱한 부정을 아니 범한 것이 없구나. 앉아서 삼천리요, 서서는 구만리라. 너희 인간은 몰라도 내야 어찌 속을소? 어허, 괘씸하다! 네 죄를 생각거든 네 아들 데려간 것을 원통타 말아라."

이때 최씨와 노파는 번차례로 나서서 손바닥을 마주 대어 가슴 앞에

높이 들고 썩썩 비비면서 입담이 매우 좋게 비는데,

"허하고 사합시사. 인간이라 하는 것이 쇠술로 밥을 먹어 아무것도 모릅니다. 여러 가지 부정을 다 쓸어버려서 함씨 가중을 참기름같이 맑혀 줍소사. 입은 덕도 많삽거니와 새로 새 덕을 입혀주사, 죽은 자식은 연화대로 인도해 주시고 새로 낳는 자손을 수명 장수하게 점지해 줍시사."

금방울이 또 한 번 춤을 추다 여전히 매암을 돌며 휘이 휘 소리를 하더니 황주, 봉산 세청 미나리 곡조같이 노랑목을 연해 넣어가며 넋두리가 나오는데 최씨 마음에는,

'아마 만득이 넋이 돌아왔거니.'

싶어, 제가 살아오나 다름없이 소원의 일이나 물어보고 원통한 말이나 들어보겠다고 하고 바싹바싹 들어서더니, 천만뜻밖에 다시 오려니 생각도 아니 하였던 귀신이 왔더라.

금방울의 두 눈에는 눈물이 더벅더벅 떨어지며,

"에그, 나 돌아왔소. 내가 이 집에 인연 지고 시우진 내요. 에그, 할멈, 나를 몰라보겠나? 아, 삼 년 석 달 병들어 누웠을 때 단잠을 못다자며 지성으로 구완해 주던 자네 은공, 죽은 넋이라도 못 잊겠네. 침방에 있는 반닫이 안에 나 시집올 때 가지고 온 은반상이 있으니 변변치 않으나, 그것이나 갖다가 내 생각 하여가며 받아 먹게에. 에그, 원통해라아! 정도 남다르고 의도 남다르더니 한번 죽어지니까 속절이 없고나아."

이때 구경하는 집안 식구들이 제각기 수군거리는데 어떤 계집은,

"여보 형님 형님, 저게 누구의 넋이 들었소? 아마 재취 마님이지."

어떤 계집은,

"아닐세, 은반상 해가지고 오셨다는 것을 들어보게. 초취 마님이신가뵈. 이 별제 댁이 부자로 사시는 때문에 그 마님 시집오실 제 퍽 많이

가지고 오셨다네. 재취 마님 친정은 억척 가난하여서 이 댁에서 안팎을 싸 오셨는데 은반상이 다 무엇인가, 질그릇도 못 가져왔다네."

어떤 계집은,

"아주머니 말씀이 옳소. 영감마님과 금실도 초취 마님이 계셨지, 재취 마님과는 나무공이 등 맞춘 것같이 삼 년이나 사시며 말 한마디 재미있게 해보셨소?"

그중의 한 계집은 여러 사람의 이야기하는 것을 한편으로 들어가며 행주치마 자락을 접어들고 두 눈에는 샘솟듯 나오는 눈물을 이리 씻고 저리 씻고 흑흑 느껴 우는데, 이때의 최씨는 눈꼬리가 실쭉하여 아무 말도 아니 하고 섰다가 혀를 툭툭 차며,

"저렇게 원통한 것을, 누가 죽으라고 고사를 지냈나? 이년 삼랑아, 보기 싫다. 너는 죽은 사람만 밤낮 못 잊어, 아이 때부터 드난을 했나니, 무던한 심덕을 못 잊겠나니 하며 산 나는 쓴 외 보듯 하는 터이니, 공연히 소요시럽게 울고 섰지 말고 저렇게 왔을 때에 아주 따라가려무나. 할멈, 나가서 영감 여쭙게, 귀신이 보고 싶다네. 그 소원이야 못 풀어주겠나?"

함진해가 집 안에서 똥땅거리는 것이 듣기 싫어, 의관을 내려 입고 친구 집에 가서 바둑이나 두다 오려고 막 나서다가, 할멈이 나와 큰마누라의 혼이 들어와 청한다는 말을 듣고 속종으로,

'이런 미친 무당 년도 있나, 여인들을 속이다 못하여 나까지 속여보려고. 대관절 그년의 거동을 구경이나 해보아. 정 요사시럽거든 당장 내어 쫓으리라.'

하고 노파 뒤를 따라 안으로 들어오며,

"우리 죽은 마누라가 어디 왔어, 응?"

그 말이 채 그치기 전에 넋두리하던 무당이 마주 나아오며 대성통곡

하더니, 함진해의 입이 딱 벌어지며 혀가 홰홰 내둘리게 수작이 나온다.

"에그 영감, 나를 몰라보오, 오? 아무리 유명이 달라졌기로 어쩌면 그다지 무정하오오? 나 병들었을 때에 무엇이라고 하셨소오? 십 년 동거하던 정을 버리고 왜 죽으려 드느냐고 저기 저 창 밑에서 더운 눈물을 더벅더벅 떨어뜨리시던 양을 보고, 죽는 나의 뼈가 아프며 눈을 못 감겠더니, 이 눈이 꺼지지 않고 살이 썩지도 않아, 밤낮 열나흘 경을 읽어 구천 응원이 호통을 하고 소거백마가 선봉이 되어 앞뒤에다 금사진을 치고 움도 싹도 없이 잡아 가두려 하였으니, 아무리 영감이 하신 일은 아니시나 인정에 어찌 모르는 체하오오? 간신히 자취를 숨겨 이 집을 떠나갈 제 원통하고 분한 생각 어느 날 어느 때에 잊히겠소오? 이 집 저 집 엿보며 수수밥 조죽 사발로 고픈 배를 채우면서 그동안 세월을 보내던 내오오."

그때 곁으로 왔던 무당이 별안간 손뼉을 치며 넋두리가 또 나오는데,

"에그, 나도 돌아왔소. 이팔청춘에 뒷방마누라가 되어 긴 한숨 짜른 탄식으로 평생을 마치던 박씨 내오오. 여보 영감, 그리를 마오. 살아서 박대하고 죽어서도 미워하여 밝은 세상을 보지도 못하게 경을 읽어 가두려 드오오. 에그, 지극 원통해라아!"

하더니, 그 다음부터는 둘이 병창을 하여 흑흑 느껴가며,

"우리 둘이 전후취로 영감께 들어와 생전에는 서로 보지도 못했으나 고혼孤魂은 남과 달라아, 손목을 마주 잡고 설운 눈물이 마를 날 없이 전전걸식轉轉乞食 다니다가 칠월 보름날 사시 초에 베전 병문에서 영감을 만나, 이씨 나는 동남풍이 되고, 박씨 나는 서북풍이 되어 두 바람이 모여 회오리바람이 되었소오. 영감의 가시는 길을 에워싸고 이리 돌고 저리 돌고, 감돌고 푸돌며 지접할 곳을 두루 찾더니 영감 쓰신 저 모립이 둥둥 떠나가 일 마장 밖에 가 떨어지기에 우리가 그 갓에 은신을 했

더랬소오. 그 길로 영감을 따라 집에를 돌아온 지 보름이 다 되도록 국내, 장내 맡기만 했지 떡 한 덩이 못 얻어먹었소오. 여보아라 최씨야, 우리를 그렇게 박대하고 무사할 줄 알았더냐? 네 자식 데려간 것을 원통타 말아아. 별성마마께 호소하고 네 자식을 잡아왔다아."

상하노소 여인들이 서로 수군수군하며,

"에그, 저것 보아. 초취, 재취 두 마님이 모두 오셨네."

"그런데 그게 무슨 소릴까? 영감더러 하는 말씀이 이상도 하지. 그러니까 댁 아기를 그 마님이 데려갔구려. 누가 그대 뜻이나 했을까? 경 읽어 가두면 다시 세상에 못 나오는 줄 알았더니 경도 쓸데없어."

이 모양으로 공론이 불일한데, 이씨, 박씨의 죽은 넋이 함진해의 산넋을 다 빼갔던지, 함진해가 금방울의 입만 물끄러미 건너다보고 두 눈물이 핑 돌며,

"허허, 무당도 헛것이 아니로군. 내가 베전 병문에서 회오리바람을 만난 것을 집안 사람도 본 이가 없고 아무더러도 이야기한 적도 없는데 여합부절로 말하는 양을 본즉 귀신이라는 것이 있기는 있는걸."

하고 최씨더러 책망을 하는데, 함진해 생각에는 예사로 하는 말이지마는 최씨 듣기에는 죽은 마누라 역성이 시퍼런 것 같더라.

(함) "집 안에서 나만 쌀쌀 기이고 못 할 짓이 없었군. 아무리 죽은 사람이기로 내 가속 되기는 일반인데, 어느 틈에 《옥추경》을 읽어 가두려 들었던고? 마음을 그렇게 독하게 쓰고서야 자식을 보전할 수가 있나?"

혀를 뚝뚝 차며 할멈 이하 여러 계집종을 흘겨보며,

"이년들, 아무리 마님이 시키기로, 내게는 한마디 고하는 년이 없고. 네 이년들, 견디어보아라. 차후에 무슨 변이 또 있으면 그제는 한 매에 깡그리 때려죽일 터이다. 너희 년쯤 죽이면 귀양밖에 더 가겠느냐?"

최씨는 자기 남편의 하는 양을 보고 옥니가 뽀도독뽀도독 갈리며 강

열이 바싹 치밀지만, 부지중에 소원 성취된 일 한 가지가 있어 분한 줄도 모르고 설운 줄도 모르고 도리어 빌붙느라고 골몰중이니, 그 성취된 소원은 별것이 아니라 자기 남편이 무당이라면 열 스무 길씩 뛰더니, 넋두리 한바탕에 고집 세던 응어리가 확 풀어지며 깜짝 반하는 모양이라. 인제는 쉬쉬할 것 없이 펼쳐 내어놓고 할 노릇을 한껏 다 하겠다 하고, 목소리를 서늘하게 녹여가며,

(최) "영감, 내가 다 잘못한 일인데 하인들 걱정하실 것 있소? 집안에 우환도 하도 떠나지 아니하기에 그리면 나을까 하고 지각없는 일을 했었구려. 그러기에 여편네지, 그렇지 아니하면 여편네라고 하겠소? 이 다음부터는 집안만 편안하다면 이씨, 박씨 두 귀신을 내 등에 업어 모시기라도 하리다."

함진해의 위인이 이단을 물리치고 오도를 존중하는 도학군자라든지 원소를 궁구하여 물질을 분석하는 물리박사 같으면 물 같은 심계가 휘저어도 흐려지지 아니할 것이요, 산 같은 지조가 흔들어도 빠지지 아니할 터이지마는, 여간 주워들은 문견으로 점잖은 모양을 강작하여 무당 판수를 반대하던 것이 첫째는 남이 흉볼까 함이요, 둘째는 인색에서 나옴이라. 실상은 의심이 믿음보다 많아 귀신이 있는 듯도 하고 없는 듯도 하던 차에, 없는 증거는 보지 못하고 있는 증거는 확실히 본 듯싶어서, 어서 회사를 발기하든지 학교를 설립하든지, 고금이나 보조를 청구하면, 당장 굶고 벗는 듯이 엄살을 더럭더럭 하여가며 한 푼 돈내기를 떨던 규모가, 별안간에 어찌 그리 희떠워졌는지 싸고 싸두었던 이천 자채벼 작전해 온 돈을 아까운 줄 모르고 펄쩍 날라다 별비를 써가며 무당 하는 대로 시행을 하는데, 눈치 빠른 금방울이는 함진해의 하는 거동을 보고 새록새록 별소리를 다 지어내어 번연히 제 입으로 말을 하여 제 욕심을 채우면서도 저는 아무 상관없는 듯이,

"이씨가 노자를 달라 한다.

박씨가 의복차를 달라 한다.

당집을 짓고 위해 달라.

달거리로 굿해 달라."

하여 당장에도 빼앗고 싶은 대로 빼앗고 이 다음까지 두고두고 우려먹을 거리까지 장만하는데, 거죽 인심을 푹 얻어놓아야 아무 중병이 아니 나겠다 하고, 만득이 넋두리를 대미처 하며, 나 업어준 공으로 할멈은 무엇을 주고 젖 먹여준 공으로 유모는 무엇 무엇을 주고 삼랑이, 은단이는 이것저것을 차례로 주라고, 어머니, 아버지를 연해 불러가며 부탁을 하여, 파산선고 당한 집의 판셈하나 다름없이 집어내려 들더라.

싸리말, 짚오쟁이에 홍양산 수팔련을 갖추어, 입담 좋은 마부 놈이 마부 타령을 드럭거려 하며 호구별성을 모시고 나가는데, 그림자나 흔적도 없는 치행에 찾는 것이 어찌 그리 많은지 형형색색으로 섬길 수 없는 중, 대은전쾌를 지어 말 워낭을 달아라, 세백목필을 채어 마혁을 달아라, 마량을 달라, 대갈 값을 달라, 요기차·신발차 등속의 달라는 소리가 한 끈에 줄줄 이었더라.

그전에는 최씨가 안잠 마누라를 데리고 역적모의하듯, 그대 소문이 날세라 그대 눈치가 보일세라 하여가며 집안 망할 짓을 하더니, 인제는 도리어 자기 남편이 알지 못할까 봐 겁을 내고, 함진해는 그런 말 듣기가 무섭게 내 집에 쓰던 돈이 없으면 남에게 빚을 내어다라도 그 시행은 하고야 마는데, 장안만호 집집마다 날 곧 밝으면 개문開門하니 만복래萬福來로 떡떡 열어젖뜨려 가까운 친척이나 정다운 친구들이 나오기도 하고 들어가기도 하건마는, 밤이나 낮이나 잠시 아니 열어놓고 안으로 빗장을 굳게 질러 적적히 닫아두는 대문은 함진해 집이라. 그 집 대문을 왜 그렇게 닫아두었는고 하니, 매삭 초하루, 보름으로 고사도 지내고, 기도도 하느라고 부정한 사람이 내왕할까 염려하여, 대문 주초 앞에 황토를 삼태로 퍼부어두고 좌우 설주에 청솔가지를 날마다 꽂아 두건마는, 그 사정 모르는 사람은 종종 들어오는 고로 그 폐단을 없이 하느라 그 문을 아주 닫은 것이더라.

하루는 황혼이 될락 말락 하여 대문에서 벼락 치는 소리가 나며 노파가 들어오더니, 최씨 입에서 사복개천 같은 욕설이 나오는데,

(최) "그 양반이 왜 그리 성가시게 굴어? 그것 참 심상치 아니한 심사야. 죽어서 꽁지벌레밖에 안 될걸. 그 모양이니까 나이 사십이 불원하도록 초사 하나 못 얻어 하고 비렁뱅이 꼴로 돌아다니지. 남 잘사는 것이 자기 못사는 것보다 더 배가 아픈 것이로군."

(노) "왜 그 상제님이 남이십니까? 남도 아니신데 그러시니까 딱하시지요."

(최) "일가 못된 것은 남만도 못하다네. 친형인가, 친아우인가? 사촌부터야 남이나 질 것이 무엇인가? 에그, 나는 일가도 귀찮고 당내도 성가시러워. 모두 일본이나 아라사로 떠나가기나 했으면 이 꼴 저 꼴 아니 보겠네."

함진해는 영문도 모르고 저녁밥을 먹으러 들어오다가 그 광경을 보고,

(함) "왜 누가 어찌했길래 그리하오? 떠들지 않고는 말을 못 하오? 요란시럽소."

(최) "누구는 누구야요? 진위 상제님인지 누구인지, 날송장을 주무른지가 석 달 열흘도 못 되고서, 아무리 대소가기로 무엇 하러 와서, 대문이 닫혔으면 고만이지 발길로 박차고 들어올 것이 무엇이란 말이오? 번연히 알며 심사 부리는 것이지. 에그, 이 노릇을 어떻게 하나? 두 달 반이나 들인 공이 나무아미타불이 또 되었지. 삼신맞이를 하려면 번번이 이렇게 재앙이 드니, 우리 팔자에 자식이 아니 태었는지, 삼신 제왕

이 아무리 점지하시려니 이 모양으로 인간 부정이 있으니까 괘씸히 보시지 아니할 수가 있나?"

함진해가 입맛을 쩍쩍 다시고 남 듣게 말은 아니 해도 속종으로는 부인의 말을 조금도 반대가 없이 자기 사촌을 긴치 않게 여겨서,

"사람도, 지각날 나이 되었건만, 응. 글자가 그만치 똑똑하여 각색 사리를 알 만한 것이 술 곧 먹으면 방정을 떨어. 방정을 떨면 제 집에서나 떨지, 내 집에까지 와서 왜?"

입맛을 또 한 번 쩍쩍 다시고 앉았다가 소리를 버럭 질러,

"삼랑아, 네 나가서 보아라. 작은댁 상제님인지 누구인지 갔나, 그저 있나? 그저 있거든 내서 들어오지 말고 냉큼 가라 하더라고 일러라."

삼랑이가 대답을 하고 중문간에를 막 나가는데, 상제 하나가 추포 중단에 새 방립을 푹 숙여 쓰고 휘적휘적 들어오다가 삼랑이를 보고,

(상제) "영감 어디 계시냐?"

(삼랑) "아낙에 계신데 밖에 상제님 오셨다는 말씀을 들으시고 들어오실 것 없이 바로 가시라 하셔요."

(상) "들어오지 말라고, 들어오지 말라고? 왜 들어오지 말라고?"

하며 삼랑이 말은 다시 대꾸도 아니 하고 바로 안마루 위에를 썩 올라서며, "형님!" 한마디를 부르더니 대성통곡을 드러내 놓으니, 함진해는 가슴이 덜꺽 내려앉으며 예기가 질려 아무 말도 못 하고, 최씨는 독이 바싹 나서 아랫목에 앉았는 채 내어다보지도 아니하고 악만 바락바락 쓴다.

(최) "왜, 와서 울어요? 왜 와서 울어요? 멀쩡한 집안에 왜 와서 울어요? 우리 집에서도 초상난 줄 아시오? 아무리 대소가간이기로 깃옷을 입고 구태여 들어오실 것이 무엇이오?"

이 모양으로 수숙 간 체통은 조금도 없이 무지막지하게 말을 하니,

전 같으면 함진해가 자기 부인을 적지 아니 나무라고 사촌의 우는 것을 좋은 말로 만류하였을 터이지마는, 사람의 심장이 변하기로 어쩌면 그렇게 변하였는지, 사촌이라도 친형제나 다름없이 자별하던 우애를 꿈에도 생각지 아니하고 영창을 메붙이며,

"이놈아, 내 집에 와서 울 곡절이 무엇이냐? 설우면 네 집 상청에서 나 울지. 나이 사십이 불원한 것이 방갓 귀를 처뜨리고 돌아다니며 먹을 것만 여겨 술만 퍼먹고 주정은 내게 와 해? 나는 네 주정받이 하는 사람이냐?"

그 상제의 선친은 곧 진해의 작은삼촌 함지평이라. 육십지년이 되도록 분호를 아니 하고 백씨와 일문 동거하여 화기가 더럭더럭 하였고, 백씨 돌아간 뒤에도 그 조카 함일덕(함진해의 본명)의 공부도 시키고 살림 뒷배도 보아주느라 그 곁집을 사 들고 하루도 몇 번씩 큰집에 와서 대소사 분별을 하여주더니, 최씨가 삼취 질부로 들어온 후로 열 가지 일이면 아홉 가지는 뜻에 맞지 아니하여 한두 번 이르고 나무라다 점점 의만 상할 지경이라. 차라리 멀찍이 가서 살아 눈에 보고 귀에 듣지 아니하려고 진위로 낙향하였더니, 수토가 불복하여 그렇던지 우연히 병이 들어 장근 삼 년에 신접살이 변변치 못한 재산이 여지없이 탕패할 뿐더러, 필경 백약이 무효하였는데, 그 아들 일청은 성품이 정직하여 사리에 조금이라도 온당치 아니한 것을 보면 듣는 사람이 싫어하든지 미워하든지 도무지 고기 아니하고 바른말을 푹푹 하는 터이라. 그 사촌의 심정이 변하여 범백처사하는 양을 보고 부화가 열 길씩은 부풀어 올라오지마는 자기 부친이 집안에 화기가 손상할까 하여 매양 만류함을 거역하기 어려워 꿀떡꿀떡하고 지내더니, 친상을 당한 후 부고를 전인하여 보냈더니 그 부고를 받아들이지도 아니하고 대문 밖에서 도로 쫓아 보내며, '상가를 통치 아니할 일이 있으니 아무리 박절하여도 백 일이 지난 후라야 내려

오겠다.' 말로만 일러 보내고, 초종장례를 다 지내고 졸곡까지 지내도록 현영이 없는지라. 일청이 분한 생각대로 하면 성복 안이라도 뛰어 올라가 손위 사촌이라 할 것 없이 한바탕 들었다 놓고 싶지마는, 행세하는 처지에 초상상제가 상청을 떠날 수도 없고 그러노라면 남에게 일문이 불목하다는 비소도 받을 터이라 참고 또 참아, 누가 종씨는 어찌하여 아니 내려오느냐 하게 되면 신병이 위중하니, 먼 곳에 출입을 했느니, 별별 소리를 다 꾸며대어, 아무쪼록 뒤덮어가며 그렁저렁 졸곡을 지낸 후에 질문 한 번을 단단히 해보려고 벼르고 별러 올라왔더니, 자기 사촌의 집 대문을 닫아걸고, 천호만호 하여도 알고 그리했든지 모르고 그리했든지 도무지 대답이 없다가, 노파가 마침 붉은 함지에 노란 식지를 덮어 머리에 이고 나오다가 자기를 보고 깜짝 놀라며,

"상제님, 무엇 하러 오셨습니까? 댁에 아기를 비시느라고 칠성 기우를 하시는데 백 일이 한 보름밖에 아니 남았습니다. 들어가시지 말고 달이나 가시거든 올라오십시오."

하고 생면부지 과객 따돌리듯 하려 드니, 함상인이 분이 날 대로 나서,

"무엇이 어쩌고 어찌해? 칠성 기우를 하기에 그렇지, 팔성 기우쯤 하더면, 천 일 부정을 볼 뻔했네그려. 부정은 누가 똥칠하고 다닌다던가? 자네가 명색이 무엇인데 누구더러 가거라 오거라, 어, 아니꼬워."

노파가 최씨의 셋줄만 믿고 함상인을 터진 꽈리만치도 못 알고 훌뿌릴 대로 훌뿌려 인사 도리가 조금도 없이,

"늙은 사람더러 아니꼽다고? 초상상제가 부정하지 않으면 무엇이 부정한고? 양반은 법도 없나? 큰댁에서 자손이 없어 기우를 한다면 들어오라고 하신대도 도로 가실 터인데, 들어오시지 말라는데 부득부득 우기실 것이 무엇인구? 생각대로 합시오구려. 우리게 상관이 있습니까?"

다시는 말해볼 새 없이 안으로 들어가니, 함상인이 본래 성미가 팔팔

한 데에 그 구박을 당하매 어찌 기가 막히지 아니하리오. 자기 종씨를 들어가 보고 가슴에 서려 담아두었던 책망도 절절히 하고, 노파의 분풀이도 시원하게 하려 들었더니, 입 쩍 한마디 해볼 새 없이 최씨의 악쓰는 소리를 듣고 설움이 북받쳐 올라오니, 이는 상제 몸이 되어 망극한 생각이 새로이 나는 것도 아니요, 자기가 박대를 받아 원통코 분해서 그리하는 것도 아니라. 수십 대 상전하여 오던 대종가가 최씨 수중에 망하는 일이 지원절통하여 인사 여부 할 새 없이 마룻바닥을 주먹으로 치며 대성통곡을 드러내어 놓은 것이라.

한참을 울다가 최씨의 포달 부리는 것을 듣고 분나는 대로 하면 다갱이가 깨지도록 적벽대전이라도 할 터이나, 차마 수숙 간 체통을 아니 볼 수 없어 아무 말도 못 하고 있다가 그 사촌의 만불근리하게 꾸짖는 말을 듣더니, 최씨에게 할 말까지 한데 얼뜨려 말대답이 나온다.

(상) "형님 마음이 변하셨소, 본래 그러시오? 내 아버지는 형님의 작은 아버지시오, 형님 아버지는 나의 큰아버지신데, 내 아버지 돌아가신데 졸곡이 다 지나도록 영연일곡을 아니하오? 큰아버지 돌아가셨을 때에는 내가 철 몰랐소마는, 만일 지금같이 장성하여서 현영을 안 하게 되면 형님 생각에 매우 잘한다 하실 터이오? 기도는 무슨 기도요? 기도를 하면 인사 도리도 없소? 펄쩍 기도 잘하는 집 잘되는 것 별로 못 보았소."

함진해는 양심이 과히 없던 사람은 아니라 손아래 사촌일지언정 바른말을 하니 무엇이라 대답할 말 없어 못 들은 체하고 있는데, 최씨가 혀를 툭툭 차고 벌떡 일어나더니 자기 남편을 흘겨보며,

"에, 무능도 하오. 손아랫사람이 저 모양으로 할 말 못 할 말 함부로 해도 꾸지람 한마디 못 하고 무슨 큰 죄나 지었소? 아니 할 말로 죽을 죄를 지었더라도 형은 형이지."

하며 영창문을 메어붙이고 마주 나오더니,

(최) "여보 상제님, 무엇을 잘못했다고 수죄를 하러 오셨소? 상제님은 삼사 형제씩 아들을 두었으니까 시들한가 보오마는 우리는 자식이 없으니까 아니 날 생각이 없어 기도를 하오. 무슨 기도인지 시원히 좀 아시려오? 왜 우리가 기도를 하여서 당신의 충충이 자라는 아들 장가를 못 들이겠소? 사내 양반이 악담은 얻다 대고 하오?"

(상) "내가 누구더러 악담을 했더란 말씀이오? 그렇게 하시지를 말으십시오, 아무리 분정지두에 하시는 말씀이라도."

(최) "그러면 악담이 아니고 덕담이오? 번연히 우리가 기도를 하는데, 기도하는 집 잘되는 것 못 보았다구? 잘되지 못하면 망한다는 말이구려? 사촌도 이만저만이지, 누대봉사屢代奉祀하는 종가 사촌인데, 종가가 망하면 무슨 차례 갈 것이나 있을 줄 아나 보구려. 망해도 내 집 나 망하는 것을 걱정할 것 없이 당신네 집이나 어서 흥해 보시오. 빈말이나 참말이나 종손 낳기를 빈다 하니 없는 정성이 남과 같이 들이지는 못할지언정, 중단 자락을 휘두르고 훼방을 놓으러 오셨소?"

이 모양으로 함상인이 미처 대답할 새 없이 물 퍼붓듯 하더니 그 자리에 펄썩 주저앉아 들입다 울어 내니, 편협하고 배우지 못한 부인네가 마음에 맞지 아니한 일이 있으면 제 독살을 못 이기어 쪽쪽 울기는 흔히 하는 버릇이지마는, 최씨는 능청 한 가지를 가입하여, 자기 남편이 감동하도록 하느라고, 갖은 사설을 하여가며 자탄가로 울더라.

"팔자를 어떻게 못 타고 나서 이 모양인가! 으으으. 떡두꺼비 같은 자식을 잡아먹고 청승 궂게 살아 있어서, 어어어. 눈먼 자식이라도 하나 점지하실까 하고 정성을 들여보겠더니, 이이이. 무슨 대천지원수로 그것조차 방망이를 드누, 으으으. 인제는 사촌도 다 알아보고 대소가도 다 알아보았소, 어어어. 우리 만득이도 저 모양으로 총부리들을 대어서 죽었지, 이이이이."

치는 시어미보다 말리는 시누이가 더 밉다고, 사설하는 최씨보다 곁에서 그만 그치라고 권하는 노파가 더 가통하다.

"마님, 마님, 그치십시오. 분하고 원통하시면 어쩌십니까, 남도 아니시고 집안간이신데. 그리하시는 양반이 그르시지. 당하신 마님이야 잘못하시는 것이 무엇 계십니까? 마님, 마님, 그만 그치십시오."

하더니 가장 사리를 저 혼자 아는 체하고 마루로 나와 함상인을 보고,

"사랑으로 나아가십시오. 점점 마님 분만 돋우지 말으시고, 재하자在下者는 유구무언이랍니다. 상제님 잘하신 것도 없지마는, 아무리 잘하셨기로 형수마님이 저렇게 하시는데 어찌하십니까? 마님 말씀이 한마디도 틀리신 것이 없습니다. 어서어서 나아가십시오."

일청이가 울던 눈을 딱 걷어붙이고 대청 들보가 뜰뜰 울리게 소리를 질러,

"어, 아니꼬와! 그 꼴은 더 못 보겠구. 늙은 것이 안잠을 자러 돌아다니면 마음을 올곧게 먹어 주인집이 잘되도록 하는 것이 아니라 전후 요사스러운 말은 모두 지어내어 남의 집을 결딴을 내려고, 무엇이 어쩌고 어찌해? 마님 분돋움을 내가 해? 재하자는 유구무언이야? 이를테면 나의 행실을 가르치는 모양인가? 한 매에 죽이고도 죄가 남을 것 같으니."

함상인이 써렛발 같은 짚신을 집어 부시럭부시럭 신으며,

"형님, 나는 가오. 인제 가면 어느 때 또 뵈러 올지 모르겠습니다."

이렇게 말이 나오니, 잘잘못은 고사하고 가깝지 아니한 길에 올라온 사촌이니 아무라도 하루를 묵어가라든지, 그렇지 못하면 밥이라도 먹고 가라 할 터인데, 무안해 그렇든지 여기가 질려 그렇든지 함진해는 달다 쓰다 말이 도무지 없이 내어 밀어보지도 아니하고 있더라.

사람의 집 재산은 물레바퀴같이 빙빙 돌아다니는 것이라. 이 집에 없어지면 저 집에 생기고 저 집에 없어지면 이 집에 생겨서, 있다가 없어

지기도 쉽고 없다가 있기도 쉬워 변화, 번복을 이루 측량하기 어려운 것이라. 함씨의 집안 대청에 금방울 소리가 딸랑딸랑 한 차례 난 이후로 몇 사람은 못살게 되고 몇 사람은 생수가 났는데, 그 서슬에 해토머리에 눈 사라지듯 없어져가는 것은 함진해의 재산이라.

　못살게 된 사람은 누구누구인고 하니, 첫째는 함상인이 그 모양으로 다녀간 후로 최씨의 미워하는 마음이 대천지원수보다 못지아니하여, 자기 남편에게 없는 말 있는 말을 하려 들려, 저의 부친 유언으로 해마다 주던 돈 몇천 냥, 벼 기십 석을 다시는 주지 아니할 뿐더러, 진위 땅에 있던 농막까지 다른 곳으로 이매하여 농사도 지어 먹지 못하게 하니, 신골 망태 쏟아놓은 것 같은 충충이 자라는 자녀들은 모두 밥주머니요, 다산한 부인의 벌통 같은 뱃속은 쓴것, 단것을 물론하고 들여라 들여라 하는데, 졸지에 생맥이 뚝 끊어지니 성품은 남보다 급한 함상인이 어찌 기가 막히지 아니하리오. 열 번 죽어도 자기 사촌의 집에는 다시 발길 들여놓기가 싫어 허리띠를 바싹바싹 졸라매어 가며 기직 넢도 매고 짚신 켤레도 삼아 쌀 되, 나뭇짐을 주변하여 하루 한때 죽물을 흐려가고, 둘째는 박 유모니, 박 유모는 함진해 돌 전부터 젖을 먹여 길러낸 공으로 그 이웃에다 집을 장만해 주고 일동일정을 대어주니 나이 육십여 세가 되도록 걱정 없이 지내니, 남들이 말하기를 함진해는 박 유모의 젖이 아니면 살지 못하였을 것이요, 박 유모는 함진해의 시량이 아니면 살지 못하겠으니, 천지간 보복지리가 신통하다고들 하더니, 신통이 변하여 절통이 되느라고 함상인이 최씨에게 구박을 받고 쫓겨나올 때에 늙은 마음에 너무 가엾어서 자기 집으로 청해 들여 좋은 말로 위로하고 장국 한 상을 대접하여 보냈더니, 박 유모의 바른말이 듣기 싫어 소리 없는 총이 있으면 탕 놓아 죽이고 싶어 하는 안잠 마누라가 그 일을 알고 중언부언을 하여 무엇이라고 얽어 넘겼던지, 하루라도 아니 오면 하인을 보내 불러다 보고 감기나 체증으로 조금만 편치 않다 하면 몸소 가서 문병하던 함진해가 별안간에, 괘씸하니 괴악하니 하는 무정지책으로 눈앞에 뵈지 말라 일절 거절하고, 다시는 나무 한 가지 양식 한 움큼 대어주지 아니하니, 남의 농사는 잘 짓고 내 농사는 잘못 하듯, 함진해는 잘 길러주면서 자기 자식은 기르지 못할 근력 없는 쇠경 늙은이가 끈 떨어진 뒤웅이 모양으로 삼척 냉돌에 뱃가죽이 등 뒤에 가 붙어, 오늘내일간 어서 죽기만 기다리고 있더라.

그러면 생수 난 사람들은 누구들인고 하니, 첫째는 금방울이라. 베전 병문에서 회오리바람에 함진해 갓 벗어지는 것을 넌짓 보고 그 눈에 뜨이지 아니하려고 행랑뒷골로 돌아온 후로 어쩌면 함씨 집 쇠를 먹어볼꼬 하다가, 대묘골 무당의 인도로 함씨 집에를 다니며 앙큼하고 알량스러운 수단으로 그날부터 회오리바람을 두고두고 쇠옹두리 우리듯 하여 먹는데 별별 기묘한 방법이 다 있어, 삼국 시절 적벽강 싸움에 방통 선생이 조조를 속여 연환계로 팔십만 대군을 깨치듯, 금방울은 함씨 내외를 속여 정탐 수단으로 누거만 재산을 탈취하는데, 그 내외의 웃고 찡그리는 것까지 전보를 놓은 듯이 금방울의 귀에 들어오면 금방울은 귀신이 집어 대는 듯이 일호차착 없이 말을 번번이 하나, 함진해는 쥐에게 파 먹히는 닭 모양으로 오장을 빼어가도 알지 못하고, 영하니 신통하니 하여 가며 자기 정신을 자기들이 차리지 못할 만치 되었는데, 제일 큰 문제는 아들 비는 일이라. 돈을 처들이고 쌀을 퍼주어가며 보름 기도니, 한 달 기도니 하여, 이웃집에서 닭 한 마리만 잡아먹고 누가 손가락 하나만 베도 부정이 들어 효험이 없겠다 하고 번번이 다시 시작을 시키다가, 다시는 핑계 될 말은 없고 기도만 마치면 태기 있기를 날마다 기다릴 것이요, 태기가 요행 있으면 좋으려니와, 만일 없고 보면 헛일을 하였느니 영치 않으니 하여 본색이 탄로될 터이니 무엇으로 탈을 잡을꼬 하고 별 궁리를 모두 하다가, 함상인 다녀간 소식을 듣더니 얼씨구 좋다 하고 상문 부정을 연해 쳐들어 살풀이를 해도 여간해서는 아무 일도 아니 되겠다 칭탁하고, 또 한 차례를 빼앗아 먹는데, 함씨의 집 광 속 뒤주 속에 있는 오곡백곡은 제 양식이나 다름없고 함씨의 집 장속 반닫이 속에 있는 능라금수는 제 의복이나 다름없으며, 그 지차에는 노파, 삼랑 등이 너나 할 것 없이 모두 살판이 났는데, 최씨 부인 앞에서는 질고 갠 날 없이 양반의 일 하느라고 죽을힘을 다 들이는 체하여 특별 행하가 물 퍼붓듯 나오도록 나꾸어 내고, 금방울에게는 우리가 아니면 네 일이 아니 되리라고 생색과 공치사를 연해 하여 열에 두셋씩은 으레 떼어먹어, 행랑방 구석으로 돌아다니던 것들이 뒷구멍으로 집과 세간을 제각기 떡 벌어지게 장만했더라.

말 많은 집안의 장맛이 쓰다고 구기 몹시 하고 무당 좋아하는 집안은 우환질고가 의례히 떠나지 아니하는 이치라. 함진해 내외가 번차례로 앓아, 하루 빤한 날이 별로 없어 푸닥거리·성주받이를 아무리 펄쩍 하여도 아무 효험이 없으니, 최씨도 넋이 풀리고 금방울도 무안하여 다시 무슨 일을 시킬 염치가 없으니, 그렇다고 그만두고 보면 함씨의 재물을 다시 구경도 못 해볼 터이라, 한 가지 새 의견을 내어 나머지까지 마저 훑어내는 바람에 함씨의 조상 뼈다귀가 낱낱이 놀아나더라.

사람마다 한 가지 흉은 없기가 어려우되, 전라도 낙안 사는 임 지관이라 하는 사람은 제반악증을 모두 겸하여, 세상없는 사람이라도 그자에게 들어 속아 넘어가지 않는 이가 없으므로, 제 것이 한 푼 없어도 호의호식하고 경향으로 출몰하며 남 속이는 재주를 한두 가지만 품은 것이 아니라, 의술 좋아하는 사람을 만나면 의원 행세도 하고, 음양 술수를 좋아하는 사람을 만나면 이인 자처도 하고, 산리에 고혹하는 사람을 만나면 지관 노릇도 하여 어리석고 무식한 무리를 쫓아다니며 후려 넘기는데, 외양도 번번하고 글자도 무식하지 않고, 구변도 썩 좋은지라, 대저 마름쇠로 상하 삼판에 어디를 가든지 결자리가 비지 아니하는 유명한 자이라.

서울 와 주인을 정하되 장안만호 허구많은 집에 장과 국이 맞느라고 금방울의 이웃집에다 정하고 있으니, 유유상종으로 자연 친숙하여 남매지의를 맺어 누이님, 오빠 하며 정의가 매우 두터운 터이라. 못 할 말, 할 말 분간할 것 없이 속에 있는 회포를 의논할 만치 되었는데, 하루는 임 지관을 청하여 한나절을 무어라 무어라 쑥덕공론을 하더니, 임 지관이 그날로 행장을 차려 주인을 떠나가더라.

함진해가 여러 날 최씨의 병구완을 하다가 자기도 성치 못한 몸에 자연 피곤하여 사랑에 나와 정신없이 누웠더니, 노파가 창 밖에 와서 근심이 뚝뚝 듣는 말소리로,

"영감마님, 주무십니까?"

함진해가 깜짝 놀라며,

(함) "왜 그리나, 마님 병이 더하신가?"

(노) "아니올시다. 놀라지 마십시오. 제가 아니 할 생각이 없어서 국수당 만신을 청해 조상대를 내려 보니까 이상시러운 말이 나서 영감께 여쭙니다."

(함) "무슨 이상한 말이 있더란 말인가? 무당의 소리도 인제는 듣기 싫어."

(노) "댁에 위로할 귀신은 위로도 하고, 퇴송할 귀신은 퇴송도 하였으니 우환 걱정이 다시는 없을 터인데, 한 가지 조상의 산소가 잘못 들으셔서 화패가 자주 있다고, 고명한 지관을 찾아 하루바삐 면례를 하면 곧 효험을 보겠다 하여요."

(함) "이 사람, 쓸데없는 말 고만두게. 고명한 지관이 어디 있다던가?

내가 몇십 년 구산에 금정 하나 바로 놓는 자를 만나보지도 못했네."

(노) "만신에게 한 번 더 속아보실 작정 하시고 들어오셔서 물어보십시오. 정성이 간곡하면 천하 명풍을 만나리라고 공수를 줍데."

(함) "정성, 정성, 내가 무당의 말 듣기 전에 명풍을 만나려고 정성도 적잖이 들여 보았네마는 다 쓸데없데. 그러나 어디 허허실수로 한번 물어나 보세."

하고 귀밑에 옥관자를 붙이고 제왈 점잖다 하는 위인이 남부끄러운 줄도 그다지 모르던지 노파의 궁둥이를 줄줄 따라 들어와 금방울 앞에 가 납신 앉으며,

"그래, 우리 집 우환이 산화로 그러해? 그 말이 어지간하기는 한걸. 세상에 똑똑한 지관을 만날 수 없어 선대감 내외분 산소부터 내 마음에 일상 미흡하건마는 그대로 뫼셔두었는걸. 어떻게 하면 도선이, 무학이 같은 명풍을 만날꼬? 시키는 대로 정성은 내가 드리지."

금방울이 백지로 한 허리를 질끈 맨 청솔가지를 바른손으로 잡고 쌀 모판에다 한참 딱딱 그루박으며 엮어대는 듯이 무어라고 주워섬기더니 상큼하게 쪼그리고 앉으며 두 손 끝을 싹싹 비비고,

(금) "에그, 이상도 해라. 영감께서 이런 말을 들으시면 제가 지어내는 줄 아시겠네."

(함) "무엇이 그리 이상해? 대관절 어떻게 하면 만나겠나, 그것이나 물어보라니까."

(금) "글쎄 그 말씀이올시다. 알 수는 없지마는 신의 말씀이 하도 정녕하게 집어낸 듯이 일러주시니 시험하여 보십시오. 내일 정오 십이 시에 무악재 고개를 넘어가면 산 겨드락 소나무 밑에서 어떠한 사람이 돌을 베고 잘 것이니, 그 사람에게 정성을 잘 들여보시라고 공수를 주셨습니다. 하도 이상하니까 제 입으로 말을 하면서도 지내보지 않고 장담

할 수 없습니다. 아무렇든지요, 밤만 지내면 즉 내일이니, 잠시 떠나시기 어려우셔도 영감께서 손수 가보시든지, 정 겨를이 없으면 친신한 사람을 보내어보십시오."

(함) "그 시에 가면 정녕 그런 사람이 있을까? 명산을 얻어 쓰려면서 다른 사람을 보내서 될 수가 있나? 내가 친히 가 정성을 들여야 할 것이지."

하더니 탈것 두 채를 마침 준비하였다가 그 시간을 맞추어 무악재로 향하는데, 새문 밖에를 나서 이전 경기감영 모퉁이를 돌아서더니, 함진해가 눈을 연해 씻으며 독립문을 향하고 맞은편 산 근처 푸르스름한 나무 밑이라고는 하나 내어놓지 아니하고 이리저리 아무리 살펴보며 가도, 사람이라고는 나무꾼 하나 볼 수 없는지라, 속종으로,

'허허, 또 속았구. 번연히 무당이란 것이 헛것인 줄 짐작하면서 집안에서 하도 떠들기에 고집을 못 할 뿐 아니라, 어떤 말은 여합부절로 맞기도 하니까 전수이 아니 믿을 수 없어 오늘도 여기를 나오는 길인데.'

하며 무악재를 막 넘어서니까 남산 한 허리에서 연기가 물씬 나며 오포 놓는 소리가 귀가 딱 맞치게 탕 한 번 나는데, 길 위 산비탈 아래 소나무 한 주가 우뚝 섰고 그 밑에 어떤 사람 하나가 갓을 벗어 나뭇가지에 걸고 겉옷자락으로 얼굴을 덮고 모로 누워 잠이 곤히 들었는지라. 함진해가 반색을 하여 인력거에서 내려 곁에 가 가만히 앉아 행여나 잠을 놀라 깨울세라 기침도 못하고 있는데, 한식경은 되어 잠을 깨는 모양같이 기지개 한 번을 켜더니 다시 돌아누워 잠이 또 드는지라. 아무 말도 못 하고 석양이 다시 되도록 그대로 기다리고 있다가, 그자가 부시시 일어나 두 손으로 눈을 썩썩 부비고 입맛을 쩝쩝 다시며 거듭떠보지도 아니하는 것을 보고, 함진해가 공손히 앞에 가 꿇어앉으며 구상전이나 만난 듯이 자기 몸을 훨쩍 처뜨려 수작을 붙인다.

"이왕 일차도 뵈온 적이 없습니다. 기운이 안녕하십니까?"

그자는 못 들은 체하고 눈을 내리깔고, 그리할수록 함진해는 말소리를 나직이 하여가며,

"문안 다동 사는 함일덕이올시다."

그자는 여전히 못 들은 체하고 이같이 한 시 동안은 있더니 그자가 눈살을 잔뜩 찡그리고,

"응, 괴상한고! 응, 누가 긴치 않게 일러주었노?"

그 말을 들으니 함진해 생각에 제갈량이나 만난 듯이,

'옳다, 인제야 내 소원을 성취하겠다. 천행으로 이 사람을 만나기는 했지마는 조금이라도 내 성의가 부족하면 아니 될 터이니까.'

하고서 다시 일어나 절을 코가 깨어지게 하며,

"제가 여러 십 년을 두고 한 번 뵈옵기를 주야 옹축하였습니다마는 종시 정성이 부족하여 오늘이야 뵈옵니다. 타실 것을 미리 등대하였으니 누추하시나마 제 집으로 행차하시기를 바랍니다."

그자가 함진해를 물끄러미 보다가 허허 웃으며,

"할 일 없소. 벌써 이 지경이 된 터에 박절히 대접할 수 있소? 그러나 댁 소원이 집안 질고나 없고 슬하에 귀자나 낳을 명당 한 곳을 얻으려 하지 않소?"

함진해의 혀가 절로 내둘리며 유공불급하게,

(함) "네, 다른 소원은 아무것도 없고, 그 두 가지뿐이올시다. 선친의 묘소를 흉지에다 뫼셔 화패가 비상합니다. 자식 되어 제 화패는 고사하고 부모 백골이 불안하시니 일시가 민망하오이다."

(그 자) "내 역시 아무것도 아는 것이 없으니까 별도리가 있소? 그나저나 오늘은 피곤하여 잠도 더 자야 하겠고, 볼일도 있어 못 가겠으니 내일 이맘때 동대문 밖 관왕묘 앞으로 나오되, 아무도 데리지 말고 댁

혼자 오시오. 나는 누워 자겠고. 어서 들어가시오.”

하며 돌을 다시 베고 드러눕더니 코를 드르렁드르렁 고는지라. 함진
해가 다시 말 한마디 붙여보지 못하고 집으로 들어와, 이튿날 오정이
될락 말락 하여 단장 하나만 짚고 홀로 동관왕묘를 나아가노라니 자연
십여 분 동안이 늦었는지라. 그자가 벌써 와 앉았다가 함진해를 보고
정색하여 말하되,

“점잖은 사람과 상약을 하였으면 시간을 어기지 않는 일이 당연하거
늘 어찌하여 인제 오느뇨?”

(함) “시간을 대어 오노라는 것이 조금 늦어서 오래 기다리셨을 듯하
오니 죄송 만만하도소이다.”

(그자) “오늘은 늦었으니 내일 다시 오정에 삼각산 백운대 밑으로 오
라.”

하고 뒤도 아니 돌아보고 왕십리를 향하고 가거늘, 함씨가 더욱 조민
하여 집으로 들어오는 길로 금방울을 청하여 소경사를 이르고, 어떻게
하면 좋겠느냐 문의를 한즉, 금방울이 손으로 왼편 턱을 고이고 눈만
깜짝깜짝하고 있다가,

“에그, 영감마님, 일이 그렇지 않습니다. 그런 명풍의 손을 비시려면
서 예단 한 가지 없이 그대로 가보시니까 정성이 부족하다 하여 허의를
얼른 하지 아니하는 것인가 보오이다. 내일은 다만 백지 한 권이라도
정성껏 폐백을 하시고 청해 보십시오.”

(함) “옳지, 그 말이 근리하군. 내가 까맣게 잊고서 빈손으로 연일 다
녔으니 그 양반이 오죽 미거히 여겼을라구. 폐백을 아니 하면 모르거니
와, 백지 한 권이 다 무엇이야? 그도 형세가 헐수할수없으면 용혹무괴
어니와 내 처지에야 그럴 수가 있나? 하불실 일이백 원가량은 폐백을
하여야지.”

(금) "에그, 영감, 잘 생각하셨습니다. 산소를 잘 모시어 댁내에 우환이 없으시고 겸하여 만금 귀동자 아기를 낳으시면 그까짓 일이백 원이 무엇이오니까? 일이천 원도 아까우실 것 없지."

제삼일 되던 날은 함진해가 지폐 이백 원을 정한 백지에 싸고 싸서 조끼에 집어넣고 개동군령에 집에서 떠나 창의문을 나서서 인력거는 돌려보내고, 미투리에 들메를 단단히 하여 천리만리나 갈 듯이 차림이 대단하더니 조지서 언덕을 채 못 가서 숨이 턱에 닿아서 헐떡헐떡하며 펄쩍 해만 치어다보고 오정이 지날까 봐 겁을 더럭더럭 내어 발이 부르터 터지도록 비지땀을 흘리며 골몰히 북한을 바라보고 올라가는데, 문수암으로 들어가는 어귀를 채 못 미쳐서 어떤 자가 앞을 막아 썩 나서며 전후좌우를 휘휘 둘러보고 소매 속에서 육혈포를 내어 들더니, 함진해 턱밑에다 바싹대고,

"이놈, 목숨을 아끼거든 지체 말고 위아래 의복을 썩 벗어라!"

함진해가 수족을 사시나무 떨듯 하며,

"네, 벗겠습니다. 벗을 때 벗더라도 제 말 한마디만 들으십시오. 제 집 내환이 위중하여 약을 구하러 급히 가는 길이오니 특별히 용서해 주시면 적지 않은 적선이올시다. 이 의복은 입던 추한 것이올시다. 내일 이곳으로 다시 오시면 입으실 만한 의복을 몇 벌이든지 말씀하시는 대로 갖다 드리오리다."

그자가 눈을 부라리며,

"이놈아 잔소리가 무슨 잔소리야! 진작 벗지 못하고?"

하며 당장 육혈포 방아쇠를 잡아당길 모양이니 의복 말고 더한 것이라도 다 내어놓을 판이라. 다시는 말 한마디 앙탈도 못 하고 웃옷부터 차례로 벗어주니, 그자가 저 입었던 옷을 앞에다 턱 던지며,

"너는 이것이나 입고 가거라."

하고서 함진해 의복을 제 것같이 척척 입으며 조끼 속에 손을 썩 집어넣어 보더니 아무 말도 아니하고 산곡으로 들어가는지라.

함진해가 기가 막혀 그놈의 의복을 집어 입으니 당장에 드러난 살은 감추겠으나 한 가지 큰 걱정이 지폐 잃어버린 것이라. 가도 오도 못 하고 그 자리에 끌로 판 듯이 서서 입맛을 쩍쩍 다시며 혼잣말로,

'이 노릇을 어찌하면 좋은가? 집으로 돌아갔다 오는 수도 없고 빈 손 들고 그대로 가자기도 딱하지. 가기로 그가 오지 말라고 할 리는 없지마는, 여북 무심한 사람으로 여길라고. 해는 점점 오정이 되어 오고 여기까지 왔던 일이 원통하니, 아무려나 신지에를 가보는 일이 옳지. 가보고 소경력 사정이나 이야기를 하여 내 정성이나 알도록 하여보겠다.'

하고 꿩 튀기러 다니는 사냥꾼 모양으로 단상투 바람, 동저고리 바람으로 어슬렁어슬렁 올라가며, 행세하는 터에 아는 사람을 만나면 어찌하리 싶어 얼굴이 절로 화끈거려 발등만 굽어보고 걸음을 걷다가, 목이 어찌 마른지 물을 좀 먹으려고 샘물 나는 곳을 찾아 바른편 산골짜기 안 바위 밑으로 내려가더니 별안간에 주춤 서며 두 손길을 마주잡고 공손한 목소리로,

(함) "여기 앉아 계십니까? 오늘도 시간이 늦어 아마 오래 기다리셨지요?"

(그자) "……."

(함) "아무쪼록 일찍 오자고 새벽밥을 먹고 떠났더니, 정성이 부족함이런지, 거진 다 와서 도적을 만나, 변변치 아니한 정을 표하고자 돈 백 원이나 가지고 오던 것과 관망의복까지 몰수이 빼앗겼으나, 점잖은 양반과 상약을 한 터에 실신할 도리는 없고 분주히 오노라는 것이 이렇게 늦었습니다."

(그 자) "가여운 일이오. 횡래지액도 산화소치가 아니라 할 수 없습니

다. 그러나 오늘도 늦었으니 내일 오정에는 좀 가까이 세검정 연무대 앞으로 오시오. 나는 총총하여 가겠소."

하더니 행행이 가는지라. 함진해가 억지로 만류할 수 없어, 문수암을 찾아 들어가 세보교를 얻어 타고 집으로 돌아와 노름꾼의 등 단 것같이 돈 이백 원을 다시 변통하여 가지고, 이튿날 열 시가 채 못 되어 연무대 앞에 와 그자 오기를 고대하더니 오정이 막 되었는데 그자가 한북문 통한 길로 올라오며 허허 웃고,

(그자) "오늘은 매우 일찍 오셨소구려."

(함) "여러 번 실기를 하여 대단히 불안하오이다."

하며 말끝에 조끼에서 무엇을 꺼내어 두 손으로 받들어 주며,

"이것이 변변치 아니하나 주용에나 보태서 쓰시옵소서."

그자가 펴 보지도 아니하고 집어넣으며,

"그것은 무엇을 가져 오셨소? 아니 받으면 섭섭히 여기실 터이니까 받기는 받소. 나는 번거하여 이목이 수다한 데는 재미없으니 댁으로 같이 들어갈 것 없이 댁 근처 조용히 있을 주인 한곳을 정해 주시오."

함진해가 유공불급하여,

(함) "네, 그는 어렵지 아니합니다. 내 집도 과히 번거하지는 아니하지마는 아주 절간같이 조용한 집이 있으니 그리로 가 계시게 하지요."

사주인을 허고많은 집에 하필 안잠 마누라 집에다 정하고 삼시, 사시로 만반진수를 차려 먹이며 아침저녁으로 대령을 하여 정성을 무진 들이며 지관의 입만 쳐다보는데, 임 지관은 어쩌면 그렇게 묵중한지, 열 마디 묻는 말에 한마디를 썩 시원하게 대답을 아니 하니, 그 속이 천 길인지 만 길인지, 어여뻐하는지 미워하는지, 알고 그러는지 모르고 그러는지 도무지 아는 수 없으니, 그리할수록 함진해는 목이 밭아 애를 더럭더럭 쓰며 감히 구산하러 가자는 말을 못 하고 자기 집 사정이 일시

민망한 이야기만 시시로 하더니 하루는,

(임) "여보 주인장, 산 구경하러 아니 가 보시려오? 신산도 잡으려니와 구산부터 가보십시다. 선장 산소가 어디 계시오?"

(함) "네, 친산이 멀지 아니합니다. 양주 송산인데 불과 오십 리라 넉넉히 되다녀라도 오시지요."

하며 그 말을 얻어들은 김에 분주히 치행을 차릴새, 장독교 두 채에 건장한 교군 두 패를 지르고, 마른찬합, 진찬합과 약주병, 소주병을 짐에 지워 뒤딸리고 동소문 밖으로 썩 나서니, 앞에는 함진해요, 뒤에는 임 지관이라. 함진해 마음에는,

'이번 길에 천하대지를 정녕 얻어 자기 친산을 면례할 터이니 우환 걱정은 다시 염려할 것 없이 만당자손도 게 있고 부귀공명도 게 있고 게 있으려니.'

하여 한없이 기꺼워 혼자 앉았든지 누구를 보든지 웃음이 절로 나와 빙글빙글하고, 임 지관 마음에는,

'어떻게 말을 잘하면, 내 말을 꼭 곧이듣고 조약돌 밭을 가리켜도 다시 없는 명당으로 알아 불일내로 면례를 시킬꼬? 제 아비 이상으로 몇 대 무덤을 차례로 면례를 시켜놓았으면 부지중에 내 평생 먹고살 거리는 넉넉히 생기리라.'

하여 금방울과 마누라의 전하던 함씨 집 전후 내력을 곰곰 생각하더라. 얼마를 왔던지 장독교를 내려놓으며, 함진해가 먼저 나오더니 임 지관더러,

(함) "인제 나의 친산이 멀지 아니합니다. 찬찬히 걸어가시면 어떠하실는지요?"

(임) "그리해 봅시다."

하며 염낭을 부시럭부시럭 끄르고 지남철을 꺼내더니 손바닥 위에

반듯이 놓고 사면으로 돌아보며 입속에 말을 넣고 중얼중얼하더니,

"영감, 주룡으로 먼저 올라가십시다. 산세는 매우 해롭지 아니하여 뵈오마는."

하면서 이리도 가서 보고 저리도 가서 보다가, 눈살을 연해 찡그리고 분상 앞으로 오더니, 펄썩 앉으며 잔디를 꾹꾹 눌러 평편하게 한 후에 지남철을 내려놓고 자오를 바로 맞추더니,

(임) "영감, 이 산소 쓴 지 몇 해나 되었소? 이 산소 모시고 화패가 비상하였겠소."

(함) "산소 모신 지 지금 열두 해에 화패는 이루 측량하여 말할 수 없습니다."

(임) "가만히 계시오. 내 소견껏 말을 할 것이니 과히 착오나 없나 들어보시오."

하더니 얼음에 배 밀듯 내려 섬기는데 함진해는 입에 침이 없이 칭찬을 한다.

(임) "산지라 하는 것은 '복 있는 사람이 길지를 만난다福人逢吉地'하였지마는, 산리를 알지 못하고 보면 번번이 이런 자리에다 쓰기 쉽것다. 태조봉이 음양취기陰陽聚氣를 하여야 손세가 장원하지, 그렇지 않고 독양獨陽이나 독음獨陰이 되어 사람의 부부 교합지 못한 것 같으면 자손을 둘 수 없는데, 이 산소가 독양, 독음으로 행룡을 하였고, 안산에 식루사拭淚砂가 있으니 참척을 빈빈히 보셨을 것이요, 과협過峽은 잘되지 못하였으나 좌우에 창고봉倉庫峯이 저러하니 가세는 풍부하시겠소마는, 과두수裹頭水가 있으니 얼마 아니 되어 손해가 적지 아니할 것이요, 황천수黃泉水가 비쳤으니 변상이 답지하겠소."

(함) "과연 이 산소 모시고 자식 놈 여럿을 참척 보고, 상처를 두 번이나 하고 재산으로 말해도 부지중에 손해가 적지 않았어요."

(임) "허허, 그러하시리다. 이 산소는 더 볼 것 없거니와 선왕장 산소는 어디 계신가요?"

(함) "예서 멀지 아니합니다. 이리 오십시오."

하며 임 지관을 인도하여 두어 고동이를 넘어가더니 손을 들어 가리키며,

(함) "저기 보이는 산소가 나의 조부모 합폄으로 모신 곳이올시다."

(임) "네, 그러하시오니까?"

하고서 쇠를 또 내어 들고 자세 살펴보더니,

(임) "이 산소도 매우 합당치 못한걸. 용이라 하는 것이 역수를 하여야 생룡이라 하거늘 순수도국에 골육수骨肉水가 과당하고 또 주엽산 큰 맥이 졸지에 뚝 떨어져 앞에 공읍사拱揖砂가 없고, 장단이 부제하여 여기도 쓸 만하고 저기도 쓸 만하니, 이는 허화虛花라. 모르는 사람 보기에는 좋을 듯하나 용진호퇴龍進虎退하여야 할 터인데, 용호가 저같이 상충相衝하니 대소가가 불목할 것이요, 청룡이 많을 다 자로 되었으니 자손은 번성하겠소마는 제일절이 저함하였으니 종손은 얼마 아니 가서 절대가 되는 장손과격이오. 영감 댁 작은댁이 어디 사는지 영감 댁은 자손이 없어도 그 댁에는 자손들이 선선하겠소."

(함) "그 말씀이 꼭 옳으십니다. 나는 자식을 낳으면 죽어도 내 사촌은 아들을 사 형제나 두었는데 모두 감기 한번 아니 앓고 잘 자랍니다."

(임) "그러하리다. 대원 한 산소는 모르겠소마는 이 두 분상 산소는 시각이 바쁘게 면례를 하여야 하겠소."

함진해가 임 지관의 말에 어떻게 혹하던지 팥으로 메주를 쑨대도 꼭 곧이들을 만치 되어, 그 다음부터 임 지관더러 말을 하자면, 선생님 선생님 하여 극공극경하기를 한층 더 심하더라.

(함) "선생님, 선생님께서 이같이 박복한 위인을 아시기가 불찰이시

올시다. 아무쪼록 불쌍히 보셔 화패나 다시없을 자리를 지시하여 주옵소서."

(임) "글쎄요, 무엇을 아나요? 어떻든지 차차 봅시다."

(함) "이 도국 안이 과히 좁지는 아니한데 혹 쓸 만한 자리가 없을까요? 좀 살펴보시면 어떨는지요."

(임) "이 도국에 산지가 무엇이오. 벌써 다 보았소. 영감이 산리를 모르니까 그 말 하기도 쉬우나, 말을 들어보면 짐작이 나서리다. 대지는 용종요리락大地龍從腰裡落하여 여기횡전작성곽餘氣橫纏作城郭이라 하니, 큰 자리는 용이 장산 허리에서 뚝 떨어져서 나머지 기운이 가로 둘러 성곽 모양이 된다 하였거늘, 이 산 내맥을 볼작시면 뇌두에 성신星辰이 없고 본신에 향응向應이 없어 늘어진 덩굴도 같고, 족은 지룡도 같으니, 이는 곧 천룡賤龍 직룡直龍이라. 아무리 속안에는 쓸 만한 듯하여도 기실은 한 곳도 된 데가 없으니 그대 생각은 하지도 마시오."

(함) "그러면 우리 국내가 진위 땅에도 있습니다. 그리로나 가보실까요?"

(임) "여기니 저기니 할 것 없소. 영감의 정성이 저러하시니 말이오마는, 내가 이왕에 한 자리 보아둔 곳이 있는데, 웬만하면 아니 내어놓자 하였더니……."

하며 그 다음 말은 아니 하고 우물우물 흥증을 부리니, 남 보기에는 가장 천하명당을 보아 두고 내어놓기를 아까워 주저하는 것 같은지라. 함씨가 궁금증이 나서,

(함) "너무나 감격무지하오이다. 그 자리가 어디오니까?"

(임) "차차 아시지요. 급하실 것 있소."

함씨가 임 지관을 데리고 자기 집으로 돌아와 묏자리 일러주기만 바라고 날마다 정성을 들이는데 임 지관은 쿨쿨 낮잠만 자고 그대 수작이

일절 없더라.

이때 노파는 무슨 통신을 하는지, 하루 몇 번씩 금방울의 집에 북 나들듯 하고, 금방울은 무슨 계교를 꾸미는지 고양 땅에를 삼사 차 오르내리더라. 하루는,

(임) "영감, 산 구경 가십시다."

(함) "어디로 가시렵니까?"

(임) "어디든지 나 가자는 대로만 가십시다."

하며 곁엣사람 듣기 알맞을 만하게 혼잣말로,

'가보아야 좋기는 좋지마는 좀체 성력에 그런 자리를 써볼까?'

함진해는 그 말을 넌짓 듣고 가장 못 들은 체하며 자기 속으로 독장수 셈 치듯,

'임 지관이 칭찬을 저렇게 할 제는 대지가 분명한데, 아마 산주가 있어, 투장 외에는 할 수가 없는 것이거나, 논둑, 밭둑 같은 데 대혈이 맺혀 범상한 눈에 대수롭지 않게 보이어서 성력이 조금 부족하면 쓰지 못하리라 하는 말인 듯하나, 내가 그만 성력은 있으니 성력 모자라 못 써볼라구? 유주산이거든 돈을 주고 사보고, 정 아니 팔면 투장인들 못 할 것 있으며, 논밭 두렁 말고 물구덩이에다 장사를 지내라 해도 손톱만치도 서슴지 않고 써볼 터이야.'

하며 임 지관의 시키는 대로 죽장망혜에 가자는 대로 고양 땅을 다다르니, 여겨보면 매부의 밥그릇이 높다고, 대지 명당이 이 근처에 있으려니 여겨보니 산세도 별로 탈태하여 뵈고 수세도 별로 명랑하여 임 지관의 눈치만 살피는데, 임 지관이 높직한 산상으로 올라가 펄쩍 주저앉으며,

"영감, 다리 아프지 아니하시오? 인제는 다 왔소. 이리 와 앉아 저것 좀 보시오."

함진해가 그 곁으로 다가앉으며,

"무엇을 보라고 하십니까?"

임 지관이 오른 손가락을 꼿꼿이 펴들고 가리키며,

(임) "저기 연기 나는 데 뵈지 않습니까?"

(함) "네, 저 축동나무가 시퍼렇게 들어선 데 말씀이오니까?"

(임) "옳소, 그 동리 이름은 덕은리라 하는 대촌인데, 또 이편으로 보이는 산은 마둔리 뒷봉이오."

(함) "선생님께서 고양 지명을 어찌 그렇게 역력히 아십니까?"

(임) "우리나라 십삼도 중에 용세나 좋은 곳이면 내 발길 아니 들여놓은 데가 없었소. 그러나 정혈에를 내려가 보았으면 좋겠소마는 산주에게 의심을 받을뿐더러 대단한 강척이라 당장 모다깃매를 당하고 쫓겨갈 터이니 멀찍이서 보기나 하지요."

하며 이리저리 가리키며 입에 침이 없이 포장을 하는데, 그 자리에 면례 곧 하고 보면 당대발복當代發福에 자손이 만당하여 금관자, 옥관자가 삼태로 퍼부을 듯하더라.

(임) "이 산 형국은 옥녀탄금형玉女彈琴形이니 당국은 옥녀체요, 안산은 거문고체라. 저기 보이는 봉은 장고사長鼓砂요, 여기 우뚝한 봉은 단소사短簫砂요, 전후좌우는 금장격錦帳格, 자좌오향에 신득진파申得辰破이니 신자진삼합격이요, 혈은 횡접와橫接窩체에 포전이 매우 좋으니 자손이 대단히 번성할 터이오. 자, 더 보실 것 없이 이 자리에 선장 산소를 모셔볼 경륜을 해보시오."

(함) "어떻게 하면 그 자리를 얻어 쓰겠습니까? 선생님 지휘대로 하겠습니다."

(임) "영감이 하실 탓이지, 나는 별수가 있소? 그러나 내가 연전에 이 산판을 보고 하도 욕심이 나서 산 임자가 누구인지는 탐문하여 보았소."

(함) "산주가 어디 사는 누구인가요?"

(임) "마두리 웃동리 사는 최 생원이라는데, 대소가 수십 집이 모두 연장접옥하여 자작일촌으로 산다 하옵디다. 그런데 그 여러 집 사람들이 모두 불초초하여, 남이 홀만히 볼 수 없으나 형세는 한 집도 조석朝夕 분명히 먹는 자가 없다 합디다."

(함) "가세가 그렇게 간구하면 산지를 팔라면 말을 들을까요?"

(임) "그 역시 나더러 물을 것 아니라 오늘은 도로 가셨다가 내일 모레 간 몸소 내려와 산주를 찾아보시고 간곡히 말씀을 해보시오.

(함) 그 자리 하나만 사면 그 국내에 또 비봉귀소형飛鳳歸巢形 한 자리가 있으니 그것도 마저 사서 왕장 산소를 면례해 보십시다."

그 산 안에 명당이 한 곳뿐 아니요 또 한 곳이 있단 말을 듣고 함진해가 불 같은 욕심이 어떻게 치미는지, 산주가 팔기 곧 하면 자기 든 집째 세간째 먼 곳에 있는 외장까지 모두 주고 벌건 몸뚱이가 한데로 나앉더라도 기어이 사서 써볼 생각이라.

평생에 오리 밖을 걸어 다녀보지 못한 터에 평지도 아니고 등산까지 하여 가며 사오십 리를 왕환하였으니 다리도 아플 것이요, 피곤도 할 것인데, 그 이튿날 밝기를 기다려 시골서 귀물로 알 만한 물종을 각가지로 장만해서 두어 바리 실리고 고양 길을 발행하는데, 임 지관이 무엇이라고 두어 마디 이르니까 함진해가 고개를 끄덕끄덕하며,

"옳소, 선생님 말씀이 옳소. 그렇게 해보지요. 위선하여 하는 일에 무엇이 어려울 것 있소?"

하더니 하인을 시키어 공석 한 닢을 둘둘 말아 장독교 뒤채 위에 매달아가지고 떠나가더라.

세상사람 사는 것이 천태만상이라. 열 집이면 열 집이 다 다르고, 백 집이면 백 집이 다 달라서, 잘살기로 말하여도 여러 백천 층이요, 못살

기로 말해도 여러 백천 층이라. 그런고로 사람마다 부정모혈을 받아 나올 적에 각기 사주와 팔자이로되, 잘사는 부자로 첫째 되기도 극난하지마는, 못사는 빈호로 첫째 되기도 역시 드문 터인데, 고양 사는 옥여 최 생원은 고양 안에는 고사 물론하고 대한 십삼도 안에 둘째가라면 원통하다 할 만한 간난이라. 그중에 누대 상전하여 오는 선영은 있어 해마다 솔포기가 푸르스름하면 모조리 싹싹 깎아 팔아먹더니, 산이라 하는 것은 큰 나무가 들어서서 뿌리가 얽히지 아니하면 사태가 나며 토피가으레 벗는 법이라. 다음부터는 풋나무 짐씩 뜯어 생활하던 길도 없어지고 다만 돈 백이라도 주고 뫼 한 장 쓰겠다면 유공불급하여 쉰네 쉰네하여가며 팔아먹는 터이나, 그런 일이 어찌 날마다 있고 달마다 있으리오. 두수 없이 꼭 굶어 죽게 되어 이웃집 도끼를 빌려가지고 깎아 먹던솔 그루 썩은 고자등걸을 캐어 지고 서울로 갖다 팔기로 생애를 하느라고 금방울의 집에다 단골을 정하고 하루걸러큼 다녀 매우 숙친한 까닭으로, 저의 집 지내는 사정을 낱낱이 말하고 나무 값 외에 쌀 되, 돈 관을 얻어다 먹고 지내매, 금방울의 분부라면 거역지 못하는 법이, 칙령이라면 너무 과도하고 황송한 말이지마는, 본 고을 원의 지령만은 착실하더라. 하루는 나뭇짐을 지고 들어오니까, 요지 선녀같이 쳐다보고 지내던 금방울이가 반색을 하여 반기며 안으로 잡담 제하고 들어오라 하더니,

(금) "에그, 당신은 양반이시고 나는 여염 사람이지마는 여러 해 친하여 숭허물 없는 터에 관계있습니까? 우리 인제는 의남매를 정하십시다. 오빠, 전에는 체통을 보시느라고 설면히 굴으셨지마는, 어서 신발을 끄르고 방으로 들어오시오. 추우시기는 좀 하시겠소? 구시월 막새바람에 홑것을 그저 입고. 여보게 부엌어멈, 밥 숭늉 좀 덥게 데우고, 새로 해넣은 섞박지 좀 놓아 가져오게. 오빠, 편히 앉으셔서 어한 좀 하

168

시오."

이 모양으로 예 없던 정이 물 퍼붓듯 쏟아지니 최 생원이 웬 영문인지 알지를 못하고 쭈뼛쭈뼛하다가 간신히 입을 벌려,

(최) "나 같은 시골사람더러 남매를 정하시자는 것도 황송한데 무엇을 이렇게 차려주십니까?"

금방울이 깔깔 웃으며,

(금) "에그, 오빠도 망령이셔라. 손아래 누이더러 황송이 다 무엇이고, 존대가 다 무엇이야요? 인저는 허소를 하십시오."

(최) "허소는 차차 하면 못 합니까? 누이님이 이처럼 하시니 내 마음은 어떻다 할 길 없소."

(금) "생애에 바쁘신데 어서 내려가시오. 내일쯤 오빠 사시는 구경도 할 겸, 언니 상회례도 할 겸 내가 내려가겠습니다."

(최) "누이님께서 오실 수가 있습니까? 우리 마누라를 데리고 올라오지요."

(금) "아우 되어 내가 먼저 가뵈어야 도리상에 당연하지요. 걱정 말고 내려가시오."

하며 나무 값 외에 돈 몇백 냥을 집어 주며,

"이것 변변치 않으나, 신발이나 한 켤레 사다가 우리 언니 드리시오."

최 생원이 재삼 사양하다가 마지못하여 받아가지고 나오다가 선혜청 장에 들어가 쌀도 좀 팔고 반찬거리도 약간 장만하여 가지고 자기 집으로 내려와, 일변 집 안을 정히 쓸고 기직 닢 방석 닢을 이웃집에 가 얻어다 깔고, 자기 아낙더러, 새둥우리 같은 머리도 가리어 쓰다듬고 보병것이나마 부유스름하게 새것을 갈아입으라 한 후 계란 닢, 닭 마리를 삶고 끓여놓고 눈이 감도록 고대하더니, 거무하에 유사 사인교 한 채가 떠들어오며 금방울이 나오더니 최 생원과 인사를 한 후 최 생원의 마누

라를 가리키며,

(금) "오빠, 이 어른이 우리 언니시오? 처음 뵈오니까 누구신지 몰라 뵈었습니다."

하고 날아갈 듯이 절을 하며 교군꾼을 부르더니 피륙 낱, 담배 근을 주엄주엄 내어다가 앞에다 놓으며,

"모처럼 오며 빈손 들고 오기 섭섭해서 변변치 않으나마 정이나 표하고자 가져왔습니다, 언니……."

최 생원의 아낙은 본래 촌 생장으로 금방울을 보니 요지에서 선녀가 내려온 듯싶어 정신이 휘둥그러운 중 석새베 입던 몸에 고운 필목을 보고 순뜬이 먹던 입에 지네발 같은 서초를 보니 입이 저절로 벌어져서, 자기 딴은 인사 대답을 썩 도저히 한다는 것이 귀동대동 구석이 어울리지 아니하게 지껄이건마는 금방울은 모두 쓸어 덮고 없는 정이 있는 듯이 수문수답을 하다가 최 생원을 돌아보며,

(금) "오빠, 시골 구경을 별로 못 했더니 서울처럼 갑갑하지 아니하고 시원해서 좋소. 동산에나 올라가 구경 좀 합시다."

(최) "봄과 달라 꽃 한 가지 없고 구경하실 것이 무엇 있나요? 아무려나 찬찬히 가보십시다. 그렇지만 누이님같이 가만히 들어앉으셨던 터에 다리가 아프셔서 다니시겠습니까?"

(금) "가보아서 다리가 아프면 도로 내려오지. 누가 삯 받고 가는 길이오?"

하며 최 생원은 앞을 서고 마누라와 금방울이 뒤에 따라 뒷동산으로 올라가는데 최 생원 내외의 생각에는,

'서울서 꼭 갇혀 들어앉았다가 여북 갑갑하여 저리할라구? 경치는 별로 없지마는 바람이나 시원히 쏘이게 김 판서 댁 묘소로, 이 과장 집 산소로 골고루 구경을 시키리라.'

170

하고, 금방울의 생각에는,

'최가의 국내가 얼마나 되노? 이놈을 잘 삶아 함진해에게 팔게 하였으면 저도 돈천이나 착실히 얻어먹고 우리도 전만이나 톡톡히 갖다 쓰겠다.'

하며 이 고동이 저 고동이 구경하다가,

(금) "오빠 댁 국내는 어디요? 아마 매우 넓지, 해마다 나무 베어다 파시는 것을 짐작하건대."

(최) "얼마 되지 못합니다. 우리 집 뒤에서부터 저기 보이는 사태가 허연 고동이까지올시다."

(금) "에그, 산이나마 넉넉히 있어 나무 장사라도 하시는 줄 여겼구려. 얼마 되지도 못하고 그나마 토피가 모두 벗어 나무인들 어디 있소? 그까짓 것 두시면 무엇을 하오? 뉘게 돈천이나 받고 팔아 말 바리나 사 매고 삯이나 팔아먹지."

(최) "뫼장 쓸 만한 곳은 이왕 다 팔아먹고 지금 나머지는 애총 하나 묻을 만한 곳이 없으니 누가 사야 하지요?"

(금) "그 걱정은 말고 내려갑시다. 내 좋은 획책을 하여볼 것이니."

(최) "아무려나, 누이님 덕택만 바랍니다."

금방울이 최 생원 집으로 내려와 무엇이라고 쥐도 못 듣게 수군대더니 그 길로 떠나 올라간 뒤로, 최 생원이 축일 금방울의 집에를 드나들고 금방울도 수삼차를 최 생원의 집에 다녀가더니 최 생원이 자기 마누라도 모르게 정밤중이면 뒷동산에를 슬며시 다녀 내려오더라.

하루는 동리집 개들이 법석으로 짖으며 최 생원 집에 이상스러운 일이 났으니, 향곡 풍속에 말 탄 사람 하나만 지나가도 남녀노소가 너나없이 나서서 구경을 하는 법인데, 하물며 이 집에는 난데없는 행차 하나가 기구 있게 들어오더니, 사립문 앞에다 공석을 깔고 금옥탕창金玉

慌愧한 점잖은 양반이 엎드려 대죄를 하니, 보는 사람마다 곡절을 모르고 눈들이 둥그레서 쑥덕공론이 분분한데, 최 생원이 먼지가 케케 앉은 관을 툭툭 털어 쓰고 나오며,

(최) "이거, 웬 양반이 남의 집 문 앞에 와서 이 모양을 하시오? 이 양반 뉘 집을 찾아왔소?"

그 사람이 머리를 땅에 조으며,

"네, 댁에를 왔습니다. 이놈은 천지간에 죄가 많은 놈이라, 하해 같은 덕을 입어 그 죄를 면하고자 이처럼 석고대죄席藁待罪를 합니다."

최 생원이 허 웃으며,

(최) "이 양반아, 댁 죄는 무슨 죄며 내 덕은 무슨 덕이란 말이오? 암만해도 댁에서 병풍상성을 하였나 보오. 대관절 댁이 누구시오?"

(함) "네, 서울 다동 사는 함일덕이올시다."

(최) "네, 그러하시오? 나는 성은 최가고, 자는 옥여요. 무슨 일로 찾아 계십더니이까?"

(함) "네, 다름이 아니라, 친산을 잘못 쓰고 화패가 비상하와서 장풍향양하여 백골이나 평안한 곳을 얻어 쓸까 합니다."

(최) "댁이 댁 산소 면례하기를 생면부지 모르는 나를 보고 이리할 일이 무엇이오? 그 아니 이상한가?"

(함) "이렇게 댁에 와서 대죄하는 것은 당신 말씀 한마디만 듣기를 바랍니다."

(최) "내게 들을 말이 무슨 말이오? 나를 도선이나 무학이 같은 지관으로 아시오? 여보, 나는 본래 낫 놓고 기역자도 모르는 무식쟁이라 답산가 한 구절 외우지 못하오. 여보, 댁이 잘못 찾아 계신가 보오."

(함) "아무리 미거하기로 잘못 찾아뵈옵고 말씀할 리가 있습니까? 다름이 아니라 댁 선영 국내 안에……."

172

그 다음 말이 다 나오기 전에 최 생원이 눈이 실룩하여지고 콧방울이 벌룽벌룽하며 부썩 도슬러 앉더니,

(최) "그래서요, 어서 말하시오."

(함) "일석지지만 빌려 주시면 친산을 면례하고 동산소하여 지내겠습니다."

최 생원이 벌떡 일어서며 주먹을 도슬러 쥐고 꿩 채려는 보라매 눈같이 함진해를 노려보며,

"허, 이놈, 별놈 났다! 내가 이 모양으로 구차히 사니까 얼만큼 넘보고 와서 무엇이 어쩌고 어찌해? 묏자리를 빌려 동산소를 해? 이따위 놈은 당장에 두 다리를 몽창 분질러놓아야 이까짓 행위를 못 하지."

하더니 울짱 한 가지를 보기 좋게 뚝 꺾어 들고 서슬 있게 달려드니 함진해의 하인들이 당장 보기에 저희 상전에게 화색이 박두한지라, 제각기 대들어 최 생원의 매 든 팔을 붙들다가 다갱이도 터지고, 함진해를 가려 서다가 엉덩이도 쥐어질리니, 분한 생각대로 하면 동나뭇단 같은 최 생원 하나야 발길 몇 번이면 저승 구경을 당장에 시키겠지마는, 상전의 낯을 보아 차마 못 하고,

"생원님, 생원님, 너무 진노하지 마십시오. 산소 자리를 아니 드리면 고만이지 이처럼 하실 것 있습니까?"

최 생원이 하인의 말대답은 하지도 아니하고 함진해만 벼른다.

"오 이놈, 기구도 좋은 놈이니까, 하인 놈들을 성군작당하여 데리고 와서 나같이 잔약한 사람을 업수이 여기는구나. 이놈, 너 한 놈 때려죽이고 나 죽었으면 고만이다."

하고 울짱 가지를 함부로 내두르는 바람에 사인교는 진가루가 되고, 말리러 덤비던 하인들은 오강 편싸움에 태곰보 들어온 모양으로 분주히 쫓겨 도망을 하는데, 부지중에 함진해도 당장 화색이 박두하니까 쫓

겨나왔더라. 매 맞은 하인들이 분함을 서로 이기지 못하여 구석구석 욕설이 나온다.

"제미를 할 거, 팔자가 사나우니까 별 작자의 매를 다 맞아보았구. 그 자가 명색이 무엇이야? 다갱이에 넉가래 집 같은 관을 뒤집어쓰고, 형조 사령이 지나갔나? 매질을 함부로 하게. 우리 댁 영감 낯을 보니까 참고 참아 쫓겨왔지그려. 그까짓 위인을 내 발길로 보기 좋게 한 번만 복장을 질렀으면 개구리 새끼 나가자빠지듯 할 것이, 가만히 내버려두니까 제 세상만 여겨서 눈에 뵈는 게 없나 보데."

"여보게, 가만 내버려두게. 아래 위를 훑어보니까 그자가 꼴 보니 나무장사로 생애 하는 위인인데, 이번에는 영감을 뵈셨으니까 하릴없이 참고 들어가지마는, 아무 때든지 문안서 한 번만 우리 눈에 걸리라게. 당장에 할아버지를 부르게 주릿대를 메워놓을 것이니."

한참 이 모양으로 지저귀는 것을 함진해가 듣고 그중에도 행여나 최생원을 건드려 자기 경륜을 와해되게 할까 겁이 나서 하인을 꾸짖기도 하고 달래기도 한다.

"이놈들, 그것이 무슨 소리니? 너희들이 그 양반을 함부로 대접하고 보면 내 손에 죽고 남지 못하리라. 그 양반이 시골 살아 촌시러워 보이니까 너희들이 넘보고 그리나 보구나. 이놈들아, 그 양반 대접하는 것이 곧 나를 대접하는 일체인데, 무엇을 어찌고 어찌해? 상놈이 양반의 매 좀 맞은 것이 그리 원통하냐? 그 매는 너희를 때린 매가 아니요, 즉 나를 때린 것인데, 나는 아무 말도 못 하는 것을 번연히 보며 함부로 떠드느냐? 다시 이놈들 무엇이라고 했다가는 한 매에 죽으리라!"

이 모양으로 천둥같이 을러 데리고 서울로 올라와 임 지관더러 소경력 풍파를 일일이 이야기한 후 주사야탁으로 성화만 하더니, 며칠 아니 되어 어떠한 의표도 선명하고 위인도 진실한 듯한 사람 하나가 찾아 들어와 함진해를 보고 인사를 통한다.

"주인장이 누구시오니까?"

함진해가 아무리 살펴보아도 한 번도 본 적이 없는 사람이라.

(함) "네, 내가 주인이오. 웬 양반이신데 무슨 사로 찾아 계시오?"

(그 사람) "네, 나는 고양 읍내 사는 강 서방이올시다. 다름 아니라 댁에 임 생원이라 하시는 양반이 오셔서 유하십니까?"

(함) "네, 그 양반이 계시지요. 어찌하여 찾으시오? 그 양반을 본래 친하시던가요?"

(강) "매우 친좁게 지냅니다."

(함) "그러면 거기 좀 앉아 기다리시오."

하고 한달음에 안잠 마누라 집으로 가서 임 지관더러 그 말을 전하니 임 씨가 입맛을 쩍쩍 다시며 괴탄을 무수히 한다.

"응, 긴치 아니한 사람, 또 무엇 하러 여기까지 찾아왔노? 내 행색을 일껏 감추려 하여도 필경은 소문이 또 났으니 여기도 오래 있지 못하겠구."

함진해를 건너다보며,

(임) "영감 댁 일은 잘될 듯하오. 지금 온 그 사람이 고양 일읍에서는 권도가 매우 좋아서 그만 주선을 할 만합니다. 기왕 온 사람을 어쩔 수 있소? 이리로 부르시오."

(함) "네, 그리하오리다. 선생님이 말씀을 하시니 말이지, 나는 친산 면례할 일로 어찌 속이 타는지 밤이면 잠을 잘 못 잡니다. 그 사람이 기위 권도가 매우 있다 하오니 이 말씀 아니기로 어련하실 바는 아니시나 아무쪼록 되도록 부탁을 하여주십시오. 산지 값은 얼마를 주든지 다과를 교계치 아니합니다."

(임) "어데 봅시다. 그러나 이런 일을 데면데면히 하다가는 또 이번에 영감이 다녀오신 모양같이 될 것이니 단단히 하시오."

(함) "내가 아무리 단단히 하고 싶으나 될 수가 있습니까? 선생님께서 하실 탓이지."

(임) "내야 영감 일에 범연하겠소마는 내 부탁 다르고 영감의 간청 다르지 아니하오? 그 사람도 내 손에 친산을 얻어 쓰고 우연히 없던 아들을 낳은 후로 자기 딴은 감사히 여겨 저 모양으로 찾아오는 터이니까, 영감의 사정말을 부탁 곧 하게 되면 자기 힘자라는 대로는 하겠으나, 매양 그런 일을 하자면 빈손 들고는 도저히 아니 될 것이니, 그 사람이 가세가 매우 간구하여 일 주선하기가 역시 곤란하리다. 어떻든지 나는 힘껏 할 것이니 영감이 그 다음 일은 알아서 처치하시오."

(함) "그는 염려 마십시오. 제 일 제가 하려면 무엇을 아끼겠습니까?"

하며 나아가더니 강씨를 인도하여 데리고 오는데, 처음에는 그렇게 설만히 수작을 하더니, 별안간 한없이 공근하고 관곡한지라, 강씨가 뒤를 따라오며 혼잣말로,

'옳지, 인저는 네가 착실히 낚시에 걸렸다. 농익은 연감 모양같이 홀쭉하도록 빨려보아라. 대체 우리 아주머니 모계는 초한 때 진평이만은 착실하신걸. 국과 장이 맞느라고 임 지관은 어디서 그리 마침 생겼던고?'

하고 그대 사색을 싹도 보이지 아니하고 천연스럽게 따라 들어오더니, 임 지관 앞에 가 절을 코가 깨어지게 한 번 하고 곁으로 비켜서 공손히 꿇어앉으며,

(강) "그동안 기체 어떠합시오니까?"

(임) "허, 자네인가? 예를 어찌 알고 찾아왔노? 그래, 댁내 태평하시고 자제도 잘 자라나? 아마 컸을걸."

(강) "올해 다섯 살이올시다. 그놈이 기질도 튼튼하고 외양도 똑똑하여 남의 열 자식 부럽지 아니합니다. 그놈을 볼 때마다 임 생원장 덕택은 머리를 베어 신을 삼아도 못다 갚겠다고 저희 내외가 말씀을 합니다."

(임) "실없는 사람이로세. 자네 댁 복력으로 그런 자손을 두었지, 내 덕이 다 무엇인가? 설혹 자네 말같이 면례를 잘하고 자손을 낳았다 한대도 역시 자네 댁 복력으로 내 말을 곧이들었지, 내 아무리 가르치기로 자네가 믿지 아니하면 되겠나, 허허허……."

(임) "여보게, 지나간 일은 쓸데없이 말할 것 없네. 그리지 아니하여도 내가 자네를 좀 보면 하였더니 다행하게 마침 잘 왔네."

강씨가 생시치미를 뚝 떼고,

(강) "무슨 부탁하실 말씀이 계십니까? 세상없는 일이기로 임 생원장께서 하시는 말씀이야 봉행치 아니하겠습니까?"

(임) "자네 덕은리 근처 사는 최 서방들과 친분이 있나?"

(강) "네, 그 근처에 최씨들이 여러 집인데 한 고을에 사는 고로 모두 면분은 있지마는, 그 최씨의 종손 되는 옥여 최 서방과는 못 할 말을 다 할 만치 친숙히 지냅니다."

(임) "옳지, 내가 말하는 사람이 즉 옥여 최 서방일세. 여보게, 이 주인장이 형세도 남부럽지 아니하고, 공명도 할 만치 하였건마는, 자네 댁 일과 같이 흉지에 친산을 쓰고 독한 참척을 여러 번 보아 슬하에 자제가 없을 뿐더러 우환이 개일 날이 없어 아무것도 모르는 나를 이같이 조르시네그려. 차마 괄시할 수 없어 큰 화패는 없을 듯한 자리 한 곳을 보아 드렸는데 즉 최옥여의 국내 안일세. 자네도 동병상련이 아니라 할 수 없으니 주인장 말씀을 들어 보아 힘을 다하여 주선 좀 해드리게."

(함) "내 일이 되고 아니 되기는 노형 주선에 달렸습니다."

(강) "천만의 말씀이오. 일의 성불성은 모르겠습니다마는 저 어른 부탁도 계시고 어련하겠습니까? 그러나 그 사람의 성미가 너무 끌끌하고 고집이 있어 섣불리 개구를 했다가는 뺨이나 실컷 맞고 돌아설 터이니 웬만하시거든 파의를 하시고 다른 곳을 구해 보시는 것이 좋을 듯하오

이다."

(함) "그 사람 성미는 나도 대강 짐작합니다마는 불고염치하고 이처럼 말씀을 하오니 아무리 어려우셔도 힘써주시오. 산 값은 얼마를 달라 하든지 교계할 것 없소. 여북하여 선영을 파는데 후한 편으로 하는 것이 옳지 않소? 노형만 하셔도 예서 고양 가는 길에 아무리 철로는 있지마는 가깝지 아니한 터에 여러 번 오르내리실 터이오. 그러노라면 하루 이틀 아니 될 터인데 댁 가사도 낭패가 적잖이 되실지라, 우선 돈천이나 드릴 것이니 내왕 노자도 하시고 쌀섬이나 팔아 댁에 두시고 내 일을 전심하여 좀 보아주시오."

함진해가 그같이 말하면서 지폐 한 뭉치를 내어주니 강씨가 재삼 사양하며,

(강) "별말씀을 다 하십니다. 돈이 다 무엇이야요? 아직 될는지는 모릅니다마는 그만 일을 보아드리기가 무엇이 힘이 든다고 이처럼 말씀하십니까?"

하며 받지를 아니하니, 임 지관이 가장 사리대로 말하는 체하고,

(임) "여보게, 고집 말고 받아 넣게. 주인장이 정으로 주시는 것을 아니 받아 쓰겠나? 어서 받아가지고 내려가 일 주선이나 잘해보게."

강씨가 말에 못 이기는 체하고 집어넣더니 그 길로 떠나갔다가 수삼일 후에 다시 오더니, '바람에 돌 붙여보도 못 할러라, 삶은 호박에 이도 아니 들러라' 하여 함씨의 마음을 불 단 가마에 엿 졸이듯 바작바작 졸인 후에 몇 차례를 왔다 갔다 하며 애를 쓰는 모양을 보이더니, 한번은 올라와서 태산이나 져다 주는 듯이 덕색德色을 더러 내며,

"에구, 어렵기도 어렵다. 이렇게 힘들 줄이야 누가 알아? 영감, 어서 면례하실 택일이나 하시오. 이번에야 최 서방의 허락을 받았소. 허락은 받았지만 한 가지가 내 소료보다는 대상부동한 걸이오."

(함) "불안하오, 내 일로 해서 너무 고생을 하셔서. 그런데 산주의 응낙을 받으셨다며 무엇이 소료에 틀린다 하시오?"

(강) "다른 것이 아니라 산 값을 엄청나게 달라 하니, 나는 기가 막혀 선뜻 대답을 못 하고 왔습니다."

(함) "얼마나 달라길래 그리하시오?"

(강) "그 사람 말이 '그 자리가 자래自來로 유명하여 팔라 조르는 사람이 비일비재인데 십오만 냥까지 주마 하는 것을 팔지 아니하였거니와, 자네가 괄시할 수 없는 터에 이처럼 한즉 그 값이면 팔겠다' 하니, 나도 알다시피 다른 사람이 주마는 값을 감하여 말할 수 없고 영감 의향을 알지 못하여 말씀을 듣자고 왔습니다."

(함) "걱정 마시오. 내 형세가 전만은 못하지마는, 십오만 냥까지야 주선 못 하겠소? 어서 그대로 약조를 하시고 이 다음 파수에 돈을 치르게 하시오."

하고 십오만 냥 어음을 써서 주니 강씨가 받아 척 접어 염낭에 넣고 가더니, 그 이튿날 산주의 약조서를 받아 왔더라.

함진해가 면례 택일을 임 지관더러 보아달라 하여 일변으로 구산을 돋으며 일변으로 신산을 작광하는데, 역꾼들이 별안간에 괭이, 가래를 집어던지고 좍 돌아서서 이상하니, 야릇하니, 처음 보았느니, 알 수 없는 것이니, 뒤떠들더니 광중 속에서 난데없는 돌함 하나를 얻어 내었는데, 함진해가 정구한 처소에서 조상식을 지내다가 그 소문을 듣고 상식상을 물릴 여부없이 한달음에 올라가 돌함을 구경한즉, 크기가 단천 담배 설합만 한데 뚜에를 무쇠물로 끓여 부어 단단히 봉하였는지라. 강철끌 몇 채를 가져오라 하여 이에를 조아내고 열어보니 홍공단 한 조각에 금으로 글씨를 썼으되 전면에는, '옥녀탄금형 십대장상에 백자천손지지 함씨입장', 후면에는 '모년 모월 모일 옥룡자소점玉龍子所點'이라 하였거늘, 그날 회장하러 온 사람과 구경하러 온 사람들과 역꾼과 집안 하인 병하여 근 백 명이 한마디씩이라도 다 떠들며 참 대지니 과연 명당이니 하는데, 함진해는 어떻게 좋던지 돌합을 품에 품고 임 지관 앞에 가서 백 번 천 번 절을 하며,

(함) "선생님 덕택에 과연 명혈을 얻었습니다. 선생님은 참 신안이올시다. 이 비기 좀 보십시오."

임 지관이 비기를 받아 우두커니 보다가 픽 웃으며,

(임) "그것이 그다지 희한하시오? 나는 별로 아는 것도 없이 맹자직문으로 우중한 일이지만 영감 댁 복력이 거룩하여 몇백 년 전에 옥룡자가 벌써 비결까지 묻었으니 나 아니기로 댁에서 쓰지 못할 리가 있소? 아무려나 영감 댁 복력이 대단하시오. 이왕 명혈을 쓰신 끝에 선왕장 산소를 마저 면례하시오."

(함) "그다 뿐이오니까? 향일에 말씀하시던 비봉귀소형을 마저 가르쳐주시기를 바랍니다."

이와 같이 정성을 들여가며 간곡히 물어 강씨를 사이에 또 놓고 몇십만 냥을 주고 샀던지 급급히 택일을 하여 면례 한 장을 마저 한 뒤에, 임 지관이 종적 노출이 되어 오래 유련하지 못하겠다 하고 굳이 말려도 듣지 아니하고 떠나가는지라. 수로금 몇만 금을 경보로 내어놓으니 임 지관이 가장 청렴한 체하고 무수히 퇴각하다가 마지못하여 받는 모양으로 짐에 넣더니, 배행하러 보내는 하인을 도로 쫓고 정처와 거주를 물어도 대답이 없이 표연히 가더라.

함진해가 그 후로는 부인의 병세도 차차 낫고 귀동자를 올 아니면 내년에는 낳을 줄로 태산같이 믿고 기다리더니, 공든 탑이 무너지고 믿는 나무에 곰이 핀다고, 부인의 병은 더욱 별증이 생겨, 한 다리 한 팔 못 쓰는 반신불수가 되어 말하는 송장이 되었고, 그 고생을 다 하노라니

함진해는 나이 융로한 터는 아니나 근력 범절이 칠십 노인이나 다름없이 되었는데, 저 강도와 아귀보다 더한 요악 간휼한 금방울이 그 모양으로 속여먹고도 오히려 부족하던지 한 가지 흉계를 또 부려서 근력 없는 함진해가 수각황망한 지경을 당하였더라.

하루는 어떠한 자가 불문곡직하고 주인을 찾으며 들어오더니 시비를 내어놓으니, 이는 다른 사단이 아니라 그자가 고양 최씨의 도종손이라 자칭하고 산송을 일으키려는 것이라. 최가의 위인도 똑똑하고 구변도 썩 좋아 함진해는 한 마디쯤 말을 하면 최가는 열 마디씩 쥐어박아 말을 한다.

(최) "여보, 댁에서는 세력도 좋고, 형세도 부자니까 잔핍한 사람을 업수이 여기고 남의 누대 분묘 내룡견갑來龍肩甲 좌립구견지지坐立俱見之地에 호기 있게 뫼를 썼나 보오마는 그 지경을 당한 사람도 오장육부가 다 있소."

(함) "여보, 댁이 누구시오? 나도 천금 같은 돈을 주고 산주에게 사서 썼소."

(최) "산주, 산주, 산주가 누구란 말이오?"

(함) "네, 고양 최씨의 종손 되는 옥여 최 서방에게 샀소. 댁이 무슨 상관으로 이리하시오?"

(최) "우리 최가에 옥여라고는 당초에 없을 뿐 아니라, 산하에 사는 일가들은 모두 우리 집 지파요, 수십 대 봉사하는 종손은 나의 집인데, 십여 년 전에 호중으로 낙향하였다가 금년에야 비로소 성묘를 온 터이오. 댁에서 사지 말고 세상없는 일을 했더라도 당장 파내고야 배기리다. 댁에서 아니 파면 내 손으로라도 파 굴리고 말 터이니 알아 하시오."

하고 최씨 집 내력과 파계를 역력히 말하며 독서슬 같이 으르는 바람에 함진해가 겁이 더럭 나서, 좋은 말로 어루만지며 뒷손으로 사람을 급히 보내어 옥여를 찾으니 벌써 솔가도주率家逃走하여 영향도 없는지라. 법은 멀고 주먹은 가깝다고 정소를 하든지 재판을 하기는 이 다음 일이요, 당장 친산에 사굴을 당할 터이니까 생각다 못하여 하릴없이 산 값을 재징으로 물어주더라.

상말로, 파리한 개 무엇 베고 무엇 베니 남는 것이 아무것도 없는 일체로, 패해 가는 세간을 이리 빼앗기고 저리 빼앗기고 나니 남는 것이라고는 새앙쥐 볼가심할 것도 없게 되어, 그렇지 아니하게 먹고 입고 지내던 함진해가 삼순구식을 못 면하고 누대 제사에 궐향을 번번이 하니, 타성들이 듣고 보아도 그 집안 그 지경된 것을 가여우니, 그래 싸니 다만 한마디씩이라도 흉볼 겸, 걱정할 겸 하거든, 하물며 원근족 함씨의 종중에서야 수십 대 종가가 결딴이 났으니 어찌 남의 일 보듯 하고 있으리오. 팔도 함씨 대종회를 열고 관자 수대로 모여드는데, 이때 함일청이는 그 사촌의 집에를 일절 발을 끊어 다시 현영을 아니 하고 다만 치산을 알뜰히 하여 형세도 점점 나아지고 아들 삼 형제를 열심으로 가르쳐 남부러워 아니하고 지내는 터이나, 다만 마음에 계련되어 잊히지 못하는 바는 경성 큰집 일이라. 자기는 아니 갈 법해도 서울 인편 곧 있으면 종종 소식을 탐지한즉 듣는 말이 다 한심하고 기막힌 일뿐이러니, 하루는 종회하는 통문이 서울에서 내려왔는지라. 곰곰 생각한즉,

'아무리 사촌이라도 타인보다도 더 미워 다시 대면을 말자 작정을 하였지마는, 팔도 일가가 모두 총회를 하는데 내 도리에 아니 가볼 수 없다.'

하고 그 길로 떠나, 성중을 들어서서 다방골 모퉁이를 돌아드니 해포 그리던 사촌을 만날 터인즉 얼마쯤 반가운 마음이 날 터인데 반갑기는 고사하고 눈물만 절로 나니, 그 사정을 모르는 사람 보기에는 심상히 여기겠으나 이 사람의 중심에는 여러 가지 철천지한이 가득하더라.

'저기 보이는 집이 우리 사촌의 집이 아닌가? 어쩌면 저 모양으로 동

182

퇴서락하였노? 우리 큰아버지 당년이 엊그제 같은데, 그때는 저 집이 분벽사창粉壁紗窓이 영롱하던 다동 바닥에 제일 갑제러니! 집이 저 지경이 되었을 제야 그 집안 범절이야 더구나 오죽할까? 에그, 우리 조부께서 머나먼 북경을 문턱 드나들듯 하시며 알뜰살뜰 모신 세간을 그 형님이 장가 한번을 잘못 들더니 걷잡을 새 없이 저 모양으로 망하였지. 집안에 가까이 다니던 정직한 사람은 모두 거절을 하고 천하의 교악 망측한 연놈들만 집에다 붙이어 억지로 결딴이 나도록 심장을 두었으니 무슨 별수로 저 모양이 아니 될꾸? 안잠 하인 년이 그저 있는지, 제일 그년 보기 싫어 어찌 들어가노? 에라, 이탓저탓 해 무엇 하리? 대관절 우리 형님이 글러 그렇게 되었지.'

하며 손수건을 내어 눈물 흔적을 씻고 대문을 들어서니 문 위에 엄나무 가시와 좌우 주초 앞에 황토가 여전히 있는지라. 그같이 비창하던 마음이 졸지에 변하여 눈에서 쌍심지가 올라오며 가슴에서 불덩어리가 벌꺽벌꺽 올라온다.

'이왕 결딴난 집안을 어찌할 수는 없지만 이 모양으로 흥와조산을 하는 연놈을 깡그리 대매에 때려 죽여 분풀이나 실컷 하겠다. 오, 어떤 연놈이든지 걸려만 들어보아라. 내 손에 못 배기리라.'

하며 사랑 앞에를 썩 들어서니, 대부, 족장, 형제, 조카, 손항 되는 여러 일가 사람들이 가득 모여 앉았다가 분분히 인사를 하는데, 정작 자기 사촌은 볼 수가 없는지라 마음에 당황하여 좌우를 돌아보고,

"여보, 우리 형님은 어데 가셨길래 아니 계시오?"

그중 항렬 높은 자가 일청을 불러 앞에 세우고 준절히 꾸짖는다.

"네가 그 말 하기가 부끄럽지 아니하냐? 네 사촌이 아무리 지각없이 집안을 결딴내기로 너는 그만 지각이 있는 사람이 종형제 간에 절적을 하고, 조상의 제사 참사까지 몇 해를 아니 하다가, 우리가 이 모양으로

종회를 하니까 그제야 올라와서 무엇이 어찌고 어찌해? 우리 형님이 어디로 가셨어? 주축이 일반이다. 집안이 그 모양으로 불목하고 무슨 일이 되겠느냐?"

그 곁에 앉았던 노인 하나가 분연히 나앉으며,

"여보 형님, 그 말씀 마시오. 그 사람이 무슨 잘못한 일이 있다고 그리하시오? 이것저것이 모두 진해의 잘못이지, 저 사람은 저 할 도리를 다했습니다."

먼저 말하던 노인이 징을 내며,

"자네는 무엇을 가지고 저 사람의 과실이 없다 하노?"

(곁에 앉았던 노인) "형님, 그렇게 말씀하시기도 용혹무괴오마는, 내 말씀을 자세 듣고 무정지책을 너무 말으시오."

하며 소년 일가 하나를 부르더니, 편지 한 뭉치를 가져다가 조좌 중에 내어놓고 축조하여 설명을 하는데 그 편지는 별사람의 편지가 아니라 함일청이 그 종씨의 하는 일마다 소문을 듣고 깨닫도록 인편 곧 있으면 변명을 하여 간곡히 한 편지라. 그 어리석고 미련한 함진해는 그럴수록 자기 사촌을 돈목히 여기지 아니하고 그 편지 올 적마다 큰집이 아니 되도록 훼방을 하거니 여겨 원수치부를 한층 더하던 것이라. 그 편지의 연월을 맞춰 차례차례 보아 내려가는데 자자마다 간절하고 구구마다 곡진하여 목석이라도 감동할 만하니 최초에 한 편지 사연에 하였으되,

'무릇 나라의 진보가 되지 못함은 풍속이 미혹함에 생기나니, 슬프다! 우리 황인종의 지혜도 백인종만 못지아니하거늘, 어쩌다 오늘날 이같이 조잔 멸망 지경에 이르렀나뇨? 반드시 연고가 있을지니다. 우리 동양으로 말하면 당우 이래로 하늘을 공경하며 귀신에게 제 지냄은 불과 일시에 백성의 뜻을 단속하기 위함이러니, 오괴한 선비들이 오행의

184

의론을 창설하여 길흉화복을 스스로 부른다 하므로, 재앙과 상서의 허탄한 말이 대치하여 점점 심할수록 요악한 말을 주작한지라. 일로조차 천지 귀신이 주고 빼앗으며, 죽고 사는 권리를 실상으로 조종하여 순히 하면 길하고 거스르면 흉한 줄로 미혹하여, 이에 밝음을 버리고 어두움을 구하며, 사람을 내어 고 귀신을 위하여, 무녀와 판수가 능히 재앙을 사라지게 하고 복을 맞아 오는 줄 여겨 한 사람, 두 사람으로부터 거세가 본받아 적게 한 집만 멸망할 뿐 아니라 크게 나라까지 쇠약케 하나니, 이는 곧 억만 명 황인종의 금일 참혹한 형상을 당한 소이연이니다. 엎드려 바라건대, 형장은 무식한 자의 미혹하는 상태를 거울하사, 간악요괴한 무리를 일절 물리치시고, 서양 사람의 실지를 밟아 일절 귀신 등의 요괴한 말을 한 비에 쓸어버려, 하늘도 가히 측량하며, 바다도 가히 건너며, 산도 가히 뚫으며, 만물도 가히 알며, 백사도 가히 지을 마음을 두시면, 비단 형장의 한 댁만 부지하실 뿐 아니라 나라도 가히 강케 하며 동포도 가히 보존하리이다.'

그 다음에 보낸 편지에 또 하였으되,

'슬프다, 형장이시여! 형장의 처지를 생각하시옵소서. 형장은 우리 일문 중 십여 대 종손이시니 큰 집의 동량棟樑이나 일반이라. 그 동량棟樑이 썩어지면 큰 집이 무너짐은 면치 못할 사세라. 형장의 미혹하심은 전일에 올린 바 글에 누누이 말씀하였으니 다시 논란할 바 없거니와, 날로 들리는 소식이 더욱 놀랍고 원통하와 이같이 다시 말씀하나이다. 착한 사람을 가까이 하며 악한 무리를 멀리함은 성인의 훈계요, 공을 상 주고 죄를 벌함은 가법의 정당함이거늘, 이제 형장은 이와 같이 아니하여 무육하던 유모의 공을 저버려 그 착함을 모르시고, 간흉한 할미의 죄를 깨닫지 못하여 그 악함을 친신하시니 어찌 가도가 쇠색함을 면하오며, 또 산지라 하는 것은 조상의 백골로 하여금 풍우에 폭로치 아니하고 땅

속에 깊이 편안히 계시게 함이 도리에 온당거늘, 풍수의 무거한 말을 곧이듣고 자기의 영귀와 자손의 복록을 희망하여 안장한 백골을 파가지고 대지명당을 찾아다니니, 대지명당이 어데 있으며 조상의 백골이 어찌 자손의 영귀와 복록을 얻어주리오? 만일 그와 같은 이치가 있을진대 아무 데나 매장지를 한곳에 정하고 백골을 단취하는 서양 사람은 모두 멸종, 빈한하겠거늘, 오늘날 그 번식, 부강함이 산지로 종사하는 우리나라에 비할 바 아님은 어찐 연고이며, 만일 지관이라 하는 자가 대지명당을 능히 알아 남에게 가르칠 재주가 있고 보면 어찌하여 저의 할아비를 묻지 아니하고 그같이 빈곤히 지냄을 면치 못하며 타인만 가르쳐주리오? 이는 허탄한 말을 주작하여 남의 재물을 도적함이어늘, 어찌 이같이 고혹하사 산소를 차례로 면례코자 하시나니까? 종제의 위인이 불초하므로 말을 버리지 마시고 급히 깨달으사, 유모를 도로 부르시고 할미를 축출하며 지관을 거절하사 면례를 파의하압소서.'

그 끝에 열 가지 잠언을 기록하였으되,

'일. 쓸데 있는 글을 많이 읽고 무익한 일을 짓지 말으소서.

이. 사람 구원하기는 의원만 한 이 없고, 세상을 혹게 하기는 무녀 같은 것이 없나이다.

삼. 사람을 사귀매 양증 있는 자를 취하고 음증 있는 자를 취치 마옵소서.

사. 광명한 세계에는 다만 실상만 있고 허황한 지경은 없사외다.

오. 세계에 신선이 있으면 진시황과 한무제가 가히 죽지 아니하였으리이다.

육. 사람을 능히 섬기지 못하거든 어찌 능히 귀신을 섬기며, 산 사람도 모르며, 어찌 능히 죽은 자를 알리오? 귀신과 죽음은 성인의 말씀치 아니한 바니, 성인이 아니 하신 말을 내가 지어내면 성인을 배반함이니다.

칠. 굿하고 경 읽음을, 자기는 당연한 놀이마당으로 여겨도, 지식 있는 사람 보기에는 혼암 세계로 아나이다.

구. 산을 뚫고 길 내기를 풍수에 구애가 될지면, 외국은 철도가 낙역하고 광산이 허다하건만, 어찌하여 국세가 저같이 흥왕하뇨? 풍수가 어찌 동양에는 행하고 서양에는 행치 아니하오리까?

십. 사람의 품은 마음을 가히 측량키 어려워 얼굴과는 관계가 없거늘, 상을 보고 마음을 안다 하니, 진실로 술사의 사람 속이는 말이니다.'

보기를 다하매 그 많은 일가들이 칭찬하지 않는 자가 없는데, 그중에 그 편지 가져오라던 노인 함만호는 진해 집 이웃에 있어 그 집의 국이 끓고 장이 끓는지 그 하는 것을 모를 것이 없이 다 아는 터인데, 진해의 하는 일이 마음에 해괴하건마는 아무리 일가간이기로 소불간친으로 내외간사를 말하기 어려워서, 다만 대체로 한두 번 권고한 후 다시는 개구도 아니하고 이따금 가서 진해의 망측한 거동만 구경하더니, 어리석은 진해는 일문 대소가들이 다 절적을 하는데, 이 노인은 가장 자기를 친절히 여겨 종종 찾아오거니 하여,

"만호 아저씨, 만호 아저씨.".

하며 일청의 편지 올 적마다 펴 보이며,

"이놈이, 소위 형은 갱참에 집어넣어 그른 사람으로 돌리고 저는 지식이 고명코 정대한 사람인 체하여 이따위 편지를 하느니 마느니."

하고 찢어 내어버리는 것을, 함만호는 뜻이 깊은 사람이라 속마음으로,

'종형제 간에 어쩌면 저같이 청탁이 현수한고? 대순大舜과 상象이도 있고, 도척盜拓이와 유하혜柳下惠도 있다 하지마는, 저 사람이야말로 상이와 도척이보다 못지아니하도다. 내가 저 편지를 간수하여 두었다, 이 다음에 일청의 발명거리를 삼으리라.'

하고 슬며시 주섬주섬 집어 모아, 이리저리 이에를 맞추어, 튼튼한

종이로 배접을 하여 두었던 것이라. 이번 종회를 발기하기도 함만호가 문장을 일부러 여러 번 가보고 통문을 놓은 것인데, 그 종회한 주지는 큰 조목 세 가지가 있으니, 제일은 진해의 양자를 일청의 아들로 정하여 누대 종통을 잇고자 함이요, 제이는 진해의 그르고 일청의 바름을 종중에 공포하여 선악의 사실을 포폄코자 함이요, 제삼은 형제의 불목함을 없게 하여 문내에 화기가 다시 생기게 하고자 함이라.

그날 함진해는 자기 일로 종회한다는 말을 듣고 여러 일가 보기에 얼굴이 뜨뜻하여, 내환으로 의원을 보러 간다 청탁하고 안잠 할미의 집을 치우고 들어앉아 연해 소식만 탐지하더니, 처음에 자기 사촌이 들어오는 것을 보고 문장이 호령하더란 말을 듣고, 무슨 원수가 그다지 깊던지 마음에 시원 상쾌하다가, 만호가 편지 뭉치를 내어 놓고 일장 설명하더니, 만좌가 모두 칭찬하더라는 기별을 듣고서는 분함을 견디지 못하여 잔부끄럼은 간다 보아라 하고, 그 길로 바로 자기 사랑으로 들어오며, 문장 이하로 여러 일가에게만 인사를 하고, 마주 나오며 절하는 일청은 본 체도 아니 하며 등을 지고 돌아앉으니, 일청이가 기가 막혀 더운 눈물이 더벅더벅 떨어지며 아무 말 없이 섰으니, 이는 자기 종형을 오래간만에 만나 반가운 눈물도 아니요, 자기 종형의 눈에 나서 원통하여 나오는 눈물도 아니라. 옛말에 '오십에 사십구년의 그름을 안다五十에 知四十九年之非' 하였거늘, 자기 종형은 오십이 다 되도록 회개를 그저 못 하였으니 집안일을 다시 바랄 여지가 없겠다 싶은 생각이 불현듯이 나서 우는 일이러라.

(문장) "여보게 진해, 내 말 듣게. 사람의 집안이 화목한 연후에 만사가 성취되는 법이어늘, 자네 연기가 노성한 터에 제가齊家를 그같이 불목히 하고 가사가 일패도지치 아니하겠나? 옛 성인의 말씀에, '독한 약이 입에 괴로우나 병에는 이하고, 충성된 말이 귀에는 거슬리나 행실에

188

는 이하다' 하였거늘, 자네는 어찌하여 충성된 말로 간하는 것을 청종치 아니할 뿐외라, 간하는 사촌을 구수같이 여기니 실로 한심한 일이로세."

(진해) "집안의 불목한 것이 저놈의 죄이지, 나는 아무 잘못한 일이 없습니다. 저놈이 내 집에 절족한 지 우금 몇 해에 우리 아버지, 할아버지 산소를 차례로 면례를 하여도 제 집에 자빠져 현영도 아니 하고, 집안에 우환이 그렇게 심하여도 어떠냐 말 한마디 물어본 적 없고, 아니꼽게 편지 자로 수죄 비스름하게 논란을 하여 보냈으니, 저 하는 대로 하면 어느 지경까지든지 분풀이를 못 할 바 아니나, 남의 청문을 위하여 참고 참는 나더러 꾸지람을 하시니 너무 원통하오이다."

(문) "허허, 이 사람, 가위 고집불통일세. 저 사람이 자네를 미워서 간하는 말과 편지를 하였겠나? 아무쪼록 자네가 잡류배 꾀임에 빠지지 말고 가도를 바르게 하도록 함이어늘, 자네는 그 뜻을 알지 못하고 도리어 구축하며 미워하였으니, 자네가 잘못이지 무엇인고?"

함진해가 다시 개구할 겨를이 없이, 당초에 그 삼촌 돌아가서 삼 년이 지나도록 영연일곡도 아니 한 일로부터, 일청 온 것을 부정하다고 구축하여 쫓던 일과 일청의 일반 병작도 못 해먹게 전답 팔아가던 일과, 무육한 유모를 일청이 밥 먹었다고 박대하며 요사한 무당 년을 소개하여 제반악증을 다하던 노파를 신임한 일까지, 임가의 허황한 말에 속고 조상의 백골을 천동한 일까지, 조목조목 수죄를 한 후, 일청의 편지를 내어놓고 구절마다 들어 타이르고, 설명을 어찌 감동할 만치 하였던지, 진해가 처음에는 일일이 자기가 잘못한 것이 없다고 반대하던 위인이라서, 고개를 푹 숙이고 아무 말 없이 듣다가 자취 없는 눈물이 옷깃을 적시며 한숨만 자주 쉬더라.

문장이 종회의 처리할 사건을 차례로 가부표를 받아 좋다수취결하는데,

"우리 문중 제일 소중한 바는 종통인데, 지금 진해의 연기는 오십지 년이 되었으며 종부의 연기는 아직 단산지경은 아니나 그러나 다년 중 병에 반신불수가 되어 다시 생산할 여망이 없은즉, 불가불 입후를 하여 야 누대 향화를 그치지 아니할 터인데, 당내에 항렬 닿는 아이가 없으 면 원근족을 불계하고 지취동성으로 아무 일가의 자식이고 소목만 맞 으면 데려오겠지만, 진해의 사촌, 일청의 맏아들 종표가 비단 당내만 될 뿐 아니라 위인이 준수하니, 폐일언蔽一言하고 그 아이로 정하는 것 이 어떠한고?"

여러 일가가 일시에 한마디 말로,

"가하오이다."

문장이 또 한 문제를 제출하되,

"지금 진해의 연기는 과히 늙지는 아니하였으나, 다년포병으로 가위 정신상실자라 할 만한즉, 도저히 가사를 처리할 수 없고, 데려올 종표 는 아직 미성년한 아이인즉, 불가불 뒤보아주는 사람[後見人]이 있어야, 패한 가세를 회복기는 이 다음 일이어니와, 목전의 봉제사, 접빈객을 할 터인즉, 그 자격에 합당한 사람 하나를 천거하시오."

이때에 함만호가 썩 나앉으며,

"그 사람은 별로 구할 것 없이, 내 생각에는 일청이 외에는 그 소임을 맡길 사람이 다시없을 듯하오이다."

문장이 여러 사람에게 가부를 물으니 또한 일구동성一口同聲으로 만 호의 말을 찬성하는지라, 문장이 진해를 돌아보며,

"자네는 어제 잘못한 것을 깨달아 이제는 옳게 함을 생각할 뿐더러 일동일정을 자네 사촌에게 위임하고 불목히 지내지 말아야 가정을 보 존할 것이니 아무쪼록 종중 공의를 위반치 말기를 믿으며, 만일 일향 회개치 아니하고 악인을 가까이 하여, 오늘 회의 결정한 일이 헛일이

되면, 그제는 종벌을 크게 당하리니 조심하소."

또 일청을 부르더니,

"자네의 종가 위하는 직심은 이미 듣고 보아 아는 일이어니와, 여러 해 절적한 일은 잘못함이 아니라 할 수 없으니, 자네 사촌만 야속타 말고 지금 회의 가결된 일과 같이 내일 내로 즉시 종표를 데려다 종가에 바치고, 자네도 반이하여 올라와, 한집에 있어 대소사의 치산을 전담 극력하여 누대 향화를 잘 받들도록 하소."

함진해가 전일 같으면 반대를 해도 여간이 아닐 것이요, 고집을 세워도 어지간치 아니할 터이로되, 본래 천성은 과히 악한 사람이 아니요, 무식한 부인과 간특한 하속에게 미혹한 바 되어 인사정신을 못 차렸더니 문중 공론을 듣고 자기 신세를 생각한즉, 지난 일은 잘했든지 못했든지 말 못 되어가는 가세에, 우환질고는 그칠 날이 없는데, 수하에 자질 간 대신 수고하여 줄 사람이라고는 그림자 하나 없은즉, 양자는 불역지전하여야 할 것이요, 양자를 하자면 집안 아이 내어놓고 원촌에 데려올 수도 없으며, 데려온 대도 내 집이 전 세월 같지 않아, 한없는 구덥을 치르고 배겨 있을 자식이 없을 것이니, 종중 회의에 못 이기는 체하고 종표를 양자하여 제 아비 시켜 뒷배를 보아주게 하면, 줄어든 가사가 더 줄어질 여지는 없을 것이요, 제 부자가 아무 짓을 하기로 우리 내외 죽기 전 병구원과 먹도록 입도록이야 아니 하여줄 수 없으니, 핑계 김에 잘되었다 하고 외양으로 천연스럽게 대답을 한다.

(진해) "종중 처결이 그러하시니, 무엇이라도 거역할 가망이 있습니까? 오늘부터라도 가사를 다 쓸어맡기겠습니다."

(문장) "그렇지, 고마운 말일세. 《주역周易》에 '불원복不遠復'이라 하였으니, 자네를 두고 한 말일세. 사람이 누가 허물이 없겠나마는, 자네같이 오래지 아니하여 회복하는 자가 어데 또 있겠나? 허허, 인제는 우리

종갓집을 위하여 하례할 만한 일일세."

하며 일청더러,

"자네 종씨 말은 저러하니 자네 말도 좀 들어보세."

(일청) "종의도 이 같으시고 종형의 뜻도 저러시니 어찌 군말씀을 하오리까마는, 저 같은 위인이 열이기로 어찌 종형 하나를 따르겠습니까? 그러나 만일 형이 시키는 말 곧 있으면 정성껏 거행하겠습니다."

(문장) "자, 그러고 보면 장황히 더 의논할 것 없이 이 길로 자네가 떠나 내려가 종표를 데리고 올라오소. 아무리 급해도 그 아이 의복이라도 빨아 입혀야 할 터인즉, 자연 수일 지체는 될 것이니 오늘 내일 모레, 오늘까지 닷새 동안이면 하루 가고, 하루 오고 넉넉히 되겠네. 그날은 우리가 또 한 번 다시 모여야 하겠네."

하며 일변 일청을 재촉하여 발행케 하고, 일변 진해를 다시 당부한 후 이 다음 다시 모이기로 문장 이하가 각각 헤어져 가더라.

여러 함씨들이 종표의 올라올 승시하여 일제히 모여 예를 행케 하고 내당에 들여보내어, 최씨 부인에게 모자지례로 뵈옵는데, 이때 최씨는 병은 아무리 깊었더라도 그 병이 부집 죄듯 왜깍지깍 세상모르고 앓는 증세가 아니라 시난고난 앓는 중, 중풍이 되어 반신불수로 똥오줌을 받아내되, 정신은 참기름송이 같아, 귀로 듣고 눈으로 보고 입으로 말까지는 하는 터라, 일청이가 그 아들을 데리고 들어오는 양을 본즉, 눈꼬리가 창알 고패 되듯 하며 앞니가 보도독보도독 갈리건마는, 일문 대종중이 모여 하는 일이요, 또 자기가 그 처신이 되었으니 무엇이라고 말 한마디 할 수 없어, 다만 어금니 빠진 표범과 발톱 부러진 매와 같이 할퀴며 물지는 못하고 속으로만 노리며 으르렁대어, 종표가 '어머니 어머니' 하며 앞에 와 어리대는 것을 대답 한마디 없이 거들떠도 아니 보니 속담에, '병든 나무에 좀 나기가 쉽다' 고 자기의 소생도 아니요,

양자로 데려온 아이를 그 모양으로 냉대하니, 의리 모르는 노파 등속이 종회 이후에는 어엿이 나덤벙이지는 못해도 여전히 최 부인에게는 왕래통신이 은근하여, 종표의 험담을 빗발치듯 담아 부으니, 최씨는 더구나 미워하여 날로 구박이 자심하건마는 종표는 일정한 정성을 변치 아니하고 똥오줌을 손수 받내며 조금도 어려운 기색이 없어, 밤낮 옷끈을 끄르지 아니하고 단잠을 잘 줄 모르며, 진해에게 혼정신성과 최씨에게 시탕 범절이 목석이라도 감동할 만하더라.

본래 사람의 염량후박은 병중에 알기 쉬운 고로, 말 한마디에 야속한 마음도 잘 나고 고마운 생각도 잘 나는 법이라. 최씨가 종표 부자를 구수같이 미워하던 그 마음이 차차 감해지고 감사하고 기특한 생각이 차차 더해지니, 이는 자기 일신이 괴롭고 아픈 중, 맑은 정신이 들 적마다 오장에서 절로 솟아나오는 생각이라.

"'에구 다리야, 에구 팔이야, 일신을 마음대로 놀리지 못하니 똥오줌을 마음대로 눌 수가 있나! 세상에 모를 것은 사람의 마음이다. 내게 단 것 쓴 것 다 얻어먹던 것들은 웃노라고 문병 한 번 없지. 그것들은 오히려 예사지만, 안잠 할미로 말하면 제 죽기 전에는 나를 배반치 못할 터이어늘, 똥 한 번 오줌 한 번을 치우려면 군말이 한두 마디가 아니요, 그나마 목이 터지도록 열스무 번 불러야 겨우 눈살을 잡고 마지못하여 오니, 살지무석殺之無惜하고 의리부동한 것도 있다. 에구구 팔다리야, 종표는 기특도 하지. 제가 내게 무슨 정이 들었다고 어린것이 더럽고 괴로운 줄도 모르고 단잠을 아니 자고 잠시를 떠나지 아니하니 그 아니 신통한가! 에그, 집안이 어쩌면 그렇게 되었던지 돈냥 될 것은 모두 전당을 잡혀 먹고, 약 한 첩 지어 먹자 해도 일 푼 도리 없더니, 시사촌께서 와 계신 이후로는 그 걱정 저 걱정 도무지 모르고 지내지. 내가 내일을 생각해도 벌역을 받아 병신 되어 싸지 않은가? 남의 말만 곧이들고 내 집안 양반을 괄시하였으니."

하루 이틀 지나갈수록 세상 짓이 다 헷일을 한 듯하고, 사랑하는 마음이 더욱 깊어가더라.

최씨 부인의 병이 감세가 있을 때가 되었던지 약을 바로 쓰고 조섭을 잘해 그렇던지, 기거동작을 도무지 못 하던 몸이 능히 일어나서 능히 앉으며 지팡이를 짚고 방문 밖에도 나서 보니, 자기 생각에도 희한하고 다행하여 이것이 다 시사촌의 구원과 종표의 정성으로 효험을 보았거니 싶어 없던 인정이 물 퍼붓듯 하는데,

(부인) "종표야, 날이 선선하다. 핫옷을 갈아입어라. 내 병으로 해서 잠도 못 자며 고생을 하더니, 네 얼굴이 처음 올 때보다 반쪽이 되었구나. 시장하겠다. 점심 먹어라. 병구완도 하려니와 성한 사람도 기운을 차려야지. 삼랑아, 이리 와서 도령님 진지 차려드려라."

(종) "저는 배고프지 아니합니다. 약 잡수신 지 한참 되어 다 내리셨겠으니 진지 끓인 것을 좀 잡수셔야지, 속이 너무 비셔서 못씁니다."

(부) "너 먹는 것을 보아야 내가 먹지, 너 아니 먹으면 나도 아니 먹겠다."

하며 자애가 오장에서 우러나오니, 세상에 남의 집에 출가하여 그 집을 장도감 만드는 부인이 허구많은데, 열에 아홉은 소견이 편협치 아니하면 심술이 대단하여, 한번 고집을 내어놓으면 관머리에서 은정 소리가 땅땅 나기 전에는 다시 변통을 못 하건마는, 최 부인은 고집을 내면 암소 곤다름으로 고삐 잡아당길 새 없이, 하고 싶은 일을 실컷 하고야 말면서도 전후 사리는 멀쩡하여 잘잘못을 짐작 못 하던 터가 아니라, 한번 마음이 바로잡히기 시작하더니, 본래 무던하던 부인보다 오히려 못지아니하여 처사에 유지함이 상등사회에 참례할 만하다.

하루는 자기 남편과 시사촌과 사촌동서와 종표까지 한자리에 모여 앉은 좌상에서 최씨 부인의 발론으로 종표를 중학교에 입학게 하여, 사

오 년 만에 졸업한 후에 다시 법률 전문학교에 보내어 공부를 시키는 데, 생양정부모의 정성도 도저하지마는 종표의 열심이 어찌 대단하던 지 시험마다 만점을 얻어 최우등으로 졸업을 하니, 함종표의 명예가 사회상에 훤자하여 만장공천으로 평리원 판사를 하였는데, 그때 마침 우리나라 정치를 쇄신하여, 음양 술객과 무복 잡류배를 일병 포박하여 차례로 신문하는 중에, 하루는 부녀 일명을 잡아들여 오거늘 종표의 내심으로,

'저 계집도 사람은 일반인데, 무슨 노릇을 못 해서 혹세무민하는 무녀 노릇을 하다가 이 지경을 당하노? 우리 집에서도 아마 이따위 년에게 속고 패가를 했을 것이니, 아무 때든지 그년만 붙들고 보면 대매에 쳐 죽여 첫째로 우리 집 설분도 하고 둘째로 세상 사람의 후일 경계를 하리라.'

하는데 잡혀 들어오던 무녀가 신문장에를 당도하더니, 그 똘똘하고 살기가 다락다락하던 위인이 별안간에 얼굴빛이 사상이 되어 목소리를 벌벌 떨며 자초 행위를 개개승복하되,

"의신을 장하에 죽이신대도 어디 가 한가하오리까마는, 죽을 때 죽사와도 한마디 아뢰올 말씀이 있습니다. 의신의 무녀 노릇 하옵기는 다름이 아니라, 생애가 어려워 마지못해 하는 일인데, 한때 얻어먹고 살라고 우중으로 말마디가 신통히 맞사와 사면서 이 소문을 듣고 부르오니, 속담에 '굿 들은 무당'이라고, 부르는 곳마다 가서 정성껏 큰굿도 하여주고, 푸념도 하여준 죄밖에 다른 죄는 없습니다."

종표의 말소리가 본래 기걸하여 예사로 하는 말도 천장이 드르렁드르렁 울리는 터이라, 그 무녀의 말이 막 그치자 가래침 한번을 칵 배앝고,

(판사) "네 말 듣거라. 세상에 무슨 생애를 못 해먹어, 요사한 말을 주작하여 사람을 속여 전곡을 도적하고 패가망신까지 시키노?"

(무녀) "의신이 무녀 된 이후로 남북촌에 단골 댁이 허구많으셔도, 불행히 다동 함진해 댁에서 그 댁 운수로 패가를 하셨지, 그 외에는 한 댁도 형세가 늘면 늘었지 줄으신 댁은 없사온대, 이처럼 분부를 하시니 하정에 억울하오이다."

함 판사가 함진해 댁이라는 말을 들으니,

'옳다, 이년이 우리 집 결딴내던 년이로구나. 불문곡직하고 당장 그대로 엎어놓고 난장으로 죽이고 싶지마는, 법률 배운 사람이 미개한 시대에 행하던 남형을 행할 수 없고, 중률이나 쓰자면 그년의 전후 죄상을 명백히 공초케 하여야 옳을것.'

하고 한 손 눙치며,

(판) "네 말 같으면 남북촌 여러 단골집이 모두 네 공효로 형세를 부지한 모양 같고나. 그러면 네 단골 되기는 일반인데, 함진해 댁에서는 어찌하여 독獨이 패가를 하셨어?"

(무) "녜, 아뢰기 죄만하오나, 그 댁은 그러하실 밖에 수가 없으시지요. 그 댁 마님께서 귀신이라면 사족을 못 쓰시는데, 좌우에서 거행하는 하인이라고는 깡그리 불한당년이올시다. 의신은 구복이 원수라, 그 댁 하인의 시키는 대로 할 따름이지, 한 가지 의신의 계교로 속인 일은 없습니다."

(판) "네 몸에 형벌을 아니 당하려거든, 그년들이 네게 와 시키던 말도 낱낱이 고하려니와, 너의 간교로 그 댁 속이던 일을 내가 이미 알고 있으니 잔말 말고 고하렷다."

(무) "그 댁 하인의 다른 것들은 다만 심부름만 하였지요마는, 그 댁에서 안잠자는 노파, 그 댁 일을 무이어 자주장하다시피 하는데, 하루는 의신의 집에를 와서 그 댁 아기 죽은 데 진배송을 내어달라 하며, 그 댁 세세한 일을 모두 가르쳐 의신더러 알아맞히는 모양을 하여 별비가

196

얼마가 나든지 반분하자 하옵기, 말씀이야 바로 하옵지, 무녀 되어서 그런 자리를 내어놓고 무엇을 먹고사옵니까? 그러하오나 마침 의신이 신병이 있사와 부득이하여 저의 동무를 천거하였삽더니 그럴 줄이야 누가 알았습니까? 그년이 천하에 간특하고 의리부동한 년이라, 의신의 그 댁 단골까지 빼앗아 제가 차지하고 홍와조산을 못 할 짓이 없이 하였습니다. 당초에 그 댁 영감께서 베전 병문에서 회오리바람을 만나시는 것을 마침 지나다 제 눈으로 보고 앙큼한 마음으로 아무 때든지 그 댁 일을 한 번만 맡아보면 귀신이 집어댄 듯이 말을 하여 깜짝 반하게 하리라 한 것은 아무도 몰랐더니, 그년이 그 방법을 행할 뿐 아니라 안잠 할미를 부동하여 세소한 일까지 미리 알고 가장 영한 체하여, 그 댁 재물을 빼앗아 먹다 못하여 나중에는 임가라 하는 놈과 흉계를 내어, 그놈을 지관 행세를 시켜 비기를 써다 미리 고양 땅에 묻고, 그 영감을 감쪽같이 속여 넘겨 누만금을 도적하여 먹으면서도 의신에게는 이렇다 말 한마디 없었사오니, 하늘이 내려다보시지 의신은 그 댁 일에 일호도 죄가 없습니다."

(판) "그러면 너는 어디 살고, 그년은 어디 있으며, 명칭은 무엇이라 하고 그년의 비밀한 계교를 어찌 알았뇨?"

(무) "의신은 묘동 사압기로 묘동집이라고 남들이 부르옵고, 국수당 무당은 성이 김가라고 그렇게 별호를 지었는지, 금방울이 금방울이 하고 모르는 사람이 없사오며, 그 비밀한 일은 그 댁에 가까이 단기는 하인들이 그년의 소위가 괘씸하여 의신 곧 보면 이야기를 하옵기로 들었습니다."

함 판사가 듣기를 다하고 사령을 명하여 금방울과 임 지관을 성화같이 잡아들이라 분부하니, 묘동이 다시 고하되,

"동류의 일을 아무쪼록 덮어가는 것이 서로 친하던 본의오나, 그년이

의신의 생애를 앗아 가지고 그 댁을 못살게 하온 일이 너무 분하고 가엾어 이 말씀이지, 그년이 바람 높은 기색을 미리 알아채옵고 동대문 안 양사골 제 아지미 집 건넛방 속에 임가와 같이 된장독에 풋고추 백이듯 꼭 들이백혀 있습니다. 그년을 잡으시랴 하면 제 집에는 보내보실 것도 없이 이 길로 양사골로 사령을 보내셔야 잡으십니다. 그년의 벗바리가 어찌 좋은지 사면에 버레줄같이 늘어서 있어, 몇 시간만 지체가 되면 이 소문을 다 듣고 달아날 터이올시다."

판사가 사령에게 엄밀히 분부하여 양사동으로 보내더니, 거무하에 연놈을 항쇄족쇄하여 잡아들였는데, 신문 한 번도 하기 전에 예서제서 청촉이 빗발같이 쏟아져 들어오는지라. 판사가 한편 귀로 듣는 족족 한편 귀로 흘리며 속마음으로,

'아따, 이년의 세력이 어지간치 않다. 이왕으로 말하면, 북묘 진령군만은 하고, 근일로 말하면 삼청동 수련이만은 착실한걸. 네 아무리 청질을 해도 내가 이왕 법관 모양으로 협잡하는 터이 아니니, 무엇이 고기되어 법을 굽혀가며 호락호락히 청 들을 내랴! 이년, 정신없는 년, 내가 누구인 줄 알고 이따위 버르장이를 하느냐? 매 한 개라도 더 맞아보아라!'

하고 서리같이 호령을 하여 족불리지로 잡아들여, 형구를 갖추어놓고 천둥같이 으르며 일장 신문을 하는데, 금방울같이 안차고 다라지고 겁 없는 인물도 불이 어찌되든지 말끝마다,

"죽을 혼이 들어서 그리했으니 상덕을 입어 살아지이다!"

소리를 연해 하여가며 전후 정절을 개개승복하니, 임가 역시 발명무지라, 다만 고개를 푹 숙이고 살기만 발원하더라. 판사가 일변 고양군에 발훈하여 최옥여를 마저 압상하여 일장 문초한 후, 세 죄인을 모두 한기신징역으로 선고하고, 자기 집에 돌아와 생양정부모께 그 사실을

198

고하고서, 당장 노파와 삼랑들을 불러 세우더니,

(판사) "너희들의 죄상은 열 번 죽어도 남을 터이나 십분 용서하는 것이니, 댁 문하에 다시 발그림자도 하지 말고 이 길로 나아가되, 다른 집에 가서라도 그런 행실을 하여 내게 입렴 곧 되고 보면 그때 가서는 죽어도 한가 말렷다."

이 모양으로 호령을 하여 두 년을 축출하니, 최씨 부인이 그 아들 보기도 얼굴이 뜨뜻하여, 그 사지 어금니같이 아끼던 수하친병이 이 지경이 되어도 말 한마디 두호하여 주지 못하고, 오직 아들의 뜻대로만 백사, 만사를 좇는데, 벽장 다락 구석에 위해 앉혔던 제석, 삼신, 호구, 구눙, 말명, 여귀 등 각색 명목과 터주, 성주 등물을 모두 쓸어내다 마당 가운데에 쌓아놓고, 성냥 한 가지를 드윽 그어 불을 질러 태워버리고, 다시 구기라고는 손톱 반머리만치도 아니 보는데, 그 뒤로는 그같이 번할 날이 없이 우환이 잦던 집안 식구가 돌림감기 한 번을 아니 앓고, 아이들이 나면 젖주럽도 없이 숙성하게 잘 자라니.

(끝)

자유종 自由鍾

자유종自由鍾

천지간 만물 중에 동물 되기 희한하고, 천만 가지 동물 중에 사람 되기 극난하다. 그같이 희한하고 그같이 극난한 동물 중 사람이 되어 압제를 받아 자유를 잃게 되면 하늘이 주신 사람의 직분을 지키지 못함이어늘, 하물며 사람 사이에 여자 되어 남자의 압제를 받아 자유를 빼앗기면 어찌 희한코 극난한 동물 중 사람의 권리를 스스로 버림이 아니라 하리오.

여보, 여러분, 나는 옛날 태평시대에 숙부인까지 바쳤더니 지금은 가련한 민족 중의 한 몸이 된 신설헌이올시다. 오늘 이매경 씨 생신에 청첩을 인하여 왔더니 마침 홍국란 씨와 강금운 씨와 그 외 여러 귀중하신 부인들이 만좌하셨으니 두어 말씀 하오리다.

이전 같으면 오늘 이러한 잔치에 취하고 배부르면 무슨 걱정 있으리까마는, 지금 시대가 어떠한 시대며 우리 인족은 어떠한 인족이오? 내 말이 연설 체격과 흡사하나 우리 규중 여자도 결코 모를 일이 아니올시다.

일본도 삼십 년 전 형편이 우리나라보다 우심하여 혹 천하대세라 혹 자국전도라 말하는 자는, 미친 자라 괴악한 사람이라 지목하고 인류로 치지 않더니, 점점 연설이 크게 열리매 전도하는 교인같이 거리거리 떠드나니 국가 형편이요, 부르나니 민족사세라, 이삼 인 모꼬지라도 술잔을 대하기 전에 소회를 말하고 마시니, 전국 남녀들이 십여 년을 한담도 끊고 잡담도 끊고 언필칭 국가라 민족이라 하더니, 지금 동양에 제일 제이 되는 일대 강국이 되었습니다.

오늘 우리나라는 어떠한 비참지경이오? 세월은 물같이 흘러가고 풍조는 날로 닥치는데, 우리 비록 아홉 폭 치마는 둘렀으나 오늘만도 더 못한 지경을 또 당하면 상전벽해가 눈결에 될지라. 하늘을 부르면 대답이 있나, 부모를 부르면 능력이 있나, 가장을 부르면 무슨 방책이 있나, 고대광실高臺廣室 뉘가 들며 금의옥식錦衣玉食 내 것인가? 이 지경이 이마에 당도했소. 우리 삼사 인이 모였든지 오륙 인이 모였든지 어찌 심상한 말로 좋은 음식을 먹으리까? 승평무사할 때에도 유의유식은 금법이어든 이 시대에 두 눈과 두 귀가 남과 같이 총명한 사람이 어찌 국가 의식만 축내리까? 우리 재미있게 학리상으로 토론하여 이날을 보냅시다.

(매경) "절당절당 하오이다. 오늘이 참 어떠한 시대요? 이 같은 수참하고 통곡할 시대에 나 같은 요마한 여자의 생일잔치가 왜 있겠소마는 변변치 못한 술잔으로 여러분을 청하기는 심히 부끄럽고 죄송하나 본의인즉 첫째는 여러분 만나뵈옵기를 위하고, 둘째는 좋은 말씀을 듣고자 함이올시다.

남자들은 자주 상종하여 지식을 교환하지마는 우리 여자는 한번 만나기 졸연하오니까, 《예기》에 가로되, 여자는 안에 있어 밖의 일을 말하지 말라 하였고, 《시전》에 가로되 오직 술과 밥을 마땅히 할 뿐이라 하였기로 층암절벽 같은 네 기둥 안에서 나고 자라고 늙었으니, 비록 사마자장의 재주 있을지라도 보고 듣는 것이 있어야 아는 것이 있지요.

이러므로 신체 연약하고 지각이 몽매하여 쌀이 무슨 나무에 열리는지 도미를 어느 산에서 잡는지 모르고, 다만 가장의 비위만 맞춰, 앉으라면 앉고 서라면 서니, 진소위 밥 먹는 안석이요, 옷 입은 퇴침이라,

어찌 인류라 칭하리까? 그러나 그는 오히려 현철한 부인이라, 행검 있는 부인이라 하겠지마는, 성품이 괴악하고 행실이 불미하여 시앗에 투기하기, 친척에 이간하기, 무당 불러 굿하기, 절에 가서 불공하기, 제반 악증은 소위 대갓집 부인이 더합디다. 가도가 무너지고 수욕이 자심하니 이것이 제 한집안 일인 듯하나 그 영향이 실로 전국에 미치니 어찌 한심치 않으리까?

그런 부인이 생산도 잘 못 하고 혹 생산하더라도 어찌 쓸 자식을 낳으리오. 태내 교육부터 가정교육까지 없으니 제가 생지의 바탕이 아닌 바에 맹모의 삼천하시던 교육이 없이 무슨 사람이 되리오. 그러나 재상도 그 자제요 관찰·군수도 그 자제니 국가의 정치가 무엇인지, 법률이 무엇인지 어찌 알겠소? 우리 비록 여자나 무식을 면치 못함을 항상 한탄하더니, 다행히 오늘 여러분 고명하신 부인께서 왕림하여 좋은 말씀을 들려주시니 대단히 기꺼운 일이올시다."

(설헌) "변변치 못한 구변이나 내 먼저 말씀하오리다. 우리 대한의 정계가 부패함도 학문 없는 연고요, 민족의 부패함도 학문 없는 연고요, 우리 여자도 학문 없는 연고로 기천 년 금수 대우를 받았으니 우리나라에도 제일 급한 것이 학문이요, 우리 여자 사회도 제일 급한 것이 학문인즉 학문 말씀을 먼저 하겠소. 우리 이천만 민족 중에 일천만 남자들은 응당 고명한 학교를 졸업하여 정치·법률·군제軍制·농·상·공 등 만 가지 사업이 족하겠지마는, 우리 일천만 여자들은 학문이 무엇인지 도무지 모르고 유의유식으로 남자만 의뢰하여 먹고 입으려 하니 국세가 어찌 빈약치 아니하겠소? 옛말에, '백지장도 맞들어야 가볍다'하였으니 우리 일천만 여자도 일천만 남자의 사업을 백지장과 같이 거들었으면 백 년에 할 일을 오십 년에 할 것이요, 십 년에 할 일을 다섯 해면 할 것이니 그 이익이 어떠하뇨? 나라의 독립도 거기 있고 인민의

자유도 거기 있소.

세계 문명국 사람들은 남녀의 학문과 기예가 차등이 없고, 여자가 남자보다 해산하는 재주 한 가지가 더하다 하며, 혹 전쟁이 있어 남자가 다 죽어도 겨우 반구비라 하니, 그 여자의 창법 검술까지 통투함을 가히 알겠도다.

사람마다 대성인 공부자 아니거든 어찌 생이지지하리요. 법국 파리 대학교에서 토론회를 열매, 가편은 사람을 가르치지 못하면 금수와 같다 하고, 부편은 사람이 천생 한 성질이니 비록 가르치지 아니할지라도 어찌 금수와 같으리오 하여 경쟁이 대단하되 귀결치 못하였더니, 학도들이 실지를 시험코자 하여 무부모한 아이들을 사다가 심산궁곡에 집 둘을 짓되 네 벽을 다 막고 문 하나만 뚫어 음식과 대소변을 통하게 하고 그 아이를 각각 그 속에서 기를 새, 칠팔 년이 된 후 그 아이를 학교로 데려오니 제가 평생에 사람 많은 것을 보지 못하다가 육칠 층 양옥에 인산인해 됨을 보고 크게 놀라 서로 돌아보며 하나는 꼬꼬댁꼬꼬댁하고 하나는 끼익끼익 하니, 이는 다름 아니라 제 집에 아무것도 없고, 다만 닭과 돼지만 있는데, 닭이 놀라면 꼬꼬댁 하고 돼지가 놀라면 끼익끼익 하는 고로 그 아이가 지금 놀라운 일을 보고, 그 소리가 각각 본대로 난 것이니 그것도 닭과 돼지의 교육을 받음이라. 학생들이 이것을 본 후에 사람을 가르치지 아니하면 금수와 다름없음을 깨달아 가편이 득승하였다 하니, 이로 보건대 우리 여자가 그와 다름이 무엇이오? 일용범절에 여간 안다는 것이 저 아이의 꼬꼬댁·끼익보다 얼마나 낫소이까? 우리 여자가 기천 년을 암매하고 비참한 경우에 빠져 있었으니 이렇고야 자유권이니 자강력이니 세상에 있는 줄이나 알겠소? 일생에 생사고락이 다 남자 압제 아래 있어, 말하는 제웅과 숨쉬는 송장을 면치 못하니 옛 성인의 법제가 어찌 이러하겠소. 《예기》에도, 여인 스승이 있고 유모를 택한다 하였고 《소학》에도 여자 교육이 첫 편이니 어찌 우리나라 여자 같은 자고송이 있단 말이오?

우리나라 남자들이 아무리 정치가 밝다 하나 여자에게는 대단히 적악하였고, 법률이 밝다 하나 여자에게는 대단히 득죄하였습니다. 우리는 기왕이라 말할 것 없거니와 후생이나 불가불 교육을 잘 하여야 할 터인데 권리 있는 남자들은 꿈도 깨지 못하니 답답하오. 남자들 마음에는 아들만 귀하고 딸은 귀치 아니한지 일 분자라도 귀한 생각이 있으면 사지오관이 구비한 자식을 어찌 차마 금수와 같이 길러 이 같은 고해에 빠지게 하는고? 그 아들 가르치는 법도 별수는 없습디다. 《사략》, 《통감》으로 제일등 교과서를 삼으니 자국정신은 간데없고 중국혼만 길러서 언필칭 《좌전》이라 《강목》이라 하여 남의 나라 기천 년 흥망성쇠만 의논하고 내 나라 빈부강약은 꿈도 아니 꾸다가 오늘 이 지경을 하였소.

이태리국 역비다 산에 올차학이라는 구멍이 있어 해수로 통하였더니 홀연 산이 무너져 구멍 어구가 막힌지라. 그 속이 칠야같이 캄캄한데 본래 있던 고기들이 나오지 못하고 수백 년을 생장하여 눈이 있으나 쓸 곳이 없더니, 어구의 막혔던 흙이 해마다 바닷물에 패어 가며 일조에 굼기 도로 열리매, 밖의 고기가 들어와 수없이 잡아먹되, 그 안에 있던 고기는 눈을 멀뚱멀뚱 뜨고도 저 해하려는 것을 전연 모르고 절로 밀려 어구 밖을 혹 나왔으나 못 보던 눈이 졸지에 태양을 당하매 현기가 나며 정신이 없어 어릿어릿하더라 하니, 그와 같이 대문·중문 꽉꽉 닫고 밖에 눈이 오는지 비가 오는지 도무지 알지 못하고 살던 우리나라 이왕 교육은 올차학 교육이라 할 만하니 그 교육 받은 남자들이 무슨 정신으로 우리 정치를 생각하겠소? 우리 여자의 말이 쓸데없을 듯하나 자국의 정신으로 하는 말이니, 오히려 만국공사의 헛담판보다 낫습니다. 여러분 부인들은 대한 여자 교육계의 별방침을 연구하시오."

(금운) "여보, 설헌 씨는 학문 설명을 자세히 하셨으나 그 성질과 형편이 그래도 미진한 곳이 있습니다.

우리나라 지식을 보통케 하려면 그 소위 무슨 변에 무슨 자, 무슨 아래 무슨 자라는, 옛날 상전으로 알던 중국 글을 폐지하여야 필요하겠소. 대저 글이라 하는 것은 말과 소와 같아서 그 나라의 범백 정신을 실어두나니, 우리나라 소위 한문은 곧 지나의 말과 소라. 다만 지나의 정신만 실었으니 우리나라 사람이야 평생을 끌고 당긴들 무슨 이익이 있겠소? 그런 중에 그 말과 소가 대단히 사나워 좀체 사람은 끌지 못하오.

그 글은 졸업 기한이 없고 일평생을 읽을지라도 이태백·한퇴지는 못 되며, 혹 상등으로 총명한 자가 물 쥐어 먹고 십 년 이십 년을 읽어서 실재라, 거벽이라 하여 눈앞에 영웅이 없고, 세상이 돈짝만 하여 내가 내놓으라고 돌이질 치더라도 그 사람더러 정치를 물으면 모른다, 법률을 물으면 모른다, 철학·화학·이화학을 물으면 모르노라, 농학·상학·공학을 물으면 모르노라, 그러면 우리 대종교 공부자 도학의 성질은 어떠하냐 묻게 되면, 그 신성하신 진리는 모르고 다만 아노라 하는 것은, '공자님은 꿇어앉으셨지', '공자님은 광수의 입으셨지' 하여 가장 도통을 이은 듯이 여기니, 다만 광수의만 입고 꿇어만 앉았으면 사람마다 천만 년 종교 부자가 되오리까?

공자님은 춤도 추시고, 노래도 하시고, 풍류도 하시고, 선배도 되시고, 문장도 되시고, 장수가 되셔도 가하고, 정승이 되셔도 가하고, 천자도 가히 되실 신성하신 우리 공부자님을, 어찌하여 속은 컴컴하고 외양만 번주그레한 위인들이 광수의만 입고 꿇어만 앉아 공자님 도학이 이뿐이라 하여 고담준론高談峻論을 하면서 이렇게 하여야 집을 보존하고 인군을 섬긴다 하여 자기 자손뿐 아니라 남의 자제까지 연골에 버려 골생원님이 되게 하니, 그런 자들은 종교에 난적亂賊이요, 교육에 공적公

敵이라 공자님께서 대단히 욕보셨소. 설사 공자님이 생존하셨을지라도 오히려 북을 울려 그 자들을 벌하셨으리라.

그만도 못한, 승부꾼이라 일차꾼이라 하는 자는 천시도 모르고, 지리도 모르고, 다만 의취 없는 강남 풍월한 다년이라. 뜻도 모르는 것은 원코 형코라 하여 국가의 수용하는 인재 노릇을 하였으니 그렇고야 어찌 나라가 이 지경이 아니 되겠소?

대체 글을 무엇에 쓰자고 읽소? 사리를 통하려고 읽는 것인데 내 나라 지지와 역사를 모르고서 제갈량전과 비사맥전을 천만 번이나 읽은들 현금 비참한 지경을 면하겠소? 일본 학교 교과서를 보시오. 소학교 교과하는 것은 당초에 대한이라 청국이라는 말도 없이 다만 자국 인물이 어떠하고 자국 지리가 어떠하다 하여 자국 정신이 굳은 후에 비로소 만국 역사와 만국 지지를 가르치니, 그런고로 무론남녀하고 자국의 보통 지식 없는 자가 없어 오늘날 저러한 큰 세력을 얻어 나라의 영광을 내었소.

우리나라 남자들은 거룩하고 고명한 학문이 있는 듯하나 우리 여자 사회에야 그 썩고 냄새나는 천지현황 글자나 아는 사람이 몇이나 되오? 남자들도 응당 귀도 있고 눈도 있으리니, 타국 남자와 같이 학문을 힘쓰려니와 우리 여자도 타국 여자와 같이 지식이 있어야 우리 대한 삼천리 강토도 보전하고, 우리 여자 누백 년 금수도 면하리니, 지식을 넓히려면 하필 어렵고 어려운 십 년 이십 년 배워도 천치를 면치 못할 학문이 쓸데 있소? 불가불 자국 교과를 힘써야 되겠다 합니다.”

(국란) “아니오, 우리나라가 가뜩 무식한데 그나마 한문도 없어지면 수모 세계를 만들려오? 수모란 것은 눈이 없이 새우를 따라다니면서 새우 눈을 제 눈같이 아나니 수모 세계가 되면 새우는 어디 있나? 아니 될 말이오. 졸지에 한문을 없이하고 국문만 힘쓰면 무슨 별 지식이 나

리까? 나도 한문을 좋다 하는 것은 아니나 형편으로 말하면 요순 이래 치국평천하治國平天下 하는 법과 수신제가修身齊家 하는 천사만사千事萬事 가 모두 한문에 있으니 졸지에 한문을 없애고 국문만 쓰면, 비유컨대 유리창을 떼어버리고 흙벽 치는 셈이오. 국문은 우리나라 세종대왕께서 만드실 때 적공이 대단하셨소. 사신을 여러 번 중국에 보내어 그 성음 이치를 알아다가 자모음을 만드시니, 반절이 그것이오.

우리 세종대왕 근로하신 성덕은 다 말씀할 수 없거니와 반절 몇 줄에 나랏돈도 많이 들었소. 그렇건마는 백성들은 줏들은 한문자만 숭상하고 국문은 버려두어서 암글이라 지목하여 부인이나 천인이 배우되 반절만 깨치면 다시 읽을 것이 없으니 보는 것은 다만 춘향전 · 심청전 · 홍길동전 등물뿐이라, 춘향전을 보면 정치를 알겠소? 심청전을 보고 법률을 알겠소? 홍길동전을 보아 도덕을 알겠소? 말할진대 춘향전은 음탕 교과서요, 심청전은 처량 교과서요, 홍길동전은 허황 교과서라 할 것이니, 국민을 음탕 교과로 가르치면 어찌 풍속이 아름다우며, 처량 교과로 가르치면 어찌 장진지망이 있으며, 허황 교과로 가르치면 어찌 정대한 기상이 있으리까? 우리나라 난봉 남자와 음탕한 여자의 제반악증이 다 이에서 나니 그 영향이 어떠하오?

혹 발명하려면 춘향전을 누가 가르쳤나, 심청전을 누가 배우라나, 홍길동전을 누가 읽으라나, 비록 읽으라 할지라도 다 제게 달렸지 할 터이나, 이것이 가르친 것보다 더하지. 휘문의숙 같은 수층 양옥과 보성학교 같은 너른 교장에 칠판 · 괘종 · 책상 · 걸상을 벌여놓고 고명한 교사를 월급 주어 가르치는 것보다 더 심하오. 그것은 구역과 시간이나 있거니와 이것은 구역도 없고 시간도 없이 전국 남녀들이 자유권으로 틈틈이 보고 곳곳이 읽으니 그 좋은 몇백만 청년을 음탕하고 처량하고 허황한 구멍에 쓸어 묻는단 말이오.

그나 그뿐이오? 혹 기도하면 아이를 낳는다, 혹 산신이 강림하여 복을 준다, 혹 면례를 잘하여 부귀를 얻는다, 혹 불공하여 재액을 막았다, 혹 돌구멍에서 용마가 났다, 혹 신선이 학을 타고 논다, 혹 최 판관이 붓을 들고 앉았다 하는 제반악증의 괴괴망측한 말을 다 국문으로 기록하여 출판한 판책도 많고 등출한 세책도 많아 경향 각처에 불똥 튀어 박히듯 없는 집이 없으니 그것도 오거서라 평생을 보아도 못다 보오.

그 책을 나도 여간 보았거니와 좋은 종이에 주옥같은 글씨로 세세성문하여 혹 이삼 권 혹 수십여 권 되는 것이 많고 백 권 내외 되는 것도 있으니, 그 자본은 적으며 그 세월은 얼마나 허비하였겠소? 백해무리한 그 책을 값을 주고 사며 세를 주고 얻어 보니 그 돈은 헛돈이 아니오? 국문 폐단은 그러하지마는 지금 금운 씨의 말과 같이 한문을 전폐하고 국문만 쓸진대 춘향전·심청전·길동전이 되겠소, 괴악망측한 소설이 제자백가가 되겠소? 그는 다 나의 분격한 말이라, 나도 항상 말하기를 자국정신을 보존하려면 국문을 써야 되겠다 하지마는 그 방법은 졸지에 계획할 수 없습니다.

가령 남의 큰집에 들었다가 그 집이 본래 남의 집이라 믿음성이 없다 하고 떠나려면, 한편으로 차차 재목을 준비하고 목수·석수를 불러 시역할새, 먼저 배산임유 좋은 곳에 터를 닦아 모월 모일 모시에 입주하고, 일대 문장에게 상량문을 받아 아랑위 아랑위 하는 소리에 수십 척 들보를 높이 얹고 정당 몇 칸, 침실 몇 칸, 행랑 몇 칸을 예산대로 세워 놓으니, 차방 다락 조밀하고 도배장판 정쇄한데, 우리나라 효자 열녀의 좋은 말씀을 문장 명필의 고명한 솜씨로 기록하여 부벽주련으로 여기저기 붙이고 나도 내 집 사랑한다는 대자현판을 정당에 높이 단 연후에 그제야 세간 집물을 옮겨다가 쌓을 데 쌓고 놓을 데 놓아 질자배기·부지깽이 한 개라도 서실이 없어야 이사한 해가 없나니, 만일 옛집을 남의 집이라 하여 졸지에 몸만 나오든지 세간 집물을 한데 내어놓든지 하고 그 집을 비워 주인을 맡기면 어디로 가자는 말이오?

우리나라 국문은 미상불 좋은 글이나 닦달 아니 한 재목과 같으니, 만일 한문을 버리고 국문만 쓰려면 한문에 있는 천만사와 천만 법을 국문으로 번역하여 유루한 것이 없은 연후에 서서히 한문을 폐하여 지나 사람을 되주든지 우리가 휴지로 쓰든지 하고, 그제야 국문을 가위 글이라 할 것이니, 이 일을 예산한즉 오십 년가량이라야 성공하겠소.

만일 졸지에 한문을 없이하려면 남의 집이라고 몸만 나오는 것과 무엇이 다르오? 남의 집은 주인이 있어 혹 내어놓으라고 독촉도 하려니와 한문이야 누가 내어놓으라 하는 말이 있소? 서서히 형편을 보아 폐지함이 가할 것이오. 국문만 쓸지라도 옛날 보던 춘향전이니 길동전이니 심청전이니 그 외에 여러 가지 음담패설을 다 엄금하여야 국문에 영향이 정대하고 광명하지, 그렇지 못하면 수천 년 숭상하던 한문만 잃어버리리니 정대한 국문만 쓸진대 누가 편리치 않다 하오리까?

가령 한문의 부자군신이 국문의 부자군신과 경중이 있소? 국문의 백 냥 천 냥이 한문의 백 냥 천 냥과 다소가 있소? 국문으로 패독산 방문을 내어도 발산되기는 일반이요, 국문으로 삼해주 방법을 빙거하여도 취하기는 한 모양이오. 국문으로 욕설하면 탄하지 않겠소? 한문으로 칭찬하면 더 좋아하겠소? 국문의 호랑이도 무섭고, 국문의 원앙새도 어여쁘리라.

국문과 한문이 다름없으나 어찌 우리 여자 권리로 연혁을 확정하리오. 문부 관리들 참 딱한 것이, 국문은 쓰든지 아니 쓰든지 그 잡담소설이나 금하였으면 좋겠소. 그것 발매하는 자들이 투전 장사나 다름없나니 투전은 재물이나 상하려니와 음담소설은 정신조차 버리오. 문부 관리들 그 아니 답답하오? 청년남녀의 정신 잃는 것을 어찌 차마 앉아 보기만 하오?

학무국은 무슨 일들 하며, 편집국은 무슨 일들 하는지 저러한 관리를 믿다가는 배꼽에 노송나무가 나겠소. 우리 여자 사회가 단체하여 문부 관리에게 질문 한번 하여보옵시다.

여보, 사회단체가 그리 용이하오? 우리나라 백 년 이하 각항 단체를 내 대강 말하오리다. 관인 사회는 말할 것이 없거니와 종교 사회로 말할지라도 무론 어느 나라하고 종교 없이 어찌 사오? 야만 부락의 코끼리에게 절하는 것과, 태양에 비는 것과, 불과 물을 위하는 것을 웃기는 웃거니와 그 진리를 연구하면 용혹무괴요. 만일 다수한 국민이 겁내는 것도 없고 의귀할 곳도 없고 존칭할 것도 없으면 어찌 국민의 질서가 있겠소? 약육강식하는 금수 세계만도 못하리다.

그런고로 태서 정치가에서 남의 나라의 강약허실을 살피려면 먼저 그 나라 종교 성질을 본다 하니 그 말이 유리하오. 만일 종교에 의귀할 바가 없으면 비록 인물이 번성하고 토지가 강대한 나라로 군부에 대포가 가득하고 탁지에 금전이 가득하고 공부에 기계가 가득할지라도 수백 년 전 남미 인종과 다름없으리다.

동서양 종교 수효와 범위를 말씀하건대 회회교·희랍교·토숙탄교·천주교·기독교·석가교와 그 외에 여러 교가 각각 범위를 넓혀 세계에 세력을 확장하되 저 교는 그르다, 이 교는 옳다 하여 경쟁하는 세력이 대포·장창보다 맹렬하니, 그중에 망하는 나라도 많고 흥하는 사람 많소.

우리 동양 제일 종교는 세계의 독일무이하신 대성지성하신 공부자 아니시오? 그 말씀에 정대한 부자·군신·부부·형제·붕우에 일용상행 하는 일을 의논하사 사람으로 하여금 사람 되는 도리를 가르치시니, 그 성덕이 거룩하시고 융성하시며 향념하시는 마음이 일광과 같으사

귀천남녀 없이 다 비추이건마는 우리나라는 범위를 좁혀서 남자만 종교를 알지 여자는 모를 게라, 귀인만 종교를 알지 천인은 모를 게라 하여 대성전에 제관 싸움이나 하고 시골 향교에 재임이나 팔아먹고 소민들은 향교 추렴이나 물리니 공자님의 도라는 것이 무엇이오?

도포나 입고 쌍상투나 틀고 혁대와 죽영이나 달고 꿇어앉아서 마음이 어떠한 것이라, 성품이 어떠한 것이라 하며 진리는 모르고 주워들은 풍월같이 지껄이면서 이만하면 수신제가도 자족하지, 치국평천하도 자족하지, 세상도 한심하지 나 같은 도학군자를 아니 쓰기로 이렇다 하여 백 가지로 괴탄하다가 혹 세도 재상에게 소개하여 제주 찬선으로 초선이나 되면 공자님이 당시의 자기로만 알고 도태를 뽑아내며 괴팍한 위인에 야매한 언론으로 천하대세도 모르고 척양합시다, 척왜합시다, 상소나 요명차로 눈치 보아가며 한두 번 하여 시골 선배의 칭찬이나 듣는 것이 대욕소관이지.

옛적 정자산의 외교 수단을 공자님도 칭찬하셨으니 공자님은 척화를 모르시오? 척화도 형편대로 하는 것이지 붓끝으로만 척화 척화 하면 척화가 되오? 또 고상하다 자칭하는 자는 당초 사직으로 장기를 삼아 나라가 내게 무슨 상관있나? 백성이 내게 무슨 이해 있나? 독선기신이 제일이지, 자질도 이렇게 가르치고 문인도 이렇게 어거하여 혹 총명재자가 있어 각국 문명을 흠선하여, 정치가 어떠하다, 법률이 어떠하다, 교육이 어떠하다, 언론을 하게 되면 자세히 듣지는 아니하고 돌려세우고 고담준론으로 아무 집 자식도 버렸다, 그 조상도 불쌍하다 하여 문인 자제를 엄하게 신칙하되, 아무개와 상종을 말라, 그 말을 듣다가는 너희가 내 눈앞에 보이지 말라 하니, 우리 이천만 인이 다 그 사람의 제자 되면 나라꼴은 잘되겠지요.

그만도 못한 시골고로리 사회는 더구나 장관이지. 공자님 성씨가 누구신지요, 휘자가 무엇인지 알지도 못하는 인류들이 향교와 서원은 자기들의 밥자리로 알고, 사돈 여보게, 출표하러 가세. 생질 너도 술 먹으러 오너라. 돼지나 잡았는지. 개장국도 꽤 먹겠네. 수복아, 추렴 통문 놓아라. 고직아, 별하기 닭아라. 아무가 문필은 똑똑하지마는 지체가 나빠 봉향감 못 되어, 아무는 무식하지마는 세력을 생각하면 대축이야 갈 데 있나. 명륜당이 견고하여 술주정 좀 하여도 무너질 바 없지. 교궁은 이렇게 위하여야 종교를 밝히지. 아무 골 향교에는 학교를 설시하였다 하고, 아무 골 향교 전답을 학교에 붙였다 하니, 그 골에는 사람의 새끼 같은 것이 하나 없어 그러한 변이 어디 또 있나? 아무 골 향족이 명륜당에 앉았다니 그 마룻장은 대패질을 하여라. 아무 집 일명이 색장을 붙었다니 그 재판을 수세미질이나 하여라 하여, 종교라는 종 자는 무슨 종 자며, 교 자는 무슨 교 자인지 착착 접어 먼지 속에 파묻고, 싸우나니 양반이요, 다투나니 재물이라. 이것이 우리 신성하신 대종교라 하오.

한심하고 통곡할 만도 하오. 종교가 이렇듯 부패하니 국세가 어찌 강성하겠소?

학교와 서원 성질을 말하리다. 서원은 소학교 자격이요, 향교는 중학교 자격이요, 태학은 대학교 자격이라. 서원은 선현 화상을 봉안하여 소학동자로 하여금 자국 인물을 기념케 함이요, 향교에는 대성인 위패를 봉안하여 중학 학생으로 하여금 종교를 경앙케 함이요, 태학에는 예악 문물을 더 융성히 하여 태학 학생으로 하여금 종교사상이 더욱 견고케 함이니, 어찌 다만 제사만 소중이라 하여 사당집과 일반으로 돌려보내리오. 교육을 주장하는고로 향교와 서원을 당초에 설시하였고, 종교를 귀중하는 고로 대성인과 명현을 뫼셨고, 성현을 뫼신고로 제례를 행하나니 교육과 종교는 주체가 되고 제사는 객체가 되거늘, 근래는 주체는 없어지고 객체만 숭상하니 어찌 열성조의 설시하신 본의라 하리오?

제사만 위한다 할진대 태묘도 한 곳뿐이어늘 아무리 성인을 존봉할지라도 어찌 삼백 육십여 군의 골골마다 향화를 받들리까? 저 무식한 자들이 교육과 종교는 버리고 제사만 위중한다 한들 성현의 마음이 어찌 편안하시리까?

종교에야 어찌 귀천과 남녀가 다르겠소? 지금이라도 종교를 위하려면 성경현전을 알아보기 쉽도록 국문으로 번역하여 거리거리 연설하고, 성묘와 서원에 무애히 농용하며, 가령 제사로 말할지라도 귀인은 귀인 예복으로 참사하고, 천인은 천인 의관으로 참사하고, 여자는 여자 의복으로 참사하여, 너도 공자님 제자, 나도 공자님 제자 되기 일반이라 하면 종교 범위도 넓고, 사회단체도 굳으리다.

또 사회의 폐습을 말할진대 확실한 단체는 못 보겠습디다. 상업 사회는 에누리 사회요, 공장 사회는 날림 사회요, 농업 사회는 야매 사회라, 하나도 진실하고 기묘하여 외국 문명을 당할 것은 없으니 무슨 단체가 되겠소? 근래 신교육 사회는 구교육 사회보다는 낫다 하나 불심상원이오.

관공립은 화욕 학교라 실상은 없고 문구뿐이요, 각처 사립은 단명 학교라 기본이 없어 번차례로 폐지할 뿐 아니라, 무론 아무 학교든지 그중에 열심한다는 교장이니 찬성장이니 하는 임원더러 묻되, 이 학교에 제갈량과 이순신과 비사맥과 격란사돈 같은 인재를 교육하여 일후의 국가 대사를 경륜하려고 하면 열에 한둘도 없고, 또 묻되 이 학교에 인재 성취는 이 다음 일이요, 교육 사회에 명예나 취하려고 하면 열에 칠팔이 더 되니 그 성의가 그러하고야 어찌 장구히 유지하겠소? 교원·강사도 한만한 출입을 아니 하고 시간을 지키어 왕래한다니 그 열심은 거룩하오. 공익을 위함인지, 명예를 위함인지, 월급을 위함인지, 명예도 아니요, 월급도 아니요, 실로 공익만 위한다 하는 자가 몇이나 되겠소?

216

무론 공사관립하고 여러 학생들에게 묻되, 학문을 힘써 일후에 사환을 하든지 일신쾌락을 희망하느냐, 국가에 몸을 바치는 정신 얻기를 주의하느냐 하게 되면, 대·중·소학교 몇만 명 학도 중에 국가정신이라고 대답하는 자 몇몇이나 되겠소?

또 여자교육회니 여학교니 하는 것도 권리 없고 자본 없는 부인에게만 맡겨두니 어찌 흥왕하리오. 무론 아무 사회하고 이익만 위하고 좀 낮다는 자는 명예만 위하고, 진실한 성심으로 나라를 위하여 이것을 한다든가, 백성을 위하여 이것을 한다는 자 역시 몇이나 되겠소?

이렇게 교육 교육할지라도 십 년 이십 년에 영향을 알리니 그중에도 몇 사람이야 열심 있고 성의 있어 시사를 통곡할 자가 있겠지요마는 단체 효력을 오히려 못 보거든 하물며 우리 여자에 무슨 단체가 조직되겠소? 아직 가정 여러 자녀를 잘 가르치고 정분 있는 여자들에게 서로 권고하여 십 인이 모이고 이십 인이 모여 차차 단정히 서립하여야 사회든지 교육이든지 하여보지, 졸지에 몇백 명 몇천 명을 모아도 실효가 없어 일상 남자 사회만 못하리라."

(설헌) "그러하오마는 세상 일이 어찌 아무것도 아니하고 앉아서 기다리기만 하리까? 여보, 우리 여자 몇몇이 지껄이는 것이 풀벌레 같을지라도 몇 사람이 주창하고 몇 사람이 권고하면 아니 될 일이 어디 있소? 석 달 장마에 한 점 볕이 갤 장본이요, 몇 달 가물에 한 조각 구름이 비 올 장본이니, 우리 몇 사람의 말로 천만 인 사회가 되지 아니할지 뉘 알겠소?

청국 명사 양계초 씨 말씀에 하였으되, 대저 사람이 일을 하려면 이기려다가 패함도 있거니와 패할까 염려하여 당초에 하지 아니하면 이는 당초에 패한 사람이라 하니, 오늘 시작하여 내일 성공할 일이 우리 팔자에 왜 있겠소? 그러나 우리가 우쭐거려야 우리 자식 손자들이나 행복을 누리지. 일향 우리나라 사람을 부패하다, 무식하다 조롱만 하면 똑똑하고 요요한 남의 나라 사람이 우리에게 소용 있소?

우리나라 삼백 년 이전이야 어떠한 정치며 어떠한 문물이오? 일본이 지금 아무리 문명하다 하여도 범백 제도를 우리나라에서 많이 배워 갔소. 그 나라 국문도 우리나라 왕인 씨가 지은 것이니, 근일 우리나라가 부패치 아니한 것은 아니나 단군·기자 이후로 수천 년 이래에 어떠한 민족이오?

철학가 말에, 편안한 것이 위태한 근본이라 하니, 우리나라 사람이 기백 년 편안하였은즉 한번 위태한 일이 어찌 없겠소? 또 말하였으되, 무식은 유식의 근원이라 하였으니 우리나라 사람이 오래 무식하였으니 한번 유식하지 아니할 이유가 있겠소?

가령 남의 집에 가서 보고, 그 집 사람들은 음식도 잘하더라, 의복도 잘하더라, 내 집에서는 의복·음식 솜씨가 저러하지 못하니 무엇에 쓸꼬 하고 가속을 박대하면 남의 좋은 의복·음식이 내게 무슨 상관있소? 차라리 저 음식은 어떠하니 좋지 아니하다, 이 의복은 어떠하니 좋지 아니하다 하여 제도를 자세히 가르쳐서 남의 것과 같이 하는 것만 못하니, 부질없이 내 집안사람만 불만히 여기면 가도가 바로잡힐 리가 있으리까?

소학에 가로되, 좋은 사람이 없다 함은 덕 있는 말이 아니라 하였으니, 내 나라 사람을 무식하다고 능멸하여 권고 한마디 없으면 유식하신 매경 씨만 홀로 살으시려오? 여보 여보, 열심을 잃지 말고 어서어서 잡지도 발간, 교과서도 지어서 우리 일천만 여자 동포에게 돌립시다.

우리 여자의 마음이 이러하면 남자도 응당 귀가 있겠지. 십 년 이 십 년을 멀다 마오. 산림 어른이 연설꾼 아니 될지 뉘 알며, 향교 재임이 체조 교사 아니 될지 뉘 알겠소? 속담에 이른 말에 '뜬쇠가 달면 더 뜨

겁다' 하였소.

지금은 범백 권리가 다 남자에게 있다 하나 영원한 권리는 우리 여자가 차지하옵시다. 매경 씨 말씀에, 자녀를 교육하자 함이 진리를 알으시는 일이오. 우리 여자만 합심하고 자녀를 잘 교육하면 제 이세의 문명은 우리 사업이라 할 수 있소.

자식 기르는 방법을 대강 말하오리다. 자식을 낳은 후에 가르칠 뿐 아니라 뱃속에서부터 가르친다 하였으니, 그런고로 《예기》에 태육법을 자세히 말하였으되, 부인이 잉태하매 돗자리가 바르지 아니하거든 앉지 아니하며, 벤 것이 바르지 아니하거든 먹지 말라 하였으니, 그 앉는 돗, 먹는 음식이 탯덩이에 무슨 상관이 있겠소마는 바른 도리로만 행하여 마음에 잊지 말라 함이오. 의원의 말에도 자식 밴 부인이 잡것을 먹지 말라 하고, 음식의 차고 더운 것을 평균케 하고, 배를 항상 더웁게 하고, 당삭하거든 약간 노동하여야 순산한다 하였소.

뱃속에서도 이렇게 조심하거든 나온 후에 어찌 범연히 양육하오리까? 제가 비록 지각이 없을 때라도 어찌 그 앞에서 터럭만치 그른 일을 행하겠소? 밥 먹는 법, 잠자는 법, 말하는 법, 걸음 걷는 법 일동일정을 가르치되, 속이지 아니함을 주장하여 정대한 성품을 양육한즉 대인군자가 어찌하여 되지 못하리까?

맹자님 모친께서 맹자님 기르실 때에 마침 동편 이웃집에서 돼지를 잡거늘 맹자께서 물으시되, '저 돼지는 어찌하야 잡나니이까?' 맹모 희롱으로, '너를 먹이려고 잡는다' 하셨더니 즉시 후회하시되, '어린아이를 속이는 법을 가르쳤다' 하고 그 고기를 사다가 먹이신 일이 있고, 맹자가 점점 자라실새 장난이 심하여 산 밑에서 살 때에 상두꾼 흉내를 내시거늘 맹모가 가라사대, '이곳이 아이 기를 곳이 못 된다' 하시고 저자 근처로 이사하였더니, 맹자께서 또 물건 매매하는 형용을 지으시니 맹모가 또 집을 떠나 학궁 곁에 거하시매 그제야 맹자 예절 있는 희롱을 하시는지라 맹모 말씀이, '이는 참 자식 기를 곳이라' 하시고, 가르쳐 만세 아성이 되셨소. 한 아들을 가르쳐 억조창생에게 무궁한 도학이 있게 하시니 교육이란 것이 어떠하오? 만일 맹자께서 상두나 메시고 물건이나 팔러 다니셨다면 오늘날 맹자님을 누가 알겠소?

《비유요지》라 하는 책에 말하였으되, 서양에 한 부인이 그 아들을 잘 교육할새 그 아들이 장성하여 장사치로 나가거늘 그 부인이 부탁하되, '너는 어디 가든지 남 속이지 아니하기로 공부하라.' 그 아들이 대답하고 지화 몇백 원을 옷깃 속에 넣고 행하다가 중로에서 도적을 만나니 그 도적이 묻되, '너는 무슨 업을 하며 무슨 물건을 몸에 지녔느냐?' 하되, 그 아이는 대답하되, '나는 장사하는 사람이니 지화 몇백 원이 옷깃 속에 있노라' 하니, 도적이 그 정직함을 괴히 여겨 뒤져본즉 과연 있는지라, 당초에 깊이 감추고 당장에 은휘치 아니하는 이유를 물은즉 그 사람이 대답하되, '내 모친이 남을 속이지 말라 경계하셨으니 어찌 재물을 위하여 친교를 어기리오.' 도적이 각각 탄복하여 말하되, '너는 효성 있는 사람이라. 우리 같은 자는 어찌 인류라 하리오.' 그 지화를 다시 옷깃에 넣어주고 그 후로는 다시 도적질도 아니 하였다 하였소.

그 부인이 자기 아들을 잘 교육하여 남의 자식까지 도적의 행위를 끊게 하니 교육이라는 것이 어떠하오? 송나라 구양수 씨도 과부의 아들로 자라매, 집이 심히 가난하여 서책과 필묵이 없거늘, 그 모친이 갈대로 땅을 그어 글을 가르쳐 만고문장이 되었고, 우리나라 퇴계 이 선생도 어릴 때 그 모친이 말씀하되, '내 일찍 과부 되어 너희 형제만 있으니 공부를 잘하라, 세상 사람이 과부의 자식은 사귀지 아니한다니 너희는 그 근심을 면하게 하라' 하고, 평상시에 무슨 물건을 보면 이치를 가르치며 아무 일이고 당하면 사리를 분석하여 순순히 교훈하사 동방

공자가 되셨으니 교육이라는 것이 어떠하오?

예로부터 교육은 어머니께 받는 일이 많으니 우리도 자식을 그런 성력과 그런 방법으로 교육하였으면 그 영향이 어떠하겠소? 우리 여자 사회에 큰 사업이 이에서 더한 일이 있겠소? 여러분 여자들, 지금 남자와 지금 여자를 조롱 말고 이 다음 남자와 이 다음 여자나 교육 좀 잘하여 봅시다."

(국란) "그 말씀 대단히 좋소. 자식 기르는 법과 가르치는 공효를 많이 말씀하셨으나 자식 사랑하는 이유가 미진한 고로 여러분 들으시기 위하여 그 진리를 말씀하오리다.

세상 사람들이 자식을 사랑한다 하나 실상은 자기 일신을 사랑함이니, 자식이 나매 좋아하고 기꺼하는 마음을 궁구하면, 필경은 '저 자식이 있으니 내 몸이 의탁할 곳이 있으며, 내 자식이 자라니 내 몸 봉양할 자가 있도다' 하고, 혹 자식이 병이 들면 근심하고, 혹 자식이 불행하면 설워하니, 근심하고 설워하는 마음을 궁구하면 필경은 '내 자식이 병들었으니 누가 나를 봉양하며, 내 자식이 없었으니 내가 누구를 의탁하리오' 하나, 그 마음이 하나도 자식을 위한다는 자도 없고 국가를 위한다는 자도 없으니 사람마다 자식 자식 하여도 진리는 실상 모릅디다.

자식의 효도를 받는 것이 어찌 내 몸만 잘 봉양하면 효도라 하리오? 증자 말씀에 인군을 잘못 섬겨도 효가 아니요, 전장에 용맹이 없어도 효가 아니라 하셨으니, 이 말씀을 생각하면 자식이라는 것이 내 몸만 위하여 난 것이 아니요, 실로 나라를 위하여 생긴 것이니 자식을 공물이라 하여도 합당하오.

혹 모르는 사람은 이 말을 들으면 필경 대경소괴하여 말하되, 실로 그러할진대 누가 자식 있다고 좋아하며 자식 없다고 설워하리오? 청국 강남해 말에, 대동세계에는 자식 못 낳은 여자는 벌이 있다 하더니, 과연 벌하기 전에야 생산하려는 자가 있겠소? 혹 생산하더라도 내 몸은 봉양하여 주지 아니하고 국가만 위하여 교육을 받으라 하겠소? 이러한 말이 널리 들리면 윤리상에 대단 불행하겠다 하여 중언부언할 터이지 마는, 지금 내 말이 윤리상의 불행함이 아니라 매우 다행하오리다.

자식을 공물로 인정하더라도 그렇지 아니한 소이연이 있으니, 가령 우마를 공물이라 하면 농업가와 상업가에서 우마를 부리지 아니하리까? 저 집에 우마가 있으면 내 집에 없어도 관계가 없다 하여 사람마다 마음이 그러하면 우마가 이미 절종되었을 터이나, 비록 공물이라도 우마가 있어야 농업과 상업에 낭패가 없은즉, 자식은 공물이라고, 있는 것을 귀히 여기지 아니하리오. 기왕 자식이 있는 이상에는 공물이라고 교육 아니 하다가는 참말 윤리에 불행한 일이오.

가령 어부가 동무를 연합하여 고기를 잡되, 남의 그물에 걸린 것이 내 그물에 걸린 것만 못하다 하니, 국가 대사업을 바라는 마음은 같으나 어찌 남의 자식 성취한 것이 내 자식 성취한 것만 하오리까? 그러한즉 불가불 자식을 교육할 것이요, 자식이 나서 나라의 사업을 성취하고 국민에 이익을 끼치면 그 부모는 어찌 영광이 없으리까?

옛날 사파달이라 하는 땅에 한 노파가 여덟 아들을 낳아서 교육을 잘하여 여덟이 다 전장에 갔다가 죽은지라, 그 살아 돌아오는 사람더러 묻되, '이번 전장에 승부가 어떠한고?' 그 사람이 대답하되, '전쟁은 이기었으나 노인의 여러 아들은 다 불행하였나이다' 하거늘 노구 즉시 일어나 춤을 추며 노래를 불러 가로되, '사파달아, 사파달아, 내 너를 위하여 아들 여덟을 낳았도다' 하고 슬퍼하는 빛이 없으니, 그 노구가 참 자식을 공물로 인정하는 사람이니, 그는 생산도 잘하고 교육도 잘하고 영광도 대단하오이다.

우리나라 사람들이 자식의 진리를 몇이나 알겠소? 제일 가관의 일이, 정처에게 자식이 없으면 첩의 소생은 비록 여룡여호如龍如虎하여 문장은 이태백이요, 풍채는 두목지요, 사업은 비사맥이라도 서자라, 얼자라 하여 버려두고, 정도 없고 눈에도 서투른 남의 자식을 솔양하여 아들이라 하는 것이 무슨 일이오?

성인의 법제가 어찌 그같이 효박할 이유가 있으리까? 적서라는 말씀은 있으나 근래 적서와는 대단히 다르오. 정처의 소생이라도 장자 다음에는 다 서자라 하거늘, 우리나라는 남의 정처 소생을 서자라 하면 대단히 뛰겠소. 양자법으로 말할지라도 적서에 자녀가 하나도 없어야 양자를 하거늘 서자라 버리고 남의 자식을 솔양하니 하나도 성인의 법제는 아니오. 자식을 부모가 이같이 대우하니 어찌 세상에서 대우를 받겠소?

그 서자이니 얼자이니 하는 총중에 영웅이 몇몇이며, 문장이 몇몇이며, 도덕군자가 몇몇인지 누가 알겠소? 그 사람도 원통하거니와 나랏일이야 더구나 말할 것이 있소? 남의 나라 사람도 고문이니 보좌이니 쓰는 법도 있거든 우리나라 사람에 무엇을 그리 많이 고르는지 이성호는 적서등분을 혁파하자, 서북 사람을 통용하자 하여 열심으로 의논하였고, 조은당의 부인 김씨는 자제를 경계하되, 너희가 서모를 경대하지 아니하니 어찌 인사라 하리오. 아비의 계집은 다 어미라 하셨나니 이 두 말씀이 몇백 년 전에 주창하였으니 그 아니 고명하오?

또 남의 후취로 들어가서 전취 소생에게 험히 구는 자 있으니 그것은 무슨 지각이오? 아무리 나의 소생은 아니나 남편의 자식은 분명하니 양자보담은 매우 간절하오. 사람의 전조모와 후조모라 하여 자손의 마음에 후박이 있으리까? 그렇건마는 몰지각한 후취 부인들은 내 속으로 낳지 아니하였으니 내 자식이 아니라 하여 동네 아이만도 못하고 종의 자식만도 못하게 대우하니 어찌 그리 박정하고 무식하오? 아무리 원수같은 자식이라도 내 몸이 늙어지면 소생 자식 열보다 나며, 그 손자로 말할지라도 큰자식의 손자가 소생 손자 열보다 낫지 아니하오?

원수같이 알고 도척같이 알던 그 자식 그 손자가 일후에 만반진수를 차려놓고, 유세차 효자모 · 효손모는 감소고우 현비 · 현조비 모봉 모씨라 하면 아마 혼령이라도 무안하겠지. 또 자식을 기왕 공물로 인정할진대 내 소생만 공물이요, 전취 소생은 공물이 아니겠소? 아무리 전취 자식이라도 잘 교육하여 국가의 대사업을 성취하면 그 영광이 아마 못생긴 소생 자식보다 얼마쯤이 유조하리니, 이 말씀을 우리 여자 사회에 공포하여 그 소위 서자이니, 전취 자식이니 하는 악습을 다 개량하여 윤리상 영원한 행복을 누리게 합시다."

(매경) "자식의 진리를 자세히 말씀하셨으나 그 범위는 대단히 넓다고는 못 하겠소. 기왕 자식을 공물이라 말씀하셨으면 공물이 많아야 좋겠소, 공물이 적어야 좋겠소? 공물이 많아야 좋다 할진대 어찌 서자이니 전취 소생이니 그것만 공물이라 하여도 역시 사정이올시다.

비록 종의 자식이나 거지의 자식이라도 우리나라 공물은 일반이어늘, 소위 양반이니 중인이니 상한이니 서울이니 시골이니 하여 서로 보기를 타국 사람같이 하니 단체가 성립할 날이 어찌 있겠소? 또 서북으로 말할지라도 몇백 년을 나라 땅에 생장하기는 일반이어늘, 그 사람 중에 재상이 있겠소, 도학군자가 있겠소? 천향이라 하여도 가하니 그 사람 중에 진개 재상 재목과 도학군자 자격이 없는 것이 아니라, 재상의 교육과 군자의 학문이 없음인지 몇백 년 좋은 공물을 다 버리고 쓰지 아니하였으니 어찌 나라가 왕성하오리까?

이성호 말씀에, 반상을 타파하자, 서북을 통용하자 하여 수천 마디 말을 반복 의논하였으나 인하여 무효하였으니 어찌 한심치 아니하겠소? 평안도의 심의 도사 오세양 씨는 그 학문이 우리 동방에 드문 군자라. 그 학설과 이설이 대단히 발표하였건마는 서원도 없고 문집도 없이 초목과 같이 썩어진 일이 그 아니 원통한가?

그 정책은 다름 아니라 서북은 인재가 배출하니 기호와 같이 교육하면 사환 권리를 다 빼앗긴다 하니 그러한 좁은 말이 어디 있겠소? 사환이라는 것은 백성을 대표한 자인즉 백성의 지식이 고등한 자라야 참여하나니 아무쪼록 내 지식을 넓혀서 할 것이지, 남의 지식을 막고 나만 못하도록 하면 어찌 천도가 무심하오리까?

철학 박사의 말에, '차라리 제 나라 민족에 노예가 세세로 될지언정 타국 정부의 보호는 아니 받는다' 하였으니, 그 말을 생각하면 이왕 일이 대단히 잘못되었소.

또 반상으로 말할지라도 그렇게 심한 일이 어디 있겠소? 어찌하다가 한번 상놈이라 패호하면 비록 영웅·열사가 있을지라도 자자손손이 상놈이라 하대하니 그 같은 악한 풍속이 어디 있으리까? 그러나 한 번 상사람 된 자는 도저히 인재 나기가 어려우니, 가령 서울 사람이라 해도 그 실상은 태반이나 시골 생장인즉 시골 풍속으로 잠깐 말하리다. 그 부모 된 자들이 자식의 나이 칠팔 세만 되면 나무를 하여라, 꼴을 베어라 하여, 초등 교과가 꼬부랑 호미와 낫이요, 중등 교과가 가래와 쇠스랑이요, 대학 교과가 밭갈기·논갈기요, 외교 수단이 소장사 등 짐꾼이니, 그 총중에 비록 금옥 같은 바탕이 있을지라도 어찌 저절로 영웅이 되겠소? 결단코 그중에 주정꾼과 노름꾼의 무수한 협잡배들이 당초에 교육을 받았으면 영웅도 되고 호걸도 되었으리라 하오.

혹 그 부모가 소견이 바늘구멍만치 뚫려 자식을 동네 생원님 학구방에 보내면 그 선생이 처지를 따라 가르치되, "너는 큰 글 하여 무엇 하느냐, 계통문이나 보고 취대하기나 보면 족하지. 너는 시부표책 하여 무엇 하느냐, 《전등신화》나 읽어서 아전질이나 하여라" 하니, 그런 참혹한 일이 어디 있겠소? 입학하던 날부터 장래 목적이 이뿐이요, 선생의 교수가 이러하니 제갈량·비사맥 같은 바탕이 몇백 만 명이라도 속절없이 전진할 여망이 없겠으니 이는 소위 양반의 죄뿐 아니라 자기가 공부를 우습게 보아서 그 지경에 빠진 것이오. 옛날 유명한 송귀봉과 서고청은 남의 집 종의 아들로 일대 도학가가 되었고, 정금남은 광주 관비의 아들로 크게 사업을 이루었은즉, 남의 집 종과 외읍 관비보다 더 천한 상놈이 어디 있겠소마는 이 어른들을 누가 감히 존숭치 아니하겠소?

그러나 무식한 자들이야 어찌 그러한 사적을 알겠소? 도무지 선지라 선각이라 하는 양반이 교육 아니 한 죄가 대단하오. 무론 아무 나라하고 상·중·하등 사회가 없는 것은 아니나, 그러나 국가 질서를 유지하려면 불가불 등급이 있어야 문란한 일이 없거늘, 우리나라 경장대신들이 양반의 폐만 생각하고 양반의 공효는 생각지 못하여 졸지에 반상 등급을 벽파하라 하니 누가 상쾌치 아니하겠소마는, 국가 질서의 문란은 양반보다 더 심한 자 많으니 어찌 정치가의 수단이라고 인정하겠소?

지금 형편으로 보면 양반들은 명분 없는 세상에 무슨 일을 조심하리오. 그 행세가 전일 양반만도 못하고 상인들은 요사이 양반이 어디 있어 비록 문장이 된들 무엇 하며, 도학이 있은들 무엇 하나 하여, 혹 목불식정目不識丁하고 준준무식한 금수 같은 유들이 제 집에서 제 형을 욕하며, 제 부모에게 불효한대도 동네 양반들이 말하면 팔뚝을 뽐내며 하는 말이, '시방 무슨 양반이 따로 있나? 내 자유권을 왜 상관이 있나? 내 자유권을 무슨 걱정이야? 그러다가는 뺨을 칠라, 복장을 지를라' 하면서 무수 질욕하나 누가 감히 옳다 그르다 말하겠소? 속담에 상두꾼에도 수번이 있고, 초라니 탈에도 차례가 있다 하니, 하물며 전국 사회가 이렇게 문란하고야 무슨 질서가 있겠소?

갑오년 경장대신의 정책이 웬 까닭이오? 양반은 양반대로 두고, 학교 하는 임원도 양반이며, 학도의 부형도 양반이며, 학도도 양반이고 울긋불긋한 고추장 빛으로 학도의 자모도 학부인이라, 내부인이라 반포하면 전국이 다 양반이 될 일을 어찌하여 양반 없이 한다 하니, 사천 년 전래하던 습관이 졸지에 잘 변하겠소? 지금 형편은 어떠하냐 하면 어기여차 슬슬 당기어라, 네가 못 당기면 내가 당기겠다. 어기여차 슬슬 당기어라. 하는 이 지경에 한번 큰 승부가 달렸은즉, 노인도 당기고, 소년도 당기고. 새아기씨도 당기어도 이길는지 말는지 할 일이오. 나도 양반으로 말하면 친정이나 시집이나 삼한갑족이로되, 그것이 다 쓸데 있소? 우리도 자식을 공물이라 하면 그 소위 서북이니 반상이니 썩고 썩은 말을 다 그만두고 내 나라 청년이면 아무쪼록 교육하여 우리 어렵고 설운 일을 그 어깨에 맡깁시다."

(금운) "작일은 융희 이 년 제일상원이니, 달도 그전과 같이 밝고, 오곡밥도 그전과 같이 달고, 각색 채소도 그전과 같이 맛나건마는 우리 심사는 왜 이리 불평하오?

어젯밤이 참 유명한 밤이오. 우리나라 풍속에 상원일 밤에 꿈을 잘 꾸면 그해 일 년에, 벼슬하는 이는 벼슬을 잘하고, 농사하는 이는 농사를 잘하고, 장사하는 이는 장사를 잘한다 하니, 꿈이라는 것은 제 욕심대로 꾸어서 혹 일 년, 혹 십 년, 혹 수십 년이라도 필경은 아니 맞는 이유가 없소. 우리 한 노래로 긴 밤 새우지 말고, 대한 융희 이 년 상원일에 크나 작으나 꿈꾼 것을 하나 유루 없이 이야기합시다."

(설헌) "그 말씀이 매우 좋소. 나는 어젯밤에 대한제국 자주독립할 꿈을 꾸었소. 활멸사라 하는 사회가 있는데 그 사회 중에 두 당파가 있으니, 하나는 자활당이라 하여 그 주의인즉, 교육을 확장하고 상공을 연구하여 신공기를 흡수하며 부패 사상을 타파하여 대포도 무섭지 아니하고 장창도 두렵지 아니하여 국가에 몸을 바치는 사업을 이루고자 할

새, 그 말에 외국 의뢰도 쓸데없고, 한두 개 영웅이 혹 국권을 만회하여도 쓸데없고, 오직 전국 남녀 청년이 보통 지식이 있어서 자주권을 회복하여야 확실히 완전하다 하여 학교도 설시하며 신서적도 발간하여, 남이 미쳤다 하든지 못생겼다 하든지 자주권 회복하기에 골몰무가하나, 그 당파의 수효는 전사회의 십분지 삼이오.

하나는 자멸당이라 하니 그 주의인즉, 우리나라가 이왕 이 지경에 빠졌으니 제갈공명이 있으면 어찌하며, 격란사돈이 있으면 무엇 하나? 십승지지 어디 있노, 피란이나 갈까 보다, 필경은 세상이 바로잡히면 그때에야 한림 직각을 나 내놓고 누가 하나? 학교는 무엇이야, 우리 마음에는 십대 생원님으로 죽는대도 자식을 학교에야 보내고 싶지 않다. 소위 신학문이라는 것은 모두 천주학인데 우리네 자식이야 설마 그것이야 배우겠나?

또 물리학이니 화학이니 정치학이니 법률학이니, 다 무엇에 쓰는 것인가? 그것을 모를 때에는 세상이 태평하였네. 요사이 같은 세상일수록 어디 좋은 명당자리나 얻어서 부모의 백골을 잘 면례하였으면 자손이 발음이나 내릴는지, 우선 기도나 잘하여야 망하기 전에 집안이나 평안하지, 전곡이 썩어지더라도 학교에 보조는 아니 할 터이야. 바로 도적놈을 주면 매나 아니 맞지, 아무개는 제 집이 어렵다 하면서 학교에 명예 교사를 다닌다지. 남의 자식 가르치기에 어찌 그리 미쳤을까? 글을 읽어라, 수를 놓아라 하는 소리 참 가소롭데. 유식하면 검정콩알이 아니 들어가나? 운수를 어찌하여 아무것도 할 일 없지. 요대로 앉았다가 죽으면 죽고 살면 사는 것이 제일이라 하니, 그 당파의 수효는 십분지 칠이요, 그 회장은 국참정이라는 사람이니, 아무 학회 회장과 흡사하여 얼굴이 풍후하고 수염이 많고 성품이 순실하여 이 당파도 좋아 저 당파도 좋아 하여 반박이 없이 가부취결만 물어서 흥하자 하면 흥하고,

망하자 하면 망하여 회원의 다수만 점검하는데, 그 소수한 자활당이 자멸당을 이기지 못하여 혹 권고도 하며, 혹 욕질도 하며, 혹 통곡도 하면서 분주 왕래하되, 몇 번 통상회의니 특별회의니 번번이 동의하다가 부결을 당한지라, 또 국회장에게 무수 애걸하여 마지막 가부회를 독립관에 개설하고 수만 명이 몰려가더니 소위 자멸당도 목석과 금수는 아니라, 자활당의 정대한 언론과 비창한 형용을 보고 서로 뉘우치며 자활주의로 전수가결되매, 그 여러 회원들이 독립가를 부르고 춤을 추며 돌아오는 거동을 보았소."

(매경) (깔깔 웃으며) "나는 어젯밤에 대한제국의 개명할 꿈을 꾸었소. 전국 사람들이 모두 병이 들었다는데, 혹 반신불수도 있고 혹 수종다리도 있고 혹 내종병도 들고 혹 정충증도 있고 혹 체증·횟배와 귀먹고 눈멀고 벙어리까지 되어 여러 가지 병으로 집집이 앓는 소리요, 곳곳이 넘어지는 빛이라, 남녀노소를 물론하고 성한 사람은 하나도 없더니 마침 한 명의가 하는 말이, 이 병들을 급히 고치지 아니하면 우리 삼천리 강산이 빈 터만 남으리니 그 아니 통곡할 일이오? 내가 화제 한 장을 낼 것이니 제발 믿으시오 하더니 방문을 써서 돌리니, 그 방문 이름은 청심환 골산이니 성경으로 위군하고, 정치·법률·경제·산술·물리·화학·농학·공학·상학·지지·역사 각 등분하여 극히 정묘하게 국문으로 법제하여 병세 쾌차하도록 무시복하되, 병자의 증세를 보아 임시 가감도 하며 대기하기는 주색잡기·경박·퇴보·태타 등이라.

이 방문을 사람마다 베껴다가 시험할새 그 약을 방문대로 잘 먹고 나면 병 낫기는 더 할 말이 없고 또 마음이 청상해지며 환골탈태가 되는데 매미와 뱀과 같이 묵은 허물을 일제히 벗어버립디다.

오륙 세 전 아이들은 당초에 벗을 것이 없으나 팔 세 이상 아이들은 가뭇가뭇한 종잇장 두께만 하고, 십오 세 이상 사람들은 검고 푸르러서

장판 두께만 하고, 삼십 사십씩 된 사람들은 각색 빛이 얼룩얼룩하여 멍석 두께만 하고, 오십 육십 된 사람들은 어룩어룩 두틀두틀하며 또 각색 악취가 촉비하여 보료 두께만 하여, 노소남녀가 각각 벗을 때 참 대단히 장관입니다. 아이들과 젊은이와, 당초에 무식한 사람들은 벗기가 오히려 쉽고, 조금 유식하다는 사람들과 늙은이들은 벗기가 극히 어려워서, 혹 남이 붙잡아도 주고 혹 가르쳐도 주되, 반쯤 벗다가 기진한 사람도 있고 인하여 아니 벗으려고 앙탈하다가 그대로 죽는 사람도 왕왕 있습디다.

필경은 그 허물을 다 벗어 옥골선풍玉骨仙風이 된 후에 그 허물을 주체할 데가 없어 공론이 불일한데, 혹은 이것을 집에 두면 그 냄새에 병이 복발하기 쉽다 하며, 혹은 그 냄새는 고사하고 그것을 집에 두면 철모르는 아이들이 장난으로 다시 입어보면 이것이 큰 탈이라 하며, 혹은 이것을 모두 한곳에 몰아 쌓고 그 근처에 사람 다니는 것을 금하면 다시 물들 염려도 없을 터이나 그것을 한곳에 모아 쌓은즉 백두산보다도 클 것이니, 이러한 조그마한 나라에 백두산이 둘이면 집은 어디 짓고 농사는 어디서 하나? 그것도 못 될 말이지 하며, 혹은 매미 허물은 선퇴라는 것이니 혹 간기증에도 쓰고, 뱀의 허물은 사퇴라는 것이니, 혹 인후증에도 쓰거니와 이 허물은 말하려면 인퇴라 하겠으나 백 가지에 한 군데 쓸데가 없으며 그 성질이 육기가 많고 와사 냄새가 많아서 동해 바다의 멸치 썩은 것과 방불한즉, 우리나라 척박한 천지에 거름으로 썼으면 각각 주체하기도 경편하고 또 농사에도 심히 유익하겠다 하니, 그제야 여러 사람들이 그 말을 시행하여 혹 지게에도 져내고 혹 구루마에 실어 내어 낙역부절絡繹不絶하는 것을 보았소."

(금운) "나는 어젯밤에 대한제국의 독립할 꿈을 꾸었소. 오뚝이라는 것은 조그마하게 아이를 만들어 집어 던지면 드러눕지 아니하고 오뚝

오뚝 일어서는 고로 이름을 오뚝이라 지었으니, 한문으로 쓰려면 나 오 자, 홀로 독 자, 설 립 자 세 글자를 모아 부르면 오독립吾獨立이니, 내 가 독립하겠다는 의미가 있고 또 오뚝이의 사적을 들으니 옛날 조그마 한 동자로 정신이 돌올하여 일찍 일어선 아이라. 그런고로 후세 사람들 이 아이를 낳아서 혹 더디 일어설까 염려하여 오뚝이 모양을 만들어 희 롱감으로 아이들을 주니 그 정신이 오뚝이와 같이 오뚝오뚝 일어서라 는 의사라. 우리나라 사람들이 오뚝이 정신이 있는 이는 하나도 없은 즉, 아이들뿐 아니라 장정 어른들도 오뚝이 정신을 길러서 오뚝이와 같 이 오뚝오뚝 일어서기를 배워야 하겠다 하여, 우리 영감 평양 서윤으로 있을 때에 장만한 수백 석지기 좋은 땅을 방매하여 오뚝이 상점을 설치 하고 각 신문에 영업 광고를 발표하였더니 과연 오뚝이를 몇 달이 못 되어 다 팔고 큰 이익을 얻어보았소."

(국란) "나는 어젯밤에 대한제국이 천만 년 영구히 안녕할 꿈을 꾸었 소. 석가여래라 하는 양반이 전신이 황금과 같이 윤택하고 양미간에 큰 점이 박히고 한 손은 감중련하고 한 손에는 석장을 들고 높고 빛나는 옥탁자 위에 앉았거늘, 내가 합장배례하고 황공복지하여 내두의 발원 을 묻는데, 어떠한 신수 좋은 부인 한 분이 곁에 섰다가 책망하기를, 적 선한 집에는 경사가 있고, 불선한 집에는 앙화가 있음은 소소한 이치어 늘, 어찌 구구히 부처에게 비나뇨? 그대는 적악한 일 없고 이생에도 부 모에 효도하며 형제에 우애하며 투기를 아니 하며 무당과 소경을 멀리 하여 음사 기도를 아니 하며 전곡을 인색히 아니 하여 어려운 사람을 잘 구제하고 학교에나 사회에나 공익상으로 보조를 많이 하였으니 너 는 가위 선녀라 할지니, 그 행복을 누리려면 너의 일생뿐 아니라 천만 년이라도 자손은 끊기지 아니하고 부귀공명과 충신 효자를 많이 점지 하리라 하시니, 이 말씀을 미루어본즉 내 자손이 천만 년 부귀를 누릴

지경이면 대한제국도 천만 년을 안녕하심을 짐작할 일이 아니겠소?"

　여러 부인 중에 한 부인이 일어나서 말하되,

　"나는 지식이 없어 연하여 담화는 잘 못 하거니와 사상이야 어찌 다르며 꿈이야 못 꾸었겠소? 나도 어젯밤에 좋은 몽사가 있으나 벌써 닭이 울어 밤이 들었으니 이 다음에 이야기하오리다."

(끝)

화 세 계 花世界

화세계花世界

세월이 덧없도다. 어느덧 삼복 염증이 지나고 구시월이 되었는가? 간밤에 불던 바람, 뜰 앞에 섰는 나무를 이리 흔들 저리 흔들 흔들흔들 마지않더니 무수한 낙엽이 분분히 날아 내리는구나. 저 낙엽을 무심한 사람이 무심히 보게 되면 밟고 가고 밟고 오며 비를 들어 버릴 따름이라. 조금도 사랑하고 어여삐 여기며 불쌍하고 슬피 여기지 아니할 터이로되, 풍상을 많이 겪어 강개한 마음이 가슴에 가득한 유지 남아는 큰 잔에 술을 가득 부어 한숨에 다 마신 후에 개천으로 굴러 들어가는 저 낙엽을 두 손으로 얼풋 집어 다정히 돌아보며 말 한마디를 불가불 물어 보리로다.

"낙엽아, 말 물어보자. 너는 어찌타 낙엽이 되어 지금 저 모양으로 옛 가지를 사례하고 동서로 표박하여 부딪칠 곳이 바이없는다? 머리를 돌려 너의 전신을 생각하건대, 삼월 동풍에 영화로운 빛과 번성한 그늘이 사람으로 하여금 무궁한 흥을 이끌게 하던 네가 아니런가?

두어라 천시의 대사代謝함은 자연한 이치라, 동물 중 가장 신령한 사람의 힘으로도 면키 어렵거든, 하물며 식물된 너야 일러 무엇 하리오. 그러나 묵은 잎이 떨어짐은 새로운 싹을 기르고자 함이니, 너는 부대 몸을 가벼이 가져 사면팔방으로 날려가지 말고 낱낱이 옛 뿌리로 돌아와 명년에 다시 돋을 새 잎을 보호할지어다."

슬프다! 이는 낙엽을 대하여 탄식하는 바어니와 이 세상에 신세가 저와 같은 자 몇몇인고? 뚝섬 맞은편 강 위 바위틈에 연지 풀어 들인 듯한 단풍 그림자가 맑고 맑은 물 가운데 올연히 비치었는데, 그 앞 격드락 좁은 길로 연기가 이십 남짓한 여승 하나가 옥양목 주의에 세대삿갓을 숙여 쓰고 무리바닥 미투리를 날아갈 듯이 들메고 구절죽장을 탁탁 내어 짚으며 푸른 산 저문 연기 속으로 허위단심 들어가는데, 무엇이 그다지 설운지 한 걸음에 한숨 한 번씩을 태산이 덜컥덜컥 무너지게 쉬더라.

이 여승은 별사람이 아니라, 경상도 의성군, 다년 이방으로 있던 김홍일金弘鎰의 딸이라. 김 이방이 대대 수리로 가세가 썩 부자는 못 되어도, 남을 향하여 구차한 말 아니 할 만치는 지내건마는 한갓 손세가 부족하여 아들은 낳아보지도 못하고 만득으로 딸 하나뿐 두었는데, 비록 딸이라 할지언정 남의 열 아들 부럽지 아니케 잘생긴 중 천성이 유순하고 재질이 영오하여 부모의 뜻을 일호도 어기지 아니하고 침선 범백을 정성껏 배우며 틈틈이 문학에 종사하여 시서백가를 차례로 보았으므로, 비단 그 부모가 애지중지할 뿐 아니라, 원근족당과 동리노소가 모두 다 입에 침이 없이 칭찬함을 마지아니하더라.

김 이방이 그 딸을 처음 낳아서 그 부인 박씨와 의논을 하고 극택하여 이름을 짓는다는 것이 마음에 무슨 감동하는 일이 있던지, 허구많은 글자에 지킬 수, 곧을 정 두 자를 택하여 수정守貞이라 이름을 지었는데, 수정의 나이 십 세가 넘으니까 사면 각처 신랑 둔 사람들이 다투어 통혼을 하나 김 이방이 짐짓 허락지 아니하기는, 첫째는 시속에 끌려 어린것을 일찍이 시집을 보냈다가 제 부모에게 응석하던 버릇을 하여, 시부모의 뜻을 거스르거나, 철없이 행동을 하여 남편의 눈에 날까 봐 겁이 남이요, 둘째는 아들도 없는 두 늙은이가 어린 그것을 어느새 떼어 보내놓고 앞이 허수하고 마음이 놓이지 아니하여 어찌 견디리 함이고, 또는 남자와 달라 여자의 신세라 하는 것은 한 번 남의 집에 몸을 허락하면 좋고 언짢고 달고 쓰고 괴롭고 편하고, 다시 변통 못할 일이라. 아무쪼록 가품도 부드럽고 신랑도 똑똑한 자를 쌍지팡이를 짚고 돌아다니면서라도 고르고 또 골라 제가 온갖 철이 다 날 만하거든 혼인을 할 작정인데, 예나 지금이나 부인네 지각은 조금 다를 것이 없는 것이라, 박씨 부인이 그 딸에 대하여 어떻게 하면 시집을 잘 놓아 내외 근원이 두텁고 아들딸 잘 낳아 팔자 좋게 지내도록 할꼬 하여, 영한 무당·판수가 어디 있다면 쫓아가며 물어보는데, 무당·판수라 하는 무리는 보통 전례로 대답하는 말투가 있어, 가령 누가 귀자를 두고 장수하겠느냐 물으면 그 아이가 남의 부모 섬길 수니 팔자 좋은 사람에게 팔라 하기와, 누가 귀녀를 두고 전정이 어떠냐 물으면, 이 아이가 직성이 세니 남의 후실을 주라 하여 아무쪼록 그 부모의 아차로운 마음이 생기도록 함이어늘, 박씨 부인은 그 말을 꼭 곧이들어 허다한 좋은 신랑은 다 버리고 하필 중년 상처한 자리를 사면 듣보더라.

깊은 동산에 아름다운 꽃이 피면 아무리 문을 첩첩이 닫았더라도 그 향기가 네 이웃에 미침은 자연한 이치라. 김 이방의 집 깊고 깊은 규중에 감추어 있는 수정의 아름다운 명예가 한 입 건너 두 입 건너 의성 일군은 고사하고 인근 읍 사람이 모를 자가 없는 중, 제일 두 귀가 번쩍 띄어 밤새도록 잠을 못 자고 이리 연구 저리 연구하다가 주먹으로 책상머리를 딱 치며,

"사내자식이 그만 일을 자저하고서 이 다음에 무슨 일을 하여보게?"

하며 당번 병정을 서슬 있게 부르는 사람은 대구 진위대에 출주하여 있는 구 정위라. 구 정위가 본래 호색을 어떻게 하던지 첩을 네다섯씩

두고도 유위부족하여 어디 똑똑한 계집이 있다면 반계곡경으로 기어이 상종하고야 말던 위인이라, 대구 진위대에 와 있은 지 얼마 아니 되어 의성 김 이방의 딸 잘 두었다는 소문을 듣고 불같은 욕심이 걷잡을 새 없이 치밀어 올라와서,

'어떻게 하면 저 처녀를 툭 차올꼬?'

하는 궁리로 잠을 못 자다가 한 가지 우악하고 무리한 생각이 나서 당번 병정을 부른 것이라.

(구) "이애, 당번 거기 있느냐?"

(당번) "예, 여기 있습니다."

(구) "네 지금 이 길로 의성읍에 가서 퇴리로 있는 김홍일이라 하는 자를 내가 부르더라고 데리고 오너라. 이애, 일이 그렇지 아니하다. 너 혼자 가 불렀다가 그 완만한 자가 만일 아니 오면 가깝지 아니한 길에 공연히 허행한단 말이냐? 네 그러지 말고 하사더러 그중 기운꼴 쓰고 말 잘하는 병정 두 명만 택하여 달라 하여 데리고 갔다가 여차하거든 김가를 족불리지하게 잡아 대령하여라."

(당) "예, 지당합소이다."

나라에서 병정을 둔 본의는 안으로 내란을 진정하며 밖으로 외적을 방어하여 국가와 인민을 보호하는 울타리를 삼고자 함이어늘, 슬프다, 그때 소위 진위대 병정은 직책이 그같이 무거움을 알지 못하고 오직 기세를 자뢰하여 양민에게 토색하기로 제일 능사를 삼아 상관의 명령이 한마디만 있으면 저희들은 차포오졸 더 보태어 여항으로 다니며 행악이 야차 사자보다 더하므로 하향에서는 반상을 물론하고 진위대 병정에게 봉욕한 사람이 비일비재라. 밤중에 개만 컹컹 짖어도 무슨 죄가 있어 병정이 잡으러 오나, 문밖에서 누가 부르기만 하여도 병정이 왜 또 와서 나를 찾나 하여, 돈냥 송아지 마리만 있는 사람이면 줄에 앉은

새 몸같이 조심조심 지내는 그 세월인데, 김 이방으로 말하면 영남 원거인으로 홍문안 사태후가 되어 지경을 굳게 닦았는 고로 아무리 안하무인으로 횡행하는 진위대 병정일지라도 함부로 대접지 못하더니, 하루는 뜻밖에 병정 하나가 열바람 있게 들어오며 주인을 찾는다.

(병) "주인이 누구십니까?"

(김) "왜 그리하오? 내가 주인인가 보오."

(병) "예, 나는 대구 진위대 병정인데 상관께서 당신을 잠깐 청해 오라 하시기에 온 길이오."

(김) "댁 상관이 누구신지 모르겠소마는 피차간 면분이 없는 터에 어찌하여 부르시더란 말이오? 지금은 겨를 없어 못 가겠고, 이 다음에 차차 가 뵈올 터이니 그대로 가서 여쭈오."

(병) "여보, 이 다음이라는 것이 무엇이오? 지금은 좀 못 가고요?"

(김) "여보, 댁이 누구를 잡으러 왔단 말이오? 댁 상관이 청해 오라 하였으면 아니 오고 이 다음 오마더라고 돌아가 고할 뿐이지 예서 무슨 여러 말이오?"

(병) "댁이 정 아니 가면 잡아라도 가고 말걸. 우리 상관 구 참령 영감의 성식聲息을 못 들었군. 어디 아니 가고 배기나 봅시다."

하더니 마루 위로 와락 뛰어올라와 김 이방의 두루마기 소매를 탁 잡고 헛기침 두어 번을 크게 하니까 어찌 그리 마침 등대를 하였던지 범강장달이 같은 병정 두 명이 달려 들어와 김 이방이 미처 조수족할 여가 없이 끌어 내세우더라.

(김) "여보, 가기는 갈지라도 곡절이나 좀 알고 갑시다. 내가 무슨 큰 죄를 범했길래 이렇게 몹시 굴으시오? 내가 세상없어도 도망할 사람이 아니니 옷자락이나 놓고 말을 하시오. 남 보기에 창피스럽소."

(병) "곡절은 이 다음 알고 가기나 어서 합시다. 압다, 그 양반 모양은

대단히 보노. 창피는 무엇이 창피하단 말이오?"

하며 두 놈은 잡아당기고 한 놈은 덜미를 떠밀더라. 김 이방이 신수가 사나워 그 모양으로 잡혀가기는 하나, 평일에 다만 십 리라도 도보하여 다녀보지 아니하던 터이라 병정에게 간청 곧 하였으면 말이나 교군을 타고라도 가겠지마는, 사십 평생에 처음 당하던 학대를 당하니 악이 상투 끝까지 바싹 나서 마른신 신은 채로 대구 감영으로 끌려가노라니, 발은 꽈리처럼 부릍고 두 다리 어복은 홍두깨같이 부어 촌보를 떼어놓기 어렵게 되었더라.

병정 세 놈이 김 이방을 데리고 구 참령 처소로 들어가 잡아 대령하였노라 거래를 하니, 구 참령이 버선발로 뛰어 내려와 김 이방의 손목을 잡아 마루 위로 올려오며 무슨 큰 범과나 한 듯이 연해 사죄를 하며 병정 놈들을 눈이 빠지게 꾸짖는다.

"이놈들, 이 무엄한 놈들! 내서 이 영감을 청 쪼아 오라 하였지 누가 잡아 오래더냐? 매사를 저놈들이 잘못하여 소위 제 상관의 낯을 깎이게 하지. 너 같은 놈들은 그대로 둘 수 없다."

하더니 일변 하사를 불러 그 세 놈을 영창에 구류를 하라고 서슬을 새로 깨어진 독전 모양으로 피우며 일변 김 이방을 향하여 자기가 병정 단속을 잘못하여 봉욕시킨 일이 가엾다고 무수히 말을 하니 김 이방 생각에 자기 봉욕한 것이 자하 농간이지 기실은 구 참령의 잘못이 아닌 듯싶어,

(김) "영감, 고만 진정하십시오. 영감께서 알으시고야 그리셨을 리가 있습니까? 또 하인배가 혹 잘못하기가 예사의 일이지, 이처럼 과격하실 일이 아니올시다. 고만 참으셔서 저 병정들을 용서하여 주십시오."

(구) "허, 댁에서는 원래 인자하니까 이렇게 말씀을 하오마는, 만일 저놈들을 엄절히 단속을 아니 하였다는 댁뿐 아니라, 그런 욕 당할 사

람이 종종 있어 내 낯이 어느 지경에 갈지 모르게 깎일 터이니까 아무리 말린대도 이번에는 본보기를 단단히 내어야 하겠소."

하며 호령을 서리같이 하여 그 병정들을 잡아내어 가니 김 이방이 처음에 말리기는 그놈들 행악이 하도 대단하였으니까 저희 듣는 데 말 한마디라도 생색 아니 내고 가만히 있으면 어느 때든지 그 혐의로 한 번 된불을 맞을 듯하여 가장 따뜻한 인정이나 있는 듯이 지재지삼 용서하라고 만류하다가 구 참령이 단단히 서두니까, 슬며시 못 이기는 체하고 내버려두었더라. 구 참령이 연해 하인을 불러 주안을 차려 오너라, 진지를 차려 오너라 하여 김 이방을 갑오 이전 칙사 대접하듯 하니 그 대접하는 구 참령은 내심에 배포가 다 있어 그러하거니와 그 대접을 받는 김 이방은 아무 곡절을 몰라 궁금히 여기더니 술이 반취하고 좌석이 종용하니까 구 참령이 문제 하나를 내어놓는데, 김 이방 입이 딱 벌어진다.

(구) "여보, 옛말에 혼인은 중매 없이 아니 된다고 하였지마는, 시속 소위 중매쟁이라는 것들은 아무쪼록 그 혼인되기만 주장을 하여 십 분에 칠팔 분은 거짓말을 예도 가 하고 제도 가 하여, 필경 성혼한 뒤에 피차간에 속은 일이 통분하여 두 집 정리가 손상할 뿐 아니라 심지어 신랑 신부 간에도 은정이 상하는 일이 왕왕 있는 고로 나는 그것을 평생에 절징하던 터이라 댁을 직접으로 대면하여 통혼을 하는 것이니 듣고 아니 듣는 것은 댁에서 자량하실 일이오."

(김) "……."

(구) "들으니까 영감 댁에 당혼한 규수가 있다지요?"

(김) "예, 미거한 여식 하나이 있기는 있습니다마는."

(구) "자, 장황히 말할 것 없이 내가 댁 사위 노릇을 좀 하면 어떠하겠소?"

(김) "……."

(구) "내가 벼슬인지 무엇인지 다니느라고 상처한 지가 수년이 되어도 이때까지 속현을 못하였는데 영양의 범절을 대강 소문을 듣건대 내집 문호를 일으킬 만하기에 이처럼 통혼하는 것이니 이 사람이 불사하다고 괄시 말으시고 허락하기를 바라오."

김 이방이 그 말을 듣더니 대답을 얼풋 못 하고 여러 방면으로 생각을 하여본다.

'이 일을 어떻게 하면 좋은고? 오리 알 제 똥 묻으니같이 지추덕제한 우리네끼리 혼인을 하여야 피차간 흉허물이 없을 터인데 양반 혼인을 주제넘게 하였다가 아니꼽고 창피한 일이나 없을까? 우리 마누라 고집은 기어이 남의 후취를 주고야 말려고 하는데, 후취를 주는 지경이면 같은 값에 당홍초마라고 양반의 후취를 주지 동배간에 후취를 주면 더욱 모양이 사납지 아니한가? 그리고 보면 저 사람에게 허혼을 하는 일이 옳지마는 잡혀 다니며 딸의 혼인을 정하였다면 남들이 오죽 웃을라구? 어좌어우간 집에 가서 마누라와 의논을 하여야 옳지, 나 혼자 결단할 일이 아니다.'

하고 천연한 기색으로,

(김) "아직 미거한 것을 정혼 여부가 어디 있습니까? 차차 생각하여 말씀을 여쭙지요."

(구) "아직 미거라뇨? 영양이 금년에 십오 세라 하니 출가할 연기가 똑 알맞은데 그리하오? 차차는 별말 있소? 가하다든지 불가하다든지 속 시원하게 한마디 말로 결정할 일이지 이렇게 자제할 것이 아니오."

(김) "영감 좌지로 저희 같은 하향 한미한 집 자식에게 통혼을 하시는데 황송하옵기로 두 말씀 하오리까마는 그렇지 못한 사정 한 가지가 있어 그리합니다."

(구) "사정이라뇨? 무슨 사정이 있다 하오? 말씀을 하시오. 들어봅시다."

(김) "제가 행년 사십에 자식이라고는 그것 하나뿐이온데 아무리 여필종부라 하였으나 인륜에 제일 으뜸 되는 혼인을 정하며 내외간에 의논 한마디 아니 하여 볼 수 없사오니, 돌아가 실인과 이런 말씀으로 의논을 하옵고 좌우간 알으시게 하오리다."

(구) "여보, 그게 무슨 소리요? 나와 정혼하기가 뜨악해서 핑계 대는 말이지 자식의 혼인을 섬 진 놈과 정하든가 멱 진 놈과 정하든가 가장이 주장하여 할 탓이지 그게 무슨 소리요?"

(김) "그는 그렇지 아니하오이다. 아무리 가장의 주장이라 하옵기로 가속과 의논 없이 독단으로 자식의 정혼을 하였다가 야속하고 섭섭히 생각하기도 십상팔구옵고 또 자식이라는 것이 홀로 낳은 것이 아니온데 내외간에 어디까지 의논 아니 하여 볼 수 있습니까? 이같이 조급히 굴으실 일이 아니라, 제가 오늘 가면 내일 내로 곧 기별하여 드리올 터이오니 그리 알으십시오."

구 참령 마음에, 제가 속담에 따라지목숨이 되어 이 자리에서 허락을 아니 하기로 어디 가려 하여 큰 생색이나 내는 듯이 너털웃음을 내어놓으며,

"허허허허, 우리 장래 장인이 고집은 대단하신걸. 아무려나, 마음대로 댁에 가셔서 내외분이 잘 의논을 하시고 기별하시오."

구 참령이 분분히 탈것을 준비하여 김 이방을 보내며 귓속말로 당부 한마디를 단단히 한다.

"자, 나는 더 부탁할 말 없소. 다만 내일 해전으로 반가운 기별하시기를 기다리고 또 기다리오."

김 이방이 하직을 하고 두어 걸음쯤 나오려니까 구 참령이 또 부르더니 슬며시 으르는 수작을 내놓는다.

"응, 만일 불여의한 소식이 있다는 아무리 싫어도 또 한 번 이 걸음을

하기 쉬울 듯하오."

김 이방이 집으로 돌아와 그 부인 박씨와 구 참령의 하던 말을 낱낱이 하고 어찌하면 좋으냐 물으니, 박씨 생각에 묻는 곳마다 수정이가 직성이 세어서 남의 후취를 주어야 팔자땜을 하겠다 하는데 이왕 후취를 줄 지경이면 쩡쩡하는 양반을 주어 호강이나 시켜볼 작정이러니 구 참령이 통혼하더란 말을 듣고 귀가 솔깃하여,

(박) "영감 마음에는 어떠하오? 내 생각에는 해롭지 아니하구려. 기왕 우리 아기를 남의 후실로 보낼 터인데 들은즉 구씨가 지벌도 좋다 하고, 당시 권리 있는 벼슬의 몸으로 있으니 더 고르면 별수 있겠소?"

(김) "그는 그러하오마는 잡혀가던 일을 생각하면 제 덕에 부원군을 한대도 싫은 마음이 나서, 집에 돌아와 의논을 하겠다 핑계를 하고 왔더니 마누라의 의향이 정 그러할 지경이면 허락을 합시다그려. 구 참령이 미상불 위인이 걱실걱실 하여 졸토로 생기지는 아니하였고, 지금 천지에 군인같이 서슬 있는 벼슬이 또 어디 있소? 그는 군인 중에도 참부위 다 지내고 참령으로 있은즉 얼마 아니 되어 정령으로 참장을 두려히 승차할 터이요."

(박) "너무나 좋소구려. 더 고르면 별수 있소? 그것의 다갱이는 점점 커 가는데 일퇴월퇴하다가 자칫하여 손을 넘기면 어떻게 하오?"

내외가 의논을 이 모양으로 하고 즉시 대구로 하인을 보내어 주단을 청하였더라. 하나님은 무한한 권능을 가지사 아무리 적은 바라도 통촉지 못하시는 일이 없어 착한 자를 복 주고 악한 자를 재앙 주심은 일호의 차착이 없으나 천하대세에 이르러는 청탁과 후박을 가리시지 아니하고 풍조를 말달리듯 몰아 보내시는 바람에 인정과 사업이 날과 시로 변하여진다.

하루는 전보가 사면에서 눈 조각같이 날리며 군대 해산의 명령이 내

려오니, 장가를 들어 아들딸 낳고 창씨고씨로 경상도 일경에 호랑이 노릇을 하려던 구 참령의 정신이 기둥에 때린 머리 같아 이 일 저 일 아무 생각 없이 뒤통수를 툭툭 치고 서울로 올라갔더라.

김 이방이 구 참령 올라간 뒤에 혼택을 보내기를 눈이 감도록 고대하는데 한 달 두 달 지나 일 년 이 년이 지나도록 이렇다 기별 없는지라, 하릴없이 구 참령을 찾아보러 경성으로 올라왔으나 당초에 구 참령의 집이 어느 동리 몇 통 몇 호를 물어보지도 못하였고, 설혹 물어보았단 대도 서울 사람 이사는 쉽기가 밥 먹듯 하는데 더구나 생소한 종적으로 어디 가 만나보리오? 공연히 여비만 불소히 내고 며칠간 두류하다가 허행을 하였는데, 답답하면 나서서 그 모양으로 왕환하기를 몇 차례를 했는지 모르겠으되, 구씨의 거취는 막연히 알 수 없고 덧없는 세월은 물 흐르듯 쉬지 않고 가는지라.

어느 날은 수정의 없는 승시를 하여 자기 마누라 박씨와 분분히 공론을 한다.

(김) "여보, 수정의 일은 어찌하면 좋소? 구 참령의 소식은 없고, 저것은 점점 과년하여 누에늙은이 같은 노처녀가 되었소구려."

(박) "여보, 영감은 한 번 쥐면 펼 줄을 너무 모르지 말으시오. 구씨가 사주단자를 보낼 뿐이지 성례를 했소, 무엇을 했소? 그만치 기다리고 찾아도 영영 이렇다 소식이 없으니 그의 잘못이지 우리 잘못이란 말이오? 인제는 고만두고 다른 혼처 한 곳 참한 데를 하루바삐 들보시오."

(김) "나도 그 생각이 벌써부터 있소마는 수정의 고집이 하도 대단하니까 무엇이라 할는지 또 알 수 있소? 나는 혼처를 지금부터 사면 들볼 것이니 마누라는 슬몃슬몃 제 중정을 떠보시오."

이때 수정이는 밤이 삼 경이 지나도록 바느질을 부지런히 하다가 서창을 반쯤 열고 초연히 앉아, 오로동五老洞 뒷산으로 어정어정 걸어 넘어가는 달이 고개를 돌려 만인간을 보며, '나는 가오, 부디 평안히들 계시오' 말을 하는 듯한 것을 유심하게 바라보고 시름없이 한숨 한 번을 쉬니 그 한숨을 예사로 지날결에 듣게 되면 아무 뜻이 없는 듯하지마는 한숨 쉰 사람의 몸을 대신하여 깊이깊이 연구하면 아무리 철석간장이라도 자연 감동할 만하다. 그 한숨 끝에 혼자 입속말로, 곁에 사람도 없으려니와 설혹 있더라도 알아듣지 못할 만치,

"에그, 저 달 보게. 벌써 저기를 넘어가네. 저 달이 저 모양으로 오늘도 넘어가고 내일도 넘어간다면 얼마 아니 되어 그믐이 되겠지……. 그믐이 몇 번 아니 지나가게 되면 내 나이 열아홉이나 되겠네……."

그 다음에는 다시 아무 말 없이 두 눈에 눈물이 그렁그렁하더라. 박씨가 그 영감의 말을 듣고 수정의 방으로 들어와 그 곁에 가 가까이 앉으며,

(박) "이때까지 누워 자지를 아니하고 바느질을 했느냐? 무엇이 급한 옷이라고 단잠을 아니 자고 바느질을 한단 말이냐?"

(수) "지금 자려고 바느질을 고만두었습니다."

(박) "그러면 어서 자지 왜 혼자 그 모양으로 앉았느냐?"

(수) "달이 하도 밝기에 구경을 해요."

(박) "에그, 참 달도 밝기도 밝다. 낮보다 더 명랑明朗하구나. 그런데 나는 달도 구경하기 싫고 아무 경황이 없다."

(수) "왜 그리 하셔요? 어디가 편치 아니하십니까?"

(박) "내 몸 좀 아픈 것이야 무슨 걱정이겠니? 살 만치 산 늙은이야 고만 죽어도 원통한 일이 없지마는, 구 참령은 소식이 없고, 네 나이 점점 과년하여 가니 이런 기막힐 일이 또 어디 있단 말이냐? 남들은 자식을 여러 남매씩 두어도 남가여혼은 때 아니 넘기고 다 잘하여 재미를 깨쏟아지듯 보더구먼, 나는 전생에 무슨 죄를 지어서 무남독녀 너 하나를

쥐면 꺼질까 불면 날까, 세상에 없는 것으로 알고 길렀는데 내 팔자가 방정맞아서 허구많은 혼처를 다 싫다고 하필 구 참령인지 그한테다 네 혼인을 정했다가 이때까지 정례를 못 시켰구나. 성례는 못했을망정 어디가 있는지 어느 때 온다든지 좋고 그르고 무슨 기별이나 있어야 속이나 시원하지 아니하겠느냐?"

박씨가 이 모양으로 말을 하며 수정의 눈치를 여겨보는데 수정이는 저의 어머니 하는 말을 아무 대답 없이 한참 듣다가, 마음에 그 어머니 애쓰는 것이 너무 딱하던지 얼굴에 띠었던 수색을 화한 빛으로 바꾸어 아니 나오는 웃음을 억지로 웃으며,

(수) "어머니, 왜 아니 주무시고 건너오셔서 이리하셔요? 저도 지금 자겠습니다. 건너가시옵시오."

(박) "이애, 나는 네 거동을 보면 가슴이 답답하여 잠도 아니 오고 밥도 맛이 없다."

(수) "제 거동이 어떠하다고 걱정을 하셔요? 바느질을 하다가 달이 하도 밝기에 달구경도 하고, 바람도 쏘이노라고 문을 열고 내다보는데요. 왜 그리셔요?"

(박) "에구, 너는 아무 뜻 없이 무심히 앉았나 보다마는 나는 열에 한 가지 여겨보이지 아니하는 것이 없다. 이애, 너도 너려니와 쓸 만한 자식 하나 없는 늙은 어미 생각을 하여보아라. 너를 이때까지 저 모양으로 두고 마음이 상하지 아니하겠느냐? 이애, 아무도 없고 종용하니 말이지 사람이라는 것이 제 패를 제가 차서, 상놈이면 상놈 행세를 하고, 양반이면 양반 행세를 하여야지 억지로 근본 없는 행세를 하면 소용 있니? 그나 그뿐이냐? 구 참령의 있는 곳이나 알고 소식이나 서로 통하는 터이면 우리 집이 사대부는 못 되어도 행세는 점잖게 하는 터에 다시 무슨 말을 하겠느냐마는, 구 참령의 종적이 끝끝내 없으면 너는 처녀로

늙을 수가 있느냐?"

(수) "늙지 않으면 어떻게 한다고 이리하셔요? 저는 아무 말씀도 듣기 싫습니다."

(박) "무엇이 듣기 싫어? 이애, 별 우스운 말 말고 구씨의 사주인지 막걸린지 어디 있니? 불아궁지에나 들이뜨려 버리겠다."

(수) "……."

(박) "너의 아버지께 여쭈어 좋은 혼처 한 곳을 듣보시라고 해서 하루 바삐 너를 시집을 보내야 내가 지금 죽어도 눈을 감겠다."

수정이가 아무 대답 없이 접친 듯이 앉았다가 두 눈에서 눈물이 비 쏟아지듯 하며 고개를 푹 수그리고,

(수) "에그 어머니, 나는 이 자리에서 죽어요. 사람이 개짐승 아닌 바에 그 일은 행할 수는 없어요."

박씨가 어이없어 마주 들여다보며 울다가 화가 버럭 나서,

(박) "죽거나 말거나 하려무나. 너는 어미도 없고 아비도 없는 자식이로구나. 무슨 일을 네 고집대로 하려고 하게. 더구나 처녀가 되어 혼인 등사에 부모가 하는 대로 들을 따름이지 아니꼽게 죽겠네 살겠네, 아니 할 말로 구씨가 너와 성례나 한 것 같으면 아무리 어미라도 이리 해라 저리 해라 말할 리도 없고, 너도 아니 듣기가 반듯한 일이다마는 구씨가 네게 얼토당키나 하냐?"

수정이가 얼굴빛이 붉으락푸르락 나오던 눈물이 뚝 그치고 두 눈이 반반하여 말하는 저의 어머니 입만 물끄러미 건너다보고 있다가 고개를 다시 숙이며 모기소리만 한 음성을 목구멍에서 간신히 내어,

(수) "어머니……."

(박) "그래."

(수) "저는 이 세상에 큰 불효가 됩니다."

(박) "그게 무슨 소리냐?"

(수) "자식이 되어서 부모가 돌아가시도록 뜻을 거역지 아니하고 극진히 봉양을 하여야 할 터인데 저는 지금 이 말씀에 대하여 승순할 수 없사오니 부모의 말씀을 승순치 못하면서 살아서는 쓸데가 무엇이야요? 저는 죽고 말 터이올시다."

박씨가 처음에는 죽는다는 말을 듣고 소견 없이 고집을 세우는가 하여 조급한 성품에 화를 와락 내었다가 수정의 말이 점점 맵고 차게 나오는 것을 들으니 아니 날 겁이 없이 다 나서 슬쩍 눙치어 껄껄 웃으며,

(박) "너는 지각도 없다. 어미 자식 사이에 이러면 좋을까 저러면 좋을까 의논하는 일이지, 내가 네 마음에 없는 것을 억지로 행하라는 것이 아닌데 왜 막마침 가는 죽는다는 말을 하느냐? 오냐, 문을 어서 닫고 들어가 자려무나. 다시 아무 말도 아니 할 것이니."

박씨가 그 딸의 뜻이 철석같아 좀체 요동할 수 없음을 보고 가슴이 답답하여지며 두 눈이 캄캄하여서 어찌할 줄 모르다가 자기 영감더러,

(박) "영감, 조런 소견 없는 고집이 세상에 또 어디 있소?"

(김) "누가 무슨 고집이 있다고 어둔 밤에 홍두깨 내밀듯 말을 하오?"

(박) "압다, 딱도 하시오. 내가 지금 수정이더러 몇 마디 말하여보았어요."

(김) "응, 그래 수정의 눈치를 대강 보았소?"

(박) "눈치커녕 섣부르게 말 한마디를 내었다가 생선 같은 자식 하나를 까딱하면 죽일 뻔하였소."

하고 수정의 달을 보고 시름없이 앉았던 거동이며, 자기 말에 대하여 당장 죽을 것같이 괴괴히 떼던 일을 일장 이야기하며 늙은 눈에 눈물이 그렁그렁한지라.

(김) "에, 마누라도 딱도 하오. 그러기에 누가 무엇이라고 합더니까?

속담에, '제 밑구멍으로 난 자식의 속도 모른다' 하였지마는, 아무리기로 그렇게야 몰랐더란 말이오? 나는 벌써 짐작하고 그대 생의도 못하였습더니다."

(박) "에그, 영감은 딱도 하오. 낸들 자식의 뜻을 아주야 몰랐으리까마는, 그러면 어떻게 하오? 아들자식과 다르고 딸자식을 이십이 가깝도록 처녀로 늙히니 무슨 생각은 아니 나겠소? 저도 소견이 있지, 설마 그렇게 쥐고 펴지 못할 줄이야 누가 알았나요?"

(김) "여보 마누라, 나는 이러거나 저러거나 도무지 모르겠소. 우리 팔자가 얼마나 좋으려면 쓸 자식 하나 없고 딸자식이나마 있다는 것이 그 신세가 되었겠소? 에구, 이 탓 저 탓 할 것 없이 내가 잘못이지. 구 참령 말고 구 대신이 통혼을 한대도 경솔히 허락지를 말고 수십 일만 참았더면 다 관계치 아니할걸, 무엇이 그렇게 허기를 졌던지 유공불급하게 청단을 하여 놓아 전정이 구만 리 같은 자식을 결딴내었소구려."

(박) "지나간 이야기는 해서 쓸데가 있소? 이 다음 잘할 일이나 의논하시지."

(김) "마누라, 나는 아무 계책이 없소. 구씨를 찾으려고 경향으로 그만치 다녀도 움도 싹도 보지 못하겠고, 적당한 다른 사람에게 출가를 시키자 한즉 제 고집이 여간 아니니 이는 굽도 젖도 못하겠으니 별수 없이 제 자락대로 내버려 두어서 천행으로 구씨의 소식이 있든지 제가 회심을 하여 어미 아비의 말을 듣든지, 그 두 가지나 기다리고 있다가, 그도 저도 다 아니 되면 속절없이 그대로 늙을 수밖에 다시 도리가 없소."

(박) "그러나 자식을 어찌 처녀로 늙혀 죽인단 말이오? 에구, 원수의 구가야, 남에게 이 몹쓸 적악을 하고 제가 어디를 가기로 잘될까? 발자취마다 피가 고일걸."

이와 같이 김 이방 내외가 그 딸의 일에 대하여 밤낮으로 근심하는 것이 그럭저럭 이삼 년을 휘끈 지내니, 수정의 나이 부지중에 이십이세가 되었더라.

(박) "영감, 다시 생각 좀 하여보시구려. 수정의 모양을 하루 몇 번씩 볼 적마다 살이 절로 슬슬 내리구려. 건넛말 최 좌수 집 마누라가 아까 이야기를 하는데, 자기 당질이 나이 지금 스물넷에 신수도 잘나고 글자도 똑똑한데 연전 괴질에 상처를 하고 후취를 하려고 규수를 사면 광구중이라구려. 가품이라든가 형세라든가 소문을 듣건대 그 집만 한 데를 다시 고르려 해도 없은즉 우리 수정이가 말만 들었으면 여북 좋겠소?"

(김) "그 소년은 나도 여러 번 보았는걸. 위인이며 문필이 똑똑하고 말고. 수정이가 말 곧 들으면 다시 더 말할 것 있소? 여보 마누라, 오늘밤에 종용하거든 수정더러 이 말 저 말 하다가 최 좌수 집 마누라 이야기를 슬몃슬몃 하여보오. 저도 사람의 자식이지, 저로 하여 어미 아비 애쓰는 것도 알 것이요, 또 철몰라 아무 물정 짐작 못할 때 말이지, 지금 제 나이 이 십이 세나 되어 남의 정치를 보기로 적이 생각이 있겠지요."

박씨가 자기 영감의 가르치던 말과 같이 수정을 대하여 지재지삼 지성스럽게 일러도 종시 청종치 아니하는지라. 그제는 내외가 생각다 못하여 한 가지 의논을 비밀히 하고, 한편으로 최 좌수 마누라에게 통혼을 한다, 한편으로 혼수범절을 은근히 차리더라.

최 좌수 마누라는 그 당질을 위하여 사면으로 혼처를 구하는 중인데, 김 이방의 딸이 과년하여 후취 재목이 꼭 알맞은 줄은 아나, 첫째는 김 이방이 피차 같은 문벌에 그 딸을 후취로 보낼지 모르고, 둘째는 그 규수가 시집 아니 가기로 결심을 하였다는 소문을 듣고 감히 먼저 통혼은 못하고 박씨를 대하여 지나가는 말로 자기 당질 칭찬을 입에 침이 없이 하였더니 천만의외에 김 이방 집에서 통혼을 하였는지라, 즉시 당질더러 말하고 혼수범백을 부랴부랴 장만하며 하루바삐 택일을 하라고 시컸더라.

사람의 마음은 거울과 일반이라, 만물을 대하매 크고 작고 정하고 추한 것이 일호도 차착 없이 모두 비취는 것이언마는 거적자리에 한번 떨어진 이후로 각종 물욕이 동산의 풀과 같이 다투어 싹이 나와 밝은 낮을 가리우니 눈앞에 당한 태산과 맹호를 능히 살피지 못함은 아무라도 면키 어려우나, 오직 성인군자와 효자열녀의 탁이한 천품을 가진 자는 그와 같지 아니하여, 형용이 가매 그림자가 따르듯 매사에 처음을 보고 그 나중을 요량하는 법이라. 이때 수정이는 자기 어머니가 온당치 못한 말로 종종 권고하는 것을 듣고 마음에 야속하고 원통한 중, 신세를 생각하니 더욱 구슬퍼서 다만 눈물로만 지리한 세월을 보내더니 며칠 동안은 그 어머니가 좋은 낯빛으로 수문수답을 하며, 그대 사색이 다시 없는지라 얼마쯤 다행한 가운데 의아증이 도리어 나서, 내심으로 혼자 하는 말이라.

'에그, 어머니께서 이 몹쓸 자식으로 하여 주야장천晝夜長川 근심을 하시더니 이 동안에는 마음을 돌리셔 얼굴에 수색이 없으시니 불행 중 다행하기는 하구마는 이년의 팔자가 하도 기구하니까 부모를 향하여서도 아니 날 의심이 다 나네. 어머니 천성이 조급하셔서 평일에 참으시는 이 별로 없고 마음에 조금이라도 맞지 아니하시면 낯에 나타나셔서 표리부동하게 감추시는 터가 아니신데, 요사이는 무엇이 그리 좋으신지 기색이 전같이 아니 하시고 웃는 얼굴뿐이시요, 나더러 듣기 싫은 말씀을 일절 아니 하시니 그 아니 이상한가?'

하고 그 부모의 눈치만 살피더니 어느 날은 뒤를 보고 안방 뒤뜰로 무심히 돌아오려 하니까 방 안에서 두 늙은이가 무슨 이야기를 하는지 음성이 나직나직하여 얼풋 알아들을 수는 없으나 귓결에 방불하게 들리는 소리가, '수정이가 무엇을 어쩌고 어찌했다' 하는지라 혼자 생각에,

'아무리 부모 자식 사이라도 엿듣는 것은 아름다운 도리라 할 수 없지마는, 저렇게 내 이름을 부르며 말씀을 하실 제는 필경 내 일신에 당한 일을 의논하시는 것이니 어디 좀 자세히 들어보리라.'

하고 가만가만 창 밑으로 가 귀를 기울이고 한구히 듣다가 얼굴빛이 새파래지며 수족을 벌벌 떨더니 검다 쓰다 말이 없이 자기 방으로 들어와 조그마한 상자에 급히 입을 의복가지와 여간 있던 패물을 모두 집어넣어 옆에다 끼고 황망하게 대문 밖에를 나서 정처 없이 한참 가다가 별안간에 딱 멈춰 서며,

"에구……."

그때가 낮 같으면 오고가는 사람이 모두 보고 웬 사람이냐 마냐 힐문도 하였을 것이요, 자기 부모가 깨닫고 쫓아라도 올 터이지마는 이때는 천지가 요요하여 쥐도 새도 알지 못할 정밤중이라, 수정의 행색을 알 사람이 누가 있으리오. 생래에 문밖 한 걸음을 모르던 규중 여자가 올연히 홀로 길가 언덕 밑에 오도 가도 아니하고 끌로 파고 심은 듯이 서서 두 눈에 눈물이 비 퍼붓듯 하며,

"에구, 내가 어떻게 생각을 하고 이 모양으로 나섰나? 첫째는 어머니 아버지가 나 없는 것을 보시면 놀라서서 병환이 나실 터이요, 둘째는 남들은 내 속종은 모르고 흉한 소리를 끼얹어 하기도 십상팔구겠지. 그러면 이 길로 집으로 슬며시 도로 들어가면 아무 일도 없을 터이지마는 집으로 들어갔다는……."

하며 다시는 아무 말 없이 길가 고목나무 밑에 가 고개를 푹 숙이고 섰더니, 또 무슨 생각을 하였는지 눈앞 훤한 길만 바라보고 한없이 가더라.

이날 김 이방 내외가 밤중에 아무도 모르게 의논한 것은 별사건이 아니라, 내일 대례를 행할 일을 미리 수정더러 이야기를 하였다는 죽도

밥도 아니 될 것이니 신랑 올 때까지 시치미를 뚝 떼었다가 임시해서 이르고 부랴부랴 단장을 시켜 초례청으로 데려 내오는 것이 상책이요, 정 그래도 말을 아니 듣거든 강제로 끌어라도 내세워서 명색 교배만 시켰으면 고만이지, 그 지경 된 뒤에야 제가 싫다면 소용이 있고 야속하다면 관계가 있소? 부모 자식 사이에 원수치부는 못할 터이요, 저도 생각이 있지, 구씨는 사주 한 장 보낼 뿐이요, 이 사람은 교대까지 할 터인데 제게 당해서 누가 더 소중하단 말이오? 그래도 제가 소견 없이 무엇이라고 고집을 하거든 그때 가서는 우리가 어디까지 꾸짖어 다시는 입을 떼어놓지를 못하게 움을 꾹 지르자 하는 말을 수정이가 창 밖에서 모두 듣고 그 밤에 어디로 피신한 것인데 두 내외가 전연히 그런 줄은 깨닫지 못하고 제 방에서 아무 눈치 없이 잠을 자거니 하였더니, 급기 그 이튿날 식전에 수정이 일어남을 기다려도 동정이 없거늘 처음에는,

"저것이 늦도록 잠을 아니 자나 보더니 곤해서 그저 아니 깨거니."

하였더니 점점 해가 높이 올라오도록 기척이 아주 없는지라, 의심이 더럭 나는 중 신랑은 미구불원하여 오겠으니까 조급증이 자연 나서 박씨가 첩첩이 닫혀 있는 건넌방 문을 덜컥덜컥 흔들며,

"아가 아가, 웬 잠을 이리 늦도록 자니? 이애 이애, 해가 한나절이나 되었다. 수정아 수정아, 글쎄 고만 일어나거라. 무슨 잠을 이렇게 곤히 들어 어미가 부르는 것도 모르느냐?"

이같이 한참 성화를 하며 부르다가 끝끝내 도무지 응답이 없으니 가슴이 덜컥 내려앉으며 깜짝 놀라운지라.

"에그머니! 이 애가 웬일인가?"

외마디 소리를 버럭 지르며 방문을 잡아당기니 무론 남녀하고 급한 때를 당하면 의외의 힘이 한층 더 생기는 법이라, 그 튼튼히 박은 문고리가 거침없이 쑥 빠지며 문이 덜컥 열리는데 방 안이 텅 비고 사람의

254

그림자도 없는지라. 박씨의 눈이 둥그레지며,

"에그, 이 애가 어디를 갔나?"

하며 방으로 들어가 사면을 휘휘 둘러보다가 뒤꼍에도 가보고 뒷간에도 가 보고 부엌·광에를 차례로 다 찾아보더니 사랑 안문을 두드리며,

(박) "영감, 이것 큰일났구려. 어서 좀 들어오시오."

(김) "어, 왜 그리오?"

하며 마주 놀라 뛰어나와 마누라의 말을 듣고 수각이 황망하여 마누라가 찾아보던 곳을 되풀이로 돌아다니며 보다가 땅에 가 펄썩 주저앉으며,

"마누라, 이게 웬 변이오? 평생에 대문 밖에를 모르던 아이가 어디로 이렇게 싹도 없이 갔단 말이오? 신랑은 오래지 아니하여 오겠는데 신부는 간 곳이 없으니 이런 망신이 또 어디 있소? 차라리 처녀로 늙어 뒈지더래도 그대로 내버려나 둘 것을 부질없는 짓을 하였다가 남의 우세하고 자식까지 잃었으니 이 노릇을 어찌하면 좋소?"

박씨가 처음에는 수정이 없는 데만 정신이 없어서 이 생각 저 생각 못하고 울며불며 찾아다니기만 하였더니 급기 영감의 말을 들으니 더욱 기가 막히던지,

(박) "에구, 방정맞은 자식, 부모의 속을 알뜰히도 태우지. 제 행실이 부정하여 어떤 년이나 놈의 꾀임을 듣고 따라갔을 리는 만무하고, 이것이 필경 오늘 성례시키려는 눈치를 짐작하고 소견 없이 어디 가 목을 매거나 물에 빠져 죽으러 갔나 보오. 에그, 이를 어찌하면 좋은가?"

박씨가 그 말을 겨우 하고 목을 놓아 엉엉 울며 몸부림을 땅땅 하니 김 이방이 손을 홰홰 내저으며,

(김) "여보, 이게 웬 해거요?"

(박) "해거가 다 무엇이오? 생선 같은 자식이 어디 가 어떻게 몹시 죽

없는지 모르는데 어째 기가 아니 막힌단 말이오?"

(김) "마누라만 기가 막히고 나는 관계치 아니한 줄로 아오? 기막힌다고 몸부림만 하면 어떻게 하오? 남에게 망신만 더 되지. 아무쪼록 정신을 차려서 제가 죽었는지 살았는지 급히 찾아도 보고, 신랑의 집에 기별도 어서 해야 치행을 차려 우루루 오지나 아니하게 하여야지요. 어찌했든지 좌우간 망신은 착실히 하였소."

그 밤에 수정이가 집으로 도로 들어갈 경륜을 해보다가 다시 생각한즉 집으로 들어갔다는 지키던 마음이 속절없을지라, 내친걸음에 아무 생각 없이 얼마쯤을 가더니 발목이 퉁퉁 부으며 다리가 아파서 촌보도 더 떼어놓을 수 없는데 가을 긴긴 밤이 어느덧 동방이 훤하여지며 점점 밝아오는지라. 오도 가도 못하고 곰곰 궁리를 하여보니 오래지 아니하여 행인은 낙역부절絡繹不絶할 터이요, 남자도 아닌 편발 여자의 몸으로 아무 동행 없이 홀로 길가에서 방황하는 양을 보면 흉악한 인심에 무슨 불측한 일이 있을지 알 수 없는지라. 한 가지 칼날 같은 마음이 걷잡을 새 없이 생기는 차 귓결에 시냇물 흐르는 소리가 쏴아 하고 들리는지라, 아픈 다리를 즐즐 끌고 절룩절룩 물소리를 찾아가니 깊기가 얼마나 되는지 한없이 급한 물결이 출렁출렁 내려갈 뿐이라, 다시 생각할 여부 없이 '이 세상은 나와 영결이다' 하고 치맛자락으로 얼굴을 푹 가리고 풍덩 뛰어들었더라.

만일 물이 깊은 곳에 사람이 빠지고 보면 뛰어 들어갔다 불끈 올라 솟았다 몇 차례를 하여 코와 입으로 물을 배가 북 멘 듯이 마시고 도로 가라앉아 물결을 따라 밀려다니는 법이언마는, 그 시냇물은 과히 깊지는 아니하나 여울물이 되어서 병의 물 쏟으니같이 고꾸라져 급히 흐를 뿐이라.

수정이가 뛰어들자 급한 물결이 아랫도리를 휘갈기며 가로 쓰러져서 걷잡을 새 없이 굴러내려 가는데, 가령 수정이가 일부러 빠지지를 아니하고 우연히 실족하여서 기어 나오려고 애를 쓰더라도 의복에 물이 차여 용이치 못하려든 하물며 육지를 다시 밟지 아니하려는 작정으로 나올 생의를 아니 하는 터이리오. 걷잡을 새 없이 이리 데굴 저리 데굴, 얼굴이 깨어진다 팔다리가 벗겨진다, 정신없이 데굴데굴 굴러가다가 무엇에 가 툭 걸리며 다시는 요동을 못하더라.

사람의 천성이 한결같지 못하여 혹은 매사에 등한하여 보고 듣는 데 괴이한 바가 있어도 범범히 지내고, 혹은 자세하여 심상한 돌과 나무라도 두 번 세 번 돌아보는 법이라. 이때 날이 점점 동이 터오니까 먼 산 밑 넓은 들의 백포장 두른 듯한 안개가 시냇물 중심으로조차 뭉게뭉게 피어나서 오고 가는 행인이 얼굴을 서로 몰라볼 만한데 어떠한 소년 한 사람이 베개만 한 봇짐을 경첩하게 짊어지고 휘적휘적 들나들이 좁은 다리로 홀로 건너오며 다리 아래 물속을 유심히 내려다보며 혼자 중얼중얼 입속말로,

"어, 저게 무엇인가? 안개로 하여서 자세 보이지는 아니하는구먼. 희끄무러한 것이 사람 드러누운 것과 흡사하도다. 내 길이 아무리 총총하더라도 어디 좀 내려가 보겠다."

하고 다리를 내려 물가 모래밭으로 분주히 가는 사람은 성명이 누구인지, 거주가 어디인지 알기는 어려우나 그 행색으로 추측하여 볼 지경이면 책상물림으로 생계가 군간하여 봇짐을 하여 지고 글방을 찾아다니는 사람이라. 이 사람의 천성이 등한한 자와 반대가 되어 매사에 어떻게 찰찰하던지 십 리 가려던 길을 오 리를 못 갈지라도 지날결에 의심스러운 일만 있고 보면 기어이 시원하게 알고야 마는데 그 날 현풍읍에서 백일장을 보인다는 소문을 듣고 붓동이나 한목 잘 팔아볼 계획으로 첫새벽 길을 떠나 청로역촌 앞 시냇물을 당하였는데, 다리 위를 무

심히 저벅저벅 건너가다가 내놓던 발길을 도로 움츠러뜨리며,

"에, 이 다리 보게. 하마하더면 큰일 날 뻔하였네. 이 다리가 올 여름 장마에 이렇게 무너졌나? 이 고을 원은 길 치도시킬 줄도 모르나? 구시월이 되도록 무너진 다리를 고쳐놓지를 아니했게."

하며 징검다리로 발을 아니 빼고 건너갈 곳을 찾으려고 고개를 숙이고 기웃기웃하더니 그 물 건너갈 길은 둘째가 되고 다리 동바리에 무엇이 가로 걸려 있는 것을 보고, 이상스러운 마음이 들어 황급히 내려가 두 발을 분주히 빼고 징검징검 들어가 허리를 구부정하며 자세자세 들여다보더니 깜짝 놀라며,

"에구머니, 사람 죽은 송장일세. 송장은 자세 보아야 꿈에 아니 보인다더라. 에라, 똑똑히나 보겠다."

하며 바싹 들어서서 한참 동안을 유심히 보다가 혼잣말로,

"남자인지 여자인지 불쌍도 하다. 어찌하다 저 모양으로 물에 가 빠져 죽었을까? 내 눈으로 아니 보았으면 모르거니와 기왕 보고서 까막까치 밥이 되게 내버려둘 수가 있나? 어떻든지 강변으로 끌어내어다 놓고 이 근동 사람과 의논을 하여 먼가랫밥으로라도 깊숙이 묻어나 주겠다."

하고 평생 힘을 다하여 그 송장을 강변으로 끌어다 누이고 이리 뒤적저리 뒤적하며,

"이런 변 보아! 남자도 아니고 꽃 같은 편발 처녀의 송장일세. 이 처녀가 어느 곳에 사는 처녀로서 이 모양으로 물에 가 빠졌을까? 그런데 허리에는 무엇을 이렇게 퉁퉁하게 돌라띠었노? 어디 좀 뒤져보자. 혹 거주·성명 적은 것이 그 속에 있더래도……."

하며 허리에 매어 있는 면주 견대를 끌러 한편 머리를 들고 출렁출렁 흔들더니,

"이것 보게. 쏟아져 나오는 것이 모두 값진 패물일세."

하며 주섬주섬 집어 도로 그 견대에다 넣고 여전히 돌라띠워 주며 가슴에 손길을 한참 대어보더니,

"에구, 온기가 있네!"

일변 송장을 엎어놓고 허리를 꾹꾹 누르며, 일변 사지를 고루 주물러 주더라.

지금 세상인심에 재물 가진 사람을 호젓한 곳에서 만나면 환도로 지르든지 총으로 놓고라도 그 재물을 빼앗아 가는 도적놈들이 겅성드뭇하건마는 이 사람은 어쩌면 자선심이 그렇게 가득하던지 그 많은 보패에는 일호도 마음이 없고 그 신체 구제하기로만 골몰하더니, 천행으로 손발이 부드러워지며 정신이 차차 들어 눈을 떠 휘휘 둘러보더니 휙 돌아누우며,

"에그머니! 내가 이게 웬일인가?"

그 사람이 얼풋 물러앉으며 공손한 말소리로,

"어디 계신 규수신지는 모르거니와 어찌하시다 물에 가 빠졌던지 이 사람이 아니 보았으면 말할 것 없거니와, 기왕 이 지경 된 것을 눈으로 뵈옵고야 구원을 아니 하여드릴 가망이 없기로 이처럼 하였사오니 댁을 가르쳐 주면 바삐 통기를 하와 데려가도록 하오리다."

이때 수정이가 칼날 같은 마음으로 몸을 물 가운데 던진 이후로 이런지 저런지 도무지 모르고 물결에 쓸려 내려가던 터인데 꿈결도 같고 생시도 같이 어떠한 남자가 곁에 앉아 몸을 주무르며 정신을 차리라 하는 말을 듣고 깜짝 놀라 눈을 떠 보고 기가 막혀 웬일인가 소리 한마디를 하고 돌아누웠더니, 그 사람의 하는 말을 들은즉 일정 자기가 물속에서 죽게 된 것을 저 사람이 지나다 보고 구원한 모양인데, 집을 가르쳐주면 통지를 하여 데려가게 하겠다는 말을 듣고 아무리 생각을 하여도 큰

일이 났는지라 부끄러워 아니 나오는 말로 모기소리만치,

"이 사람을 위하여 힘써 구제하심은 감사무지하오나 이 세상을 떠나자고 마음에 한번 작정한 바를 결단코 고칠 리가 만무하오니 부질없이 수고 말으시고 어서 가시면 그런 은덕은 다시없겠나이다."

간신히 그 몇 마디를 하고 다시는 입을 떼어 말을 아니 하고 접친 듯이 누워 있거늘 그 사람이 민망하여 정성스럽게 묻고 달래는데, 날이 쾌히 밝으니까 지나가는 행인들이 하나씩 둘씩 모여들어 겹겹이 돌아서서 웬 사람이냐, 어찐 곡절이냐 다투어 묻기도 하고, 불쌍하니 측은하니 분분히 이야기도 하며, 제각기 한마디씩은 다 지껄이는데 그중에 나이 칠십이 불원하고 조그마한 바랑에 머리에 송낙을 쓰고 손에 백팔 염주를 든 여승 하나가,

"관세음보살 나무아미타불."

소리를 스러지게 하며 앞으로 썩 들어서더니 두 손길을 마주 대어 가슴 앞에다 가지런히 대이고,

"소승 문안드립니다. 소승은 합천 해인사 여승이온데 석가세존의 제자가 되와 고해에 빠진 중생을 건져 대자대비하신 세존의 뜻을 받들기로 평생 제일 사업을 삼는 터이오니 저 처자를 소승에게 맡기시면 소승의 절로 데리고 가와 지성껏 구호를 하오리니 여러분께옵서는 조금도 의려 말으시고 소승에게 맡기심을 바라옵나이다. 관세음보살 나무아미타불."

이때 수정이는 깨어지고 벗어진 곳이 아프고 쓰린 것도 모르고 다만 어떻게 하면 저 사람들이 다 헤어져 가고 자기가 다시 저 물에 가 빠져 죽어버릴까 하나, 헤어져 가기는 고사하고 하나 둘 점점 더 모여드는지라 기가 막히고 걱정이 되어 혼자 생각에,

'죽자 하니 죽을 수도 없고 살아 있자 하니 한없는 욕이라. 어찌할 방

향을 모르겠으니 이런 답답한 일이 있나?'

하고 아무 말도 다시 못하고 그대로 모로 누워 있던 차에 여승의 간청하는 말을 들으니 귀가 번쩍 띄어서 눈을 떠 여승을 돌아보며,

"에구, 나는 부모도 일가도 아무도 아니 계시고 몸 의지할 곳이 없으니, 대사, 나를 데려다 상자를 삼든지 고용을 삼든지 이 몸 하나 의지만 시켜주시면 그런 은덕이 없겠소이다."

여승이 앞으로 가까이 다가앉아 머리를 쓰다듬으며,

"거룩하오이다. 소승을 따라가시기 곧 하오면 상자나 고용이란 말씀이야 천만부당한 망령의 말씀이지요마는, 정하고 종용한 방 하나를 치워드려 치료나 마음대로 하시고 불경이나 조석으로 공부하옵셔 후생에 가실 극락세계의 길을 닦으시게 하오리다."

이때 붓 장수가 수중에서 죽게 된 사람을 구제는 하였으나 처치할 일이 아득하여 근심 중 있던 차에 난데없는 여승이 데려가겠다 하자 그 처녀 역시 따라가겠다 하니 심중에 십분 다행하여,

"에, 잘되었군. 저 처녀의 집이나 이 근처에 있는 것 같으면 얼풋 기별이나 하여 데려가게 하겠지마는, 집도 친척도 없다는데 수중에 붓 몇 동밖에 돈 한 푼 없는 나의 힘으로 처치할 도리가 망연하더니 마침 저런 여승이 있자기가 천만 의외이지. 중은 속인과 달라 불쌍한 사람 건져주기로 큰 목적을 삼을 뿐 아니라 의지 없고 불쌍한 여인네들이 여승의 암자에 가 의탁하는 일이 흔히 있으니 에, 너무나 잘되었다."

하고 자기 누이나 질녀나 되는 집안 식구인 듯싶게 여승을 대하여,

"여보 대사, 대사가 한량없는 자비심으로 불쌍한 저 여자를 구제코자 하는데, 저 여자 역시 대사를 따라가려 하니 아무쪼록 데리고 가서 수고를 아끼지 말고 일동일절에 극력구호하여 다시 위험한 일이 없게 하기를 천만 번 바라오."

이 모양으로 말을 하자, 여승은 수정의 어깨를 추켜 붙들고 수정은 여승의 팔에 매달려 일어서 가려 하는데 사람이 많이 모이면 행세가 단정한 자도 많으려니와 무식하고 막되어 난봉패호한 자도 자연 있을 것이라, 몇 놈이 입을 모으고 수군수군 공론도 하며 앞으로 썩썩 나서 경계도 때려 말을 하는데 한마디도 수정에게 이로운 말은 없다.

"이 양반, 댁이 저 처녀와 어찌 되시오? 전정이 구만리 같은 처녀를 신세 마치는 승이 되어 가라고 하니."

"글쎄, 그 양반이 웬 경우란 말인가? 지나다가 물에 빠진 사람을 건졌거든 아무쪼록 끝끝내 구제를 아니 하고 남자 같으면 말도 할 것 없거니와 꽃 같은 남의 집 규수를 백주에 승을 따라 보내려들어?"

"이 사람들, 그렇게 할 말도 아닐세. 보아하니 그 양반도 이 근처에 사는 터이 아니라 객지에 사력이 밎지 못하니까 저 처녀의 본집을 찾아 치행하여 줄 수도 없고 사고무친한 곳에서 누구에게 부탁할 사람도 없어, 사세부득이 승을 주어 보내어 위선 생명이나 구하자는 경륜인가 보니 이 양반 댁의 짊어진 봇짐을 보니까, 아마 필공인가 보오. 널리 부지런히 돌아다녀야 붓을 다만 몇 자루라도 더 팔아 돈냥이나 남길 것이니 공연히 지체 말고 어서 가시오. 우리 동리가 저기 보이는 축동나무 사이로 연기 올라오는 곳이니 이 처녀는 우리가 데리고 들어가 치료도 극진히 하고, 그 본집도 찾아줄 것이니 아모 걱정 말으시오."

붓 장수는 아무 대답도 못하고 사세가 난당하여 하는데 그자들이 여승을 저리 가라 밀뜨리고 수정더러,

"어떤 집인지 알 수는 없거니와 인기가 저만치 잘나고서 신세를 마치는 승이 되어 가? 어려서 철모르고 승이 되었더라도 나이 차 범절이 저만하면 퇴속도 할 터인데, 우리를 따라만 가면 규수의 소원대로 본집을 찾아 부모를 만나게 하여 달라면 그도 시행하여 줄 것이요, 본집도 부

모도 없으니 참한 곳에 시집을 보내어달라면 그도 시행하여 줄 것이니 아무 걱정 말고 우리를 따라가자."

하며 몇 놈은 여승과 붓 장수를 데리고 이르거니 대답거니 시비를 공연히 하고 몇 놈은 수정을 발이 땅에 아니 닿게 추켜들고 풍우같이 몰아가더라.

그 동리는 청로역말인데 유의유식하는 자들이 자래로 많이 있어 투전·골패 판이 끊일 날이 없고 주정꾼·난봉패가 득실득실하여 타동 과부 동여오기와, 유부녀라도 서방만 변변치 못하면 억탈로 빼앗아오기로 능사를 삼는 곳이라. 인물도 절등하고 연기도 어리지 아니한 처녀가 임자 없이 공돌아 있는 것을 만나,

"이애, 이것이 웬 떡이냐?"

하고 여러 놈이 성군작당하여 데려온 일이라. 수정이가 그물에 걸린 새와 함정에 빠진 짐승이 되어 움치고 뛰지도 못하겠으니 가슴이 메어질 듯 정신이 아득하여 어찌할 줄 모르는데, 의복은 어디 가 주문을 하여 왔는지 늙수그레한 노파 하나가 위아래 안팎벌을 척척 개어 상자에다 담아 가지고 와서 수정의 젖은 의복을 억지로 벗기고 차례로 바꾸어 입히더니 밤이 차차 깊어오니까 어떠한 소년 남자가 무엇이 그리 좋은지 입이 귀밑까지 찢어지게 웃으며 수정의 곁으로 와, 열에 한 마디도 귀에 들리지 아니하는 말을 지껄인다.

"사람이 살자면 횡액도 있기 쉽지마는 어찌하다가 물에 실수를 하였던가요? 마침 필공이를 만나기가 천만다행한 일이 아니오? 기왕 이렇게 된 이상에 외면하실 일이 아니온다. 서울 태생인지 시골 태생인지 그는 알 수 없소마는 지금 세상은 이전 완고 때와 달라 신부·신랑이 서로 마주 보고 마음에 맞으면 내외가 되어 백년을 동락하는 것이니, 평생을 같이 지낼 내외를 새로 정하며 내 마음에 맞고 아니 맞고 부모

의 명령만 기다렸다가 금슬이 서로 좋으면 천행이려니와, 그렇지 못하면 흔히 은정이 끊어져 남만도 못하게 지내는 법인데, 내가 관례는 하였소마는 미장가 아이요, 규수도 아직 출가 전 처녀로 피차에 이렇게 서로 만나기는 적지 아니한 연분인가 보오. 이 사람을 자세 보아서 마음에 불합하면 고만이요, 만일 합의하실 터이면 내일이라도 불복일 성례를 하든지 성례니 무엇이니 요란스럽게 떠들 것 없이 오늘밤이라도 내외 곧 되어 아들딸 낳고 재미있게 살면 다 고만이지 누가 무엇이라고 시시비비하리까?"

의복 갈아입히던 노파를 돌아보고 수정의 허락이나 들은 듯이 자창 자가自唱自歌로 부탁을 한다.

"아주머니, 나는 밖에 나아가 내 일에 수고한 여러 친구를 박주 일 배라도 대접하고 들어올 것이니, 마음을 안유하도록 같이 말씀이나 좀 하십시오."

그 노파가 큰 보조나 하는 듯이,

"어, 걱정 말고 나가보게. 내가 자네 일에 범연하겠나?"

곰방대에 불도 아니 싸는 잎담배를 볼이 오그라들게 펄쩍 화로에다 꾹 들이박아 뻑뻑 빨며,

"에그, 어여쁘게 잘도 생겼지. 우리 아들은 언제나 저런 색시를 데려오나? 아무렇든지 잘 만났군. 신랑 신부가 피차에 서로 남을 것 없고 혼인이라는 것은 연분이 꼭 있어 이 사람의 통혼을 그 여러 곳에서 하여도 다 아니 되더니 저렇게 엄전한 색시가 들어오려고 그러 했던 것이지."

하며 향방 없이 지껄이는 말을 수정이는 차마 듣기가 싫은 중, 저놈이 또 들어오면 어찌할꾸 하여 큰 근심 중으로 있는데 별안간에 천병만마나 뒤끓어 들어오는 듯이 온 집안이 죽 끓듯 하며 여러 사람이 두런두런하더니 자기 있는 방문이 덜컥 열리며 벙거지 쓴 하인 삼사 명이

264

방 안을 휘휘 둘러보고,

"여보 마누라님, 물에 빠졌던 처녀가 저기 앉은 저 처녀요?"

노파가 옛날 장의가 육국제후를 달래듯 구변 없는 말을 억지로 늘어놓아 수정을 꾀이느라고 정신이 골몰하다가 뜻밖에 그 광경을 당하니 겁결에 두서를 잃는 것은 촌 계집의 면키 어려운 바이라, 창황히 대답하는 것이,

"녜, 저 색시가 오늘 데려온 색시야요. 나는 아무 죄도 없소이다. 한 동리 사는 이의 색시를 데려왔다고 일을 좀 보아달라기로 와 있는 터이야요."

그 하인들이 노파의 말은 들었는지 못 들었는지 아무 대답도 아니 하고 수정을 둘러업더니 풍우같이 몰아가는지라. 이때 수정이가 범의 아갱이를 벗어난 일은 십분 다행하나 이놈들이 또 무슨 곡절로 이렇게 업어가노 하여 경겁 중에도 이리 생각 저리 생각 하다가 귓결에 큰 물 흐르는 소리를 듣고 얼풋 계교 한 가지를 내어,

"여보십시오, 나를 무슨 죄로 이렇게 끌어가시는지는 모르겠습니다마는 졸지에 배가 아프며 뒤가 마려우니 잠깐만 내려놓아 줍시오."

업은 자는 들은 체도 아니 하고 일향 가기만 하는데 뒤에 따라오던 자가,

"이애, 좀 내려놓아라. 뒤가 급하다는 것을 그대로 업고 가느냐?"

업은 자가 딱 멈춰서며,

"여보게, 내려놓아도 관계치 아니하겠나?"

먼저 말하던 자가 껄껄 웃으며,

"그 사람 별소리를 다 하누. 그러면 무슨 관계가 있단 말인가? 역촌이 예서 멀기도 하려니와 또 그놈들이 몇백 명이 있기로 쓸데가 무엇인가? 두말 말고 어서 내려놓게."

수정이가 그자의 등에서 내려 으슥한 뒤볼 곳을 찾는 모양으로 칠야 삼경 어두운 때에 논두렁·밭두렁을 더듬더듬 넘어가다가 물소리 나는 곳을 향하여 두 주먹을 불끈 쥐고 숨이 턱에 닿게 달아나노라니 덜미에서 쫓는 발자취는 들리는 듯 들리는 듯 높고 낮아 험한 곳에 열 걸음이면 아홉 번씩은 고꾸라지며,

"하나님 덕분에 어서 저 물에 당도하여 일신에 더러운 욕을 아니 당하고 풍덩 빠져죽어 조촐한 고혼이 되었으면."

하고 몇 걸음 더 달아나더니 뜻밖에 평탄한 길이 나서는데 누가 길 밑 잔디밭에 앉았다가 와락 달려들어 치맛자락을 탁 붙잡으며,

"어디를 이리 급히 가시오? 놀라지 말고 내 말 좀 들으시오."

수정이는 아무런 줄 모르고 붙잡는 것만 겁이 나서 평생 힘을 다하여 휙 뿌리치는 바람에 치마폭이 쭉 찢어지며 폭 고꾸라지더니,

"에구머니! 하나님 마옵소서."

이때 수정의 사정을 글로 써놓고 보면 심상한 이야깃거리에 지나지 못하나, 그러나 이날 수정의 몸이 되어 혈혈히 외로운 자취로 밤은 어둡고 땅은 생소한데 박두한 화색을 면코자 연약한 여자의 걸음으로 죽을힘을 다하여 달아나다가 뜻밖에 붙잡는 사람을 중로에서 만나니 정신을 어찌 상실치 아니하리오. 엎드러지는 그 자리에서 넋을 잃고 기절을 하였더라. 끊어질 지경에 다시 잇고 이지러질 지경에 다시 둥긂은 만고에 바꾸지 못할 이치언마는 의성 김 이방의 뜰이 있자 합천 해인사의 수월암이라는 여승이 있자 수정이 물에 빠진 것을 필공이 구하자 수월암이 온 곳에를 지나던 것이 모두 이상스러운 연분이요, 기회라 할지로다.

수월암이 본대 양가 여자로 소년에 청상이 되어 철석같은 지조로 훼절을 아니 하려고 지빈무의한 집에서 각색 고초를 겪다 못하여 해인사

에 가 낙발위승하였는데 불경 공부를 어떻게 정성스럽게 하였는지 나무아미타불 소리에 사십 년 광음이 꿈결같이 지나감을 잊었더니, 어느 날은 불경을 외우다가 피곤함을 이기지 못하여 베개에 의지하여 잠시 졸다가 깜짝 놀라 깨며 중얼중얼 혼잣말로,

"꿈도 이상스러워라. 내가 낙발한 지가 사십여 년에 좋고 그르고 꿈이라는 것이 도무지 없더니……. 청춘에 과부가 되어 내외 재미를 모를 뿐외라, 염불에 정신을 다하여 생남생녀하고 내외 동락하는 일은 입에 담아 말로도 옮겨본 적이 없었는데……. 평생에 아니 보이던 남편이 어찌 보이며, 자식은 웬 것을 낳았다고 젖을 먹여라 업어를 주어라 당부당부하였누……. 꿈이라는 것이 헛된 것이라 깨기 곧 하면 잊을 일이지마는 내가 살면 몇 해나 더 살며, 살아 있는 동안에 아무리 승의 몸이 되었기로 구천에 가신 가군을 아주 잊을 수가 있나……. 석가세존의 제자가 된 이상에는 속인 정리는 끊어버리는 일이 당연하지마는 천륜을 정하여 백년가약을 맺었던 망부의 영혼을 위하여 성묘 한 번이야 못할 것 있나?"

수월암이 꿈에 남편을 보고 성묘할 생각이 불현듯 나서 바랑에 주과 준비할 돈관을 넣어 지고 의흥 도리원 뒷산, 자기 남편의 산소에를 다녀오는 길에 청로역촌 앞 물가에서 수정을 만나 그 불쌍한 정경을 보고 아무쪼록 절로 데리고 가 극력구호를 하자 하였더니, 무뢰배들이 성군작당하여 빼앗아가는 양을 당하고 분하고 가엾은 마음이 나서 오도 가도 아니하고 그 강변에 물러앉아 입으로는 나무아미타불 관세음보살만 부르며 속으로는 '어찌하면 저 처녀 욕을 면케 하여줄꼬?' 하다가 주석 지팡이를 냅다 짚으며 와락 일어나더니,

"에라 죽전리 이 승지 댁으로 가서 그 댁 영감께 이대 말씀을 여쭈어보겠다."

하고, 뒤도 아니 돌아보고 죽전리 대촌으로 나는 듯이 가더라. 이 승지라 하는 양반은 영남 대가로 세세 부귀를 누려 성명도 훤자하거니와 기구도 굉장하여 한 호령이면 인근 읍 백성들이 뜰뜰 굴기를 본도 관찰사나 본읍 수령보다 몇 층 더한 터이라. 이 승지가 다년 서울에 올라와 벼슬을 구하다가 마음과 같지 못하는 일이 십상팔구라 사환을 단념하고 고향으로 내려와 명산대천 유람하기로 낙을 삼아 이리저리 다니노라고 해인사에도 들어가서 수삭을 두류한 까닭으로 수월암과도 친분이 있었더니, 뜻밖에 와서 고하는 사정을 듣고 그 자리에서 건장한 하인 사오 명을 불러 청로역촌으로 보내며 분부하기를,

"너희들이 청로역으로 가서 위선 동정을 보고, 내서 그리하더라고, 너희 동리 놈들은 남의 집 처녀를 무단히 업어다 강간을 하고 능히 무사할까, 이 길로 그 처녀를 이 하인에게 내어주어 보내면 이어니와 그렇지 아니하면 네 동리는 무사하지 못하리라 하여, 만일 그놈들이 잡말 없이 그 처녀를 내어주거든 업어다가 여기 앉은 여승을 주고, 횡설수설 거역 곧 하거든 늙은 놈 젊은 놈 여부없이 깡그리 묶어오렷다."

수월암이 하인들 떠나가는 양을 보고 그 뒤를 따라 중로에 가 지키고 기다리던 차에 멀리서 들은즉 역말 일동이 와글와글 죽 끓듯 하며 불이 왔다 갔다 하는 것을 보고 속마음으로,

'옳지, 저놈들이 이제야 하늘 높은 구경을 한다. 제아무리 억세더라도 그 처녀를 아니 내어놓고는 못 배기리라. 오래지 아니하여 데리고 올 터인데 어찌해 이렇게 지체가 되나?'

어두운 밤에 홀로 길가에 앉아 애를 부집 죄듯 쓰고 있더니, 난데없는 사람의 자취가 급히 나며 처녀 하나가 도망을 하여 오는데 얼풋 보니까 이는 곧 분명한 수정이라. 이 말 저 말 할 겨를 없이 와락 달려들어 치맛자락을 떡 잡았더니 쭉 찢어지며 엎드러져서 이내 기색을 하는

지라, 아무도 없이 혼자 붙잡고 애를 쓰며,

"에그, 이를 어찌하나? 이 승지 댁 구종들이 이리로 찾아왔으면 좀 업어다 달라기나 하지. 이것 보아, 수족이 점점 치곧아 올라오네."

하며 앉았다 섰다 팔도 주무른다 다리도 주무른다, 무한한 신고를 하더라.

시골 · 서울 물론하고 각 집 하인의 버릇은 일반이라. 그날 이 승지 집 구종들이 상전의 분부를 듣고 어깻바람에 역촌 놈들에게 서슬 한번 부리는 것만 제일로 여겨 병아리 떼 모인 데 솔개미 기세 모양으로 한바탕 휘서릇고 수정을 업어낸 일이요, 수월암을 위하여 수정을 기어이 찾아줄 열심은 없는 터이라, 상전의 말 색책 겸 저희 장난 겸으로 수정을 한참 업고 달아나다가 뒤가 급하다 하며 도망하는 양을 보고 두어 걸음 쫓아가다가 저희끼리 공론을 하였더라.

"여보게, 이렇게 기를 쓰고 쫓아갈 일이 무엇 있나? 저 어디로 가거나 말거나 우리들은 역촌으로 도로 들어가 그놈들에게 술이나 두둑이 뜯어먹고 가세."

"어, 자네 말이 옳은 말일세. 수월암 말고 죽은 우리 어머니가 부탁한대도, 목은 컬컬하고 밤은 어둔데 그 계집아이 쫓아갈 시러베아들 놈 없네."

하며 역촌으로 다시 들어가,

"이놈들, 그러리 말리 무사할 터이냐? 견디어보아라."

하는 귓전 뜯는 소리를 번차례로 하며 술을 코로 밭갈 만치 토색을 하여 먹는 통에 그 동리 상하노소가 모두 경황없이 들볶이기만 하느라고 얼마 멀지 못한 곳에 수정과 수월암 단둘이 신고하는 것을 아무도 몰랐더라.

수월암이 정신 모르는 수정을 앞에 누이고 어찌할 줄 모르는 차에 누

가 등 뒷길로 저벅저벅 가까이 오며 두런두런 하는 말이,

"어떻게 된 일인가? 내가 잘못 들었다. 분명히 업고 가다가 내려놓으니까 쏜살같이 달아나더라는데, 이 너른 벌판을 거진 찾아보아도 싹도 없을 제는 필경 또 물에 가 빠진 것이로구. 몹쓸 놈들, 그대로 내버려두었으면 여승이 곧잘 데려다가 구호하였을 것을 공연히 억탈을 하여 가더니 생사람을 기어이 죽게 하였지. 그런데 이 승지 집이라나 김 승지 집이라나, 그 집에서는 무슨 관계로 하인을 풀어 보내어 그 야단을 하였을까?"

수월암이 처음에 인적을 듣고 역촌 놈이 또 쫓아오나, 이 승지 집 구종이 찾아오나, 좌우간 알 수가 없어 숨도 크게 아니 쉬고 쥐 죽은 듯이 앉았노라니 그 사람이 점점 가까이 오며 중얼거리는 말을 자세 들어 보더니 친정 일가나 만나본 듯이 벌떡 일어나 반가이 말을 한다.

"에그머니, 이게 누구시오? 이 일을 어찌하면 좋소?"

그 사람이 주춤 서며 눈이 뚱그레지더니,

"이것이 웬일이야요? 저 규수가 어디로 해서 예 와 누웠을까요?"

수월암이 대강 몇 마디 말을 하며,

(수월) "여보, 이야기는 차차 들으시고 이 처녀를 좀 업어다 주시면 그런 공덕이 없겠습니다."

(그 사람) "업고 가기는 어렵지 아니하지요마는 어디로 업어다 달라고 하시오?"

(수월) "글쎄요, 이 승지 댁으로나 들어갈까? 우리 절이 가까웠으면 좋겠구먼, 어찌하면 좋은가? 이 승지 댁도 아니 될 말이야. 그 영감 덕택에 역놈들에게서 빠져나오기는 했지마는 그 댁에도 난봉 하인들이 하나둘 아니오, 그 영감 자질네 젊은 분이 여럿인데 무슨 괴변이 또 있을 줄 알아······. 여보, 당신이 볼일은 여간 바쁘시더래도 다 전폐하시

고 소승과 동행을 하여 예서 멀지 아니한 현풍 지경까지만 데려다 주시면 그동안 장사에 손해 당하신 것은 소승이 물어드리오리다."

(그 사람) "여보, 대사가 나를 사람으로 여기고 하는 말이오, 무엇이오? 내 장사가 무슨 큰 장사라고, 손해 여부가 있단 말이오? 나도 본래 그렇지 않은 사람으로 객지에 식비나 쓰자고 붓동을 받아 가지고 다니던 터인데, 저 규수의 불쌍히 된 것을 보고 얼마쯤 가엾이 여기던 차에 대사를 천만 의외에 만나 구처가 잘되었거니 했다가 그놈들에게 봉변하는 양을 당하고 차마 발길을 돌아서지 못하고 예까지 온 일인데 장사에 손해란 말은 가당키나 하며, 설혹 여간 손해가 있다 하기로 내가 그것을 관계할 사람이오?"

하고 수정을 들쳐 업고 평생 힘을 다하여 밤새도록 가다가 날이 밝은 후에 교군 삯을 얻어 수정을 태워서 보냈더라.

그날 붓 장수는 청로역 무뢰배가 수정을 업어가는 정황을 보고 분함을 이기지 못하여 붓 팔러 갈 일은 몇째가 되고 그놈들의 뒤를 슬슬 따라 역촌 뒷산 솔밭 속에 은신을 하여 해를 지우고 어두워 얼굴 알아보지 못할 만하여 촌 가운데로 내려와 눈치만 살피며 다니더니 혼인을 하네, 잔치를 하네, 너 한잔 먹어라 나 한잔 먹자 제각기 뒤떠들다가 벙거지 쓴 하인 한 떼가 서슬 있게 들어오는 바람에 그 기세가 다 어디로 가고 제각기 쥐구멍을 찾으며 이 구석 저 구석에서 수군수군 공론이 분분하다. 어떤 집에는 남자들이 모여 앉아서,

"어, 분한 일도 많다. 입속에 든 떡은 빼앗길지언정 품속에 든 처녀를 내어놓았담?"

"글쎄지, 이 승지 말고 이 의정의 분부라도 나는 아니 내어놓을 터이야. 그 죄로 금갑도밖에 더 보낼까?"

"이 사람 별소리를 다 하네. 금갑도는 이 다음 일이요, 당장 우리 동

리 도랑이가 쑥 빠질 지경인데 계집이라는 것이 다 무엇이란 말이냐? 잘했지 잘했어."

어떤 집에는 여자들이 모여 앉아서,

"아주머니, 그 색시 잘도 났지, 어쩌면 그렇게 엄전하게 생겼어? 나는 처음 보았는걸이오."

"에그 이사람, 어여쁘면 무엇 하나. 그림의 떡이요, 붉고 쓴 장이지. 일껀 데려왔던 것을 그 모양으로 도로 내어놓았으니 분하기만 하지."

"여보, 남이 이렇게 분할 제는 당한 사람이야 오죽할라구? 그런데 그 놈들이 그 색시를 업고 어디로 갔을까?"

"어디로 가기는 어디로 가? 이 승지 집에는 홀아비 없겠나? 이 승지 집 하인이니까 이 승지 집으로 데리고 갔겠지."

붓 장사가 그 말을 듣고 즉시 동구 밖으로 나서서 이 길로도 가보고 저 길로도 가보고 오락가락 인적이 나는 듯한 곳마다 분주히 쫓아가 보다가 천행으로 수월암이 다 죽은 처녀를 붙잡고 신고하는 것을 만났는데, 무슨 정성이 그렇게 뻗치던지 비지땀을 흘리며 평생 힘을 다하여서 수정을 업고 한구히 가다가 교군을 얻어 태워 보낸 뒤에 자기는 자기의 볼일을 보느라고 글방 도부를 다시 하는데, 그 길은 일정한 방향이 없어 동이면 동으로만 가고, 서이면 서으로만 가는 것이 아니라 동으로 가다가도 서에 글방이 있다면 서으로 돌쳐오고, 서으로 가다가도 동에 글방이 있다 하면 동으로 돌쳐와서 개미 쳇바퀴 돌듯 이리 돌고 저리 돌아간다 간다 하는 것이 공교히 죽전리 이 승지 집 사랑에서 누워 자더라.

이 승지의 위인이 본래 호색하는 터이라, 청로역에 보냈던 하인배가 돌아와 저희끼리,

"압다, 그 색시 꽤 잘생겼데, 바로 돋아오는 반달도 같고 줄에 앉은

초록 제비도 같데그려."

"옛날 양귀비 · 서시西施가 천하일색이라마는, 그는 우리가 보지 못하였으니까 알 수 없으되 우리 댁 마마님보다는 썩 어여쁜데."

"여보게, 우리 댁 마마님은 좀 잘나신 인물인가마는 아마 그 처녀는 더 잘났다고도 할 만해."

"제기랄 하지, 내가 전만이나 있었으면 고만 업고 달아나 재미스럽게 한번 살아보겠더라마는 두 불이 데걱데걱하는 놈이 소용 있니?"

"이애, 꿈같은 소리도 한다. 그런 분네가 너를 보고 살 듯하냐? 바로 우리 댁 영감께서나 들어앉히셨으면⋯⋯."

"쉬, 그런 말 마라. 마나님께서 들으시면 밥도 못 얻어먹고 쫓겨나려고."

이 승지가 저녁을 먹고 거닐다가 문간에서 저희 수작하는 자초지종을 낱낱이 듣고 불같은 욕심이 별안간에 나던지 시치미를 뚝 떼이고 사랑으로 들어가 좌기나 하는 듯이,

"이리 오너라, 네 청로역에 갔던 구종 놈들 모조리 잡아들여라."

구종 놈들을 뜰아래다 느런히 꿇려 앉히고,

"이놈들, 상전의 심부름을 갔으면 갔던 형편을 낱낱이 고하는 것이 아니라, 코만 비쭉 보이고 다시 이렇단 말이 없어?"

각 집 하인이라는 것은 이해관계 없이도 상전 속이는 것으로 제일 능사를 삼으니, 이는 다름이 아니라 아무쪼록 상전의 귀에 거슬려 들리지 아니하기를 위중하여 그 뜻을 억지로 맞추고자 하는 곡절이라.

(구종) "네, 황송하오이다. 소인 등이 다녀와 말씀을 아뢰옵자 하였삽더니 마침 손님이 계시기에 미련한 소견에 이 다음 종용하면 여쭙자 하였는데 지금 이처럼 분부를 하옵시니 소인 등의 죄가 죽어 남습니다. 소인 등이 그 동리를 가오니까 벌써 어떤 놈이 그 처녀를 끼고 있는지

얼풋 내어놓지 아니하옵기 몇 놈 따귀도 치고 복장도 질렀삽더니 저희도 할 수 없는지 슬며시 내어놓삽기에 소인 등이 죽을힘을 들여 번차례로 업어다가 수월암을 중로에서 맡겨 보냈습니다."

이 승지가 소리를 버럭 질러,

"누구서 수월암에게 맡기라 하던가? 또 수월암을 맡겼으면 수월암은 댁으로 아니 오고 어디로 갔어?"

구종 놈이 얼풋 꾸며대기를,

"소인 등이 수월암더러 기왕 그 처녀를 댁 상덕으로 찾았으니, 인사도리로 말하든지, 영감마님께서 궁금히 여기실 일이든지 어차어피에 댁으로 데리고 가자 하온즉 수월암이, '어여쁜 출가 전 색시를 이목이 번다한 댁으로 데리고 갔다가 꼼짝 못하고 뺏기면 상좌중도 만들지 못하겠다' 하고 아무리 붙잡아도 뒤도 아니 돌아보고 가옵는데, 소인 등이 붙잡고 싶으나 영감마님 분부가 아니 계시니까 하릴없이 놓아 보냈습니다."

이 승지의 눈이 실쭉하여지며,

"저런 무엄한 승년이 어디 있을꾸? 내가 제 일을 위하여 그처럼 하였거든 이렇단 말 한마디 없이 그 계집아이만 데리고 바로 가더란 말이냐? 너 이 길로 해인사까지라도 쫓아가서 수월암과 그 계집아이와 안동하여 잡아 오너라."

필공이가 그 광경을 보고 깜짝 놀라 슬며시 일어나 뒤보러 가는 것처럼 나서서 주야배도하여 해인사로 급히 가며 궁리하는 말이라.

'내가 그 집에를 아니 들어갔다면 어떻게 될 뻔하였나? 그 처녀가 꿈결같이 모르고 있다가 꼭 붙들려 와서 욕을 당할 뻔했지. 내가 어서 펄쩍 가서 미리 통기를 하여주어야 하겠다.'

하며 자기 딴은 부지런히 가노라는 것이 겨우 사오십 리를 못 가서 이 승지 집 하인이 우루루 달려드는지라, 자기가 큰 죄나 범하고 도망하다가 붙잡힌 것같이 가슴이 울렁울렁하며 공연히 겁이 나서 주저주저하다가 무슨 생각을 하고서,

"여보, 어디를 이리 일찍이 가오?"

하인들이 휙 돌아보며,

"우리더러 무엇이라고 했소? 댁이 누구시오?"

필공이가 웃음 한 번을 정이 뚝뚝 듣게 웃으며,

(필) "나를 몰라보겠소? 내가 지난밤에 이 승지 댁 신세를 입어 사랑에서 자던 필공이오."

(하) "그런데 우리는 급한 심부름이 있어 이렇게 가거니와, 댁에서는 이왕 우리 댁에서 누워 잤으면 아침이나 얻어 자시고 어디로 가든지 하지, 왜 새벽에 공복으로 가오?"

(필) "내가 아무리 붓 장사로 망문투식은 하나 무슨 염치에 저녁 얻어먹고 아침까지 주시기를 바라겠소? 또 나 역시 급히 볼일이 있어 가는 터이야요. 지금 어디까지 가시나요? 나는 합천 지경에를 갈 터인데 얼마간 동행이 되실까요?"

(하) "합천이오? 우리도 합천으로 가기는 하오마는 우리는 급히 갈 터인즉 어느 세월에 댁 하고 동행을 할 수 있소?"

그중에 성미 조급한 자가 있어,

"여보게 이 사람, 쓸데없는 잔소리 고만두고 어서 가세, 어서 가."

필공이가 앞을 가로막아 서며,

(필) "여보, 이왕 동행이 못될 바에 섭섭한데 우리 저 주막으로 들어가 쓴 술이나마 한잔 씩 나누어봅시다."

"말씀은 정답소마는 언제 술을 먹고 지체할 수 있소?"

필공이는 권하거니 하인들은 싫다거니 서로 승강을 한참 하다가 본

래 술 잘 먹는 자들이라, 입에 군침이 절로 돌고 목구멍에서 자위질을 쳐서 춘향 잡으러 갔던 차사 모양으로 슬며시 못이기는 체하고,

"여보게들, 한때라도 동정식한 의로 그리하는 것을 괄시할 수 있나? 아무리 길은 바쁘지마는 벼락 치는 하늘을 속이겠나? 들어가 한잔씩 얼풋 먹고 가세."

여러 놈이 해롭지 않게 여겨 필공이를 따라 들어가 한 잔 두 잔 먹는 것이 귀밑이 화끈화끈하고 혓줄기가 촉촉하게 젖으니까, '부어라 먹자, 부어라 먹자' 하여 해가 설핏하여지도록 얼마를 들어부었던지 술상을 물릴 여부 없이 그 자리에 얼기설기 쓰러져 세상을 모르고 코를 골다가 차례로 눈을 비비고 일어나며,

"어허, 무던히 취했었구, 벌써 해가 넘어갔네. 주파, 냉수 한 그릇 주시오."

"여보게, 그러나 필공이 친구는 어디로 갔을까?"

"주파, 우리와 같이 술 먹던 친구 한 분 어디로 갔소?"

주파가 구수한 국 몇 그릇에 술 주전자를 들고 들어오며,

"네, 조그마한 봇짐 진 양반 말씀이오? 그 양반이 보실 일이 급하다고 가시며 낮에 잡수신 술값은 낱낱이 다 셈하여 주시고 또 돈 열 냥을 주시며 저 양반들이 취해 주무시니 깨시기를 기다려 더운 국에 약주를 몇 잔씩 대접하여 해정을 하시게 하라고 천번만번 당부를 하고 가셨기에 이 약주를 차려올 따름이지 그 양반 가신 곳이야 알 수 있습니까?"

그자들이 술상을 앞에 놓고 제각기 한마디씩 이면 때려 말을 한다.

"그 친구 고마운 친구로구먼. 우리와 같이 다시 한 순배를 나누었더면 좋을 것을, 먼저 가고 없으니 우리들 혼자 먹기가 썩 재미없을 뿐 아니라, 외읽고 벽친 터이 아니고, 그만 경계는 짐작하는데 종일 남의 술만 먹고 우리는 한 순배도 내지를 못하였으니 모양이 매우 아니되었는걸."

"이애, 별말 말아라. 우리가 남의 술 등쳐먹고 이만치 자랐는데 순배 내는 것이 다 무엇이냐? 그 친구가 여기 있기로 너 술 낼 돈이 있더냐? 단작스러운 우리 댁 영감 규모에 노잣돈이나 넉넉히 주며 어디를 가라 해야지, 덜 곪은 부스럼에 고름 짜듯 노루꼬리만치 주는 노자에 짚신 켤레씩 사 신고 술 두어 차례 먹고 보니 내일 아침 밥값 낼 것도 변변치 못한 모양인데, 이애, 술턱을 내어? 어서들 가기나 하자."

"흥, 미친 자식. 머리 풀 일 있더냐, 이 밤에 또 길을 가게? 남저지 돈이 얼마나 되는지 내일 밥은 못 사 먹더래도 우리 술이나 마저 먹어보자."

"이 사람아, 노자를 마저 툭툭 털어 없애고 어찌하자는 말이냐?"

"그 일은 걱정 말아라. 사내자식이 어디를 가든지 설마 굶고 다니랴? 아무 떼거리를 쓰기 로."

"오냐, 그러면 술이나 먹고 말자."

그 밤이 새도록 인해 눌러 술을 퍼 먹고 그 이튿날 해가 한나절이나 되어 길을 떠나 여드레 팔십 리로 해인사를 당도하니 수월암과 처녀가 흔적도 없는지라. 남중·여승을 모조리 단련하여 어디까지 종적을 알고자 하나 당초에 해인사에 들어오지도 아니한 수월암과 수정을 어디가 찾아보리오. 하릴없이 뒤통수를 툭툭 치고 허행으로 돌아갔더라.

이때 수월암이 수정을 태우고 골몰히 가는데, 해인사를 이삼십 리쯤 남겨놓고 그제야 숨이 휘이 나가 속마음으로,

'에그, 숨찬지고. 우리 절을 거진 왔다. 인제는 역 사람들이 수십 명 떼를 지어 쫓아온대도 우리 절에 기별 곧 하면 주장스님 이하로 불목하니까지라도 뒤끓어 나와서 그놈들에게 지지는 아니할 터이다.'

하며 수정의 교군 문을 열어젖히더니,

"여보, 갑갑한데 시원히 내다나 보며 가시오. 우리 절이 저기 보이는 구름 밑에 뾰죽이 나온 산 너머인데 예서 가까운 삼십 리밖에 아니 되

오. 아무 겁 내지 말고 마음 턱 놓오. 인제야 무슨 일이 있겠소?"

그 말을 막 그치자 뒤에서 누가 숨이 턱에 닿은 소리로,

"여보, 대사, 게 좀 섰소."

수월암이 귓결에 듣고 얼핏 생각에 '저 원수의 역놈들이 지악스럽기도 하다. 죽을 동 살 동 모르고 예까지 왔네' 하며 짐짓 대답을 아니 하고 바삐바삐 가다가 두서너 차례 부르는 소리를 가만히 듣고 딱 멈춰서 돌아다보고,

"어, 어디로 해서 이렇게 급히 오시오?"

필공이가 인사 대답 여부없이 수월암의 귀에다 입을 대고 무슨 말을 두어 마디쯤 하더니 수월암의 눈이 둥그레지며,

"에그머니, 이 일을 어찌하면 좋은가? 그놈들이 미구불원 올 터인데 절로 들어갔다가는 안 될 터이요, 어디로 가면 좋은가?"

두 발을 동동 구르며 심려를 한참 하다가,

"옳지, 그리로나 가지."

하고서 일변 수정더러 전후 말을 이르고 일변 교군꾼을 단속하여 성주 광암 동리로 밤을 도와 갔더라.

광암은 수월암의 친정 동리라, 들어가는 길로 그 일가 되는 집 으슥한 방을 치우고 수정으로 하여금 은신케 하였는데, 이때 수정이가 곰곰 생각한즉 천신만고 중 천행으로 욕을 면하였으나 과년한 처녀의 몸이 속인의 복색으로 있다가는 무슨 불측한 욕이 또 있을는지 알 수가 없어 그 길로 낙발위승하기를 자원하였더라.

슬프다, 사람의 한세상 살기가 어찌 그다지 어려운지! 꽃으로 말하면 봉오리 겨우 진 김 이방의 딸 수정이라서 그 심덕 그 태도로 남과 같이 출가를 하여 인간 재미를 같게 보지 못하고 검은 구름 같은 머리털을 한 칼로 선뜻 베어버리고 치포주의에 송낙을 숙여 쓰게 되었도다. 이때

수월암 생각에는,

'저 처녀가 근본은 어떠한 사람이든지 천신만고를 갖추 겪다가 머리까지 깎았으니 자기 상자가 되어 청산 깊은 곳에서 자기를 따라 염불로 세월을 보내려니.'

하고 그곳에서 근 일 삭 두류하다가 하루는 밤이 이슥하여 달이 낮같이 밝은데,

(수월) "달도 밝기도 하다. 우리 절 법당에 앉아 저 달을 보면 바다에서 불끈 솟아 올라오는 길로 바로 이마 위에 두렷이 떠 있는데, 예만 해도 산이 높고 골이 깊어 달이 저렇게 중천에 높이 올라온 뒤에야 바로 보이네. 사람의 일생도 저 모양이 아닌가? 처지 좋은 데 태어났으면 영화로운 빛이 일찍 나타나고, 나와 같이 적적한 공문에 깃들여 있으면……. 내가 이왕에는 승속이 달라서 우대로 말을 하였지마는 이제는 나의 상자가 된 이상에 속인의 모녀나 조금도 다를 것이 없으니 지금부터 너더러 해라를 한다."

(수정) "스님, 저는 스님의 공덕도 죽기 전 못 잊으려니와, 필공 양반의 신세는 어찌하면 갚을는지 모르겠어요. 스님, 그 양반이 어디로 간다 하였으며 언제 오겠다고 하였습니까?"

(수월) "에그, 네가 말을 하니 말이지 그런 이상한 양반은 처음 보았다. 그때 이 승지 집 하인이 쫓아온다는 급보를 전해 주기에 창황히 이리 오느라고 미처 물어볼 겨를도 없었지마는, 그 양반 역시 온다 간다 말 한마디 없기에 설마 이 뒤에 따라오려니 하였더니 이내 소식이 없고나. 보아하니, 그 양반이 너의 화색이 박두한 것을 어디까지 불쌍히 여겨 힘써 구제하신 일이지, 조금도 부정한 마음이 있거나 이 다음 갚음을 바람이 아닌즉 구구히 오네 가네 말할 리도 없고 이곳에 따라올 곡절도 없느니라.

이애, 사람이 살아가자면 어느 모에서든지 그 은혜 갚을 날이 자연 있지, 없겠느냐? 여기는 속인의 동리라 장구히 있을 곳이 못되니, 내일은 우리 절로 들어가 불경 공부나 하고 있자. 인제는 네 몸이 승이 되었는데 이 승지 집에서 알기로 무엇이라 침탈할 도리도 없을 뿐더러, 그도 재상의 신분으로 잠시 객기로 그리했지 질지이심하게 또 찾으러 하인을 보내겠느냐?"

수월암이 이쯤 말하기는 수정이가 얼풋 대답하고 자기를 따라 나설 줄 여김이러니, 수정은 심중에 딴 배포가 있어 수월암의 하는 말을 듣고 고개를 숙이고 아무 대답 없이 한구히 있다가,

(수정) "스님, 이런 말씀을 들으시면 무엇이라 꾸지람을 하실는지 알 수 없지요마는, 지금 사제간이 되온 터에 무슨 말씀을 못 하오리까? 소승이 당초에 물에 빠지기는 다름이 아니라……."

하더니 구 참령과 정혼한 말로 구 참령의 소식이 없으니까 자기 부모가 강제로 타처에 출가시키려면 일을 일장 이야기한 후 한숨을 길게 쉬고 눈물이 옷깃을 적시며,

"스님의 태산 같은 은덕으로 일신에 더러운 욕을 면하고 오늘날까지 살아 있사오니 소승의 정리로 말하옵든지 도리로 말하옵든지, 스님을 모시고 절로 들어가 수족같이 심부름이나 하여 드리고 틈틈이 불경 공부나 하여 무정한 세월을 보내는 일이 당연하지마는 몇 차례 죽으려 하던 일이며, 구구히 살아 있는 일이 모두 다 구씨 하나를……. 소승의 몸이 인제는 속인과 달라 사면팔방 아무 데를 가도 거칠 데가 없으니 이 길로 경산 아무 승방에나 가 있으며 구씨의 종적을 탐지하여 보겠습니다. 구씨가 경성 사람인즉 필경 경성에 있지 어디 갔겠습니까?"

당초에 수월암이 수정을 욕심내어 기어이 상자를 삼고자 함이 아니요, 그 참혹한 정경을 보고 불가의 자비심으로 힘써 구제함인데, 낙발

까지 시켜 상자를 만든 이후로는 한 절에 일생 같이 있어 모녀나 다름 없이 지내보려니 하였더니, 뜻밖에 경산으로 가겠다는 말을 들으니 얼마쯤 섭섭지 않은 바는 아니나, 제 사정을 짐작하건대 만류하기도 어려운지라, 수정의 손목을 덥썩 쥐며,

(수월) "이애, 내 말 들어라. 내가 삼십에 승이 되어 지금 칠십지년이 되었다마는 사세부득의 일이지, 그 쓸쓸하고 외로운 중의 살림이 좋아서 그리했겠느냐? 그러기에 나는 너더러 승 되라고 권한 일이 없었더니, 네 몸의 화색이 급하기로 너 하자는 대로 내버려둔 일인데, 지금 혈혈단신 너 홀로 가깝지 아니한 경산에를 가겠다 하니, 나 되어서는 권할 수도 없고 말릴 수도 없다."

(수정) "스님께서도 섭섭하실 터이요, 소승도 섭섭하지마는, 한번 정한 마음을 변통할 수 없으니까 내일은 첫새벽 길을 떠나갈 터이오니 아무 염려 말으시고 스님께서는 절로 들어가사 안녕히 계십시오."

(수월) "오냐, 내 걱정은 말고 네 생각대로 아무쪼록 잘 가서 구 참령 영감을 만나 뵈어라. 나의 근력이 웬만만 하게 되면 너를 데리고 마지막 서울 구경 겸 갔으면 좋겠다마는, 작년이 그러께보다 다르고 금년이 작년보다 달라 머나먼 길을 근력차려 갈 도리가 없으니 섭섭하대도 어찌할 수 있니?"

수정이가 새벽 되기를 기다려 길을 떠날새 허리에 띠었던 견대를 끌러 수월암을 주며,

"이것을 홀로 나선 여자 몸에 지니고 가다가 무슨 위험한 일을 당할는지 알 길 없사오니, 어려우시나 스님께서 갖다 두셨다가 모월 모일에 제가 찾거든 내어주시며, 스님께서 긴급하신 일이 있거든 아무 고기 말으시고 몇 가지든지 마음대로 내어 팔아 쓰시옵소서."

수월암이 그 견대를 받으며,

(수월) "이애, 그렇지 아니하다. 이 속에 각색 보패 있은 것은 거번에 강변에서도 보았다마는, 적지 않은 재물을 송장이 거진 된 내가 맡아 있기도 조심되고, 또는 이것이 경보가 되어 네 몸에 지니고도 아무 데를 못 갈 바 아니니 천부당한 말 말고 이왕 모양으로 네 옷 속에 단단히 간수하고 가거라."

(수정) "이왕이라 지니고 있었지요마는 어찐 곡절인지 마음에 실쭉하오니, 어려우시나마 스님께서 아직 맡아두시면 아까 하시던 말씀과 같이 소승이 내려오든지 사람을 보내든지 좌우지간 할 것이니 그때 보내 주셔요. 에구, 그도 저도 소식이 없거든 소승이 세상에 뜻이 없어 물에라도 빠져 죽은 줄 알으십시오."

(수월) "네가 정 고집을 할 터이면 나를 맡기고 가기는 해라마는, 만일 네가 못 오고 사람을 보낼 터이면 무슨 신적이 있어야 서로 믿을 터이니 이것을 간수하였다가 주어 보내어라."

하며 손목에 걸었던 모감주를 벗겨 수정을 주더라.

여자의 마음이라는 것은 한번 맺으면 삼 척 비수로도 끊기 어렵고 천 근 철퇴로도 바수기 어려운 것이라. 그러므로 천성에 용납지 못한 바가 되어 삼엄한 의리도 능히 지키고 악착한 죽음도 왕왕 생기는 것이라. 수정이가 몇 차례 죽기를 결심하고 한 번 잡은 지조를 변치 아니함은 한갓 구 참령을 저버리지 말고자 함이라. 생전에 기어이 소식을 알아볼 작정으로 연약한 여자로 풍우를 무릅쓰고 천 리 경성 머나먼 길을 죽장 망혜로 올라오는데, 낮이면 길을 걷고 밤이면 주점에 들어 부지중 며칠이 되었던지 남대문 밖을 당도하였는데, 그때는 지금과 같지 아니하여 승의 복색으로 성중에를 들어오지 못하는 법이라, 사람을 만나는 대로 길을 물어 밖 남산으로 돌아 동문 밖 청량리 승방에 와 유련을 하게 되었더라.

청량리라 하는 곳은 경성 지척에 있어 수석이 썩 유수치는 못하나 청결정쇄하기로 유명한 터이라, 봄 꽃 가을 단풍 때면 성중 사람들이 한 차례씩은 의례히 나와 노는 고로 오고 가는 거마가 그칠 겨를이 없더라.

수정이가 그 절의 종용한 초막 한 칸을 치우고 자취 없이 들어앉아 주야로 불경 공부만 하니 다른 중 보기에는,

'저 승은 아무 생각 없고 다만 염불에만 전심하거니…….'

할 터이로되 수정은 일편단심이 구 참령 찾을 계교뿐이라. 백지를 사다가 책 한 권을 방정하게 매어 날마다 일기를 하는데 그 절에서 고용하는 아이 하나를 매일 전냥씩 주어 무론남녀하고 놀러 오는 사람의 거주·성명을 탐지하여, 아무 날에는 신사 아무 아무씨, 부인 아무 아무씨가 왔다 가다, 아무 날에는 관인 아무 아무씨, 학도 아무 아무가 다녀가다, 일일이 기록하기를 오륙 삭이 지나도록 김씨·이씨·박씨·최씨 이외 별별 성 가진 사람이 다 많이 그 절에를 내왕하였어도 하필 구씨라고는 지나가는 걸객 하나도 없는지라, 수정이가 가슴이 답답하여 혼자 한탄하는 말이라.

"에그, 내가 헛고생을 하나 보다. 이 양반이 서울에 있기 곧 하면 소졸한 선비 아니요, 소창 겸 절 구경을 한두 차례나 왔을 터인데 오고 가는 사람의 성명을 그리 상고하여도 구씨라고는 한 분도 왔다는 말은 못 듣겠으니 이것이 웬 곡절인고? 이 애가 잘못 알아보지나 아니했나?"

하며 초막 문밖으로 향하여,

"두껍아, 두껍아."

두꺼비는 심부름하던 고용 아이의 이름이라. 두꺼비가,

"네, 저 부르셨습니까?"

하며 들어오거늘, 수정이가 두껍의 감정 아니 날 만치,

"이애, 내가 일기를 아무쪼록 자세히 한번 하여보자고 일껀 너더러

놀러오는 사람의 성명을 영락없이 분명히 알아 달랬더니 필경 네가 장난하러 다니느라고 더러 빼어놓았지? 허구많은 성명에 하필 구씨는 하나도 없단 말이냐?"

두꺼비가 본래 고지식한 아이라, 저 딴은 정성껏 쫓아다니며,

"이놈아, 어른의 성명과 거주는 알아 무엇해?"

하는 핀잔을 하루도 몇 차례씩을 당하면서도 기어이 알아왔는데 빼어놓았다는 무정지책을 들으니 얼마쯤 억울해서,

(두껍) "스님, 원통한 말씀 말으십시오. 제가 이 절에 와 있은 지 삼 년 동안에 여러분 스님께서 귀해도 하시려니와 저도 심부름을 시키시면 힘껏 거행을 하였는데, 더구나 스님께서는 저를 돈까지 날마다 주시며 시키시는 일을 조금이나 범연히 거행을 하였을 리가 있습니까?"

(수정) "오냐, 내가 웃음의 말이다. 여러 말 말아라. 이 다음이라도 혹 실수할까 봐 당부하느라고 한 말이니 노여워하지 말고 더 잘 알아다 다고."

그 모양으로 두꺼비를 달래어 내보내고 홀로 턱을 고이고 앉아 하염없이 눈물만 흘리며 건넛산만 물끄러미 바라보고 앉았으니, 그때 그 광경을 사진으로 박아내어 떡 걸어놓았으면 눈 여린 여인들은 열이면 열이 다 흑흑 느껴 울 만하겠더라.

조금 있더니 두꺼비가 분주히 뛰어 들어오며,

"스님 스님, 인제야 구씨 한 분이 오셨습니다."

수정이가 그 말을 들으니 가슴이 공연히 덜컥 내려앉으며 정충증이 나서 얼른 대답을 못하고 있다가,

(수) "이애, 두껍아, 이리 가까이 와서 내 말 들어라. 그래, 그 양반이 너 보기에 양반 같더냐, 상사람 같더냐?"

(두) "에구요, 양반인 게야요. 의복도 잘 입고 좋은 인력거를 타고 왔어요."

(슈) "네 나가서 인력거꾼더러 지날결에 묻는 모양으로 그 양반 댁이 어디고 벼슬은 무엇인지 자세히 좀 알아보아라."

(두) "네, 물어보지요."

하고 절 동구 앞 인력거 놓인 데로 뛰어나가 인력거꾼 보는 데 딴전 한마디를 슬쩍 하는데,

"어, 그 인력거 좋기도 하다. 이 인력거는 아마 벼슬 높으신 이가 타시는 것인가 보다."

하며 인력거를 이리저리 사면 두루 구경을 하며,

(두) "여보, 이 인력거는 아마 값이 썩 많지요?"

(인력거꾼) "그것은 알아 무엇 하려느냐? 너 한번 사서 타고 다녀보려느냐?"

(두) "에구, 별말씀을 다 하시지. 제가 무슨 기구로 양반님네 타시는 인력거를 타요?"

(인) "시러베아들 놈, 지금 세상에 양반이 따로 있다더냐? 이놈아, 너도 돈이나 닥산 모아 보려무나. 벼슬도 거기 있고 기구도 게 다 있다. 이까짓 인력거 말고 마차는 좀 못 타고 다녀볼까? 나도 이 다음에 마차 좀 타보려고 지금 인력거 벌이를 한다, 허허."

(두) "그래, 이 인력거 타고 나오신 양반이 벼슬은 무엇이고 댁은 어디셔요?"

(인력거꾼) "누동 사시는 구 참령 영감이시란다."

두꺼비가 그 말 한마디를 얻어들으려고 첫귀 포두를 썩 동안 뜨게 시작하여 수작을 하다가 그 길로 급히 들어가 수정을 보고,

(두) "스님, 제가 물어보았지요."

(슈) "그래, 무에라고 하더냐?"

(두) "그 양반 댁은 누동이고 벼슬은 참령이라고 합디다."

수정이가 그 사람의 벼슬이 참령이라는 말에 더욱 심조증이 나서,

'어떻게 하면 저 사람더러 자기와 정혼하였던 일이 있고 없는 것을 시원하게 물어볼꼬?'

하는 생각으로 은근히 초절을 하다가 무슨 마음이 들었는지 불고체면하고 버선발로 초막 문을 나서 가만가만히 법당 뒤로 돌아가 기둥을 안고 서서 고개만 기웃이 내다보며 나직나직한 말로,

"두껍아, 어디 앉은 이가 구 참령이라디?"

철모르는 아이들이 매양 어른이 무슨 비밀히 하는 말을 보면 영문도 모르고 덩달아 쫓아다니는 법이라, 두꺼비가 다른 심부름 갈 줄은 잊어버리고 수정을 따라 곁에 와서 저도 내외나 하는 듯이 몸을 감추고 얼굴만 내어놓으며 손가락으로 그중 아랫목에 앉은 자를 가리킨다.

(두) "저기 아랫목에 수염을 쓰다듬으며 궐련 물고 앉았는 양반이 구 참령이시래요."

(수) "응, 그래 너 똑똑히 알았니?"

(두) "똑똑히 알고말고요. 그 양반더러 제가 바로 물어보았는데요."

수정이가 다시 한번을 자세 엿보다가 손가락을 하나 둘 셋 넷 꼽아 보더니 입맛만 쩍쩍 다시고 초막으로 도로 들어가 한탄하는 말이라.

"나는 구 참령이라기에 반가이 여겼지. 대구에 내려왔던 구 참령은 사주단자로 짐작하면 지금 삼십칠 세밖에 아니 되는데 저 사람은 수염이 희뜩희뜩하고 얼굴에 주름 잡힌 것을 보니까 한 살이 넘어도 오십이 더 되었겠는걸. 아니, 또 그가 억지 혼인을 정하느라고 나이를 줄여서 사주를 썼던지는 알 수가 있나? 분명히 알지도 못하며 섣부르게 물어보다가는 공연히 망신만 하기 십상팔구요, 아니 물어보자기도 궁금한데 어찌하면 좋을꼬……."

한 가지 계교를 내어 두꺼비를 다시 불러 곁에 앉히고 무에라 무에라

당부를 천번만번하며 돈 몇 냥을 또 내어주더라.

두꺼비는 돈을 받아 가지고 제 마음에 좋아서 그리할 뿐 아니라 수정의 당부를 저버리기도 어려워 큰방으로 가 주장승에게 제 집에 잠시 다녀오겠노라 수유를 얻어 가지고 절 동구 밖에 와 앉아 기다리더라. 인력거 소리가 '뜰뜰' 하며 나아오니까 눈결에 인력거 위를 쳐다보고 달음질을 하여 쫓아가더라.

절에 가 고용은 하고 있지마는 원래 약고 꾀 많은 아이라, 시치미를 뚝 떼고 구 참령의 인력거 뒤를 따라 누동 골목까지 와서 구 참령이 자기 집으로 들어가는 것을 분명히 본 뒤에 해가 져서 컴컴하여 얼굴 못 알아볼 만할 때에 그 집 사랑 뜰 앞으로 서슴지 아니하고 쑥 들어가,

"이 댁이 구 참령 댁이오니까?"

그 집 문객인지 청직인지는 알지 못하거니와 어떠한 사람 하나가 사랑 미닫이를 드르륵 열고 내다보며,

"그래, 이 댁이 구 참령 댁이다. 너 어디서 왔느냐?"

두꺼비가 얼풋 대답하기를,

(두) "이 댁 영감께서 대구 지방대 참령을 다녀오셨습니까?"

(사랑사람) "에라 이놈, 아니다. 이 댁 영감께서는 지방대에는 가보신 적이 없다."

그 곁에 한 사람이 있다가 말결을 달아,

"대구 지방대에 출주한 구 참령이 누가 있나? 옳지, 구 아무 말인가 보고나. 그 사람이 어디 서울 있나? 벼슬 갈린 이후로는 부지거처라는데."

또 한 사람이 고개를 끄덱끄덱하며,

"응, 구 아무, 참 그 사람이 지금 어디 가 있다던가? 아마 경상도 어디 있다지?"

주인이 안으로서 나오며,

"여보게, 무엇들을 그리하나? 내 집이 아니라고 한마디 일러 보냈으면 고만이지, 공연히 장황한 수작을 하고 있지. 중 도망은 절에를 가 찾는다더구면. 그 사람은 내 집에만 와서 찾는다던가? 한번 언제는 의성 사는 김가라는 늙은 자가 와서 지그럭지그럭 성가시게 묻더니 또 누가 와서 묻는단 말인구? 경상도라던가 전라도라던가, 어디로 돌아다니며 걸객질 한다는 사람을 딴 데로 와서 찾노라고, 응."

두꺼비가 다시는 말 한마디 묻지도 못하고 그 밤으로 되짚어 청량사로 나와 수정을 보고 전후수말을 전하더라.

(두) "스님, 저는 스님 심부름을 갔다가 무안만 톡톡히 당하고 왔습니다."

(수) "왜, 그 양반이 아니시더냐? 무슨 무안을 어떻게 당하고 왔단 말이냐?"

(두) "그 양반이 분명한 구 참령은 구 참령이신데……."

(수) "그래, 구 참령이신데 어찌해."

(두) "스님 말씀하시던 구 참령은 아니시야요."

그 말끝에는 수정의 소망이 뚝 떨어져서,

(수) "어서 이야기나 하여라. 그러면 그 양반은 어떤 구 참령이란 말이냐?"

(두) "이 양반은 지방대 벼슬은 해본 적이 당초에 없고……."

하더니 그 사랑에서 주객이 말하던 입장을 한마디 빼어놓지 아니하고 낱낱이 전하니 수정이가 듣다 말고 우두커니 앉아 별별 생각을 다 해본다.

"에그, 이 세상에 내 팔자 같은 이가 또 어디 있을까? 진작 죽기나 하여 세상만사를 잊어버렸더면 오늘날 이 모양으로 속을 아니 태울 것을……. 지금 생각하면 우리 수월암 스님과 필공 양반이 나를 살려준 은인이 아니라 내게 못할 노릇한 것이 아닌가? 이럴 줄 알았더면 스님이나 따라 해인사로 가서 불경이나 공부하다가 죽을 것을, 공연히 갖은 고생을 하며 경산으로 올라왔지……. 이애, 두껍아, 아무러나 고생했다. 어서 나가서 편히 자거라."

그 밤을 눈물·한숨으로 잠 한잠 못 자고 새우고서 홧김에 바랑을 지고 지향 없이 나선 길이 홍릉 삼거리를 당도하니 전거 기다리던 행인들이 길가에 느런히 앉았기도 하고 지팡이를 질질 끌고 오락가락 거닐기도 하는데, 수정이는 넋 잃은 사람 모양으로 한편 버드나무에 가 몸을 의지하고 묵묵히 서 있더라.

승속을 물론하고 여자의 편벽된 마음은 일반이라, 수정이가 청량사에 와 있은 이후로 부지런히 불경 공부를 하며 문밖에를 별로 엿보지 아니하는 양을 보고 여러 승들이 처음에는 입에 침이 없이 칭찬하기를,

"그 사람은 얌전도 하지, 열흘이 하루같이 초막 속에만 꾹 들어앉아서 염불만 저렇게 하네."

"우리 절에는 아무리 객승으로 와 있지마는 조금이라도 대접을 서어히 해서는 아니 될 터이야. 더구나 수월 스님 상자라 하니, 수월 스님이 우리 절에를 이왕 여간 친근히 다니셨나? 경산에만 올라오시면 우리 절에 와 의례히 계셨는데 그 스님이 무던하시더니 상자도 저렇게 얌전하지."

하여 대우를 썩 후하게 하더니 밤의 말은 쥐가 듣고 낮의 말은 새가 듣는다고 두껍을 시켜 구 참령 탐지하던 일 자초지종을 대강 짐작하고, 한 입 걸러 두 입 걸러 점점 말을 보태어 심지어 '구 참령과 마조 서서 이야기를 하더라,' '구 참령이 초막을 비밀히 다녀갔다,' 별별 애매한 말을 다 지어내어 수정의 잠시 나간 사이에 두꺼비를 조련질을 하여 물으니 두꺼비가 아무리 견디기 어려우나 보고 들은 말 이외에야 어찌 생소리를 지어 하리오. 다만 구 참령을 엿보던 일과 제가 누동으로 찾

아갔던 일만 토설을 하니, 샘바르고 암상스러운 여러 승들은 무슨 먹고 살 일이나 난 듯이 손가락에 제각기 침을 묻혀 들고 나서서 한마디씩이라도 험담을 모두 한다.

"무얼, 조놈이 돈푼에 팔려서 말을 아니 하는 것이지. 이놈, 그렇게 하려거든 우리 절에 있지 말고 이 길로 나가거라."

"여보 삼보 스님, 그년이 그럴 줄 몰랐더니 천하에 더러운 년이오. 다시 들어오더래도 밥도 주지 말고 저 초막을 잠가버리오."

"깨끗한 우리 절에 그따위를 붙여 두었다는 큰 명예가 깎이겠소."

"새침데기 골로 빠진다고 외양으로는 바람 자고 어련무던한 년이 은근히 못된 짓은 더 잘하지."

"그러니까 그년이 해인사에서 저의 스승을 내버리고 예까지 올라와 있기는 애부가 있어서 만나보려고 올라온 것이니, 에그 드럽고 망측스러워라."

"이놈 두껍아, 이 달 삭하를 셈하여 줄 것이니 지체 말고 바삐 나가거라."

두꺼비가 아무 죄 없이 그 절에서 쫓겨 나오는데 속담에 오뉴월 불도 쪼이다 물러서면 섭섭하다고, 어린 소견에 원통한 마음이 나서 두 눈이 통통 붓도록 울며 절 동구로 나오더라. 수정이는 별로 정처도 없이 울화 나는 김에 나섰다가 향하여 갈 바가 없는지라, 전차에 오르고 내리는 행인을 무심히 구경하다가,

'예라, 일찍이 절로 도로 들어가 행장이나 수습하여 가지고 내일 새벽에 길을 떠나 해인사로나 내려가 공부나 하다 죽겠다.'

하고 청량사를 향하여 십여 걸음을 채 못 가서 두껍의 울고 나오는 것을 만나니 일변 가엾기도 하고, 일변 절통하기도 하여 오도 가도 못하고 길가 잔디밭에 가 앉아 두껍의 구축 당하던 이야기를 듣다가 우연히 언덕 밑 길을 내려다보더니 황망히 두꺼비 손목을 잡아 일으키며,

(수) "이애, 이야기는 차차 하고 급히 저기 가는 양반 이리 잠깐 오시라고 여쭈어라."

(두) "녜, 어떤 양반이야요? 자세 일러줍시오."

(수) "압다, 저기 소몰이꾼 뒤에 괴나리봇짐에 지팡이 짚고 내려가는 양반 말이다."

두꺼비가 대답을 연해하며 한숨에 뛰어가서,

"여봅시오, 봇짐 지고 가시는 어른, 거기 잠깐 계십시오."

그 사람이 휙 돌아다보며,

"왜 그러느냐?"

두꺼비가 입을 딱 벌리고 헐떡헐떡 숨찬 소리로,

"저기서 누가 잠깐 뵈옵자 하시니 저를 따라 좀 가셔요."

그 사람이 두껍의 뒤를 좇아가며 심중에 심히 의아하더니 급기 이른즉 어떠한 여승이 길가에 홀로 앉았다가 자기를 보고 앞으로 마주 나아오며 합장배례를 하는지라 당황히 맞으며,

"대사가 누구시오? 나를 언제 알으시던가요?"

수정이가 수삽한 말소리로,

"에그, 소승을 몰라보셔요? 소승이 청로역 물에 빠져 죽게 되었던 여자올시다."

그 사람이 그제야 자세자세 보더니,

"어, 그러시던가요? 복색이 변하셨으니까 나는 전혀히 몰라보았소그려. 그래, 수월 대사도 평안한가요? 어찌하여 이곳에 오셔 홀로 앉으셨으며 수월 대사도 올라왔나요?"

(수) "아니야요. 수월 스님께서는 해인사에 계시고 소승 홀로 올라왔습니다."

수정은 그 사람을 자기 구제하던 필공이로만 알고, 그 사람은 수정을

수중에서 구해내던 처녀로만 알아 피차에 일찍이 어떠한 관계의 있고 없는 것을 막연히 몰랐더라.

당초에 구 참령이 소년 협기로 군대 벼슬에 있어 주야 추축이 하나도 조행 있는 친구는 없고 주색에 정신이 취하여 온당치 못한 거조를 비일비재로 하더니, 대구로 출주하여서도 그 습관을 버리지 못하고, 의성 김 이방의 딸과 억지 혼인을 정하였는데, 그 혼인 정하기를 자기가 상처를 하여 불가불 속현을 하려 함도 아니요, 슬하에 혈육이 없어 자손을 보자고 함도 아니라. 한갓 김 규수의 인물이 잘났다 하니까 일시 허욕으로 장난삼아 한 일이라. 급기 시국의 변천함을 인하여 군대 해산을 당하니 처음에는 기둥에 때린 머리 같아서 정신없이 지내느라고 적지 않은 은사금 내린 것을 에테 몇 번에 흙 끼었듯 다 흩쳐 내버리고 보니 다시 한 푼 날 곳은 없고 이왕 쓰던 수단은 남아서 시시로 뒤웅박덩이 같이 치밀어 올라오는 것은 가슴의 불덩이뿐인 중, 팔자가 기구하여지느라고 생선 같던 자기 부인이 졸지에 토사곽란으로 세상을 버리니 젖 끝에 있던 어린 아들인들 어찌 부지하기를 바라리오. 남저지 집칸을 마저 팔아 없애고 혈혈히 외로운 몸이 의지할 곳이 바이없는 중, 사람이 못 당할 비참한 경우를 겪고 나니 다시는 실가에 뜻이 없어, 대구에 있어 정혼하였던 일을 꿈밖에 잊어버리고 한갓 마음에 작정하기를,

'에라, 세상만사가 귀찮다. 죽장망혜로 십삼도 구경이나 하며 매팔자로 돌아다니겠다.'

하고 필방에 가서 붓 몇 동을 받아 지고 정처 없이 나섰는데, 경성 근처에는 인아족척 아는 사람을 만나면 창피스러울 듯하여 아주 멀찍이 삼남으로 뚝 떨어졌더라.

사람이 고생을 모르고 잉편히 생장할 때에는 아무 세상물정을 몰라 나밖에 또 누가 있으리 하는 교만한 마음을 두었지마는, 게 발 물어 던

지듯이 타도타관으로 돌아다니노라니 남의 토심도 많이 받고 박대도 많이 받아 누울 데 설 데를 차차 짐작하니, 전에 잘못한 일을 한 가지 두 가지 회개를 하여 그 심술스럽고 억짓손 있고 불파천불외지不怕天不 畏地하던 심정이 어쩌면 그렇게 딴사람같이 변하였는지 인자하고 순후하고 청렴한 도덕군자가 되었더라.

그런고로 청로역촌 앞 냇물에서 수정의 신체를 보고 측은한 마음이 유연히 나서 힘써 구제하였을 뿐 외라 이왕 같으면 인물이 절등한 여자를 그 지경에 만났으니 무사히 내어놓을 리도 없고, 견대에 있는 다수한 보패를 보았으니 검은 욕심이 자연 동할지어늘, 그대 저대에는 일호도 뜻이 없고 오직 불쌍한 인생 구제해 줄 마음뿐이라, 그날 밤을 새어가며 역촌으로 드나들다가 평생 힘을 다하여 업어다가 해인사로 보낸 뒤에 이 승지 집 사랑에서 자다가 급한 기미를 보고 변변치 못한 장사 밑천을 다 없애가며 하인 놈들에게 술을 들어붓고 수정의 일행을 쫓아가 피신하도록 한 후로 인하여 다른 곳으로 돌아다니며 강산 유람에만 재미를 붙이다가, 그동안 경성 형편이 어떻게 변하였나 잠시 구경도 하고 삼남 지방은 거진 다 보았으니 동문 밖으로 가서 강원도·함경도를 차례로 유람할 차로 홍릉 어구에서 전차를 내려 북편 하늘을 바라보고 한 걸음 두 걸음 내려가는데, 두꺼비를 따라 수정에게로 옴일러라. 수어로 인사한 뒤에 수정더러,

"이처럼 알아보시고 말씀을 하시니 대단히 감사하온 중 수월암의 안부까지 들으니 더욱 반갑소이다. 그러나 언제나 귀사로 내려가시려는지? 이 사람은 강원도 지방으로 내려가는 길이온즉 오래 지체치 못하고 총총히 가오니 아무쪼록 평안히 내려가시기를 바라오."

하며 일어서려 하니 수정의 생각에,

'저 양반의 신세를 내가 태산같이 졌는데 살다가 어느 모에 만분 일

이라도 갚자 하면 성명·거주나 알아두어야 옳겠다.'

하고 필공을 향하여,

"에그, 이런 말씀이 방자하고 실례오나 높으신 성씨는 누구시며, 함자는 누구시며, 댁은 어디 계시오니까?"

필공이가 깔깔 웃으며,

(필) "나 같은 사람의 성명·거주는 알아 쓸데가 있습니까? 다만 지나가는 필공으로만 알아두십시오."

(수) "말씀 아니 하시는 터에 두 번 여쭙기는 불안하오나 소승은 하해 같은 은덕을 입사와 죽었던 사람이 다시 살았사오니 시존은 누구신지 이때껏 아옵지 못하와 주야 한탄하던 차, 하나님이 지시하사 이곳에서 뵈왔는데 이같이 냉락히 대답을 하오시니 이는 소승을 불사히 여기심이라, 다시는 얼굴을 들어 뵈올 수 없나이다."

하더니 무안한 빛이 두 뺨에 나타나며 두 눈에 눈물이 도는지라, 필공이가 다시 생각한즉 그 정경이 용혹무괴라, 처음 작정은 남이 부끄러워 자기 이름을 내어놓지 아니할 작정으로 어름어름 지나가는 말로 대답함이러니 하릴없이 다시 털썩 앉으며,

"허허, 그처럼 하실 일이 무엇 있소? 그러나 변변치 않은 성명을 기어이 알고저 하시니 말씀을 하오리다. 이 사람의 성은 구가요, 이름은 ○서요, 집은 서울 남부 조동이러니, 지금은 정처 없이 돌아다니는 유산객이올시다."

수정이가 그 성이 구씨라는 말을 듣고 다행히 구 참령의 일가나 되면 종적을 필경 짐작하려니 싶어,

"에그, 구씨시라니 총요 중이라도 잠깐 여쭈어볼 말씀이 있습니다. 그러면 대구 지방대 참령으로 계시던 양반이 일가간이 되시겠지요?"

필공이가 빙글빙글 웃으며,

"녜, 일가라면 일가지요마는 대사가 그를 어찌 알으시던가요?"

수정이 얼굴에 붉은 빛을 띠고 고개가 점점 수그러지며,

"그 양반을 알지는 못합니다마는 소승의 속가가 대구 근처인 고로 그 양반 말씀을 들었기 여쭈어보는 일이올시다. 지금 그 양반이 어디 가 계신가요?"

필공이는 아무쪼록 자기의 본색을 탄로치 아니하려고 겉대답을 하였더니, 가만히 수정의 기색을 보니까 심히 괴이한 중 연해 채근하여 묻는 것을 종내 괄시하기 어려워서 속마음으로,

'내가 성명을 감추기는 여러 친구들이 알면 비소할까 함이어니와, 저 여자더러야 바로 이르기로 설마 어떠하랴?'

싶어 누가 곁에서 듣는 것같이 나직나직한 목소리로,

"허허, 내가 이 모양으로 돌아다니니까 남이 부끄러워서 종적을 감추었소마는 대사가 재삼 물으니 하릴없이 바로 말이오. 대구 지방대에 출주하였던 자가 별사람이 아니라 즉 낸가 보오."

이때를 당하여 깊은 연구 없는 보통 여자 같으면 두말없이,

"에그, 이게 누구요?"

하고 울며불며 자기가 아무라 하여 설운 사정을 내어놓을 터이나 수정은 풍상을 많이 겪어 활에 놀란 새가 굽은 가지만 보아도 놀라는 일체로, 반가운 마음보다 의심이 먼저 나서 사색을 억지로 감추고,

(수) "녜, 그러하셔요? 그러시면 점잖으신 처지에 무슨 일로 저렇게 사면 다니십니까?"

(구) "나의 세소 사정이야 어찌 다 말하오리까? 다만 상처한 이후로 화가 나서 세간을 헤치고 여기저기 강산 유람을 다니는 중이오."

(수) "이런 말씀이 여승의 할 말씀은 아니오나 소승이 듣자오니까 영감께서 대구 계실 때에 의성 어느 집 규수와 정혼하신 일이 있다더니

왜 진시 속현을 아니 하셨나요?"

구 참령이 그 말끝에 한숨을 휘 쉬며,

(구) "지금 그 말씀을 들으니 남이 부끄럽소. 그런 일이 있기는 하였지마는 내가 소위 벼슬인지 무엇을 다닐 때에는 아주 지각이 없어 된 짓 못된 짓 함부루 하노라고 의성읍 김 이방의 딸과 장난삼아 정혼을 하였더니, 벼슬 갈린 뒤에 다시 생각한즉 유처취처가 만만부당한 중 남의 양가 여자를 억륵으로 혼인하여 한없이 고생시키는 것이 더욱 정당치 않은 일이기에 아주 단념하고 그 일 잊어버린 지가 벌써 오랜걸이오."

(수) "그러면 영감께서 남의 적악하시는 일이 아니오? 그 규수가 만일 영감의 소식만 기다리고 타인에게 허신을 아니 하였으면 어떻게 하실 터인가요?"

(구) "천만의외 말씀도 하시오. 벌써 그때가 언제 일이라고 시집 아니 갔을 리도 없고, 설혹 아직 시집을 아니 갔더라도 다른 연고의 상치됨이지 나의 신을 지킴은 아니온다."

그 말을 겨우 마치자 수정이가 품속으로서 큼직한 간지 한 장을 내어 놓으며,

"이것을 좀 보십시오."

하더니 그대로 땅에 가 폭 엎디어 소리 없이 울기만 한다. 구 참령이 그 간지를 집어 속폭을 쑥 뽑아 두루루 펴 보다가 두 눈이 둥그레지며,

"이게 웬일이요? 이야기 좀 시원히 들읍시다."

수정이가 한구히 울기만 하다가 간신히 진정하여, 자기가 김 이방의 딸로서 부모의 늑혼시키려는 것을 반대하다가 필경 세상을 하직하려고 물에 빠지던 일로, 수월암을 하직하고 청량사로 올라와 내왕객의 성명 조사하던 일과, 누동 구 참령을 잘못 알고 두꺼비 시켜 탐지하다가 여러 중에게 의심받은 일 종두지미를 울음 반 말 반 섞어 하니, 구 참령이

기가 막혀 먼 산만 바라고 앉았다가,

"여보, 길가에서 모양 사납소. 아무려나 종용한 곳으로 가서 말씀을 하십시다."

하고 벌떡 일어서서 이리 두릿 저리 두릿 생각을 하여 보다가 혼잣말로,

"서울로는 들어갈 수 없고……."

하더니 왕십리 자기 묘지기의 집으로 수정과 두껍을 데리고 건너갔더라.

(구) "내가 이런 말을 하면 어찌 생각하실는지는 알 수 없지요마는 지금 세월은 이전 완고시대와 달라 성례까지 하여 내외동거를 하다가도 피차 뜻에 맞지 못하는 일이 있으면 소관 관청의 허가를 얻어 이혼하는 일도 없지 않아 있는데, 더구나 우리야 다만 주단 왕래만 하였을 뿐이지 무슨 깊은 관계야 있소? 전정이 구만 리 같은 터에 쓸데없는 이 사람을 헛되이 지키고 있지 말고 진시 변통을 하시오. 이 사람은 팔자가 기구하고 가운이 불길하여 혈혈단신이 지빈무의하게 된 이후로 세상에 아무 뜻이 없고 주유팔방 하는 터인즉 어찌 지날결의 언약을 빙자하여 남의 청춘을 그르칠 인사가 있겠소? 그대 말씀을 두 번도 말으시오."

(수) "에구, 구구한 이 잔명이 오늘까지 부지해 있기는 한 번 잡은 마음을 변치 말자 함이러니 천신만고하여 급기 뵈옵는 자리에 이같이 괄시를 하시니 다시 입을 열어 할 말씀도 없고 소승은……."

하더니 그 다음 말은 목이 메어 못하고 흑흑 느껴 울기만 한다. 구 참령이 물끄러미 마주 보며 여러 가지로 생각하는 말이라.

'허, 내가 괴악한 놈이로다. 백주에 남의 집 규수와 억지 혼인을 정해 놓고 이때까지 모르는 체하여 저 광경이 되도록 하였으니 나의 잘못한 말은 더 할 말 없거니와 누가 지날결 언약을 굳이 지키어 시집 아니 가고 있을 줄이야 꿈에나 뜻을 하였나? 그러나 그 뜻을 맞추어 결혼을 하

게 되면 적수공권으로 살림을 할 도리가 없으니 남의 고생을 알고 시키는 것이요, 내 작정대로 배척하게 되면 편성 여자가 필경 죽는 거조까지라도 날 것이니, 남의 원혼을 무단히 만드는 것인즉 그 아니 사세가 양난한 일인가?'

하며 지재지삼 자저하다가, '에라 하릴없다' 하고,

"내가 그처럼 말하온 것은 대사를 괄시함이 아니라 기실은 대사의 전정을 위함이러니 대사의 상설 같은 마음을 맺고 풀지 못하시니 하릴없소. 내두의 일은 어찌되었든지 약조대로 시행합시다마는 그 지경이면 불가불 퇴속을 하여야 될 터인데, 당장 협호라도 방 한 칸 없고 작수성례라도 준비할 처지가 못 되니 그 아니 딱한 일이오."

수정이는 구 참령의 냉락한 대답을 듣고 한갓 세상을 버려 만사를 잊을 작정을 하여 여러 가지로 감념이 나기를,

'에그, 불효는 나 같은 년이 다시없겠다. 우리 부모가 딸자식이나마 나 하나뿐인데 무슨 재미를 보시려고 애지중지 길러내셨거늘, 털끝만치 그 뜻을 받지 못하고 천리타향에서 객사가 웬일인가……. 나 죽은 기별 곧 들으시고 보면 내외분의 생초상이 또 나시겠지……. 그래도 나는 이 양반이 이럴 줄은 모르고 벌써 죽을 것을 참고 또 참았더니……. 에라, 한탄할 것 없다. 모두 다 나의 팔자소관이지, 남의 탓할 것 무엇 있나…….'

이 모양으로 이 세상에 다시 있지 않을 뜻을 품고 구 참령을 향하여 영결의 말 한마디를 하려 하는 차에, 구 참령의 입에서 만장 화기가 뚝뚝 듣는 말 몇 구절이 나오니까 엄동 소슬한 가지에 백화가 휘어진 듯, 수운이 첩첩하던 수정의 눈썹이 봄빛을 띤 원산이 되어지며,

(수) "그는 아무 걱정 말으십시오. 사람이 살자 하면 차차 도리도 있을 것이오. 아직 급한 소용은 내게 있는 것으로 변통하시지요."

298

(구) "……."

(수) "이럴 줄 알았더면 변변치 못한 것이나마 몸에 지니고 올라올 것을 공연히 수월 스님에게다 맡겨두었지."

(구) "무엇을 수월암에게다 맡기고 오셨던가요?"

(수) "에그, 당초에 집에서 나설 때에 세상일을 몰라 패물 몇 가지를 견대에 넣어 허리에 띠었더니 그 풍파를 다 겪으면서도 요행으로 그것은 보존하여 있기에 경산으로 올라올 때에 수월 스님께 맡기어두었어요."

구 참령이 손길을 홰홰 내두르며,

"여보, 그게 무슨 천만부당한 말이오? 사내대장부가 되어 스스로 주선치를 못하고 부인의 사사로 가진 물화로 생활방침을 삼으면 무슨 얼굴을 들고 내외간이기로 서로 대한단 말이오? 그대 뜻은 두 번도 두지 말고 어느 절이든지 몸을 의탁하여 때를 기다리고 있으면 내가 지금부터 막벌이를 하더래도 다소간 자본을 장만한 후 우리 성례를 하여봅시다."

(수) "그 말씀이 괴이치 아니하오나, 첫째는 팔자 사나운 이 몸이 홀로 돌아다니다가 이 인심이 효박한 세월에 또 무슨 봉변이 있는지도 알 수 없고, 둘째는 수월 스님의 연기가 칠십 쇠로한 터이라 오늘 어떨지 내일 어떨지 모르는데, 만일 그만 일조에 없어지면 그 재물은 속절없이 서실이 될 것이니 진시 찾아오지 아니하면 공연히 내버리는 재물이온 중, 이리로 생각하나 저리로 생각하나 고집하실 일이 아니온즉, 피차 내외 된 이후면 네 것 내 것의 분간이 없을 것이요, 또 아무것으로나 거접할 기초를 마련한 후 영감 힘으로 차차 주선하여 살아갑시다."

구 참령이 남자의 기개로 구구한 뜻이 없어 그같이 거절한 일이러니, 다시 수정의 사정을 들은즉 종내 배각기 어려운지라 부득이 허락을 하고 수월암에게 견대 찾아올 의논을 하니,

(수) "영감께서는 아무래도 멀리 가시지 말고 이곳에서 유련을 하고

계시면 이 사람이 여승의 복장대로 하루바삐 내려가 찾아오리다. 에그, 두꺼비나 나이 지긋한 아이 같으면 대신 다녀오라 하겠구먼…….”

(구) “여보, 두꺼비가 설혹 작성한 터이기로, 수월암이 생면부지 모르는 아이를 보고 내어줄 리가 있겠소?”

(수) “아니오, 그는 염려 없는 것이 수월 스님이 이것을 주며 아무라도 이것만 주어 보내면 의심치 아니 하겠다 하였어요.”

하며 바랑에서 모감주를 내어 보이니 구 참령이 고개를 끄덱끄덱하며,

“그는 그러하겠소. 기왕 이 지경에 장황히 말할 것 없이 내가 내려가 수월암도 반가이 만나보고 그것도 찾아올 터이니 아직 나도 기다릴 겸 머리도 기를 겸 이 집에서 숙식을 하고 있으면 어떠하오?”

수정은 그 말에 대하여 찾아다니던 일이 하도 시틋한데, 성례도 못하고 또 이별할 일이 기가 막혀 진시 대답을 못하다가 마지못하여 구 참령을 떠나보내는데, 수월암이 주던 모감주를 주고 천번만번 부탁이, 몸 편히 속히 다녀올 일이러라.

구 참령이 죽장망혜로 여전히 봇짐을 지고 잘 있으라 몇 마디 인사에 동구 밖에를 나아가는데, 수정은 두껍을 데리고 배행차로 뒤를 따라오다가 별안간에,

“에그머니, 이것이 또 웬일인가?”

구 참령이 무망중 놀라 획 돌아다보며,

“왜, 무엇을 보고 그렇게 놀라시오?”

수정이가 자기 손가락을 들고 유심히 보다가 그 손을 쑥 내어 밀며,

(수) “이것 좀 보셔요. 이 반지가 작년에도 공연히 빛이 변하더니 죽을 고생을 당하였는데, 지금 또 빛이 이 모양으로 변하여졌으니 그 아니 괴상한 일이오니까? 방정맞은 마음에 아니 날 겁이 다 없으니 오늘 길을 떠나시지를 말고 도로 들어가십시다.”

(구) "별말을 다 하오구려. 금은이라는 것이 짠 것만 묻으면 빛이 매양 변하기 쉬운 것이라, 아마 땀이나 간장 등속이 묻은 것을 모르고 씻지 아니하였던가 보오. 아무 걱정 말으시고 어서 들어가오. 나는 기왕 떠난 길이니 어서 갔다 오겠소."

구 참령의 말이 심히 정대하게 나오니까 다시 무엇이라 만류치 못하고 구 참령을 전송한 후 주인집으로 돌아와 종시 마음을 놓지 못하고 근심 중 지내더라.

이때 구 참령이 열흘길을 하루에 당도할 듯이 새벽이면 떠나 밤들도록 다리 아픈 줄 모르고 부지런히 가는데 큰길을 내어놓고 지름길로 진천 광혜원 주막에를 들어 석반을 시키고 앉았노라니, 거무하에 행인 하나가 뒤미처 들어오는데 얼굴이 매우 익숙하여 이왕 알던 사람 같은지라, 한 번 두 번 자세 보며 곰곰 생각하여도 알 수 없는 고로 인사를 할 듯이 하다가 외면을 다시 하고 앉았더니 그자가 곁에 와 정답게 앉으며,

"그 양반 낮이 매우 익다. 우리 인사하십시다."

구 참령이 고개를 돌리며,

(구) "네, 그리하십시다. 나 역시 어서 뵈온 듯하여 생각하는 중이오. 뉘댁이시오?"

(그자) "네, 나는 서울 사는 김 주사요. 댁이 구 참령이 아니시오?"

(구) "네, 그러하오. 기왕 나를 알으시던가요?"

(그자) "네, 기왕에도 말씀은 서로 못 하였지요마는 노형 벼슬 다니실 때에 좌상 안면은 여러 번 있었지요. 그래, 어디를 가시는 길이오?"

(구) "댁에서 내 일을 대강 짐작하시는 듯하니 말씀이지 벼슬 다니던 놈이 울화는 나고 들어앉았자 하니 갑갑하여 봇짐을 차려 지고 강산 구경을 나섰는데 지금 합천 근처로 향하여 가는 길이오."

(그자) "허허, 가엾은 일도 있습니다. 나도 그 근처까지 갈 터이니 우

리 동행을 하십시다."

타향에 봉고인他鄕逢故人은 아무래도 반가운 일이라, 초면이라도 수십 년 사귄 이보다 못지않게 정분이 나서 밥을 먹어도 같이 먹고 잠을 자도 같이 자고 길을 가나 다리를 쉬나 잠시 서로 떠나지 아니하는데, 김 주사가 어쩌면 그렇게 정이 두터운지 말 한마디를 하여도 살점을 떼어 먹일 듯한지라, 구 참령 마음에 이런 친구를 세 살 적부터 왜 만나지 못하였던구 싶더라.

그렁저렁 영동 땅에 이르러 점막에 들었는데 마침 보름달이 객창에 울엇이 비취었는데 피차에 이 말 저 말 하느라고 잠을 이루지 못하더니, 김 주사가 구 참령더러,

(김) "여보, 일어나시오. 달도 밝고 잠도 아니 오는데 어디 가 술이나 한 잔씩 먹읍시다."

(구) "어디 내가 술을 잘 먹을 줄 알아야지요?"

(김) "나도 술은 잘 못 먹소마는 심사가 하도 울적하기에 말씀이오."

구 참령이 권에 못 이기어 슬며시 따라 나섰더라.

김 주사는 그곳을 얼마나 다녔던지 발씨가 매우 관숙하여 서슴지 아니하고 어떠한 술집으로 데리고 들어가는데, 시골일지언정 기명 등속이라든지 음식범절이 과히 추하지 아니할 뿐더러 술 파는 계집이 역시 서울 태생으로 추물은 아니라, 한 잔 두 잔 먹은 김에, 동시낙양인同是洛陽人이니 인생부득항소년人生不得恒少年이니 하며, 엄벙하는 통에 조심조심하던 마음은 다 어디로 가고 이왕 객기가 도로 나서,

"네가 한턱냈으니 나도 한턱낸다. 내가 한 잔 먹었으니 너도 한 잔 먹어라."

하며 봇짐을 끄르고 노잣돈을 꺼내다가 취중에 조심 없이 모감주를 툭 내려뜨렸더라.

김 주사가 아무도 모르게 얼풋 집어 조끼에다 집어넣고 시치미를 떼고 앉아 이 말 저 말 주담만 하다가 주인으로 돌아왔는데 구 참령이 아침에 밥값을 셈하여 주려고 노비를 꺼내다가 얼굴빛이 졸지에 변하며,

"어허, 이것 어디로 갔나?"

하며 봇짐을 헤쳐놓고 그 속에 있는 물건을 모조리 내어 훌훌 털면서 걱정을 무수히 한다.

"이런 변 보아! 얻다가 내어놓았을까? 어제 아침에도 분명히 보았는데 봇짐을 엊저녁에 술집에서밖에 끄른 적이 없는데……. 여보 김 주사, 내가 봇짐을 술집에서밖에 다른 데서는 아니 끌렀지요?"

김 주사는 가장 모르는 체하고,

(김) "아마, 그리하신 법하지요. 그런데 무엇이 없어졌나요? 값진 물건이나 아닌지 진작 찾아보시오, 나 있을 때에."

(구) "아니오, 변변치 못한 것이오마는 내게 당해서는 심히 긴요해요."

(김) "대체 그것이 무엇이란 말씀이오? 값진 것이고 변변치 못한 것이고 갈 데가 어디란 말이오? 술집에선들 빠질 리도 없고 빠졌을 지경이면 주파가 일깨주지 아니했겠소?"

(구) "별것이 아니오. 손목에 걸고 염불하는 모감주라는 것이니, 만일 보셨거든 가르쳐주시면 그같이 고마울 데가 없겠소."

김 주사가 껄껄 웃으며,

"나는 별것이라고? 중도 아니요, 속인 양반이 그까짓 것은 해서 무엇에 쓰신단 말이오? 그까짓 것을 누가 가져갔겠소? 아무 데라도 있겠지."

구 참령이 김 주사의 말을 들으니 눈치가 그것을 본 듯도 싶고 아니 본 듯도 싶어 궁금증이 매우 나던지,

(구) "아마, 보셨나 보구려. 다른 사람은 아무 소용없는 것이지마는 내게는 관계가 적지 아니한 것이니 만일 보셨거든 너무 조롱 말으시고

이리 주시오.”

(김) “내게 있기 곧 하면 어디 갈라고 걱정이시오니까? 그러나 그것이 영감께 어떠한 큰 관계가 있습니까? 내가 듣기로 다른 사람 대하여 누설할 리가 만무하니 아무렇든지 이야기나 들어봅시다.”

구 참령이 모감주를 어서 찾을 마음으로 친형제·친숙질 간이라도 이야기 아니 할 말을 하릴없이 내어놓았더라.

김 주사가 그 이야기를 다 들은 뒤에도 썩 시원한 대답이 없이 어름어름 수작을 하며,

“여보, 오늘은 길도 아니 가보시려오? 아무리 급히 굴으신들 없는 것이 어디서 절로 나오겠소? 말씀을 들은즉 대단히 답답은 하시겠는걸이오.”

구 참령의 가슴이 바작바작 조이어 마음대로 하면 당장 김 주사의 몸을 샅샅이 뒤져 좌우간 시원히 보고 싶지마는 인사 체면에 될 수 없고 한갓 애걸복걸만 하며 김 주사의 처분을 바라는데,

(김) “여보 노형, 그것을 내 찾아드릴 것이니 나만 따라오시오.”

하며 줄렁줄렁 앞서 가거늘 구 참령이 부득이 그 뒤를 줄줄 따라가는데 추풍령 근처를 당도하여 탄탄대로로는 아니 가고 점점 깊은 산곡으로 들어가는지라.

(구) “여보, 길을 잘못 들지 아니하였소? 이리로 가면 어디로 가오?”

(김) “걱정 말으시오. 큰길은 영동읍으로 돌아가거니와 이 길은 바로 질러서 새말 주막으로 나섭니다. 노형, 이 근처 길은 매우 생소하구려.”

구 참령이 이때를 당하여는 김 주사가 산속 말고 물속으로 가자 한대도 따라가 모감주를 기어이 찾고 말 터이라, 아무 힐문 한마디 못하고 따라만 가노라니, 첩첩한 산악은 겹겹이 둘렀고, 음음한 수목은 충충히 들어서 사람의 그림자가 끊기고 새소리만 예서 제서 나는데, 김 주사가 별안간에 휙 돌아서며 우악한 주먹으로 구 참령의 양미간을 냅다 치니

구 참령은 부지불각 중에 정신을 잃고 그 자리에 푹 엎드러진다. 김가가 이내 달려들어 발길로 차고 작대기로 때리어 구 참령의 기절하는 양을 보더니 어떠한 구렁텅이에다 꽉 쓸어 박고 그 길로 뒤도 아니 돌아보고 합천으로 내려가더라.

이때 수정이는 구 참령을 떠나보낸 이후로 심사가 공연히 수란할 뿐 아니라 밤마다 꿈자리가 사나워 살이 슬슬 내릴 지경이라,

(수) "이애 두껍아, 영감께서 올라오실 때가 지났는데 아무 소식이 없으니 어찐 일이냐?"

(두) "머나먼 길에 하루 이틀 지체되시기가 예사시지, 어떻게 영락없이 날 적어놓고 다녀오실 수가 있습니까?"

(수) "글쎄다, 오늘도 벌써 저물었으니 내일이나 오시려나? 내일도 아니 들어오시면 내가 이 머리를 도로 깎고 영감 마중을 내려가 보겠다."

(두) "설마 내일도 아니 오시겠습니까? 내일 아니 오신대도 모레 또 아니 오실라구 그리하셔요?"

(수) "이놈아, 너는 요량 없는 말도 한다. 영감 가신 지가 벌써 얼마가 되었느냐? 영감같이 조신하시는 터에 중로에서 무단히 지체하실 리는 없고, 아마 객지에 병환이 나셨나 보다. 세상없어도 내가 마주 가보아야 옳겠다."

(두) "그래도 더 기다려보십시오. 어떤 길로 오실 줄 알고 마중을 가신다고 하셔요? 지금 철도가 새로 통하였는데 육지로 오실지 철로로 오실지 모르시고 가시다가 서로 길이나 어긋나면 두 분이 공연히 찾으시느라고 고생만 더 하시지요. 위선 궁금하신데 우체로 편지나 부쳐보십시다."

(수) "오냐, 네 말도 근가하다."

하며 혼잣말로,

"에그, 그러나 구 참령 영감께 내가 무엇이라고 편지 사연을 하나? 옳지, 될 수가 있지. 편지에 누구니 누구니 할 것 없이 수월 스님께다가 모감주를 보냈더니 추심하고 나의 패물을 보냈느냐 묻기만 했으면 좌우간 답장에 말이 있겠지."

즉시 필묵을 내어 놓고 수월암에게 편지 한 장을 써서 우편으로 부쳤더라. 몇 날이 못 되어 수월암의 답장이 왔는데, 그동안 잘 지낸 말 몇 마디 인사 후에, 모감주를 보냈기에 맡기던 패물을 내어준 지가 벌써 수십 일이 되었는데 어찌하여 이때까지 못 보았느냐 하였거늘, 더럭 염려가 되어 마주 찾아 나설 작정을 하는데, 그 집 주인 황동지의 마누라가 피차 주객이 되어 달포 지내는 동안 정도 흉허물 없이 들었거니와 매양 초록은 일색으로 여편네는 여편네 편을 드는 법이라, 저희가 구 참령의 묘직으로 상덕을 많이 입었더라도 아랫것들이 윗사람 원망하는 것이 전례의 일인데, 하물며 구 참령이 그 모양으로 일패도지하여 덕을 보기는 고사하고 도리어 부조를 하여주게 되었으니 무엇이 감사해서 말 한마디라도 고맙게 향하여 하리오? 수정을 구 참령의 부탁에 어려워서 둔 것이 아니라 수정의 가졌던 전냥으로 식가를 박하지 않게 마련하여준 연고이러니, 급기 정숙한 뒤에는 식가는 있고 없고 아무쪼록 먹도록 대접을 하며 구 참령 올라오기를 수정이나 일반으로 고대하더니, 올 한이 지나도록 소식이 없음을 보고 수정의 귓등에 들어오지 아니하는 말을 가끔 한다.

"여보 대사. 에그, 대사가 무엇이야? 아직 성례만 아니 했지 남편이 장독같이 계신데. 아씨라고 해야 옳지. 아씨, 이런 말씀을 어떻게 들으실는지는 모르겠습니다마는……."

수정이가 근심 중에도 주인마누라의 거동이 하도 우스워서,

(수) "무슨 말을 하려고 저리하오? 아무 소리를 한대도 관계없이 들을

것이니 어서 말이나 하오."

(주) "아씨, 구 참령 영감을 꼭 믿고 계셔요?"

(수) "왜 그리하오?"

(주) "내가 간혼 같아서 벌써부터 아씨더러 말을 하고 싶어도 아니 하였더니, 아제 말이 났으니 말이지 그 영감이 본래 인정 없고 믿지 못할 양반이온다. 적이나 인정 있는 양반 같으면 아씨와 혼인을 정해 놓고 그렇게 모르는 체했을 리가 있으며, 신의를 지키고 그 고생을 하고 찾아오신 아씨를 백주에 냉대를 하다가 재물을 찾아다 살자 하니까 그제야 사령대답을 하고 대들어요?"

(수) "……."

(마누라) "이런 말씀이 소견 없는 것 같지마는 우리가 그 댁 산소 몇 분상은 겨울이면 눈을 쓸고, 여름이면 벌초를 하며 명절에 술 한 잔이라도 정성스럽게 부어놓건마는 그 양반 한참 당년에 돈이 퍽퍽 쏟아지는 벼슬을 다니면서도 어디 가 쓴 담배 한 대 먹어보라고 주었으리까? 가난이 원수라 그 댁 위토 마지기 부쳐 먹는 탓으로 이때까지 묘지기를 내어놓지를 못하고 이 모양으로 있기는 합니다마는, 에그, 그 양반 심보는 말씀도 말으시오. 아씨, 속고 헛기다리지 말고 진작 변통을 하시지요. 내 말은 고만두고라도 가만히 생각을 하여보시오. 정녕히 그 마음 검은 양반이 아씨 패물을 찾아가지고 다른 곳으로 돌았습니다. 그렇지 않으면 그 패물을 수십일 전에 찾아가지고 갔다는 양반이 무엇 하느라고 이때까지 아니 들어오신단 말이오?"

마누라가 이 모양으로 노뭉치로 개 때리듯 구 참령 험담을 내어놓는데, 황동지는 늙은 의뭉에 저의 마누라의 말을 뒤덮어주느라고,

"공연히 쓸데없는 말을 지껄이고 있지. 어느새 망령이 나서 어찌하잔 말이오? 그 영감께서 우리게는 집안 하인이니까 아무렇게 절제하셔도

관계치 아니하여서 그리하셨지마는 이번 일에야 범연하실 리가 있나?"

하며 수정을 쳐다보고,

"찾아가실 터이면 하루바삐 진작 떠나가 보십시오. 필경 그 영감께서 중로에서 병환이 나셨나 보이다."

수정이가 주인 내외의 받고 차기로 지껄이는 말을 들으니 기가 막히고 어이가 없어 속마음으로,

'마누라의 험담도 무무한 하례배 되어 용혹무괴의 일이요, 황동지의 권고도 사실상 그러할 듯할 뿐 아니라 바로 구 참령을 남 보듯 하려면 모르거니와 그 모양으로 비방하여 말하는데 일시라도 그 집에 있기가 창피하거니.'

싶어 즉시 행장을 수습하여 길을 떠날새 두껍더러 이르는 말이라.

"두껍아, 내가 너를 데리고 갔으면 방정맞은 말로 영감께서 중로에 병환이 나셨으면 약 심부름을 하더라도 막막치를 아니하겠다마는, 너의 부모의 말도 없이 내 임의로 할 수 없으니 아무리 섭섭하더라도 나 혼자 갈 것이니, 너는 아직 너의 부모에게 가 있다가 내가 영감을 뫼시고 올라오는 즉시로 찾을 것이니, 그때 다시 내게 와 있거라."

두꺼비가 주객 되었던 도리로 그리하는지 정이 들어 섭섭하여 그리하는지 입이 비죽비죽하여지며,

(두) "저도 따라가요."

(수) "부모 있는 아이가 어찌 임의로 간다고 하느냐?"

(두) "무엇을요? 제가 지금 한달음에 문안에를 들어가 부모에게 이런 말을 고하면 설마 못 가게 할라구요?"

(수) "오냐, 네 생각이 그럴 터이면 내가 기다릴 것이니 얼풋 다녀나 오너라."

두꺼비가 그 길로 저의 부모에게 들어가 허락을 얻고 나아왔는지라,

수정이 여전히 승의 복색으로 길을 떠났는데, 여자의 길이 어디를 목적하고 쉬지 않고 간대도 장정의 걸음 같지 아니하여 자연 여러 날 지체가 될 것이어늘, 수정은 더구나 주막을 거르지 않고 들어가,

"여보, 나이 근 사십 된 남자가 조그마한 봇짐 지고 지나가는 이를 보았소?"

행인을 만나는 대로 불러서,

"여보십시오, 얼굴이 이러저러하고 옥색 주의에 괴나리봇짐 진 사람 만나 보셨소?"

이 모양으로 수없이 물어보는데 어떤 주막에서는,

"네, 보았지마는 그런 사람이 허구많이 다니는데 누가 누구인지 안단 말이오?"

"엊저녁에도 우리 집에 그와 방불한 나그네가 자고 갔는 걸이오."

이렇게도 대답을 하고 어떤 행인은,

"네, 보았지요. 예서 얼마 아니 갔소. 어서 쫓아가 보시오."

이렇게도 대답을 하고 혹 당초에 못 보았다기도 하고 혹 분명히 만났다기도 하고, 혹 수정의 행색을 보고 동행끼리 뒷공론도 하기를,

"여보게, 꽃같이 젊은 승이 어떤 남자를 저 모양으로 애를 쓰며 찾아가나?"

"응, 모를 것 있나? 어느 절 승인지 그 사람과 곡절이 있어 따라가는 것이니."

"그러면 같이도 못 가던가? 봇짐 지고 두루마기 입은 사람이 항다반인데 떼 꿩에 매 놓기로 어림없이도 묻는다."

"우리 저 승을 붙잡고 시달려 좀 볼까, 심심한데 소일 삼아."

그런 말 들을 때마다 몸서리가 쳐져 비슷비슷 피하기도 하고 발등걸음으로 도망도 하면서 각색 고생을 귀찮은 줄 모르더라.

사람의 종적을 엊그제 지나간 것을 탐지하려 한대도 성명·거주를 무인부지 된 자 이외에는, 행색이 서어한 일개 여승으로 극난하려든, 하물며 수삭 전 검은 구름에 흰 망아지 지나듯한 필공이를 누가 역력히 기억하였다가 일러주리오. 수정이가 이내 구 참령의 소식을 듣지 못하고 해인사로 들어갔더라. 수월암이 수정을 천만 뜻밖에 만나니 반갑기도 하려니와 위선 패물 보낸 일이 궁금해서 근력에 부쳐 호정 출입도 못하던 늙은이가 버선바닥으로 마주 나와 손을 덥썩 쥐며,

"에그, 네가 웬일이냐? 저번에 패물을 보냈더니 자세히 받았느냐?"

수정이가 합장배례를 하며,

"스님, 근력이 어떠하십시오?"

한마디 인사 후에 패물 못 받았다는 말이 여저시 입에서 나오다가 얼풋 생각하기를,

'내가 섣부르게 말을 먼저 내어놓았다가 만일 구 참령에게 누명이 돌아가면 어찌하리?'

싶어 주저주저하며 그 대답은 아니 하고,

(수)"스님, 필공이 양반을 몰라보시지나 아니하셨습니까?"

(수월)"필공이 양반이라니? 너 구제하여 주시던 양반 말이냐? 그 양반을 너와 그때 만나본 뒤에 나는 이 모양으로 병축이 되어 들어앉았고, 그 양반은 우리 절에 한 번도 들르시지 아니하니 무슨 수로 만나 보니? 그러지 아니하여도 내 마음에 작정하기를, 아무 때든지 그 양반을 만나보기 곧 하면 성명·거주를 똑똑히 물어 네게로 기별하여 주자 하였건마는 이때까지 만날 도리가 없구나."

이때에 수정의 두 눈이 둥그레지며 의심이 더럭 나서,

(수정)"스님, 그러면 제 패물은 누구를 내어 주셨습니까?"

(수월)"누구라니? 네가 보낸 김 선달을 주었지. 내야 김 선달인지 박

선달인지 코 붙은 데나 보던 사람이냐마는, 모감주를 가지고 왔기에 의심 없이 네가 보낸 사람인 줄 알고 네 패물을 즉시 내어주었는데 왜 그저 못 보았니?"

수정이는 종시도 중간에 다른 충절 있는 것은 꿈밖이요, 구 참령이 그것 찾으러 다니는 일이 창피해서 변성명이나 한 줄로 여기고,

(수정) "그래, 김 선달의 얼굴을 아주 몰라보시겠어요?"

(수월) "글쎄, 내가 김 선달을 언제 보았다고 알아보겠니? 사람은 매우 건장하고 똑똑하더라."

(수정) "김 선달의 연기가 얼마나 되었어요?"

(수월) "물어보지는 아니했다마는 아마 이십칠팔 세는 되었을 듯하더라."

(수정) "그 사람 다녀간 지가 며칠이나 되었습니까?"

(수월) "며칠이 무엇이냐? 우체로 보낸 내 답장을 못 보았니? 가만히 있거라. 오늘이 며칟날이냐?"

하며 손가락을 꼽아 하루 이틀 세어보더니,

"그 사람 다녀간 지가 오늘까지 한달 사흘이나 되었다."

수정이가 그제야 필공이가 곧 구 참령이라는 말로, 모감주를 구 참령 주어 패물 찾으러 보내던 일을 역력히 이야기를 하니 수월암이 깜짝 놀라며,

(수월) "필공이가 구 참령이라니, 그 양반이 어떻게 되어서 필공으로 나섰더란 말이냐? 그 말은 차차 들으려니와 내 눈이 아무리 어둡기로 그 양반을 몰라보겠니? 이번에 왔던 사람은 연치도 틀릴 뿐더러 아주 생면부지 모르는 사람이더라. 그게 어떻게 된 곡절이냐? 이애, 아마 그 양반이 중로에서 병환이 나서 김 선달을 대신 보냈던가 보다."

(수정) "그럴 터이면 그 영감께서 스님께 편지 한 장이라도 있을 것이

요, 심부름 온 사람의 말이라도 있었을 터인데요……."

하며 혼잣말로,

'에그, 이게 웬일인가? 내가 내려오며 그렇게 수소문을 하였는데, 만일 중로에서 병환으로 못 오시고 사람을 대신 보내신 일 같으면 자연 소문이 났을 터인데.'

하고 구 참령을 생각함인지 자기 신세를 생각함인지 아무 말 없이 눈물만 뚝뚝 떨어뜨리니,

(두) "아씨, 울지 말으십시오. 울으시면 구 참령 영감께서 절로 오십니까? 이왕 오늘은 저물었으니 이 절에서 편히 주무시고 내일 도로 떠나 사면 또 찾아보시면 설마 무슨 소식을 들으시겠지요."

두꺼비가 비록 철모르는 아이나 그 말이 유리도 하고 수월암도 만단 개유하기를,

"이애, 그러지 말아라. 우리 불가의 말로 사람이라는 것이 전생·차생·후생이라는 삼생三生이 있는데, 전생에 죄를 범하면 차생에 재앙을 받고, 차생에 도를 닦으면 후생에 복을 받는다 하였고, 또 속담에 초년 고생은 중년의 낙이라는 것도 있으니, 너 왜 이렇게 속을 상하고 애를 쓰느냐? 차생에 재앙 받는 일이 이미 전생의 마련한 것이어니 하는 생각도 하고, 초년에 이러한 것이 중년에 낙이 생길 조짐이어니 여기기도 하여, 아예 천금 같은 몸에 해롭게 상심하지 말고 오늘밤 나와 그동안 그리던 이야기나 하고 같이 자자."

하는 말에 수정이가 방으로 들어가 그날 밤을 뜬눈으로 새다시피 하고 수월암을 하직한 후 두껍을 데리고 그 절 동구를 도로 나오는데, 구 참령이 쫓아와 이 승지 집 하인 온다는 급보 전해 주던 곳을 당도하니 적적한 공산에 다만 새소리뿐이요, 사람의 흔적도 도무지 없는지라, 가뜩이나 마음이 심란한데 감구지회가 절로 나서 그 자리에 물러 앉아 갈

생각 올 생각 도무지 없고 한갓 길 아래 폭포수에 풍덩 빠져 죽고 싶을 뿐이러니, 난데없는 까치 한 마리가 머리 위로 빙빙 돌며,

"깟깟깟깟."

짖으니 두꺼비가 조약돌을 두 손으로 움켜 들고 핵 던지며,

"훼익 훼익, 저놈의 까치가 왜 아니 가고 짖기만 할까?"

수정이가 그 까치를 이상히 여겨 두꺼비더러,

"이애, 두껍아, 쫓지 말고 가만히 내버려두어라."

"에그, 까치는 영물인데 무슨 곡절로 내 머리 위로 돌아다니며 짖고 가지를 아니할까?"

두꺼비가 그제야 손에 들었던 조약돌을 땅에다 집어 내던지고,

"아씨, 아마 영감 소식을 인제야 들으시려나 보이다. 저는 그 생각을 못하고 공연히 쫓으러 들었지요."

사람의 평생 사는 것이 태반은 속고 지내는 것이라, 이날 수정이가 두껍의 말을 듣고 혼잣말로,

"속담에 아침까치는 반가운 일을 본다 하더니 두껍의 말마따나 영감의 소식이나 반가이 듣겠으니까 저 까치가 먼저 통기를 하여 나더러 죽지 말라는 뜻인가? 이왕 진시 죽지를 못하였으니 이를 갈아붙이고 더 좀 찾아보겠다."

하고 두껍을 재촉하여,

"어서 길이나 가자. 까치 소리를 누가 알 수 있니?"

그때에는 행중에 노자 냥은 떨어지고 발은 부르터 마음대로 걷지를 못하여 하루 이십 리 삼십 리를 간신히 가며 촌촌걸식을 하더라.

걸불병행乞不並行이라고 혼자 몸도 아니요 두꺼비를 다렸으니 아무 집에나 망문투식을 하려다는 모양 사납게 돌아서 나오는 일이 많을 터이라, 무론 어떠한 동리를 들어가든지 대문이 큼직하고 지붕마루가 번

지구레한 집만 찾아 들어가더니 바람에 불린 쑥대같이 이리 굴러 저리 굴러 김산읍 어떠한 집으로 들어갔더라.

수정이가 그 집 안으로 바로 들어가 마루 앞에 가 주인 부인을 향하여 합장배례를 하며,

"소승 문안드립니다."

그 집 부인은 전생에 부처로 이생에를 나왔던지 남중 · 여승을 물론하고 중이라면 사족을 못 쓰는 터이라 연기가 젊고 얼굴이 어여쁘장스러운 여승이 들어와 문안드리는 양을 보더니, 자기 친정 동생이나 만난듯이 반기며 마주 나아오더니,

(주) "대사, 어느 절에 있누?"

(수) "네, 합천 해인사에 있삽는데 경산에 볼일이 있어 가옵다가 일세가 저물어서 댁에서 하룻밤 자고 가자고 들어왔습니다."

(주) "어려울 것 없이, 인간 근처에 왔다가 자고 가지 못할까? 어서 이리 올라와 바랑은 저기 벗어 걸고 송낙은 여기 벗어 걸고, 염반이나마 저녁을 좀 먹지."

하더니 두껍을 가리키며,

(주) "저 애는 웬 아인인데 데리고 왔노?"

(수) "네, 소승의 속가 조카 놈이온데 소승을 보러 내려왔삽기로 데리고 가는 터이올시다."

(주) "그럴 터이지. 승을 만나니 반가운 중 경산에를 간다니까 더구나 반가운걸."

(수) "무엇이 그렇게 반가우셔요?"

(주) "차차 이야기를 하지."

하며 밥도 아무쪼록 먹을 만하게 차려주고 잠도 아무쪼록 편히 자게 하여주며 이 이야기 저 이야기 묻기도 하고 대답도 하다가,

"여보게 대사, 저렇게 인물이 잘나고 연기가 젊은 터에 진시 퇴속을 하여 남과 같이 재미있게 지내보지 왜 저 고생을 하며 다닐까?"

수정이는 무슨 소리를 하려고 말 시작을 저 모양으로 하는지 알지 못하여 진작 움을 질러 못 나오게 하리라 하고,

(수) "에그, 다른 말씀이나 하시지요. 마음이 어떻게 들었든지 기왕 불가에 들어간 터에 죽기 전 다른 뜻을 아니 둘 터이올시다."

(주) "아니, 부득이 퇴속하라고 권하는 말이 아닐세. 대사를 보고 내 생각을 하니까 감동되는 생각이 있어 그리하였네."

(수) "소승을 보시고 무슨 감동이 나셔요?"

(주) "기왕 말이 난 끝이니 이야기 못할 것 있나? 내 근본을 남 대하여 자랑할 것이 못되어 아무더러라도 말한 적이 없지마는 대사와는 비록 처음 보았으나 사정이 일반이요, 또 말 시작이 되었기에 말이지, 나도 초년에 대사 모양으로 중노릇을 하다가 우리 영감을 만나 이리로 낙향을 하였는데 혼자 이따금 곰곰 생각하면, 내가 퇴속을 아니 하고 염불이나 하고 있었더면 쓸쓸한 산속 초막에서 세상 재미는 한 가지도 모르고 속절없이 늙었을 것인데 천행으로 오늘날 생남생녀하고 의복·거처에 남부럽지 아니하게 지내니, 내가 이렇게 규문에 잠겨 있으니까 하릴없거니와 그렇지 아니하면 십삼도 각 사찰로 돌아다니며 삼십 전 여승을 보는 대로 나와 같이 계제를 얻어 퇴속하라고 손목을 붙잡고 지성껏 권고를 하고 싶던 차에 대사를 보았기 한마디 권고한 일일세. 대사는 기왕 뜻을 굳건히 잡아 변경치 아니하려 한다니 더 말할 것 없거니와, 대사같이 연소한 여승을 만나는 대로 아무쪼록 권고하여, 첫째는 그 신세를 적막히 허송치 말도록 하고, 둘째는 자녀를 생산하여 나라 인민이 많이 늘게 하면 역시 불가의 큰 자비공덕이 아닌가?"

하며 수정의 마음을 돌리도록 하노라고 자기의 살림살이하는 이야기

를 입에 침이 없이 자랑하더라.

(주) "여보게 대사, 사람의 팔자라는 것은 물줄기같이 둘러댈 탓일네. 내가 초년 과부로 살 수는 없고 화나는 김에 탑골로 나아가서 머리를 깎고 승이 되었더니 그때 우리 영감이 마침 병환이 계셔 그 절로 약을 잡수러 나오셨다가 나를 보시고 백년언약을 맺었는데 그 즉시 퇴속을 하고 영감을 따라 내려왔는데, 영감께서 내게 어떻게 고맙게 구시는지 행여나 괴로울까 아무쪼록 마음에 편케만 하시노라고 좋은 일을 보셔도 허허, 궂은일을 보셔도 허허하시며 색다른 필목을 보셔도 사들이시고 맛좋은 식물을 보셔도 사들이시더니, 일전에는 대구 부중에를 가셨다가 들고 나서 파는 패물을 보시고 노리개 한 벌을 사다 주시는데, 시골 구석에서는 소용이 없지마는 내년 봄에 친정에 올라갈 때에나 차고 가자 하지."

수정의 성품이 다른 여인같이 소견 없이 굴지를 아니하고 매사에 천연하므로 남의 것을 구경하자고 청하는 버릇이 없었건마는 패물을 새로 사 왔다는 말에 귀가 번쩍 띄어서,

(수) "불안합니다마는 구경 좀 시키시렵니까?"

(주) "어렵지 아니하지."

하며 의장 문을 열어젖히더니 조그마한 상자 속에서 패물삼작을 내어 보인다. 수정이가 그 패물을 들고 이리저리 유심히 보다가,

(수) "이 패물을 어떤 사람에게서 사셨다고 하셔요?"

(주) "영감께서 이야기를 하시는데 서울 사는 김 도사라 하는 사람이 들고 나서 파는데 패물이 이것뿐이 아니라 금·은·옥 등속의 비녀·가락지·노리개가 퍽 여러 벌인데 영감께서 마침 가지신 돈도 부족하고 여러 벌 하여 소용도 없어서 그것 한 벌만 사셨다네."

(수) "김 도사라는 사람이 지금도 대구부에 있을까요?"

(주) "대사도 패물을 사려 하나? 그 사람은 왜 자세히 묻나? 김 도사가 우리 영감을 따라 서울로 올라갔는걸."

(수) "그러면 댁 영감께 편지 한 장을 하여 주시면 소승이 기왕 경산에를 올라가는 길에 찾아뵈옵고 김 도사의 패물 구경도 하겠습니다. 중이 패물은 소용이 무엇이오리까마는, 소승의 속가 대소가가 모두 불빈히 지내는데 새로 들어온 신부가 몇이 있어 여간 패물을 장만하여 주려하는 중이온즉 필경 저자에 가 새로 사는 것보다 값도 쌀 듯하고 물건도 댁에서 사신 것같이 좋을 듯하와 지시하여 주자고 그리합니다."

(주) "그렇게 하지. 편지 한 장을 써줄 것이니 가지고 가보게."

(수) "댁 영감께서 서울 어디 가 계실까요? 어려우시나 어느 골목과 통호를 자세 적어주십시오."

(주) "통호 적을 것도 없지. 우리 영감께서 세상에 뜻이 없어 시골로 내려오신 이후로는 보실 일이 있어 서울을 가신대도 문밖 종용한 절간에 가 매양 계신데, 요사이 단풍 시절이 되어 다른 절에는 남녀 유람객이 낙역부절絡繹不絕하여 심히 번거하겠다고 물 건너 봉은사에 가 계시겠노라 하셨으니 대사가 바로 봉은사로 찾아가서 김산 사시는 이 대구 영감이 누구시냐 물으면 자연 알 것일세."

(수) "이 대구라뇨? 댁 영감께서 언제 대구 군수를 지내셨나요?"

(주) "대구 군수로 삼 년이나 계시다가 갈려 오신 지가 얼마 아니 되셨는걸."

(수) "댁 영감 함자가 누구셔요?"

(주) "주 함자가 ○자 ○자라네."

수정이가 그 말을 듣고 생각을 하니 반가운 마음이 더럭 나서 혼잣말이라.

'에그, 그 양반이 우리 아버지 의성서 구실 다니실 때에 대구 원님으로 계셔서 우리 일을 극력 곡호하시던 양반일세. 반갑기는 하구면. 내가 누구인지 알기 곧 하면 내 일을 힘써 보아주실 터인데. 그러나 내 말을 무엇이라고 하나?"

하며 주인 부인께 편지를 받아가지고 하직을 하였는데 천하만사의 연대가 맞으려면 뜻밖 공교한 일이 많이 생기는 것이라, 수정이가 우연히 이 대구 집에를 들어갔다가 주인이 자랑하는 패물을 보니 자기의 가졌던 바와 흡사한 중 그자의 팔고자 하는 물건이 많이 있더라는 말에 더욱 의심이 나서 바로 발표하여 말은 아니 하고 칭탁으로 말을 하여 주인의 지시함을 얻은 후에 한 걸음 갈 것을 두 걸음씩 걸어 경산에를 올라와 봉은사로 건너가는데, 그때가 마침 구시월이라 뚝섬 강 맑은 물은 거울 낯을 새로 닦아놓은 듯하고 수없는 낙엽은 바람을 따라 풋득풋득 날리는데 두꺼비는 어디를 갔던지 꽃같이 어여쁜 태도로 홀로 산 밑 길로 돌아가다가 죽장으로 턱을 괴고 우두커니 서서 무슨 생각을 하며 한구히 섰으니 무심한 사람들은 한 번 힐끗 보고 심상히 지날 뿐인데, 어떠한 남자 하나가 신건이 양복에 중절모자를 쓰고 단장을 턱턱 내어 짚으며 그 길로 마주 나아오다가 수정을 유심히 보고 무엇이라고 말을 할 듯 할 듯하다가 모르는 체하고 장바 두어 길이는 가더니 무슨 곡절인지 가던 걸음을 딱 머무르고 수정만 바라보고 섰는지라. 수정이가 그 거동을 보니 마음에 더럭 무서운 생각이 들기를,

'젊은 계집이 이 모양으로 나섰으니 이런 꼴 저런 꼴 아니 볼 수 없지마는 저런 얼바람 맞은 사람은 처음 보겠네. 젊은 풍정에 한두 번 돌아보기는 예사의 일이어니와 가던 길을 아니 가고 저 모양으로 서 있을까?'

하며 그자의 보고 섰는 꼴이 보기 싫어 죽장을 걷어 짚고 행행히 가노라니 그 사람이 분주히 쫓아오며,

"여보 대사, 거기 잠깐 섰소. 물어볼 말이 있소."

수정은 더욱 겁이 나서 듣고도 못 들은 체하고 빨리 가기만 하는데 어느 결에 그 사람이 지척에 와서,

"여보 대사, 귀먹었소?"

그때 사세로 말하면 대답 여부없이 달음질을 해서라도 피신하는 것만이 상책이겠으나 속인도 아니요, 중의 복색으로 아무리 생각하여도 그리할 수 없는지라, 부득이하여 길 아래로 비켜서며 합장배례를 하고,

"소승 문안드립니다. 소승이 길 가기에만 골몰하와 부르시는 말씀을 못 들었습니다."

그 사람이 숨찬 것을 잠시 진정하더니,

(그 사람) "대사, 어느 절에 있으며 지금 어디로 가노?"

(수) "네, 소승은 합천 해인사에 있삽는데 봉은사에 볼 일이 있어 가는 길이올시다."

(그 사람) "응, 해인사에 있어? 해인사에 있으면 수월암이라는 노승을 친하오? 내가 상없는 사람이 아니라 물어볼 일이 있으니 아무 염려 말고 이야기를 하시오."

수정이가 그 사람의 수월암을 아는 것이 반가워서,

(수) "수월암을 어찌 알으셔요? 수월암이 소승의 스승이올시다."

(그 사람) "봉은사는 남승뿐 있는 절인데 무슨 연고로 찾아가오?"

(수) "그 절에 와 계신 손님께 본댁 편지를 전하려고 가는 터이올시다."

(그 사람) "손님이 누구시오?"

(수) "김산 계신 이 대구 영감이올시다."

(그 사람) "그러면 내가 물어볼 말이 있소."

하더니 무엇이라고 가만가만 한구히 말을 하니 수정의 얼굴이 푸르락붉으락하며 아무 말 없이 그 사람을 따라 오던 길로 도로 나가더라.

자래로 무식한 촌계집이라는 것은 눈에 보고 귀에 듣는 것을 저의 동

무 곧 대하면 이야기하기로 능사를 삼는 법이라, 왕십리 황동지 마누라가 구 참령과 수정의 의논하는 말을 이웃집 노파에게 가서, 구 참령이 미워도 이야기를 하고 수정이가 고마워도 이야기를 하였는데, 그 집 주인 김가는 본래 아무것도 없는 자로 밤낮 없이 뻔들뻔들 놀기만 하며 의복 · 음식을 남의 밑에 아니 들게 하고 용전여수하여 일호도 군색함이 없는 고로 일동 사람들이 당시 제갈량이라고 칭호하는 자이라. 황동지 마누라는 이따금 얻어먹고 얻어 입는 데 입맛을 붙이어 발길이 저의 대문 밖에만 나서면 의례히 그 집으로 가서 횡설수설 지껄인 것인데, 김가는 황동지 마누라가 저의 어미와 이야기하는 것을 유심히 귀를 기울이고 듣다가 시치미를 뚝 떼고,

(김) "그래, 당신 댁 밥값은 또박또박 잘 받았습니까?"

(마누라) "구 참령이야 무엇이 있나요? 똥구멍이 찢어지려도 힘줄에 걸려 못 찢어지는 터이니까 밥값 한 푼 주지 못했겠지마는 그 여승은 돈이 퍽 많은 것인가 봅디다. 몇 달치 밥값을 선셈으로 다 내었는걸이오. 또 이번에 구 참령이 찾으러 가는 패물이 무엇무엇인지는 모르지마는 서로 구구 치는 것을 가만히 보니까 적지 않은 모양입디다."

(김) "무엇이라고 구구를 치더란 말이오?"

(마누라) "그 패물을 팔아 혼수 흥정도 하고 집도 사고 살림 배치도 한다고 할 제는 여간 것 가지고야 그 여러 가지가 되겠소?"

김가가 황동지 마누라 돌아간 뒤에 슬며시 흉계가 나서 혼자 궁리하기를,

'젠장할 것, 내가 낙지 이후에 내 것 한 푼 없이 오늘까지 잘 쓰고 잘 먹고 지내기는 수단 한 가지로 한 일인데, 인제는 세상이 점점 밝아 어수룩한 놈이 별로 없으니 속여 빼앗아먹는 수도 없고, 잡기나 은 위조를 하자니 경찰이 지독하게 엄해서 두수 없이 꼭 죽을 판인데, 사람 살

곳은 골골마다 있다더니 내게 두고 한 말이로다. 구 참령이 제아무리 영악하고 똑똑하더라도 우리 패에 아니 넘어갈 리가 만무하니 ○○○ ○○○케 하게 되면 쥐나 개나 알 놈이 있나? 땅 짚고 헤엄하기로 내 재수가 한 번 대통할 터이지.'

하고 구 참령이 수정과 작별하고 떠나가는 것을 꼭 눈여겨보았다가 그 뒤를 슬슬 따라 광혜원을 당도하여 짐짓 구 참령 자는 주점으로 들어가 인사를 정답게 하고 동행을 하여 가다가 영동 땅에 이르러 술집으로 유인하여 술을 퍼 먹이고 모감주를 도적한 후 구 참령의 속말을 슬몃슬몃 돋우어 내어 낱낱이 물은 후에 추풍령을 넘어 심산 중으로 유인하여 데리고 들어가 출기불의로 죽도록 때려 구렁에다 처박고 즉시 해인사로 내려가 수월암에게 모감주를 전하고 패물을 찾았는데 간 곳마다 종적을 현황하도록 하노라고 혹 김 주사라고도 자칭하고 혹 김 선달이라고도 자칭하고 혹 김 도사라고도 자칭하였는데, 제 생각에 그 패물을 감쪽같이 도적하여 가졌으나 얼풋 팔아서 흔적을 없애야 옳겠다 하고 도방처를 찾아 대구읍으로 갔더니 연비연비 하여 이 대구를 만났더라. 이 대구는 자기 소용되는 것을 한 벌 샀으면 그만둘 일이겠지마는 서울 있는 자기 사촌이 수일 전에 편지로 부탁하기를,

'세소한 말씀은 이 다음 뵈오면 여쭈려니와 혹 그 근처에 패물을 팔러 다니는 사람이 있거든 그 사람에게 아무 눈치 뵈이지 말고 붙들어 유련케 하신 후 전인이라도 하여 급히 통지하여 주옵소서.'

하였거늘 심중에 심히 괴이하게 여기던 차에 대구읍에를 갔다가 공교히 김 도사라 하는 자의 패물 팔려 하는 것을 만난지라, 견물생심으로 한 벌은 위선 자기가 사고 좋은 말로 인도하여 자기 집으로 데리고 왔는데, 마침 자기가 긴관이 있어 서울을 갈 터인 고로 전인 여부없이 그 패물을 소개하여 팔도록 하여주마 하고 동행하여 서울로 올라간 일

이러라. 그때 구 참령이 김가 놈에게 독한 매를 맞고 진흙구덩이에 가거꾸로 박혀 있어 기절을 하였다가 얼마 만에 정신이 돌려 눈을 떠 보니 침침칠야에 산은 첩첩하고 수목은 울밀한데 동서를 분간하기 어려운지라, 더듬더듬 기어 인간 근처를 찾으려 하는데 난데없는 총소리가 콩 볶듯 퉁탕퉁탕 나며 사람의 자취가 이리로도 우루루 몰려가고 저리로도 우루루 몰려가더니 거미구에 총소리가 점점 가까이 오며,

"이놈들이 이리로 왔는데 어디로 갔을까?"

하며 두런두런 와글와글 술렁술렁하더니 그중 앞선 사람이 소리를 벽력같이 질러,

"여기 한 놈 있다!"

그 소리가 뚝 떨어지자 수십 명이 벌 떼 같이 달려들어 다 죽다 간신히 살아난 구 참령을 총 개머리판으로도 지르고 발길로도 차며 잡으러 가는 도야지 모양으로 사지를 동그랗게 묶어 작대기로 가로 꿰어 마주 둘러메고 회오리바람에 가랑잎 떠나가듯 하니, 그 몹쓸 매를 아니 맞은 사람이라도 미처 입을 열어 말 한마디 물어볼 겨를이 없으려든 하물며 두 차례를 죽도록 맞아 넋을 반이나 잃은 구 참령이리오. 그 길로 영동 군옥에다 뇌수하였다가 며칠 후에 경성 감옥으로 압상하였는데 이는 다른 곡절이 아니라, 화불단행으로 구 참령이 김가에게 매 맞던 그때에 영동·황간 등지에 화적당이 읍촌에 횡행하며 인명을 함부로 살해하고 재물을 도처에 노략하는 고로 상부에서 부근 각군 순사에게 병기를 특별히 내어 주어 기어이 근포케 하였는데, 화적이 영동읍에 들었단 기별을 듣고 순사들이 밤을 도와 쫓아 추풍령까지 왔는데 적당이 세궁역진하여 사면 헤어져 쥐 숨듯 달아나고 한 놈도 잡지를 못하였는데, 심산무인지경에서 구 참령의 기어 나오는 것을 보고 분명히 적도 중에 미처 달아나지 못 하고 처져 있는 놈으로 알아서 제잡담하고 달려들어 큰 죄

인이나 잡은 듯이 다 죽게 된 사람을 항쇄족쇄 하여 경성으로 압상한 것이러라.

불쌍하다, 구 참령은 무망중 천지에 용납지 못할 죄인이 되어 억울한 심정을 일호도 발표치 못하고 흉악한 형벌을 모두 당하다가 검사가 심문하는 마당에를 당하여 눈을 꼭 감고 곰곰 생각하니, 기왕 원통히 죄명을 쓰고 죽는 지경에 나의 자초 역사나 절절히 말을 하고 말리라 하고, 당초에 자기 벼슬 다니던 일로, 수정과 혼인 정하던 일로, 청로역 앞 물에서 물에 빠진 여자 구하던 일로, 청량사 어구에서 수정과 만나던 일과, 모감주 가지고 해인사로 패물 찾으러 가던 일과, 광혜원 주점에서 김가 만나던 일과, 추풍령에서 매 맞고 흙구덩이에 거꾸로 박혔던 일을, 검사가 금하는 것을 관계하지 아니하고 차례로 설명한 후에는 혀를 깨물고 다시 말이 없더라. 그때에 검사국 서기로 있는 이 주사가 구 참령의 잡혀 들어오는 것을 보고 눈이 둥그레지며 입맛을 은근히 딱딱 다시고 구 참령의 공초를 귀를 기울여 듣고서 자기 집으로 분주히 나오더니 즉시 무슨 편지인지 여러 장을 써서 우체로 여기저기 부친 후에 날마다 답장 오기를 골똘히 기다리니 이는 다른 사람이 아니요, 곧 구 참령의 이질이자 이 대구의 사촌 되는 이 주사라. 이 주사가 검사국 신문계 서기로 충북의 유명한 강도 한 놈을 잡아 왔다 하니까 그놈이 어떻게 생긴 놈인고 하고 심문차로 잡아들이는 것을 자세자세 여겨본즉 분명한 자기 이모부 구 참령이라, 처음에는 기가 막혀 혼자 생각하기를,

'저 어른이 바람을 켜서 삼남 등지로 돌아다닌다는 소문이 있더니 필경 못된 구덩이에 가 빠져 신세까지 망치게 되었군.'

급기 신문하는 때에 공초하는 말을 들은즉 백백 무죄한 모양이라, 또 혼자 생각하기를,

'그러면 그렇지, 저 어른이 아무리 파락호가 되었기로 적당에야 간련

할 리가 있나? 저 어른이 대구에 출주하였을 때에 혼인 정한 일이 있다는 말을 나도 듣기까지 하였는데 누가 확실한 증거를 들어 고발하기 전에는 내야 혐의 소재에 말 한마디 변백하여 드릴 리가 있다고? 지금이라도 김가 놈을 잡든지 김 이방의 딸이 원정을 하든지 하여야 무슨 취서가 될 희망이 있는데, 김가 놈을 어디 가 잡으며 김 이방의 딸을 어디가 찾나?

만일 저 어른의 말과 같이 김가 놈이 그 모양으로 모감주를 감추고 산중으로 유인하여 때려주었으면 정녕히 그놈이 패물을 도적하자는 계획이니, 그 패물을 제가 두고 볼 리는 만무하고 진작 팔아서 돈을 만들려 할 터인즉 아무리 비밀하게 매매를 하기로 자연 소문이 아니 날 리만무하니 남중 각처에 있는 친구에게와 우리 종씨께까지 미리 편지를 하여 무론 누구든지 패물 팔고 샀다는 소문이 있거든 통기하여 달라 하겠다.'

하고 각처에 편지를 급히 부친 일인데 김가가 하필 대구로 그 패물을 팔러 가자 이 대구가 마침 그곳에를 다니러 가서 희한하게 서로 만나 경성으로 데리고 올라왔는데, 김가로 말하면 시골서 그 패물을 팔 도리곧 있으면 이 대구를 따라 올라오기까지 하지 아니하였을 터이나, 그때나 지금이나 아무리 대도회이기로 시골서 적지 않은 패물을 얼풋 손쉽게 살 사람이 어디 있으리오. 생각다 못하여 이 대구의 하자는 대로 봉은사에 와 있는데 이 대구가 뒤로 슬며시 하인을 이 주사에게로 보내어 통기하였더니, 이 주사가 즉시 나와 패물 사려는 모양으로 김가와 수작을 하고 그 패물을 낱낱이 구경을 하며,

"이 패물이 도합 몇 벌이냐? 웬 것인데 팔러 다니느냐? 꼭 얼마나 받으면 팔겠느냐?"

이 말 저 말 여러 가지로 힐문을 하니 제아무리 장찬을 하여 천연스

럽게 대답을 하나 어찌 앞뒤 동이 꼭 맞아 흔적 없이 대답을 할 수가 있으리오. 이 주사는 신문하는 일에 문견이 썩 익숙한 사람이라, 벌써 그자의 수상함을 짐작하고 속마음으로,

'이놈이 적실한 도적놈인데 만일 너무 채근하여 묻다는 눈치를 채고 날기가 십상팔구十常八九인즉 그놈의 입맛이 붙도록 수작을 하여 가지 않고 있게는 하려니와, 누구를 시켜 고발을 하나? 이런 때 김씨 여자나 있었으면 여북 좋을까?

하고 김가더러,

"여보, 이 패물을 내가 다 살 터이니 어려우시나마 수일 예서 기다리시오. 지금같이 전황한 세월에 공연히 들고만 돌아다니면 물건만 천해지지 작자가 별로 없으리다."

김가가 아무 말 없이 앉아 생각하여보더니 제 마음에도 돌아다녀 소용없을 줄 알았던지 큰 생각이나 하는 듯이,

"그리하시오. 수일만 이 절에서 기다릴 것이니 나중에 딴소리나 말으시오. 만일 흥정이 아니 될 터이면 진시 파의하는 편이 옳지, 공연히 여러 날 끌기만 하면 내 이해가 불소할 터이오."

이 주사가 걱정 말라 큰 대답을 하여 김가의 마음을 푹 눅여놓고 문안으로 들어오며 혼자 궁리하기를,

'그놈이 도적놈 분명하구면. 속담에, 도적을 앞으로 잡지 뒤로 못 잡는다는데 어떻게 하면 저놈을 잡아 공초를 일일이 받고 우리 이숙을 무죄 방면케 할꾸? 제일 상책은 김씨 여자를 만났으면 그를 시켜 고발하겠는데, 내가 그의 코도 못 보았으니 어데서 만났기로 아는 수가 있나?

하며 뚝섬 나들이 맞은편 산모롱이로 막 돌아오는데 어떠한 여승 하나가 시름없이 오도 가도 아니하고 길가에 우두커니 섰는 양을 보고 본 척만척 무심히 지나려다가 얼풋 생각 들기를,

'저 승이 김씨 여자나 아닌가? 승이라는 것은 무슨 일로 당초에 낙발을 하고 이따금 구슬퍼하는 것이 본색은 본색이지마는 세상일을 알 수가 있나? 좌우간 한번 물어보겠다.'

하고 가까이 가서 이 말 저 말 힐문을 하다가 천행으로 수정을 만나 뚝섬 동리 자기와 무간히 친한 집으로 데리고 가서 구 참령이 강도범으로 감옥에 피수한 말과, 김가 놈이 패물을 팔려고 봉은사에 와 있는 말을 일일이 하니 수정의 눈에 눈물이 비 오듯 하며,

(슈) "에구, 저 일을 어떻게 하면 좋습니까? 소승이 이번에 해인사에를 내려가 수월암에게 듣자온즉 김 선달이라 하는 자가 패물을 찾아갔다기에 구 참령 영감께서 중로에서 병환이 나셔서 그 사람을 대신 보내어 찾아가셨나, 그놈이 영감 가지신 모감주를 도적하여 가지고 패물을 찾아갔나, 아니 날 생각이 없이 애를 쓰다가 올라오는 길에 천행으로 김산 이 대구 댁에를 들어가자더니 그 댁 마님이 이런 말씀 저런 말씀 하시다가 새로 사신 패물을 구경시키시는데 그것이 분명히 소승의 가지던 것과 흡사하옵기로 이 패물을 어서 사셨느냐 물은즉 그 댁 영감이 대구읍에서 사셨는데 팔려는 패물이 그것 한 벌뿐 아니라 또 적잖이 있는 고로 그 댁 영감께서 소개하여 팔아주시려고 서울로 데리고 올라가셔서 봉은사에 와 계시다 하시기에 소승이 주야배도하여 봉은사를 찾아가옵는 길이올시다."

(이) "네, 그놈이 자칭 김 도사라 하는데, 지금 내가 그 패물을 낱낱이 보고 들어오는 길이오. 두말 말고 이 길로 그 사실을 들어 경무청에 고발을 하십시다. 그래도 일을 만전불패로 하여야 옳은즉 나는 예서 고발문을 기초할 것이니, 바삐 봉은사로 건너가셔서 우리 종씨에게 편지를 드리고 그 패물을 친히 구경하신 뒤에 지체 말고 급히 이리로 도로 오시오."

수정이가 그 말을 들으니 가슴이 울렁울렁하고 사지가 벌벌 떨려 한 달음에 봉은사로 건너가는데, 시속 경박한 여자 같으면 이 생각 저 생각 하여볼 여부없이 바로 절로 들어가 김가에게 패물을 보자고 하여 가뜩이나 제 발이 저려 의심을 걸핏하면 두는 김가에게 눈치를 보였으련마는, 영민한 자품에 경력을 많이 하여 무론 무슨 급한 일을 당하든지 앞뒤를 찬찬히 연구하여 보는 수정이라. 강을 건너 이 주사 만나던 자리에를 당도하여 지팡이로 길바닥을 득득 그으며 무슨 생각을 한참 하더니, 도로 강물을 건너와 이 주사 있는 집으로 들어간다. 이 주사가 수정의 도로 들어오는 것을 보고 깜짝 놀라,

(이) "왜 가시다 말고 도로 오시오?"

(수) "소승이 가다가 생각하온즉 그놈이 분명 구 참령 영감을 해치던 놈이면 소승의 성식聲息을 모를 리가 만무하온즉 섣부르게 그놈의 눈에 띄었다는 무슨 의심을 둘지 모르겠사온즉 실례의 말씀이오나 나으리 모자를 빌려주시면 소승이 남자의 모양으로 그 절에 들어가, 이 대구 영감께 그 댁 내간을 슬며시 드리고 속말씀을 종용히 여쭌 뒤에 그 패물을 보고 오겠습니다."

이주사가 머리에 썼던 모자를 홀떡 벗어주며,

"그러하실 일이오. 어서 가보시오."

수정이가 송낙을 벗어놓고 중절모자를 수굿하게 눌러 쓰니 열모로 뜯어보아도 여승과는 비슷도 아니하고 선명한 소년 개화당 같더라.

봉은사로 서슴지 아니하고 들어가 이 대구를 찾아 모자를 벗고 경례 한 번을 공순히 한 뒤에,

"시생은 문안 아무 동리에 사옵는 김 아무온데 마침 어디를 가옵더니 중로에서 영감 종씨 되시는 이 주사를 만나 뵈왔는데 무슨 하시는 말씀이 있어 들어왔습니다."

이 대구는 아무 곡절도 모르고,

"그러하셔요? 그래, 내 사촌이 무슨 말을 하옵더니까?"

수정이가 시치미를 뚝 떼고 천연한 얼굴로 그 곁에 앉았는 김가가 수상히 아니 여기도록,

"종씨께서 여기 누가 팔려는 패물을 흥성하실 터인데 무슨 말씀을 영감께 종용히 여쭈어보고 들어오라 하셔요."

이 대구가 벌떡 일어서 문밖으로 나오며,

"여기 앉은 양반은 패물 임자니까 들으신대도 관계없소마는 내 사촌이 무엇이라고 하더란 말이오?"

수정이가 이 대구를 법당 뒤뜰 아무도 없는 데로 인도하여 데리고 가서 편지를 내어보이며,

"이 편지를 보시면 알으시려니와 제가 남자가 아니라 여자온데……."

하더니 자기의 자초지종을 대강 말하고 김산 들러 편지를 맡아가지고 온 말과 이 주사를 만나 패물 보러 온 일을 차례로 말하니, 이 대구가 편지를 주루루 보고 둘둘 말아 염낭에다 넣더니,

"응, 나도 다 아는 일이니 걱정 말고 들어갑시다."

이 대구가 앞서 들어가며 김가가 들을 만치 혼잣말로,

"나는 별별 비밀한 일이나 있다구."

김가를 돌아다보며,

"여보 김 도사, 저 사람은 내 사촌이 보낸 사람인데, 박물에 익숙하여 물건의 진가와 값의 고하를 한 번 보면 짐작하는 고로 댁의 가진 물건을 구경하고 오라고 보냈구려."

어리석은 김가는 눈앞에 저 잡아갈 야차 사자가 온 줄은 모르고 속마음에,

'저 가진 패물이 분명 조짜가 아닌데 저 사람이 박물군자라 하니 자랑삼아 한번 구경시켰으면 값도 상당히 받을 터이다.'

하고 봇짐을 분주히 끌러 패물 견대를 내어맡기며,

"노형이 물건을 아신다니 자세자세 모조리 구경을 하시오."

수정이가 패물을 보기 전에 위선 패물 넣은 견대를 보니 두 눈에 불이 화끈 나며 앞니가 바싹 갈려 고만 그 자리에서 이 말 저 말 할 여부 없이 와락 달려들어 그놈의 배를 쭉 째고 간을 내어 아싹 씹고 싶지마는, 분함을 열 번 백 번 참고 견대를 끌러 패물을 대강대강 본 뒤에 입에 침이 없이 칭찬을 하여 그놈의 마음을 한없이 푸근하도록 하여준다.

"어허, 참 물건 좋습니다. 금은붙이야 항다반 흔히 있는 것이지마는 패물부터는 이런 진품이 썩 드문걸이오. 내가 나이는 몇 살 못 되었어도 패물은 많이 보았는데 이렇게 얌전히 된 것은 별로 못 보았는데요. 여보 노형, 두말 말고 여기서 기다리고 계시오."

이 대구를 향하여,

"시생 물러갑니다."

인사 한마디를 하고 절 뒷동산을 겨우 넘어서서는 두 주먹을 다가쥐고 달음질로 뚝섬을 건너와 이 주사에게 적실무의함을 이야기하고 즉시 동부경찰서에 가 고발을 하였더라. 김가는 이 주사의 하회만 기다리고 있는데 어떠한 사람이 평복에 미투리를 들메고 쑥 들어서더니 방 안을 휘휘 둘러보며,

"여기 김 도사라 하시는 이가 누구시오?"

김가는 어찐 영문인지 몰라 미처 대답을 못 하는데 이 대구는 벌써 눈치를 채고서 방 윗목을 가리키며,

"여기 앉은 양반이 김 도사요."

그 사람이 김가를 보며,

"댁이 김 도사시오? 저기 누가 뵈오러 왔으니 잠깐 이리로 나오시오."

김가가 마음에 수상스럽던지 점점 구석으로 들어앉으며,

"네, 내가 김 도사라는 사람이오. 나를 보려는 이가 뉘시란 말씀이오? 나더러 나오라 할 것 없이 그 양반더러 들어오라 하시오."

그 사람이 와락 달려들어 김가의 손목을 잡아 나꾸치며,

"이리 좀 나오라니까 무슨 잔소리야!"

김가가 무엇이라고 앙탈을 하려는 차에 그 사람과 일반으로 복색을 한 사람 삼사 명이 이 모퉁이 저 모퉁이에서 툭툭 튀어나오더니 김가의 따귀를 번차례로 뚝딱 치며 꽁무니에서 포승을 내어 두 손목을 잘라질 듯하게 마주 매어 좌우 겨드랑을 추켜들더니 발이 땅에 아니 닿게 잡아가는데 몇 사람은 방으로 들어와 김가의 봇짐을 압수하여 가지고 가더라.

이때 구 참령은 감옥에 갇혀 있어 각색 단련을 다 받으며 발명 한마디 못하고 처교를 하거나 한기신 징역을 하거나 다만 처판되기만 기다리고 있더니 하루는 재판소로 잡아 올리거늘 속마음으로,

'에그, 오늘에야 내가 죽나 보다. 귀찮은 세상에 하루바삐 진작 죽는 것이 시원하다마는 죽어도 옳은 귀신 못될 것은 김씨 여자에게 못할 노릇 한 일이라. 그 여자가 나로 인연하여 사람은 못 당할 고생을 다 하다가 종내 시원한 구석을 못 볼 뿐더러 나의 이 지경 된 것은 알지 못하고 날마다 눈이 빠지게 기다리다 못하여 어느 지경까지 이를는지도 알 수 없고, 또 나의 당한 소조를 얻어듣게 되면 자기 힘으로 변명하여 줄 도리는 없고, 그 맵고 찬 성품에 물에 가 빠지든지 약을 먹든지 생목숨을 끊고야 말지니 이런 기막힐 일이 고금에 또 어디 있나?'

하여 오장에서 우러나오는 눈물이 옷깃을 적시며 재판정으로 들어가니 어떠한 여자가 먼저 들어와 서서 눈물을 흘리며 바라보는데 이는 곧 별사람이 아니요, 오매불망하는 김가 여자라, 반가운 대로 하면 와락

뛰어들어 붙들고,

"에구, 이것이 웬일이오?"

소리를 지르고 싶지마는 마음을 억지로 참고 하회만 기다리더니 뒤미처 죄인 한 사람을 또 잡아들이는데, 자세 본즉 추풍령에서 자기 때리던 김가 놈이 분명한데, 김가가 처음에는 제가 백백무죄하노라고 발명을 한참 하다가 눈결에 구 참령이 곁에 섰는 것을 보더니 고개를 푹 숙이고 아무 말을 못하니 검사가 소리를 천둥같이 지르며,

"이놈! 인제도 바로 고하지 못할까?"

김가가 제 생각에도 기망할 수가 없던지 벌벌 떨며,

"네, 바로 고하오리다. 소인이 죽을 혼이 들어 저 영감 주인 황동지 마누라의 이야기하는 것을 듣고 불같은 욕심이 나서 저 영감 뒤를 따라 진천 광혜원 주막에서 서로 인사를 하고 술을 취케 한 후 모감주를 도적하여 가지고 가다가 추풍령 송림 속에서 부지불각 중에 죽도록 때려 진흙구덩이에다 쓸어 박고 해인사로 가서 패물 한 견대를 찾아서 대구읍에 와 이 대구라 하는 양반에게 팔고 그 나머지는 아직 못 팔고 있습니다. 소인이 죽을죄를 범하였사오니 만 번 죽이시기로 감히 호원하오리까마는 하늘 같으신 상덕만 바랍니다."

검사가 즉시 김가는 감옥으로 보내고 구 참령은 무죄백방 하였더라.

죽을 땅에 빠졌던 구 참령이 천일을 다시 보고 노심초사하던 수정이가 구 참령을 다시 보니, 남의 일로 방관하던 사람들도 모두 희한하고 기쁘게 여기거늘 하물며 그 일을 몸소 당한 구 참령과 수정이리오! 환천희지하여 서로 이끌고 재판소 문밖을 나오는데, 두꺼비가 어서 그 소문을 들었던지 그 문밖에 와 기다리고 섰다가 길길이 뛰며,

"영감, 문안 어떠합시오? 아씨, 저는 어디로 가신지 모르고 이때까지 찾아다녔습니다."

그 길로 이 주사가 구 참령과 수정을 자기 집으로 인도하여 데리고 가서 패물도 약간 팔고 자기도 보조를 하여 대례를 행케 한 후에 북송현에다 집을 장만하고 구 참령이 그 부인과 살림을 시작하니, 가사 중간에 아무 일 없이 사십 신랑이 나이 찬 신부를 만나 피차에 큰 흠절 곧 없으면 금슬이 자연 두터우려든, 하물며 구 참령의 내외야 일러 무엇 하리오. 사람이 자기 일이 취서되었다고 남의 은혜를 저버리면 인류가 아니라 하여도 과한 말이 아니라. 김씨 부인이 자기 영감을 대하여 보은할 의논을 하며, 일변으로는 의성에 전인하여 자기 부모를 모셔 오며, 수월암·이 대구 내외와, 황동지 내외로 두꺼비까지 차례로 손가락을 꼽아 세어 보더니 자연 해각할 듯하더라.

(끝)

화花의 혈血

화花의 혈血

서언

무릇 소설은 체제가 여러 가지라 한 가지 전례를 들어 말할 수 없으니, 혹 정치를 언론한 자도 있고, 혹 정탐을 기록한 자도 있고, 혹 사회를 비평한 자도 있고, 혹 가정을 경계한 자도 있으며, 기타 윤리·과학·교제 등, 인성의 천사만사 중 관계 아니 되는 자가 없나니, 상쾌하고 악착하고 슬프고 즐겁고 위태하고 우스운 것이 모두 다 좋은 재료가 되어 기자의 붓끝을 따라 재미가 진진한 소설이 되나, 그러나 그 재료가 매양 옛사람의 지나간 자취나 가탁이 형질 없는 것이 열이면 팔구는 되되, 근일에 저술한 〈박정화〉, 〈화세계〉, 〈월하가인〉 등, 수삼 종 소설은 모두 현금에 있는 사람의 실지 사적이라. 독자 제군의 신기히 여기는 고평을 이미 많이 얻었거니와, 이제 또 그와 같은 현금 사람의 실적으로 〈화花의 혈血〉이라 하는 소설을 새로 저술할새, 허언낭설은 한 구절도 기록지 아니하고 정녕히 있는 일동일정을 일호차착 없이 편집하노니, 기자의 재주가 민첩치 못하므로 문장의 광채는 황홀치 못할지언정 사실은 적확하여 눈으로 그 사람을 보고 귀로 그 사정을 듣는 듯하여 선악간 족히 밝은 거울이 될 만할까 하노라.

천하에 보고 볼수록 어여쁜 것은 향기로운 꽃이라. 꽃이 한 번 피면 십 년, 백 년, 천 년, 만 년을 이울지도 않고 떨어지지도 않고 고운 색태를 한결같이 띠고 있는 것이 아니라, 일 년 일도에 춘삼월이 돌아오면 낮이면은 볕을 쏘이고 밤이면은 이슬을 받아 몇 밤 몇 날 만에 간신히 핀 그 꽃이라서 저 있을 기한을 온전히 있다가 이울고 떨어짐도 섭섭하고 원통하려든 뜻밖에 사나운 바람과 모진 비에 못 견딘 바가 되어 열흘 있을 것을 이레나 여드레에 흔적이 없어지면 그 섭섭하고 원통함이 더구나 어떠하며, 바람과 비는 천치 자연한 이치로 되는 것이라 누구를 원망할 수 없지마는, 어디서 마침 경박한 아이가 와서 사재고 독한 손으로 아까운 줄을 모르고 제 욕심을 채우기만 위하여 한 번 뚝 꺾어놓으니, 슬프다! 그 꽃이 경각에 빛이 변하며 향기가 적막하여지는도다. 이 세상 사람 중 춘색을 아낄 줄 모르는 범상한 무리는 그 꽃이 피어도 피었나 보다, 이울고 떨어져도 이울고 떨어졌나 보다, 누가 꺾어도 꺾나 보다 하여 심상히 보고 심상히 지나는데 어떠한 여자 하나가 꺾어진 그 꽃가지를 다정히 집어 들고 한없이 가엾이 여기며,

"에그, 아까워라! 어느 몹쓸 아이가 이런 못할 노릇을 했을까? 겨우 내 풍설 중에 천신만고를 다 겪다가 봄철을 인제 만나 간신히 핀 너를 사정없이 뚝 꺾었구나."

하며 연한 눈에 조금만 더하면 눈물이 나올 듯하다가, '속절없다' 소리를 구슬프게 하고 우두커니 앉았으니, 그 여자는 전라남도 장성군 최호방이 나이 사십이 되도록 자녀 간 한낱 혈육이 없어 매양 설워하더니 그 고을 퇴기 춘홍을 작첩하여 천행으로 딸 형제를 낳았으니, 큰딸의 이름은 선초요, 작은딸의 이름은 모란이라.

모란이는 유치의 어린아이라 족히 의논할 바가 없거니와, 선초는 십세가 넘어 점점 장성하여 오니 꽃 같은 얼굴과 달 같은 태도가 한 곳도

범연한 데가 없는 일색이더라. 자래로 전해 오는 말이 조선 십삼도 중 전라도 물색이 제일이요, 전라남북도 중 장성군 물색이 또 제일인데, 그 고을 배판 이후로 명기가 나고 명기가 나도 둘도 못 되고 꼭꼭 하나씩이 연해 계속해서 나서 일세에 훤자하던 터이라. 최 호방이 선초의 인물을 속절없이 버리기가 아까워서 그곳 풍속대로 십삼 세에 기안에 다 넣었는데 선초는 짝이 없이 총명, 영리한 여자라. 한 번 듣고 한 번 본 것을 능통치 못하는 것이 없어 글, 글씨, 가무, 음률이 교방 분대 중 제일 으뜸이 되니 그 이름이 원근에 전파하여 어느 남자가 선초 한 번 보기를 원하지 않는 자가 없고, 한 번 보기 곧 하면 꽃다운 인연을 생각지 않는 자가 없더라. 선초가 하나라도 적어서는 동무를 따라 이런지 저런지 모르고 어느 배반이나 어느 놀음에서 부르는 대로 좋아서 가더니, 어언간 십오 세가 되매 거울같이 맑은 천성으로 온갖 물정을 모두 짐작하는 터이라, 한번은 어떠한 연회에를 갔다가 호탕한 무리가 설만히 구는 양을 보고 슬며시 분원한 생각이 들어서 한탄하기를,

"나도 사람인데 부모의 혈육을 타고나서 어쩌다 이같이 천한 구덩이에 몸이 떨어졌노! 그는 이곳 풍속이 괴악해서 자식 나서 기생에 박는 것을 전례로 여기는 터이니, 부모의 원망할 것도 없고 내가 한 눈 한 팔 병신으로 생기지 못한 것만 절통하지. 그러나 철 중에도 쟁쟁이라고 아무리 기생이라도 제 행실 저 가질 탓이지 기생이라고 다 개짐승의 행실을 할까? 광대 타령의 말마따나 옛날 춘향이는 남원 기생으로 허탄히 몸을 버리지 아니하고 연기와 재질이 적당한 이 도령을 만나 일부종사를 하였으므로 그 아름다운 이름이 몇백 년을 썩지 아니하였는데, 나 역시 팔자가 기박하여 천한 몸은 비록 되었으나 절행이야 남만 못할 것 있나?"

하고 그날부터 속에는 남복을 입고 겉에는 여복을 하여 불의의 창피

한 일을 방비하고 관찰, 군수 이하로 아무리 흠모하여 수청을 들이고자 해도 죽기로써 맹세하고 청종치 아니하니, 그 관찰·군수가 적이 지각이 있는 자들 같으면 제 뜻이 가상해서라도 아무쪼록 찬성을 하여 지조를 온전히 지키게 할 터이어늘, 한 달이 멀다 하고 펄쩍 갈아오는 그 관찰, 그 군수가 모두 다 한 패당이라, 선초의 인물을 보고 제각기 침이 없이 욕심을 내어 만단개유도 하고 백방 위협도 하나, 선초의 작정은 연기도 자기와 같고 인물도 자기와 같고 총명도 자기와 같은 남자와 꽃다운 인연을 한 번 맺어 검은 머리 파뿌리 되도록 난봉의 깃들임같이 금슬지락琴瑟之樂을 누리리라 하여, 아무리 관직이 높은 자나 기구가 좋은 자나 의복이 사치한 자라도 일체로 거절하노라니, 저간에 당한 단련이야 이루 어찌 다 측량하리오.

어떤 자는,

"이애 선초야, 말 들어라. 네가 바로 기안에 이름이 없고 규중에 깊이 감추어 있는 터 같으면 모르겠다마는, 기왕 화류장에 발을 적신 이상에 순상 사또가 그처럼 하시고 본관사또가 그처럼 하시는데 왜 말을 아니 듣고 고집을 하니? 너 같은 자격에 눈 끔쩍하고 한 번만 응낙을 하였으면 이 도나 이 고을 일판을 쥐었다 폈다 할 터이니 그 아니 좋으냐?"

어떤 자는,

"여보게 선초 씨, 자네 생각이 어떻게 들어 이렇게 고집을 하나? 왕후장상이 씨가 있다던가? 자네가 사또 수청 곧 들게 되면 오늘 기생이 내일 마마님이 되어 호강도 한번 늘어지게 하려니와, 자네 속에서 아들을 쑥쑥 낳으면 그 아들이 판서는 못 하겠나, 정승은 못 하겠나, 관찰사, 군수 무엇은 못 하겠나? 그때 가서는 정경부인이 되어 언제 기생노릇을 하였느냐 할 터인데, 그것을 싫다고 말을 아니 듣는단 말인가?"

그중에 선초가 관찰, 군수의 수청 아니 듣는 것을 해롭지 아니케 여

겨 슬며시 제 욕심을 채우고자 하는 자는,

"허, 자네 잘 생각했네. 관찰, 군수 그네들은 뜬구름에 흰 매아지 일체로 획 지나가면 고만인데. 당장에 자기 눈앞에 자네가 뵈이니까 아직소일이나 해보려고 어쩌니 어쩌니 별별 소리를 다해 가며 수청을 들이려고 하는 것이지, 벼슬만 갈려서 훌쩍 가보게, 꿈에나 자네 생각을 할터인가? 두말 말게, 내가 자네 구실을 떼어줄 것이니 우리 둘이 같이 한번 살아보세."

하루도 몇 사람이 문턱이 닳도록 드나들며 감언이설로 꿀을 들어붓는데, 선초는 그리할수록 마음을 더 굳건히 가져 혹 정색을 하여 거절도 하고 혹 좋은 말로 반대도 하니, 선초가 여염가 규수로 춘색을 누설치 아니한 터 같으면 무리한 말로 권할 사람도 없을 것이요, 권해서 말을 아니 듣더라도 말하던 제나 무안하지 이상히 여길 바 아니로되, 제가 교방 출신으로 사람마다 가히 꺾을 만한 노류장화가 되어 그 모양으로 말살스럽게 구니, 듣고 보는 자가 모두 큰 변괴나 싶어 한 입 걸러두 입 걸러 그 소문이 사면 각처에 아니 퍼진 데가 없는데, 말은 갈수록보탠다고 전하는 자의 성미를 따라 점점 한 마디씩을 보태어 나중에는서울까지 전파되기를,

"전라남도 장성군에 선초라는 천하일색 기생 하나가 났는데 인물은양귀비, 서시가 명함을 못 들이겠고 재질은 반첩여, 소소매가 현신도못하겠는데, 어찌 마음이 도고한지 바로 찬물에 돌 같아서 관찰, 군수이하로 그 경내 부자의 자식들이 어느 누가 침을 아니 삼킬 사람이 없으되 차례로 퇴박을 맞았다는걸. 그런데 말을 들은즉, 아무 때든지 두질빵 사이에 모가지 넣은 막벌이꾼이라도 제 눈에 드는 자만 만나면 백년을 같이 살 작정으로 제집 들창문에 발을 드리우고 매일 몇백 명씩지나가는 남자를 낱낱이 선보기로 종사를 한다는걸. 아무라도 이목구

비나 똑똑히 쓰고 났거든 자두지족을 훨씬 매만지고 일부러 한 번 내려가 선을 뵈어볼 만하더라."

이 소문이 부인 사회로 돌아다니는 것이 아니라 의례히 둘이 뫼나 셋이 뫼나 남자 총중에서 이야기가 나는데, 무론 어떤 남자 총중이고 이야기 곧 나면,

"허어, 그것 무던하고. 기생에도 그런 자격이 있더란 말인가? 그래야 하지. 사람이 되어 개 도야지 모양으로 난잡히 행동을 하다가 남의 소년 자제를 수없이 버려주고 저까지 악한 병이나 얻어 신세를 마칠까. 허어, 그것 기특하고."

난봉으로 막된 위인들은,

"실없는 년, 제가 아니꼽게 절행이라는 것이 다 무엇인고? 그럴 터이면 기생 노릇은 왜 해? 우리는 보지는 못했지마는 제 얼굴이 응당 반주그레하기에 이 사람 저 사람이 회가 동하여 날치는 것이니, 이놈도 좋아, 저놈도 좋아 하여 세상 보내는 것이 상책이지, 되지 못하게 제가 그러면 무엇을 해? 무정세월에 덧없이 늙어만 지면 어떤 시러베아들 놈이 찾아갈 터인가?"

그중에 우악한 자는,

"주제넘은 년, 제 어미도 기생으로 매인열지하던 것이라는데 가장 제가 젠 체하고. 그러면 제 집 대문에 정문을 세워볼 줄 아나? 그런 년이 욕심은 더 앙큼하게 있어서 외양으로 가장 고결한 체하고 은근히 별별 일이 다 많은 법이지. 관찰, 군수로 있는 분네들이 모두 다 똥물에 튀한 인물들이기에 그렇지, 적이 손아귀가 딱딱하고 보면 제까짓 년이 어디 가서 그런 버르장이를 할꾸? 당장 혼띔을 하여 다시 그런 버르장이를 못하게 하였으면 다른 기생에게까지 본보기가 되지."

그런 말을 아무라도 한때 웃음거리로 듣고 말 터인데, 그중에 나이

사십이나 되고 얼굴이 검푸르고 수염이 많도 적도 않고 키는 중길은 되
는 사람 하나가 눈을 깜작깜작하고 가커니 부커니 아무 말 없이 가만히
앉아 들으며 손에 든 합죽선을 폈다 접었다 하다가 가장 범연스러운 체
하고,

"에, 이 사람들, 상스러운 소리 고만두게, 점잖은 사랑에서 외하방 기
생 년의 이야기는. 응, 창피스러워! 제가 잘나면 얼마나 잘났겠으며, 설
혹 잘났기로 무엇을 그리 떠든단 말인구?"

좌석에 마침 전라남도 친구가 앉았다가,

"노형 말씀이 당연하기는 하오마는 나도 금년 이월에 장성읍에를 갔
다가 선초를 얼풋 보니까, 과연 생기기는 썩 도저하게 생겼어요. 처음
에야 선초의 소문만 들었지 자세 알았소마는, 제 집이 바로 삼문 앞인
고로 하루도 몇 번씩 드나드는 것을 보고 짐작하였지요."

대범한 체하던 자는 이 도사라 하는 자인데 평일 역사를 대강 말하자
면 속담에 만석중이 일반이라, 선배 때부터 양반은 자기 하나뿐인 체,
언변도 자기 하나뿐인 체, 지혜도 자기 하나뿐인 체, 그중에 엉큼한 욕
심은 들어앉아서 어느 사람에게 집지를 하여 학행도 자기 하나뿐인 체,
부모 덕에 글자는 배워서 문장도 자기 하나뿐인 체하다가, 서울로 쑥
올라와서 은근히 세력이 있는 재상의 집에를 출입하여 처음에 재랑초
사로 나중에 도사 출륙을 한 분네인데, 선천품부를 순양덩이로 타고나
서, 호색은 한 바리에 실을 사람이 없으므로 남모르게는 별별 기괴망측
한 행동을 모두 하면서 외식으로는 세상에 정남은 역시 자기 하나뿐인
체하여, 노상에서 지나가는 여인을 보면 거짓말 보태어 십 리씩은 피해
가고 좌상에서 계집의 언론이 나면 능청스럽게 거리책지를 일쑤 잘하
더니, 급기 선초의 선성을 들은 후로 며칠 밤을 잠을 잘 못자며 스스로
궁리하기를,

'선초가 참 일색인 모양인데 어떻게 하면 한번 볼꾸? 보기야 내일이라도 장성만 내려갔으면 어렵지 아니하지마는 행색을 그 모양으로 초솔하게 내려가면, 관찰, 군수의 수청도 아니 든다는 계집이 내 말 들을 리가 정녕 없을 뿐더러 평일에 내 행세를 그렇게 낮게 한 터가 아닌데 남들이 비소하기가 첩경 쉬울 터이니, 무슨 방법을 하였으면 내 행세도 손상치 아니하고 한 번 처결을 하여볼꾸? 응, 못생긴 자식들! 그곳 관찰사, 군수로 있어서야 당장 기생으로 있는 것을 일 호령에 수청을 못 들이고 무료히 물러앉아? 응, 못생긴 것! 내가 그 처지로 있게 되면 시각을 넘기지 않고 제가 자원하여 수청 들게 못 할까? 그러나 그는 다 쓸데없는 말이고 어떻게 하면 묘리 있게 내 소원 성취를 하여볼꾸?'

이처럼 전전반측하다가 한 가지 무슨 생각을 하고 혼잣말로,

"꼭 그렇게 했으면 영락없이 되겠구먼, 무슨 빙자할 말이 있어야지."

그러자 어떠한 손님이 문밖에 와 찾으니까 분주히 나가보더니 반가이 인사를 하며,

"자네 언제 올라왔나? 대소댁내가 다 일안들 하신가?"

그 손이 한숨을 휘휘 쉬며,

(손) "시생의 집은 이 동안 아주 결딴을 당했습니다."

(이) "그게 무슨 말인가? 어찌하다가, 응?"

(손) "근일에 충청남북도는 동학으로 해서 아주 말 아닌 중 목천은 더욱 우심하여 시생의 대소가가 모두 혹화를 당했습니다."

(이) "대소가라니 자네 삼종 씨 댁도 그 풍파를 당하셨단 말인가?"

(손) "풍파를 당할 여부가 있습니까? 시생은 이렇게 도망이나 하여 서울로나 왔습니다마는 삼종 씨께서는 그자들에게 잡혀가셨는데 어찌 되었는지 하회를 알 수 없습니다."

(이) "허허, 그것 말 되었나? 자네 삼종 씨는 장정이니까 잡혀갔더라

도 여간 고생은 좀 하겠지마는 설마 무슨 일이 있겠나마는, 자네 재종 숙모께서 팔십 당년에 오죽 놀라셨겠나?"

이 도사가 그 사람을 작별하여 보내고, 남은 난리를 만나 대소가가 결딴이 나서 황황망조히 지내는데 자기는 무엇이 그리 좋은 일이 생겼는지 얼굴에 희색을 가득이 띠고 혼자 빙글빙글 웃으며 분분히 웃옷을 내어 입고 남문 안 창골 근처로 쏜살같이 가더니, 몇 시간 후에 다시 낙동 등지로 분분히 가더라.

그날부터 창골, 낙동을 풀 방구리에 쥐 드나들듯 활동을 하더니 삼남 시찰사 하나가 새로 났는데 그 관보가 돌아다니니까 이 사랑 저 사랑에서 공론들이 분운하다.

"어, 시찰이 새로 났네."

"으응, 시찰이 났어? 누가 했단 말인가?"

"오늘 관보를 보니까 이 도사가 하였습디다."

"허허, 그야말로 만장공도로구면. 그 사람이 학행이 있고 무식지 않은 터이니까 시찰을 매우 잘할걸. 그는 필경 평일명여로 공천이 되었겠지?"

"아무렴 그렇지. 점잖은 터에 그가 자구야 했겠소? 고지식하니까 가기나 할는지 알 수도 없소."

한 사람이 그 곁에 드러누워 잠을 자다가 벌떡 일어앉으며,

"이 사람들, 자지도 않으며 잠꼬대를 하고 앉았나? 그 사람이 시찰을 왜 아니 가? 아니 갈 사람이 목에 침이 말라 돌아다니며 벌었을까?"

먼저 말하던 사람들이 일시에,

"이 사람, 남을 그렇게 할경하여 말을 말게. 그가 열 번 죽기로 벼슬 벌러 다녔겠나?"

자다가 일어난 사람이 화를 버럭 내며,

"이 사람들! 내가 무슨 억하심장으로 남의 없는 말을 할까? 자네네

알다시피 나는 가빈친로家貧親老하여 구사를 하는 터이기로 매일 남북촌 모모 재상의 집을 한 차례씩은 의례히 돌아다니는데, 그가 신씨와는 계분이 대단하더군. 신 대신, 신 장신 두 집에서는 어느 날 못 볼 날이 없는데 이번 시찰 운동을 하노라고 애를 무진 쓰던데 그래."

그 사람의 말이 일호도 허언이 아니라, 이 도사의 좋은 구변으로 신 대신, 신 장신을 북 나들듯 가보고 기회를 보아가며 시찰을 그치는데 썩 의사도 스럽고 간교도 하더라. 신 대신을 가 보고,

(이) "대감께옵서 묘당에 계신 터에 어련하시겠습니까마는 요사이 지방 소문을 들으니까 하루바삐 진정 아니 하오면 인민이 무여지하게 어육이 되겠습니다."

(신 대신) "글쎄, 삼남에는 소위 동학당의 횡행이 대단하다는걸. 그렇지마는 그까짓 오합지중을 무슨 심려할 것이 있나? 진위대 몇 초만 풀어 보냈으면 며칠 아니 가서 다 소멸할 것일세."

이 도사가 꿩 채려는 보라매 모양으로 두 어깨를 바싹 모으고 신 대신 앞으로 가까이 다가앉으며,

(이) "대감, 이게 무슨 망령의 말씀이오니까? 그 백성이 무슨 죄가 있길래 병정을 풀어 무찌르려 드십니까?"

(신) "그 백성이 죄가 없다니, 총귀에서 물이 나느니 도사리고 앉아 공중에를 올라가느니 하는 허탄한 말을 주출하야 사면 돌아다니며 늑도도 시키고, 빚받이, 굴총하기, 심지어 부녀, 재산을 함부루 탈취한다는데, 어찌해서 무죄하다고 하오?"

(이) "허허, 대감께서 그렇게 통촉하시기가 용혹무괴올시다마는, 그 백성 그 지경된 원인을 말씀하고 보면 저희들은 아무 죄도 없다고 해도 과한 말씀이 아니올시다."

(신) "어찌해서 그렇단 말이오?"

(이) "자고이래로 백성은 물과 일반이라, 동으로 터놓으면 동으로 흐르고 서로 터놓으면 서로 흐르고, 막히면 격동하고 순하면 내려가는 것이온데, 근일에 각도 지방관을 택차를 못한 탓으로 적자 같은 백성을 사랑할 줄은 모르고 기름과 피를 긁으매, 일반 인민이 억울하고 원통함을 참다못하여 악이 나서 이리해도 죽고 저리해도 죽기는 일반이라 하고 범죄를 한 것이오니, 그 아니 불쌍한 무리오니까?"

(신) "그 폐단도 없지는 아니하겠지마는 설마 지방관들이 모두 불치야 되리까?"

(이) "아무렴 그럽지요. 닭의 무리에도 학이 있다 하옵는데 불치들 하는 중에도 이따금 선치가 있기는 하겠지요마는, 큰 집 쓰러지는데 한 나무로 버티지 못함大廈將傾 非一木可支은 확연한 이치가 아니오니까?"

(신) "그러면 어떻게 했으면 좋겠소?"

(이) "시생의 천견에는 공직하고 무식지 않고 민정을 알 만한 자격을 택차하여 삼남도 시찰을 내어 암행으로 각 군에를 순회하며 지방관의 치적의 선부를 낱낱이 시찰한 후, 선치자는 포장을 하고 불치자는 징계를 하며, 일변으로 백성을 안무하여 귀순, 안도케 하오면 불과 얼마 아니 되어 삼남 각처에 격양가가 일어날 줄로 꼭 믿습니다."

신 대신이 그 말을 듣고 한참 연구하더니 이 도사의 말을 십분 유리하게 듣고,

(신) "노형은 가위 경세지재經世之才시오. 그 말이 꼭 그러하겠소. 내일이라도 시찰 보낼 일을 탑전에 아뢰면 처분을 둘 듯하오마는 그 소임을 감당할 만한 자격이 얼풋 어디 있어야 아니하오?"

(이) "만사구비에 지흠동남풍萬事具備 只欠東南風으로 제일 사람이 없으니 그 일이 어려울 듯합니다."

신 대신이 이 도사를 물끄러미 건너다보더니,

(신) "불필타구요구려. 노형이 그 사무를 담당하여 보면 어떠하겠소?"

(이) "천만의외 말씀이올시다. 시생이 자격도 부족하옵고 여러 가지 행지, 충절이 있어 못되겠습니다."

(신) "자격은 족부족간에 나의 짐작이 다 있으니까 다시 겸사할 것도 없소마는, 충절은 무엇이 그리 여러 가지가 있단 말이오? 여보, 노형이 독선기신獨善其身만 하면 소용이 무엇이오? 이런 때를 당하여 나라 일을 한번 해봅시다그려."

(이) "대감께서 이처럼 누누이 말씀하시는데 제 몸이 무엇이 그리 대단하다고 종래 고집을 하오리까마는, 물러가 제 역시 형편을 생각하여 보옵고 내일 다시 낮하와 좌우간 말씀을 여쭙겠습니다."

(신) "그리하시오. 아무쪼록 나랏일을 한번 해봅시다."

이 도사가 그 길로 신 장신을 가보고 신 대신과 하던 말과 일반으로 수작을 한참 하여 자기를 천거하여 내세우려고 하도록 한 후 여전히 재삼 사양하다가 내일 또 와 고하마 하고 자기 집으로 돌아왔다가, 그 이튿날 다시 신 대신, 신 장신을 차례로 가보고 청산유수같이 좋은 구변으로 자기 일을 칠월의 굳은 박 모양으로 단단히 굳힌다.

(신) "그래, 밤 동안에 연구를 많이 해보았소?"

(이) "아무리 생각해 보아도 도저히 될 수가 없습니다."

신 대신이 좌우 손이나 잃은 듯이,

(신) "그게 무슨 말이오? 되지 못할 말을 하시오. 내가 그 이유를 들어 보아서 웬만 곧 하면 변통을 해서 되도록 해보겠소."

(이) "대감께서 시생으로 시찰을 임명하시려기는 지방 행정의 선악을 포장하며 혹 징집하여 인민의 마음을 편안하도록 하시는 일이 아니오니까?"

(신) "아무렴 그렇지."

(이) "그러하오면 시생에게 대감의 위엄을 빌리시고 권한을 어디까지 허락하여 주시겠습니까?"

(신) "모두 다 상의에 있는 바인즉 내가 미리 말하기는 어렵소마는, 중대한 사무를 쓸어맡기는 이상에 권한을 주지 아니하며 나 역시 모르는 체하리까? 그러나 권한이라는 것은 한량이 없은즉 어떻게 하였으면 넉넉히 사무를 진행할까요?"

(이) "권한이 별것이오니까? 단순하게 시찰만 보내오면 너무 초솔할 뿐 아니오라 시생의 혼자 힘으로 위엄이 서지 못할 터이오니, 대감께서는 안렴사가 되시고 낙동 대감은 순무사가 되시고 시생은 시찰을 시키시면 두 대감의 명령을 받들어 힘껏 일을 하여보오리다."

(신) "허허, 낙동 대감은 순무사 자격이 되시지마는 내야 안렴사 자격이 되나? 그것은 어찌되었든지 그 외에 다른 말씀할 것은 없소? 생각한 바가 있거든 아주 지금 설명을 하오."

(이) "그 외에 말씀하올 것은, 이왕 암행어사 일반으로 마패를 내리셔 선참후계先斬後啓하는 권한을 사용케 하여주셔야 치적이 있는 수령은 당장 포계를 하고 탐관오리는 모조리 봉고를 하여 일반 민심이 상쾌하도록 하여야, 적년 쌓여오던 원기가 풀어질 터이올시다."

(신) "글쎄…… 일은 그러하오마는 용이할 듯싶지 아니하오. 그러나 모사는 재인謀事在人이라니 운동을 하여보기나 합시다."

*

두 신씨의 굉장한 운동으로 이 도사 욕심껏 성사가 되어 관보에 성명이 게재되니 즉시 치행을 하여 삼남으로 내려가는데, 그 행색을 언론하면 중도 아니요, 속한 이도 아니러라. 마패를 가졌으니 옛날 어사 일반이라, 아무쪼록 폐포파립弊袍破笠으로 여항閭巷에 암행하여 민정감고를 탐문하여야 할 터인데, 신교바탕도 못 타보던 위인이 별안간에 그다지 귀해졌는지 좋은 사인교에 두세 패를 지르고 건장한 구종을 앞뒤에다 느런히 세웠으며, 자릿보, 요강, 퇴침, 타구와 모든 기구를 썩 꽝장케 차려가지고 '시찰 내려간다'고 문을 놓다시피 뒤떠들며 내려가니, 이 고을 저 고을 수령들이 각기 이 시찰의 선성을 듣고 다투어 영접하여 칙사 대접이나 다름없더라. 이 시찰이 마음 내키는 대로 하면 바로 전라남도로 내려갈 터이요, 전라남도로 내려가도 바로 장성읍으로 갈 터이지마는 가만히 생각하여 본즉, '이번 시찰을 빌려 내려가기는 소관이 하사所關何事리오마는 아무 일도 한 것 없이 기생 작첩부터 했다면 청문이 사나워 명예에 관계가 되겠고, 또는 세상일이 내 실속부터 하는 것이 가한즉 돈부터 넉넉히 벌어놓고 보겠다'하고 먼저 충청도로 내려섰는데, 각 읍 선치수령은 아무리 자기를 냉대하여 당장 결딴내고 싶으나 무엇이라 트집 잡을 거리가 없고, 불치수령은 다투어 은근히 무릎을 괴어주며 갖은 첨을 다 하니까, 사세부득이 눈을 감아 도처마다 포계를 하여주니, 그 시찰 보낸 것이 효험만 없을 뿐 아니라 도리어 민심이 더욱 불울하여 폭도가 사면에서 불 일어나듯 하는지라. 이 시찰이 요량에, '내가 신 대신, 신 장신 앞에서는 폭도의 치성하는 것이 전혀 지방의 죄라 하고 시찰을 시켜주도록 하였지마는, 군수들은 염치 소재에 하나 파직 장계할 사람이 없고 폭도는 저 모양으로 점점 더 치성하니 이 일을 어찌하면 좋은가? 아무 성적 없는 소문이 서울에 올라가기 곧 하면 오죽 나를 미타히 여길라구? 모로 가나 바로 가나 서울만 갔으면 고만이라고 아무렇게 하든지 폭도만 없앴으면 고만이지 다른 일이야 누가 알 시러베아들 놈 있느냐?' 하고, 신 대신 내려오기를 기다려

비밀히 의견 진술하는 말이,

"하관이 이번 길에 위로 성상 홍덕과 그 다음 두 분 대감 위엄을 받드와 도처마다 진심껏 설유하온즉, 일체 수령들이 모두 정신을 가다듬어 정치를 쇄신하올 뿐 아니라, 본래 양민으로 위협을 못 이기어 폭도에 참여하였던 무리는 차례로 귀순하는 중이올시다."

(신) "허허, 나라에 만행한 일이오. 아무려나, 노형이 큰 훈로를 세우셨소."

(이) "망령의 말씀도 하십니다. 하관도 신민 한 분자가 되어서 저 할 도리 저 하옵는 것이지 훈로가 다 무엇이오니까? 그러하오나 풀을 베면 뿌리를 없애라는 일체로 협종 등은 귀화케 하옵기가 여반장이오나 한 가지 큰 화근이 있습니다."

신 대신의 둥그런 눈이 더 둥그레지며,

(신) "화근이라니 무슨 화근이 있단 말이오?"

(이) "화근이 별것이 아니오라, 하관이 서울서 요량하옵기는 아무든지 모조리 귀화케 하여 한 명도 참혹히 죽임이 없도록 하리라 하였삽더니, 급기 내려와 목격하온즉, 본래 부랑패류浮浪悖類로 업을 잃고 도당을 소취하여 여항에 돌아다니며 강도질로 생활하던 무리가 동학 일어나는 것을 좋은 기회로 이용을 하여 폭행이 더욱 심하와 불러도 오지 않고 쫓아도 헤어지지를 아니하오니, 그 무리는 가위 화외의 물건이라, 설혹 오늘 간정되어 지방이 안온할지라도 몇 날이 못 가서 그 무리가 필경 또 양민을 선동하여 지방을 여전히 소란케 할 터이온즉, 시생의 소견에는 악착하기는 하오나 지방대 몇 초를 풀어 그 무리를 일망타진하여 종처에 추육을 베어버려 성한 살에 전염치 못하게 하듯 하였사오면 깊은 후려後慮가 없을 듯하오이다."

(신) "그는 노형이 형편을 보아가며 자단하여 할 일이지 나더러 물어

볼 것이 무엇 있단 말이오?"

신 대신의 말이 그 모양으로 떨어지니, 이 시찰이 즉시 각 진위대에 통첩하여 병정을 다수히 풀어 원범, 협종을 물론하고 동학에 간련 곧 있다 하면 다시 조사할 여부없이 모조리 잡아 죽이는데 열이면 아홉이나 여덟은 애매히 참혹한 지경을 당하니, 그 원억한 기운이 구소에 사무치는 중, 제일 악착하고 말살스럽기는 목천 임씨의 집이니라.

임 씨라 하는 사람은 본래 이 시찰과 한 동리에서 죽마고교로 자라나서 여형약제하게 정의가 두터울 뿐 아니라 임 씨의 집은 적이 조수족을 할 만하고 이 시찰의 집은 극히 빈한한 탓으로, 임 씨의 어머니가 이 시찰을 자기 소생 아들이나 다름없이, 배가 고파하면 음식도 걷어 먹이고 헐벗어 추워하면 의복도 주어 입히니, 어린아이는 괴는 곳으로 간다고 이 시찰이 자기 집은 남의 집 보듯 하여도 임 씨의 집은 자기 집보다 더 여겨 머리도 종종 임 씨 어머니 손에 빗고 잠도 임 씨 어머니 품에서 자며 자라는 터이라, 철모를 때에는 순연한 천진이라, 조금도 식사 없이 임 씨 어머니에게 대하여 매양 하는 말이,

"제가 자라서 이 다음에 잘되게 되면 아무 걱정 없이 부자로 잘살게 해드릴 터이야요."

임 씨 어머니가 어린아이 말이나마 기특하여,

"오냐, 여북 좋으랴. 나야 부자로 잘살게 하든지 말든지 네나 아무쪼록 귀히만 되어라."

그때에는 그 말을 일시 웃음거리로 지내고 말하였더니, 이 시찰이 서울 올라가 벼슬을 한다 하니까 임 씨 어머니는 자기 자질이 공명하느니에서 조금도 못지않게 기껍게 여겨서 그 아들더러,

"이애, 아무 벼슬했다는구나. 너무나 고맙다. 우리가 점점 이렇게 못살게 되니 아니 날 생각이 없구나. 아무가 어릴 때에 항상 말하기를, 제

가 잘되면 우리를 도와주겠다 하였으니 설마 아주 모르는 체할 리가 있겠느냐?"

이 모양으로 이 시찰 잘되는 것을 주야 옹망하던 터인데, 그리하자 동학이 각처에서 벌 일어나듯 하여 무죄 양민을 모조리 잡아다가 늑도를 시키는 통에 임 씨도 불행히 잡혀가 위협을 못 이기어 입도하였는데, 진위대가 각 방면으로 습격하는 통에 임 씨가 요행으로 도망하였다가 풍편에 소문을 들은즉, 자기와 같이 자라던 이 아무가 이번에 시찰로 내려왔다 하는지라.

혼자 생각에,

'아무가 설마 내야 놓아주지 죽일 리가 있으랴, 진작 내가 자현하여 죄를 떼어버리고 말겠다.'

하고 즉시 시찰 있는 처소로 가서 자현하였더니, 이 시찰이 아는지 모르는지 포박된 여러 죄인과 한 곳에 엄가 뇌수하는지라. 임 씨가 그 중에 생각하기를,

'죄인은 일반인데 중인소시에 유표하게 나 하나만 백방할 수 없으니까 이렇게 가두어두었다가 밤중 아무도 모르는 승시하여 슬며시 나를 내어놓으려나 보다. 아니, 그리고 보면 내가 도주한 모양이 되어 죄를 종시 못 벗어지겠으니까, 아마 며칠 후에 대동 발락하게 무죄함을 발포한 후 방송하여 다시 후환이 없도록 하려나 보다.'

이 모양으로 태산같이 믿고 있더니, 하루는 호령이 천둥같이 나며 죄인을 모조리 청어 두름 엮듯 하여 벌판에다 내어 앉히고 첫머리에서부터 차례로 포살하는데, 임 씨도 그중에 치옇여 미구에 그 총을 맞을 지경이러라. 임 씨 어머니 팔십 노인이 그 소문을 듣고 어떻게 놀랐던지 기색을 수없이 하며 대성통곡을 하니 동리 늙은 부인네들이 그 경상이 불쌍하여 하나둘 모여와서 임 씨 어머니께 권하는 말이라.

"여보시오, 이러지 말으시고 정신을 차리셔서 일 주선을 하여보십시오. 이 시찰이 필경 노인 자제를 몰라보았기에 그렇지, 알고서야 이왕 자기 자랄 때에 노인께서 귀히 여기시던 은공을 생각하기로 자제를 살려주지 아니할 리가 있습니까? 두말 말으시고 근력을 차리셔서 이 시찰 앞에 가 원정을 해보십시오."

임 씨 어머니가 그 말이 근리하여 경황 없이 지팡이를 짚고 엎드러지며 자빠지며 울며불며 읍내를 들어가, 원정 여부 없이 이 시찰 좌기하고 있는 앞으로 한달음에 이르러 땅에 가 엎드려 두 손으로 빌며,

"살려주옵소서. 이 늙은이의 자식을 살려주옵소서. 제 죄가 천 번 만 번 죽이고도 남사와도 이 늙은이를 보옵서. 제발 덕분에 살려주옵시오. 저는 기실 죄도 없습니다. 그 몹쓸 놈들이 잡아다가 위협을 하니 죽지 못하여 따라다닌 일밖에 없습니다. 살려줍시오. 그것 하나만 죽으면 이 늙은이 고부도 속절없이 죽어 세 식구가 함몰할 지경이올시다. 영감, 통촉하시다시피 그 자식이 삼대독자올시다. 살려줍시사. 하해 같은 덕을 입어지이다."

이 시찰이 소리 한 번을 버럭 지르며,

"어, 요망스러운지고! 웬 계집이 겁이 없이 횡설수설, 어 괴악한지구! 이리 오너라, 역졸 거기 있느냐? 네, 이 계집이 실성한 것인가 보다. 멀찍이 끌어내 물리고 이 근처에 현형을 못하게 하여라. 만일 이놈들 사정 보고 지체하였다는 너희 놈부터 죽고 남지 못하렷다."

무지하고 우악한 역졸들이 벌의 살같이 달려들어 팔십 넘어 구십이 불원한 임 씨 어머니의 손목을 와락 끌어 사정없이 몰아내는 통에 정신을 잃고 어느 길 밑에 가 쓰러졌는데, 얼마 만에 누가 붙들어 일으키며,

"일어나셔서 댁으로 가십시오."

노인이 그제야 눈을 뜨고 한구히 쳐다보더니 비죽비죽 울며,

"에구, 예가 어디요? 우리 아들 죽었나요, 놓여 나갔나요?"

그 사람이 그 경상을 보고 눈물을 금치 못하며,

"예, 자제가 백성 되어 댁으로 갔습니다. 어서 댁으로 가십시오."

임 씨 어머니가 그 말을 참말로만 여기고 반갑고도 좋아서 더듬더듬 기엄기엄 자기 집으로 가더라.

그때 이 시찰이 임 씨 어머니를 불호령을 하여 물리친 후에, 몇 사람 다음에 처치할 임 씨를 억하심장이던지 그중 먼저 포살을 하였는데, 그 총소리가 '땅!' 하고 한 번 나자 임 씨 원통한 귀신이 반공중으로 불끈 솟아 이 시찰의 머리 위로 빙빙 돌아다니는데, 이 시찰이 고요한 밤에 홀로 자노라면 마음에 공연히 그 귀신 우는 소리가 두 귀에 들리는 듯 들리는 듯하기를,

"이놈, 이 시찰! 말 들어라. 은인이 원수 된다더니 네게 두고 이른 말이로구나. 네가 내 집 단 것 쓴 것이 아니면 잔뼈가 굵지를 못하였을 터인데, 그 은공을 생각하기는 고사하고 무죄한 나를 왜 죽였느냐? 이놈 이 시찰아! 나 하나 죽는 날 우리 식구가 함몰을 하였다. 우리 집 세 식구가 어디까지든지 너를 쫓아다니면서 그 앙화 받는 것을 보고야 말겠다."

그 후로는 밤마다 공연히 마음이 수란하여 낮같이 등촉을 밝히고 상직하는 사람을 몇 십 명씩 모아 경야를 하여 가며 대강대강 사무를 처리하고 그 지경을 떠나 타도로 가더라.

임 씨 어머니가 집으로 아들을 반가이 보려고 허둥지둥 돌아오니 그 며느리가 땅을 두드리며 우는 양을 보고 그제야 자기 아들이 죽은 줄을 알고서 그 자리에서 몇 번 몸부림에 인해 세상을 버리니, 그 며느리도 그날 밤에 간수를 퍼 먹고 그 남편의 영혼을 따라갔는데, 그 동리 사람으로부터 일경 어느 누가 임 씨의 집 일을 참혹히 여겨 말 한마디씩이라도 이 시찰을 욕 아니 하는 자가 없더라.

"에, 저 기른 개가 발뒤꿈치를 문다는 말이 꼭 옳더라. 세상 사람이 모두 이 시찰 같아서야 남의 자식 구제해 줄 사람이 어디 있을꼬? 아니 되지, 아니 되어, 남의 은공을 그렇게 모르고 그 앙화 받을 날이 없을까! 아직은 조각 세력을 얻어 시찰인지 몽둥인지 다니며 못된 짓을 함부로 하고 돌아다니지마는, 열흘 붉은 꽃이 없고 십 년 가는 세도가 없다고 그 시찰을 며칠이나 다닐꼬? 시찰만 못 다니고 아무 일 곧 없으면 이번 길에 날불한당질을 하여 끌어간 돈만 가져도 처자를 데리고 족과 평생을 할 터이지마는 그리고 보면 복선화음福善禍淫의 이치가 아주 없게? 이 시찰의 후분을 우리 눈으로 보면 다 알 것일세."

이 시찰이 경상남북도로 돌아다니며 동학을 박멸한다 빙자하고 인명을 파리 죽이듯 하여가며 재물을 어떻게 긁어 들였던지 백척간두의 형세로 여지없이 지내던 터이러니 졸연히 부자가 되어 일용범절에 아무것도 구차한 바가 없으니까 슬며시 흉측한 생각이 나던지 즉시 전라남도로 노문을 놓고 가다가 갈재 고개를 올라서 남으로 장성군을 내려다보니 반갑고 기꺼운 마음이 부지중에 나서 한 걸음에 갔으면 좋을 듯이 연해 길을 재촉하며 혼자 하는 말이라,

'저기 보이는 산 밑이 장성읍이로구나. 인제야 나의 소원을 성취하겠다. 그러나 어서 가서 외양부터 보아 과연 듣던 말과 같은지, 만일 내 눈에 벗어나면 모르거니와 그렇지 않으면 아무 짓을 하기로 저 하나야 내 마음대로 못 처치할까?'

장성군에를 도착하여 여간 사무를 대강대강 처리한 후에 불현듯이 선초를 불러보고 싶지마는 체면 소재에 그리하는 수는 없고 은근히 심복지인을 시켜 본관에게 어떻게 귀를 울렸던지 본관이 그 이튿날 연회를 떡 벌어지게 열고 이 시찰을 대접하는데, 이름이 시찰이지 직권은 암행어사이라. 수령의 치적 선불선을 정탐하는 터에 본관이 차린 연회

를 아무리 청한대도 갈 필요도 없겠고, 기왕 갔으면 약간 다과나 먹은 후에 정치에 관계있는 문답이나 하다 올 것이거늘, 이 시찰은 그 연회를 자기가 극력 운동하기는 따로 목적 한 가지나 있는 터이라, 오라는 시간을 칠 년 대한에 비 기다리듯 하여 허둥지둥 가서 겨우 인사 몇 마디 후에 다만 기생의 가무만 정신이 빠지게 보는 모양이거늘, 눈치 빠른 본관이 이 시찰의 호색하는 양을 벌써 짐작하고 나중사는 어찌되었든지 제일 일색 기생을 구경시키어 그 인정을 얼마쯤 사고 보리라 하고 그 길로 관노를 최 호방 집에 보내어 선초를 성화같이 불러왔더라. 선초가 차마 귀찮건마는 기생의 몸으로 관령을 거역기 어려워서 마지못하여 관노를 따라 연회에를 갔더라. 이 시찰이 선초의 자두지족과 행동 범절을 보니 자연 정신이 취하여지고 사지에 맥이 없어 중인소시 곧 아니면 한 아름에 덥썩 안아 가지고 자기 침소로 가고 싶지마는 차마 그리할 수는 없고 가장 체면을 차려서 본체만체 앉았는데, 눈초리는 간좌 곤향艮坐坤向이 되었고 가슴에는 천병만마千兵萬馬가 뛰놀아서 도저히 진정키가 어렵던지 펴 들었던 부채를 주루룩 접어 거꾸로 들고 선초 앉은 편을 가리키며,

"저 기생 이리 오너라."

선초가 천연한 태도로 이 시찰 앞에 가 공순히 앉으니,

(이) "허허, 그것 절묘하거든. 네 이름은 무엇이며 나이는 몇 살이냐?"

(선) "이름은 선초옵고 나이는 열일곱이올시다."

(이) "기생은 몇 살부터 되었으며 가무는 무엇 무엇을 배웠노?"

선초가 미처 대답하기 전에 본관이 입에 침이 없이 선초의 칭찬을 늘어놓는다.

"그애가 외양도 저렇게 기묘하거니와 재조가 비상하여 춤도 못 추는

춤이 없고 노래도 못 부를 노래가 없는 중 문필로 말한대도 제 앞가림은 할 만하고 음률로 말한대도 매우 도저합니다. 그뿐 아니오라 제 절행이 이상한 아이라 아무도 상종한 사람이 이때까지 없습니다."

이 시찰이 바른손으로 수염을 쓰다듬으며 고개를 끄덱끄덱 하며 너털웃음을 내어놓는다.

"허허 허허허, 그것 참 기특하다. 사람이 그러해야 쓰지. 허허, 저 자격 저 재화에 교방에 몸이 매여 있기는 아까운걸. 허, 이곳 풍속은 어찌해서 자식을 저만치 절묘히 낳거든 아무쪼록 그 재조를 채워서 공부를 잘 시켜 여자 사회에 고명한 인물이 되게 할 것이지, 응 응! 지금도 관계치 아니하다. 자고이래로 창기 출신에도 충, 효, 열 세 가지 행실로 유방백세한 인물이 하나둘뿐이 아닌즉 너는 그네만 못할 것이 있느냐? 오, 네가 문필이 똑똑하다니 나와 글 이야기나 좀 해보려느냐? 연회 파한 뒤에 내 처소로 오너라, 응응?"

본관이 아무쪼록 이 시찰의 보비위를 하느라고 선초를 돌아보며,

"선초가 오늘이야 수의사또 전에 좋은 학문을 배우겠다. 이애, 너 네 집으로 나갈 것도 없다. 바로 예서 수의사또를 뫼시고 가거라."

선초가 이 시찰의 용모를 보건대 점잖은 학자 같고, 언론을 듣건대 유리한 격언이라, 속마음으로 생각하기를,

'저 양반이 저만치 유식한 터에 나를 자기 딸이나 손녀 일반으로 귀해서 저리하는 것이지, 설마 경박하고 음흉한 자들 모양으로 괴악한 뜻을 두고야 부를라고? 세상 일이 연비 없이는 아니 되는데 저런 양반이 나의 집심한 바를 알고 상당한 일로 인도하여 줄는지 알 수 있나?'

하고 한마디 사양 없이 이 시찰 뒤를 따라 그 처소로 갔더라. 이 시찰이 선초를 앞에 앉히고 창해의 늙은 용이 여의주나 얻은 듯이 어르다가, "이애, 선초야! 너 부르기는 다른 일이 아닌즉 너 내 청을 들어라"

하겠지마는 지조 있는 선초를 보통 다른 기생 다루듯 할 수 없어 얼풋 바로 말을 못하고 가장 선초를 위로하는 듯이 수작을 에둘러 한다.

"허허, 참 다시 보아도 절등하거든! 이애, 편히 앉아라. 어, 게가 차겠다. 이 요 위로 올라오너라."

선초가 무릎을 접어 붙인 듯이 한편 구석에 가 쪼그리고 앉아서,

"예도 관계치 아니합니다."

이 시찰이 선초의 손목을 잡아 자기 앞으로 끌어다 앉히려다가 생각한즉, 그리하다가 노색을 먹으면 공연히 일도 못 되고 덧들이기만 할까 염려하여 내밀었던 손을 도로 움치러 들이며,

(이) "오냐, 너 편할 대로 아무데나 앉거라. 그래, 기생 노릇한 지가 몇 해야?"

(선) "열세 살부터 시사를 하였사오니까 열셋 열넷 열다섯 열여섯 열일곱 햇수로는 다섯 해나 되었습니다."

(이) "기생 노릇을 할 만치도 하였구나. 이애, 아까 본 군수에게 들으니까 네 골 군수로 내려오는 등내마다 너를 의례히 수청 들이려 한다는데 일체로 거절을 한다 하니 그게 무슨 고집이냐? 기왕 기생이 되었으니 송구영신하는 것이 본색이요, 아무 양반에게든지 진작 몸을 허락하여 전정을 도모할 것이거늘 차일피일 금년 명년 하다가 무정한 세월에 어느덧 손을 넘기면 그 아니 딱하냐?"

(선) "······."

(이) "오, 내가 네 말을 들어보자는 것인데 네가 옳게 생각을 하였다. 사람이면 다 사람이냐? 소위 근일 지방에 다니는 사람들 외양으로 보면 군수니 관찰사니 지위도 높아 뵈고 기구도 있어 뵈지마는 그 속을 파보게 되면 모두다 청보에 개똥 싼 모양이라. 가령 공도로 왔다는 자는 대가 후예로 부형의 덕이나 인아의 연비로 그 벼슬을 얻어 했지 자

격은 누구누구 할 것 없이 무식하거나 못생긴 것들이요, 납뢰를 하고 온 무리는 더구나 자격을 의논할 여지가 없이 깡그리 도적놈들이요, 그나마 서울 삽네 하고 수중에 풋돈냥을 가지고 요량 없이 덤벙이는 것들은 부랑탕자에 지나지 못하니 바로 지각 없이 남의 등골이나 빼려면 모르거니와 그렇지 아니하고 마음을 단정히 먹어 백 년을 의탁할 사람을 구하려면 대단히 어려우니라."

(선) "……."

(이) "선초야, 나는 힘들여 말하는데 너는 왜 대답을 한마디도 아니하느냐? 이애, 연분이라 하는 것은 인력으로 못할 것인가 보더라. 그러기에 노인의 소첩이 있지 아니하냐? 그 계집들이 열이면 열 다 스물이면 스물 다 꽃다운 연기가 서로 알맞은 남편을 만나 백 년을 하루같이 즐기고 싶지마는, 벌써 거적자리에 뚝 떨어질 때에 모월姥月의 붉은 실로 발목을 매어 인연을 맺어놓은 이상에 다시 변통하는 도리가 없는 까닭으로 신랑신부가 피차에 마음이 있고도 무슨 탈이 나든지 그 혼인이 기어이 못 되기도 하고, 연치가 비록 상적지 못하고 간혼이 빗발같이 들어온대도 어떻게 하든지 그 혼인이 기어이 되고 마는 법인즉, 이애 너도 너무 고집 말고 웬만하거든 몸을 허락하여라. 세상에 별사람이 있는 줄 아느냐? 내가 옛날이야기 하나를 할 것이니 너 좀 들어 보아라. 옛날에도 너같이 어여쁘게 잘생긴 처녀 하나가 있던가 보더라. 연기가 당혼하여 신랑 하나를 고르고 골랐구나. 그때 그 처녀 심중에는 저 신랑과 재미있게 살아 자녀를 층층이 기르며 백년을 해로하리라 하였더니 급기 성례 날 신랑이 전안청에 당도하여 졸지에 낭기마가 놀라 뛰며 신랑이 여러 길 되는 언덕에 가 떨어져 목이 부러져 세상을 버리니 신부의 아버지가 생각하기를, 성례도 아니 한 터에 자기 딸을 청상과부로 늙힐 이유가 없는지라 그 딸더러 사리를 타이르니, 그 처녀 역시 그러

358

히 여겨 저의 아버지의 주장하는 언론을 순종하는지라, 신부의 아버지가 사랑으로 나아가 여러 손을 향하여 공포하기를, '여러분 중 누구시든지 상처하신 양반이 있거든 내 딸과 성례를 하십시다.' 그때에 만좌가 다 황당히 앉았는데 그중 목 생원이라 하는 자가 나이 칠십여 세인데 자기가 속현을 하겠노라 자청하는지라, 신부의 아버지가 그 늙은 양을 보고 얼른 응답을 아니 하였구나. 그래서 안으로 들어가 자기 마누라를 향하여 의논을 하는데 신부가 곁에 앉았다가 부끄럼이 조금 없이 '이 일이 벌써 천정연분이오니 늙었기로 관계할 것 있습니까?' 하거늘, 하릴없이 그 신부를 목 생원에게로 시집보냈는데, 그 신부가 시집가던 해부터 태기가 있어 한 삼줄에 여룡여호如龍如虎한 아들 삼형제를 낳아서 며느리, 손자를 차례로 보고 오십이 되도록 해로하다가 목 생원 일백오 세 되던 해에 내외 구몰한 일이 있으니 그 일 한 가지로만 미뤄보아도 혼인이라는 것은 꼭 연분이 있는 줄 안다. 네가 어떻게 들을지는 모르겠다마는, 너의 연기가 당혼을 하여 외양과 재질이 뛰어난 까닭으로 그 여러 사람이 모두 욕심을 내되 차례로 거절하였은즉, 필경은 나 같은 늙은이와 천정연분이 있어 마음이 그렇게 들었던 것인지 역시 알 수 있느냐?"

(선) "……."

(이) "허허 허허허, 내 수염이 희뜩희뜩 세기는 하였다마는 기력이든지 마음은 여간 젊은 놈이 못 당할 만하다. 이애, 이리 좀 가까이 앉아라."

선초가 마음대로 하면 잡아당기는 손을 뿌리치고 거리책지라도 하고 싶으나 몸이 창기에 있으니 아무리 정당한 말로 거절하여도 듣지 아니할 터이요, 연회에서 바로 집으로 갔더면 좋을 것을 이 시찰 흉중을 곧 정인군자로만 여기고 따라온 이상에 독불장군으로 아무래도 아니 되었는지라, 마지못하여 그 곁에 가 잠시 앉았다가 원산마미를 부챗살 접은

듯이 찌푸리고 바른손으로 아랫배를 움켜잡고,

"애구 배야! 아까 국수 조금 먹은 것이 체했나? 왜 이렇게 배가 아픈가?"

이 시찰이 자기 친환에 그렇게 놀랐으면 대문에다 붉은 문을 세웠으련마는 내간, 외간을 당할 제는 남의 말을 과히 할 것 없지마는 동리 늙은이 초상난 이에서 조금 다를 것 없이 시들스럽게 여기던 위인이라서, 선초의 '배야!' 소리 한마디를 듣더니 두 눈을 경풍한 아이 모양으로 둥그렇게 뜨면서,

"응, 배가 아파? 저를 어찌하잔 말이냐?"

부스럭부스럭 염낭을 끄르고 소합원 서너 개를 내어주며,

"이애, 이것을 먹어라."

선초가 소합원을 받아 한입에 툭 들이뜨리고 질겅질겅 씹어 먹으며,

"에그, 저를 집으로 가게 하여줍시오."

이 시찰이 선초의 간다는 소리에 기가 막혀서,

(이) "너의 집에를 가면 별 수 있느냐? 아무데서나 약치료를 하여보자꾸나."

(선) "아니야요. 예서 아무리 좋은 약을 먹어도 급자기 낫지를 못합니다. 제가 본래 속병이 있어 조금만 무엇이 체하기 곧 하면 속병이 치밀며 쥐어뜯어 며칠씩은 의례히 고생을 하더니 이 근래에는 발작을 아니하기에 아마 그 병이 없어졌나 보다 하였는데, 에그, 오늘 말고 이따가 또 이러합니다그려. 제가 나가서 수일 조리를 하여 적이 낫거든 다시 들어와 뵈옵겠습니다."

(이) "응, 옹이에 마디로다. 불선불후에 하필 오늘 병이 났단 말이냐? 오냐, 그리해라. 보내주마."

선초가 그 방문을 나서니 상말로 시환이나 나은 듯이 시원 상쾌하여

360

집으로 온 뒤에 이 시찰이 조석 문병을 하며 다시 한번 보려고 애를 무진히 쓰나 선초는 줄곧 거절을 하여 낙락난합이 된지라. 이 시찰 생각에, 처음에는 제 몸이 편치 못하니까 수접하기가 귀찮아 저리하거니 하였다가 여러 날이 되도록 일향 한 모양으로 아니 보니, 그제는 의심이 없지 못하여 슬며시 사람을 놓아 선초의 병세 유무를 탐지해 보니 그동안 어떻게 앓느니 어디가 아프니 하던 것이 모두 다 딴소리라, 그제는 분심이 탱중하여 당장 역졸을 풀어 최 호방의 집식구를 모조리 잡아다가 물보낌으로 치도곤을 퍽퍽 때리고 선초를 반짝 들어오고 싶으나 그는 명예 관계에 하는 수 없고, 그대로 두고 제 마음만 기다리자 하니 쇠불알 절로 떨어지면 구워 먹기라, 곰곰 궁리를 하다가,

'옳지, 되었다! ……했으면 며칠 아니 되어 제가 절로 쓸쓸 기어 들어오고 말지. 오늘은 기위 저물었으니 내일은 첫새벽에 거조를 하여보리라.'

하고 일심전력이 선초에게 가 있어 누웠다 앉았다 한잠도 자지를 못하고 있는데 창밖에 사람의 자취가 급히 나더니 어떤 자가 들어와 이 시찰 귀에다 입을 대고 무에라 무에라 몇 마디를 하니까 이 시찰이 별안간에 사지를 벌벌 떨며,

(이) "이애, 그러면 어떻게 하면 좋으냐?"

(그자) "잠시 피신을 하실 밖에 다른 상책이 없습니다."

(이) "네 말이 옳기는 하다마는 저간에 낭패되는 일이 있구나."

(그자) "무슨 일이온지는 알 길 없사오나 이 다음에 다시 행차하옵서는 못 하십니까?"

(이) "그도 그렇다."

하더니 신도 못 신고 버선발로 뒷문으로 나서서 뒷산 초로길로 발톱부러지는 것을 알아볼 겨를이 없다 하고 얼마쯤 달아났더라. 와서 귀에말하던 자는 별사람 아니라 서울서부터 중방으로 데리고 내려간 사람

인데, 충청, 경상도 동학 여당이 복보수를 하려고 수천 명이 작당하여 병기를 가지고 이 시찰을 찾아 장성군에를 그 밤 내로 들어온다는 풍설을 어서 얻어듣고 겁결에 자세 탐지해 볼 여부없이 한달음에 이 시찰 처소로 와서 어떻게 풍을 쳐놓았던지 이 시찰이 자기의 지은 죄가 있은즉 자겁이 아니 날 수 없어 그 모양으로 도망한 것이라. 장성 지방을 그 밤새기 전에 지나 영광, 담양으로 북도를 넘어서서 순창, 고부, 흥덕 등지를 개미 쳇바퀴 돌 듯하며 아무리 동학당의 소식을 탐지하여도 진적한 동정을 알 수 없는지라 혼잣말로, '이 말이 필경 헛소동이기에 그렇지, 조금이라도 근지가 있는 일 같으면 저희가 한둘이 하는 일 아니고 이렇게 비밀할 수가 있나? 내가 어림없이 속고 소영사만 낭패를 하였지. 응, 낭패될 것은 무엇 있나. 상쾌(중방의 이름) 말따나 아직도 늦지 아니하였는데' 하고 불현듯이 장성군으로 도로 가려다가 다시 무슨 생각으로 정지하기를 누차 하였는데, 나중은 확실한 허언인 줄 자세히 알고 그제는 새로 깨어진 독 서슬같이 위풍을 피우며 길을 떠나더라.

*

  이때 최 호방이 자기 딸의 정한 뜻을 억제키 어려워서 저 하자는 대로 내어버려 두었으나 시골 사람이라는 것은 서울 양반 무서워하기를 호랑이 만나니보다 한층 더한 중 이 시찰의 선성이 높고 최 호방의 조심이 심하여 일자 선초의 병탈하고 온 이후로 올에 앉은 새 몸같이 조마조마하던 차에 이 시찰이 모야무지 간에 부지거처로 갔다니까 일변 이상도 하고 일변 시원도 하더니, 하루는 문밖에서 누가 와서 찾거늘 신지무의하고 나아갔는데 졸지에 무지한 역졸배가 우루루 달려들어 최 호방의 멱살을 치켜 잡고 이 뺨 저 뺨 사정없이 치며 꽁무니에서 빨랫

줄 같은 삼시위로 오라를 쑥 빼어 최 호방의 두 손목을 끊어지거라 하고 잔뜩 잘라매더니 덜미를 턱턱 짚어 앞세우고 가는지라, 그 지경이 되니까 온 집안이 난가가 되어 어찐 곡절인지 모르고 황황망조하는데 선초는 저의 아버지 잡혀가는 것을 물끄러미 보며 혼잣말이,

"에그, 저를 어찌하면 좋은가! 아버지께서 다년 이역을 다니셨지마는 엽전 한 푼 범포한 적도 없고 성품이 번거함을 싫어하사 내 일 아니면 상관 아니 하시기로 유명하신 터인데, 저놈들이 무슨 곡절로 큰 죄인 일반으로 저렇게 잡아를 갈까?"

남부끄러운 줄 모르고 버선발로 쫓아가며 눈물이 더벅더벅 울다가 문득 생각이 돌기를,

'옳지! 이 일이 까닭이 있는 일이로구나. 좀 있다 소문을 들으면 알겠지마는 필경 이 시찰의 소위가 십상팔구인즉 내가 이 모양으로 나섰는 것이 만만불가하지. 그도 설마 사람이지 백성 보호하라는 정부 관리가 되어 무죄한 사람을 억지로 어찌할라구?'

하며 집으로 도로 들어와 사람을 늘어놓아 하회 형편을 탐지하더라. 최 호방은 자다가 꿈결같이 불의지변을 만나 발길이 땅에 닿을 새 없이 잡혀가 관가 뜰아래에 꿇어 엎드려 있노라니 당상에서 천둥 같은 호령이 나오는데,

"네 죄를 네가 모를까?"

최 호방이 고개를 조으며 곁눈으로 힐끗 쳐다보니 다른 사람이 아니라 곧 이 시찰이 노기를 등등히 띠고 앉았는지라,

(최) "장하에 죽사와도 죄명을 깨닫지 못하겠나이다."

(이) "정녕히…… 흉악하고 간특한 놈!"

(최) "제가 무엇이 그다지 흉악하고 간특하오니까? 죽을 때 죽사와도 죄명이나 알아지이다."

(이) "이놈 관정발악한다! 네 죄명을 네가 스스로 생각해 보면 알 것이지 누구더러 생심코 물어!"

(최) "저는 아무리 생각하와도 알 길 없사오니 일러주옵소서."

(이) "그러면 동학당은 어느 놈이 비밀히 불러 나를 해하려고 했던구?"

(최) "하늘 내려다보십니다. 제가 생심 그런 뜻이나 둘 가망이 있습니까? 지금이라도 그 말을 들으신 곳으로 다시 채근을 자세 해보옵시면 저의 무죄함을 자연 통촉하실 터이올시다."

(이) "이놈! 무슨 잔소리야! 무죄하면 네 집 하인이 고부읍에서 작란하던 최순팔의 집에는 무엇 하러 갔다 왔어?"

(최) "제 집 하인을 전답 매매에 상관되는 일이 있사와 고부 땅에 보냈던 일은 있사와도 최순팔은 어떤 자인지 평생에 얼굴도 알지 못하옵나이다."

(이) "무슨 잔소린구! 내가 번연히 알고 말하는데 종래 바로 토설을 아니 하려구? 네 몸이 아파도 이리할까! 이놈, 음흉한 놈!"

최 호방이 어이가 없어 이를 깨물고 다시는 말을 아니 하고 엎드려 있노라니 좌우에서 연해 주장질을 하며 바로 아뢰라고 무한 조련하다가 그대로 항쇄족쇄하여 옥 속에 끌어다 넣고 하도감 자물쇠로 옥문을 굳게 잠갔더라. 이때 선초가 이 시찰의 문초하던 소문을 들으니 백옥무하白玉無瑕 같은 자기 아버지에게 적지 아니한 죄명을 억울히 씌워 장차 어느 지경에 이를는지 측량치 못할지라, 황망한 말소리로,

"어머니, 저 일을 어찌하면 좋단 말씀이오? 우리 지금 승문고라도 쳐서 아버지 무죄하신 발명을 하여보십시다."

자식이라 하는 것은 열이면 아홉은 외탁을 으레 하는 법이라. 선초 같은 딸을 낳은 최 호방의 마누라 춘홍인들 범연한 자격이리오. 자기

남편의 변란 당한 것을 보고 가슴이 터질 것 같으면 산산조각이 날 만치 애를 쓰는 차에 선초의 하는 말을 듣고 두 손으로 한편 무릎에 깍지를 느즈막이 끼고 우두커니 앉아 궁리를 하다가,

(춘) "이애, 승문고도 소용없다. 이 일이 본관이나 관찰사가 관계하는 바가 아니요, 이 시찰이 우리를 미워서 너의 아버지에게 죄를 씌우는 일인데 아무 짓을 하기로 효험이 있겠느냐?"

(선) "에그, 그러면 어떻게 하나요? 소문을 들으니까 동학 죄인은 잡는 대로 포살을 한다는데 아버지를 동학 간련으로 본다 하니 뒤끝이 어떻게 될는지 알 수가 있나요."

(춘) "이 시찰이 너 까닭에 함혐을 하고 그러는 모양인가 보다마는 아무렇든지 무죄한 사람을 생으로 죽이겠느냐?"

하더니 그 말이 점점 극도에 달하여 확확 함부로 물 퍼붓듯 나온다.

"오냐, 열 치가 한 치가 되더라도 너의 아버지만 옥구멍에서 살아만 나오래라. 이 복보수할 날이 설마 있지. 사람이 죽으면 아주 죽으랴. 수염이 희뜩희뜩한 것이 제 막내딸 같은 네게다 흉측한 마음을 두고 그따위 행실을 해! 그래도 아니꼽게 제가 가장 점잖은 체하고 의젓을 빼내더라지? 에그, 조정에는 사람도 귀하지, 그런 음흉한 것을 시찰사로 내려 보냈으니 제가 그 꼴에 시찰은 무슨 일을 시찰할 터인구? 내가 남의 악담이 아니라, 남의 못할 노릇을 하고 제게 안 치이지 아니하는 법이 없느니라."

(선) "에그, 어머니 아무 말씀도 말으시오. 공연히 이런 소문이 나면 아버지 몸에만 해롭게 됩니다."

(춘) "이 계집애, 듣기 싫다! 오늘날 너의 아버지 저 고생하는 것이 모두 다 뉘 탓이냐? 기왕 팔자가 사나와 기생인지 비생인지 되었으면 유난스럽게 굴지 말고 남과 같이 추월춘풍秋月春風으로 지내거나 또한 마

음 한뜻을 먹었거든 연회 파한 뒤에 진즉 집으로 나올 것이지 무엇을
하러 어슬렁어슬렁 따라갔다가 집안을 이 지경이 되게 하였느냐?"

한참 이 모양으로 모녀가 말을 하는데 다년 자기 집 하인이나 다름없
이 다니는 관비가 분주히 들어오더니,

"아씨, 안녕하십쇼? 에그, 작은아씨께서 어디가 편치 않으십니까?
왜 얼굴이 저렇게 못하셨어요?"

선초는 아무 말 없이 자기 처소로 들어가고 선초 어머니는,

(춘) "응, 자네 왔나? 왜 여러 날을 아니 왔던가?"

(관) "자연 그리했습니다. 에그, 댁에서야 여북 걱정이 되시겠습니까?
나으리께서 저 지경이 되셔서."

(춘) "……."

(관) "제가 댁을 상전댁 같이 바라고 다니는데 나으리 소문을 듣삽고
어찌 놀라운지 한달음에 뛰어가 김 선달을 보았습니다."

(춘) "김 선달이라니 누구 말인가?"

(관) "압다, 수의사또 중방으로 따라온 김 선달 말씀이올시다."

(춘) "김 선달은 어찌해서 찾아갔던가?"

(관) "그가 제 아우의 집에 주인을 정하고 있삽는데 아우의 말씀을 들
은즉 김 선달이 수의사또께 아주 단별로 긴하다고 하옵길래 댁 나으리
께서 무슨 죄로 잡히셨는지 큰 형벌이나 아니 당하시고 수이 놓이실는
지 제 아우더러 김 선달께 슬몃슬몃 물어보아 달라고 하였습니다."

(춘) "김 선달이 아무리 자네 아우의 집에 주인을 정하고 있기로 그런
말을 함부루 이야기할라구 그리했나?"

(관) "제 아우가 묻는데 김 선달이 아는 일까지는 이야기 아니 하지
못할 만한 눈치를 알았습니다. 제 아우가 좀 똑똑히 생겼습니까? 아마
김 선달이 주인 정하고 있은 후로 무슨 관계가 착실히 있는 것이야요."

(춘) "그래, 김 선달이 무엇이라고 하드라던가?"

(관) "에그, 어찌하나? 이런 말씀을 여쭈면 너무 놀라실 터인데 그렇다고 아니 여쭐 수는 없고."

하더니 무슨 소리를 두어 마디쯤 하니까 선초 어머니가 주먹으로 땅바닥을 땅땅 치며,

"에구, 하나님 마옵소서! 생사람을 이렇게 죽여도 관계치 않은가? 왜 죽여, 왜 죽여, 무슨 죄를 범했길래 죽이러 들어?"

하며 방성대곡放聲大哭을 하니 선초가 마주 울며,

"어머니 고만 진정하십시오. 저 어멈이 무슨 말을 여쭈었길래 이리십니까? 여보게 어멈, 무엇이라고 말씀을 여쭈었나?"

이 모양으로 성화같이 묻는데 관비는 머뭇머뭇하고 대답을 못 하는데 선초 어머니가 소리를 버럭 질러,

"너의 아버지를 내일모레 죽인단다. 시원히 알려느냐?"

선초가 처음에는 어찐 영문인지 몰랐다가 저의 어머니의 하는 말을 들으니 어떻게 기가 막힌지 얼굴빛은 노래지고 두 눈이 꼿꼿하여 아무 말도 못 하고 앉았다가 저의 어머니 앞에 가 떡 엎드러지며,

"에그 어머니, 저부터 죽어요."

선초 어머니가 그 딸 죽겠다는 말을 울면서도 귓결에 들었던지 치맛자락을 집어 눈물을 이리 씻고 저리 씻으며,

"오냐, 아니 울마, 걱정마라. 죽기는 왜 죽으려느냐? 우리 모녀가 아무쪼록 기를 쓰고 살아서 너의 아버지 원수를 갚아야 할 터인데, 그렇게 어림없이 죽어?"

이때 관비는 열없이 말 한마디를 불쑥 해놓고 도리어 무료히 있다가,

"아씨, 진정합시오. 말이 그렇지 설마 어떠하오리까? 제가 댁에를 별로 가까이 아니 다니는 체하고 김 선달에게 다시 물어보아 만약 풍설이

게 되면 다시 말씀할 거 없이 좋삽고, 그렇지 못하옵거든 즉시 와 여쭐 것이니 힘자라는 대로 주선하여 보십시오."

(춘) "에그, 이 지경에 누가 이렇게 와서 고맙게 말을 하겠나? 어렵지마는 어서 좀 알아다 주게."

그 관비가 하직하고 간 지 두어 식경이나 지나 분분히 다시 오거늘, 선초 어머니도 궁금하려니와 제일 선초가 갑갑해서 마루 끝으로 마주 나오며,

"갓난 어멈, 그래 댁 나으리마님 일을 자세 알아보고 왔나?"

관비가 선초더러는,

"예예, 다 알아보았습니다. 아씨께 자세 여쭐 것이니 천천히 들으십시오."

하며 다시는 다른 말이 없이 자기 어머니 처소로 들어가더니 가만가만히 무엇이라고 한참 말을 하니까 자기 어머니가 눈물만 뚝뚝 떨어뜨리고 듣다가 입맛을 쩍쩍 다시며,

"아무리 내 속에서 난 자식이기로 이런 일이야 억제로 권할 수가 있나?"

이때 선초가 관비 들어오는 양을 보고 일껏 갓난 어멈을 부르며 말을 물어보았더니 천천히 들으라고 맛없이 대답하며 자기 어머니더러 무슨 말을 은근히 전하는 양을 보고 심중에 이상히 여겨 미닫이 틈으로 엿보며 듣다가, 급기 자기 어머니가 울며 하는 말을 들으니 심히 이상스러워서 방문을 가만히 열고 곁에 가 날아갈 듯이 앉으며,

(선) "어머니, 지금 그게 무슨 말씀이야요? 왜 아버지께서 참말 놓여나오시지 못하게 되셨나요?"

(춘) "놓여나오는 것이 다 무엇이냐? 닷새 후면은 흥문 밖 삼거리에다 내어다 앉히고 총으로 놓아 죽인단다. 에그, 남은 열 자식을 두어도 아무 탈 없더구면, 우리는 변변치 못한 딸 형제를 두었는데 딸의 효도 보

기는 바라도 아니하지마는 너로 인하여 생때같은 아비가 폭도의 죄명을 쓰고 총을 맞아 죽게 되었지."

(선) "그게 웬 말씀이야요? 이 시찰이 저를 미워서 아버지를 죽이는 것이올시다그려. 정 그러할 터이면 고만두십시오. 제가 지금 떠나 주야배도하여 서울로 올라가 남산에 봉화를 들어 이 시찰의 죄상을 드러내고 아버지 무죄함을 발명하겠습니다."

관비가 대경실색을 하여 선초의 입을 손바닥으로 틀어막으며,

(관) "작은아씨, 남의 말은 채 들으시도 아니하시고 왜 이리 떠드십시오? 곧 큰일 나겠네! 수의사또가 언제 펼쳐 내놓고 작은아씨 때문에 그리합니까? 공연히 이렇게 왁자지껄하시면 화만 더 재촉하시는 일이올시다. 설령 작은아씨가 서울을 가시기로 어느 겨를에 일 주선을 하실 터이오니까? 분하다고 이리시면 나으리께 조금도 이롭지 못합니다."

선초가 냅뜨던 기운을 억지로 참고,

(선) "그러면 어디 자세 들어보세. 말을 다 하게."

(관) "지금 가서 제 아우를 시켜 김 선달에게 다시 알아도 며칠 후면 댁 나으리 일이 차마 입으로 옮기지 못할 지경이라 하기에 제 말로 하늘이 무너져도 솟아나올 구멍이 있다는데 어떻게 일 폐일 도리가 없겠느냐 물은즉, 김 선달도 아무리 수의사또의 심복일지라도 나으리 무죄히 그 지경 되시는 것이 마음에 딱하던지 한없이 한탄을 하다가 말하기를, 지금이라도 무사타첩하자면 똑 한 가지 일이 있는데 만일 의향만 있고 보면 그 주선은 내가 다 하겠다 하는데 그 말이 별말이 아니라 작은아씨 말씀입디다."

(선) "……내 말을 무엇이라고 하더란 말인가?"

(관) "수의사또가 아씨를 한없이 사모하시는 터에, '눈 끔쩍하고 그 말을 들었으면 베개 위 공사가 없다고 분명히 백방이 될 듯하지마는,

원래 그의 지조가 견확하니까 누가 무안이나 보자고 권해 보겠나? 속절없이 최 호방만 죽을 터이지' 하는 말을 듣고 저 되어서 댁에 와 여쭙지 아니할 가망이 있습니까?"

선초가 그 다음 말은 듣지도 아니하고 자기 방으로 들어가 뒷문을 열어 놓고 문지방에다 한편 팔꿈치를 세우고 비스듬히 기대앉아서 무엇을 유심히 내다보며 한숨만 치 쉬고 내리쉬더라. 천지 권능을 홀로 차지한 듯한 것은 춘삼월 동풍이라, 그 바람 지나는 곳마다 마르고 쇠한 가지에 잎이 나고 꽃이 피며 일 년 일도에 영화로운 기상을 그려내는 중 최 호방의 집 후원 화초가 당시에 제일인 듯싶게 난만한데, 몸은 약하고 날개는 부드러운 옥색 나비 하나가 바람을 못 이기어 간신히 날아다니다가 심술궂고 욕심 많은 거미가 요해처마다 꼭꼭 질러 팔만금사진 치듯 한 줄에 가서 불행히 턱 걸려 오도 가도 못하고 무한 신고를 하다가 근력이 탈진하여 두 날개를 접어 붙이고 다시 꼼짝도 못하는지라 선초가,

"에그 저 나비 보게. 나와 같이 불쌍히도 되었지!"

하고 방구석에 세워 있는 전반을 얼풋 집어 들고 버선발로 가만가만 내려가 거미줄 한복판을 탁 걸어 잡아당겨 나비 전신에 휘휘 친친 감긴 거미줄을 차례차례 뜯어주며 혼자 한탄하는 말이,

"에그, 이 나비는 천행으로 나를 만나 몹쓸 거미의 핍박함을 면하고 저렇게 마음대로 훨훨 날아가는고면. 나는 어느 누가 구제를 하여 우리 아버지를 옥중에서 뫼셔 내오고 아무 침책 없이 시원한 세상을 보고 살아볼꼬? 휘여, 저 까마귀가 왜 저렇게 야단스럽게 와서 우나? 까마귀는 영물이라, 사람이 죽으려면 미리 알고 저렇게 운다는데 아마 내가 분에 못 이기어 정녕 죽으려나 보다. 죽는 것은 섧지 아니하지마는 아버지 놓여나오시는 것을 보지 못하는 일이 뼈에 사무치지 아니한가?

에그, 까마귀는 미물이라도 제 어미에게 효성이 있는 고로 만고에 효조孝鳥라는 아름다운 이름을 얻었는데, 사람이 되고 부모에게 불효가 되면 미물만도 못하지……."

하며 끌로 파고 박은 듯이 한 곳에 가 우두커니 서서 곰곰 생각을 하다가,

"에라, 하릴없다! 부모 없는 자식이 어디 있겠니? 내 몸 하나 버려 아버지만 살아나셨으면 오늘 죽어도 내 도리는 다 차렸지."

하고 낯빛을 화평히 가지고 안방으로 다시 들어가 관비를 대하여,

"여보게, 댁 나으리 무죄 백방되시고 못 되시는 것은 갓난 어멈 주선만 믿으니 아무쪼록 힘을 잘 써보게."

갓난 어미는 최 호방 집을 위하여 그 모양으로 입에 침이 없이 애를 쓰는 일이 순전 아니라, 기실은 이 시찰의 돈천이나 준다는 전후 농락에 춤을 추고 다니는 것이라. 처음에 선초의 냉락히 구는 양을 보니 얼마쯤 마음에 낭패로 여겼더니 선초의 좋은 낯으로 다시 와서 말하는 양을 보고 한없이 기꺼워서,

(관) "작은아씨, 그는 아무 걱정 말으시고 한마디 말씀만 쾌히 하시면 내일이라도 댁 나으리께서 나오시도록 힘을 써보오리다."

(선) "아무려나 고마운 사람일세. 나더러는 더 말할 것 없이 수의사또의 말씀을 들어보아서 내게 향하여 일시 풍정으로 그리한다 하면 갓난 어멈도 내게 다시 올 것이 없고, 아무리 그가 내게 연기가 상적지 아니하나 백 년을 기약하겠다 하거든 즉시 와서 알게만 하게."

관비가 그 길로 김 선달을 가보고 선초의 말을 일일이 전하니 김 선달이 큰 성공이나 한 듯이 이 시찰에게 고하였더니 이 시찰이 입이 귀밑까지 떡 벌어지며,

(이) "그러면 그렇지! 제가 될 말인가? 어려울 것 없지, 제 소원대로

다 하여줄 것이니 오늘밤이라도 들어오라고 말하여라."

(김) "예, 그리하겠습니다."

하고 서너 걸음쯤 나가는데 이 시찰이 무슨 생각을 하였는지 김 선달을 급히 부른다.

"이애, 가만히 있거라. 이리 좀 오너라. 일이 그렇지 아니하다. 아무 일 없을 때 같으면 내가 기생 년 좀 불러 상관하기가 불시이사지마는 지금 최가를 내일 죽이리 모레 죽이리 하면서 그 딸을 불러다 가까이했다 하면 남 듣기에 대단히 모양이 사나우니 너만 알고 저만 알게 쥐도 새도 모르게 밤들기를 기다려 은근히 데려오너라."

김 선달이 연해 대답을 하고 제 주인으로 와서 관비에게 그 사연을 전하여 선초에게 통지케 하였더라. 선초가 관비의 하는 말을 듣고 한참 생각을 하다가,

(선) "여보게, 갓난 어멈, 그렇지 않은 일 한 가지가 있으니 어려워도 또 한 번 걸음을 하여주게."

(관) "왜요? 작은아씨 심부름이야 열 번 백 번인들 못 해드리오리까. 말씀만 하십시오."

(선) "일이 되는 이상에 은근하나 왁자하나 아무 관계없거니와 만일 댁 나으리께서 어느 때든지 놓여나오신 뒤라야 내가 가든지 그 양반이 오시든지 하는 것이 그 양반 정체에도 손상되지 아니하고 내 도리도 당연하려니와, 싸고 싼 향내도 난다고 아무리 비밀해도 소문이 절로 날 터인데 실범이 있든지 없든지 옥중에 갇혀 있는 죄인의 딸을 가까이했다 하면 그 양반은 무슨 모양이며, 부모는 내일 죽게 되네 모레 죽게 되네 하는데, 소위 자식이라고 수의사또와 어쩌니 어쩌니 했다 하면 나는 무슨 꼴이겠나? 두말 말고 수의사또더러 오늘이라도 댁 나으리만 무죄 백방만 하시라게. 내가 한 번 허락한 이상에 위반할 리가 만무하고 또

는 그 양반과 서로 만날 지경이면 어제도 말하였거니와 그 양반의 분명한 약조를 내 귀로 들어야 하겠네."

(관) "들으실 약조는 또 무엇이오니까? 아주 지금 다 시원하게 일러주십시오. 좌우간 이번 가서 수의사또의 의향을 알고 오겠습니다. 에구, 댁 일이 아니면 옷이 납니까, 밥이 납니까? 이 애를 쓰고 다니게요?."

(선) "아무렴 그렇지. 약조는 별것이 아니라 어제 말과 같이 나를 한번 가까이하는 이상에 노류장화로 여기지 아니하고 백년해로하겠다는 말을 분명히 듣기 전에는 내 몸을 천 조각 만 조각에 다 낸다 해도 청종치 못하겠다 하더라고 그 양반께 말을 하여주게."

(관) "이 말씀은 왜 또 하십니까? 어제도 아씨 말씀대로 다 고하였는데 아무 반대의 대답이 없으실 제는 모를 것 무엇 있습니까? 그대도 하겠다는 말 일반인데 아무려나 시키시는 대로 하오리다."

선초가 관비를 대하여 이처럼 말하기는 이 시찰의 신의를 암만해도 알 수 없은즉 자기 몸을 경선히 허락하였다가 첫째는, 자기 부친을 백방할는지도 꼭 알 수 없고, 둘째는, 자기 일시 색정으로 그리하였다가 나중에는 어떻게 괄시를 할는지 알 길이 없어서 다심함을 돌아보지 아니하고 지재지삼 신용 없는 자에게 어음 다지듯 한 것이더라. 이 시찰이 선초의 하는 말을 관비와 김 선달의 소개로 다 듣더니 당장 욕심이 불같이 치밀어 이 다음 일은 반 푼어치도 생각지 아니하고,

"그리하지, 어려울 것 없다."

하더니 일변 최 호방을 잡아 올려 어름어름 심문을 하는 체한 후 가장 체통이 정대한 듯이 일장 설유를 한다.

"너 말 듣거라. 네 죄상으로 말하면 열 번 죽여 싸다마는 십분 생각하는 바가 있어 특별히 용서하는 것이니 지금이후로는 개과천선하여 아무쪼록 다시 죄를 범치 말지어다. 만일 이 다음 또 무슨 일이 있고 보면

그때 가서는 죽기를 면치 못하렷다."

최 호방이 잡혀올 때도 꿈밖이요, 놓여 나가기도 꿈밖이라, 잡기는 무슨 마음이요, 놓기는 무슨 마음이냐고 한번 질문을 하고 싶지마는 벌써 보아도 위인이 족히 데리고 옳으니 그르니 수작할 거리가 못 되던지 다만,

"예, 지당합시외다. 어디가 다시 죄를 지을 가망이 있습니까?"

하고 집으로 돌아와 그동안 관비가 왕래하며 수작된 일을 듣고서 반자가 얕다고 열 길 스무 길 뛰면서,

"그게 무슨 소리니? 자식을 팔아 내 목숨을 이어? 어 망측한지구! 내가 죄를 범하였으면 열 번이라도 죽이는 것을 당할 것이요, 죄만 아니 범하였으면 당당히 놓여나올 터인데 그게 무슨 소리니? 어, 망측한지구! 이년, 관비 년부터 버르장이를 단단히 가르쳐야 하겠다."

하고 두 눈귀가 쭉 찢어질 듯이 부릅뜨고 벌떡 일어서 나가니 선초가 와락 달려들어 저의 아버지 소맷자락을 겹쳐 붙잡으며,

(선) "아버지 왜 이러십니까? 좀 참으십시오. 이래도 제 팔자요, 저래도 제 팔자올시다. 어떠하든지 아버지께서 살아나신 것만 좋지 남의 탓 하시면 무엇 합니까?"

(최) "에라, 왜 요리 방정을 떠느냐? 나 살자고 자식을 팔아먹어!"

하며 선초를 뿌리치는데 선초 어머니가 우두커니 앉아 보다가,

"여보, 저게 웬 망령이시오? 업은 아기 말도 귀 넘어 들으랬다오. 저도 다 생각하는 일이 있어 그리하는 것을 공연히 분만 내서 이러시오?"

하며 달려들어 자기 남편의 허릿도리를 안아 안방으로 들이끌더니 아무쪼록 분심이 풀리도록 좋은 말로만 해석을 하는데, 아무리 지금은 마음을 잡고 들어앉아 여염 살림을 할지언정 본래 대인 수접하던 말솜씨야 어디 갔으리오. 어떻게 이승스럽게 첩첩이구로 명기불연한 말을

하여놓았던지 그 고지식하고 결단성 있는 최 호방이 슬며시 드러누웠더라. 당장 이 광경을 보면 속 모르는 사람은 아무라도, '저게 무슨 소릴까? 자식을 팔아 목숨을 잇다니? 아마 그 딸 선초를 뉘게다 팔아서 그 돈을 이 시찰에게 바치고 백방으로 놓여나왔나 보다' 할 터이요, 그 이허를 대강 짐작할 만한 사람은, '저럴 만도 하지. 그 딸을 어떻게 알던 딸인가! 비록 제 팔자 탓으로 기생 노릇은 시킬지라도 원래 씨가 있는 자식이라 제 지조가 아홉 방 유부녀보다 더하던 터인데, 저의 아버지를 살려내노라고 필경 몸을 버린 모양이니 아무라도 저렇게 할 터이야.' 이런 말은 그때 근경의 이야기거니와 비위가 노래기를 생으로 회쳐 먹을 만한 이 시찰은 최 호방을 그 모양으로 백방하고 해 지기를 기다려 김 선달을 조용히 부르며,

"이애, 너 최 호방의 집 소식을 들었느냐? 필경 온 집안이 좋아들 하겠지."

김 선달이 두 손을 마주잡고 허리를 굽실하며,

"좋아할 뿐이오니까? 저의 집에서는 큰 경사가 난 듯이 기뻐하며 사또 송덕을 만세불망으로 한다 합니다."

이 시찰이 껄껄 웃으며,

(이) "실없는 것들이로구. 송덕은 무슨 송덕? 제가 실범이 없으니 그렇지, 실범이 있어도 놓였을까? 이애, 그러나 선초가 오늘밤에 정녕히 오기는 하겠지?"

(김) "그다 뿐이오니까? 제가 어느 존전이라고 거짓 말씀을 여쭈었겠습니까?"

(이) "이애, 저런 소리로 긴 밤 새겠느냐? 밤들기 전에 어서 오라고 가 일러라."

(김) "예, 그리하오리다."

하고 제 주인으로 나와 갓난 어미를 족불리지로 최 호방 집에를 곧 보내었더라. 갓난 어미가 무슨 상급이나 탈 듯이 최 호방의 집으로 가서 먼저 최 호방을 보고 공순히,

"나으리마님 문안 어떱시오? 그동안 경과하옵신 일은 하정에 무에라고 여쭐 말씀이 없습니다."

최 호방이 관비를 보니 분이 도로 왈칵 나서 당장,

'이년! 괘씸한 년! 무엇이 어찌고 어찌해! 저런 년을 없애버려야지 그대로 두었다는 무슨 짓을 할는지 모르겠다.'

하고 본보기를 착실히 내놓으려다가 다시 돌려 생각하기를,

'에, 견문발검이지 제까짓 것을 가래서 무엇하며 역시 내 집 운수니라.'

하더니 눈살을 훨쩍 펴면서,

"오, 너 왔느냐? 근래에는 네가 중매를 잘한다는구나."

갓난 어미가 최 호방의 말 나오는 것을 듣고 가슴이 울렁울렁하며 얼핏 대답을 못하고 섰으니, 이는 다름 아니라 최 호방이 평일에 성품이 어찌 강경한지 말 한마디 일 한 가지 자기 소료에 벗어나면 조금도 용서성 없이 당장 마른벼락을 내리는 터이라, 그동안 제가 왕래하며 소개하던 일을 미타히 여겨 무슨 거조를 하려고 저렇게 문제를 내거니 함이더니 생각 밖에 최 호방이 껄껄 한 번 웃으며,

"왜 대답을 아니 하느냐, 응?"

갓난 어미가 그제야 숨이 휘이 나가서,

(관) "소인네가 무슨 재조로 남의 중매를 합니까? 요사이 댁에 몇 차례 오옵기는 소인네 소견에는 댁 일이 하도 가엾어 심부름은 더러 다녔습니다."

(최) "허허, 내가 웃음의 소리다. 내가 대강 들었다마는 네 말을 좀 자세히 듣자."

(관) "…… 제야 무엇을 압니까? 수의사또 따라온 김 선달이 시키는 대로 심부름만 할 따름이올시다."

(최) "김 선달의 말이 즉 수의사또의 말인즉 김 선달 제가 허전장령을 하였겠느냐? 그래, 김 선달이 무엇이라고 하더냐? 한마디도 빼지 말고 자세히 이야기를 하여라."

(관) "이왕 물으시는데 죄를 주시나, 상을 주시나 어디 가 기망을 하겠습니까? 김 선달의 말이 수의사또께서 댁 작은아씨의 한 마디 허락만 들으시면 댁 일을 극력 두호해 주실 의향이시라고 하옵기에 소인네는 댁을 위하와 마음에 좋아서 와서 여쭈어보온즉 천행으로 작은아씨께서 허락을 하옵시기에 그대로 김 선달에게 회답하였삽더니, 지금 김 선달이 소인네를 또 불러서 수의사또께서 기다리실 터이니 오늘밤으로 작은아씨를 뫼시고 오라 하옵기 나으리 문안도 하올 겸 작은아씨께 이런 말씀도 여쭐 겸 왔습니다."

(최) "그러면 댁 작은아씨더러 같이 가자고? 아니 될 말이지. 바로 수의사또가 내 집으로 오시면 모르거니와 작은아씨가 갈 수는 없지."

(관) "에그 그러면 그대로 가서 말씀을 하옵지요."

선초가 창을 격하여 그 말을 듣다가 저의 아버지 곁에 와 서며,

(선) "그렇지 않은 일 한 가지가 있습니다."

(최) "무엇이란 말이냐?"

(선) "제가 가는 일이 불가함은 더 말씀할 것 없삽거니와 그 양반더러 경솔히 오시라 할 수도 없습니다."

(최) "네가 잘잘못간에 이미 허락을 한 이상에 가지도 아니하고 오지도 말라 하면 점잖은 이 대접도 아니요, 네 모양은 무엇이냐?"

(선) "아니올시다. 저는 세상없어도 갈 수도 없삽고, 그 양반더러 오시라 할 터이면 그 양반 친필로 단단히 약조서를 받은 후라야 오시라고

청할 터이야요."

최 호방이 벌떡 일어나 사랑으로 나아가며,

"오냐, 네 생각대로 하여라. 나는 이것저것 도무지 모르겠다."

*

선초가 저의 아버지 나아간 뒤에 갓난 어멈을 대하여,

(선) "여보게, 그렇지 아니한가? 이 일이 남 보기에는 시들하여도 내게는 평생 큰 관계가 여간이 아닐세. 여보게, 자네 말이, 그 양반께서 이미 내 말에 대하여 허락까지 하셨다 하니 어렵할 바는 아니로되, 내서 그리하더라고 김 선달을 가보고 말씀을 여쭈어보라고 하게."

(관) "무에라고 말씀을 여쭈라 하와요?"

(선) "별말이 있겠나? 아까 나 하는 말을 자네도 들었거니와 육례 갖추는 혼인 아닌 바에 혼서지 여부는 없지마는 다만 글 한 자라도 이 다음 증거 될 만한 것을 하여 보내시기를 바란다고 여쭈어 무엇이라 하든지 내게 곧 와서 알게 하여주게."

갓난 어미가 그리하겠다 대답하고 즉시 가더니 거미구에 도로 와서,

"작은아씨, 김 선달이 그 말씀을 여쭈니까 수의사또께서 웃으시며 도리어 작은아씨가 너무 심하게 말씀을 하신다고 하시며 그는 어렵지 아니한즉 구태여 사람을 간접으로 무엇을 써서 주고 말고 할 것 없이 서로 대면하여 앉아서 어디까지 마음에 충분하도록 의논하여 증거물을 써줄 것이니 걱정 말라고 하시더래요."

선초가 한참 무슨 생각을 하여 보다가,

"에그, 점잖은 처지에 설마 거짓 말씀 하시겠나? 그러면 오늘밤에 내 집으로 행차하시라고 여쭈라게."

갓난 어멈을 보내며 자기 어머니에게 당부하여 일변 주안을 먹을 만하게 정결히 차려놓고 이 시찰 오기를 기다리는데 얼풋 말하면 과년한 여자가 첫날 신방을 당하였으니 남 보기에 한없이 부끄럽기도 할 터이요, 내심으로 은근히 기쁘기도 할 터이지마는, 이는 여염가 보통 여자를 두고 하는 말이지 일찍이 교방에 몸이 매여 날마다 시時마다 남자의 노리개로 파겹을 여지없이 한 선초로 말하면 부끄러울 것은 으레 없으려니와 반점도 기쁘지도 아니하니, 이는 다름이 아니라 자기의 일정한 뜻이 연기라든지 인물이라든지 운치가 이 시찰 같은 자를 꿈에도 원하고 기다리던 터가 아니거늘 사세에 박부득이하여 그 지경이 되었으니 어찌 심사가 편안하리오. 섬섬옥수로 턱을 느지막이 괴이고 시름없이 홀로 앉아 긴 한숨 짧은 한숨 쉴 새 없이 쉬는데 윗목에 놓인 등잔불은 등화가 절로 앉아 끔벅끔벅할 따름이더라. 그리자 문밖에서 사람의 소리가 두런두런 나며 뜰 앞에서 자던 삽살 동경개가 컹컹 짖고 마주 나가니 선초의 가슴이 무단히 덜컥 내려앉으며 사지에 맥이 하나도 없어 검다 쓰다 말을 못 하고 그대로 앉아 혼자 하는 생각이라.

'에구, 내 팔자야! 어찌하면 좋은가! 이 일이 부모를 위하여 이렇게 된 것이지 내 마음 글러서 그런 것은 아니지마는…… 그의 희뜩희뜩한 모발을 보건대 우리 아버지보다도 나이 더 많은 모양이던데 차마 부끄럽고 무서워서 어떻게 남편이라고 얼굴을 마주 대하나…… 에라, 기왕 이리 된 일을 다시 말하면 쓸데 있느냐? 그가 들어오거든 계약이나 단단히 받아내 신세 결딴이나 아니 내도록 하는 것이 옳지…… 그의 하는 거조는 비록 족히 의논할 여지가 없지마는 그도 사람이지, 나이 그만치 지긋하니까 한번 약조 곧 하여놓으면 남의 적악이야 설마 할라구……'

굿 들은 무당과 재 들은 중과 일반인 이 시찰은 선초가 오라 하는 기별을 듣고 어찌 좋은지 어깨춤이 저절로 나서 그 시각을 머물지 아니하고 춘향이 찾아가는 이 도령과 같이 선초의 집을 찾아가는데, 뒤에 따라오는 김 선달더러,

(이) "이애, 내가 가기는 한다마는 창피스럽지 아니하냐?"

(김) "그러하올시다. 저만 기생으로서 사또께서 부르시는데 의례히 등대를 하여야 도리에 가하올 터이온데 방자스럽게 제 집에 까댁 아니 하고 앉아서 어느 존전이라고 오시라고 한단 말씀이오니까? 소인의 미련한 생각에는 이렇게 행차하실 것이 없이 도로 들어가옵셔서, 냉큼 대령하라고 엄분부를 내리셨으면 좋을 듯하오이다."

(이) "허허, 네 말이 그럴 듯하다마는 내가 점잖으니 철모르는 저를 가래어 무엇 하겠느냐? 또 이왕 나선 길에 도로 들어가면 더구나 모양이 되었느냐? 그리고 기생이면 다 기생이냐? 제가 이때까지 지조를 지키고 있는 것이 가상해도 내가 한 번 질 수밖에 없고, 또는 제 아비가 그 고초를 겪다가 방장 놓여나왔는데 자식 된 도리에 모르는 체하고 나올 수가 있느냐? 내가 저를 가까이 아니 하려면 모르거니와 그렇지 아닌 바에 내가 가서 저도 볼 겸 제 아비 일을 위문도 하는 것이 관계치 아니할 듯하다."

남의 덕으로 제 생계를 삼는 무리는 예나 지금이나 매사에 자유는 반점도 없고 가위 이현령비현령耳懸鈴鼻懸鈴으로 비위 맞추기로만 주장을 하는 법이라, 김 선달이 이 시찰의 말을 들으니 지남석 만난 바늘 모양으로 전신이 모두 선초의 집으로 끌려가며 외면치레만 어쩌니어쩌니 하는 모양이라, 그 입맛이 썩 나도록 대답을 연해 한다.

(김) "예, 지당합소이다. 점잖으신 좌지로 저와 각승을 하오실 수가 있사오며 과연 말씀이지 죽을 제 아비가 사또 덕택에 살아 나왔으니 하정에 감사한 품으로 말씀하오면 한달음에 뛰어라도 와서 사또 앞에 백

배사례를 하겠지요마는, 지금 분부하신 말씀과 같이 고생 겪던 제 아비를 만나 차마 곁을 떠날 수가 있습니까? 그렇지마는 저의 일편단심은 사또를 향하여 감격한 뜻이 필경 어디까지 간절할 터이올시다."

그 다음에는 이 시찰이 다시 말이 없이 웃논에 물 실어놓은 듯이 든든한 마음으로 한 걸음 두 걸음 선초의 집에를 거진 당도하였는데, 갓난 어미가 마주나와 기다리다가 쪼루루 먼저 들어가는 양을 보고 속마음으로,

'저 계집이 저렇게 들어가 통기를 하면 아마 최 호방이라도 마중을 나오렷다. 최 호방이란 자가 우매한 사람이 아니라 경위 조리가 매우 똑똑한 모양이던데 초면 수작을 무엇이라고 해야 내 모양이 창피치 아니할꾸? 오, 응! 지금 세상은 아무리 실수한 일이 있더라도 내 기운을 축지지 말고 언론이 씩씩해야 좀쳇놈이 넘보지를 못하나니라.'

이렇듯 마음을 도스려 먹고 그 집 문전까지 이르러도 어리친 개새끼도 내다보지를 아니하는지라 슬며시 가통한 생각이 들어, 자기의 평생 객기대로 하면 불호령이 천동같이 나오지마는 꿀떡꿀떡 억지로 참기는 선초 하나의 관계라, 스스로 돌려 생각하기를, '소경된 내 탓이지 개천너 나무라 무엇 하리. 내가 오늘 여기 오기는 소관이 하사라고 좀 참았으면 고만 될 것을 공연히 행실을 냈다가 다 쑨 죽에 코를 처뜨려 무엇 하리? 그러나 놈의 소위가 괘씸키는 아닌 바가 아닌즉 이 다음에 어느 모퉁이에서든지 만날 날이 있을 터이지' 하고 문 앞에서 왔다 갔다 하며 동정을 기다리는데 안으로서 등불 빛이 번듯 비치며 신발 소리가 들리더니 오매불망하던 선초가 갓난 어미를 앞세우고 마주나오며,

"사또, 안녕히 행차해 곕시오니까?"

이 시찰이 그 인사 한마디를 들으니 분하던 마음이 봄눈 스러지듯 하며 웃음이 걷잡을 새 없이 절로 나온다.

"허허허, 허허허, 너 잘 있더냐?"

선초가 앞서 인도를 하여 후원 별당으로 들어가 아랫목 비단 보료 위에다 앉히더니, 그 앞에 가 날아갈 듯이 쪼그리고 앉아서 머리를 다소곳하고 공손한 말로,

"황송하올시다. 사또께서 이렇게 행차를 하옵시는데 인사로 하옵든지 도리로 하옵든지 제 아비가 진시 나와 문안을 하였으련마는…… 어찐 일인지 요사이 우연히 신병이 나서 꼼짝을 못 하고 누워 있습니다."

이 시찰이 자기의 한 짓이 부끄러워 그렇든지 얼굴이 술 취한 것같이 취해지며,

(이) "내 어쩐지 너의 어른의 동정을 못 보겠더라. 그것 아니되었구나. 증세가 중하지나 아니하냐? 약이나 진시 써보지."

(선) "약도 약간 썼답니다마는 동정이 없습니다."

(이) "오냐, 사람이 병나기도 혹 예사이지 설마 어떠하겠느냐? 이리 가까이 오너라. 밤낮 보고 싶던 얼굴을 자세히 좀 보게."

(선) "……."

그러자 방문이 열리며 주안상이 들어오는데 썩 성비는 아니 하였으되 아담하고 정결하기는 다시 할 말 없더라. 아무리 술 못 먹는 자라도 반가운 일이 있거나 생각던 사람을 만나면 한 잔 두 잔 취하는 줄 모르고 먹는 법인데 이날 이 시찰로 말하면 주량이 썩 크든 못해도 순배 차례에는 빠지지 아니할 만한 중 반가운 일, 생각던 사람을 만난 좌석이라 어깨가 절로 으쓱으쓱 흥치가 어찌 나던지 부어라 먹자, 먹겠다 부어라, 얼근하게 취한 판에 선초의 손목을 잡아 앞으로 끌려 하니 선초가 정색을 하며 뒤로 물러앉더니,

"이게 웬 망령이오니까, 점잖은 처지에?"

이 시찰이 지재지삼 선초를 지그럭대다가 골이 버럭 나서 술상을 드

륵 밀어놓으며,

(이) "이애 선초야, 네가 이러할 터이면 나더러 오라기는 무슨 버르장이고? 이 술 한잔 주려고 불렀던가? 내가 술에 팔려 다닐 터가 아니거늘, 어 참 맹랑하다."

(선) "잠시 진정을 하옵시고 제 말씀을 들어봅시오."

(이) "말이 무슨 말이냐? 기다랗게 장황 수작할 것이 없다. 먼젓번에도 내가 어림없이 네 꾀병하는 데 속은 일이 지금까지 가통하거든 또 무슨 얕은꾀로 속여 넘기려고?"

(선) "왕사는 말씀하실 것이 없는 것이, 그때에는 제가 아무쪼록 사또의 말씀을 아니 들으려니까 부득이하여 꾀병을 하였삽거니와, 오늘이야 어디가 일호기로 기정을 하여 말씀하올 리가 있습니까?"

이 시찰이 선초의 냉락함을 보고 열화를 불끈 내다가 기정 아니 하겠노라는 소리에 금방 풀어져서,

"허허허허, 못생긴 자식이로구. 헐 말이 있으면 얼풋 할 것이지 무엇을 그리 벼르고만 있단 말이냐?"

선초가 얼굴빛을 정대히 가지고 치맛자락을 바싹바싹 여미며,

(선) "이번에 제 아비를 살려주신 은덕은 태산이 가벼웁고 하해가 얕사오니 자식 된 도리에 사또 분부하시는데 대하여 도탕부화蹈湯赴火라도 감히 사양하오리까마는 급기 내외 되는 일에 당하와는 인륜의 으뜸 되는 바이온즉, 확실히 믿사올 만한 증거가 없이는 당장 장하에 죽사와도 봉행할 길이 만무하옵고, 그 지경에 당하와도 하늘 같은 사또 은덕은 이 몸이 죽사와서라도 풀을 맺어 갚을 터이올시다."

(이) "허허허, 그 대단한 일을 가지고 말하기를 어려워하였느냐? 그리하여라. 어떻게 하였으면 증거가 확실히 되겠느냐?"

(선) "사또께옵서는 경성 존귀하옵신 양반이시요, 저는 하방 일개 천

기가 아니오니까? 소일 삼아 그러시든가 장난삼아 그러시든가 담 위의 꽃가지같이 실없이 꺾어보시려는 것이 본시 예사이올시다마는, 제가 비록 팔자가 기구하와 기안에 이름은 있사오나 일편단심이 시속 천한 무리와 일반으로 행실을 음란히 가지지 아니하고 무론 누구에게든지 한 번 허신을 하는 지경이면 백 년을 의탁하자는 작정이온즉 오늘밤이라도 사또께옵서 제 몸을 누추히 여기지 아니하옵실 터이오면 사또 필적으로 백 년 맹세를 써주옵시면 즉시 명령대로 복종하오리다.”

(이) “이애, 그러면 혼서지 일체로구나. 어렵지 않지. 지필 가져오너라. 네 소원대로 써줄 것이니.”

선초가 머리맡에 있는 연상을 다가놓고 섬섬옥수로 먹을 썩썩 갈더니 주지와 붓을 이 시찰 앞에 놓으니, 이 시찰이 종이를 집어 두어 뼘은 둘둘 펴서 서판 한편에 다 걸쳐 접어 쥐고 쓰윽 잡아당기더니 다시 서판에다 받쳐 들고 붓에 먹을 흠썩 묻혀 이리저리 재면서,

(이) “이애, 한문으로 쓰랴, 언문으로 쓰랴.”

(선) “한문이고 언문이고 처분대로 하십시오.”

(이) “이애, 사연은?”

(선) “사연도 처분대로 쓰십시오.”

이 시찰이 그날 밤에는 웃음이 보로 터졌는지 검푸른 입술이 귀밑까지 찢어지며 붓에 먹을 다시 묻히어 순식간에 써놓는데 문필이라는 것은 부정을 아니 타는 법이라, 그 자격에 글 글씨는 무식지 아니하여 별로 생각지 아니한 사연과 힘도 아니 들인 자획이 능란·휘황하더라.

“이애, 이것 보아라. 이만 하면 증거가 되겠느냐?”

선초가 받아들고 두세 차례를 보더니 척척 접어 싸고 싸서 의장 속에다 깊이깊이 간수를 한 후 이 시찰의 소원을 성취케 하였더라. 촌닭이 새벽을 재촉하노라고 쉴 새 없이 자지러지게 우는데 뜰 앞에서 자던 개

가 인적에 놀라 깨어 지붕이 울리게 짖는 통에 이 시찰이 일어나 두 손으로 두 눈을 썩썩 부비며 의복을 부스럭부스럭 입더니 선초를 흔들흔들하며,

"이애, 자느냐, 응?"

이 시찰은 평생 목적을 달하였으니 마음이 푸근하여 잠을 잤거니와 선초야 처음 뜻을 지키지 못한 일이 통분도 하고 이 다음 일 행해 갈 것이 심려도 되어 눈가가 반반해지며 잠이 천리만리 달아를 났으니 짐짓 눈을 감고 자는 체하여 경선히 굴지 아니하다가 이 시찰이 깨우는 바람에 사뿟이 일어나 앉으며,

(선) "왜 이렇게 일찌거니 기침을 하십니까? 더 주무시고 이따가 해나 훨쩍 퍼지거든 천천히 일어나셔서 변변치 못하나마 조반이나 잡수시고 가시지요."

(이) "구태여 남을 알게 늦게 갈 것 무엇 있니? 일찌거니 슬며시 가는 것이 옳지."

(선) "이 지경된 이상에 남이 알기로 무슨 관계가 있사와 슬며시 가신다고 하셔요?"

(이) "네가 그런 이유를 어찌 다 알겠느냐?"

하고 옷을 다 입고 일어나며,

(이) "섭섭히 여기지 말고 잘 있거라. 내가 공사를 인하여 오늘 다른 고을로 가면 아마 사오 일 지체가 될 모양이다. 그때 오면 다시 만나 우리 장차 지낼 살림할 배포도 의논을 하자."

선초 마음에 섭섭한 대로 하면 며칠 만류라도 하고 싶으지마는 공사로 어디를 간다 하니까 사세부득이 전송을 하며 계약한 일을 다시 제출하여 단단히 뒤를 다져놓으려고 당장 말을 하려 하는데 이 시찰이 무엇을 잊었다 깨달은 모양으로,

(이) "아차! 하마터면 그대로 갈 뻔하였군! 이애, 그 계약서를 이리 꺼내오너라."

(선) "그것은 왜 내오라고 하셔요?"

(이) "약증서를 아니 하였으면 모르거니와 기왕 한 이상에 도장을 쳐야 확실 증거가 될 터인데 마침 도장을 아니 넣고 왔구나. 그것을 내가 가지고 가서 도장을 쳐서 곧 내보내 주마."

선초가 아무리 총명하고 지각이 있는 터이라도 종시 경험 없는 여자이라, 이 시찰의 말을 순연한 천진으로 나오는 것으로만 믿고 일호 의심 없이 꺼내어 주며 인사에 당연하게 말 한마디를 한다.

(선) "영감, 인제는 제가 댁사람이 되었사온대 제 모가 엊저녁에라도 나와서 뵈왔으련마는 늙은 바탕에 무엇이 그리 부끄러운지 못 와 뵈옵고 제 어른은 신병으로 하여 호정 출입을 못하는 탓으로 역시 나와서 뵈옵기를 못하오니 영감 좌지로 하나 딸자식의 관계로 하나 못 와 뵈옵는 제 부모의 정황이 어떻다 하오리까마는, 저 되어서는 영감 얼굴 대할 낯이 없사오니 이런 사정을 용서하십시오."

(이) "별말을 다 하는구나. 지금은 총총하다. 이 다음에 서로 설파하기로 늦을 것 있느냐? 자, 나는 간다. 잘 있거라. 얼마 아니 되면 볼 것이니 내 생각을 너무 과도히나 말아라. 무얼 내 생각을 꿈에나 할라구?"

(선) "왜 그렇게 말씀을 하셔요?"

하며 이 시찰을 대문 밖까지 전송하는데 이 시찰은 왜 그리 급한지 뒤도 돌아보지 아니하고 행행히 가더라. 최 호방은 자기의 사랑하는 딸이 그날 밤에 시집가는 날 밤인즉 마음에 경사스러워라도 전후 범백 거행을 연해 신칙하여 힘자라는 대로 기구를 부려볼 것이요, 사위되는 자가 사랑하여서라도 방문이 닳도록 나들며 정답게 수접을 하였을 것인데, 늙은 위인이라서 음침한 뜻을 두고 자기의 딸을 겁박하려다가 제 마음대로 아니 되니까 자기에게 불측한 죄명을 억륵으로 씌워 죽이려 하던 일도 마음에 얼마쯤 통탄하거든, 하물며 자기를 무죄 방송하는 것으로 어린것의 마음을 유인하여 기어이 충욕하는 일이 절치부심이 되어서 자기 마누라까지 단속하여 저의 자락대로 내버려두고 오거니 가거니 도무지 내다보지도 아니하였더라. 이때 이 시찰은 자기 사처로 돌아오며 심중에 스스로 하는 말이라.

'흥, 유지면 사경성有志事竟成이란 말이 꼭 옳다. 제가 가장 결심이나 있는 체하고 어쩌니어쩌니 하더니, 인제도 그따위 수작을 남을 대하여 지껄일까? 어, 시러베딸 년, 내가 서울서부터 저를 한 번 결연하자고 마음 둔 일이 있던 터이요, 또는 제 인물과 재조가 하룻밤 소일거리가 착실하기에 장난을 실없이 한 일이지, 저하고 살기는 내가 계집이 없어서? 시골집에는 마누라가 눈이 시퍼렇게 있고, 서울 집에는 꽃같이 젊은 첩이 있는데 무에 나빠서 저를 또 두어? 그나 자손이 없는 터이면 일점 혈육이라도 보려고 어린 계집을 얻는 것이 혹 예사지마는, 내야 아들딸이 삼 남매나 되고 손자가 그득한데 무엇을 하자고 저를 얻어? 어, 우순 일 다 보겠구! 제 아비 놈으로 말하면 당장 내 수중에 죽는 놈인즉, 무죄 백방으로 하여준 은덕으로 한대도 내가 왔다면 유공불급하여 나와 볼 터이거늘, 언연히 제 방에 떡 자빠져 있고, 제 어미 년으로 말하면 불과시 퇴기로 뭇놈을 보던 것이 아니꼽게 내외? 옳지, 제 딸 하나 내놓는 것이 큰 배부른 흥정이나 하는 것처럼, 응, 제 딸이 무엇인데 내가 마음에 없었으면 모르거니와, 이 고을 기생 년 하나 임의로 처치하지 못할까? 너희 연놈의 소위가 괘씸해도 선초는 아니 데리고 살 것이다. 오냐, 계약서에 도장을 찍어 보내기를 잘 기다려보아라. 하늘에 있는 별 따기보다 더 어려울라.'

하고 그 이튿날 이렇다 저렇다 한마디 기별 없이 전라북도로 향해 갔더라.

*

　순전한 천진으로 사람을 자기 마음 믿듯 하는 선초는 이 시찰 돌아간 뒤로 이때나 계약서를 보낼까 눈이 감도록 기다리는데 어언간 해가 지도록 소식이 없으니 심중에 심히 의아하던지 저의 부모를 향하여 소경력 사정을 고하며,

　(선) "이 양반이 어찌해서 아무 기별이 없을까요? 그 양반이 연부역강치 않으신 터에 밤에 잠을 편히 못 주무시고 아마 신병이 나셨나 보오. 그렇지 아니면 즉시 하인을 보내마고 금석같이 말씀을 하였는데 어찌해서 이때까지 기별이 없으니 갑갑한데, 갓난 어멈을 불러 알아보았으면 좋겠어요."

　(최) "믿기를 꼭 잘 믿는다. 그가 사람인 줄로 믿었더냐? 그 흉계를 몰랐지, 잠깐 너를 속이느라고 능청스럽게 무엇을 써주고 급히 갈 때에 도로 빼앗을 계교로 도장인지 막걸린지 찍어주마고 가져간 것인데, 네 생각에는 도로 보낼 줄로 알고 기다리는 모양이냐? 이번에 너 욕 당한 일 곧 생각하면 이에 신물이 절로 난다. 이애, 기왕 욕 당한 일은 팔자 탓으로 여기고 그따위 인물을 생각도 말아라. 설혹 그 위인이 약조를 지키기로 소용이 무엇이냐?"

　선초가 자기 부친 말에 대하여 무엇이라 명기불연하여 대답을 하려다가 다시 생각하기를,

　'에그, 아무 말도 말아야 하겠다. 아버지께서 분정지두에 하시는 말씀이지, 그렇지 않으면 아직 앞일을 지내보시지도 아니하시고 나의 가장된 분을 저다지 단처를 들어 말씀하실라구? 그래도 그렇지 아니하

다. 만일 분김에 말씀을 더 심하게 하시면 낮말은 새가 듣고 밤말은 쥐가 듣는다는데, 영감 귀에 혹 들어가면 열흘 길을 하루도 못 가서 내게 향하는 영감의 마음도 섭섭하여질 터이지.'

하고 자기 부친의 입을 손바닥으로 막으며,

"글쎄, 왜 이렇게 말씀을 하십니까? 기왕 일은 어찌 되었든지 인제는 그 영감이 아버지 사위가 아니오니까? 사위의 말을 장인 되시는 아버지께서 심하게 하시면 딸의 꼬락서니는 무엇이 됩니까? 분하셔도 참으시고, 갓난 어미에게 좀 알아나 보아주십시오."

(최) "저 자식이 약고 똑똑한 줄 알았더니 지금 보니까 아직 용렬하구나. 영감은 난장 맞을 무슨 영감이고, 알아보기는 무엇을 알아보아? 아비의 말이 꼭 옳으니 가당치 않게 생각을 말고 진작 잊어버려라. 한 일 미뤄 열 일을 아는 법인즉, 두고 볼 것 없이 네게도 결단코 못할 노릇할 위인이니라."

(선) "에그 아버지, 그렇게 하실 말씀이 아니올시다. 그가 어떠한 자격이든지 기왕 한번 몸을 허락하였사온즉 제가 죽어도 이씨 댁 사람이온데 어찌 달면 삼키고 쓰면 배앝아 금수의 행위를 한단 말씀이오니까?"

최 호방이 이 시찰 위인을 명약관화明若觀火로 알고 선초더러 아무쪼록 다시 뜻을 두지 말고 진작 달리 변통하라고 정색하여 얼마쯤 꾸짖다가 제가 결심을 하도 단단히 하고 일향 듣지 아니하는 양을 본즉 아무래도 하릴없는지라 부득이하여,

"응, 자식도, 한 번 쥐면 다시 펼 줄은 도무지 모르지. 할 수 없다, 네 팔자소관이다."

하더니 하인을 갓난 어미에게로 보내어 이 시찰의 동정을 탐지하여 본즉, 이 시찰이 조반을 재촉하여 먹고 즉시 떠나서 전라북도로 갔다 하는지라, 최 호방이 혀를 툭툭 차며,

(최) "자, 보아라. 내가 무엇이라더냐? 벌써 전라북도로 달아났단다. 그렇게 계약서에 도장을 잘 찍어 보내었느냐?"

(선) "아마 총망중에 잊고 그대로 가신 게지요. 소양배양한 젊은 사람 아니고, 설마 배약하오리까? 하회를 기다려보면 알 것이오니 너무 과도히 말씀을 마십시오."

(최) "나인들 너만치 생각을 못하겠느냐? 그가 늙었으나 젊었으나 사위되기는 일반인즉, 너를 위하여 아무쪼록 그 허물을 뒤덮어 가겠지마는, 관기모자면 인언수재觀其眸子 人焉瘦哉라고 그 목자가 천하에 간교하기가 짝이 없고 음성이 괴상해서 후분 신세는 말이 못될라. 내가 상서공부는 못 하였다마는, 다년 관부 출입을 하며 열인을 많이 한 탓으로 여합부절 알겠더라. 그런즉 내 생각에는 열에 아홉은 그가 너를 당장 속여 넘긴 것 같고, 또는 설혹 속이지를 아니하고 신을 지킨대도 나중에 필경 좋지 못할 것이니 아까 말한 대로 진작 단념하는 편이 가하니라."

(선) "에그 아버지, 저는 죽사와도 그리할 수 없습니다. 그 영감께서 금석 같은 언약을 저버리는 지경이면 저는……. 또 후분 좋지 못한 것이야 어찌 앞을 내다보는 수도 없고, 설사 그럴 줄 알기로 기왕 몸을 허락한 이상에 후회하면 쓸데가 있습니까?"

최 호방은 선초의 고집하는 양을 보고 화가 더럭 나서,

"애, 누가 아느냐? 네 자락대로 하여라! 잘되어도 네 팔자요, 못되어도 네 팔자니라."

하며 바깥으로 나간 뒤에 선초 어머니가 쥐 죽은 듯이 있어 동정만 보다가 곰곰 생각하기를,

'자기 남편 말대로 이 시찰의 자격이 깊이 믿지 못할 위인 같으면 자기 딸의 집심은 맺고 끊은 듯하여 다시 변통을 못할 모양이라, 딸자식일 지언정 제 자격이 남의 밑에 아니 들 만하니까 아무쪼록 저와 같은 짝을

얻어 한이 없이 재미를 보자 했더니 꿈결인지 잠결인지 천만뜻밖에 굽
도 젖도 못 할 경우를 당하였으니 이 일을 어찌하면 좋단 말인가?'

하며 담뱃대를 툭툭 털어 한 대를 피워 물고 후정 화원으로 넋이 없
이 한 걸음 두 걸음 돌아가는데 머리가 다부룩하고 키가 조그마한 계집
아이가 각색 풀잎을 뜯어 치마 앞에다 싸들고 강동강동 뛰어오며,

"어머니, 저기 언니가 뒷마루에 혼자 앉아서 자꾸 울기만 하며, 내가
가니까 저리 가라고 핀잔만 주어요. 나 미워하는 그놈의 언니, 진작 죽
기나 했으면 좋겠지."

선초 어머니가 가뜩이나 심란한데 아무리 철모르는 어린것이라도 제
형에게 향하여 막마침 가는 말로 죽었으면 좋겠다고 하는 것을 듣고 분
이 와락 나서,

"이년, 무엇이야? 형더러 죽었으면 좋겠다는 법이 어디 있더냐? 그
러지 아니해도 심사가 좋지 못하여 울기만 하는 형더러 죽으라고? 이
년, 보기 싫다. 저리 가거라."

그 아이는 저의 어머니가 그리할수록 팔에 가 매달려 응석을 하며,

"어머니, 그리고 언니가 나를 자꾸 쫓기에 무엇을 혼자 처먹으려나
하고 가만가만히 가 숨어 보니까 언니가 왜 그러는지 의장을 열고 의복
을 차례로 내어 이것도 입어보고 한숨 쉬고, 저것도 입어보고 한숨을
쉬어요."

선초 어머니가 그 아이 대강이를 툭 쥐어박으며,

"에라 이년, 저리 가거라, 듣기 싫다."

하여 쫓아 보낸 뒤에 선초의 처소로 슬슬 돌아가니 선초가 자기 어머
니 오는 양을 보고 흐르던 눈물을 얼풋 씻어 버리고 천연한 모양으로
내려 맞으며,

(선) "어머니, 왜 무슨 일에 역정이 나셨습니까? 기색이 좋지 못하시니."

(모) "에그, 역정인지 무엇인지 나는 모르겠다. 내가 너를 어떻게 기른 딸이냐? 남보다 뛰어나게 잘되지 못한들 천하에 몹쓸 양반을 만나서 네가 저 모양으로 속을 상하고 울기만 하니 내 마음이 어찌 좋겠느냐? 이애, 어미가 애쓰고 공들여 길러서 태산같이 믿고 바라는 뜻을 생각하여서라도 어제 아버지 하시던 말씀과 같이 팔자 탓으로 보쌈 겪은 셈치고 그 양반은 잊어버려라. 네 말마따나 그 양반이 총망중에 잊었다 할지라도 벌써 그 양반 떠나간 지가 며칠이냐? 처음에 너를 만나지 못하여 서둘던 품으로 하면 잊어버릴 리도 만무하고 이때까지 이렇다 아무 기별이 없단 말이냐?"

(선) "어머니, 아무 걱정을 말으십시오. 이 시찰 영감이 저더러 말씀하시기를, 공사로 그 이튿날 급히 떠나시면 오륙 일 후에 다시 오셔서 범백사를 구처하시마 하셨으니 하회를 기다려보아 어떻게 하든지 좌우간 귀정을 할 터이오니 아무 염려 말으십시오. 제가 울기는 언제 울었다고 이리하셔요?"

(모) "네 얼굴을 보다 운 것을 모르며 모란이가 보고 와서 이르던데 아니 울었다고 말을 해? 오냐, 울지 마라. 너 그러는 양을 보면 내 속이 푹푹 상한다. 너의 아버지 말씀이 야속해서 그리했니?"

(선) "아니야요, 공연히 마음이 수란해서 그리했어요. 다시는 울지 아니할 터이니 아무 걱정 말으십시오."

선초가 저의 어머니 앞에 좋은 말로 대답은 하였으나 은근히 삼촌 간장이 바짝바짝 조여 낮이면 해가 지도록 밤이면 동이 트도록 이 시찰의 소식을 고대하는데, 사오일이 훌쩍 지나 육칠 일이 지나도록 아무 동정이 없는지라, 궁금하고 기막힌 사정을 발표하여 말하자니 부모의 책망이 두렵고, 다만 자기 속으로 치밀어 오르는 화를 억지로 참으며 신음하는 말이라.

'에그, 세상에 이런 일도 있나? 내가 벌써 몇 차례를 자처하여 이 세상을 버리고 싶건마는, 그 양반도 사람인즉 조만간 무슨 기별이 있을 터이지! 설마 모발이 희뜩희뜩한 좌지로 나 같은 어린 사람을 속일 리가 없을 듯도 하고, 또 내가 죽기 곧 하면 부모 가슴에 못을 박아드리는 것인데, 하회도 아직 모르고 경선히 죽었다는 불효만 될 터이라 하여 오늘까지 실낱같은 목숨이 부지하였더니……. 에구, 인제는 내가 목숨을 끊을 때가 되었나 보다. 내가 처음 작정한 대로 못하고 이 시찰에게 몸을 허락하기는 부모를 위하여 사세부득이한 일이거늘, 더구나 종래 신의를 저버려 이렇다 말이 없으니 사람의 탈을 쓰고 그 대우를 받고서 잠시간인들 어찌 살아 있을꾸?'

하며 눈물이 하염없이 비 오듯 하는데, 갓난 어멈이 불러댄 듯이 들어오더니 긴 봉한 편지 한 장을 허리춤에서 내어주며,

"작은아씨, 얼마나 궁금하시게 지내셨습니까? 수의사또께서 인제야 편지를 보내셨습니다. 어서 떼어보십시오. 저는 작은아씨를 위하여 어찌 답답하던지 하루도 몇 차례씩을 길청에 가서 수의사또 문안을 물어도 어디 가 계신지 도무지 모른다고 하기에, 인제 말씀이지 수의사또를 향하여 에그, 양반님네는 이렇게 경우가 없나? 이럴 줄 알았더면 나를 육포를 켜도 심부름을 아니 하였을걸. 설마 점잖은 터에 한입으로 두 말을 할 리가 있으리 하였더니, 상말로 똥 누러 갈 때 다르고 올 때 다르다는 일체로 한번 가시더니, 이 모양으로 아무 기별을 아니 하시는 경우도 있나 하는 황송한 말씀도 한두 번 아니하였습니다. 그러면 그렇지, 그 사또께서 그러하실 리가 있습니까? 어서 편지를 떼어보십시오. 인제는 작은아씨가 좋으시겠습니다."

선초가 그 편지를 얼풋 받아 피봉을 떼어 들고 차차 내려 보는데 편지 속에서 지폐 몇 장이 우루루 쏟아지는지라.

"에그, 이것이 웬 것이야?"

갓난 어미가 주엄주엄 집어 세어 보더니, 선초 무릎 위에다 놓으며,

"에그, 양반도 찬찬도 하시지. 아마 아씨더러 요용소치로 위선 아쉬우신 데 쓰시라고 아는 듯 모르는 듯 이것을 편지 속에다 넣어 보내신 것인가 보오이다."

선초가 그 말은 들은 체도 아니 하고 보던 편지를 마저 보다가 얼굴빛이 붉으락푸르락하다가 점점 노래지며 손에 들었던 편지가 서리 맞은 나뭇잎이 바람을 좇아 떨어지듯 힘이 반점도 없이 슬며시 무릎 위에가 떨어지는데 뒤미처 선초의 입에서,

"에구!"

한숨 한 마디가 나오더니 그 편지는 박박 찢어 버리고 지폐 십 원은 백지로 싸서 갓난 어미를 주며,

"여보게, 이것 그 양반에게로 도로 전하여 주게."

갓난 어미는 선초의 광경을 보고 무식한 것이 가장 의사스럽게 내심으로 추측하기를,

'에그, 저 아씨 보게. 그런 줄 몰랐더니 보짱이 어지간치 않게 큰걸! 돈 십 원이면 우리는 한밑천을 삼을 것인데 저렇게 도로 보낼 제는 소들하고 투정하는 것이 아닌가? 어디 나중 끝이나 구경할 겸 도로 갖다가 보내보겠다.'

하고 돈 넣은 봉지를 받으며,

(갓) "이것은 왜 도로 보내십니까? 사또께서 일껀 아씨더러 쓰시라고 보내신 것인데요."

(선) "여러 말 말고 갖다두게."

갓난 어미가 다시 말을 못하고 그 돈을 도로 갖다가 김 선달을 주었더라.

사람이 매운 뜻을 한 번 먹으면 세상만사에 원통한 것도 없고, 고기할 것, 아까울 것이 모두 없는 법이라. 만리전정에 꽃 같은 연기도 아깝지 아니하고 양친 부모의 슬하를 떠나는 것도 고기치 아니하고 밝은 세상을 영결하는 것도 원통치 아니하여 평탄한 낯빛으로 부모의 침소에를 다녀서 자기 방으로 돌아와 앞뒷문을 첩첩이 닫고, 시험하여 입어보던 새 의복을 내어 정결하게 입은 후에 아편은 어느 틈에 준비하여 두었던지 밤톨만 한 것을 한입에 툭 들이뜨리고 물을 마셨더라. 천문이 심상치 아닌 것이라 그렇던지 최 호방 내외가 모란이를 앞에다 누이고 한잠을 들랴 말랴 하여 공연히 마음이 수란하여 선초 우는 소리가 들리는 듯한지라,

(춘) "영감, 잠드셨소? 내 마음이 무단히 어수선산란하며 잠이 아니 오구려."

(최) "글쎄, 내 말이야. 나도 잠을 벋놓았는걸."

(춘) "왜 그런지 선초가 별안간에 보고 싶소. 가서 불러올까?"

(최) "글쎄, 내 마음도 그렇기는 하지만 고만두지. 그 애가 웬 망한 자로 해서 요사이 시시로 울기만 하고 잠을 못 자더니 오늘은 아마 곤하던지 초저녁부터 문을 닫고 아무 소리 없는 것을 공연히 깨웠다가 찔끔찔끔 울기나 하면 성가스러운데 고만 내버려두지."

최 호방 내외가 그 모양으로 수작을 하고 그 딸의 일을 한걱정을 하는데 앞에서 자던 모란이가 별안간에 벌떡 일어나서 주먹으로 땅을 치고 대성통곡하며,

"에구 아버지, 에구 어머니, 나는 속절없이 세상을 버렸소. 내가 이 원수를 갚지 못하면 어느 때까지든지 살이 썩지 못할 터이오. 생전에 아버지 어머니 두 분께 효성을 다하여 봉양하려던 마음과 문필, 가무 등 각종 재질은 모두 모란이를 전하여 주었사오니 저의 죽은 것을 슬퍼

말으시고 모란이에게 재미를 보옵시소서."

최 호방 내외가 대경소괴하여 달려들어 모란이의 손발을 꼭 붙잡고 흔들흔들하며,

(최) "이년 모란아, 정신 차려라! 이게 무슨 소리냐?"

(춘) "모란아 모란아, 나 좀 보아라! 그게 무슨 소리냐?"

그리할수록 모란이는 더 울며,

"아버지, 저는 이 길로 저의 못할 노릇한 이 시찰의 원수를 갚으러 가오니 소문을 들어보셔서 이 시찰에 무슨 일이 있다고 하거든 제 소위인 줄로 여기십시오. 이 시찰 제가 남에게 그 모양으로 적악을 하고 아무려면 무사할라구요? 자기가 내려올 제는 기구를 한껏 차리고 어깻바람으로 왔지마는 올라갈 때에는 아마 복장을 쾅쾅 짓찧을 터이올시다."

최 호방이 우두커니 듣다가 어이없어서 마누라더러,

"여보게, 이 애가 웬 곡절인가? 자다가 말고 실성을 했으니 문갑을 열고 청심환을 내어 오게, 어서 먹여보세."

선초 어머니가 청심환을 황망히 꺼내다가 백비탕에 풀어 모란의 입에 퍼 넣으며 애를 무한 쓰는데 모란은 여전히 그 모양으로 횡설수설하더니, 날이 점점 밝아오니까 정신을 모르고 혼곤히 늘어지는지라, 최 호방 내외가 그제야 마음을 놓고 역시 잠이 혼곤히 들었다가 해가 한나절은 되어 깨어보니 모란이는 여상히 뛰어다니며 장난을 하는데 선초의 동정이 도무지 없는지라, 심중에 깊이 의심이 나서 내외 서로 의논하기를,

(최) "여보게, 선초가 그저 아니 일어났나?"

(춘) "글쎄요, 어찐 일인지 이때까지 볼 수가 없소구려."

(최) "제 방으로 좀 가보지, 필경 또 울고 있나 보구먼! 그렇지 아니하면 효성이 유명히 있는 것이 해가 낮이 되도록 어미 아비를 아니 와 볼

리가 있나?"

(춘) "내가 가 보고 오리다. 저것이 또 울고 있으면 보기 싫어 어떻게 한단 말이오?"

하며 선초의 처소로 가보니, 방문이 그저 첩첩이 닫혀 있는지라, 선초 어머니가 손가락을 꾸부려 제쳐들고 문설주를 툭툭 울리며,

"아가 아가, 그저 자니? 해가 한나절이 지냈다. 고만 일어나 아침밥을 먹어라. 에그, 이 애가 이렇게 곤히 잠이 들었나? 이애 아가, 고만 일어나거라."

이같이 처음에는 나직나직이 깨우다가 나중에는 문을 와락와락 잡아당기며 소리를 높이어 크게 불러도 종래 아무 동정이 없는지라,

(춘) "에구 영감! 이게 웬일이오? 잠귀 밝기로 유명한 아이가 이렇게 깨워도 대답이 없으니 그 아니 심상치 아니하오?"

(최) "글쎄, 웬 곡절이란 말인구?"

하며 역시 음성을 크게 하여,

"선초야, 선초야!"

선초 어머니가 손가락에다 침칠을 하여 문 바른 종이를 배비작 배비작 뚫더니 한편 눈을 들이대고 한참 보다가 뒤로 펄쩍 주저앉으며,

"에구머니, 저게 웬일인가?"

최 호방이 눈이 둥그레져서,

(최) "응, 왜 그러나? 무슨 일이 있나?"

(춘) "필경 저것이 죽었나 보오."

하며 두 발길로 방문을 박차는데, 그 문을 예사 날림으로 짠 것이 아닌즉 평시 같으면 여간 여편네 발길 한두 번에는 끄떽도 아니할 터이지마는, 물론 급한 지경을 당하면 딴 기운이 한층 더 나는 법이라. 문짝이 선초의 어머니 발길을 따라 우루루 덜컥 자빠지며 완자미닫이가 그 바

람에 걸묻어 열파가 되는지라. 두 내외가 한달음에 뛰어 들어가니 선초가 벌써 어느 때 그 지경이 되었는지 사지가 뻣뻣하게 굳고 전신이 백짓장에 물을 축이어 싸놓은 듯한지라, 어떻게 기가 막히던지 피차에 말 한마디 못하고 물끄러미 들여다보기만 하다가 한편에서 울음 주머니가 툭 터지며 마주 몸부림을 땅땅 하고 방성대곡放聲大哭을 하는데, 그 집 안 상하·노소와 이웃집 남녀·친지가 모두 모여와서 그 광경을 보고 흑흑 느껴가며 눈물 아니 내는 사람이 없는 중 그중 친근한 사람들은 최 호방 내외를 붙들어 만류한다.

"여보십시오, 고만두시오. 암만 울면 쓸데 있습니까? 기왕 이 지경을 당하신 터에 정신을 차리어 제 몸 감장이나 유한 없이 하여주시는 일이 옳습니다. 에그, 기막힌 일도 있지, 꽃 같은 나이에 병이 들어 천명으로 이 지경이 되었어도 부모 되신 터에 기가 막히실 터인데, 제일 인물과 재질이 아깝지. 여보십시오, 어서 그치시고 초종 치를 일이나 생각해 보십시오."

최 호방이 한숨을 휘 쉬고 일어나 가만히 생각한즉 자기 딸이 자처하기는 이 시찰로 인연한 것인 줄은 분명 알겠으나 자세한 이유는 알 수 없는지라, 제 손그릇 등속과 방구석 사면을 두루 살펴보노라니 아무것도 증거가 없고 다만 윗목에 찢어버린 휴지밖에 없는지라, 주엄주엄 집어 낱낱이 펴가지고 이리저리 조각보 모으듯 맞춰보니, 이 곧 이 시찰의 편지인데 그 사연에,

'긴 사연 후리치고 피차에 아름다운 인연을 맺기는 백년을 해로코자 함이러니, 다시 생각한즉 연기도 너무 차등이 지고 나의 형편으로 말한대도 도저히 될 수가 없기로 계약서는 보내지 아니하며, 돈 십 원을 보내니 변변치 않으나 분과 기름이나 사서 쓰기 믿으며, 이 사람은 공무나 분망치 아니하면 수이 일차 가서 옥안을 다시 대할 듯 대강 그치노라.'

하였는지라, 최 호방이 보기를 다하고 도로 썩썩 비비어 집어 던지고 두 눈이 불끈 뒤집히어 이를 북북 갈고 북편을 바라보며,

"으응, 세도 좋은 사람은 남의 적악을 이렇게 하고도 무사할까? 내 눈에 흙 들어가기 전에는 어디 좀 두고 볼걸. 여보게 마누라 울지 말게. 그까짓 소견 없는 년 뒈진 데 무엇이 설워 운단 말인가? 그 위인이 믿지 못할 자격이니 기다리지도 말고 진작 단념하라니까 말을 아니 듣고 고집하더니, 필경 제 몸을 이 모양으로 버려서 아비·어미 눈에서 피가 나오게 해!"

선초 어머니는 그 말을 들으니 더욱 불쌍하고 원통하여 자주 기절을 하여가며 울더라. 선초가 변변치 못한 자격이라도 그 모양으로 죽었으면 소문이 원근에 낭자하려던, 하물며 인물도 남다르고 재질도 남다르고 지조도 남다른 중, 죽기까지 남다르게 한 선초리오. 지여부지간知與不知間 그 소문을 듣고 다 한마디씩은 말을 하는데, 열이면 열 다 이 시찰 욕하는 소리뿐인데, 그중에 언론이 두 가지로 나오기는 본군과 인읍에 기생들이라.

기생 노릇을 해도 제 마음에는 죽기보다 싫은 것을 사세에 꼼짝하지 못하여 벗어나지 못하는 계집은 선초의 고결한 것을 흠모하여,

"에그, 마음이 어쩌면 그렇게 맺고 끊은 듯한구. 우리는 그런 사람에게 비하면 아무것도 아니지. 아무 때 죽든지 죽기는 일반인데, 무엇이 아까워서 이 더러운 일을 하며 살아 있노! 아무도 아니 들으니 말이지 이 시찰인지 누구인지 그것도 양반인가? 무식한 상사람과 달라서 의리도 있고 체통도 있을 터인데, 제 자식이라도 막내딸 뻘이나 되는 사람에게 그 모양으로 적악을 해서 생목숨을 끊게 한담!"

시집살이하기가 싫거나 서방을 나무라고 제 버릇 개 못 주어 모야무지에 뛰어나와 기생을 자원한 것들은 선초의 고집을 비소하여,

"어, 아니꼬운 년! 제가 저 모양으로 죽으면 대문에 주토 칠할 줄 알고? 죽은 저만 속절없이 인생이 일장춘몽인데 아니 놀고 무엇 할꾸! 흥, 우리는 그런 기회를 만나지 못해서 걱정이야. 왜 얼렁얼렁해 그 비위를 살살 맞춰가며 움푹히 빨아먹지를 못하고 되지 못하게 고집을 하다가 제 몸까지 버릴 곡절이 무엇이람? 에그 우스워라!"

서울·시골 물론하고 기생 곧 죽으면 전후 건달이 모두 모여 꽃 평량자에 징·장고·호적·소고로 '쿵쾅 니나누!' 하면서 줄무지로 신체를 내가는 것이 오백 년 유래지 고풍이 되었는데, 더구나 선초야 원통히도 죽었으려니와 원래 유소문한 터이라. 그 신체 나가는데 누가 구경을 아니 가리오. 읍·촌 여부없이 노소남녀가 바쁜 일을 제쳐놓고 인사 겸 구경 겸 구름같이 모여들었는데 최 호방이 그 딸에 향하여 불쌍하기도 한이 없으려니와, 문견도 없는 처지가 아닌 고로 수의·관곽·상여 등을 돈 아까운 줄 모르고 한없이 치례를 하고 술과 밥을 흔전흔전히 장만하여 기구를 부릴 대로 부렸더라. 생베 두건을 눈썹까지 꾹꾹 눌러쓴 상여꾼이 구정닻줄을 갈라 메고 요령 소리 몇 마디에 원통한 신체가 집을 하직하고 떠나간다. 사람이 칠십이고 팔십이고 저 살 날을 다 살다가 한명에 병이 들어 죽더라도 영결종천 떠나가는 길에서 더 설운 것이 없다는데 나이 청춘이요, 세상을 원통히 버린 선초의 상행이야 다시 일러 무엇하리요? 상두 수번이 요령을 뗑겅 뗑겅 치며,

"워호 워호."

소리를 주니까,

여러 상두꾼이 발을 밀어 일어서며,

"워호! 워호!"

신산 잡은 데로 '워호!' 소리를 주고받으며 가서 양지바른 자좌오향판에다 깊숙이 장사를 지내고 봉분을 덩그렇게 모아놓은 뒤에 사람은

다 헤어져 가고 오직 빈 산이 적적한데 달이 황혼이더라.

선초 어머니가 새로 입힌 잔디를 두 손으로 부드등 부드등 뜯으며,

"에구, 선초야! 왜 집을 버리고 예 와 있느냐? 세상에 내가 모질기도 하지. 이것을 예다 버리고 혼자 집으로 돌아가려고 하니. 영감, 나는 차마 이것을 버리고 집으로 못 가겠으니 여기다 아주 묻어를 주고 가오, 혼이나마 모녀가 서로 의지를 하게."

최 호방은 대범한 남자라, 좀쳇일에 눈물을 아니 내던 터이더니 비죽비죽 마주 울며,

"여보게, 객스러운 말 말고 내려가세. 세상에 자식 따라 죽는 부모가 어디 있던가? 제가 이렇게 죽은 것이 이 탓 저 탓 할 것 없이 첫째는 제 팔자요, 둘째는 우리 팔자이니, 고만 울고 집으로 내려가세."

*

최 호방 내외가 앞을 가리는 눈물을 간신히 억제하고 집으로 돌아오니 온갖 것이 모두 다 눈에 밟혀 못 살 지경이라. 자박자박 자취가 나는 듯, 나직나직 음성이 들리는 듯, 연상 혈합에는 제 필적으로 쓴 편지 쪽이 데굴데굴, 바느질 그릇에는 침선 배울 제 시험하던 골모 · 괴불이 데굴데굴, 탁자 위 만 권 서책에는 먼지가 켜로 앉았는데 이 갈피 저 갈피 질러둔 표지는 저 읽던 흔적이 완연한 그중에, 제일 간장이 슬슬 녹고 정신이 아주 없어지며 가슴이 답답해질 일은 문갑 위에 놓여 있는 양금이 밤중만 되면 줄이 절로 죄이며 '똥 땅!' 하는 소리라. 평시 같으면 그 소리가 일기가 음음한 탓으로 복판이 늘며 줄이 튀는 것이라 하여 심상히 들었으련마는, 수심이 겨워 잠을 못 이루고 고생 고생하는 선초 어머니는 그 소리 날 제마다,

"에구, 저 소리가 또 나는구나! 저것도 심상치 아니해서 임자를 찾노라고 저렇게 시시로 우나보오. 영감, 나는 진정이지 저 소리 듣기 싫소. 집어다 아궁이에나 틀어넣으시오."

모란이가 옆에 앉았다가 와락 뛰어들며,

(모란) "에그 어머니, 그것은 왜, 내가 가질걸."

(모) "에 이년, 네가 그것은 해서 무엇 하게?"

(모란) "에그 요전에는 언니가 음률할 제마다 그리 가르쳐주어도 금방 금방 잊어버리겠더니 어찐 일인지 요새는 음률 소리가 귀에 지잉 하여 높고 얕고, 되고 느린 가락을 모두 짐작하겠는데요."

(모) "에라, 듣기 싫다. 저리 가거라. 또 이년, 뉘 가슴에다 못을 박으려고 음률을 배우려고."

(모란) "어머니께서는 공연히 저러시네! 음률만 배워 나도 언니처럼 기생 노릇을 해야 할 터인데."

(모) "기생? 기생이 어떠냐? 이년, 다시 그런 아가리를 벌려보아라."

조선 천지에 제 힘 아니 들이고 남 속여먹기로 생애를 삼는 것들은 소위 무당·판수라. 무당·판수가 만나는 사람마다 정대하고 당하는 일마다 광명하면 하나도 속여먹지 못하고 자고송 모양으로 굶어 죽은 지가 이구하겠지마는, 사람들도 보통 어리석고 일도 매양 의심나는 중 연때가 맞으려면 천지도 야릇한 법이라. 선초 죽던 그 달부터 비 한 점 아니 오고 내리 가무는데, 논배미·밭두렁에 성냥만 득 그어대면 홀홀 탈 만치 오곡 잎이 다 말라 들어가니 가물이 너무 심하면 노약들이 서독에 병들기가 십상팔구거늘, 무식한 부녀들이 무당에게도 묻고 판수에게도 물으니 묻는 데마다 소지에 우근진으로 의례히 말하기를, 원통히 죽은 선초의 혼이 옥황상제께 호소하여 날도 가물게 하고 병도 다니게 한다 하는 허탄무거한 말이 한 입 걸러 두 입 걸러 이 사람 저 사람,

큰 소일거리 삼아 지껄이는 중, 농군의 집에서 더욱 악머구리 끓듯 하여 필경 대동이 추렴을 놓아 각색 과실에 큰 소를 잡아 선초의 무덤에 가 제사를 정성껏 지내어 그 혼을 안유코자 하더라. 택일한 제일을 당하여 수백 명 남녀가 구름 같이 모여 술잔을 다투어 부어놓고 제각기 소원을 속으로 암축하는데 어떤 자는,

"선초 씨여! 이 술을 달게 받고 아무쪼록 오늘밤 내로 비가 앞 내에 시위나도록 퍼부어 우리 논에 물이 마르지 않도록 하여주소서."

어떤 자는,

"선초 씨여! 이 술을 받은 후에 잡귀·잡신을 모두 제쳐주어 우리 집 우환이 구름 걷듯 퇴송케 하여주소서."

이때 이 시찰은 거절하는 편지에 돈 십 원을 넣어 보내고 스스로 생각하기를,

'아마 내 편지를 보면 제 생각에 어이가 없으렷다. 기실은 어이없을 것도 없지. 나를 대하여서는 가장 지조가 있는 듯이 계약서니 해로를 하느니 하였지마는 그게 다 남자 후리는 제 행태이지, 무얼 진심으로야 어린것이 나 같은 늙은이와 같이 살려고 할라구? 참말 살기 곧 하면 제가 아니 제 꼭지에 물러날까? 모르면 모르되 편지를 본 뒤에 필경 돈 십 원 보낸 것만 대견하여 얼마쯤 좋아할걸.'

거무하에 김 선달이 그 돈 십 원을 도로 가지고 와 주며 선초가 받지를 아니하고 도로 싸 보내더라 하는지라, 이 시찰이 아니꼬운 양반의 마음이 불끈 치밀어서 발을 땅땅 구르며,

"어, 버르장이 없는 년! 제년쯤이 다과간에 내가 보낸 것을 외람히 받지를 아니하고 도로 보내? 양반이 괴악한 년 한 번 상관하고 큰 욕을 보았군!"

김가는 아무쪼록 이 시찰의 비위를 맞추노라고,

"진노하옵실 일이 아니올시다. 소인의 미련한 생각에는 선초가 본시 욕심 많은 것으로, 사또께서 가까이 하옵셨으니까 그 돈 주신 것이 제 마음에 약소히 여겨 도로 바치면 전천이나 더 처분하실 줄 알고 소견 없이 그리했나 보이다."

이 시찰이 그 돈을 전장에 나갔던 아들 살아온 것만치나 대견히 알아서 한 번을 척 접어 가방에다 넣으며,

"오냐, 고만두어라, 내가 두고 쓰지. 저 싫다는 것을 애를 써줄 것 무엇 있니? 더 주어? 저 더 줄 돈이 있으면 내가 땅을 다만 한 마지기라도 더 사서 전지자손하겠다."

김 선달 물러간 뒤에 자기 마음에 무엇이 그리 충연유득充然有得하던지 바른손으로 배를 쓱쓱 문지르며 초헌다리를 하고 누워서 풍월 귀를 읊더니 잠이 스르르 들어 코를 드르렁 드르렁 골다가 이맛전에 땀을 줄줄 흘리고 벌떡 일어나더니 입맛을 쩍쩍 다시며,

"응, 꿈도 괴상하다."

하고 연상의 붓을 집어 먹을 찍더니 머리맡 벽에다 두 줄을 가로,

'야몽극흉 서벽대길夜夢極凶 書壁大吉'

이라 쓴 뒤에 다시 드러눕더니 얼마 아니 되어 또 여전히 땀을 물독에서 빼낸 듯이 흘리며 일어나 혼자 중얼중얼 꿈 이야기를 한다.

"어, 이게 무슨 꿈인가? 속담에 맘이 있어야 꿈에 뵌다는데, 내가 장난삼아 저를 한 번 상종한 일이지, 바늘 끝만치나 못 잊혀 생각을 하기에 펄쩍 보이나? 어, 요망스러운 것, 꿈에 뵈일 터이면 좋은 낯으로 반갑게 뵈이지를 왜 아니하고, 내가 제게 무슨 못할 노릇을 했길래 머리 풀어 산발을 하고 이를 아등아등 갈며 요악한 소리로, '내게 이렇게 적악을 하고, 네 신세가 평안할 줄 아느냐? 내 혼이 네 머리 위로 주야장천晝夜長川 돌아다니며, 네 가슴을 쾅쾅 짓찧으며 한탄하는 양을 보고야

말겠다' 하고 바락바락 울며 덤벼 보이노? 응, 요망스러운지고!"

이 시찰이 그 꿈을 꾸고 나서 입찬소리로 장담은 하였지마는 일자이후로 공연히 심신이 산란하여지며 머리끝이 쭈뼛쭈뼛한지라, 다시 잠을 자지 못하고 애꿎은 담배만 펄쩍 먹는데 그렁저렁 날이 밝았더라. 김 선달이 숨이 턱에 닿게 오더니 황망한 말로,

(김) "사또, 간밤에 선초가 자처를 하였답니다."

(이) "무엇이야? 자처를 하다니, 제가 무슨 곡절로 자처를 했단 말이냐? 네가 분명히 들었느냐?"

(김) "듣다 뿐이오니까? 관비가 가서 보기까지 하고 왔답니다."

(이) "이애, 듣기 싫다. 관비 년은 너 어찌 그리 꼭 믿느냐? 그년이 역시 그년이니라. 죽었다고 으름장을 하면 내가 왼눈이나 깜짝할 줄 알고? 실없는 것들이로구."

(김) "아니올시다. 제가 자처를 했는지는 확실히 믿지 못하겠습니다마는 살을 맞았는지 관격을 하였는지 죽기는 정녕히 죽었길래 염습 제구를 장만한다 관곽을 짠다 하옵지요."

(이) "참말 죽었을 터이면 네 말마따나 필경 살을 맞았거나 관격이 되어 죽은 것이요, 또는 만손 자처를 하였다 하더라도 제 손으로 저 죽은 것이 내게 무슨 상관이 있느냐?"

그 모양으로 김 선달을 대하여서는 말을 하여놓고 은근히 마음에는 일상 꺼림하던 차에, 장성읍 인민들이 가물과 유행병을 인하여 선초의 무덤에 제를 풍비하게 지낸다는 소문을 듣고 염치 좋게 스스로 생각하기를,

'내가 제게 적원한 것은 없지마는 제 마음에는 얼마쯤 섭섭히는 여겼던 것이야. 그리기에 종종 내게 현몽하는 것이니, 제 귀신을 위로할 겸 제 지내는 구경도 할 겸 내가 좀 가보겠다.'

하고 대동이 택일한 제삿날을 당하여 이 시찰이 선초의 무덤으로 뱃심 좋게 가서 남녀노소의 축원하는 양을 차례로 구경하고 모두 다 헤어져 간 뒤에 자기 역시 술 한 잔을 따뜻하게 부어놓고 글 한 귀를 지어 고성대독하는데,

"추풍에 내백발하여秋風來白髮, 낙일에 곡청산落日哭靑山."

가장 선초의 혼이 자기의 술을 달게 흠향이나 한 듯싶어 희색이 만면하여 돌아왔더라. 그날 밤 삼경이 못되어 별안간에 남풍이 슬슬 불며 사면에서 검은 구름이 뭉게뭉게 일어나서 탄탄대로에 기초 달리듯 하더니, 번개는 번쩍번쩍 천둥은 우루루 우루루 주먹 같은 빗방울이 우두두 떨어지다가, 거미구에 눈을 못 뜨게 삼대 같이 퍼부어오니 읍하의 우매한 부녀들은 모두 좋아 춤을 추며 제각기 한 마디씩을 다 지껄이기를,

"세상에 영검도 해라! 무당·판수라 하는 것이 헷것은 아닌 게야. 점괘 나는 대로 선초 혼을 위로하였더니 당일 내로 비가 이렇게 오지. 이번 일만 보아도 살아서나 죽어서나 선초같이 연하고 싹싹한 사람을, 나이는 몇 살 아니 되었어도 처음 보는걸. 만일 이번에 인간들이 몽매하여 그냥 내버려두었더면 어느 때까지 가물는지 모를 뻔하였지. 인제 비는 더 바랄 것 없이 흡족하니 내 집 남의 집을 물론하고 우환이나 마저 없어졌으면 그 아니 좋을까?"

이 시찰이 적이 신학문에 유의한 터 같으면 그런 소리를 듣더라도 비 오는 이치를 풀어서,

"허허, 무식한 것들이라 할 수 없고! 비가 제 지냈다고 왔을까? 사람이 근 천 명이 모여 왔다 갔다 하는 바람에 먼지가 공중으로 올라가 수증기를 매개하여 비가 온 것이라."

설명을 하였으련마는, 이 눈썹만 빼도 똥이 나올 분네는 요량하기를,

"흥, 어림없는 것들이로구! 선초의 귀신이 비를 오게 했을 터이면 저희들 정성에 비가 왔을까? 내가 와서 술을 부어놓고 글을 지었은즉 거기 감동하여 비를 오게 하였을 터이지."

그날 밤에 아무 기탄 없이 잠을 자려 하는데 눈만 감으면 선초가 여전히 와서 머리 위로 돌아다니며 울고 부르짖는지라, 하릴없이 일어나 등촉을 밝히고 밤새기를 기다리는데, 동이 트랴 말랴 하여 창밖에서 난데없는 기침소리가 '에헴 에헴!' 나거늘, 이 시찰은 휘휘하고 적적하던 차에 든든한 마음이 나던지 대단히 반가워하며,

"거기 누가 왔느냐?"

기침소리가 그치며,

"예, 영문에서 서간이 있어 왔습니다."

이 시찰이 갈려 간 관찰과는 서로 성기가 통하여 결전 상관에 별별 조화를 다 부렸더니 새로 내려온 관찰과는 아직 낙락난합하여 어찌하면 계제를 얻어 또 한 번 수단을 피워볼꼬 하던 판이라, 영문에서 서간이 왔다는 말을 듣고 한없이 반가워서 의복도 채 입지를 못하고 이불을 두른 채 일어앉으며, 윗간에서 자는 상노 놈을 깨워서 문을 열고 편지를 받아들이라 하였더라. 상노가 눈을 부비고 부시시 일어나 문을 막 열고 편지를 받으려 할 즈음에 갓두루마기 한 사람이 마루 위로 우쩍우쩍 올라서며 이 문 저 문 턱턱 가로막아 서더니 큼직한 봉투 하나를 주며,

"법부 조회로 영감 잡히셨습니다."

이 시찰이 자기의 전후 한 일은 있고 잡혔다는 말을 듣더니 수각이 황망한 중 삼십육계를 쓰고 싶으나 문마다 막혀서 움치고 뛸 수가 없는지라, 어찌하는 수 없어 그 봉투를 받아 속폭을 뽑아보며 우두커니 앉았다가,

"잡혔으면 가지. 내 죄 없으니까 아무 겁날 것 없다."

하고 상노 놈더러 세수를 놓라 하여 소세를 한 후 아침밥도 못 먹고 그자들에게 끄들려 영문으로 올라가 그 길로 평리원으로 압상이 되었더라. 이 시찰이 잡혀온 죄는 막중 국세를 중간 환롱한 죄라. 감옥서에다 엄밀히 뇌수하여 두고 삼 년 동안을 재판하는데, 세상 사람이 '지옥 지옥' 해도 지옥이 별것이 아니라 이생에 있는 감옥서가 곧 지옥이라. 그런고로 죄를 범하고 그 속에를 한번 들어만 가면 살아나올 제 나온대도 죽은 목숨과 조금 다를 것이 없는 법이라. 이 시찰이 처음에는 가장 쇠가 산 체하고 큰소리를 철장같이 뽑아낸다.

"양반이 감옥 맛을 아니 보면 못쓰나니라. 감옥 말고 감옥에서 더한 데를 들어왔더라도 내 죄 없으면 고만이지, 겁을 손톱만치라도 낼 내가 아니다."

하면서도 뒤는 나든지 은근히 자기 상전 두 신씨에게 고급을 하여 일을 무사타첩하게 주선하여 달라고 애걸한 후에 눈이 감도록 반가운 소식 듣기를 기다리는데, 하루 이틀 지나 점점 여러 달이 되도록 시원한 소식은 도무지 없고 사람은 못 당할 경우가 날로 생긴다. 그렇게 가물던 일기가 유월을 접어들며 무슨 비가 그렇게 그칠 새 없이 오던지 정결한 처소에도 습기가 자연 생겨서 의복은 눅눅하고 기명은 곰팡이가 나는데, 더구나 양기를 받아보지 못하는 감옥 속이리오. 침침칠야에 빗소리는 주루룩 주루룩 모기·빈대·벼룩 등물은 먹을 판이나 생긴 줄 알고 들이덤비는데 앉아도 편치를 아니한 중 눈 곧 감으면 선초가 여전히 옥문 밖에 와 돌아다니며 원통한 사설을 하여가며 우는 소리가 두 귀에 완연히 들리니, 오려던 잠이 천리만리 달아나며 신세타령이 부지중 나온다.

"에구, 내 신세가 어찌하다가 이 지경이 되었을까? 죄가 있거든 죽이든지 귀양을 보내든지 얼풋 처판을 하여 주거나, 밤낮 재판은 하여도 끝은 아니 내어주고 이 모양으로 옥구멍에다 넣어두니 사람이 살이 슬슬 내려 절로 죽겠지. 이 지경될 줄 알았더면 남과 혐의나 아니 지었더면 좋을 것을. 큰 훈공이나 세울 줄 알고 잡아 압상한 동학당 수백 명을 진작 죽여 없애지를 않고 그대로 가두어두어서 이놈들이 나를 못 먹겠다고 벌의 살 덤비듯 하며, 주먹질·발길질, 입에 못 담을 욕설·악담이 물 퍼붓듯 하는 중, 조석 때를 당하여 먹을 것을 좀 해 들여오면 이놈도 빼앗아가고 저놈도 빼앗아가서 정작 나는 다만 몇 술을 먹어보는 수 없으니 당장 들피가 나서 꼭 죽을 지경이요, 그뿐 아니라 밤이 되어 잠을 좀 자려 하면 고 방정맞은 선초 귀신의 우는 소리에 실로 송구해서 견딜 수가 없지. 내가 외입은 많이 못했지마는 그 모양으로 소견 없는 것은 듣고 보나니 처음이야. 제가 규중에 감추어 있던 터가 아니요, 계집 상종하는 사람이 여간 거짓말로 속이기가 불시이사거늘, 벌써 제가 고만 살 팔자라 자처를 하고서 왜 내게 와서 성화를 바치누? 내가 지금은 횡액으로 옥 속에서 고생을 하고 있으니 할 수 없지, 조만간 나가기 곧 하여보아라. 금부 뒤 장님 몇 명만 불러다가 옥추경을 이레만 읽어 영영 세상 구경을 못하게 가두어버릴 터이다. 그러나 이네들이 내일 범연히 주선을 할 리가 만무한데."

하며 가슴이 부집 죄이듯 바싹바싹 타들어 가는 차에 자기 집으로 무슨 편지가 급히 왔는지라, 좋은 기별이나 있는가 하여 얼풋 받아 떼어 보니 자기 큰아들이 급한 관격으로 위태하다는 병보라. 앓기가 예사지, 설마 어떠하랴 하였더니 비몽사몽간에 선초가 앞서고 동학에 몰려 죽은 임 씨 모자가 뒤를 서서 오더니 소상분명히 이르는 말이,

"네가 우리와 무슨 불공대천지 원수를 졌길래 생목숨을 끊게 하였느냐? 일인즉 너를 잡아다가 살을 점점이 저며 간을 내어 씹고 싶다마는,

그러고 보면 네가 생전에 앙화를 못다 받을 터이기로 네 집 식구만 차례로 잡아가고 네 몸 하나만 남겨두어 각색 고초를 당할 제마다 지은 죄를 굽이굽이 생각하게 할 터이다."

이 시찰이 깜짝 놀라 두 손으로 눈을 이리저리 씻고 정신을 가다듬어도 뼈에 사무치는 그 소리가 두 귀에 소상분명히 들리는 것 같더라. 거미구에 곽란으로 앓던 맏아들의 부음이 오더니 겉묻어서 둘째 아들·셋째 아들의 부음으로 손자·손녀의 변상 기별이 연속부절하여 들어오는지라, 처음에는 원통한 마음이 나서 눈물이 앞을 가리고 한숨이 걷잡을 새 없이 나오더니 참척도 하 여러 번 보니까 졸업생이 되었던지, 설우니 원통하던 마음이 다 어디로 도망을 하고 부음 들을 때마다 탄평무사하여,

'제 명이 짜르니까 제가 죽었는데 생각해서, 소용이 무엇이냐? 젊은 처첩이 있으니 또 낳으면 자식이지'

하는 독하고 무정하고 매몰한 뜻을 가슴속에다 품고서 여상히 지내다가, 급기 자기 마누라가 여러 번 독척을 보고 상심이 되어 신음신음 앓다가 세상을 또 버렸다는 기별을 듣더니, 그제는 몸부림을 땅땅 하며 기가 컥컥 막히게 울다가 옥사장이에게 구박을 자심하게 당하더라. 사람이 궁극한 지경을 당하면 뉘우치는 마음이 절로 생기는 법이라. 이 시찰이 웬만한 사람 같으면 그 지경을 당하였으니 맑은 낮 고요한 밤에 자기의 전후에 지은 죄를 차례로 생각 곧 하면 뉘우치는 마음이 나서,

"에구, 내가 이 앙화를 받아 싸지. 수원수구誰怨誰咎를 할까마는 차라리 죄 지은 내나 진작 죽여주었으면 백 번 사양을 못하려니와, 애꿎은 처자야 무슨 죄가 있나?"

하여 자기 하나 잘못한 죄로 처자식이 불쌍히 세상을 버린 일을 생각하면 머리를 기둥에라도 부딪쳐서 따라 죽을 터인데, 그런 회심을 하기

는 고사하고 종래 흰소리로 자기 조상 탓부터 한다.

"어허, 내가 이렇게 하면 내 몸만 해롭지 아니되겠구. 우리 산소가 잘 못 들었거나 선세에 지은 죄가 있는 탓으로 자식들이 모두 애물로 생겼다가 눈앞에 끔찍스러운 경상을 뵈었던 것을 아무 지식 없는 마누라는 공연히 마음을 상하여서 천금같은 몸까지 버렸지. 오냐, 칠십에 생남자도 한다는데 아직도 내가 연부역강한즉 어느 때든지 이 재판 끝만 나거든 복성스러운 규수에게 후취도 하려니와 애낳이하는 적은마누라가 있으니 설마 또 날 터인즉 이 다음 소생 아들을 학교에나 보내어 개화 공부를 시켜 먹을 벌이를 하게 하겠다."

이 시찰이 당한 일은 어느 관찰사와 공전 건몰한 상관으로 재판 시작이 되었는데, 아무쪼록 고생을 더하려고 그렇던지 재판할 때마다 제출할 증거와 변론을 미리 준비하였다가 급기 재판정에를 나가면 선초와 임 씨 모자가 눈앞에 와서 울며 폭백하는 소리에 정신이 수란하여지며 한 가지 기억을 못하고 횡설수설 주책없이 말이 나오는 탓으로 그 재판 끝을 진시 못 내고 장근 삼 년을 내 끌었더라. 그때에 이 시찰을 지여부지간에 모두 다 고소해서 한마디씩이라도,

"에, 잘코사니, 제가 상전 잘 만난 탓으로 그만치 부룻되었으니 어디까지 매사를 극력 조심하여도 실수하기가 십상팔구거든, 본래 주제넘고 아니꼬운 위인이 그같이 소무기탄小無忌憚하고 남에 적악을 하였으니, 천도가 어찌 무심할 리가 있나? 그 죄벌을 당해 싸지."

이렇게 말하는 사람은 일반 공론이라 과격하다 할 수 없거니와, 적거니 크거니 혐의가 좀 있는 사람들은,

"흥, 고까짓 것 제가 제 벌을 받으려면 아직도 멀었지. 아무의 전재 빼앗은 것과 아무의 전답 빼앗은 것이라든지, 누구누구를 모함한 것만 해도 저만치는 고생을 하고도 남을 터이요, 그네 일과 우리의 소조는

다 고만두고 남의 일이라도 말을 하자면 이가 절로 갈리기는, 제 동향에 있는 임 씨의 집에 대하여 배은망덕으로 멸망을 시켰으니 그 원귀들이 가만히 있을 리도 없고, 그는 차치물론한대도 장성읍 기생 선초의 일로 말하면, 이 시찰 자기 소위 학문가의 출신으로 철모르는 계집아이가 목전에 노는 풍정만 탐하여 행실을 부정히 가질지라도 아무쪼록 좋은 도리로 권고를 간절히 하여 개과천선하도록 하는 것이 가하거늘, 제 자격이 절등하고 지조가 비상한 선초를 어디까지 포장은 못해 주나마 제 부형의 없는 죄를 억지로 씌워서 당장 죽일 듯이 위풍을 부리고 뒤로 은근히 소개를 하여, 백발이 허연 자가 막내딸 같은 것을 간통하고 그나마 약조를 저버려 생선 같은 것이 철천지한을 품고 죽게 하였으니 앙화를 받지 않고 무엇을 할꼬?"

하더라. 그런데 선초와 임 씨 모자가 이 시찰 눈에 뵈인 일로 말하면, 아무라도 참말 그 귀신이 있어 원수를 갚으려고 그리한 것이라 할 터이지마는 기실은 그렇지 아니한 것이, 죽은 귀신이 있어 원수를 갚을 것 같으면 지금 누구니 누구니 하는 소위 재상들이 하나도 와석종신臥席終身을 못하고 참혹히 벌써 이 세상을 하직한 지가 오랬을 터이지마는, 유명이 한번 달리놓은 이상에 그렇게 역력할 수 없는 것은 정한 이치라. 그러나 도적이 발이 저리다는 일체로, 이 시찰이 자기 생각에도 지은 죄가 있으니까 공연히 겁이 나며 중정이 허해져서 선초로도 뵈이고 임 씨 모자로도 뵈이는 중, 선악간 사람의 뇌라 하는 것은 극히 영통하여 아직 오지 아니한 앞일을 미리 깨닫는 일이 이따금 있는 고로, 자기의 참경을 본 일부터 상처하는 일까지 벌써 마음에 켕겨서 그 모양으로 선초 귀신, 임 씨 모자 귀신이 눈에 현연히 뵈이며, 하는 말이 귀에 소상하였던 것이더라. 최 호방이 선초의 참경을 본 이후로 한 가지 고집이 생겼는데, 이 고집은 별것이 아니라,

"딸자식이라는 것은 반절이나 깨쳐서 가간 통정이나 하면 넉넉하고 밥이나 짓고 의복이나 꿰매면 고만이지, 한문자는 한 자도 가르칠 일이 아니요, 또 기생으로 말한대도 음률·가무가 변변치 못한 아이들은 열이면 열이 다 후분이 좋아도 재조가 남보다 뛰어나면 재승덕박才勝德薄하여 그런지 개개이 팔자가 기구하더라. 더 할 말 없이 우리 선초로 보아도 제가 인물이라든지 음률·가무가 변변치 못하였더면 이 시찰이 그 모양으로 욕심을 내어 의리부동한 행위를 했을 리가 없었을 것이요, 또 제가 글자를 아니 배워 무식한 것 같으면 의리인지 지조인지 어찌 알아서 제 목숨을 끊을 지경까지 하였을 리도 없으니, 에, 우리 모란이 년은 당초에 아무것도 가라치지 말고 그대로 내버려두겠다."

하여 일절 아무것도 배우지를 못하게 하건마는, 모란이는 매를 맞고 꾸지람을 들어가며 틈틈이 저의 일갓집에 가서 동냥글을 배워서 문필이 저의 형만 못지아니하고, 음률은 최 호방 출입한 동안이면 제 형 공부하던 율보를 보아가며 사습을 은근히 하여 어느 배반이든지 막힐 것이 없는 중, 형제의 얼굴이 방불한 것은 흔히 있는 일이라. 제 나이 점점 차갈수록 달덩이 같이 어여뻐 제 형의 얼굴에서 쪼개어 낸 듯하더라. 그러지 아니해도 모란이가 천륜이 감동해서 제 형의 넋두리하던 소문 들은 사람마다 모란이는 선초가 다시 왔다고 지목을 하였는데, 더구나 인물·재질이 제 형과 방불하니 호사자들이 오죽 말을 만들어 하리오.

"에, 세상에 희한한 일도 있더라. 장성읍에는 대대로 명기 하나씩이 의례히 생기어서 당년에 유명하던 명주·보패가 차례로 죽고 그 뒤를 이어 선초가 생겨나서 장성 일군을 흔들흔들 하다가 몹쓸 바람에 떨어진 꽃 모양으로 하룻밤 사이에 흔적이 없어지고 적막히 빈 가지에 석양이 비낀 모양이 되었으니 아무라도 생각하기를, 인제는 산천도 변하여져서 장성읍에 명기가 그치려나보다 하였는데, 죽은 선초는 참 희한한 일이야. 요사이에 도로 살아났다는걸!"

모란이 성식을 자세 아는 사람은 그런 말을 듣고,

"옳지, 모란이가 제 형 선초의 계적을 했으니까 저렇게 말하기도 용혹무괴이지."

하여 다시 묻도 아니할 터이지마는, 밑도 끝도 없이 그 말을 처음 듣는 자는 죽었던 사람이 살아왔다는 말에 대경소괴하여,

"으응, 그게 무슨 말이야, 선초가 살아났다니? 죽은 사람이 도로 살아나? 그러면 선초가 이 시찰을 속이노라고 거짓 죽었던 것이로구먼. 어떻든지 계집의 꾀라는 것이 기가 막히더라. 이 시찰은커녕 우리도 그 소문을 듣고 꼭 속았는걸."

그대 말 전하던 사람도 두 가지 구별이 있으니, 선초의 자초지종을 알고 말한 자는 선초가 이 시찰을 속였나 보다 하는 의심에 대하여 정색을 하여가며 기어이 변명을 하여주려니와, 자기도 남의 전하는 것만 듣고 절인지 중인지 알지도 못하며 입이 가볍게 지껄이던 자는 어디까지 자기의 주견을 세우노라고 엇구수하게 얼마쯤 말을 보태어 하더라.

*

지극히 어지신 하나님께서는 호생지덕好生之德을 주장하시는 터이라, 삼 년 동안을 옥구멍 속에서 사람은 못 당할 고생을 다 겪던 이 시찰을 놓여나와 세상 구경을 다시 하게 하신지라. 그물을 벗어난 새와 일반으로 이 시찰이 옥문을 나오니 그때에는 애연한 양심이 잠깐 생기어서 스스로 자복하는 말이라.

"에구, 내가 이번에 고초 겪은 일이 모두 다 내 잘못이지, 수원수구할 수 있나? 임씨 집 일로 말하면 내가 그 노인의 사랑하던 은혜를 태산같

이 지고 만분의 일이라도 갚지는 못할지언정 내 요공을 하자고 죄도 변변치 않은 그 아들을 사정없이 포살하였으니 어찌 아니 원통치 아니하며, 선초로 말하면 제가 그처럼 고집을 하니 내 욕심을 참았더면 나도 점잖은 모양이 되고 저도 소원성취가 되었을 것을. 응, 잘못했지, 잘못했어! 그것이 생목숨을 끊을 때에 다시없는 원혼을 품었을 것이니 일부함원에 오월비상—婦含冤五月飛霜이라는데 내가 결딴이 어찌 나지 아니하였을꼬?"

하여 가장 회개한 듯이 일절 여색은 가까이 아니 하고 점잖은 행태를 이왕 학자 문하에 다니던 때와 일반으로 하니, 이는 자기 마음에 뉘우침도 여간 있으려니와 은근히 엉큼한 욕심이 들어앉아서 세상 이목을 또 한 번 속여볼 작정이더라. 속담에 '더 먹자면 거친 게'라더니, 이 시찰이 부조유업만 해도 자기 식구는 굶지 않고 넉넉히 지내었을 것을 아무쪼록 불한당질을 하여 장안에 손꼽이 가는 거부장자가 되어보자는 작정 겸 일색미인을 한 번 상종하자는 계교로 천신만고하여 삼남 시찰을 벌어 내려가서 일색도 상관하였으려니와 재물은 어떻게 휩쓸어 몰아 올려왔던지, 만일 그 재물을 굳게 지키기 곧 하면 충청도 내에 큰 자본가가 되었을 터인데, 거칠게 들어온 재산이 나갈 제도 거친 것은 당연한 이치라. 이 시찰이 자기 집에를 와서 그 재물을 한 푼 써보도 못하고 전라감영에서 바로 서울로 압상이 되어 삼 년 재판하는 중에 집안에 사람도 씨가 없어지고 재물도 본래 있던 것까지 보태어 탕진을 하였으니, 이 시찰이 옥에서 나온 후로 본집이라고는 쑥밭뿐이요, 발을 내디디어 향할 곳 없으니까 하릴없이 이왕 소박하여 버렸던 첩의 곁방살이하고 있는 곳을 수소문하여 찾아가서 비진사정을 하여 몸을 의지하고 있으며 간능스럽게 틈틈이 교제를 잘 하여 전백전관의 구걸로 근근이 호구를 하니, 자기 마음에는 사력이 훨씬 펴인 줄 여겼던지 지어먹은 마음이 사흘을 못 가서 이왕 행태가 도로 나와서 돈냥 곧 보면 소취나 대단한 체하여 친구도 모아 술도 먹고 계집도 불러 소일도 하더니, 하루는 어떤 친구의 연회에를 갔더니, 그 좌석에 아무 판서, 아무 대신 이하로 협판·참서·국장·주사가 다수히 회집하여 반조정이 더 되고 겸하여 각국 공령사 내외국 상민도 적잖이 모였는지라, 행여나 실수를 할까 하여 극히 조심조심하느라고 먹고 싶은 주육도 못 먹고 하고 싶은 수작도 못하며 한번 구석에서 숨도 크게 못 쉬고 얌전스럽게 앉았노라니 마침 여흥으로 기생의 가무를 보는데 그중 기생 하나이 자기의 얼굴을 눈이 뚫어지게 여겨보거늘, 자기 역시 유심히 본즉 분명히 알 수는 없어도 어디서 이왕 많이 보던 인물 같은지라 의젓이,

"이애, 저 기생 이리 오너라. 네 이름이 무엇이고, 너는 몇 살이며, 시골은 어디냐?"

한마디 물어보고 싶지마는 여러 귀중한 좌객들이 어떻게 여길는지도 알 수 없고, 곁에 친구를 연비하여 그 성명·거주를 탐지하고 싶으나 그 사람 못 보는 데는 무슨 행세를 하였던지 제법 정대한 체통인 체하던 터에 기생의 이름을 자세히 물으면 역시 무엇이라고 흉을 볼는지 알 길이 없어 꿀 먹은 벙어리 모양으로 앉아서 그 기생만 쏘아보며,

'그것 다시 볼수록 절묘한걸! 어떻게 하면 한 번 조용히 불러볼꾸?'

하며 한입에 꼴딱 집어삼키고 싶은 마음이 나서 은근히 좌불안석을 하는데, 그 기생이 추던 춤을 중간에 그치고 이 시찰 앉았는 앞으로 쭈루루 와서 우뚝 섰더니 물끄러미 한동안 마주보는지라 이 시찰 생각에는, 자기의 풍채가 두목지존 장칠 만하여 그 기생이 저렇게 와서 보거니 싶어 한없이 좋은 중, 도리어 면구해서 고개를 돌려 딴 데를 보는 체하는데, 그 기생이 신 내리는 무당 모양으로 소리 한마디를 버럭 지르더니 이 시찰을 향하여 전후 수죄를 다한다.

"여보, 너무 마오. 남의 적악을 너무 마오. 점잖은 처지로 학자 문하에 출입을 하였다면서……. 여보, 나잇값이나 좀 하시오. 귀밑에 털이 희뜩희뜩한 터에 나같이 어린아이에게 이다지 원통히 하여야 가할까요? 조정에서 불차탁용으로 시찰을 보내실 제는 아무쪼록 패악하여 풍속을 괴란케 하는 자는 징치하고, 정직하여 사회에 모범될 만한 자는 포장하라는 뜻인데, 왜 나와 무슨 불공지수 운수가 있길래 무죄한 우리 아버지를 동학에 간련이 있다 모함을 하여 옥중에다 뇌수하고 내일 포살하네, 각색으로 위협할 뿐 아니라, 천연스럽게 계약서까지 하여주고 급기 강제로 욕을 보인 뒤에는 도장 찍어주마고 그 계약서를 도로 달래가더니 이내 배약을 하여 내가 철천지한을 품고 이렇게 죽게 하였으니 당신 마음에 얼마나 상쾌하시오? 내 백골이 진토가 될지라도 내 원혼은 그대로 있어 당신 후분이 얼마나 잘되나 보고야 말 터이오. 여보, 무슨 정이 그리 따뜻해서 내 무덤에 와서 술을 부어 놓고 글을 지었습더니까? 가을바람에 백발이 왔다 하니 나 살아서 거절한 양반이 죽은 뒤에 무엇 하러 왔으며, 떨어지는 날에 청산에서 운다 하였으니 울기는 무엇이 답답해서 울었습더니까? 오늘 내가 이 좌석에를 불원천리하고 올라오기는 다름 아니라 당신이 시찰로 내려와 그 탐음무도貪淫無度한 행실을 하고도 필경 명찰하게 직분을 다한 모양으로 세상 이목을 속였을 터이기에 이렇게 만당 귀객이 모이신 데에서 죄상을 공포하려는 것이오. 댁집에 변상이 수없이 나고 재산을 탕패한 것이 무심한 일인 줄로 여겼습더니까? 내 혼이 당신 간 곳마다 쫓아가서 후분이 얼마나 잘되나 보고야 말 터이오."

하며 무죄 양반을 비도라 모함하여 재물 빼앗던 일을 역력히 들어 수죄하는 중 임 씨 부인의 양육한 은혜를 저버리고 죽마고교로 자라난 그 아들을 죄 없이 포살을 하여 그 집 고부가 일시에 원통히 세상을 버린 일까지 모조리 공포하니, 그때 그 좌석에 참예한 귀객 중 언어를 직접으로 통치 못하는 외국 사람은 당장에는 아무런 줄 모르고 다만 당황히 여길 뿐이로되, 기타 모 대신 모 협판 이하로 평시에 이 시찰을 상없지 않게 여기던 여러 분네들이 그 기생의 하는 거동을 보고 심히 괴상하여 처음에는,

"저것이 풍병이 있거나, 광증이 들었나보다."

하였더니 차차 그 말을 들으니 무슨 묘맥이 착실히 있는 일이라. 각기 연비를 하여 그 기생의 내력을 물은즉 이름은 모란이요, 시골은 장성인데, 당시 명기로 세상에 이름이 훤자하던 최 호방의 딸 선초의 아우 모란이라. 선초가 비록 하방에 있는 천기나, 그 품행과 재화를 모르는 사람이 없이 썩 유명하였던 탓으로 자세한 곡절은 몰라도 자처하였다는 소문은 다 듣고 모두 가석히 여기던 터이더니, 급기 모란의 일장하는 말을 듣고 선초의 불행히 된 이유를 명확히 알겠는 동시에, 이 시찰의 죄상까지 일일이 알겠으나, 한갓 모란의 거동에 대하여 의심될 문제 한 가지가 되었는데,

"죽은 선초가 살아나서 모란이 모습을 쓰고 왔단 말인가? 산 모란에게 죽은 선초의 넋이 들었단 말인가? 외양은 보면 모란이대로 있고, 수작을 들으면 선초가 왔으니, 그 아니 이상한 일인가?"

이때 이 시찰은 어찌 기가 막힌지 아무 말도 못하고 앉아 듣기만 하다가 가만히 생각을 한즉 묵묵히 발명 없이 있다가는 자기 과실이 모두 발각되어 일자반급이라도 다시 얻어 해볼까 하고 일껏 행세를 적공 들여 한 것이 속절없을 지경이라, 무슨 효험이나 볼 줄 알고 어여뻐하던 본의 없이 정색을 하여 모란을 보며,

"이년, 이 미친년! 이 좌석이 어떤 좌석으로 알고 얼토당토않은 광언망설을 이렇게 하느냐? 번연히 살아서 지껄이는 년이 나더러 죽었느니 마

니! 응, 간밤에 꿈자리가 뒤숭숭하더니 괴악한 년의 수작을 다 듣는다."

하고 좌상의 자기와 친절한 재상을 쳐다보며,

"시생은 오늘 이런 소조가 없습니다. 이런 미친 것이 또 어디 있습니까? 윤척이 없는 말을 함부루 지껄여 조좌 중에 창피케 하오니 역일 변괴올시다. 소매평생에 눈도 코도 못 보던 것이 어서 와서 저를 죽였느니 살렸느니 못할 험담이 없이 하는 모양을 보온즉, 저것이 미친 년 곧 아니면 필경 동학 여당으로 시생에게 형벌 당한 무엇이 회개는 할 줄 모르고 도리어 함혐을 하여 저것을 꾀이어 이 거조를 하도록 한 것이오니 대감께옵서 경무사 대감께 말씀하오셔 근인을 사문하여 기어이 득정을 하도록 하여주옵소서."

그 말이 뚝 떨어지자 모란이가 또 소리를 질러 수죄하는 말이,

"여보, 간사도 하오. 그래도 나를 몰라본다고 해! 그만치 고생을 하고도 옛 버릇이 그저 남았구려. 누구를 잡아 가두고, 사문을 하여달라구? 이왕에는 세상을 속이고 명예를 도적질한 탓으로 사면 대우도 받고 여간 벼슬도 얻어 했거니와, 내가 이 모양으로 설원하는 것을 목도하시고야 어느 양반이 당신의 말을 옳게 여겨 나더러 무엇이라 할 줄 알고? 내가 유명이 다른 탓으로 직접으로 말을 하는 도리가 없어서 내 아우 모란의 입을 빌려 당신의 죄상을 이렇게 말하는 것인데, 누구더러 미친 년이니 광언망설이니 하오? 극흉극악한 댁과 더 말할 것이 없으니 나는 가오."

하더니 모란이가 뒤로 벌떡 자빠져 이내 기색을 하였는지라, 이 시찰과 깊은 관계없는 자들은 일변 모란의 거동을 괴상히 여기고 일변 이 시찰의 본색을 깨달아 검다 쓰다 일언반사를 아니하는데, 기중 이 시찰을 사자어금니 아끼듯 하던 신 대신은 멋없는 호령을 내심에 잔뜩 준비하기를,

"어, 요망한 년! 사불범정이거든, 어디서 이까짓 버르장이를 하노라고. 어, 암만해도 그대로 두지 못하겠구."

하여 그 자리에서 순검을 불러 모란이를 내어주려 하다가, 신 대신은 본래 천성이 근신한 터이라 둥그런 눈을 끔적끔적하며 다시 생각하기를,

'대범 물건이라는 것이 불평하면 우느니, 저것이 맑은 정신의 말이라 할 수는 없으나 제 딴은 무슨 원통한 일은 있기에 저 모양으로 울며 사설을 하는 것이니, 아무렇든지 그대로 내버려 두고 동정을 더 보리라.'

하고 가만히 앉아 모란의 폭백하는 말을 역력히 듣더니, 모란이가 하던 말을 다 마치고 그 자리에 가 쓰러지며 넋을 잃는 양을 보고 그날 연회가 살풍경이 되어 내빈이 흘림흘림 다 헤어져 가는 통에 이 시찰은 무안에 취하여 제일 먼저 삼십육계 중 상책을 하였더라. 당초에 모란이가 저의 형 죽은 후로 꿈마다 저의 형이 와서 울며 부탁하기를,

"이애, 모란아, 네가 아무쪼록 시서·가무·음률·침재를 나만치 배워가지고 교방에 일등이 되어 네 형의 맺어 먹었던 소원대로 성취도 하고 네 형의 뼈에 사무친 설원도 하여다고."

하니 한 나이라도 적어서는 아무 의사도 못 내다가 십오 세가 되어 온갖 지각이 날 만하니까 자기 형의 원억히 세상을 버린 일이 점점 유한이 되어 무슨 능력으로 설분을 상쾌히 하여주는 도리가 없는지라, 주사야탁으로 골몰히 궁리를 하다가 한 가지 계책을 내어, 서울서 다년 기부로 영업하던 박 별감이, 데리고 외입을 하던 기생은 들여보내고 새로 기생을 구할 차로 내려온 것을 알고 사람을 소개하여 청해다가 가기를 자원하며 약조하는 말이라.

"당신이 기왕 기생을 구하러 오셨다 하니 불필타구로 나를 데려가시오. 내가 당신을 따라간대도 춤이라든지 노래라든지 지어 각색 음률까지라도 새로 배울 것이 없은즉 부비 한 푼 들 것 없고 다만 내 주인이

되어 바깥두령만 하여주면 내 목적 달하는 날까지 매창은 사양치 아니하고 하려니와 결단코 매음은 아니 할 터이니 그리 알으시고 같이 가십시다."

박 별감이 그 말을 듣고 생각하여 본즉,

'날뜨기를 돈 주고 사다가 생매 길들이는 일체로 이삼 년 동안을 불소한 자본을 허비하여 가르치는 것보다 모란을 돈 한 푼 아니 주고 데려다가 가무 등속을 수고스럽게 가르칠 여부없이 그날부터 벌어먹는 것이 해롭지 않고, 또는 기왕 기부 노릇을 하는 터에 저러한 명기를 한번 데리고 지내는 것이 옳거니.'

하여 소원대로 하게 하마 다짐을 하고, 즉시 교마를 차려 서울로 올라와 약방에다 구실을 박았는데, 박 별감이 비록 천한 업은 할지언정 과히 상 없지는 아니한 자이라, 모란의 원치 아니하는 매음을 일절 시키지 아니하고 다만 매창하는 노름에만 보내는데, 기생이 인물만 똑똑해도 '예서 오너라, 제서 오너라' 하거든, 하물며 가무가 갖고 음률까지 서화까지 능란한 모란이리요. 날마다 어찌 째이는지 잠시도 집에 들어앉을 겨를이 없는데, 모란은 일편 정신이 어느 좌석에서든지 이 시찰 곧 만나면 망신을 한번 톡톡히 줄 작정인데, 가령 평교 같으면 일부러라도 한 번 찾아가 이 시찰을 보고 움파 같은 주먹으로 볼치를 눈에서 불이 나게 훔쳐 치며,

"댁이 내 형을 왜 원통히 죽였습나? 법소도 갈 것 없이 내 손에 당장 죽어보아라."

하련마는 남자도 아니요 여자요, 여자 중에도 천기라. 그리하는 수는 없고 다만 좌석에서 만나기만 기다리는데, 천행으로 그날 연회에서 이 시찰을 보고 직접으로 그 얼굴에다 침을 뱉어가며 수죄를 하려다가 생각한즉 그 좌석에 이 시찰의 상전이 많이 있는 모양인데 섣불리 하다는

망신만 하겠는고로 가장 자기 형의 넋이나 씌운 듯이 일호 고기 없이 하고 싶은 말을 다 하였더라. 모란의 그 거조 한 번이 어찌 그다지 영독한지 이 시찰이 일자이후로 간 곳마다 정거가 되어 복직은커녕 청편지 한 장 얻어 보는 도리가 없으니 돈 한 푼 생길 곳은 없고 허구한 날 무엇으로 먹고 입고 살아가리오. 그중에 악종의 첩은 저의 남편이 벼슬을 다녀 돈을 벌어들일 제는 제 낭탁을 좀 해볼 작정으로 입에 혀 노릇을 하며 갖은 간특을 다 부리다가 감옥서 삼 년에 가산을 여지없이 털어 마치고 다시는 벼슬도 못하고 돈도 못 벌어들이니, 날마다 함박 쪽박을 메어붙이며 포달을 부리는 통에 잘 먹지도 못하지마는 여간 먹는 것이 살로 한 점 못 가는지라, 배도 고프고 자기 첩의 바가지 긁는 것도 귀찮아서 낯모르는 집으로 남이 알세라 모를세라 다니며 소맷동냥을 하여 가지고 자기 집에 들어갈 제는 가장 누가 보내준 모양으로 그 첩을 속여 안유하며 근근이 지내더니, 하루는 남문 안 어떤 골목에를 지나다가 대문이 큼직하고 용마루가 번주그레한 집을 보고 얼굴 아는 사람이나 아니 보나 뒤를 흘금흘금 둘러보며 그 집으로 들어가 처량한 말로 산천초목이 스러질 만치 애원한 사정을 하며 다소간 구걸을 한다.

"예, 쌀이 되나 돈이 되나 적선 좀 하십시오. 늙은 부모가 병이 들어 여러 달포째 위석하였는데 가세가 말이 못되어 절화를 여러 때 하였사오니 다소간 적선을 하시면 미음이라도 한때를 끓여 봉양하겠습니다."

그 집이 공교히 부엌문에서 중문이 마주 내다보이는데, 주인이 무엇을 하러 마침 부엌에를 내려왔다가 중문 밖에 섰는 걸인을 물끄러미 내다보다가 혼자 웃고 안으로 들어오며,

"천리가 무심치는 아니하다. 제가 필경 저 지경이 되었군! 우스워라, 늙은 부모가 병이 들었어? 저의 부모가 또 어디 있던가? 양친이 구몰하여 조고여생으로 자라났다는데. 오냐, 입맛이 썩 붙게 두둑이 동냥을

주어 이 다음에 또 오는 양을 보겠다."

하더니 뒤주 문을 덜컥덜컥 열고 쓸고 쓸은 어백미를 푹푹 퍼서 붉은 도래함지로 수북하게 담아 아이 하인을 시켜 내어보내더라. 그 집 안주 인은 별사람이 아니라 곧 연회좌석에서 이 시찰 수죄하던 장성 기생 모 란이니, 그날 그 좌석에 의기남자 하나가 있어 선초·모란 형제의 내력 을 일일이 듣고 그 절조를 깊이 흠복하여 즉시 모란과 백년을 뇌약하고 남문 안에다 살림을 불치불검하게 썩 얌전히 차렸는데, 이 시찰이 문전 에 와서 구걸하는 양을 보고 두 눈이 쑥 솟게 호령을 하여 내쫓으려다 가 없는 부모 병들었단 말이 하도 우스워서 다시 생각하여 보고 쌀을 후히 주어 보낸 것이라. 이 시찰이 그 쌀을 받아 가지고 돌아오며 혼자 생각이라.

'에 참, 그 집이 부자도 부자려니와 인심도 매우 좋은걸! 그 집 한 집 에서 얻은 것이 열 스무 집에서 얻은 것보다 썩 많지 않은가? 수일 후 에 또 한 번 다시 가보겠다.'

하고 며칠 후에 그 집을 전위하여 찾아가서 외마루 문자로 구걸을 하 면 또 그렇게 많이 주지 않을 듯싶어서 임시변통을 하여,

"예, 쌀말이나 적선하십시오. 세 살 먹은 어린것이 시두를 방장하고 나서 온갖 먹을 것을 찾는데 가세가 말이 못되어 죽 한 그릇도 끓여 주 지 못합니다. 후덕하신 댁에서 후히 보조를 하여주십시오."

모란이가 그 다음부터는 구걸하는 사람이 밖에 와 소리 곧 지르면 백 사를 제치고 내다보더니, 그날 이 시찰이 또 와서 구걸하는 양을 보고 동냥은 아니 주고 하인을 시켜 안마당으로 들어오라 하니, 이 시찰은 어찐 곡절인지 알지 못하고 원래 후한 집이니까 의차로 피륙이나 양미 섬이나 두둑이 주려나 보다 하고 그 하인의 뒤를 따라 들어가다가 마루 위를 흘긋 쳐다보니 여화여월如花如月한 젊은 부인이 두렷이 서 있는지

라, 구걸을 하더라도 염치가 있는 사람 같으면 황송해서 고개를 푹 숙이고 상벌간 처분만 바랄 터인데, 이는 지각을 어떻게 타고났는지 그중에도 부정당한 생각이 들기를,

'잠시간 보아도 저 여편네가 썩 잘생겼는데, 나를 왜 이렇게 제잡담하고 불러들이노······? 거번에 동냥을 한 함지나 줄 때부터 이상스럽더니, 이번에는 이렇게 불러들일 제는 필유곡절한 일이로군! 동냥만 주려면은 문밖에 세우고라도 넉넉히 줄 터인데······. 옛날이야기에도 나 모양으로 궁하게 돌아다니다가 장가 잘 들고 재물도 많이 얻은 일이 있다더니······. 아마 내가 인제는 생수가 나려나 보다. 집에 있는 첩은 늙은 것이 악종만 시시로 부리고 아무 재미가 없건마는, 그나마 버리게 되면 당장 몸 의탁할 곳이 없겠길래 마음대로 못 하였더니······. 어디 아무렇든지, 제관하회第觀下回를 하여 내게 달도록 하여보겠다.'

하고 은근히 마음에 좋아하더니 마루 위로서 그 여인이 기침 한 번을 '카악!' 하더니, 이 시찰 얼굴이 모닥불 담아 부은 듯이 화끈화끈하여 지난 말이 나온다.

"여보소 걸인, 보아하니 사지육체가 멀쩡한 터에 하다못해 인력거를 끌기로 못 살아서 남의 집으로 돌아다니며 없는 부모의 병이 있느니, 없는 자식이 시두를 했느니 거짓말을 하여 가며 동냥을 하러 다녀? 초년에 죄를 지으면 말년에 죄를 받는 것은 떳떳한 이치어늘, 저 지경이 되어서도 죄를 생각지 못할까! 눈을 들어 내가 누구인지 자세히 쳐다볼지어다."

이 시찰이 그 말을 듣고 만단 의심이 나서 고개를 들어 쳐다보고서 얼굴빛이 진당홍 물 끼어 얹은 듯하여지며 고개를 다시 푹 숙이고 한 걸음에 도주하더라.

기자 왈, 소설이라 하는 것은 매양 빙공착영憑空捉影으로 인정에 맞도록 편집하여 풍속을 교정하고 사회를 경성하는 것이 제일 목적인 중, 그와 방불한 사람과 방불한 사실이 있고 보면 애독하시는 열위 · 부인 · 신사의 진진한 재미가 일층 더 생길 것이요, 그 사람이 회개하고 그 사실을 경계하는 좋은 영향도 없지 아니할지라. 고로 본 기자는 이 소설을 기록하매 스스로 그 재미와 그 영향이 있음을 바라고 또 바라노라.

(끝)

찾아보기

갑제甲第 : 크고 넓게 아주 잘 지은 집.(p 183)

갓두루마기 : (1) 갓과 두루마기를 아울러 이르는 말. (2) 갓을 쓰고 두루마기를 입은 사람.(p 407)

강개慷慨 : 의롭지 못한 것을 보고 의기가 북받쳐 원통하고 슬퍼함.(p 235)

강근지족强近之族 : 도움을 줄만한 아주 가까운 친척. 강근지친强近之親.(p 98)

강남해康南海 : 강유위康有爲. 중국의 사상적 발전에 중요한 역할을 한 학자와 개혁운동 지도자.(p 221)

강샘 : 상대하고 있는 이성異性이 다른 이성을 좋아함을 지나치게 시기하는 일. 질투. 투기.(p 43)

강열强熱 : 괜히 몹시 오르는 열.(p 83, 140)

강작强作 : 억지로 꾸미어 만드는 것.(p 103, 141)

강포强暴 : 우악스럽고 사납다.(p 73)

같은 값에 당홍초마(唐紅−) : 당홍초마는 '다홍치마' 의 잘못. 같은 값이면 좋은 물건을 택함을 뜻하는 말. 동가홍상同價紅裳.(p 242)

개구開口 : (1) 입을 벌림. (2) 입을 벌려 말을 함.(p 177, 187, 189)

개동군령開東軍令 : 이른 새벽에 내리는 군사 행동 명령이란 뜻으로, 새벽 일찍부터 일을 시작함을 비유적으로 이르는 말.(p 158)

개문開門 : 문을 엶.(p 142)

개올리다 : 상대편을 높이어 대하다. 또는 몸을 낮추고 쩔쩔매며 말하다.(p 45)

갱참坑塹 : 길게 파놓은 구덩이.(p 187)

거듭떠보다 : '거들떠보다' 의 잘못.(p 155)

거래去來 : 예전에 사건이 일어나는 대로 아랫사람이 윗사람이나 관아에 가서 알리던 일.(p 240)

거리책지據離責之 : 사리를 따져 잘못을 꾸짖음.(p 341, 359)

거마車馬 : 수레와 말.(p 102, 283)

거무하居無何 : 주로 '거무하에' 꼴로 쓰여 시간상으로 온 지 얼마 안 됨.(p 169, 198, 301, 403)

거미구居未久 : 주로 '거미구에' 꼴로 쓰여 오래지 않아.(p 71, 322, 378, 406, 410)

거번去番 : 지난번.(p 281, 424)

거벽巨擘 : 어떤 전문적인 분야에서 남달리 뛰어난 사람.(p 208)

거세擧世 : 온 세상. 또는 세상사람 전체.(p 185)

거접居接 : 잠시 몸을 의탁하여 거주함.(p 299)

거조擧措 : 행동거지.(p 26, 106, 109, 111, 292, 298, 361, 419, 422)

거지가 도승지를 불쌍타 한다 : 도승지는 아무리 추운 때라도 새벽에 궁궐에 가야 하기 때문에 거지가 그것을 불쌍하게 여긴다는 뜻으로, 불쌍한 처지에 놓여 있는 사람이 도리어 자기보다 나은 사람을 동정한다는 말.(p 108)

거진 : '거의 다' 의 방언.(p 15, 24, 69, 133, 159, 270, 277, 282, 293, 381)

걱실걱실 : (1) 성질이 너그러워 말과 행동을 시원시원하게 하는 모양. (2) 긴 다리를 성큼성큼 옮겨 디디며 걷는 모양.(p 244)

건넛산 꾸짖기 : 본인에게 직접 욕하거나 꾸짖기가 거북할 때 다른 사람을 빗대어 간접적으로 꾸짖어서 당사자가 알게 한다는 말.(p 18, 41)

건몰乾沒 : 관가에서 법에 어긋난 물건을 빼앗음.(p 411)

걷치다 : '걸리다' 의 방언.(p 24)

걸객乞客 : 몰락한 양반으로서 의관을 갖추고 다니며 얻어먹는 사람.(p 288)

걸불병행乞不並行 : 비럭질은 여럿이 함께 하지 않는다는 뜻으로 어떤 것을 요구하는 사람이 여럿이면 그것을 얻기가 어려움을 이르는 말.(p 313)

걸어앉다 : 높은 곳에 궁둥이를 붙이고 두 다리를 늘어뜨리고 앉다. (p 49, 52, 94)

걸음발타다 : 걸음을 익혀 비틀거리며 걷기 시작하다. (p 31, 125)

검둥개 미역 감기듯[감듯] : 원래는 어떤 일을 해도 별로 효과가 나타나지 않음을 이르는 말이나 여기서는 무엇을 한 듯 만 듯한 것을 이르는 말로 쓰였다. (p 48)

검은 구름에 흰 망아지[백로] 지나가기 : 정처 없이 떠돌아다님을 비유적으로 이르는 말. 또는 어떤 일을 해도 그 자취가 남지 않음을 비유적으로 이르는 말. (p 310)

검치다 : 모서리를 중심으로 하여 좌우 양쪽으로 걸쳐서 접거나 휘어붙이다. (p 374)

겁간劫姦 : 폭행, 협박 따위의 불법적 수단으로 부녀자와 성관계를 맺음. (p 76)

겁박劫迫 : 으르고 협박함. (p 386)

겅성드뭇하다 : 많은 수효가 듬성듬성 흩어져 있다. (p 110, 259)

겉대답 : 건성으로 하는 대답. (p 295)

겉묻다 : 남이 무슨 일을 하는 운김에 덩달아 따르다. (p 398, 410)

겉볼안 : 어떤 사람이나 대상의 겉을 보고 속이 어떠한가를 능히 판단할 수 있는 상태. (p 96)

게 발 물어 던지듯 : 매우 외로운 처지에 놓여 있는 모양을 이르는 말. (p 96, 292)

겨드락 : '겨드랑' 의 방언. (p 154)

격난激難 : 매우 심한 난관. (p 50, 78)

격란사돈 : 윌리엄 글래드스턴. 1868년 이후 4차례에 걸쳐 영국 총리를 지냄. 재직 중 아일랜드 자치법 통과에 노력하고 제1차 선거법 개정에 공헌한 자유주의자. (p 216, 228)

격양가擊壤歌 : 풍년이 들어 농부가 태평한 세월을 즐기는 노래. (p 345)

견대肩帶 : 돈이나 물건을 넣어 허리에 매거나 어깨에 두르기 편하도록 만든 자루. 전대纏帶. (p 258, 259, 281, 298, 299, 329, 331)

견문발검見蚊拔劍 : 모기를 보고 칼을 뺀다는 뜻으로, 대수롭지 않은 일에 크게 성을 냄을 이르는 말. (p 376))

견확堅確 : 견고하고 확실함. (p 370)

결전結錢 : 조선 후기에 균역법의 실시에 따른 나라 재정의 부족을 메우기 위하여 전결田結에 덧붙여 거두어들이던 돈. (p 407)

결초보은結草報恩 : (진晉과 진秦이 싸울 때 진晉쪽의 위과魏顆에게 은혜를 입은 사람의 아버지의 혼령이 나타나 그를 위해 풀을 묶어놓음으로써 진秦의 두회杜回를 넘어지게 하여 붙잡게 했다는 고사에서) 죽어서까지라도 은혜를 잊지 않고 갚음을 뜻하는 말. (p 86)

겸사謙辭 : 겸손하게 사양함. (p 346)

경겁驚怯 : 놀라서 겁을 냄. (p 265)

경대敬待 : 공경하여 접대함. (p 223)

경륜經綸 : 어떤 포부를 가지고 일을 조직하고 계획하다. (p 49, 54, 86, 166, 174, 256)

경무청警務廳 : 갑오개혁 이후에 한성부 안의 경찰 업무와 감옥의 일을 맡아보던 관청. (p 90, 92, 94, 96, 262, 326)

경보輕寶 : 가볍고 값 많이 나가는 재물. (p 282)

경상景狀 : 좋지 못한 몰골. (p 136, 353, 411)

경선輕先 : 경솔하게 앞질러 하는 성질이 있다. (p 373, 385, 393)

경신년 글강 외듯 : 여러 번 되풀이하여 신신 당부함을 이르는 말. '글강(-講)' 은 예전에 서당이나 글방 같은 데서 배운 글을 선생이나 시관 또는 웃어른 앞에서 외던 일. (p 56)

경앙敬仰 : 존경하여 우러러 봄. (p 215)

경야竟夜 : 밤을 새우는 것. 달야達夜. (p 353)

경위涇渭 : 중국의 경수涇水는 탁하고 위수渭水는 맑아서 뚜렷이 구별된다는 데에서 사리에 대한 판단이나 분별을 이

공읍사拱揖砂 : 두 손을 마주 모아 잡고 인사하는 형국의 사.(p 163)

공전公錢 : 공금公金.(p 411)

공직公直 : 사사롭거나 한쪽으로 치우침이 없이 정직함.(p 102, 345)

공초供招 : 죄인이 범죄 사실을 진술하는 일. 공사供辭.(p 196, 323, 325)

공효功效 : 공을 들인 보람이나 효과.(p 196, 221, 226)

과당過當 : 정도가 지나침.(p 163)

과동過冬 : 겨울을 나는 것. 월동越冬.(p 66)

과두수裹頭水 : 염할 때 시체의 머리를 싸는 베 형국의 시내.(p 162)

과세過歲 : 설을 쇰.(p 35)

과협過峽 : 울멍줄멍 내려오던 산줄기가 주산을 만들어 다시 일어나려 할 때에 안장처럼 잘록하게 된 부분.(p 162)

관격關格 : 먹은 음식이 갑작스럽게 체하여 가슴이 꽉 막히고 정신을 잃는 위급한 병.(p 405, 409)

관곡款曲 : 매우 정답고 친절함.(p 176)

관곽棺槨 : 시체를 넣는 속 널과 겉 널.(p 400, 405)

관기모자 인언수재觀其眸子人焉瘦哉 : 눈동자를 보면 사람의 됨됨이를 알 수 있다는 말.(p 390)

관망冠網 : 갓과 망건.(p 79, 80, 159)

관숙하다 : (1) 손이나 눈에 아주 익숙하다. (2) 아주 친밀하다.(p 302)

관왕묘關王廟 : 중국 촉한蜀漢의 장수 관우關羽의 영을 모신 사당. 관제묘. 무묘武廟.(p 156)

관자冠者 : 관례를 행한 사람.(p 182)

관정발악官庭發惡 : 관가에서 심문이나 취조할 때 심문을 받는 사람이 반항하는 일.(p 364)

광구廣求 : 직업이나 인재 따위를 널리 구함.(p 251)

광수의廣袖衣 : 직령, 도포, 단령 등 양반들이 입던 폭이 넓은 소매가 달린 옷.(p 208)

광언망설狂言妄說 : 이치에 맞지 않고 도에 어긋나는 말.(p 418)

광음光陰 : 햇빛과 그늘, 곧 낮과 밤이란 뜻으로 세월을 뜻함.(p 267)

광중壙中 : 주로 시체를 묻는 구덩이 속. 광내壙內. 지실地室. 지중.(p 179)

괴 : '고양이' 의 방언.(p 62)

괴괴하다 : 이상한 느낌이 들 정도로 아주 고요하다.(p 249)

괴다 : (1) 특별히 귀여워하고 사랑하다. (2) 떠받들어 대하다.(p 350)

괴불 : '괴불주머니' 의 준말. 어린아이가 차는 노리개의 하나.(p 401)

괴악怪惡 : 말이나 행동이 괴이하고 흉악함.(p 203, 337)

괴탄怪歎 · 怪嘆 : 괴상하게 여기어 탄식함.(p 175, 214)

교계較計 : 서로 견주어 살피는 것.(p 175, 178)

교군轎軍 : '교군꾼' 의 준말. 가마를 메는 사람. 가마꾼. 교부轎夫. 교자꾼. 교정轎丁.(p 68, 69, 70, 91, 92, 117, 119, 161, 170, 240, 271, 272, 277, 278)

교궁校宮 : 각 마을에 있는 문묘. 재궁. 향교.(p 215)

교대絞帶 : 상복에 매는 삼베 띠.(p 106, 254)

교마轎馬 : 가마와 말.(p 421)

교방敎坊 : 고려 때부터 조선시대까지 있었던 음악기관. 향악을 담당했던 기관으로 기생학교를 겸했다.(p 337, 339, 356, 379, 420)

교배交拜 : 전통 결혼식에서 신랑과 신부가 서로 절을 주고받는 예禮.(p 254)

교전비轎前婢 : 주로 귀족이나 부유층의 혼례 때에 신부가 데리고 가는 여자 종. (p 21, 32, 45, 115)

구기拘忌 : 꺼리는 것. 금기禁忌. (p 129, 152)

구눙 : 무당이 위하는 군신軍神. (p 199)

구덤 : 구차한 생활이나 처지. (p 191)

구마검驅魔劍 : 마귀를 쫓는 칼이란 뜻. (p 123)

구명도생救命圖生 : 구차스럽게 목숨만 이어 나감. (p 112)

구몰俱沒 : 부모가 모두 별세함. (p 359, 422)

구변口辯 : 말을 잘하는 재주나 솜씨. 언변言辯. (p 181, 205, 346)

구사求仕 : 벼슬을 구하는 것. (p 344)

구산求山 : 묏자리를 구하는 것. (p 84, 154, 160)

구산舊山 : 조상의 무덤이 있는 곳. 선산先山. (p 161, 179)

구소九霄 : 높은 하늘. (p 350)

구수仇讐 : 원수. (p 189, 193)

구실 : 관아의 임무. (p 317, 339, 421)

구실口實 : 핑계를 삼을 만한 재료. (p 80)

구양수歐陽脩 : 중국 북송 때의 시인, 사학자, 정치가. (p 220)

구절죽장九節竹杖 : 마디가 아홉인 대나무로 만든 중이 짚는 지팡이. (p 236)

구정닻줄 : 상여를 운반하는 데에 쓰는 장강틀 가로장의 양쪽에 건 넓은 줄. (p 400)

구종驅從 : (1) 말구종. (2) 벼슬아치를 모시고 다니는 하인. (p 115, 269, 270, 273, 274, 348)

구처區處 : 구별하여 처리하다. (p 55, 271)

구천九泉 : 땅속 깊은 밑바닥이란 뜻으로, 죽은 뒤에 넋이 돌아가는 곳을 이르는 말. (p 139, 267)

구축驅逐 : 어떤 세력 따위를 들어 쫓아냄. (p 189, 290)

구화媾和 : 교전국이 전쟁을 끝내기 위하여 서로 화의하는 것. (p 23)

국내局內 : 묘지墓地의 지역 안. (p 164, 171, 172, 177)

국수당 : 국사당國師堂. 조선시대 태조가 한양에 도읍을 정하고 한양의 수호신사守護神祠로 북악신사北岳神祠와 함께 남산 꼭대기에 두었던 목멱신사木覓神祠의 사당. (p 132, 133, 153, 197)

국참정國參政 : 구한국 때 의정부의 벼슬. 내부대신을 겸임함. (p 228)

군간窘艱 : 살림이나 형편이 군색하고 고생스러움. (p 257)

군것질 : 끼니 외에 과일이나 과자 따위의 군음식을 먹는 일. 또는 오입질. 여기서는 후자의 뜻. (p 53)

군부軍部 : 지금의 국방부. (p 213)

굴총掘塚 : 남의 무덤을 파내는 것. 발총發塚. (p 344)

굼기 : '구멍'의 옛말. (p 207)

굽도 젖도 할 수 없다 : 한쪽으로 굽히지도 뒤로 젖히지도 못한다는 뜻으로, 형편이 막다른 데 이르러 어찌해 볼 도리가 없다는 뜻. (p 75, 250, 391)

궁장宮牆 : 궁성宮城. 궁궐을 둘러싼 성벽. (p 69)

궁통窮通 : 성질이 침착하여 깊이 생각하다. (p 65)

권도權道 : 목적 달성을 위하여 때에 따라 임기응변으로 일을 처리하는 방도. (p 76, 117, 175)

궐향闕享 : 제사를 거르는 것. 궐사闕祀. (p 182)

귀녀貴女 : (1) 문벌이 좋은 집에서 태어난 딸. (2) 귀여움을 매우 많이 받는 딸. (p 237)

귀동대둥 : 말이나 행동 따위를 되는대로 아무렇게나 하는 모양.(p 23)

귀양다리 : 귀양살이하는 사람을 업신여겨 하는 말.(p 26)

귀영자鉤纓子 : 벼슬아치의 갓에 갓끈을 다는 데 쓰는 S자 모양의 고리.(p 123)

귀자貴子 : 특별히 귀여움을 받는 아들을 이르는 말.(p 156, 237)

귀틀 : 마루청을 놓기 전에 먼저 굵은 나무로 가로나 세로로 짜 놓은 틀.(p 70)

그대 : 그런(p 129, 164)

그렁성저렁성하다 : 그런 모양 저런 모양으로 아무 대중없이 하다.(p 115)

그루박다 : 물건을 들어 바닥에 거꾸로 탁 놓다.(p 154)

그믐달 보자고 초저녁부터 나선다 : 지나치게 일찍 서두름을 비유적으로 이르는 말.(p 28)

극공극경極恭極敬 : 지극히 공손하게 받들어 모심.(p 163)

극택極擇 : 매우 정밀하게 잘 골라 뽑음.(p 236)

근리하다(近理−) : 이치에 맞다.(p 157, 352)

근친覲親 : 시집간 딸이 친정에 가서 어버이를 뵙는 것. 귀녕歸寧.(p 108)

근포跟捕 : 죄인을 찾아 쫓아가서 잡음.(p 322)

긇다 : '그르다'의 잘못.(p 20)

금부禁府 : 의금부義禁府. 조선시대 왕명을 받들어 죄인을 추국推鞫하는 일을 맡아 하던 사법기관.(p 409)

금사金砂 : 금처럼 반짝반짝 빛나는 고운 모래.(p 112)

금옥탕창金玉宕氅 : 금관자, 옥관자, 탕건, 창의라는 뜻으로, 높은 벼슬이나 귀인의 복식을 이르는 말.(p 171)

금장격錦帳格 : 비단 휘장의 모양새.(p 166)

금정金井 : 무덤을 팔 때 구덩이의 길이와 너비를 정하는 데 쓰는 나무틀.(p 154)

금패錦貝 : 호박琥珀의 한 가지. 빛깔이 누르고 말갛게 투명하며 사치품으로 쓰인다.(p 71)

급자기 : 미처 생각할 겨를도 없이 매우 급히.(p 360)

급장이 : '급창及唱'을 낮잡아 이르는 말. 조선시대에 군아에 속하여 원의 명령을 간접으로 받아 큰 소리로 전달하는 일을 맡아보던 사내종.(p 39)

급조하다急躁 : 조급躁急하다.(p 73)

기구器具 : 예법에 필요한 것이 골고루 갖추어져 있는 형세.(p 124, 130, 173, 268, 285, 338, 357, 386, 396, 400)

기끈 : '기껏'의 방언.(p 52)

기망欺罔 : 남을 우롱하고 속임. 기만欺瞞. 무망誣罔.(p 84, 104, 105, 331, 377)

기명器皿 : 살림살이에 쓰는 온갖 그릇. 그릇붙이.(p 302, 408)

기부妓夫 : 기생이나 창녀娼女를 데리고 살면서 이들에게 술장사, 매음 등을 시키고 놀고먹는 사내.(p 420, 421)

기색氣塞 : 과격한 정신 작용으로 호흡이 잠시 맞는 병. 중기中氣.(p 268, 351, 419)

기안妓案 : 관아에서 기생의 이름을 기록하여 두는 책.(p 337, 338, 384)

기운꼴 : '힘'을 낮잡아 이르는 말.(p 238)

기위旣爲 : 이미.(p 175, 361)

기이다 : 남의 눈을 피하다.(p 124, 140)

기정欺情 : 겉으로만 꾸미고 속마음을 드러내지 않는 것.(p 383)

기직 : 왕골껍질이나 부들 잎으로 짚을 싸서 엮은 돗자리.(p 150, 169)

기초騎哨 : 말을 타고 보초를 서는 병사.(p 406)

기호畿湖 : 경기도, 황해도 남부와 충청남도 북부 지역.(p 225)

긴간緊幹 : 매우 요긴함.(p 58)

긴관緊關 : 긴요하고 절실한 관계. 또는 꼭 필요하고 중요한 일.(p 321)

길청(-廳) : 군아郡衙에서 아전이 일을 보는 곳.(p 393)

깃옷 : 졸곡卒哭 때까지 상제가 입는 생무명 옷. 깃옷.(p 144)

꼭하다 : 차분하고 정직하여 고지식하다.(p 19)

꽁지벌레 : (1) 왕파리의 애벌레. 꼬리가 길고 발이 없음. (2) 성질이나 행동이 못된 사람을 비유적으로 이르는 말.(p 143)

끄들리다 : '꺼들리다' 의 방언.(p 100, 408)

끈 떨어진 뒤웅이 모양 : 의지할 데가 없어져 외롭고 불안하게 된 처지를 비유적으로 이르는 말.(p 151)

ㄴ

나꾸다 : (1) '훔치다' 의 은어. (2) '낚다' 의 방언.(p 49, 84, 152)

나댕기다 : '나다니다' 의 방언.

나들잇벌 : 나들이 할 때 착용하는 옷이나 신발 따위를 통틀어 이르는 말.(p 27)

나무공이 등 맞춘 것 같다 : 나무로 만든 공이의 등을 맞춘 것처럼 서로 잘 맞지 아니하고 대립되는 경우를 비유적으로 이르는 말.(p 34, 138)

나무바리 : 말과 소에 나무를 잔뜩 실은 것.(p 69)

나중사(-事) : 나중지사(-之事). 나중의 일.(p 355, 433)

낙락난합落落難合 : 여기저기 흩어져 모이기가 어려움.(p 361, 407)

낙발위승落髮爲僧 : 머리털을 깎고 중이 됨. 삭발위승削髮爲僧.(p 267, 278)

낙역絡繹 : 왕래가 끊임이 없음.(p 187)

낙역부절絡繹不絕 : 왕래가 잦아 소식이 끊이지 아니함.(p 230, 256, 317)

낙지落地 : 땅에 떨어진다는 뜻으로, 사람이 세상에 태어남을 이르는 말.(p 320)

난가亂家 : 화목하지 못하고 어수선한 집안.(p 363)

난당難當 : 당해 내기 어려움.(p 262)

난봉鸞鳳 : 난조鸞鳥. 중국 전설에 나오는 서조瑞鳥로 꼽는 상상의 새와 봉황. 사이좋은 부부를 비유적으로 이르는 말.(p 338)

난봉패호難捧牌號 : 남들이 난봉꾼이라고 부르다. '패호' 는 남들이 붙여 부르는 좋지 못한 별명.(p 262)

난장亂杖 : 조선 시대의 고문拷問의 하나. 신체의 부위를 가리지 않고 마구 치는 매.(p 196, 389)

난적亂賊 : 세상을 어지럽히는 무리나 도둑.(p 208)

날뜨기 : 아직 기생 교습을 받지 아니한 기녀.(p 421)

남 잡이가 제 잡이 : 남을 해하려다가 오히려 자기가 당하게 되는 경우를 이르는 말. 남 잡으려다가 제가 잡힌다.(p 25)

남가혼女嫁婚男嫁女婚 : '남혼여가男婚女嫁' 의 북한어. 아들은 장가들고 딸은 시집간다는 뜻으로, 자녀의 혼인을 이르는 말.(p 246)

남북촌 : 서울의 양반 거주 지역.(p 134, 195, 344)

남우세하다 : 남에게 비웃음과 놀림을 받게 되다.(p 255)

남저지 : '나머지' 의 방언.(p 94, 107, 277, 292)

남중南中 : 경기도 이남의 충청도와 전라도, 경상도, 제주도를 통틀어 이르는 말. 남도南道.(p 324)

남형濫刑 : 함부로 형벌을 가하는 것. 또는 그런 형벌.(p 196)

납뢰納賂 : 뇌물을 바치는 것.(p 358)

낭기마郎騎馬 : 전통 혼례에서 신랑이 신부 집에 타고 가는 말.(p358)

낭탁囊槖 : 주머니와 전대란 뜻으로, 물건을 제 차지로 만드는 것 또는 그렇게 만든 물건.(p422)

낯하다 : 대면하다.(p346)

내간內艱 : 모친이나 승중承重 조모의 상사喪事. 내간상. 내우內憂.(p360)

내두來頭 : 지금으로부터 닥치는 앞, 전두前頭.(p231, 298)

내룡견갑來龍肩甲 : 내룡의 어깨뼈에 해당하는 자리.(p181)

내맥來脈 : 명당에 이르기 전 흘러내린 산맥.(p164)

내부인內部印 : 내무부 직인.(p227)

내소박內疏薄 : 아내가 남편을 소박하는 것.(p103)

내정돌입內庭突入 : 주인의 허락 없이 남의 집 안으로 불쑥 들어감. 돌입내정.(p78)

내종병內腫病 : 내장에 종기가 나는 병.(p57, 229)

내직內職 : 궁 안에서 근무하던 일. 또는 그런 직무.(p20)

내행內行 : 여행길에 나서거나 오른 부녀자.(p63, 70, 117)

내환內患 : 아내의 병.(p158)

냅뜨다 : 말을 큰 소리로 불쑥 하다.(p369)

냉락冷落 : (1) 서로의 사이가 멀어져 쌀쌀함. (2) 영락零落하여 쓸쓸함.(p102, 294, 298, 371, 383)

너모 : '네모'의 옛말.(p58)

넘보다 : (1) 남의 능력 따위를 업신여겨 얕보다. (2) 넘겨다보다.(p174)

노구老嫗 : 할멈.(p221)

노구메 : 산천의 신령에게 제사하기 위하여 노구솥에 지은 메밥.(p125)

노구질(老嫗-) : 노구쟁이 노릇을 속되게 이르는 말. '노구쟁이'는 뚜쟁이 노릇을 하는 노파.(p78)

노돌 : 지금의 노량진.(p124)

노랑목 : 높이 떠는 소리.(p137)

노래기 회도 먹겠다 : 염치도 체면도 없이 비위 좋게 행동하는 사람을 이르는 말.(p375)

노류장화路柳墻花 : 누구든지 꺾을 수 있는 길가의 버들과 담 밑의 꽃이라는 뜻으로, 창녀를 가리키는 말.(p73, 339, 373)

노문路文 : 관원이 공무로 지방에 여행할 때 관리가 이를 곳에 일정표와 규모 등을 미리 알리는 문서.(p354)

노뭉치로 개 때리듯 : 상대편의 비위를 맞춰 가면서 슬슬 놀림을 비유적으로 이르는 말. '노뭉치'는 실, 삼, 종이 따위로 가늘게 비비거나 꼰 줄을 뭉뚱그린 뭉치.(p307)

논두렁을 베다 : 빈털터리가 되어 처량하게 죽다.(p95)

뇌두腦頭 : 주산.(p164)

뇌수牢囚 : 죄수를 단단히 가둠.(p322, 351, 408, 417)

뇌약牢約 : 굳게 약속함.(p423)

누거만냥(累巨萬-) : 매우 많은 돈. 누거만금累巨萬金.(p49)

누거만累巨萬 : 매우 많음을 나타내는 말.(p151)

누에늙은이 : 누에가 늙은 것처럼 말라 휘늘어진 사람을 비유적으로 이르는 말.(p245)

눈꼬리가 창알 고패 되듯 : 마음이나 심정 따위가 격하여 세차게 굽이치는 모양을 비유적으로 이르는 말. '창알'은 창자를 낮잡아 이르는 말. '고패'는 물건을 줄에 매어 당길 때 그 줄에 걸쳐서 힘의 방향을 바꾸고 힘의 크기를 줄이는 용도로 이용하는 나무나 쇠로 만든 바퀴 모양의 도구.(p192)

눈먼 고양이 닭 알 어르듯 : 매우 조심하여 다룸을 비유적으로 이르는 말.(p15)

눈정(-精) : '눈정기-精氣의 방언. 힘차게 내쏘는 눈의 광채.(p 32)

눙치다 : 좋은 말로 마음을 풀어 누그러지게 하다.(p 106, 249)

늑혼勒婚 : 억지로 혼인을 함. 또는 그 혼인.(p 296)

능구리 : 능구렁이. 음흉한 짓 또는 음흉한 짓을 하는 사람을 비유적으로 이르는 말.(p 25)

닢 : 납작한 물건을 세는 단위. 흔히 돈이나 가마니, 멍석 따위를 셀 때 쓴다.(p 150, 167, 169)

ㄷ

다가쥐다 : 힘 있게 꼭 쥐다.(p 329)

다갱이 : '머리'의 속어.(p 125, 147, 173, 174, 244)

다과多寡 : 수효의 많고 적은 것. 다소多少.(p 175)

다까뽀시 : '고모高帽'를 일본어식으로 읽은 말인 듯. '고모'는 예전에 귀족들이 예복차림을 할 때에 쓰던 높은 모자.(p 15)

다년多年 : 여러 해.(p 236, 268, 363, 366, 390)

다년포병多年抱病 : 여러 해 몸에 병을 늘 지니는 것.(p 190)

다락다락 : 얼굴에 어떠한 특성이 드러나 있거나 맺혀 있는 모양.(p 97, 131, 195)

다락원 : 지금의 서울시 도봉동이고 하누원은 의정부시 호원동. 조선시대에 함경도 원산에서 강원도 철원을 거쳐 포천에서 다락원을 통해 서울로 가는 상품 교역의 길이 번창하였는데 서울로 들어서는 관문인 이곳에 누원점樓院店이라는 상점이 생기게 되면서 다락원이라고 불리게 되었다. 이 곳 다락원에는 함경도와 강원도 북부의 물품이 집하되어 서울로 반입되면서 중간상인들의 거점이 되었다.(p 69)

다방골 : 현재 광교 근처의 다동.(p 124, 134)

다심多心 : 지나치게 걱정하고 생각하는 것이 많음.(p 373)

닦달 : 물건을 손질하고 매만짐.(p 212)

단골 : 단골무당.(p 133, 134, 196, 197)

단상투 : 갓 쓰지 않은 맨 상투.(p 159)

단작스럽다 : 하는 짓이 보기에 치사하고 더러운 데가 있다.(p 277)

단처短處 : 부족하거나 모자란 점.(p 388)

단천端川 : 함경남도의 지명.(p 179)

단취團聚 : 집안 식구나 친한 사람들끼리 화목하게 한데 모임.(p 186)

답산踏山 : 묏자리를 잡으려고 산을 돌아보는 것.(p 172)

답지遝至 : 한군데로 몰려들거나 몰려옴. 지답至遝.(p 162)

당고當故 : 아버지 또는 어머니의 상을 당함. 당상. 조간遭艱. 조고遭故.(p 82)

당국 : 봉분이 있는 평평한 부위. 당판.(p 166)

당내堂內 : 팔촌 이내의 일가.(p 143)

당년當年 : 일이 있는 바로 그해. 또는 올해.(p 19, 183, 307, 343)

당삭當朔 : 아이 낳을 달을 당함. 당월. 임월.(p 219)

당우唐虞 : 중국의 도당씨陶唐氏와 유우씨有虞氏, 곧 요순堯舜 시대를 일컬음.(p 184)

당조짐 : 정신을 차리도록 단단히 조지는 것.(p 67)

당지唐紙 : 중국에서 만든 종이의 하나.(p 27)

당질堂姪 : 사촌 형제의 아들로, 오촌이 되는 관계.(p 251)

당혼當婚 : 혼인할 나이가 됨.(p 118, 241, 358, 359)

대갈 : 말굽에 편자를 신기는 데 박는 징.(p 142)

대강이 : '머리'를 속되게 이르는 말.(p 24, 39, 55, 56, 76, 79, 391)

대경소괴大驚小怪 : 몹시 놀라서 좀 괴이쩍게 생각하다.(p 221, 396, 414)

대경실색大驚失色 : 몹시 놀라 얼굴빛이 변함.(p 369)

대궁 : 먹다가 그릇 안에 남긴 밥. 또는 웃어른이 먹고 난 밥을 아랫사람이 먹기 위해 다시 차린 밥. 대궁밥. 잔반殘飯.(p 44)

대기大忌 : 크게 금하다.(p 229)

대동大洞 : 한 동네의 전부.(p 351, 403, 406)

대례大禮 : 규모가 큰 중대한 의식. 또는 혼인을 치르는 큰 예식. 여기서는 후자의 뜻.(p 253, 332)

대매 : 단 한 번 때리는 매.(p 56, 195)

대묘골 : 지금의 종묘 근처.(p 131, 151)

대문관사大紋官紗 : 큰 무늬가 있는 중국에서 나는 비단의 하나.(p 27)

대미처 : '미처'의 방언.(p 142)

대범大凡 : 무릇.(p 420)

대부大父 : 할아버지와 항렬이 같은 유복지친有服之親 외의 남자 친척.(p 183)

대살代殺 : 살인자를 사형에 처함.(p 26, 85)

대상부동大相不同 : 크게 다름.(p 178)

대서특서大書特書 : 특별히 드러나 보이게 큰 글자로 씀. 특히 신문 기사를 큰 비중을 두어 다루는 것을 뜻함.(p 102)

대성전大成殿 : 문묘文廟안에 공자의 위패位牌를 모신 전각殿閣.(p 214)

대순大舜 : 중국 신화에 나오는 전설상의 성왕.(p 187)

대안동大安洞 : 지금의 안국동.(p 48, 123)

대욕소관大慾所關 : 큰 욕망에 관계되는 바.(p 214)

대원代遠 : 세대의 수가 멂.(p 163)

대은전쾌 : 은돈 꿰미.(p 142)

대지大地 : 좋은 묏자리.(p 81, 82, 165, 180)

대축大祝 : 종묘나 문묘 제향에서 축문을 읽는 사람. 또는 그 벼슬.(p 215)

대치大熾 : 기세가 아주 성함.(p 185)

대혈大穴 : 혈 중의 혈. 혈은 용맥의 정기가 모인 자리.(p 165)

덕색德色 : 남에게 은혜를 베푼 것을 자랑하는 말이나 태도.(p 178)

덜 곪은 부스럼에 아니 나는 고름 짜듯 : 상을 몹시 찌푸리는 모양을 비유적으로 이르는 말.(p 27, 277)

도고道高 : 도덕적인 수양이 높음.(p 339)

도국都局 : 음양가陰陽家가 쓰는 말로서, 산으로 둘러싸여 있는 땅의 형국.(p 164)

도둑이 매[몽둥이] 든다 : 나쁜 짓을 한 놈이 도리어 화를 내면서 기세 좋게 덤벼든다는 말. 적반하장賊反荷杖.(p 45)

도래멍석 : '짚방석'의 방언.(p 112, 123)

도래함지 : 굵은 통나무 속을 밖으로 전이 달리도록 둥글게 파서 만든 함지.(p 423)

도면圖免 : 책임이나 맡은 일을 벗어나려고 꾀함. 또는 꾀를 써서 벗어남. 규면規免. 모면謀免.(p 63)

도방처道傍處 : 길가 근처에 있어서 사람들이 자주 오가는 곳.(p 321)

도부到付 : 장사치가 물건을 가지고 이리저리 돌아다니며 팖.(p 272)

도선道詵 : 신라말의 승려이며 풍수지리설의 대가.(p 82, 154, 172)

436

도섭스럽다 : 주책없이 능청맞고 수선스럽게 변덕을 부리는 태도가 있다.(p50, 74)

도스르다 : 무슨 일을 하려고 마음을 다잡다.(p173, 393)

도저到底 : 행동이나 몸가짐이 흐트러짐이 없이 바름.(p341)

도척盜拓 : 현인 유하혜柳下惠의 아우로 중국 춘추시대의 몹시 악한 인물.(p187, 224)

도척의 개 범 물어 간 것 같다 : 도척의 개를 범이 물어 간 것처럼 시원하다는 뜻으로, 싫어하는 사람이 잘못되거나 불행하여지는 것을 보고 매우 통쾌하게 여기거나 기뻐함을 이르는 말.(p89)

도탕부화蹈湯赴火 : 끓는 물을 밟고 타는 불 속에 들어간다는 뜻으로, 어렵고 위험한 것을 피하지 않고 맞받아 나가는 것을 이르는 말.(p383)

도태 : 도도한 태도.(p214)

도통道統 : 도학道學을 전하는 계통.(p208)

독 틈에 탕관 부대끼다 : 약자가 강자들의 틈에 끼어서 곤란을 당하는 경우를 비유적으로 이르는 말.(p55)

독선기신獨善其身 : 자기 한 몸의 처신만을 온전하게 함.(p214, 346)

독양獨陽 : 음의 기운은 없고 양의 기운만 있음.(p162)

독일무이獨一無二 : 유일무이.(p213)

독장수 셈 치듯 : 실현 가능성이 없는 허황된 계산을 하거나 헛수고로 애만 씀을 빗대 이르는 말.(p165)

독전(-廛) : '옹기전'의 잘못.(p240)

돈관돈백(-貫-百) : 많은 돈.(p92)

돈목敦睦 : 정이 두텁고 화목함.(p184)

돈연頓然 : 돌아봄이 없다. 또는 소식이 감감하다.(p108)

돈절頓絶 : 편지나 소식이 딱 끊어짐.(p20)

돌구멍 안 : '돌로 쌓은 성문의 안'이라는 뜻으로, 지난날 서울 성안을 속되게 이르던 말.(p46, 89)

돌라띠다 : 몸에 빙 둘려 두르다.(p258, 259)

돌앙 : '주춧돌'을 의미하는 듯.(p55, 95)

돌올突兀 : 높이 우뚝 솟음.(p231)

돌이질 : '도리질'의 잘못.(p208)

돌팔이장님 : 떠돌아다니며 점을 쳐주면서 사는 장님.(p127)

동 : 사물과 사물을 잇는 마디. 또는 사물의 조리條理.(p72)

동경개(東京-) : 예전에 경주에서 주로 키우던 꼬리가 짧은 개.(p379)

동나뭇단 : 단으로 묶어 땔나무로 파는 잎나무.(p173)

동바리 : 툇마루나 좌판 따위의 밑에 괴는 짧은 기둥.(p258)

동방삭이 밤 깎아 먹듯 한다 : 불로장생하였다는 동방삭도 급하고 귀찮으면 밤을 반만 깎아 먹었다는 말에서 조급하여 어떤 일을 반만 하다 마는 경우를 이르는 말.(p28)

동배同輩 : 나이나 신분이 서로 같거나 비슷한 사람.(p242)

동산소同山所 : 두 집안에서 무덤을 한 땅에 같이 쓰다.(p173)

동소문東小門 : 혜화문惠化門의 속칭.(p69, 161)

동시낙양인同是洛陽人 : 예전에 다른 고장에서 만난 같은 서울 사람을 이르던 말.(p302)

동안이 뜨다 : 동안이 오래다.(p285)

동저고리 : '동옷'을 속되게 이르는 말. 남자가 입는 저고리. 동의胴衣.(p159)

동정식同鼎食 : 한솥밥을 먹는다는 뜻으로, 한집에서 같이 삶을 비유적으로 이르는 말.(p276)

동퇴서락東頹西落 : 허술한 집이 이리저리 쏠리다.(p 182)

되술래잡다 : 잘못을 빌어야 할 사람이 도리어 남을 나무라다.(p 55)

된장독에 풋고추 박히듯 : 어떤 한 곳에 가 꼭 틀어박혀 자리를 떠나지 않고 있음을 이르는 말.(p 96, 198)

두 다리[가랑이]에서 비파 소리가 나다 : 두 다리가 스쳐 비파소리가 날 정도로 부지런히 이리저리 뛰어다닌다는 말.(p 94)

두렷하다 : 엉클어지거나 흐리지 않고 분명하다. '뚜렷하다' 보다 여린 말.(p 54, 112, 119, 279, 423)

두류逗留 : 객지에 머물러 있음.(p 245, 268, 279)

두리광주리 : 둥그런 광주리.(p 89)

두멍 : 물을 길어 붓고 쓰는 큰 가마나 큰 독.(p 127)

두목지杜牧之 : 두목杜牧. 중국 당대唐代의 시인.(p 223, 416)

두세 패 지르다 : 예전에 급한 일이 있을 때 가마꾼을 두 배로 늘려 번갈아 메면서 급히 달려가던 일.(p 161, 348)

두수 : 이렇게도 하고 저렇게도 할 수 있는 두 가지 방도, 또는 달리 주선하거나 변통할 여지.(p 168, 320,

두억시니 : 모질고 악한 귀신의 하나. 야차夜叉.(p 126)

두호斗護 : 남을 두둔하여 감쌈.(p 199, 377)

뒤가 나다 : 자기의 잘못이나 약점으로 뒤에 가서 좋지 않은 일이 생길 것 같아 마음이 놓이지 않다.

뒷방마누라(-房-) : 첩에게 권리를 빼앗기고 뒷방으로 쫓겨나 지내는 본처.(p 139)

드난 : 임시로 남의 집 행랑에 붙어 지내며 그 집의 부엌일을 도와주는 고용살이.(p 21, 58, 138)

드팀전 : 전날에 온갖 피륙을 팔던 가게.(p 27)

득승得勝 : 경쟁이나 싸움에서 승리를 거둠.(p 206)

득정得情 : 죄를 저지른 실정을 알아내는 것.(p 419)

듣그럽다 : 시끄럽다.(p 99)

듣보다 : 듣기도 하고 보기도 하며 알아보다.(p 237, 245, 248)

들메 : 신이 벗어지지 않도록 끈으로 발에 동여매는 일.(p 56, 158)

들문지르다 : 들입다 문지르다.(p 25)

들이뜨리다 : 안을 향하여 집어던지다.(p 248, 360)

들피 : 굶주려서 몸이 쇠약해지는 일.(p 409)

등내等內 : 벼슬아치가 벼슬을 살고 있는 동안.(p 31)

등대等待 : 미리 준비하고 기다리는 것. 대령待令, 등후等候.(p 35, 74, 90, 156, 239)

등이 달다 : 마음대로 되지 아니하여 몹시 안타까워하다.(p 160)

등출謄出 : 원본에서 옮겨 베낌.(p 211)

등화燈火 : 등에 켠 불.(p 379)

따라지목숨 : 남에게 매여 보람 없이 사는 하찮은 목숨.(p 243)

딸깍샌님 : '딸깍발이'의 방언. 신이 없어 맑은 날에도 나막신을 신는다는 뜻으로, 가난한 선비를 이르는 말.(p 124)

때 꿩에 매 놓기 : 원래는 욕심을 많이 부리면 하나도 이루지 못함을 이르는 말이나 여기서는 무턱대고 막연하게 사람을 찾는 것을 뜻한다.(p 309)

똥물에 튀하다 : 지지리 못나서 아무짝에도 쓸모없음을 속되게 이르는 말.

뚜에 : 뚜껑.(p 179)

뚫어진 벙거지에 우박 맞다 : 정신을 못 차릴 정도로 마구 쏟아짐을 비유적으로 이르는 말.(p 38)

뜨악하다 : (마음이) 꺼림칙하거나 싫거나 언짢거나 하여 선뜻 내키지 않은 상태에 있다.(p 243)

뜬쇠 : 무른 쇠. (p 218)

말전주 : 이 사람에게는 저 사람 말을 저 사람에게는 이 사람 말을 좋지 않게 전하여 이간질하는 짓.(p66)

말허두(-虛頭) : 말머리.(p95)

망모亡母 : 죽은 어머니. 선자先慈.(p82)

망문투식望門投食 : 노자가 떨어졌을 때에 남의 집을 찾아가서 얻어먹음.(p275, 313)

맞잡이 : 서로 힘이나 가치가 대등한 것으로 여겨지는 사람이나 사물.(p37, 58)

매가妹家 : 시집간 누이의 집.(p59)

매아지 : '망아지'의 잘못.(p339)

매암돌이 : 제 자리에 서서 빙빙 도는 장난.(p97)

매욱하다 : 어리석고 둔하다.(p67)

매인열지每人悅之 : 모든 사람의 마음을 기쁘게 함.(p340)

매창賣唱 : 노래를 팖. 돈을 받고 노래를 불러줌.(p421)

매팔자(-八字) : 빈들빈들 놀면서도 먹고사는 걱정이 없는 경우를 이르는 말.(p292)

맨도리 : '맨드리'의 잘못. (1) 옷을 입고 매만진 솜씨. (2) 물건이 만들어진 모양새. (3) 이미 만들어놓은 물건.(p54)

맹모의 삼천하시던 교육 : '맹모삼천지교孟母三遷之教'를 풀어 쓴 말. 맹자가 어렸을 때 묘지 가까이 살았더니 장사 지내는 흉내를 내기에 맹자 어머니가 집을 시장 근처로 옮겼더니 이번에는 물건 파는 흉내를 내므로 다시 글방이 있는 곳으로 옮겨 공부를 시켰다는 것으로, 맹자의 어머니가 아들을 가르치기 위하여 세 번이나 이사를 하였음을 이르는 말.(p205)

맹자직문盲者直門 : 소경이 문을 찾아간다는 뜻으로, 어리석은 사람이 어쩌다 이치에 맞는 일을 한다는 뜻.(p180)

머리악을 쓰다 : '기氣'를 속되게 이르는 말. '머리악을 쓰다'란 말은 속되게 '기를 쓰다'를 의미함.(p65)

먹장 갈아 끼얹은 듯하다 : 비유적으로 빛이 매우 시커멓고 짙다.(p130)

먼가랫밥 : 객사한 사람을 임시로 파묻는 가래 흙.(p258)

메붙이다 : '메어붙이다'의 준말.(p145)

메투리 : '미투리'의 방언. 삼, 노 따위로 삼은 신. 흔히 날이 여섯 개로 되어 있음. 마혜麻鞋. 승혜繩鞋.(p56)

면례緬禮 : 무덤을 옮겨서 다시 장사를 지냄. 또는 그런 일.(p153, 161, 163, 166, 167, 172, 173, 175, 177, 178, 179, 180, 186, 189, 211, 228)

면분面分 : 얼굴이나 알 정도의 사귐.(p177, 239)

면주綿紬 : 명주明紬.(p258)

명륜당明倫堂 : 성균관에 있으며 유학을 가르치던 곳.(p215)

명심불망銘心不忘 : 마음에 깊이 새겨 오래 잊지 않음.(p111)

명찰明察 : 똑똑히 살핌.(p417)

명풍名風 : 묏자리, 집터 등을 잘 가리기로 이름이 난 사람. 명사名師.(p154, 157)

모감주 : 모감주나무의 열매. 여기서는 모감주나무의 씨로 만든 염주를 가리킨다.(p282, 300, 302, 303, 304, 306, 311, 321, 323, 324, 326, 331)

모계謀計 : 계교를 꾸미는 것. 또는 그 계교.(p176)

모꼬지 : 놀이, 잔치 등의 일로 여러 사람이 모이는 일.(p203)

모다깃매 : 뭇 사람이 한꺼번에 마구 때리는 매.(p166)

모사재인謀事在人 : 일을 꾸미는 일은 사람에게 달렸다는 뜻으로, 결과는 하늘에 맡기고 일을 힘써 꾀하여야 함을 이르는 말.

모야무지暮夜無知 : 이슥한 밤에 하는 일이라서 보고 듣는 사람이 없음.(p362, 399)

모주 먹은 도야지 벼르듯 : 좋지 않게 여기는 대상을 혼자 성을 내고 계정스럽게 몹시 벼르는 모양을 이르는 말.(p16)

모주母酒 : 약주를 뜨고 난 찌끼 술. 밑술.(p 79, 80)

모판(-板) : '목판木板'의 잘못.(p 16)

목불식정目不識丁 : 낫 놓고 ㄱ자도 모름.(p 226)

목자目子 : '눈깔' 또는 '눈알'을 점잖게 이르는 말.(p 390)

목체木體 : 나무의 형체.(p 15)

몰풍스럽다(沒風-) : (사람의 태도나 성격이) 부드럽지 못하고 차가운 데가 있다.(p 73)

몸가축 : 주로 여자가 몸을 매만져서 꾸미는 일.(p 97)

몽사夢事 : 꿈에 나타난 일.(p 231)

묘당廟堂 : '의정부'를 달리 이르던 말.(p 344)

묘리妙理 : 오묘한 이치.(p 342)

묘막墓幕 : 무덤 가까이 지은, 묘지기가 사는 작은 집.(p 108)

묘맥苗脈 : 일의 실마리.(p 418)

묘직墓直 : 묘지기.(p 306)

묘하墓下 : 조상의 산소가 있는 땅.(p 115)

무거無據 : 근거가 없음. 무근無根.(p 186)

무꾸리 : 무당, 점쟁이 등에게 길흉을 점치는 짓.(p 125)

무넘이 : '무넘기'의 잘못. 차고 남은 물이 밑의 논으로 흘러 넘어가게 논두렁의 한 곳을 낮춘 부분.(p 69, 108, 117)

무료無聊 : 부끄럽고 열없음.(p 35, 342)

무르청하다 : '무르춤하다'의 잘못. 뜻밖의 사실에 놀라 뒤로 물러서려는 듯이 하여 행동을 갑자기 멈추다.(p 51)

무리바닥 : 바닥에 쌀무리를 먹여 만든 미투리.(p 236)

무망중無妄中 : 주로 '무망중에' 꼴로 쓰여 별 생각이 없이 있는 사이. 무망無妄.(p 300, 323)

무무하다 : 교양이 없어 말과 행동이 서투르고 무식하다.(p 308)

무문관사無紋官紗 : 무늬가 없는 관사. '관사官紗'는 중국에서 나는 비단의 하나.(p 27)

무문숙수無紋- : 무늬가 없는 숙수. '숙수'는 날실에는 생명주실, 씨실에는 세리신을 제거한 명주실을 써서 무늬 없이 평직平織으로 짠 천.(p 27)

무변대해無邊大海 : 끝없이 넓은 바다.(p 105, 109)

무사타첩無事妥帖 : 아무 사고 없이 무사히 잘 끝남.(p 369, 408)

무시복無時服 : 때를 정하지 않고 수시로 복약함.(p 229)

무신無信 : 신의가 없음.(p 116)

무애無礙 : 막히거나 거치는 것이 없다.(p 216)

무여지無餘地 : 다시 더할 나위 없음. 무부여지無復餘地.(p 344)

무육撫育 : 어루만지듯이 잘 돌보아 기름. 무양撫養.(p 185, 189)

무이다 : 일을 중간에서 끊어버리다. 또는 부탁 따위를 잘라서 거절하다. '중동무이'는 하던 일이나 말을 끝내지 못하고 중간에서 흐지부지 그만두거나 끊어버림.(p 51, 196)

무인부지無人不知 : 소문이 널리 퍼져서 모르는 사람이 없음.(p 310)

무정세월약류파無情歲月若流波 : 덧없이 흘러가는 세월이 흐르는 물과 같이 빠르다.(p 72)

무정지책無情之責 : 까닭 없는 책망.(p 23, 151, 184, 284)

무지르다 : 말을 중간에 끊어버림.(p 116)

무진無盡 : 다함이 없을 만큼. 매우.(p 109)

무학無學 : 고려말 조선초의 승려.(p 82, 154, 172)

문견聞見 : 듣고 보아 얻은 지식. 견문.(p 74, 325, 400)

문부文部 : 지금의 교육부.(p 212)

문안 : 서울의 4대문 안.(p 156, 174)

문안침問安鍼 : 병든 데를 찔러 보는 침이라는 뜻으로, 어떤 일을 시험 삼아 미리 검사하여 봄을 이르는 말.(p 33)

문인門人 : 문하에서 배우는 제자.(p 214)

문장門長 : 한 문중門中에서 항렬과 나이가 제일 위인 사람.(p 188, 192, 211)

문적文蹟 : 문부文簿. 뒤에 상고할 문서와 장부. 문서. 문안文案.(p 106)

물보낌 : 여러 사람을 모조리 매질하는 것.(p 361)

물부리 : 담배를 끼워서 빠는 물건. 빨부리. 연취.(p 47)

물색物色 : 까닭이나 형편.(p 58)

물종物種 : 물건의 종류.(p 167)

물찌기 : 술찌끼. 술을 거르고 남은 찌끼.(p 45)

미거未擧 : 철이 나지 않아 사리에 어둡다.(p 113, 157, 172, 241, 242)

미구未久 : 앞으로 오래지 않음.(p 351)

미구불원未久不遠 : 앞으로 얼마 오래지 아니하고 가깝다.(p 254, 278)

미나리 : 메나리. 경상도, 전라도, 충청도 지방에 전해 오는 농부가의 하나. 노랫말은 지방마다 조금씩 다르나 슬프고 처량한 음조를 띤다.(p 137)

미상불未嘗不 : 아닌 게 아니라 과연.(p 103, 212, 244)

미타未妥 : 온당하지 않다.(p 348, 376)

민정감고民情甘苦 : 백성의 사정과 생활의 괴로움과 즐거움.(p 348)

믿는 나무에 곰이 핀다 : 잘되리라고 믿고 있던 일에 생각지 못한 변화가 생김을 비유적으로 이르는 말.(p 180)

밀뜨리다 : 갑자기 힘있게 밀어버리다.(p 262)

및다 : '미치다' 의 준말.(p 262)

| ㅂ |

바깥두령(-頭領) : 예전에 남자 두령을 그 부인에 상대하여 이르는 말.(p 421)

바람을 켜다 : 바람 든 짓을 하다.(p 323)

바리 : 마소에 잔뜩 실은 짐을 세는 단위.(p 66, 129, 167, 171, 341)

박두迫頭 : 가까이 닥쳐옴.(p 60, 62, 173, 266, 279)

박물군자博物君子 : 온갖 사물에 정통한 사람.(p 329)

박부득이迫不得已 : 일이 매우 급박하여 어찌할 수 없이. 박어부득.(p 379)

박주薄酒 : 맛이 좋지 못한 술. 또는 남에게 대접하는 술을 겸손하게 이르는 말.(p 264)

반계곡경盤溪曲徑 : 서려 있는 계곡과 구불구불한 길이라는 뜻으로, 일을 순서대로 정당하게 하지 아니하고 그릇된 수단을 써서 억지로 함을 이르는 말.(p 238)

반물 : 검은빛을 띤 남빛. 감색.(p 16)

반이搬移 : 짐을 날라 이사하다. 또는 운반하여 옮기다.(p 98, 191)

반자 : 지붕 밑이나 위층 바닥을 편평하게 하여 치장한 각 방의 천장.(p 374)

반자半子 : 반자지명半子之名. 아들과 같다는 뜻으로, '사위'를 일컫는 말.(p 53)

반절反切 : 훈민정음을 달리 이르는 말.(p 210, 413)

반첩여班婕妤 : 반여班女. 한나라의 여류 시인.(p 339)

받내다 : 몸을 움직이지 못하는 사람의 대소변 따위를 받아 처리하다.(p 193)

발괄 : 예전에 관아에 억울한 사정을 하소연하던 일.(p 96)

발그림자 : 찾아가거나 찾아오는 일을 비유적으로 이르는 말.(p 19, 199)

발기 : 사람이나 물건의 이름을 죽 적은 글발. 건기件記.(p 27, 141, 187)

발등걸음 : 발을 들고 발끝과 발뒤축만을 바닥에 대고 걷는 걸음.(p 309)

발락發落 : 결정하여 끝냄.(p 351)

발명무지發明無地 : 변명할 길이 없어 몸 둘 곳이 없음.(p 198)

발명發明 : 죄나 잘못이 없음을 변명하여 밝히는 것. 폭백暴白.(p 38, 85, 92, 187, 210, 330, 364, 418)

발반發斑 : 천연두, 홍역 등을 앓을 때 피부에 발긋발긋한 부스럼이 내돋는 일.(p 130)

발산發散 : 땀을 내서 병의 원인이 된 것을 몸 밖으로 빠져나가게 하는 치료법.(p 212)

발씨 : 길을 걸을 때 발걸음을 옮겨 놓는 모습. 발씨가 익다고 하면 여러 번 다니던 길이라 익숙한 것을 뜻함.(p 302)

발원發願 : 무엇을 바라고 원하는 생각을 냄. 소원을 빎. 기원祈願.(p 198, 231)

발음發蔭 : 조상의 덕으로 후손의 운수를 알림.(p 228)

발훈發訓 : 훈령을 내림.(p 198)

방구리 : 물을 긷는 질그릇의 하나. 모양이 동이와 같으나 조금 작음.(p 66, 343)

방꾼(榜-) : 조선 시대에 초시初試 이상의 과거에 합격한 사람의 집에 소식을 전하던 사령使令.(p 87)

방립方笠 : 예전에 상제가 밖에 나갈 때에 쓰던 가는 대오리로 만든 삿갓 모양의 큰 갓.(p 144)

방매放賣 : 물건을 내놓아 팖.(p 231)

방문方文 : '약방문'의 준말.(p 212, 229)

방불하다 : (1) 거의 비슷하다. (2) 흐리거나 어림풋하다. (3) 무엇과 같거나 비슷하다고 느끼다.(p 252, 308)

방색防塞 : 남의 청을 받아들이지 않고 막는 것.(p 88)

방석放釋 : 석방.(p 107)

방성대곡放聲大哭 : 대성통곡大聲痛哭. 큰 목소리로 몹시 슬프게 욺.(p 367, 398)

방송放送 : 죄인을 감옥에서 나가도록 풀어줌.(p 351, 387)

방장方將 : 방금, 이제 곧.(p 380, 423)

방축防築 : '방죽'의 원말. 농사짓는 데 물을 이용하기 위해 논밭 근처에 물이 고여 있도록 둑으로 둘러막은 곳.(p 126)

밭다 : (1) 액체가 바싹 줄어서 말라붙다. (2) 몸에 살이 빠져 여위다. (3) 근심, 걱정 따위로 안타깝고 조마조마해지다.(p 160)

배각排却 : 밀어내거나 거절하여 물리침.(p 299)

배반杯盤 : 흥취 있게 노는 잔치.(p 337, 413)

배산임유背山臨流 : 산을 등지고 물에 면한 길지吉地.(p 211)

배소配所 : 죄인을 귀양 보내는 곳. 적소謫所.(p 106)

배송拜送 : 천연두를 앓은 뒤 13일 만에 두신痘神을 전송하는 일.(p 130, 132, 135)

배송拜送을 내다 : 쫓아내다.(p 51)

배안엣 병신(-病身) : 배냇병신(-病身). '선천성 기형' 또는 고질적으로 가지고 있는 나쁜 버릇이나 그 버릇을 가진 사람을 낮잡아 이르는 말.(p 99)

배약背約 : 약속을 배반하다.(p 390, 417)

배오개 : 현재의 종로4가. '배오개장'은 배오개 너머 있는 시장이란 뜻으로, 동대문 시장을 이르는 말.(p 42, (9)

배접褙接 : 종이, 헝겊 따위를 겹쳐 붙이는 일.(p 188)

배합配合 : 부부의 인연을 맺음.(p 87)

배행陪行 : 윗사람을 모시고 따라감.(p 180, 300)

백방白放 : 죄가 없음이 드러나서 놓아줌.(p 351, 369, 371, 372, 375, 387)

백비탕白沸湯 : 맹탕으로 끓인 물. 백탕.(p 396)

백사百事 : 여러 가지 일. 만사萬事.(p 185)

백씨伯氏 : 남의 맏형을 높여 일컫는 말.(p 145)

백옥무하白玉無瑕 : 백옥에 아무런 티가 없다는 뜻으로, 조금도 결점이 없는 사람의 비유.(p 364)

백포장白布帳 : 흰 베로 만든 휘장揮帳.(p 257)

백해무리百害無利 : 해로운 것은 많고 득 되는 것은 없음.(p 211)

버레줄 : '벌이줄'의 잘못. 물건을 버티어서 이리저리 얽어매는 줄.(p 198)

버르장이 : '버릇'의 구어적으로 이르는 말.(p 18, 48, 66, 198, 340, 374, 383, 403, 420)

버커리 : 늙고 병들거나 또는 고생살이로 쭈그러진 여자를 얕잡아서 이르는 말.(p 49)

번거하다 : 조용하지 못하고 자리가 어수선하다.(p 160, 317)

번연히 : 뚜렷하고 환하게.(p 18, 35, 40, 42, 43, 66, 67, 80, 84, 95, 131, 141, 143, 148, 155, 174, 364, 418)

번차례番次例 : 돌아가며 갈마드는 차례.(p 136, 152, 216, 269, 274, 330)

번쾌樊噲 : 중국 한나라 고조 때의 공신. 홍문鴻門의 회합에서 위급한 처지에 놓였던 유방을 구하여 후에 유방이 왕위에 오르자 장군이 되었다.(p 68)

번하다 : 걱정거리가 어지간히 뜨음하다.(p 199)

벋놓다 : 잠을 자야 할 때에 자지 아니하고 그대로 지나가다.(p 395)

범강장달이(范彊張達-) : 키가 크고 우락부락하게 생긴 사람을 이르는 말. '범강范彊'과 '장달張達'은 중국의 《삼국지연의》에 나오는 인물로서, 그들의 대장인 장비를 죽인 사람들이다.(p 55, 239)

범과犯過 : 잘못을 저지름.(p 240)

범백凡百 : 갖가지의 모든 것.(p 208, 218, 219, 236, 251, 386, 392)

범백처사凡百處事 : 여러 가지 일을 처리함.(p 145)

범범泛泛 : 꼼꼼하지 않고 데면데면하다.(p 257)

범연泛然 : 차근차근한 맛이 없이 데면데면함.(p 30, 125, 176, 219, 264, 284, 308, 337, 341, 364, 409)

범포犯逋 : 국고에 바칠 전곡錢穀을 써버리다.(p 363)

법국法國 : 프랑스.(p 206)

법사法司 : 조선 시대 형조刑曹와 한성부漢城府의 총칭.(p 86)

법소法所 : 예전에 법을 집행하는 기관을 이르는 말.(p 26, 46)

법제法製 : 약재를 약방문대로 가공함.(p 229)

벗바리 : 뒷배를 보아주는 사람.(p 198)

벙어리 차첩을 맡았다 : 벙어리가 하급 관리의 임명장인 차첩을 맡아 쥐고도 이러지도 저러지도 못하고 우물거리고 있다는 뜻으로, 마땅히 정당하게 담판할 일에 감히 입을 열어 말을 하지 못하고 끙끙거리는 경우를 비유적으로 이르는 말.(p 113)

베전 : 육의전六矣廛의 하나. 조선 시대에 서울에서 베를 팔던 시전市廛. 포전布廛.(p 123, 139, 140, 151, 197)

벽파劈破 : 쪼개서 깨뜨리다.(p 226)

444

부담負擔 : 부담롱負擔籠. 옷이나 책 따위의 물건을 담아서 말에 실어 운반하는 작은 농짝.(p 63)

부대 : '부디' 의 잘못.(p 235)

부동부동符同 : 그른 일에 어울려 한통속이 됨.(p 197)

부릇되다 : 일이 잘되어 피어나다.(p 411)

부릍다 : '부르트다' 의 준말.(p 100, 240)

부벽주련付壁柱聯 : 기둥이나 벽에 정식이나 그림이나 글씨를 써넣어 걸치는 물건.(p 211)

부비浮費 : 일을 하는데 써서 없어지는 돈.(p 420)

부자夫子 : 스승. 남의 존경을 받을 만한 사람을 일컫는 말.(p 208)

부정모혈父精母血 : 아버지의 정수精髓와 어머니의 피란 뜻으로, 자식은 부모의 뼈와 피를 물려받음을 이르는 말.(p 168)

부조유업父祖遺業 : 조상이 남긴 사업.(p 415)

부지거처不知去處 : 간 곳을 모름.(p 287, 362)

부집 : '부지깽이' 의 잘못.(p 130, 192, 268, 409)

부화 : '부아' 의 옛말. 노엽거나 분한 마음.(p 43)

북 나들듯(드나들듯) : 매우 자주 드나드는 모양을 비유적으로 이르는 말. '북' 은 베틀에 딸린 부속품의 하나. 날실의 틈으로 왔다 갔다 하며 씨실을 풀어 줌. 방추紡錘.(p 49, 132, 165, 344)

북묘 : 서울 동소문 안에 있던 관왕묘關王廟.(p 198)

북새 : 북풍.(p 123)

북한 : 북한산北漢山.(p 158)

분대粉黛 : 분을 바른 얼굴과 먹으로 그린 눈썹이라는 뜻으로, 화장한 아름다운 여자를 비유적으로 이르는 말.(p 337)

분벽사창粉壁紗窓 : 하얗게 꾸민 벽과 깁으로 바른 창이라는 뜻으로, 여자가 거처하는 아름답게 꾸민 방.(p 124, 183)

분변分辨 : 분별分別.(p 87)

분상墳上 : 무덤의 봉긋한 부분.(p 163, 307)

분운紛紜 : 여러 사람의 의견이 일치하지 않아 이러니저러니 떠들썩하다.(p 343)

분정지두憤精之頭 : 분한 마음이 왈칵 일어난 바람.(p 148, 388)

분호分戶 : 분가分家.(p 145)

불고염치不顧廉恥 : 염치를 돌아보지 않음.(p 178)

불고체면不顧體面 : 체면을 돌아보지 않음.(p 286)

불공설화不恭說話 : 공손하지 않게 하는 말.(p 18)

불공지수不空之數 : 함께 하지 못하는 운수라는 뜻으로 이 세상에서 같이 살 수 없을 만큼 큰 원한을 가진 것을 비유하여 이르는 말.(p 417)

불과시不過是 : 기껏해야 이 정도로.(p 387)

불목不睦 : 사이가 서로 좋지 않음.(p 146, 163, 184, 189)

불목하니 : 절에서 밥을 짓고 물을 긷는 일을 맡아서 하는 사람.(p 277)

불복일不卜日 : 혼사나 장사 따위를 급히 치르느라고 날을 가리지 아니하는 것을 이르는 말.(p 119, 264)

불빈하다 : 가난하지 아니하다.(p 317)

불사不似 : 꼴이 격에 맞지 않아 아니꼽다.(p 242, 294)

불선불후不先不後 : 공교롭게도 좋지 않은 때를 당함.(p 360)

불소不少 : 적지 않음.(p 245, 325)

불시이사不是異事 : 이상할 것이 없는 일.(p 372, 409)

사고무친四顧無親 : 의지할 만한 사람이 아무도 없음.(p 262)

사굴私掘 : 남의 무덤을 사사로이 파내는 것.(p 182)

사기事機 : 일이 되어 가는 가장 중요한 고비.(p 117)

사다듬이 : '싸다듬이'의 잘못. 매나 몽둥이로 함부로 때리는 짓.(p 46)

사략史略 : 중국의 18사를 초학자용으로 편찬한 책.(p 207)

사력私力 : 개인의 사사로운 힘.(p 262)

사력事力 : 일의 형세와 재력財力.(p 415)

사마자장司馬子長 : 사마천司馬遷. 중국의 천문관, 역관曆官이며 최초의 위대한 역사가로서《사기史記》를 저술했다.(p 204)

사문査問 : 조사하여 신문함.(p 419)

사복개천 : 거리낌 없이 상말을 마구 하는 입이 더러운 사람을 낮추어 일컫는 말.(p 43, 143)

사불범정邪不犯正 : 바르지 못하고 요사스러운 것이 바른 것을 건드리지 못함. 곧 정의가 반드시 이김을 이르는 말.(p 420)

사상死相 : 죽은 사람의 얼굴.(p 195)

사색辭色 : 말과 얼굴빛. 사기辭氣.(p 73, 176)

사색이 없다 : 태연하여 말과 얼굴빛에 변함이 없다. '사색辭色'은 말과 얼굴빛을 아울러 이르는 말. (p 252)

사세부득이事勢不得已 : 일의 형세가 그렇게 할 수 없어.(p 262, 281, 348, 384, 393)

사세事勢 : 일이 되어가는 형편.(p 319, 379, 399)

사습私習 : 혼자 스스로 배워 익히는 것.(p 413)

사시巳時 : 12시의 여섯째 시. 오전 9시부터 11시까지의 사이.(p 139)

사인교四人轎 : 앞뒤에 각각 두 사람씩 모두 네 사람이 메는 가마.(p 169, 173, 348)

사자어금니같이 아끼다 : 몹시 아끼고 귀중히 여기다. '사자어금니'는 힘들여 하는 일에 없어서는 안 될 사람이나 물건을 비유적으로 이르는 말.(p 419)

사주인私主人 : 벼슬아치가 객지에서 묵는 사삿집.(p 160)

사지오관四肢五官 : 두 팔과 두 다리의 사지와 눈, 귀, 코, 혀, 피부의 다섯 가지 감각기관을 아울러 이르는 말.(p 207)

사태沙汰 : 높은 언덕이나 산비탈 또는 쌓인 눈 따위가 무너져 내려앉는 일.(p 170)

사퇴蛇退 : 뱀의 허물. 어린이의 경풍驚風과 여러 가지 외과外科 질환 치료에 쓴다. 사탈피.(p 230)

사파달 : 스파르타Sparta. 고대 그리스의 도시 국가.(p 221)

사풍邪風 : 정중하지 못한 태도.(p 87)

사하다(赦-) : 사면赦免하다.(p 137)

사환仕宦 : 벼슬살이를 함.(p 217, 225, 268)

삭하朔下 : 하급의 벼슬아치나 밑에 부리는 사람에게 돈이나 무명으로 주던 급료.(p 290)

산곡山谷 : 산골짜기.(p 159, 304)

산리山理 : 묏자리의 내룡來龍, 방향과 위치에 따라 재앙과 복이 달라진다는 이치.(p 152, 162, 164)

산림山林 : 학식과 도덕이 높으나 벼슬을 하지 않고 숨어 지내는 선비를 이르는 말.(p 218)

산송山訟 : 묘지에 관한 송사訟事.(p 181)

산역山役 : 시체를 묻거나 이장移葬하는 역사役事.(p 127)

산지山地 : 묏자리로 알맞은 땅.(p 80, 82, 83, 84, 86, 116, 162, 164, 167, 185, 186)

산판山坂 : 산의 모양새.(p 166)

산화山禍 : 묏자리가 좋지 못하여 받는다는 재앙. 산해山害.(p 154)

산화소치山禍所致 : 묏자리가 좋지 못한 탓으로 자손이 받는 재앙으로 생긴 일.(p 159)

살 : 벌의 꽁무니나 쐐기의 몸에 있는 침.(p 352, 409)

살오 : '살짝'의 방언.(p 33)

살옥殺獄 : 사람을 죽인 옥사獄事.(p 85)

살지무석殺之無惜 : 죽여도 애석하지 않다.(p 193)

삶은 호박[무]에 이도 안 들 소리 : 삶아 놓아서 물렁물렁한 호박무에 이빨이 안 들어갈 리가 없다는 뜻으로, 전혀 사리에 맞지 않는 말을 함을 비유적으로 이르는 말.(p 178)

삼남三南 : 충청도, 전라도, 경상도 세 지방을 통틀어 이르는 말. 삼남삼도, 하삼도.(p 292, 293, 323, 343, 344, 345, 347, 415)

삼문三門 : 대궐이나 관청, 사당 등의 건물 앞에 세운 세 문. 곧 정문正門, 동협문東夾門, 서협문西夾門.(p 341)

삼순구식三旬九食 : 서른 날에 아홉 끼니밖에 못 먹는다는 뜻으로, 끼니를 잇기 어려울 만큼 몹시 가난한 상태.(p 182)

삼신三神 : 아이의 점지, 출산, 육아를 맡아보는 신. 삼신할머니.(p 46, 125, 199)

삼종씨三從氏 : 남의 삼종형제를 높이어 이르는 말. '삼종'은 팔촌八寸이 되는 관계.(p 342)

삼줄 : '탯줄'의 잘못.(p 359)

삼촌三寸 : 세 치(p 145, 189, 392)

삼취三娶 : 세 번째 장가들어 맞은 아내. 삼실三室.(p 124, 145)

삼태 : '삼태기'의 방언.(p 166)

삼한갑족三韓甲族 : 우리나라의 대대로 문벌이 높은 집안.(p 227)

삼해주三亥酒 : 정월에 담그는 술의 한 가지.(p 212)

삼현육각三絃六角 : 거문고, 가야금, 당비파, 북, 장구, 해금, 피리, 태평소 한 쌍.(p 130)

상덕上德 : 웃어른에게서 받는 은덕.(p 34, 198, 274, 306, 331)

상두(喪-) : '상여'를 속되게 이르는 말.(p 400)

상두꾼 : 상여꾼.(p 219, 226)

상량문上樑文 : 집을 지을 때 기둥에 보를 얹고 그 위에 마룻대를 올리는 일을 축복하는 글.(p 211)

상문喪門 : 몹시 흉한 방위方位.(p 136, 152)

상象 : 순임금의 이복동생으로 그 아비와 짜고 순을 죽이려고 한 패악한 인물.(p 187)

상서공부尙書工部 : 고려 시대에 둔 공부의 으뜸 벼슬. 정삼품의 벼슬로, 나중에 공조판서로 이름을 바꾸었다.(p 390)

상서祥瑞 : 복되고 좋은 일이 일어날 조짐.(p 185)

상설霜雪 : 눈서리.(p 298)

상약相約 : 서로 약속하는 것. 또는 그 약속.(p 157, 159)

상의上意 : 웃어른이나 지배자의 마음. 임금의 마음.

상자(上-) : '상좌上佐'의 잘못. 불도를 닦는 사람.(p 261, 279, 280, 281, 289)

상적相適 : 서로 걸맞다.(p 358, 371)

상전相傳 : 대대로 이어져 전함.(p 147)

상전의 빨래에 종의 발뒤축이 희다 : 상전의 빨래를 하여 주면 제 발뒤축이 깨끗하게 된다는 뜻으로, 하기 싫어 마지못해 하는 남의 일이라도 해주고 나면 얼마간의 이득은 있음을 비유적으로 이르는 말.(p 132)

상직上直 : 벼슬아치가 당직이 되어 관가에서 잠.(p 353)

상청喪廳 : '궤연几筵'을 속되게 이르는 말. 죽은 사람의 영궤靈几와 그에 딸린 모든 것을 차려 놓은 곳.(p 145, 146)

상하지분上下之分 : 위아래의 분별.(p 57)

상한常漢 : 상놈.(p 224)

상행喪行 : 상여를 따르는 행렬.(p 400)

상향尚饗 : '적지만 흠향하옵소서' 의 뜻으로, 축문祝文의 맨 끝에 쓰는 말.(p 56)

상회례相會禮 : 서로 처음으로 만날 때에 하는 인사.(p 169)

새문 : 지금의 서대문.(p 155)

새양쥐 볼가심할 것도 없게 되다 : 조그마한 생쥐가 입가심할 정도의 것도 없다는 뜻으로, 먹을 것이라고는 아무 것도 없고 몹시 가난하게 됨을 비유적으로 이르는 말.(p 182)

새침데기 골로 빠진다 : 얌전하게 보이는 사람이 한번 길을 잘못 들면 걷잡을 수 없이 된다는 것을 비유적으로 이르는 말. 또는 얌전하게 보이는 사람이 엉뚱하게 못된 짓을 하는 경우에 이르는 말.(p 290)

색심色心 : 색욕色慾이 일어나는 마음.(p 75)

색장色掌 : 성균관, 향교, 사학四學 등에 기거하는 유생의 한 임원.(p 215)

색책塞責 : 책임을 면하기 위하여 겉으로만 둘러대어 꾸밈.(p 269)

색태色態 : 빛깔의 맵시.(p 336)

생남자生男子 : 아들을 낳는 것. 득남得男.(p 411)

생래生來 : 부사적으로 쓰여 세상에 태어난 이래.(p 253)

생량生凉 : 가을이 되어 서늘한 기운이 생기는 것.(p 123)

생매(生-) : 길들이지 않은 매.(p 421)

생선 같다 : 생매같다. 몸이 튼튼하고 병이 없다.(p 249, 255, 292, 412)

생수生數 : 좋은 수가 생김.(p 55, 81, 150, 151, 424)

생시치미(生-) : '시치미' 를 강조하는 말.(p 49, 177)

생심生心 : 어떤 일을 하려고 마음을 먹음. 또는 그 마음.(p 16, 46, 364)

생애生涯 : 생계生計.(p 18, 49, 105, 115, 169, 174, 195, 198, 402)

생양정부모生養定父母 : 낳아준 부모와 양자로 맺어진 부모.(p 195, 198)

생의生意 : 생심生心. 어떤 일을 하려고 마음을 먹음. 또는 그 마음.(p 24, 54, 84, 250, 257)

생이지지生而知之 : 배우지 않아도 스스로 깨달아 앎.(p 206)

생작이 : '시침', '시치미' 의 방언.(p 36, 42)

생장生長 : 나서 자람.(p 106, 170, 224, 225)

생지生知 : 삼지三知의 하나. 나면서부터 도道를 앎. 생이지지生而知之.(p 205)

생환고토生還故土 : 살아서 고향 땅으로 돌아가거나 돌아옴.(p 103)

서고청徐孤靑 : 1523~1591. 조선 중기의 학자.(p 226)

서독暑毒 : 더위의 독기毒氣.(p 402)

서립徐立 : 서서히 세우다.(p 217)

서발막대 : 매우 긴 막대를 강조하여 이르는 말.(p 32, 56, 99)

서북西北 : 황해도, 평안도, 함경도 지방. 과거 이 지역 출신자에 대한 차별이 존재했다.(p 224, 225, 227)

서사왕복書辭往復 : 편지가 오고감.(p 59)

서시西施 : 중국 춘추시대 월越나라의 미녀.(p 339)

서실閪失 : 물건을 흐지부지 잃어버림.(p 211, 299)

서어하다 : (1) 틀어져서 어긋나다. (2) 익숙하지 않아 서름서름하다. (3) 뜻이 맞지 않아 조금 서먹하다.(p 289, 135, 310)

서윤庶尹 : 조선시대 때 한성부와 평양부에 두었던 종4품 벼슬.(p 231)

서초西草 : 평안도에서 나는 질 좋은 담배.(p 170)

석새베 : '석새삼베'의 준말. 240올의 날실로 짠 삼베. 삼승포三升布.(p 170)

석장錫杖 : 중이 짚는 지팡이.(p 231)

선대감先大監 : 돌아가신 대감.(p 154)

선부善否 : 좋음과 좋지 못함. 양부良否.(p 345)

선부형先父兄 : 돌아가신 아버지와 형.(p 126)

선성先聲 : 전부터 알려져 있던 명성.(p 341, 348, 362)

선영先塋 : 선산先山.(p 168, 172, 178)

선왕장先王丈 : 돌아가신 남의 할아버지의 존칭.(p 163, 180)

선장先丈 : '선고장先考丈'의 준말. 남의 돌아가신 아버지를 높여 이르는 말.(p 161, 166)

선천품부先天稟賦 : 선천적으로 타고나는 것(p 341)

선퇴蟬退 : 매미가 탈바꿈할 때 벗은 허물. 성질이 차서 두드러기, 경풍驚風 따위에 쓴다. 선세蟬蛻, 조갑蜩甲.(p 230)

선풍도골仙風道骨 : 신선의 풍채와 도인의 골격이란 뜻으로, 뛰어나게 고아高雅한 풍채를 이르는 말.(p 102)

선혜청宣惠廳 : 조선 후기 대동미大同米, 대동포大同布, 대동전大同錢의 수납을 위하여 설치한 관청.(p 42, 169)

설만褻慢 : 무례하고 단정치 못함.(p 337)

설면하다 : 친하지 않다.(p 168)

설분雪憤 : 분풀이.(p 195, 420)

설시設施 : 도구, 기계, 장치 따위를 베풀어 설비함.(p 215, 216, 228)

설왕설래說往說來 : 서로 말을 주고받으며 옥신각신함.(p 80)

설원雪冤 : 원통한 사정을 풀어 없앰.(p 420)

설유說諭 : 말로 타이름.(p 349)

설주 : 문설주.(p 143)

설치雪恥 : 부끄러움을 씻음. 설욕雪辱.(p 46, 62)

설합舌盒 : '서랍'의 원말.(p 179)

섬 진 놈 멱 진 놈 : 섬거적을 진 사람과 멱둥구미를 진 사람이라는 뜻으로, 가지각색의 어중이떠중이를 비유적으로 이르는 말.(p 243)

성경誠敬 : 정성을 다하여 공경함. 또는 정성과 공경을 아울러 이르는 말.(p 229)

성경현전聖經賢傳 : 성인이 지은 경과 현인이 지은 전.(p 216)

성군작당成群作黨 : 여러 사람이 모여 떼를 지음.(p 173, 263, 267)

성기成器 : 사람의 됨됨이와 재주가 한 틀을 이루는 것(p 407)

성례成禮 : 혼인의 예식을 치름.(p 108, 118, 119, 247, 248, 255, 264, 297, 299, 300, 306, 358, 359)

성묘聖廟 : 공자를 모신 사당. 문묘文廟.(p 181, 216, 267)

성복成服 : 초상이 났을 때 처음으로 상복을 입는 일.(p 146)

성불성成不成 : 일의 되고 안 되는 것. 성부成否.(p 177)

성비盛備 : 잔치를 성대하게 베푸는 것. 또는 그 차림.(p 382)

성식性息 : 성정性情.(p 54, 65, 239, 327, 414)

성주 : 가정에서 모시는 신의 하나. 집의 건물을 수호하며 가신家神 가운데 맨 윗자리를 차지한다.(p 199)

성주받이 : 집을 새로 짓거나 이사를 한 뒤에 성주를 받아들인다고 하는 무당의 의식. 성줏굿.(p 152)

성청법成廳法 : 세도 있는 집의 하인들이 떼를 이루는 법.(p 46)

성화를 바치다 : 성화가 나게 하다.(p 72)

세간집물(−什物) : 집안 살림에 쓰는 온갖 도구. 살림살이. 세간. 가장집물家什物(p 71)

세궁역진勢窮力盡 : 기세가 꺾이고 힘이 다 빠져 꼼짝할 수 없게 됨.(p 54, 322)

세대삿갓(細−) : 가늘게 쪼갠 댓개비로 만든 대삿갓. 여승이 주로 쓴다.(p 236)

세백목필細白木疋 : 올이 가는 무명 필.(p 142)

세보교賁步轎 : 삯돈을 내고 빌려서 타는 가마의 하나. 정자 지붕 모양으로 가운데를 솟게 하고 사면을 장막으로 둘러 침.(p 160)

세세성문細細成文 : 꼼꼼히 글을 만듦.(p 211)

세전비世傳婢 : 세전노비世傳奴婢. 한 집안에서 대를 이어 내려오는 종.(p 46)

세책貰册 : 대본貸本.(p 211)

세청細聽 : 주로 서울 · 경기 지방 정통 음악의 여창女唱에 쓰는 창법의 하나. 비단실을 뽑아내는 듯한 가느다란 목소 리를 이른다.(p 137)

셋줄 : 세도 있는 사람들의 힘에 기댈 수 있는 연줄. 뒷줄.(p 146)

소거백마素車白馬 : 흰 포장을 두른 수레와 흰 말. 적에게 항복할 때 또는 장례할 때 씀.(p 139)

소경 잠자나[잠드나] 마나 : 일을 해도 하나 마나 하여 일의 성과가 없다는 말.(p 56)

소경력所經歷 : 겪어 지내온 일.(p 108, 159, 174, 388)

소경사所經事 : 겪어온 일.(p 157)

소관하사所關何事 : 어떤 일에 관계되는 바.(p 348)

소들하다 : 분량이 생각하는 것보다 적어서 흡족하지 않다.(p 394)

소료所料 : 생각하여 헤아린 바.(p 178, 179, 376)

소매평생素昧平生 : 견문이 좁고 세상 형편에 어두운 채 지내는 한평생.(p 419)

소맷동냥 : 여러 집을 다니며 먹을 것을 얻어서 소매 안에 넣어 가지고 다님. 또는 그런 동냥.(p 422)

소목昭穆 : 종묘나 사당에 신주를 모시는 차례. 왼쪽을 소昭, 오른쪽을 목穆이라 하여 1세를 가운데에 2, 4, 6세를 소에, 3, 5, 7세를 목에 모심.(p 190)

소무기탄小無忌憚 : 어렵게 여겨 꺼리는 것이 없음.(p 411)

소민小民 : 상사람. 조선중엽이후 평민을 일컫는 말.(p 214)

소불간친疏不間親 : 친분이 먼 사람이 친분이 가까운 사람들을 이간하지 못함.(p 187)

소상분명昭詳分明 : 밝고 상세하여 분명함.(p 409, 410)

소소昭昭 : 사리가 밝고 뚜렷함. 소연昭然.(p 102, 231)

소양배양 : 나이가 어려 함부로 날뛰기만 하고 분수나 철이 없다.(p 390)

소영사所營事 : 업으로 경영하는 일.(p 362)

소위所爲 : 해놓은 일이나 짓.(p 396)

소이연所以然 : 그리 된 까닭.(p 185, 221)

소조所遭 : 치욕이나 고난을 당하는 것.(p 330, 411, 419)

소진장의蘇秦張儀 : 소진蘇秦과 장의張儀가 중국 전국 시대의 변설가인 데서, 구변이 좋은 사람을 이르는 말.(p 135)

소창消暢 : 심심하거나 답답한 마음을 풀어 후련하게 함. 산울散鬱.(p 283)

소천所天 : 아내가 남편을 이르는 말.(p 111)

소취嘯聚 : 군호軍號로 많은 사람을 불러 모음.(p 349)

소취所趣 : 뜻하는 일.(p 416)

소합원蘇合元 : 소합향을 내는 끈끈한 기름. 주로 피부에 사용한다. (p 360)

속안俗眼 : 어떤 사물에 대한 일반 사람들의 안목. (p 164)

속종 : 마음속에 품은 소견. (p 22, 44, 66, 108, 138, 144, 155, 253)

속치부 : 잊지 아니하고 마음속에 새겨둠. (p 32)

속폭 : 봉투 속에 들어 있는 물건. (p 296, 407)

속현續絃 : 금슬의 끊어진 줄을 다시 잇는다는 뜻으로, 아내를 여읜 뒤 다시 장가를 드는 일. (p 242, 292, 296, 359)

손그릇 : 거처하는 곳에 가까이 두고 늘 쓰는 작은 세간. 반짇고리, 벼룻집, 손궤 따위가 있다. (p 398)

손살피 : '손살' 의 잘못. 손가락 사이. (p 32)

손살 : 손가락 사이. (p 71)

손세孫世 : 자손의 늘어 가는 정도. (p 162, 236)

손을 넘기다 : 제 시기를 놓치다. (p 244, 357)

손항孫行 : 손자뻘 되는 항렬. (p 183)

솔갱이 : '솔개' 의 잘못. (p 18)

솔양率養 : 양자로 데려옴. (p 223)

송곳니가 방석이 되다 : 뾰족한 송곳니가 납작하게 닳도록 이를 몹시 간다는 뜻으로, 몹시 원통함을 비유적으로 이르는 말. (p 37)

송귀봉宋龜峰 : 송익필宋翼弼, 조선 전기의 학자. (p 226)

송낙 : 예전에 여승들이 주로 쓰던 송라를 우산 모양으로 엮은 모자. (p 260, 278, 314, 327)

쇠경衰境 : 나이가 들어 늙게 된 판. (p 102, 151)

쇠불알 떨어지면 구워 먹기 : 노력은 안 하고 살아 있는 소의 불알이 저절로 떨어지기를 마냥 기다리기만 한다는 뜻으로, 노력도 없이 요행만 바라는 헛된 짓을 비웃는 말. (p 361)

쇠색衰塞 : 약해지고 막힘. (p 185)

쇠옹두리 우리듯 : 두고두고 마냥 우려먹는 모양을 비유적으로 이르는 말. '쇠옹두리' 는 소의 옹두리 뼈. (p 151)

수각황망手脚荒忙 : 급작스러운 일에 당황해서 어찌할 바를 모름. (p 42, 181, 255, 407)

수구당守舊黨 : 옛 제도를 지키기를 주장하는 무리. (p 71)

수구문水口門 : 성벽城壁 안의 물이 밖으로 흘러 빠지는 수구에 만든 문. 또는 '광희문光熙門' 의 별칭. (p 82)

수굿하다 : 고개를 조금 숙이다. (p 68, 84, 327)

수란愁亂 : 근심이 많아 마음이 산란함. (p 305, 353, 392, 411)

수련壽蓮 : 명성왕후의 혼이 내렸다고 자청하여 고종의 총애를 받은 요무. (p 198)

수로금酬勞金 : 수고나 공로에 대하여 보수하는 돈. (p 180)

수리首吏 : '이방 아전' 을 달리 이르던 말. 각 지방 관아의 여섯 아전 가운데 으뜸이라는 뜻. (p 236)

수모水母 : 해파리. (p 209)

수문수답隨問隨答 : 묻는 대로 거침없이 대답함. (p 103, 170, 252)

수번首番 : 상두꾼의 우두머리. (p 226, 400)

수삭數朔 : 몇 달. (p 268, 310)

수살水殺 : 시골 동네 어귀에서 있는 돌이나 나무. 동네를 지키는 신성한 것으로 믿어 전염병이 돌 때는 새끼줄을 쳐서 모시고 개인이 병이 났을 때는 환자의 옷을 걸어 놓기도 한다. (p 136)

수삽하다 : 몸을 어찌해야 좋을지 모를 정도로 부끄럽다. (p 72)

수석水石 : 물과 돌을 아울러 이르는 말. 또는 물과 돌로 이루어진 자연의 경치. 여기서는 후자의 뜻. (p 283)

수숙嫂叔 : 형제의 아내와 남편의 형제.(p 144, 147)

수신제가修身齊家 : 몸과 마음을 닦아 수양하고 집안을 다스림.(p 210, 214)

수어數語 : 두어 마디의 말.(p 293)

수운愁雲 : 근심스러운 기색.(p 298)

수원수구誰怨誰咎 : 누구를 원망하고 누구를 탓하랴는 뜻으로, 남을 원망하거나 탓할 것이 없음을 이르는 말.(p 410, 414)

수유受由 : 말미를 받음, 또는 그 말미.(p 287)

수의사또[繡衣使道] : '어사또'를 달리 이르는 말.(p 356, 366, 369, 371, 372, 373, 377, 378, 393)

수접酬接 : 손님을 맞이하여 대접하다.(p 361, 374, 386)

수종다리(水腫−) : 병으로 퉁퉁 부은 다리.(p 229)

수죄數罪 : 범죄 행위를 들추어 열거하는 것.(p 16, 60, 65, 66, 136, 148, 189, 416, 419, 421, 423)

수참羞慙 : 매우 부끄러움.(p 204)

수토불복水土不服 : 풍토나 물이 몸에 맞지 않아 위장이 나빠짐.(p 145)

수팔련水波蓮 : 잔치 때 장식으로 쓰이는 종이로 만든 연꽃.(p 142)

수하친병手下親兵 : 자기의 수족처럼 쓰는 사람.(p 199)

숙고사熟庫紗 : 삶아 익힌 명주 실로 짠 고사. 봄과 가을 옷감으로 쓴다.(p 27)

숙마熟麻 : 누인 삼 껍질.(p 56)

숙부인淑夫人 : 조선시대 때 정 3품 당상관堂上官 아내의 봉작封爵.(p 203)

순똘이 : 담배 순을 따서 말린 담배.(p 170)

순무사巡撫使 : 고려시대 임시관직.(p 347)

순상巡相 : 순찰사.(p 338)

순수도국順水都局 : 지류의 방향이 원 줄기와 동일한 곳.(p 163)

순순諄諄하다 : 타이르는 태도가 다정하고 친절하다.(p 220)

순실淳實 : 순박하고 참됨.(p 228)

순양純陽 : 순연純然한 양기陽氣.(p 341)

승문고升聞鼓 : 신문고申聞鼓. 조선시대 백성들이 절차를 거쳐서도 해결하지 못한 원통하고 억울한 일이 있으면 왕에게 직접 알릴 수 있도록 대궐에 설치한 북.(p 26, 364, 365)

승순承順 : 윗사람의 명령을 순순히 좇다.(p 249)

승시乘時 : 때를 타는 것.(p 55, 192, 245, 351)

승야乘夜 : 밤중을 이용하는 것.(p 76)

승차陞差 : 한 관청 안에서 윗자리의 벼슬로 오름.(p 244)

승평무사昇平無事 : 나라가 태평하고 아무 탈 없이 편안함.(p 204)

시골고라리 : 어리석고 고집 센 시골 사람을 놀림조로 이르는 말. 고라리.(p 214)

시구문屍口門 : 시체를 내가는 문이라는 뜻으로, '수구문水口門'을 달리 이르는 말.(p 48)

시난고난 : 병이 심하지는 않으면서 오래 앓는 모양.(p 192)

시두時痘 : 천연두.(p 423, 424)

시량柴糧 : 땔나무와 먹을 양식.(p 46, 47, 150)

시부표책詩賦表策 : 시와 부와 표와 책.(p 225)

시사時仕 : 이속吏屬이나 기생이 매인 관아에서 맡은 일을 치르는 일.(p 357)

시서백가詩書百家 : 시경과 서경과 여러 학자가 지은 여러 가지 저서.(p 236)

시속時俗 : 그 시대의 풍속.(p 74, 236, 240, 327)

시스럽다 : '스스럽다'의 잘못. 사귀어 지내는 사이가 그리 두텁지 못하여 조심스럽다.(p 51, 59, 71, 90)

시아리다 : '헤아리다'의 방언.(p 50)

시역始役 : 공사나 역사役事를 시작함.(p 211)

시우쇠 : 무쇠를 불려서 만든 쇠붙이의 하나. 숙철熟鐵 유철柔鐵 정철正鐵(p 134)

시탕侍湯 : 부모의 병에 약시중을 드는 일.(p 193)

시틋하다 : 마음이 내키지 않아 시들하다.(p 42, 300)

시환時患 : 때에 따라 유행하는 상한傷寒. 시령時令. 시병時病.(p 360)

식루사拭淚砂 : 눈물을 씻는 형국의 사혈穴 주위의 형세.(p 162)

식사없다(飾辭−) : 듣기 좋게 꾸며 하는 말이 없다.(p 350)

식지食紙 : 밥상과 음식을 덮는 데 쓰는 기름 먹인 종이.(p 146)

신건新件 : 새로운 물건.(p 318)

신고辛苦 : 어려운 일을 당하여 몹시 애쓰는 것. 또는 그 고통이나 고생.(p 269, 272, 370)

신골 망태 쏟아놓은 것 같다 : 발의 크기에 따라 여러 층의 산골을 담아 둔 망태를 쏟아놓은 것 같다는 뜻으로, 작은 것부터 큰 것에 이르기까지의 여러 개가 차례로 늘어져 있는 모양을 비유적으로 이르는 말. '산골'은 신 만드는 데 쓰는 골.(p 150)

신교바탕 : 바탕만 있고 뚜껑이나 휘장이 없는 가마. 주로 기생이 탔다. '신교'는 '승교乘轎'의 방언. 승교바탕. 가맛바탕.(p 348)

신득진파申得辰破 : 명당에서 보아 물이 시작되는 방향을 득, 물이 나가는 방향을 파라고 이르니, 이는 신방申方에서 물이 들어와 진방辰方으로 물이 빠진다는 뜻.(p 166)

신명身命 : 몸과 목숨. 구명軀命.(p 86)

신문 : '심문審問'의 잘못.(p 85)

신발차 : 심부름하는 값으로 주는 돈. 신발값.(p 142)

신산新山 : 새로 쓴 산소山所.(p 161, 179, 400)

신설伸雪 : '신원설치伸冤雪恥'의 준말. 원통함을 풀고 부끄러운 일을 씻어 버림. 설분신원雪憤伸冤.(p 85, 86)

신안神眼 : 풍수지리설이나 관상술 등에 아주 통달한 눈.(p 180)

신원伸冤 : 원통한 일을 푸는 것.(p 84)

신자진삼합격申子辰三合格 : 신방, 자방, 진방 셋이 격이 맞음.(p 166)

신적身迹 : 몸의 흔적.(p 282)

신지무의信之無疑 : 조금도 의심하지 아니하고 믿음.(p 362)

신지信地 : 목적지.(p 159)

신체 : '시신屍身'의 방언.(p 400)

신칙申飭 : 단단히 타일러 경계하다.(p 214, 386)

실가室家 : 집 또는 가정.(p 292)

실기失機 : 기회를 놓치는 것.(p 160)

실범實犯 : 형법상 범죄 행위를 실행한 사람.(p 84, 372, 375)

실신失信 : 신용을 잃다.(p 159)

실인室人 : 자기의 아내를 이르는 말.(p 243)

실재實才 : 글재주가 있는 사람.(p 208)

실체失體 : 체면이나 면목을 잃음.(p 63)

심의深衣 : 높은 선비들이 입던 웃옷. 흰 베로 두루마기 모양으로 만들며, 소매를 넓게 하고 검은 비단으로 가를 둘렀음.(p 224)

심조증心操症 : 신경을 너무 써서 마음이 지나치게 번잡하고 조급하여지는 병.(p 286)

십상팔구十常八九 : 열에 여덟이나 아홉 정도로 거의 예외가 없음.(p 73, 108, 243, 268, 286, 325, 363, 402, 411)

십승지지十勝之地 : 풍수지리에서 말하는 피란하기 좋다는 열 군데의 지방.(p 228)

싸댕기다 : '싸다니다'의 방언.(p 66)

싸리말 : 싸리로 결어 만든 말. 마마의 역신疫神을 쫓을 때 씀.(p 142)

쌍상투 : 옛날 관례 때에 머리를 갈라 두 개로 틀어 올린 상투.(p 214)

쌍전雙全 : 두 쪽 또는 두 가지 일이 모두 완전함.(p 86)

써렛발 : 써레몽둥이에 박은 끝이 뾰족한 나무.(p 149)

쓴 오이(도라지, 외) 보듯 : 얼른 보아 쓸데없어 보이는 것이라도 가만히 살펴보면 무언가 취할 점이 있음을 비유적으로 이르는 말. 또는 모든 일의 좋고 나쁨은 그 일을 하는 사람의 주관에 달려 있음을 비유적으로 이르는 말.(p 138)

씩둑꺽둑 : 이런 말 저런 말로 쓸데없이 자꾸 지껄이는 모양.(p 38, 100)

| ㅇ |

아갱이 : '입'을 속되게 이르는 말.(p 89, 265)

아낙 : 부녀자가 거처하는 곳을 점잖게 이르는 말. 내간內間. 내정內庭.(p 31, 36, 41, 144)

아당阿黨 : 남의 비위를 맞추거나 환심을 사려고 다랍게 아첨함.(p 102)

아라사俄羅斯 : 러시아의 음역어.(p 134, 143)

아망위雨具 : あまぐ. 외투, 비옷 따위의 깃에 덧붙여 머리에 뒤집어쓸 수 있게 된 것 뒤에서 돌보아 주는 힘을 믿고 교만하게 행동하는 경우를 비꼴 때 쓰는 말.(p 26)

아모 : '아무'의 잘못.(p 262)

아성亞聖 : 유학에서 공자 다음가는 성인聖人이라고 하여 '맹자'를 이르는 말.(p 220)

아청鴉靑 : 검은빛을 띤 푸른빛. 야청.(p 43)

악머구리 끓듯 : 많은 사람이 모여서 시끄럽게 마구 떠드는 모양을 비유적으로 이르는 말. '악머구리'는 잘 우는 개구리란 뜻으로, '참개구리'를 이르는 말.(p 403)

악살 : 박살.(p 136)

악종惡種 : 나쁜 종류.(p 422, 424)

안동眼同 : 사람을 데리고 함께 가거나 물건을 지니고 감.(p 274)

안렴사按廉使 : 고려시대 각 도道에 파견된 지방관.(p 347)

안무按撫 : 백성의 사정을 살펴서 어루만져 위로함.

안산案山 : 풍수지리에서 집터나 묏자리의 맞은편에 있는 산.(p 162)

안석案席 : 앉을 때 몸을 기대는 방석. 안식案息.(p 204)

안손님 : 여자 손님을 이르는 말.(p 51, 90)

안유安裕 : 넉넉하여 편안함.(p 264, 403, 422)

안잠 : 여자가 남의 집에서 먹고 자며 그 집의 일을 도와주는 일. 또는 그런 여자.(p 31, 125, 128, 142, 149, 150, 160, 175, 183, 188, 193, 196, 197)

안차다 : 겁이 없고 야무지다.(p 28, 198)

안팎 : 안살림과 바깥살림. (p 138)

안팎벌 : 겉옷과 속옷을 아울러 이르는 말. (p 263)

안하무인眼下無人 : 눈 아래 사람이 없다는 뜻으로, 방자하고 교만하여 다른 사람을 업신여김을 이르는 말. (p 239)

알 배때기 없다 : '알 배[배]없다'의 '배'와 '배腹]'가 음이 같은 데서 착안한 언어유희. (p 24, 87)

암매暗昧 : 못나고 어리석어 생각이 어둡다. (p 206)

암축暗祝 : 신에게 마음속으로 기원함. (p 403)

압뢰狎牢 : 조선 시대에 죄인을 맡아서 지키던 사람. (p 107)

압상押上 : 압부상송押付上送. 죄인을 체포하여 상급 관청으로 넘겨 보냄. (p 198, 322, 323, 408, 409, 415)

애급埃及 : '이집트'의 음역어. (p 69, 71)

애부愛夫 : (1) 기생·작부·창부 따위가 정을 주는 남자. (2) 여자가 남몰래 정을 주는 남자. (p 290)

애총 : 아총兒塚. 어린아이의 무덤. (p 171)

액회厄會 : 재앙이 닥치는 기회. (p 80)

야매野昧 : 촌스럽고 어리석음. (p 214, 216)

야몽극흉 서벽대길夜夢極凶 書壁大吉 : '밤 꿈이 극히 흉한즉 벽에 글을 쓰니 크게 길하리라'라는 뜻 (p 404)

야차夜叉 : 모질고 사나운 귀신의 하나. (p 238, 328)

양계초梁啓超 : 중국 청나라 말에서 중화민국 초의 학자, 정치가. (p 217)

양약고구良藥苦口 : 충언역이忠言逆耳. 좋은 약이 입에 쓰고 충성스런 말이 귀에 거슬린다는 뜻. (p 188)

양양자득揚揚自得 : 뜻을 이루어 꺼드럭거림. 또는 그런 태도를 보임. (p 52)

양증陽症 : 활발하고 명랑한 성질 (p 186)

어거馭車 : 거느리어 바른길로 나가게 함. (p 214)

어근버근 : 목재 가구나 문틀 따위의 짝 맞춘 자리가 약간씩 벌어져 있는 모양. 또는 서로 마음이 맞지 아니하여 사이가
꽤 벌어져 있는 모양. (p 34)

어깻바람 : 신이 나서 어깨를 으쓱거리며 활발하게 동작하는 기운. 신바람. (p 269, 396)

어리치다 : 독한 냄새나 심한 자극으로 정신이 흐릿해지다. (p 381)

어백미御白米 : 임금에게 바치던 흰쌀. 왕백王白. (p 423)

어복魚腹 : 장딴지. (p 240)

어섯눈치 : 사물의 한 부분 정도를 볼 수 있다는 뜻으로, 지능이 생겨 사물의 대강을 이해하게 된 눈치를 이르는 말. (p 93)

어육魚肉 : 짓밟고 으깨어 아주 결딴낸 상태를 비유적으로 이르는 말. (p 344)

어좌어우간於左於右間 : 좌우간左右間. (p 242)

어진혼 : 착하고 어진 사람이 죽은 영혼. '어진혼이 나가다'란 말은 몹시 놀라거나 시끄러워서 정신을 잃음을 의미함. (p 24)

어차간에(語次間-) : 말을 하는 김에. (p 63)

어차어피於此於彼 : 어차피. (p 274)

어한禦寒 : 추위에 언 몸을 녹이는 것 (p 168)

어훈語訓 : 말하는 투나 태도. (p 113)

억륵抑勒 : 흥분되려는 감정, 격렬한 욕망, 충동적인 행동 등을 내리눌러 멎게 하는 것 (p 296, 387)

억짓손 : 무리하게 억지로 해내는 솜씨. (p 293)

억탈抑奪 : 억지로 빼앗음. (p 263)

억하심정抑何心情(억하심장抑下心腸) : 대체 무슨 마음으로 그리하는지 알기 어렵다는 뜻. (p 78, 343, 353)

언구럭 : 사특하고 교묘한 말로 남을 농락하는 태도. (p 133)

언연優然 : 거드름을 피우며 거만함. (p 387)

언필칭言必稱 : 말을 할 때마다 반드시. (p 204, 207)

얼바람을 맞다 : 어중간하게 바람을 맞은 것처럼 실없이 허튼짓을 하다. (p 318)

얼풋 : '얼른' 의 방언. (p 15, 64, 70, 80, 112, 117, 124, 235, 242, 252, 259, 261, 265, 268, 274, 276, 278, 280, 303, 308, 310, 321, 324, 325, 341, 345, 357, 370, 376, 379, 383, 391, 393, 409)

엄가嚴苛 : 매우 엄하고 모짊. (p 351)

엄부렁하다 : '엄범부렁하다' 의 준말. 실속 없이 겉만 크다. (p 67)

엄적掩迹 : 잘못된 형적을 가려 덮는 것 (p 92)

엄전하다 : 하는 짓이나 모양이 점잖다. (p 70, 128)

업원業冤 : 전생에 지은 죄 때문에 이승에서 받는 괴로움. (p 78)

업은 아기 말도 귀담아들으랬다 : 어린아이가 하는 말이라도 일리가 있을 수 있으므로 소홀히 여기지 말고 귀담아 들어야 한다는 뜻으로, 남이 하는 말을 신중하게 잘 들어야 함을 비유적으로 이르는 말. (p 374)

엇구수하다 : 하는 말이 이치에 그럴듯하다. (p 414)

에테 : 주색잡기에 빠짐. 또는 그런 짓. (p 292)

여겨듣다 : 정신을 차리고 기울여 듣다. (p 51)

여겨보다 : 눈에 익혀 가며 기억할 수 있도록 자세히 보다. (p 247)

여겨보면 매부의 밥그릇이 높다 : 처가에서 사위는 대접을 잘 받으므로 오라비 되는 이가 늘 이것을 샘하고 부러워한다는 말. (p 165)

여귀 : 돌림병에 죽은 사람의 귀신이나 제사를 받지 못하는 귀신. 여구. (p 125, 126, 127, 199)

여드레 팔십 리 : 일을 매우 더디고 느리게 함을 비유적으로 이르는 말. (p 277)

여복 : '여북' 의 잘못. 얼마나, 오죽, 작히나. (p 70)

여상如常 : 평소와 같음. (p 396, 410)

여율령시행如律令施行 : 명령이 떨어지기가 무섭게 그대로 시행함. (p 93)

여필종부女必從夫 : 아내는 반드시 남편을 따라야 한다는 말. (p 243)

여합부절如合符節 : 사물이 꼭 들어맞음. (p 140, 155, 390)

여항閻巷 : 여염閻閻. 백성의 살림집이 많이 모여 있는 곳. (p 238, 348, 349)

역사役事 : 토목, 건축 등의 공사. (p 31)

역성 : 옳고 그름에 관계없이 한쪽만 편을 들어 주는 일.

역수逆水 : 고기가 용이 되기 위해 상류의 급류를 이루는 곳으로 오르는 것 (p 163)

역일曆日 : 책력册曆에 의하여 정해진 하루하루의 날짜. 또는 그런 세월. (p 419)

역질疫疾 : '천연두' 를 한방에서 이르는 말. 두역. (p 130, 135)

연골軟骨 : 어린 나이를 이르는 말. (p 208)

연기年紀 : '나이' 를 달리 이르는 말. (p 108, 236, 263, 188, 190, 242, 311, 314, 315, 337, 338, 358, 359, 371, 379, 395, 398)

연락부절連絡不絕 : 왕래가 잦아 소식이 끊이지 아니함. (p 99)

연만年滿 : 연로年老. (p 62)

연부역강年富力强 : 나이가 젊고 힘이 셈. (p 388, 411)

연비聯臂 : 서로 이리저리 알게 되는 것 (p 356, 357, 416, 418)

연비연비聯臂聯臂 : 여러 겹의 간접적인 소개로. (p 321)

연상약年相若 : 나이가 엇비슷함. (p 60)

오합지중烏合之衆 : 까마귀 떼같이 질서 없는 무리라는 뜻으로, 갑자기 모인 훈련되지 않은 군사를 이르는 말. 오합지졸烏合之卒.(p 344)

옥관자玉貫子 : 옥으로 만든 관자. 종1품 이상의 벼슬아치는 조각을 하지 않았고, 당상 정3품 이상의 관원만 조각을 하였음.(p 54, 71, 154)

옥녀탄금형玉女彈琴形 **십대장상**十代將相 **백자천손지지**百子千孫之地 **함씨입장**咸氏入葬 : 십대에 걸쳐 장수와 재상이 나고 자손이 번창하는 옥녀탄금형 명당에 함씨가 장사를 지냄.(p 179)

옥녀탄금형玉女彈琴形 : 옥녀가 거문고를 타는 형세. '옥녀'는 마음과 몸이 깨끗한 여자를 옥에 비유하여 이르는 말.(p 166)

옥룡자소점玉龍子所點 : 옥룡자道詵의 점지한 바.(p 179)

옥추경玉樞經 : 도교道教 계통의 경전. 조선시대에 많이 읽힌 치병治病 경전으로 병굿이나 신굿과 같은 큰 굿에서 독송되었다.(p 127, 140, 409)

올연히兀然- : 홀로 우뚝한 모양.(p 236)

옹망顒望 : 크게 우러러 바라다.(p 351)

옹용雍容 : 화락하고 조용함.(p 63)

옹축顒祝 : 크게 축원함.(p 156)

와사瓦斯 : 가스의 한자명.(p 230)

완만頑慢 : 성질이 모질고 거만하다.(p 238)

왕골기직 : 왕골을 굵게 쪼개어 엮어 만든 자리.(p 82)

왕사往事 : 지나간 일.(p 383)

왕인王仁 : 4세기 후반 무렵 왜국倭國에 건너가서 활동한 백제의 학자.(p 218)

왕환往還 : 왕복往復.(p 167, 245)

왜밀 : '왜밀기름倭-'의 준말. 향료를 섞어서 만든 밀기름.(p 68)

외간外艱 : 아버지의 상사喪事, 또는 아버지가 없을 때의 할아버지의 상사. 외간상. 외우外憂.(p 360)

외소박外疏薄 : 남편이 아내를 소박하는 것.(p 103)

외식外飾 : 바깥쪽의 치레를 하는 것. 또는 그 치레. 면치레.(p 341)

외양치레(外樣-) : '면치레'의 잘못. 체면이 서도록 일부러 어떤 행동을 함. 또는 그 행동.(p 55)

외얽고 벽 친다 : 담벼락을 쌓은 것 같다는 뜻으로, 사물을 이해하지 못함을 이르는 말. 또는 외를 얽은 다음 벽에 흙을 바르는 것이 순서라는 뜻으로, 너무나 분명한 것을 우기는 고집이 센 사람의 행동을 비유적으로 이르는 말. 여기서는 후자의 뜻. '외椳'는 흙벽을 바르기 위하여 벽 속에 엮은 나뭇가지. 대가지, 수수깡, 싸리, 잡목 따위를 가로세로로 얽는다.(p 276)

외읍外邑 : 외딴 시골.(p 226)

외장外庄 : 멀리 떨어져 있는 자기 소유의 전장田庄.(p 167)

외하방外下方 : 서울 밖의 모든 지방.(p 341)

왼갖 : '온갖'의 잘못.(p 18)

요料 : 하인들에게 급료로 주는 곡식.(p 44, 45)

요공要功 : 자기가 베푼 공을 남이 칭찬해 주기를 바라는 것.(p 415)

요기차療飢次 : 요기하라고 하인에게 주는 돈.(p 142)

요량料量 : 일의 형편이나 사정 등을 헤아려 어떻게 하리라고 생각하는 것. 또는 그 생각.

요마幺麼 : 작음. 또는 변변하지 못함.(p 204)

요명要名 : 명예를 구함.(p 214)

요순堯舜 : 고대 중국의 요임금과 순임금을 아울러 이르는 말.(p 210)

요연瞭然 : 똑똑하고 분명함. 효연曉然. (p 103)

요요寥寥 : 몹시 쓸쓸하다. (p 253)

요요了了하다 : 똑똑하고 약다. (p 218)

요용소치要用所致 : 필요가 있어서 행함. (p 394)

요지瑤池 : 선녀가 산다는 중국 곤륜산의 연못. (p 168, 170)

요해처要害處 : 지세地勢가 군사적으로 아주 중요한 곳. (p 370)

욕급부형辱及父兄 : 욕급부형辱及父兄. 자식의 잘못이 부모까지 욕되게 함. (p 45)

용구뚜리 : '용고뚜리'의 잘못. 지나치게 담배를 많이 피우는 사람을 놀림조로 이르는 말. (p 52)

용전여수用錢如水 : 돈을 물처럼 흔하게 씀. (p 320)

용진호퇴龍進虎退 : 풍수지리에서 묏자리나 집터의 왼쪽 지형[龍]이 앞으로 나와 있고, 오른쪽 지형[虎]이 뒤로 물러나 있음을 이르는 말. (p 163)

용혹무괴容或無怪 : 혹시 그러할지라도 괴이할 것 없다. (p 157, 184, 213, 294, 308, 344, 414)

우금于今 : 지금에 이르기까지. (p 189)

우중偶中 : 우연히 맞음. (p 180, 195)

울 : '울타리'의 준말. (p 362)

울력성당(-成黨) : 떼 지어 으르고 협박함. (p 80)

울립鬱立 : 빽빽이 들어섬. (p 39)

울짱 : 말뚝 따위를 죽 잇따라 박아 만든 울타리. (p 173)

움도 싹도 없다 : (1) 장래성이라고는 도무지 없음을 이르는 말. (2) 사람이나 물건이 감쪽같이 없어져 그 간 곳을 아주 모르겠다는 말. (p 127, 139, 250)

움을 지르다 : 자라기 시작하는 세력이나 힘 따위를 꺾어 버리다. (p 254, 315)

움치다 : '움츠리다'의 준말. (p 263)

움파 : 베어 낸 줄기에서 다시 난 파. 혹은 겨울에 움 속에서 기른 누런 파. (p 421)

워낭 : 마소의 턱 밑에 늘어뜨린 쇠고리. 또는 귀에서 턱 밑으로 늘여 단 방울. (p 142)

원거인原居人 : 어떤 지방에 본디부터 사는 사람. (p 239)

원근족당遠近族黨 : 멀고 가까이에 사는 같은 문중 사람들. (p 236)

원범原犯 : 정범正犯. 자기의 의사에 따라 범죄를 실제로 저지른 사람. (p 86, 350)

원부모형제遠父母兄弟 : 부모형제와 멀리 있음. (p 111)

원수치부怨讐置簿 : 원수진 것을 오래 기억하여 둠. (p 184, 254)

원억冤抑 : 원통한 누명을 써서 억울하다. (p 350, 420)

원정原情 : 억울한 사정을 하소연하는 것. (p 92, 324, 352)

위군爲君 : 임금을 섬김. (p 229)

위리안치圍籬安置 : 죄인을 배소配所에서 달아나지 못하도록 가시로 울타리를 만들고 그 안에 가두어둠. (p 103)

위석委席 : 몸져누워서 일어나지 못하다. (p 422)

위선 : '우선'의 잘못. (p 65, 66, 93, 94, 97, 101, 105, 116, 167, 262, 268, 305, 310, 321, 329, 394)

위토位土 : 묘위토墓位土. 묘에서 지내는 제사의 비용을 마련하기 위하여 경작하던 논밭. (p 307)

유공불급猶恐不及 : 오히려 미치지 못할까 두려워 함. (p 156, 160, 168, 250, 387)

유련留連 : 객지에 묵고 있음. (p 180, 282, 299, 321)

유루遺漏 : 빠져 나가거나 새어 나감. (p 94, 212, 227)

유리有理 : 이치에 맞는 점이 있음.(p 213, 356)

유명幽明 : 저승과 이승.(p 139)

유산객遊山客 : 산으로 놀러 다니는 사람.(p 294)

유세차 효자모·효손모는 감소고우 현비·현조비 모봉 모씨維歲次 孝子 某 孝孫 某 敢昭告于 顯妣 懸祖妣 某封某氏 : 아들과 손자가 돌아가신 어머니와 할머니에게 바치는 축문.(p 224)

유신維新 : 낡은 제도를 고쳐 새롭게 하는 것.(p 103)

유위부족猶爲不足 : 오히려 부족하다.(p 238)

유의유식遊衣遊食 : 아무 하는 일 없이 놀고 입고 먹음.(p 204, 205, 263)

유조有助 : 도움이 있음.(p 224)

유주산有主山 : 주인이 있는 산.(p 165)

유지사경성有志事竟成 : 뜻이 있으면 끝내 일이 이루어진다는 뜻.(p 387)

유지有志 : 어떤 일에 뜻이 있거나 관심이 있는 사람.(p 235)

유처취처有妻娶妻 : 아내가 있는 사람이 또 아내를 얻음.(p 296)

유치幼齒 : 어린 나이. 유년幼年.(p 336)

유표有表 : 여럿 중에서 특히 두드러짐.(p 351)

유행有行 : 행실.(p 111)

육기六氣 : 사람 몸에 흐르는 여섯 가지 기운. 호호, 악오, 희희, 노노, 애애, 낙락을 이른다.(p 230)

육례六禮 : 혼인의 여섯 가지 예법. 곧 납채納采, 문명問名, 납길納吉, 납폐納幣, 청기請期, 친영親迎.(p 47, 48, 378)

육혈포六穴砲 : 탄알을 재는 구멍이 여섯 개 있는 권총.(p 158)

윤기倫紀 : 윤리倫理와 기강紀綱.(p 62)

윤척倫尺 : 글이나 말에서 횡설수설하여 순서와 조리가 없음.(p 419)

융로隆老 : 칠팔십 세 이상 되는 노인이 됨.(p 181)

융희隆熙 : 조선의 마지막 임금인 순종 때의 연호(1907~1910).(p 227)

은사금恩賜金 : 은혜롭게 베풀어 준 돈이라는 뜻으로, 임금이나 상전이 내려 준 돈을 이르던 말.(p 292)

은정隱釘 : 양끝 못. 양끝이 뾰족한 못. 나무의 양면을 박음.(p 194)

은정恩情 : 은혜로 사랑하는 마음. 또는 인정 어린 마음.(p 241, 264)

은휘隱諱 : 꺼리어 숨기고 피함.(p 84, 109, 117, 220)

음사淫祠 : 내력이 바르지 아니한 귀신을 모시어 놓은 집채.(p 231)

음증陰症 : 음울한 성격.(p 186)

읍하邑下 : 읍내邑內.

의귀依歸 : 귀의歸依.(p 213)

의려疑慮 : 의심하여 염려함.(p 260)

의례히 : '의레'의 잘못.(p 123, 125, 129, 134, 152, 283, 320, 340, 344, 357, 372, 402, 413)

의복차衣服次 : 옷 해 입으라고 주는 돈.(p 142)

의사스럽다 : 제법 속생각이 깊고 쓸모 있는 생각을 곧잘 해내는 힘이 있다.(p 344, 394)

의신矣身 : 이두. 저.(p 195, 196, 197, 198)

의장衣欌 : 옷을 넣는 장.(p 68, 316, 384, 391)

의정議政 : 조선 건양 원년(1896) 이후 의정부의 으뜸 벼슬.(p 70, 271)

의차衣次 : 옷감.(p 423)

일자이후—自以後 : 그 뒤부터 지금까지. (p 405, 422)

일장 : (1) 어떤 일이 벌어진 한판. 한바탕. (2) 한자리. (p 198, 249, 280)

일조—朝 : 하루아침이라는 뜻으로, 갑작스럽도록 짧은 사이를 이르는 말. (p 102, 207, 299)

일퇴월퇴日退月退 : 자꾸자꾸 물리침. (p 244)

일패도지—敗塗地 : 한번 패해 넘어지면 간과 뇌가 땅에 뒹군다는 뜻으로, 여지없이 패하여 다시 일어날 수 없게 됨. (p 188, 306)

일향—向 : 언제나 한결같이. (p 20, 112, 190, 218, 265, 361, 389)

일호—毫 : 몹시 가늘고 작은 털. 곧 극히 작은 정도를 비유하여 이르는 말. (p 104, 105, 197, 236, 244, 252, 259, 293, 320, 323, 344, 383, 386, 422)

일호차착—毫差錯 : 극히 작은 어긋남. (p 151, 335)

일후日後 : 뒷날. (p 217, 224)

임시臨時 : 정해진 시간에 이름. (p 254)

임시처변臨時處變 : 갑자기 터진 일을 우선 간단하게 둘러맞추어 처리함. (p 80)

임치任置 : 남에게 돈이나 물건을 맡겨 둠. (p 93)

입납入納 : 삼가 편지를 드린다는 뜻으로 봉투에 쓰는 말. (p 120)

입렴入廉 : 염탐에 걸려듦. (p 199)

입의 혀 같다 : 일을 시키는 사람의 뜻대로 움직여주다. (p 422)

입주立柱 : 기둥을 세움. (p 211)

입찬소리 : 입찬말. 자기의 배경, 지위 따위만 믿고 지나치게 장담하는 것 또는 그런 말. (p 405)

입후入後 : 양자養子를 들이는 것. (p 190)

잇살 : 잇몸의 틈. (p 37)

잉편하다 : 늘 편안하다. (p 292)

ㅈ

자겁自怯 : 제풀에 겁을 내는 것. (p 362)

자고송自故松 : 저절로 말라 죽은 소나무. (p 207, 402)

자구自救 : 스스로 구하는 것. (p 343)

자단自斷 : 스스로 딱 잘라 결정함. (p 349)

자두지족自頭至足 : '머리에서 발끝까지' 라는 뜻으로 온몸을 이르는 말. (p 130, 340, 355)

자락 : 스치는 생각이나 말마디. (p 250, 390)

자래로(自來-) : '자고이래로' 의 준말. 예로부터 내려오면서. (p 124, 179, 263, 319, 337)

자량自量 : 스스로 헤아림. (p 241)

자뢰藉賴 : 무엇을 빙자하여 의지함. (p 238)

자리걷이 : 관棺이 나가기 전에 행하는 의식의 하나. 관 위에 명정과 죽은 사람이 입던 옷 한 벌을 올려놓고 만신이 의식을 행한다. (p 131, 132)

자명악自鳴樂 : 태엽을 이용하여 저절로 소리가 나게 만든 악기. 오르골. (p 93)

자미 : '재미' 의 방언. (p 97)

자별自別 : 본디 남과 달리 특별함. 친분이 남보다 특별함. (p 18, 145)

장중보옥掌中寶玉 : 손안에 있는 보배로운 구슬이란 뜻으로, 귀하고 보배롭게 여기는 존재를 비유적으로 이르는 말. 장중주.(p 18)

장진지망長進之望 : 장래에 크게 진출할 희망.(p 210)

장찬粧撰 : 허물을 숨기고 꾸밈.(p 324)

장치다 : 어떤 판을 혼자서 휩쓸다.(p 416)

장풍향양藏風向陽 : 바람을 갈무리하고 햇빛을 마주 받다.(p 172)

장하杖下 : 장형杖刑을 받는 그 자리.(p 105, 195, 383)

장행랑長行廊 : 조선시대 종로 큰 거리 양쪽에 지어 놓은 전방.(p 124)

재 들은 중 : 평소에 좋아하거나 바라던 일을 하게 되어 신이 난 사람을 비유적으로 이르는 말. '재齋' 는 우리나라 절에서 부처에게 드리는 공양.(p 379)

재랑초사齋郎初仕 : 조선시대에 묘廟, 사社, 전殿, 궁宮, 능陵, 원園 따위의 참봉 등에 처음으로 오름.(p 341)

재승덕박才勝德薄 : 재주는 있으나 덕이 적음.(p 413)

재임齋任 : 거재 유생居齋儒生의 임원.(p 214, 218)

재조才操 : '재주' 의 원말.(p 355, 356, 376, 387)

재징再徵 : 두 번째 물리어 받음.(p 182)

재하자在下者는 유구무언有口無言 : 아랫사람은 웃어른에 대하여 할 말도 제대로 못하고 지냄을 이르는 말.(p 149)

저간這間 : 주로 '저간의', '저간에' 의 꼴로 쓰여 그리 멀지 않은 과거로부터 현재까지의 동안. 그간. 요즈음.(p 338, 361)

저모립豬毛笠 : 돼지의 털로 싸개를 한 갓. 죽사립 다음가는 것이며 당상관이 썼다.(p 139)

저사수건紵紗手巾 : 중국 비단으로 만든 수건.(p 124)

저사抵死 : '저사위한抵死爲限' 의 준말. 죽음을 각오하고 굳세게 저항함.(p 85)

저자 : 시장市場.(p 123)

저함低陷 : 밑이 가라앉아 낮고 우묵함.(p 163)

적공積功 : 공을 쌓음. 많은 힘을 들여 애를 씀.(p 210, 418)

적률賊律 : 도둑을 벌하는 형률刑律.(p 85, 86)

적벽대전赤壁大戰 : 중국 삼국 시대 손권, 유비의 소수 연합군이 조조의 대군을 적벽에서 크게 무찌른 싸움.(p 147)

적서등분嫡庶等分 : 적자와 서자의 등급을 구분하는 것.(p 223)

적수공권赤手空拳 : 맨손과 맨주먹이라는 뜻으로, 아무것도 가진 것이 없음을 이르는 말. 척수공권隻手空拳.(p 298)

적악積惡 : 남에게 못된 짓을 많이 함.(p 207, 250, 296, 411, 417)

적원積怨 : 원망이 쌓이고 쌓임.(p 405)

전거電車 : '전차電車' 의 잘못.(p 289)

전곡錢穀 : 돈과 곡식. 전량錢糧.(p 126, 228, 231)

전만錢萬 : 만萬으로 헤아릴 정도로 많은 돈을 이르던 말. 돈만(一萬).(p 171, 273)

전반 : 종이를 도련할 때에 쓰는 얇고 좁은 긴 나뭇조각.(p 370)

전백전관錢百錢貫 : 많은 돈.(p 415)

전수가결全數可決 : 회의에 모인 모든 사람이 찬성하여 결정함.(p 229)

전수이(全數-) : 모두 다.(p 155)

전안청奠雁廳 : 전통 혼례에서 전안지례를 치르기 위하여 차려놓은 자리.(p 358)

전어통傳語筒 : 전화기를 속되게 이르는 말.(p 113)

정의情誼 : 서로 사귀어 친해진 정.(p 153)

정인군자正人君子 : 마음씨가 올바르며 학식과 덕행이 높고 어진 사람.(p 359)

정자산鄭子産 : 정나라의 대부 공손교公孫喬.(p 214)

정장呈狀 : 소장訴狀을 관청에 바치는 것. 정소呈訴.(p 92)

정절情節 : 사정이 가엾은 정황.(p 85, 198)

정죄定罪 : 죄가 있다고 단정하는 것.(p 86)

정처正妻 : 본처本妻.(p 222)

정충증怔忡症 : 공연히 가슴이 울렁거리며 불안한 증세.(p 229, 284)

정치情致 : 좋은 감정을 자아내는 흥치.(p 251)

정하다(呈-) : 소장訴狀이나 원서 따위를 내다.(p 78)

젖주럽 : 젖이 모자라 아이가 잘 자라지 못하는 상태.(p 199)

제갈량諸葛亮 : 중국 촉한蜀漢의 정치가. 자는 공명孔明.(p 156, 209, 216, 226)

제모립豬毛笠 : 당상관이 썼던 돼지털로 싸개를 한 갓.(p 123)

제반악증諸般惡症 : 여러 가지 악한 증세. 또는 여러 가지 못된 짓.(p 129, 152, 189, 205, 210, 211)

제석帝釋 : 불법佛法을 지키는 신 제석천으로, 무당이 신봉하는 신의 하나.(p 199)

제웅 : 재웅. 짚으로 만든 사람 모양의 물건으로, 분수를 모르는 사람을 비유적으로 이르는 말.(p 92, 206)

제왈 : 제랍시고 장담으로.(p 154)

제일상원第一上元 : 정월 대보름.(p 227)

제일절 : 주산에서 청룡으로 흘러들어가는 첫 마디.(p 163)

제자백가諸子百家 : 춘추 전국 시대의 여러 학파.(p 211)

제잡담除雜談 : 일절 말을 하지 않음.(p 100, 322, 424)

제주祭酒 : 성균관의 종3품 벼슬.(p 214)

조고여생早孤餘生 : 어려서 어버이를 여의고 자란 사람.(p 422)

조련操鍊 : 성가시게 굴어 남을 몹시 괴롭힘.(p 289, 364)

조민躁悶 : 초조하여 가슴이 답답하다.(p 157)

조수족措手足 : 손발을 움직인다는 뜻으로, 자기 힘으로 겨우 살아갈 만함.(p 239, 350)

조요하다(照耀-) : 밝게 비쳐서 빛나다.(p 124)

조은당趙隱堂 : 은은당隱隱堂 조린趙遴. 벼슬은 장악원掌樂院 첨정僉正에 이르렀으나, 주로 은거하며 학문에 잠심함.(p 223)

조잔凋殘 : 말라서 쇠약하여 시듦.(p 184)

조좌朝座 : 관원들이 조정에 모인 자리.(p 184, 419)

조지서造紙署 : 조선시대 궁중과 중앙정부기관에서 사용하는 종이와 중국에 공물로 보내는 종이 등을 생산하던 관설 제지소.(p 158)

조짜(造-) : 진짜처럼 만든 가짜 물건.(p 329)

조출하다 : '조졸하다'의 잘못.(p 266)

조행操行 : 태도와 행실을 아울러 이르는 말.(p 292)

족과평생足過平生 : 한평생을 넉넉하게 지낼 만함.(p 354)

족부족간足不足間 : 자라든지 모자라든지 간에.(p 346)

족불리지足不履地 : 발이 땅에 닿지 않는다는 뜻으로, 몹시 급하게 달아나거나 걸어감을 이르는 말.(p 198, 238, 376)

주작부언做作浮言 : 터무니없는 말을 지어냄.(p 32)

주작做作 : 없는 사실을 꾸며 만듦.(p 185, 186)

주장승主掌僧 : 주지.(p 287)

주장질(朱杖−) : 주릿대 따위로 쓰는 붉은 칠을 한 몽둥이로 매질하는 것.(p 364)

주지周紙 : 두루마리.(p 384)

주초柱礎 : 기둥 밑에 괴는 돌 따위의 물건.(p 143, 183)

주출做出 : 없는 사실을 꾸며 만듦.(p 344)

주토朱土 : 빛이 붉은 흙. 적토赤土.(p 400)

주파酒婆 : 술을 파는 늙은 여자.(p 276, 303)

죽마고교竹馬故交 : '죽마를 타고 놀던 옛 친구' 라는 뜻으로, 어릴 때부터 친한 벗. 죽마고우, 죽마구우.(p 350, 417)

죽영竹纓 : 가는 대로 꿰어 만든 갓끈.(p 214)

죽장망혜竹杖芒鞋 : '대지팡이와 짚신' 의뜻으로, 먼 길을 떠날 때의 아주 간편한 차림새를 이르는 말.(p 102, 165, 282, 292, 300)

죽젓광이질(죽젓갱이질) : 죽을 쑬 때 죽젓광이로 죽을 젓는 일. 남이 하는 일을 휘저어 훼방놓는 일.(p 44, 124)

준준무식蠢蠢無識 : 굼뜨고 어리석어 아무 것도 알지 못함.(p 226)

줄남생이 : 물가에 죽 늘어앉은 남생이.(p 126)

줄무지 : 기생이나 장난꾼의 행상行喪. 가까운 친구끼리 풍악을 울리고 춤을 추며 상여를 메고 가는 일.(p 400)

줏들다 : '주워듣다' 의 준말.(p 210)

중 도망은 절에 가 찾는다 : 행방이 묘연하여 찾기 어려운 경우를 비유적으로 이르는 말.(p 288)

중난重難 : 중대하고도 어려움.(p 110)

중단中單 : 남자의 상복 속에 입는 소매가 넓은 두루마기.(p 144, 148)

중률重律 : 중형.(p 196)

중방中房 : 고을 원의 시중을 드는 사람.(p 361)

중부中部 : 조선시대에는 도성을 다섯 구역으로 나누었는데 그중 하나.(p 124)

중상重賞 : 상을 후하게 줌. 또는 그 상.(p 86)

중인소시衆人所視 : 여러 사람이 다같이 보고 있는 형편.(p 351, 355)

중정中情 : 가슴속에 맺힌 감정이나 생각.(p 106, 245, 412)

지가서地家書 : 지술地術에 관한 책.(p 80)

지경地境 : 일정한 테두리 안의 땅.

지관地官 : 풍수지리설에 따라 집터나 묏자리 따위를 가려잡는 사람. 지사地師. 풍수.(p 81, 82, 152, 153, 154, 160, 161, 163, 164, 165, 166, 167, 172, 174, 175, 176, 178, 179, 180, 186, 197)

지그럭대다 : 남이 듣기 싫도록 자꾸 불평하다.

지나支那 : '중국中國' 의 딴이름.(p 208, 212)

지날결 : 지나가는 길. 또는 그런 편.(p 118, 246, 257, 285, 297)

지노귀새남 : 죽은 사람의 넋이 극락으로 가도록 하는 굿.(p 131)

지다위 : 자기의 허물을 남에게 덮어씌우는 짓.(p 24, 29, 41)

지룡地龍 : '지렁이' 를 약재로 이르는 말. 해열, 상한傷寒, 살충 등에 쓰임.(p 164)

지방대地方隊 : 지방의 각 진鎭에 있던 군대.(p 349)

지벌地閥 : 지체와 문벌을 아울러 이르는 말.(p 244)

지빈무의至貧無依 : 매우 가난하여 의지할 곳조차 없음.(p 266, 297)

지악스럽다(至惡-) : 보기에 마음씨가 몹시 모진 데가 있다. 또는 보기에 더할 수 없이 악한 데가 있다. (p 278)

지여부지간知與不知間 : 알건 모르건 간에. (p 399, 411)

지원절통至寃切痛 : 뼈에 사무치도록 지극히 원통함. (p 147)

지재지삼至再至三 : 두 번, 세 번. 여러 번. (p 53, 80, 240, 251, 298, 373, 382)

지접止接하다 : (1) 잠시 몸을 의탁하여 거주하다. (2) 몸을 붙여 의지하다. (p 139)

지지地誌 : 어떤 지역의 자연, 사회, 문화 등의 지리적 현상을 분류, 연구, 기록한 것. (p 209)

지차之次 : 다음이나 버금. (p 152)

지추덕제地醜德薺 : 상대되는 두 집안의 문벌이나 덕망이 서로 같음. (p 242)

지취동성只取同姓 : 단지 동성에서 취함. (p 190)

지파支派 : 종파宗派에서 갈라져 나간 파. 세파世派. (p 181)

직각直閣 : 조선시대 때 규장각의 벼슬. (p 228)

직성直星 : 타고난 운명. 또는 타고난 성질이나 성미. (p 237, 244)

진개眞開 : 참말로. (p 224)

진령군眞靈君 : 명성왕후가 세워준 북묘에 거주하며 왕후의 총애를 빌려 권세를 휘두른 요무妖巫. (p 198)

진배송 : 토속 신앙에서 천연두로 아이가 죽은 경우 그 다음 아이에게는 천연두가 옮지 아니하도록 하기 위하여서 벌이는 푸닥거리. (p 131, 132, 135, 136, 196)

진소위眞所謂 : 그야말로, 참말로. (p 204)

진시趁時 : '진작'의 잘못. (p 296, 297, 300, 313, 315, 325, 382, 411)

진위대鎭衛隊 : 대한제국 때 지방의 각 진鎭에 둔 군대. 고종 32년(1895)에 지방대를 고친 것으로, 융희 원년(1907) 군대 해산 때에 폐하였다. (p 237, 238, 239, 344, 350, 351)

진적眞的 : 참되고 틀림없음.

진평陳平 : 한 고조의 모사. (p 176)

질고疾故 : 병에 걸리는 일. (p 156)

질다 : '길다'의 방언. (p 66)

질록하다 : '잘록하다'의 큰말. 길이가 있는 물체나 신체 등의 중간 부분이 꽤 굴곡이 있게 너비가 좁아진 상태. (p 55)

질빵 : 짐을 걸어서 메는 데 쓰는 줄. (p 339)

질욕叱辱 : 꾸짖어 욕함. (p 226)

질자배기 : 둥글넓적하고 아가리가 짝 벌어진 질그릇. (p 211)

질지이심疾之已甚 : 몹시 미워함. (p 280)

집심執心 : 단단하게 외곬로 마음을 기울다. (p 356, 390)

집지執贄 : 제자가 스승을 처음 뵐 때 예폐禮幣를 가지고 가서 경의를 표하는 일. (p 341)

짜르다 : '짧다'의 방언. (p 139)

째푸리다 : 얼굴의 근육이나 눈살 따위를 몹시 쨍그리다. (p 35)

쩌귀다 : '짜개다'의 방언. 단단한 물건을 연장으로 베거나 찍어서 갈라지게 하다. (p 116)

쩍지다 : 상대하기가 만만치 않거나 힘겹다. (p 130)

ㅊ

차사差使 : 고을 원이 죄인을 잡으려고 내보내던 관아의 하인. (p 276)

차집 : 부유한 집에서 음식 장만 등 잡일을 맡아보는 여자.(p 28, 36, 38, 91, 93, 94, 95)

차착差錯 : 어그러져서 순서가 틀리고 앞뒤가 서로 맞지 아니함.(p 244, 252)

차첩差帖 : 하급 관리에게 내리는 사령서.(p 77)

차치물론且置勿論 : 내버려두고 문제 삼지 아니함.(p 412)

차포오졸車包五卒 : 장기의 차車, 포包, 졸卒을 아울러 이르는 말. 꼼짝 못하게 들이덤비는 공세를 비유적으로 일컫는다.(p 20, 54, 238)

차함借銜 : 실제로 근무하지 않으면서 이름만을 빌리는 벼슬.(p 54)

착박窄迫 : 답답할 정도로 매우 좁음.(p 19)

찬물에 돌 같다 : 지조가 맑고 굳셈을 비유적으로 이르는 말(p 339)

찬선贊善 : 세자世子 시강원侍講院의 정3품 벼슬.(p 214)

찬성장贊成長 : 후원회장.(p 216)

찰떡근원(-根源) : 아주 화합하여 떨어질 줄 모르는 내외간의 애정을 비유적으로 이르는 말.(p 97, 127)

찰찰察察 : 너무 꼼꼼하고 자세한 것(p 257)

참경慘景 : 끔찍하고 참혹한 광경.(p 412)

참깨가 기니 짧으니 한다 : 원래는 그만그만한 것들 가운데에서 굳이 크고 작음이나 잘잘못을 가리려고 함을 비유적으로 이르는 말이나 여기서는 자질구레한 일을 한다는 뜻으로 쓰임.(p 72)

참령參領 : 대한제국 때 영관 계급의 하나. 부령의 아래, 정위의 위이다.(p 239, 240, 241, 243, 244, 245, 246, 247, 250, 280, 281, 282, 283, 285, 286, 287, 288, 289, 292, 294, 296, 297, 298, 299, 300, 301, 302, 303, 304, 305, 306, 307, 308, 310, 311, 312, 320, 321, 322, 323, 326, 327, 330, 331, 332)

참부위參副尉 : 참위參尉와 부위副尉. '참위'는 대한제국 때 둔 위관 계급의 하나. 부위의 아래, 특무정교의 위이다. '부위'는 대한제국 때 둔 위관 계급의 하나. 정위의 아래, 참위의 위이다.(p 256)

참사參祀 : 제사에 참여하는 것(p 73, 183, 216)

참장參將 : 대한제국 때 둔 장관 계급의 하나. 부래, 정령의 위이다.(p 244)

참척慘慽 : 자손이 부모나 조부모보다 앞서 죽음.(p 107, 134, 162, 177, 410)

창씨고씨倉氏庫氏 : 옛날 중국에서 창씨와 고씨가 대대로 곳집을 맡아보았다는 데서 사물이 오래도록 바뀌지 아니함을 비유적으로 이르는 말.(p 245)

창의문彰義門 : 조선시대 4소문 중의 하나. 북문 또는 자하문이라고도 한다.(p 158)

창황분주蒼黃奔走 : 마음이 너무 급하여 부산하게 왔다 갔다 함.(p 117)

채치다 : 채찍 따위로 휘둘러 세게 치다.(p 64)

책상물림(册床-) : 책상 앞에 앉아 글공부만 하여 세상일을 잘 모르는 사람을 낮잡아 이르는 말. 책상퇴물.(p 257)

처결處決 : 결정하여 조치하는 것. 결처決處.(p 342)

처교處絞 : 죄인을 교수형에 처함.(p 330)

처뜨리다 : 맥없이 늘어뜨리다.(p 155)

처판處辦 : 사무를 분간하여 처리하는 것(p 330, 409)

척양斥洋 : 서양을 배척함.(p 214)

척왜斥倭 : 일본을 배척함.(p 214)

천격스럽다(賤格-) : 품격이 낮고 천한 데가 있다.(p 76)

천견淺見 : 자기 의견을 겸손하게 일컫는 말.(p 345)

천기賤妓 : 천한 기생.(p 383, 418, 421)

천동天動 : '천둥' 의 잘못.(p 41, 105, 381)

천동遷動 : 움직여 자리를 옮기다. 천사遷徙.(p 189)

천병만마千兵萬馬 : 천 명의 군사와 만 마리의 군마라는 뜻으로, 아주 많은 수의 군사와 군마를 이르는 말. 천군만
마.(p 109, 264, 355)

천시天時 : 때를 따라서 돌아가는 자연현상. 곧 계절, 밤과 낮, 더위와 추위 따위를 이른다.(p 235)

천역賤役 : 천한 일.(p 117)

천인갱참千仞坑塹 : 천 길이나 되게 깊이 파 놓은 구덩이.(p 95)

천일天日 : (1) 하늘과 해를 함께 이르는 말. (2) 하늘에 떠 있는 해. 또는 그 햇볕. (3) 천도교의 창건을 기념하는 날.(p 331)

천정연분天定緣分 : 하늘에서 짝지어 준 연분. 천생인연. 천생연분.(p 359)

천착舛錯 : (1) 생김새나 하는 짓이 더럽고 상스러움. (2) 마음이 뒤틀려 난잡함.(p 87, 93)

천품天稟 : 타고난 기품. 천자天資.(p 252)

천하대지天下大地 : 천하의 좋은 묏자리.(p 161)

천향賤鄕 : 풍속이 비루한 시골.(p 224)

철가도주撤家逃走 : 가족을 모두 데리고 살림을 챙기어 도망감.(p 107)

철무리 : 철무리굿. 철을 따라 사람들이 무리지어 온다는 뜻으로 인무리라고도 함. 우환이 없는 집에서 하는 경사 굿으
로, 새로 집을 지었을 대 감사의 뜻과 자손의 창성을 기원하는 굿임. 보통 정월과 시월에 많이 하며, 3년에 한 번씩은 행
함.(p 125)

철석간장鐵石肝腸 : 굳센 의지나 지조가 있는 마음.(p 246)

철석鐵石 : '쇠와 돌' 을 아울러 이르는 말. 또는 매우 굳고 단단한 것을 비유적으로 이르는 말.(p 249, 266)

철장鐵腸 : 철심鐵心. 단단하여 쉽사리 변하지 않는 굳은 마음.(p 90)

첨諂 : 아첨.(p 348)

첩첩이구喋喋利口 : 거침없고 능란한 말솜씨.(p 374)

첫대 : 첫째로. 또는 무엇보다 먼저.(p 80, 134)

청단請單 : 단자를 보내 청하다.(p 250)

청문聽聞 : 널리 퍼져 있는 소문.(p 189, 348)

청바지(靑-) : 청바지저고리. 감옥에 갇혀 있는 미결수를 비유적으로 이르는 말.(p 78)

청보靑褓에 개똥[똥] 싼다 : 겉모양은 그럴듯하게 번드르하나 내용은 흉하거나 추잡함을 비유적으로 이르는 말.
'청보' 는 푸른 빛깔의 보자기.(p 357)

청상淸爽 : 맑고 상쾌함.(p 229)

청종聽從 : 이르는 대로 잘 듣고 좇음.(p 189, 251, 338, 373)

청직廳直 : 청지기.(p 287)

청촉請囑 : 청을 넣어 위촉하는 것.(p 198)

청편지請片紙 : 청을 넣느라고 하는 편지. 청간請簡.(p 422)

체수(體-) : 몸의 크기.(p 80)

초라니 : 나자의 하나. 기괴한 계집 형상의 탈을 쓰고 붉은 저고리에 푸른 치마를 입음.(p 226)

초례청醮禮廳 : 전통 혼례식인 초례를 치르는 장소.(p 254)

초로길 : '소로小路' 의 방언. 작은 길. 세경細徑. 협로狹路.(p 361)

초마 : '치마' 의 방언.(p 27)

초부득삼初不得三 : 처음에는 실패를 하더라도 세 번 돌아보면 이룰 수 있다는 뜻으로, 힘써 행하면 성공할 수 있음을

이르는 말.(p97)

초빙: '초빈草殯'의 잘못. 어떤 사정으로 장사를 지내지 못하고 송장을 방 안에 둘 수 없을 때 한데나 의지간倚支間에 관을 놓고 이엉 등으로 그 위를 이어 눈, 비를 가리게 하는 일.(p82)

초사初仕: 처음으로 벼슬길에 오르는 것. 초입사初入仕.(p143)

초선抄選: 위정 대신과 이조吏曹 당상이 모여 특별히 어떤 벼슬에 맞는 사람을 뽑는 일.(p214)

초솔草率: 거칠고 엉성하여 볼품이 없음.(p342, 347)

초종범절初終凡節: 초상 치르는 데에 관한 모든 절차.(p101)

초종장례初終葬禮(초종初終): 초종장사初終葬事. 초상이 난 때로부터 졸곡卒哭까지를 이르는 말.(p98, 146, 398)

초哨: 예전의 군대 편제의 하나. 1초는 약 100명이었음.(p344, 349)

초헌다리(軺軒-): 초헌이나 의자에앉는 자세의 다리 모양. '초헌'은 조선 시대에 종2품 이상의 벼슬아치가 타던 수레.(p404)

촉비觸鼻: 냄새가 코를 찌름.(p230)

촌보寸步: 몇 발짝 안 되는 걸음.(p240, 256)

촌촌걸식村村乞食: 이 마을 저 마을로 돌아다니며 빌어먹음.(p313)

총요悤擾: 바쁘고 부산함.(p294)

총중叢中: 한 떼의 가운데.(p223, 225, 340)

최판관崔判官: 불교에서 죽은 사람의 생전의 선악을 판단한다고 이르는 저승의 벼슬아치.(p211)

추심推尋: 찾아내어 가지거나 받아냄.(p306)

추착推捉: 죄인을 수색하여 붙잡아 오는 것.(p107)

추축追逐: 친구끼리 서로 오가며 사귐.(p292)

추포: 거친 배.(p144)

추풍내백발 낙일곡청산秋風來白髮 落日哭靑山: 가을바람에 백발이 와서 떨어지는 날에 청산에서 울다.(p406)

축객逐客: 손님을 푸대접하여 쫓는 것.(p50)

축일逐日: 하루도 거르지 않고 매일.(p171)

축조逐條: 해석, 검토 등에서 하나하나씩 순서대로 좇아가는 것.(p184)

출기불의出其不意: '출기불의로' 꼴로 쓰여 일이 뜻밖에 일어남.(p321)

출륙出六: 조선시대에, 참외參外 품위에서 육품의 계階로 오르던 일.(p341)

출주出駐: 군대가 일정한 지역에 나가 주둔하는 것.(p237, 292)

충연유득充然有得: 마음에 부족함이 없어 흐뭇함.(p404)

충욕充慾: 욕심을 채움.(p387)

취대하기取貸下記: 돈을 꾸고 꾸어주는 것을 적은 장부.(p225)

취서就緖: 일이 잘되어 감.(p324, 332)

층생첩출層生疊出: 무슨 일이 겹쳐 자꾸 일어남.(p32)

층절層節: 일의 많은 가닥이나 고절 또는 변화.(p85, 87, 105, 311, 346)

치가置家: '첩치가'의 준말. 첩을 얻어서 딴살림을 차리는 것.(p32)

치국평천하治國平天下: 나라를 잘 다스리고 온 세상을 평안하게 함.(p210, 214)

치도곤治盜棍: 조선 시대에 죄인의 볼기를 치던 곤장의 한 가지. 길이 다섯 자 일곱 치, 너비 다섯 치 서 푼, 두께 한 치임.(p361)

치도治道: 길을 고쳐 닦는 일. 길닦이.(p258)

치례致禮: 예를 다하여 행함.(p400)

치부置簿 : 마음속으로 그러하다고 보거나 여김.(p 22)

치산治産 : 집안 살림살이를 잘 다스리는 것.(p 182, 191)

치성熾盛 : 불길같이 성하게 일어나다.(p 348)

치엮다 : (1) 순서나 번호 등을 아래에서 위로 올라가며 차례로 엮다. (2) 이야기 따위를 뒤에서부터 서두로 엮어가다.(p 351)

치포주의緇布周衣 : 검은빛이 나는 베로 만든 두루마기.(p 278)

치행治行 : 길 떠날 행장을 차리는 것.(p 116, 142, 256, 262, 347)

칙사勅使 : 칙명을 전달하는 사신.(p 125)

친교親敎 : 부모의 교훈.(p 220)

친산親山 : 부모의 산소.(p 161, 172, 173, 175, 176, 177, 182)

친상親喪 : 부모의 상사.(p 80)

친신親信 : 가까이 여겨 신용하다.(p 154)

친좁다(親−) : 지내는 사이가 매우 친숙하고 가깝다.(p 114, 175)

친환親患 : 부모의 병환.(p 360)

칠 년 대한에 비 바라듯 : 칠 년이나 계속되는 큰 가뭄에 비 오기를 바란다는 뜻으로, 몹시 간절히 바람을 비유적으로 이르는 말.(p 355)

칠성七星 : (1) 북두칠성. (2) 북두칠성을 인격화한 신. 농사와 생사, 화복을 맡아본다고 한다.(p 125, 146)

칠야삼경漆夜三更 : 캄캄하게 어두운 한밤중. 칠야반경.(p 266)

침선針線 : 바느질.(p 236)

침재針才 : 바느질하는 솜씨.(p 420)

침책侵責 : 간접적으로 관계되는 사람에게 책임을 추궁하는 일.(p 370)

침혹沈惑 : 무엇을 몹시 좋아하여 정신을 잃고 거기에만 빠지는 것.(p 117, 126)

칭탁稱託 : 어떤 것을 핑계로 대다.(p 152, 318)

｜ ㅋ ｜

코를 떼다 : 무안을 당하거나 핀잔을 맞다.(p 43)

쾌쾌快快 : 용기가 있고 시원시원함.(p 54)

키다 : '키이다' 의 준말. (1) 마음에 들거나 내키다. (2) 마음에 걸리다.(p 135)

｜ ㅌ ｜

타구唾具 : 가래침을 뱉는 그릇. 타호唾壺.(p 348)

타문他門 : 남의 문중門中. 또는 남의 집안.(p 73, 118)

타첩妥帖 : 별일 없이 순조롭게 끝이 나는 것.(p 107)

타향봉고인他鄕逢故人 : 타향에서 아는 사람을 만남. 원문에는 '古人'으로 되어 있으나 이는 잘못이다.(p 302)

탁이卓異 : 보통사람보다 뛰어나게 다름.(p 252)

탁지度支 : 탁지부. 조선 말기와 대한 제국기에 국가 재무를 총괄한 중앙행정부서.(p 213)

탄평무사坦平無事 : 근심 없이 마음이 편해 아무 걱정할 일이 없음.(p 410)

‖ ㅍ ‖

풍정風情 : 정서나 회포를 자아내는 풍치나 경치. (p 318, 371, 412)

풍후豊厚 : 얼굴이 살쪄서 덕성스러움. (p 228)

피득 황제 : 표트르 1세. 러시아 역사상 가장 뛰어난 통치자이자 개혁가. (p 134)

피수被囚 : 옥에 갇힘. (p 326)

피화避禍 : 재화災禍를 피함. (p 117)

필공筆工 : 붓을 만드는 일을 직업으로 하는 사람. (p 262, 263, 266, 274, 275, 276, 278, 279, 288, 291, 294, 295, 310, 311)

필유곡절必有曲折 : 반드시 무슨 까닭이 있음. (p 424)

ㅎ

하님 : 여자 종을 대접하여 부르거나 여자 종들이 서로 높여 부르던 말. (p 34, 84)

하도감下都監 : 조선 시대에 훈련도감에 속한 분영分營. (p 364)

하례배下隷輩 : 하인배. (p 308)

하마하더면 : 하마터면. (p 258)

하불실何不失 : 아무리 적어도. (p 157)

하사下士 : 대한제국 때 특무정교, 정교, 부교, 참교에 해당하던 무관武官. (p 238, 240)

하정下情 : 자기의 심정의 겸칭. 하회下懷 (p 106, 196, 376, 380)

하향遐鄕 : 중앙에서 멀리 떨어져 있는 지방. (p 238)

하회下回 : 어떤 일이 있은 다음에 벌어지는 일의 형태나 결과. (p 331, 342, 363, 390, 392, 393)

학구방學究房 : 서당. (p 225)

학궁學宮 : 성균관成均館의 별칭. (p 220)

학부인學部印 : 교육부 직인. (p 227)

한가(恨-) : 원통한 일에 대하여 하소연이나 항거를 함. (p 41, 68, 195, 199)

한골 나가다 : 썩 좋은 지체로 드러나다. (p 130)

한구限久 : 기한이 오램. (p 253, 272, 280, 296, 318, 319, 352)

한기신징역漢己身懲役 : 종신형. (p 198)

한기신限己身 : 죽을 때까지. (p 330)

한림翰林 : 조선시대 때 예문관의 검열의 별칭. (p 228)

한만閑漫 : 아주 한가하고 느긋하다. (p 216)

한명限命 : 하늘이 정한 목숨. (p 400)

한목 : 한꺼번에 몰아서 함을 뜻하는 말. (p 257)

한식경食頃 : 일식경一食頃. 한 차례의 음식을 먹을 만한 시간. (p 155)

한퇴지韓退之 : 한유韓愈. 중국 산문의 대가이며 탁월한 시인. (p 208)

핳경하다 : 남에게 말로써 업신여기는 뜻을 나타내다. (p 343)

함험合嫌 : 싫어하거나 미워하는 마음을 가짐. 또는 그 마음. (p 365, 419)

합폄合窆 : 합장. (p 163)

핫옷 : 솜을 둔 옷. (p 194)

항다반恒茶飯 : 항상 있는 차와 밥이란 뜻으로, 항상 있어 이상하거나 신통할 것이 없음을 뜻하는 말. (p 309, 329)

항쇄족쇄項鎖足鎖 : 죄인의 목에 씌우던 칼과 그 발에 채우던 차꼬를 아울러 이르는 말. (p 198, 323, 364)

해거駭擧 : 괴상하고 얄궂은 짓.(p 198, 255)

해를 지우다 : 하루를 다 지나 보내다.(p 271)

해배解配 : 귀양을 풀어 줌. 또는 귀양에서 풀려남.(p 109, 115, 117)

해전(-前) : 해가 지기 전.(p 243)

해정解酲 : '해장'의 원말. 전날의 술기운을 풂. 또는 그렇게 하기 위하여 해장국 따위와 함께 술을 조금 마심.(p 276)

해토머리(解土-) : 봄이 되어 얼었던 땅이 녹아서 풀리기 시작할 때.(p 124, 150)

해포 : 한 해가 조금 넘는 동안.(p 182)

행검行檢 : 품행이 방정方正함.(p 205)

행년行年 : 그해까지 먹은 나이. 또는 현재의 나이.(p 101)

행담行擔 : 길 가는 데 가지고 다니는 작은 상자. 흔히 싸리나 버들 따위를 결어 만듦.(p 126)

행랑뒷골(行廊-) : 서울의 종로를 중심으로 양쪽에 벌어 있던 가게 뒤쪽의 좁은 골목.(p 151)

행룡行龍 : 높고 낮게 멀리 뻗친 산맥.(p 162)

행장行裝 : 여행할 때에 쓰이는 모든 기구. 행구行具. 행리行李.(p 153, 290, 308)

행지行止 : '행동거지'의 준말.(p 346)

행하行下 : 경사慶事 따위가 있을 때 주인이 자기 하인에게 내리는 돈이나 물건.(p 152)

행행悻悻 : 성이 벌끈 나서 자리를 박차고 나가는 모양.(p 160, 386)

향곡鄕曲 : 시골의 구석.(p 171)

향념向念 : 마음을 기울이다.(p 213)

향일向日 : (1) 지난번. (2) 햇빛을 마주 대해 봄.(p 180)

향족鄕族 : 좌수, 별감 등 향청의 직원이 될 자격이 있는 집안.(p 215)

향화香火 : 제사에 향을 피운다는 뜻으로, 제사祭祀를 이르는 말.(p 20, 190, 191, 216)

허방지방 : '허둥지둥'을 강조하여 이르는 말.(p 100)

허수하다 : (1) 마음이 허전하고 서운하다. (2) 짜임새나 단정함이 없이 느슨하다.(p 237)

허신許身 : (여자가 남자에게) 몸을 허락하여 내맡기는 것.(p 73, 296)

허언낭설虛言浪說 : 실속이 없는 빈말과 터무니없는 헛소문.(p 335)

허위단심 : 주로 '허위단심으로' 꼴로 쓰어 허우적거리며 무척 애를 씀.(p 236)

허전장령虛傳將令 : 윗사람의 명령을 거짓으로 꾸며서 전함을 비유적으로 이르는 말.(p 377)

허탄무거虛誕無據 : 거짓되고 미덥지 못하며 근거가 없음.(p 402)

허행虛行 : 헛걸음.(p 238, 245, 277)

허혼許婚 : 혼인을 허락함. 허빙許聘.(p 242)

허화虛火 : 열과 땀이 심하고 식욕이 줄며 기력이 쇠해지는 병. 허열虛熱.(p 54)

헐수할수없다 : 어떻게 해볼 도리가 없다.(p 94, 157)

현금現今 : 바로 지금.(p 209, 335)

현기眩氣 : 어지러운 기운.(p 207)

현수懸殊 : 판이하게 다름.(p 187)

현신現身 : 아랫사람이 윗사람에게 처음으로 뵈는 것.(p 339)

현연顯然 : 나타나는 정도가 뚜렷함.(p 128, 412)

현영現影 : 형체를 드러내는 것. 또는 그 형체.(p 146, 147, 182, 189)

현철賢哲하다 : 어질고 사리에 밝다.(p 126)

현형現形 : 형체를 드러내는 것. 또는 그 형체.(p 352)

현황난측眩慌難測 : 정신이 어지럽고 황홀해 헤아리기 어려움.(p 109)

현황眩慌 : 정신이 어지럽고 황홀함.(p 119, 321)

혈합穴盒 : '서랍'의 잘못.(p 401)

혐의嫌疑 : 꺼리고 미워함.(p 32, 241, 409)

협종脅從 : 남의 위협에 눌려 복종하는 것. 여기서는 그렇게 하여 어떤 일에 가담한 사람.(p 349, 350)

협호夾戶 : 본채와 떨어져 있어서 딴살림을 하게 되어 있는 집채.(p 298)

형국形局 : 관상, 풍수지리 등에서 얼굴이나 집터, 묏자리 등의 겉모양 및 부분의 생김새. 체국體局.(p 166)

형한양사形漢兩司 : 형조와 한성부를 아울러 이르는 말.(p 46)

호구별성戶口別星(호구戶口) : 집집마다 찾아다니며 천연두를 앓게 한다는 여자 귀신. 역신疫神.(p 130, 134, 136, 142, 199)

호생지덕好生之德 : 사형에 처할 죄인을 특사하여 살려주는 제왕의 덕.(p 414)

호의호식好衣好食 : '좋은 옷과 좋은 음식'이라는 뜻으로, 잘 입고 잘 먹음.(p 152)

호정戶庭 : 집 안의 뜰.(p 310, 386)

호중湖中 : 충청남도.(p 181)

혹화酷禍 : 매우 심한 재화災禍.(p 342)

혼띔 : 단단히 혼냄. 또는 그런 일.(p 340)

혼서지婚書紙 : 혼서를 쓰는 종이. 납폐서.(p 378, 384)

혼암昏闇 : 어리석어서 사리에 어두움.(p 187)

혼정신성昏定晨省 : 아침저녁으로 부모의 안부를 물어 살핌.(p 193)

혼택婚擇 : 혼인하기에 좋은 날을 가림.(p 245)

홀만忽漫 : 만홀漫忽. 소홀하다.(p 167)

홍덕鴻德 : 대덕大德. 넓고 큰 덕.(p 349)

홍안백발紅顏白髮 : 늙어서 머리는 세었으나 얼굴은 붉고 윤이 나는 모습.(p 100)

화로수花露水 : 꽃의 액을 짜내어 만든 향수.(p 48)

화류장花柳場 : 기생 따위의 노는계집의 사회.(p 338)

화불단행禍不單行 : 재앙은 번번이 겹쳐 옴.(p 322)

화색禍色 : 재앙이 일어나는 기색.(p 60, 62, 173)

화외化外 : 교화敎化가 미치지 못하는 것. 또는 그곳.(p 349)

화제和劑 : 약을 짓기 위해 약재 이름과 분량을 적은 종이. 약방문.(p 229)

화패禍敗 : 재화災禍로 인한 실패.(p 80, 153, 156, 162, 164, 172, 177)

화하다(和−) : 날씨, 마음, 태도 따위가 따뜻하고 부드럽다.(p 111)

환롱幻弄 : 교묘한 못된 꾀로 남을 농락함.(p 408)

환천희지歡天喜地 : 하늘도 즐거워하고 땅도 기뻐한다는 뜻으로, 아주 즐거워하고 기뻐함을 이르는 말.(p 331)

활불活佛 : 생불生佛. 살아 있는 부처라는 뜻으로, 덕행이 썩 높은 승려 또는 덕 있는 사람.(p 101)

황감급제黃柑及第 : 황감제에 급제하던 일. 또는 그런 사람. '황감제黃柑製'는 해마다 제주도에서 진상하는 황감을 성균관과 사학 유생들에게 내리고 실시하던 과거.(p 87)

황공복지惶恐伏地 : 지존한 존재의 은덕이나 위엄 등이 분에 넘쳐 땅에 엎드림.(p 231)

황황망조遑遑罔措 : 마음이 급하여 허둥지둥하며 어찌할 바를 모름.(p 343, 363)

회가 동하다 : 구미가 당기거나 무엇을 하고 싶은 마음이 생기다.(p 28, 54, 340)

회심回心 : 마음을 돌이켜 먹음.(p 250, 410)

회장會葬 : 장례 지내는 데 참여함.(p 180)

회환回還 : 갔다가 다시 돌아옴. 환래還來. 회래回來.(p 109)

회회교回回敎 : 이슬람교.(p 213)

횡래지액橫來之厄 : '횡액橫厄'의 본말. 뜻밖에 당하게 되는 재액.(p 159)

횡보다(橫-) : 어떤 대상을 잘못 보다. 빗보다.(p 80, 114)

횡접와체(橫接窩-) : 접시 모양으로 깊지 않으면서 오목하게 들어간 혈.(p 166)

효박淆薄 : 인정이나 풍속이 경박함.(p 223, 299)

효용驍勇 : 사납고 날쌤.(p 64)

후려後慮 : 뒷날의 염려.(p 349)

후박厚薄 : 후하게 구는 일과 박하게 구는 일.(p 223, 244)

후분後分 : 사람의 평생을 셋으로 나눈 것의 마지막 부분. 늙은 뒤의 운수나 처지.(p 354, 390, 417)

훈로勳勞 : 훈공勳功. 나라를 위하여 세운 공로.(p 349)

홀뿌리다 : 업신여기어 함부로 뿌리치다.(p 146)

훔켜잡다 : 손가락을 안으로 구부려 매우 세게 잡다.(p 39, 62)

훤자喧藉 : 여러 사람의 입으로 퍼져서 와자하게 됨. 훤전喧傳.(p 195, 268, 337)

휘문의숙徽文義塾 : 1906년 민영휘가 서울에 설립한 사립 중등학교. 휘문중·고등학교의 전신.(p 210)

휘지諱字 : 돌아간 높은 어른의 이름자.(p 215)

휘지다 : 무엇에 시달려 기운이 빠지고 쇠하여지다.

휘지하다 : '휘주근하다'의 잘못. '휘주근하다'는 옷 따위가 풀기가 빠져서 축 늘어져 있다.(p 68)

흑함黑陷 : 마마가 곪을 때 출혈이 되어 빛깔이 검어지는 증세.(p 130)

흔전흔전 : 생활이 넉넉하여 아쉬움이 없이 돈을 잘 쓰며 지내는 모양.(p 93)

흠복欽服 : 마음으로부터 깊이 존경하여 복종함.(p 423)

흠선欽羨 : 우러러 부러워함.(p 214)

흠향歆饗 : 신이나 신령이 제물을 받거나 제사 음식의 향기를 맡는 것.(p 406)

흥구덕 : '흠구덕'의 잘못. '흠구덕'은 남의 흠을 헐뜯어 험상궂게 말함.(p 21, 25)

흥성興成 : 흥정.(p 328)

흥와조산興訛造訕 : 있는 말 없는 말 지어내어 마구 남을 비방함.(p 183, 197)

흥치 : 흥興과 운치韻致를 아울러 이르는 말.(p 75, 79, 382)

희떱다 : (1) 실속은 없어도 마음이 넓고 손이 크다. (2) 말이나 행동이 분에 넘치며 실속이 없다.(p 15, 141)

희랍교希臘敎 : 그리스정교회.(p 213)

흰소리 : 터무니없이 자랑으로 떠벌리거나 거드럭거리며 허풍을 떠는 말.(p 43, 411)

:: 이해조 연보

1869년　　2월 27일 경기도 포천군 신북면 신평리 121번지에서 아버지
　　　　　이철용과 어머니 청풍 김씨 사이에서 장남으로 태어남. 본
　　　　　관은 전주이며, 호는 열재悅齋, 이열재怡悅齋, 동농東濃. 필명
　　　　　은 선음자善飮子, 하관생遐觀生, 석춘자惜春子, 신안생神眼生,
　　　　　해관자解觀子, 우산거사牛山居士 등을 썼다.

1887년　　어려서부터 한학을 수학하여 과거 초시에 합격.

1893년　　한시를 즐기는 유학자들의 모임인 대동사문회 주관.

1903년　　《황성신문》, 《매일신보》의 편집과 문화부 관계의 일을 하면
　　　　　서 이들 신문에 작품을 발표.

1906년　　11월 《소년한반도》의 편집을 맡아 활동하면서 첫 작품인 한
　　　　　문 현토소설 《잠상태》를 연재하였으나 잡지의 종간으로 완
　　　　　성하지 못함.

1907년　　양기탁, 이준, 주시경, 이종일 등과 함께 광무사 발기인으로
　　　　　참여, 본격적으로 애국계몽운동에 투신. 구한말 대표적인 민
　　　　　족 언론인 《제국신문》에 입사. 애국계몽단체인 대한협회의
　　　　　교육부 사무장과 평의원 역임. 《제국신문》에 〈고목화〉, 〈빈
　　　　　상설〉 연재.

1908년　　대한협회 교육부 사무장, 실업부 평의원으로 활동. 양기탁,
　　　　　주시경, 이준, 노익형 등과 광무사를 조직하여 국채 1300만
　　　　　환을 보상하기 위한 의연금 모금과 단연운동을 주도. 기호학
　　　　　교 교감을 지냄. 기호흥학회 평의원에 선출되고 《기호흥학
　　　　　회월보》 편집인으로 활동하면서 〈윤리학〉 연재. 대한협회 평
　　　　　의원 재선. 워싱턴 전기인 《화성돈전》을 회동서관에서 간행.
　　　　　《제국신문》에 〈원앙도〉, 〈구마검〉, 〈만월대〉, 〈홍도화〉 연

재. 번안소설 《철세계》를 회동서관에서 간행.

1909년　　4월 기호흥학회가 창건한 기호학교의 교감으로 취임. 《제국
　　　　　신문》에 〈모란병〉을, 《대한민보》에 〈현미경〉을 연재.

1910년　　일제의 관직인 중추원 의관을 역임. 《매일신보》 기자로 활동.
　　　　　《대한민보》에 〈박정화〉, 〈자유종〉 연재. 《매일신보》에 〈화세
　　　　　계〉 연재.

1911년　　《매일신보》에 〈월하가인〉, 〈화의 혈〉, 〈화세계〉, 〈소양정〉
　　　　　연재. 〈모란병〉 발표.

1912년　　《매일신보》에 〈구의산〉, 〈춘외춘〉 발표. 판소리계 소설을 개
　　　　　작한 〈옥중화〉, 〈강상련〉 발표.

1913년　　《매일신보》 퇴사. 판소리계 소설을 개작한 〈연의 각〉, 〈토의
　　　　　간〉 발표. 《매일신보》에 〈우중행인〉, 〈소학령〉 발표. 신구서
　　　　　림에서 《비파성》 간행.

1914년　　신구서림에서 《정선 조선가곡》 간행.

1918년　　역사소설 《홍장군전》, 《한씨보응록》을 오거서창에서 간행.

1925년　　《강명화실기》 발표.

1927년　　5월 11일 포천에서 뇌일혈로 사망. 경기도 포천군 신북면 사
　　　　　창동 뒤 낙춘군묘 동쪽에 안장됨.

한국문학대표작선집 [28]

빈상설 외

초판 인쇄 | 2007년 4월 20일
초판 발행 | 2007년 4월 25일

지은이 | 이해조
펴낸이 | 전성은
펴낸곳 | 문학사상사
주소 | 서울특별시 송파구 오금동 91번지(138-858)
등록 | 1973년 3월 21일 제1-137호

편집부 | 3401-8543~4
영업부 | 3401-8540~2
팩시밀리 | 3401-8741~2
한글도메인 | 문학사상
홈페이지 | www.munsa.co.kr
이메일 | munsa@munsa.co.kr
지로계좌 | 3006111

* 잘못 만들어진 책은 구입하신 서점이나 본사에서 바꾸어 드립니다.
* 값은 표지 뒷면에 표시되어 있습니다.

ISBN 978-89-7012-785-9 03810

보내는 사람

□□□ - □□□

문학사상사

받는 사람

서울 송파구 오금동 91번지
전화 (02)3401-8540~4 팩스 (02)3401-8741~2
홈페이지 : www.munsa.co.kr
이메일 : munsa@munsa.co.kr
한글도메인주소 : 문학사상

1 3 8 - 8 5 8

문화사상사의 책을 구입해 주셔서 감사합니다. 더욱 좋은 책을 만들기 위해 독자 여러분의 의견을 듣고자 하오니, 희답해 주시면 추첨을 통해 선물을 보내 드리겠습니다.

::이름		주소		(휴대)전화
이메일		나이	직업	학교

:: 구입하신 책 제목

:: 구입하신 서점 또는 인터넷 사이트

:: 이 책을 사게 된 동기
□ 주위의 권유 □ 신문·잡지의 광고 □ 신문·잡지·방송의 서평 □ 서점에서 보고 □ 인터넷에서 보고 □ 연제 애독자 □ 책이 마음에 들어서

:: 책을 읽고 난 소감
내용_ □ 만족 □ 무난 □ 불만
불만이 있다면_ □ 내용이 불충실 □ 오탈자 □ 기타(   )

:: 평소 구독하는 신문, 잡지

:: 문화사상사에 전하고 싶은 말(구입하신 책에 대한 의견 또는 희망사항)

www.munsa.co.kr